山東文學史論

（增订本）

李伯齐 著

齊魯書社

·济南·

图书在版编目（CIP）数据

山东文学史论 / 李伯齐著. -- 增订本. -- 济南：齐鲁书社, 2022.11
ISBN 978-7-5333-4649-2

Ⅰ. ①山… Ⅱ. ①李… Ⅲ. ①地方文学史－山东 Ⅳ. ①I209.952

中国版本图书馆CIP数据核字(2022)第227933号

责任编辑：刘海军
封面题签：娄以忠
责任校对：王其宝　赵自环
装帧设计：郭　靓　亓旭欣

山东文学史论
SHANDONG WENXUE SHILUN
李伯齐 著

主管单位　山东出版传媒股份有限公司
出版发行　齊魯書社
社　　址　济南市市中区舜耕路517号
邮　　编　250003
网　　址　www.qlss.com.cn
电子邮箱　qilupress@126.com
营销中心　（0531）82098521　82098519　82098517
印　　刷　山东临沂新华印刷物流集团有限责任公司
开　　本　880mm×1230mm　1/32
印　　张　17.75
插　　页　3
字　　数　430千
版　　次　2022年11月第1版
印　　次　2022年11月第1次印刷
标准书号　ISBN 978-7-5333-4649-2
定　　价　80.00元

序

山东省是华夏文明的重要基地，先秦时鲁国为中华主流学派儒家的发祥地，齐国的稷下学宫则是百家争鸣的论坛，秦汉以后文人学士历代辈出，堪称文化大省。

古有“人杰地灵”之说，山东更有“东方三大”之誉，即泰山、东海、孔子。乾隆皇帝就曾以“东方三大”命题考试特科举子。泰山屹立于华夏“大东”之地，左海右陆，孔子则诞生于其间，即所谓“一山一水一圣人”，成为山东人文的标志。作为齐鲁之邦的山东，在先秦时代是文明首善之区，它于后世的中国，甚至东亚的影响，堪与古希腊之于欧洲文化相比拟。然而纵观其后的情况，除了两汉经学（从济南伏生到高密郑玄）彪炳于世，魏晋南北朝以降，山东学术成果，只有贾思勰《齐民要术》等少数精品问世。就整体而言，则随着王朝的更替，递次落后于长安、洛阳、建康、汴梁、临安、北京等首都周围地区。山东不仅距首都较远，其经济状况也不如江南富庶，这是合乎客观规律、理所当然的事。不过，若进一步观察，它的文学成就则偏偏一枝独秀，突出于其他成就，甚至不亚于同时的首善之地。这却是很值得注意的。

例如我国最早的作家群体——建安七子，其出生地大都在今山东地区。魏晋以后，山东士族纷纷南下，如祢衡、诸葛亮、王羲之等都是山东文士中的著名人物。其后南迁山东士族的后裔，如鲍照、颜延之、刘勰、何逊、徐陵等都是卓越的文学家。根据那时的门阀士族严格保持家学的习惯，其故土的流风遗韵是自不待言的。然而南迁大潮过后，山东本地的文学又继续发展，如唐之崔融、和凝，宋之王禹偁、李清照、辛弃疾，金元之杜仁杰、张养浩，明之李开先、李攀龙，清之王士禛、蒲松龄等，均享盛名于祖国文坛。上举诸家，除最后一位，都是诗(含词曲)人。自建安七子之后，山东一地于唐代就出现了以李白、孔巢父为代表的徂徕山“竹溪六逸”，于宋代出现了以范讽为首的“东州逸党”，金元出现了杜仁杰等东平剧曲作者群，明代出现了李攀龙、谢榛为骨干的“后七子”，清代出现了以王士禛为盟主的神韵派。这些山东人士在诗歌方面的影响，风靡全国。特别是李攀龙和王士禛二人，甚至影响到东亚的汉诗界，至今流风未泯，真可谓“各领风骚五百年”了。山东诗坛昌盛，盖受“一山一水一圣人”之益，即孔门“诗教”的影响。

先秦各大学派，墨家非乐，道家以为五音五色有碍于返朴归真，法家更认为文艺是害虫——六虱之一，惟有儒家重视礼乐文辞。孔子对《诗三百》的言论，已成为后世文艺理论的滥觞，“诗教”的重要意义已为世所公认。《乐记》一篇出于公孙尼子等孔门弟子集体编写授受，后收录于《礼记》之中，是我国首部以诗歌、音乐为主的文艺学专著。它的初稿，则早于亚里士多德的《诗学》。汉以后说《诗》者，如《毛诗・大序》即直接引用《乐记》，而传《鲁诗》的申生及传《齐诗》的匡衡均为山东人。南北朝时的刘勰《文心雕龙》、萧统《文选序》、颜之推《颜氏家训・文章》在理论上颇有建树，他们虽已侨居外地几世，未便归美于山东，但是也可说当时门阀士族的强劲的家学传统，渊源所自，不外于孔门诗教。山东本地自宋代以后，如石介的《怪说》以激情酷笔批判西昆体，又如李清照对词作的大胆的评论，都起了较大的影响。明代李攀龙用其《诗删》选本及谢榛《诗家直说》表达了他们的观点。清代王士禛的诗论被人辑为《带经堂诗话》，还有其论敌赵执信《谈龙录》

的问世，都对全国诗坛有巨大影响。这应当是孔门诗教的遗泽。

孔门“礼乐”之乐，其实包含了后世的音乐、诗歌、舞蹈、戏曲。这个涵盖文艺诸多品种的“乐”，在孔子以前的海岱地区已是相当发达了。如季札到了鲁国才观看了历代及各地的乐舞，孔子也是“在齐闻韶”的，倡优侏儒之在有“女闾三千”的临淄也是领先于天下的。齐国的临淄是当时的经济大都会，为商贸服务的市民文艺已经渗透于宫廷之内。我们从淳于髡的滑稽表演、邹忌与无盐女的谐隐故事等可窥见一斑。《庄子》所举志怪的《齐谐》，就已开署名为东方朔的《神异经》和《十洲记》的先河。那么，后来唐代段成式《酉阳杂俎》、清代蒲松龄《聊斋志异》的出现，就非偶然了。临淄市民文艺的嫡派应是表演艺术，不仅传播到宫廷，尤其盛行于民间祠庙宗教活动。汉代山东盛行祭祀城阳景王：“济南尤盛，至六百余祠，贾（商）人或假（扮演）二千石（高官），舆、服、导从（仪仗队伍）作倡乐，奢侈日甚。”（《三国志·武帝纪》裴注）又：“其俗好教饰子女淫哇之音，能使骨腾肉飞，倾诡人目。俗云齐倡，本出于此也。”（《隋书·地理志》）这种血脉所系，经唐代传奇中有关泰山三郎等类的作品流传，就出现了金元之际以东平府为中心的戏曲作家群，明清的李开先、冯惟敏、孔尚任以及《聊斋俚曲》亦相继出现。然而市民文学的主要成就，则是明清小说中的鸿篇巨制。《金瓶梅》的作者有王世贞、谢榛、李开先、贾三近等猜想，其中方言一事就排除了非山东籍的王世贞，我倾向于熟悉临清市井生活的谢榛为最有可能。《续金瓶梅》的作者是丁耀亢自无异论。而《醒世姻缘传》的作者据胡适考证为蒲松龄，近人虽有异说，但均认为作者是山东籍。特别是编撰《平妖传》《三国演义》和《水浒传》的罗贯中，他的属籍有太原、东原两说，经近人王利器、罗尔纲考证，均认为是东原（今山东东平）。我原发现北朝时曾在济南南部建置太原侨郡一事，经王、罗二君举出的更充分的证据后，亦不需要了。如此说来，明清之李攀龙、王士禛虽执全国诗坛之牛耳，从整个文学领域来看，比起小说成就尚有逊色。

以上我勾画的山东文学发展的草图，则是读了李伯齐教授《山东文学史论》后，受其提供的丰富的史实与条分缕析的叙说启发而使然。伯齐先生执教于山东师范大学，研究齐鲁文学多年，早在1982年其与人合注的《济南诗文选》即问世，不久又独自编注了新纂之增订本，为研究齐鲁文献者所重视。特别是他对明代诗坛盟主李攀龙的研究用力最勤，既整理校点了《李攀龙集》（齐鲁书社版），又评注了《李攀龙诗文选》（济南出版社版）。其《李攀龙行年事迹考略》是拓荒之作，尤见功力。在担任本校图书馆馆长之后，虽增行政之烦劳，却又得益于左图右史的取资之便，所以这部新著既基于深厚的专业积累，又得于取精用宏的博览，遂以更高的成就呈现于读者面前。

山东文献遗产传统悠久，博大精深，可惜后人研究弘扬不够，我们几个同学好友对此是颇有感慨的。世人对山东人文的评价往往褒先抑后，如："其在于诗书礼乐者，邹鲁之士，缙绅先生多能明之。"（《庄子・天下》）"（齐）多好经术，矜功名，舒缓阔达而足智。"（《汉书・地理志》）是以"齐鲁乃礼义之邦"而著称。然而到了后来，却以"山东大汉""山东侉子"而闻名了。似乎梁山泊一百单八条好汉，盖过了孔门七十二大贤、稷下学宫的百家学士的名声。自唐宋以来，江南经济文化日益发达，是与此有关系的。诚如李攀龙所说："齐鲁之间，其于文学虽天性，然秦汉以来，素业散失，……吴越鲜兵火，诗书藏于阛阓，即后生学士无不操染。"（《送王元美序》）道出汉末以后，北方屡遭落后的少数民族的侵扰，发生过的魏晋士族大姓纷纷南迁，以及唐以后的安史及辽金元清的战乱，山东均首当其冲。伯齐先生在本书中对此是重视的，在论述时不仅注意了作者作品的地域，并特予考察了作家的里籍分布以及家族文化，同时更涉及乡谊结社等（见本书第二、三章）。在探讨南北朝与隋唐时，更注意这一时期门阀士族的重要作用（见第五、六、七章），这是很有见地的。山东历史前期的文学盛况，与门阀士族的士大夫文化有巨大关系。这个文化的构成或可说是基于鲁学的礼、义和齐学的辞、辩的结合，即鲁学是德，齐学是才，从而形成“德才兼备”的山东人文精神。若专从文学方面来看，可以用“齐气”（曹丕《典论·论文》）来标准其风格。此“齐气”源自战国稷下，盛于建安之年，然后随山东士族南迁，与当地文化相结合，融合到中华文化之中而繁荣昌盛，才淡化而消融（其实山东文人南下的事例，甚至拖延到宋代李清照、辛弃疾的避金，金末东平艺人的迁杭等，也算是其尾声余波）。从本书各章，诸如“地域概念”“里籍分布”“文化家族与家族文学”“地域文化的融合”“旧士族的衰落与家族文学的变迁”等节目的标题中即可看出著者是抓住了研究山东文学史的重要环节的。当某一地域的强势文化渗透到更广大的地区，并取得新的滋养后，又反馈到其原产地，共同缔造了伟大的中华文化，这正是研究山东文学史的必有之义，更是伯齐先生对撰著本书的关注所在。

上述所谓对山东文学的评价“褒前抑后”，虽有一定道理，但未必尽然。问题是如何看待文学体裁。五四以前，士大夫轻视小说戏曲，认为虽可以消遣欣赏，却不能登大雅之堂、文学之林的；能入《文苑传》的只能是骈文、散文、诗赋的作家。诗文辞赋这些正统体裁，山东在唐宋以后虽也不乏佼佼者，然而就整体而言却落后于江南。《聊斋志异·司文郎》中的余杭生对登州宋生所说“山左、右并无一字通者”，语虽刻薄，却代表了那时的普遍见解。幼时曾闻里巷老儒讲，某江南先生向山东人自夸了家乡的鸿文名著之后问道：“贵处也有什么名世之作吗？”山东人说：“不敢不敢，鄙处不过出了部薄薄的《四书》而已。”里巷老儒的意思是为山东争气，不过也体现了中气不足，他也隐隐觉得前盛后衰的现象了。于是有人以为这是因为江南人善于互相标榜，而山东文人却互不服气：明代李攀龙和谢榛同为“后七子”骨干，后来意气相争而绝交；清代王渔洋迥出群伦，偏偏他亲戚晚辈赵执信出头来吹毛求疵，云云。对于这些偏爱故乡的山东读者，或许读了伯齐先生的著作之后，这种心情就会缓解下来。因为山东士大夫于魏晋南渡之后，为本乡留下了空白，然而邹鲁君子虽去，“齐东野人”却坚守在本土。也就是说留在齐地的中下层的文化也因此而得以充分发挥出来。我们在本书中可以读到当年东夷神话、齐国谐隐、汉代通俗辞赋的“基因”，宋元之后又在山东大地茁壮成长起来了。如金元间的东平府戏曲，明清的小说（除长篇之外，还有《聊斋志异》《小豆棚》等短篇佳作），更有《宝剑记》《桃花扇》以及《白雪遗音》等各种通俗作品如丽日经天、春风拂地的群芳争艳一样。从现代学术观点来看，小说戏曲才是文学阵营中的主力部队；相比之下，那些朝廷中的士大夫赞赏的桐城古文、江西诗派就难与比肩了。所以假如某位江南秀士手捧一卷《惜抱轩文集》问：“贵乡也有什么文学名著吗？”山东“侉子”将答道：“不敢不敢，只有几部《金瓶梅》《聊斋志异》而已。”伯齐先生正是突破了旧的文学观，对于东平戏曲、明清小说等山东作品对全国文学的贡献给予了应有的评价。

综览本书，山东文学的特色，在于从先秦奠定基础时就非一元单立，而是由齐鲁两种不同的素质而相反相成的。在学术方面鲁的影响较深，在文艺方面则“齐气”较浓。两者长期互相渗透，形成“鲁德”“齐才”的“德才兼备”的山东文学的宽博浑厚而不乏灵性的特有风格。它在魏晋以后多次向南方输送的同时，也输入了塞外的养分，在金元之后又出现了新的文体的繁荣。它的浑厚宽博，极易与全国各地文学交融，从而汇入了中华文化的浩淼大洋之中,很难再辨认出山东一地的特色——真是“泱泱乎大国之风也”,“荡荡乎民无能名焉”。

本书虽属开创之作,但全面考察了历代山东文学的状况,并条分缕析地体现出其来龙去脉,是有益于学术界的。同时,它又是研究山东文学发展史的一个新的起点,有利于在此基础上继续前进。伯齐先生正处于中年以后的丰收时段,今后随着当今学术的进步、新领域的开拓,有些问题,如考古学、社会人类学,以及方言学等屡有新的成果发现,跨学科的研究成果也将愈益出现,相信他定能再接再厉,作出更大的成绩以嘉惠士林,是所至盼。

伯齐先生嘱我作序,殊不敢当。以上只是我读他这部大著的印稿后的粗浅体会和受的启发,拉杂写出,只能算一篇读后感而已。以此聊以塞责,敬请著者与读者教正。

徐北文

2000 年 11 月 12 日

前　言

研究中国文学的人，大都注意一个古老而又日新的命题，即所谓“知人论世”。要“知人”，自然要了解有关作家的生平行事；要“论世”，则涉及作家生活的特定的社会环境和自然环境。也就是说，只有把作家置于他曾经生活过的具体的时空环境之中进行考察，人们才会获得具体而生动的认识。

在以往的文学研究中，考察文学及其发展，人们大都注意时间因素，偏重于考察发展过程，而常常忽略文学生成的空间因素。譬如研究一个作家的生平，一般注意考察其生活的社会环境，特别是现实政治生活中的表现，而较少注意作为“社会环境”的人文地理环境的考察。实际上，文学生成和发展的因素是相当复杂的，所反映的社会生活内容也有其特定的时空因素，如果要深入探讨文学生成的环境和发展的原因，就应从时间和空间两个方面加以考察。就时间而言，作家生活及其作品内容反映的生活状态，都是特定历史条件之下的产物；就空间而言，作家及其所描写的对象的生活环境，包括社会环境和自然环境，都是十分具体的，也都属于一个特定的地域范围。譬如研究一个作家的身世，首先要考定其乡里籍贯。籍贯是一个作家的出生地和早年的生活环境。一个人的出生地，对于其先天禀受具有特殊意义，而其身世家庭则可对其后天所受的教育与影响作出说明。而这个人的出生地所负载的不只是一个地名、地理上的一个村镇，或是山河湖泊，而是该地所处区域的文化传统以及由此形成的风俗习惯；其后天教育的内容，也包括他耳濡目染的当地的文化风习以及父母体现其文化价值观念的言行举止。因此，一个作家的出生地及其生活的特定的社会环境和自然环境，对于研究一个作家便具有重要意义。而这一切又是与某一地域相关联的，于是文学研究就与某一特定的地域发生了关系。

地域与文化、与文学的关系，古今中外都有人论及，而进行较为深入的研究，则是20世纪80年代以来的事情。金克木先生曾经提出文艺地域学研究的构想①，袁行霈先生则明确提出文学地域性的问题②，中华书局《文史知识》编辑部自1987年以来举办地方文化与文学专刊，以及20世纪末地方文学史的出现，都说明文学的地域性已经引起文学研究者的注意。

一

所谓地域，当然指一定的地理范围。但是研究一个地域的文化和文学的关系，则涉及该地域的自然环境、文化传统以及社会历史诸多方面的问题。关于人与自然环境的关系，我国古代思想家、哲学家曾有不少论述。《管子·水地》篇认为一方水土便产生一方人的气质、精神和品格：

> 夫齐之水道，躁而复，故其民贪粗而好勇；楚之淖，弱而清，故其民轻果而贼；越之水，浊重而洎，故其民愚疾而垢；秦之水，泔聚而稽，淤滞而杂，故其民贪戾，罔而好事；齐、晋（按指两地之间）之水，枯旱而运，垪滞而杂，故其民谄谀葆诈，巧

① 金克木：《文艺地域学研究的构想》，《读书》1986年第4辑。

② 袁行霈：《中国文学概论》，高等教育出版社1990年版。

> 佞而好利；燕之水，萃下而弱，沉滞而杂，故其民愚憨而好贞，轻疾而易死；宋之水，轻劲而清，故其民闲易而好正。①

《国语·鲁语下》也有“沃土之民不材”“瘠土之民莫不向义”②之说。《淮南子·地形训》也认为人和环境是统一的：

> 土地各以其类生，是故山气多男，泽气多女，障气多喑，风气多聋，林气多癃，木气多伛，岸下气多肿，石气多力，险阻气多瘿，暑气多夭，寒气多寿，谷气多痹，丘气多狂，衍气多仁，陵气多贪，轻土多利，重土多迟，清水音小，浊水音大，湍水人轻，迟水人重。中土多圣人，皆象其气，皆应其类。③

此言人类生存的自然环境，对于自身寿命、生理特点及其禀赋、性格都有直接影响。明代地理学家王士性则认为，人们所处的自然环境对于一地风俗具有重要影响。他以浙江地理为例说：

> 杭、嘉、湖平原水乡，是为泽国之民；金、衢、严、处丘陵险阻，是为山谷之民；宁、绍、台、温连山大海，是为海滨之民。三民各自为俗，泽国之民，舟楫为居，百货所聚，闾阎易于富贵，俗尚奢侈，缙绅气势大而众庶小；山谷之民，石气所钟，猛烈鸷愎，轻犯刑法，喜习俭素，然豪民颇负气，聚党与而傲缙绅；海滨之民，餐风宿水，百死一生，以有海利为生不甚穷，以不通商贩不甚富，闾阎与缙绅相安，官民得贵贱之中，俗尚居

① 《管子·水地》，《诸子集成》本，中华书局 1986 年版，第 238 页。
② 《国语·鲁语下》，上海古籍出版社 1978 年版，第 205 页。
③ 《淮南子·地形训》，《诸子集成》本，中华书局 1986 年版，第 59 页。

奢俭之半。①

把自然水土说成人们精神品格和一地风俗形成的主要原因，显然是不准确的。同样，不注意，甚至忽略自然水土在这些方面所产生的影响，也不能全面说明人们精神品格和风俗习惯形成的环境条件。

自然环境对于人类生存的影响，是不言而喻的，而对人们精神气质方面的影响，则在人类历史的各个发展阶段并不相同。一般说来，原始时代生产力低下，初民对自然环境的依赖性较大，甚至可以说，自然环境对于他们的生存具有决定性意义。因此，对于自然的崇拜便是原始宗教的主要内容。而原始宗教又几乎是全部的原始文化。从考古发掘的有关资料，我们了解到，原始时代，初民或者为取得必需的生活资料，常常选择水土肥美之地聚族而居，或者为了自身的安全，藏身于深山洞穴，以避野兽的侵害。人类各族群的生存方式及其具体的生活环境，对于人们的生活方式、思维方式和风俗习惯必然产生直接而具体的影响。马克思曾经指出："不同的公社在各自的自然环境中，找到不同的生产资料和不同的生活资料。因此，它们的生产方式、生活方式的产品，也就各不相同。"②在人类早期，人们所处的自然环境制约着物质生产方式和人们的生活方式，并由此而形成彼此不同的风俗习惯与传统，从而对人们的精神气质、文化心态产生直接影响。另外，还有一种情形应当注意：远古时代交通不发达，人们生活的区域常常为山水湖海所阻隔，或者受其他自然条件（譬如游牧民族

① 王士性：《广志绎》卷之四《江南诸省》，见《元明史料笔记丛刊》，中华书局1997年版，第68页。

② 《资本论》第一卷上，人民出版社1975年版，第390页。

逐水草而居）的限制，彼此缺乏信息沟通，因而使彼此的风俗习惯、所受的教育，以及彼此使用的语言、工具，都不相同，于是就在各地形成一个个相对独立的、具有自己特征的文化区域。这种现象不仅存在于不同国家的不同民族之间，即使同一民族，譬如我国的汉族，因人口众多，居住区域广大，也同样存在。在中华民族形成过程中，处于我国西北部的黄帝族，与处于我国东方的东夷族，就曾经过长期的战争，才逐渐融合。而在彼此融合之后，又在不同的地域形成不同的文化系统。对于这一点，不少学者早就有较为详细的论述。世界上任何一个民族的早期文化，都是受区域环境制约的，因而也都是分散的；任何一个民族统一的文化，也都是由分散的、区域性的文化融合而成的。汉民族如此，以汉民族为主体的中华民族的传统文化也是如此。因此，古今学者论及中国古代文化，特别是先秦文化，都曾涉及文化的地域性问题。古代学者一般以方国为言，如《史记》《汉书》等历史著作，而地理著作几乎无一例外，都详细考订各地的风俗民情。近代以来，谈论中国文化的区域性，一般都将齐鲁、中原、三晋、荆楚（或邹鲁、燕齐、三晋、荆楚）看做四个大的文化区。在大的文化区中，又包含若干小的文化区域，如齐鲁文化包括燕齐、邹鲁两个文化区，荆楚文化又分为吴越文化和巴蜀文化等。

二

世界各个民族地域文化形成、保持以及延续的时间，是不相同的。而在中国，谈论地域文化，一般指先秦时期。远古时代自不必说，从传说时代黄帝开始，便有了地域文化的问题。夏、商时期的文化状况，已由丰富的出土文物证明存在着地域差别。有周代商之后，封建诸侯在境内形成若干方国，周天子作为君主只是各诸侯国名义上的共主，在政治、经济、文化、教育等各领域，诸侯

国都保留有相对的独立性。《汉书·地理志》云:

> 周爵五等,而土三等:公、侯百里,伯七十里,子、男五十里。不满为附庸,盖千八百国。而太昊、黄帝之后,唐、虞侯伯犹存,帝王图籍相踵而可知。周室既衰,礼乐征伐自诸侯出,转相吞灭,数百年间,列国耗尽。至春秋时,尚有数十国,五伯迭兴,总其盟会。陵夷至于战国,天下分而为七,合从连衡,经数十年,秦遂并兼四海。①

这说明西周时代,中国在相当长的历史时期内,实际上处于一种分立状态。在这种情况下,大的诸侯国及其邻近地区,经过漫长的历史积累,逐渐形成自具特点的文化系统。譬如姜太公封于齐,都营丘(今山东临淄一带),对当地的夷人"因其俗,简其礼"②,改造土著文化即东夷文化,形成有别于周文化的地域文化,即齐文化。周公封于鲁,都曲阜(今山东曲阜),其子伯禽代行其政,对当地土著文化进行全面改造,即"变其俗,革其礼"③,把周文化移植过来,与当地土著文化相融合,形成自具特点的鲁文化。齐、鲁两个文化系统,从战国到两汉,有一个漫长的融合过程。在这个过程中,齐鲁文化也与中原、三晋和荆楚几个地域文化相融合,从而形成以齐鲁文化为主体的中国传统文化。杨向奎曾说:"齐鲁文化,实为先秦文化的核心,在中国历史上,齐鲁文化,也是中国传统文化的正统派。"④

---

① 《汉书·地理志》,中华书局 1983 年版,第 1542 页。

② 《史记·齐太公世家》,中华书局 1975 年版,第 1480 页。

③ 《史记·鲁周公世家》,中华书局 1975 年版,第 1524 页。

④ 杨向奎:《齐国史·序》,载王阁森、唐致卿主编《齐国史》,山东人民出版社 1992 年版,第 1~3 页。

今天所说的几个文化区，大都是在春秋中期形成的。因此，这里所说的“地域”，既不是一个单纯的地理概念，也不是指行政区域的划分，而是特指文化区域，即在一定历史阶段所形成的、相对于其他地区有自己文化传统的文化区域。形成这样一个文化区域，与历史传统有关，也与其所处的地理自然环境有关。譬如齐、鲁今天同属于山东省，而在古代却为两个文化类型区。齐地东界滨海，西境有黄河，济水流贯中部，南界泰山，北临渤海。在地缘上海陆两便，农牧而外，兼擅鱼盐之利。而鲁地处于泰山之南，地势平坦，适于农牧。由于自然条件的不同，常常形成不同的生活方式、生活习惯和思维方式，并由此影响到人们的心理、精神和气质。齐国出现了齐桓公、管仲这样极富改革精神的政治家和开放型的稷下学术，而鲁则出现了孔子、孟子这样古代文化的传承者，以及延续几千年的“孔孟之道”。当然，自然环境不是形成一种文化的决定性因素，过分强调自然因素对文化的影响是不恰当的，而人类早期生存的自然环境，特别是地理环境，对人们的生活方式、心理状态和精神气质的形成具有重要影响，并作为一种文化积淀沉积在一个民族的精神和心灵深处，则是不容置疑的。从这个意义上说，自然环境对一个民族文化的影响，又是不容忽视的。由此而言，在讨论地域文化时，自然涉及地理环境与地域文化之间的关系。而这一关系，从根本上说，也就是人与自然的关系及其对文化发展的影响。

三

一个人总是在一个特定的时代、特定的社会环境和自然环境中生活，因此，一个人的思想、品格、精神、气质就不能不受到时代、社会和所处的自然环境的影响。人们的思想受时代、社会的影响，以往讨论的比较多，并已取得共识，而与自然环境的关系则较少论及。因此,在讨论地域文化与文学关系时,须首先加以说明。人们都生活在一个特定的自然环境之中,或内陆,或海滨,或无际的平原,或广漠的草原,由于所生活的环境不同,便形成不同的生活方式和相应的风俗习惯。生活在海滨的人们,兼擅鱼盐之利,重视商业利益,思想较为开放、活跃;而生活在山区和平原的人们,则以耕牧为主,重农重桑,安土重迁,思想则相对较为保守。这便是古代齐、鲁两地文化面貌不同的重要原因。处于不同的自然环境之中,对于人们的思想和精神会产生潜移默化的影响:登高山而有开阔之感,临流水则产生悠长之思;或给人以精神愉悦,或让人产生某些联想。居住在广阔的荒漠和恶劣的自然条件之下,便会对鸷禽猛兽充满敬慕之情,而生活在大海之滨的人们,则常多神奇瑰丽的幻想。这就是游牧民族常把自己的英雄人物比做雄鹰,而海滨地区多神话传说的潜在原因。譬如齐鲁地濒大海,海洋与人们的生活密切相关。远古时代生活在沿海的居民东夷人,以渔猎为生。浩瀚无际的大海,既给他们提供了丰富的生活资料,而海啸风暴也给他们带来沉重的灾难。当风平浪静之时,人们偶尔还可看到海市蜃楼的幻景,更增加了大海的神秘感,引发出人们许多丰富的想象。他们以为大海是一个奇妙无比的世界,那里有奇异的国度,奇异的人物,有着说不尽的怪异。他们认为,这样一个世界,一定有一个威力无比的神灵主宰着。山东半岛原始居民夷人,是以鸟为图腾的部族,居处环海,在他们中间流传的神话传说都与鸟有关。他们把大海看做他们部族的发源地,传说他们的祖先少昊在大海中曾经建立"鸟国";传说中的东海之神"人面鸟身",在血缘上也属于东夷人①。《山海经》一书中

① 袁珂:《山海经校注·大荒东经》,上海古籍出版社 1983 年版,第 350 页。

关于大海的神话传说，许多都与东夷人有关。海外三神山的传说，流传于燕、齐一带，显然与海市蜃楼的幻景有关。而这一时期出现的邹衍及其“大九洲”的学说，以及先齐故地多方术之士的现象，都应与濒海地缘有关。当然，自然环境对人们的思想、精神的影响，主要不是湖海山川等自然物本身，而是通过自然物所具有的文化内涵产生的。譬如山东境内的泰山，海拔1500余米，在中国境内它不过是一座极为普通的山峰。但是，起源久远的泰山崇拜，却有着极为丰富的文化内涵。因它在华夏文明形成过程中的特殊作用，而被尊崇为五岳之首，并成为历代帝王举行封禅大典的地方。山东当代著名学者徐北文先生在论述世界各地存在大山崇拜的原因之后，指出：“原始社会的夷人崇拜泰山，还有更深一层的意义，他们认为泰山是‘地主’(大地的主宰)，人死都要土葬，其灵魂都要回归泰山，属泰山神管辖。”①这种带有宗教意味的泰山崇拜，直到今天在附近地区仍然有深刻影响，不少人也仍然把泰山看做自己精神的归依之处。每年登泰山的队伍中，你总可看到一些鬓发皤然的老者，手持香烛，怀着无限虔诚，步履维艰地向上攀登，那精神着实令人惊叹不已！由此可见，一般自然物，是不能直接影响人们的精神的；给予人们精神影响的，是与自然物相联系的文化内蕴，亦即人文因素，是沉积在自然环境中的一种历史文化。法国著名哲学家雅克·马利坦曾经指出：“当你从大西洋通过峭壁夹岸的直布罗陀海峡进入地中海时，为何那缈若仙境的海岸和生机勃勃的大海的美会迸发出歌声——一曲凯歌来？为何罗马平原那一条条简单的曲线会给予你似乎无穷无尽的丰富情感？因为有维吉尔和希腊英雄们(虽然你实际上并未想到他

---

① 见《徐北文文集》所载《泰山崇拜与封禅大典》，济南出版社1996年版，第5页。

们），因为有那无形的、令你心旷神怡的回忆的轻风。大地上的这些地方浸透着人的智慧和辛劳。正是历史，使自然与人的结合得以实现。结果是自然散发出的征象和意义，使她的美如花盛开，绚丽多彩。”①马利坦虽然是从审美角度谈论人与自然之间的关系，但对我们探讨人与自然之间的联系，还是具有启发意义的。

既然人生活在一定的自然环境之中，而特定的自然环境又沉积着特定内涵的历史文化，那么，自然环境主要通过其所包含的人文因素对人产生影响。这种影响是无形的，潜移默化的。譬如每当提到自己的家乡，人们自然联想到自己的亲人，联想到家乡的山山水水，联想到那一方水土的文化习俗，这一切连同自己先辈的精神、气质，以及流传在那片土地上的古老的故事，都在其幼年的心灵中留下深深的印记，形成难以磨灭的印象，并融入其个性、精神和气质的形成过程之中。世界上许多著名作家，在叙述自己成长过程时，几乎都谈到自己的故乡和童年，原因即此。我们读鲁迅的《社戏》，读沈从文的小说，也都会具体地感受到这一点。所以提到的是自然环境，而联系到的则是一种特定的文化环境。古人编写地方志，叙述本地山川风物、名人古迹，充满对家乡的热爱之情，也表现出先贤崇拜的情结。而对同乡先贤的崇拜，又常常是某地文化传承潜在的、深层的原因。譬如儒家学说的传播者，先秦时期在鲁，两汉时期在齐；齐、鲁都在山东境内，这与孔子、孟子的影响显然是有关系的。至于历代文人的空间分布，以及某些文化家族的形成，也都与某地深层文化背景有关。譬如从汉初至隋代的山东伏氏家族，从两晋至隋唐的山东王氏家族，前后绵延数百年，出现了“家族文学”现象。魏晋南北朝与明清时

① ［法］雅克·马利坦著，刘有元等译：《艺术与诗中的创造直觉》第一章，生活·读书·新知三联书店1992年版，第19页。

代，江浙地区人文荟萃的情况，也都有力地说明了这一历史事实。这种情形，就是在今天也以某种形式存在着。在山东地区延续几千年的泰山崇拜，就是这种区域文化现象的具体表现。

四

一个民族的文学，是一个民族文化的一部分；文化的地域性必然影响到文学。而在中国，区域文化主要存在于先秦时期。在先秦时期，文学受地域文化的影响是非常明显的。譬如中国文学奠基时期的《诗经》《楚辞》。《楚辞》“皆书楚语，作楚声，纪楚地，名楚物”①，是在楚文化氛围中出现的一种诗歌体式，具有浓郁的地域文化色彩。而《诗经》中的各国国风，为当时各诸侯国的歌谣，也与地域文化密切相关。譬如《国风·齐风》写男女婚恋和对习武狩猎生活的颂扬，与齐地的传统习俗有关；《秦风》歌颂同仇敌忾、英勇善战，与秦地的地理环境“迫近戎狄”而“修习战备”有关。随着秦汉统一帝国的形成，先秦时期曾经存在的地域文化逐渐融合，其地域性特征也就逐渐消失。那么，在秦汉以后，是否还存在地域文化与文学发展的关系呢？如果不存在，研究它就毫无意义；如果存在，它的存在形式及其表现又是什么？这就是我们今天要深入探讨的问题。

就古代而言，汉代以后，文论家们从魏晋至明清，都曾论及地域文化与文学的关系问题。就现当代而论，不同地区的乡土作家的作品，以及不同风格、声腔各异的地方戏，都说明这个关系仍然存在。一方面，由于我国地域辽阔，民族众多，各地自然环境、民俗风情仍然存在许多差异；一方面，由于地域文化作为一种文化形态，虽然存在于一定的历史阶段，而作为文化积淀，它的某些传

---

① 〔宋〕陈振孙：《直斋书录解题》卷一五《楚辞类》。

统却长期产生影响。譬如《汉书·地理志》在论及各地风俗人情时,即先通论该地历史传统、地理环境及其影响。如论及魏地时说:

> 河内本殷之旧都,周既灭殷,分其畿内为三国,《诗·风》邶、庸(鄘)、卫国是也。邶,以封纣子武庚;庸(鄘),管叔尹之,第1647、1666页;卫,蔡叔尹之:以监殷民,谓之三监。故《书序》曰:"武王崩,三监畔。"周公诛之,尽以其地封弟康叔,号曰孟侯……至十六世,懿公亡道,为狄所灭。齐桓公帅诸侯伐狄,而更封卫于河南曹、楚丘,是为文公。而河内殷虚,更属于晋。康叔之风既歇,而纣之化犹存,故俗刚强,多豪桀侵夺,薄恩礼,好生分。①

河内作为"殷之旧都",在周代殷之后,其统治虽被接受("康叔之风既歇"),而殷文化的影响仍难消除("纣之化犹存"),并保留在当地人的习俗、精神和气质之中。论及楚地历史之后说:

> 楚有江汉川泽山林之饶;江南地广,或火耕水耨。民食鱼稻,以渔猎山伐为业,果蓏蠃蛤,食物常足。故呰窳偷生,而亡积聚,饮食还给,不忧冻饿,亦亡千金之家。信巫鬼,重淫祀。而汉中淫失枝柱,与巴蜀同俗。②

"信巫鬼,重淫祀"正是楚文化的重要特点,至今江南有其余绪,可见其影响之深远。汉唐之间,中国长期处于分裂状态;晋室

---

① 《汉书·地理志》,中华书局1983年版。

② 《汉书·地理志》,中华书局1983年版。

南渡，形成南北对峙的局面。古人论及文学，常以南北为说。如《北史·文苑传序》论及文学风格时说："江左宫商发越，贵于清绮；河朔词义贞刚，重乎气质。"①宋以后，论及词、曲等文学样式，谈到南北不同的风格特点，也大都以地域与风格的关系立论。所以然者，梁启超在其所著《中国地理大势论》一文中，曾有较为详细的论述：

> 燕赵多慷慨悲歌之士，吴楚多放诞纤丽之文，自古然矣。自唐以前，于诗于文于赋，皆南北各为家数。长城饮马，河梁携手，北人之气概也；江南草长，洞庭始波，南人之情怀也。散文之长江大河一泻千里者，北人为优；骈文之镂云刻月善移我情者，南人为优。盖文章根于灵性，其受四周社会之影响特甚焉。自后世交通益盛，文人墨客，大率足迹走天下，其界亦寖微。②

南北文学风格的形成，其历史文化原因是极为复杂的，而地域文化及其传统，也是不容忽视的因素。正由于如此，从地域文化角度探讨文学生成及其发展，对文学研究便具有了特殊意义。

第一，中国地域广大，各地的自然条件、风俗习惯和文化渊源，都存在着较大的差异，大量的地方文学资料能够对文学的原生态作出较为可信的说明，从而可将作家作品的研究引向深入。譬如元明以来南戏北曲的盛衰，以及杂剧传奇艺术风格的不同，即与地域文化传统有着密切关系。明代吕天成的《曲品》和王骥

① 《北史·文苑传序》，上海古籍出版社、上海书店1987年影印二十五史本，此下《二十五史》版本同。

② 见《饮冰室合集·文集》卷一〇《中国地理大势论》，中华书局1936年版。

德的《曲律》都曾以南北为说，评述杂剧、传奇和曲调。① 戏曲是最具民间性的文学样式，其语言、风格和声律，与一个地方的传统习俗、审美情趣直接相关。再如产生于北方的著名文言短篇小说集《聊斋志异》，其作者蒲松龄的一生，除在江苏宝应做过一年幕僚之外，都是在家乡一带度过的。虽然小说所描写的内容具有典型意义，而其生活原型则是今山东地区的，乡土气息浓郁。阅读《聊斋志异》，而不了解当地的风俗习惯与生活方式，就很难谈清楚《聊斋志异》的文学成就。《聊斋志异》谈狐说鬼，仅从对我国志怪小说传统的继承是说不透彻的。如从地域文化的渊源进行探究，就可能得出新的结论。同时，与蒲松龄同时，并在全国具有影响的王士禛、赵执信，都是今山东淄博市人，而且都生活在孝妇河流域，这一现象也值得研究。

第二，地方文学资料还说明，中国文学这座宝山还有待于进一步发掘。我们平时注意研究文学大家，当然是对的，因为他们的作品曾经在中国文学史上产生过重大影响，对文学的发展曾经有过重要贡献。但是，要描述文学发展的全貌，特别是要描述文学发展过程中的丰富性和多样性，就显得不那么充分。实际上，在各个历史时期，在我国各地，都有影响一方文学的人物。文学大家影响着全国，有自己独特的艺术成就，而地方小家也表现出某些大家所不具有的风采；譬如涓涓细流汇入江河，各地地方文学虽然不是文学大潮的主流，却在自己的流域表现出独特的风姿。如明前期以石存礼为代表的山东海岱诗人，在台阁体盛行的年代，他们的诗歌自是一股潺潺清流；清中叶山东半岛的高密诗派，由山东而影响部分省区。在全国各地也有某些艺术造诣颇高

① 〔明〕吕天成：《曲品上》、〔明〕王骥德：《曲律》，均见《中国古典戏曲论著集成》，中国戏曲出版社 1980 年版。

而境况落魄的作家，其诗文作品只能影响到较小的范围；或因政治原故，有的避居乡里，远离文化中心，在相当一段历史时期内没而不彰。这类作家的文学成就，理应纳入文学研究的视野。譬如明代前后七子中的山东人有边贡、李攀龙和谢榛，他们的创作主张及其诗文成就，在全国有较大影响，这是大家所熟知的。而边贡晚年休居济南；李攀龙则在济南隐居十年，且是其诗歌创作最为活跃的时期。在他们休居济南期间，有影响全国的诗歌创作活动，也有在当地的诗歌创作活动。如李攀龙与济南诗人许邦才、殷士儋，章丘诗人袭勖、毕鳌等相唱酬，对当地文学活动都有一定影响。袭、毕的诗歌活动载入《清诗话》，许、殷都有诗集传世。明清以来，济南诗歌创作活动非常活跃，仅以济南或其名胜命名的诗集就有若干。如明代殷士儋的《金舆山房稿》，许邦才的《瞻泰楼集》，王象春的《济南百咏》(《齐音》)，清代马国翰的《玉函山房诗集》，任宏远的《鹊华山人集》，以及桑调元的《历下三子诗》等。再如清代小说家蒲松龄，他以文言短篇小说集《聊斋志异》名世，其诗歌创作的成就则常常被人们所忽略。其实，他的诗歌写得很好，有很高的艺术价值。而他的诗歌创作活动，是从其早年诗歌结社开始的。据路大荒《蒲松龄年谱》载，他在二十岁时与同邑王鹿瞻、李希梅、张笃庆等结郢中诗社，他们彼此“以风雅道义相劘切”，对当地文学创作有一定影响。诗社中的张笃庆，是一位著名诗人，他的诗歌创作取得较高成就，为当时地方文学领袖人物。另如历城解鉴，一介秀才，教书为生，其续《聊斋志异》的《益智录》，因无力印刷，仅以抄本流传，以致残缺不全。受《聊斋志异》影响，进行小说创作的例子，当然不只一个解鉴，但在山东地区类似的文学活动，联及他所造成的影响，便有其特殊意义。这些都应该是值得注意的现象。

第三，大量的地方文学资料还显示出“文人扎堆的现象”。在某一地域，在某一时代，常常出现一些文人群体，或者世代都有文人的家族。这种文人"扎堆"的现象，与他们所处的文化环境有关，也与他们所处的地理环境有关；是文化现象，也是一种人文地理现象。譬如自西汉至隋，今山东境内的伏氏家族，前后绵延约八百年；晋代的王氏家族、颜氏家族等，从东晋至唐也都绵延数百年；明清时期的江浙地区，也形成一些文人群体。出现这类现象，有历史因素，如汉代尊经，造成经学世家；东晋王氏，因拥立之功而享有特殊的政治地位等。但这些文化家族和文人群体的形成，与地域文化也有密切关系。如清初的王（士禛）派诗人，因乡谊关系，山东人较多，出现了"本朝诗人，山左为盛"①的局面。因此，研究某一地域的文学现象，总结出某些带有规律性的问题，在理论上加以说明，对于文学研究的深入，还是有意义的。

在这里主要讲文人文学与地域文化的关系，至于民间文学的地域性特征，那就更加明显，不再细加论列。

五

齐鲁文化在历史上曾经是一种地域文化，而且延续时间较长；在这片土地上，曾经出现过孔子、孟子、墨子等伟大的思想家。孔孟为代表的儒家思想体系，是中国传统文化思想的主体。因此，在分散的地域文化汇融而为中华文化之后，齐鲁文化仍然保留了其作为地域文化的某些特征，并在较长历史时期内发挥着重要作用。以齐鲁文化与文学的关系为例，对齐鲁故地的文学发展及其历史文化，包括人文地理因素等进行具体研究，对于认识中国文学在民族统一性之中的地域差异现象，及其生成和发展的某

① 〔清〕赵执信：《谈龙录》，赵蔚芝、刘聿鑫注释本，齐鲁书社 1987 年版，第 72 页。

些规律,或许可以提供某些有价值的东西。因今山东地区大致为古代齐鲁故地,为方便读者,书径以"山东"名之。全书分两大部分,即分为上、下两编。上编为山东文学综论,着重论述古代山东地区的文化渊源、作家的地理分布及其原因,以及古代山东文学的主要成就、地域性特征及其在中国文学发展过程中的地位和影响;下编则以时代为线索,对古代山东地区各个时代、各个地区文学发展状况、作家风貌、影响文学发展的诸多因素,以及地域文化与作家成长的关系,进行较为具体的论述。

本书限于山东一地,所涉及的自然应是山东籍的作家作品。但其中也有若干复杂的情况,因此,需要对有些问题加以说明。第一,所谓"山东",自明清以来,所辖区域经常有所变动,本书指现今政区,原属山东而已划归他省的县、市,如范县、馆陶及临清、阳谷划归河北、河南的地区不在本书论述之列。第二,书中所涉及的作家,籍贯应属山东,而因历史变动、人口流徙,其中又有若干复杂情况,因此,论述中就有确定作家籍贯的问题。确定一个人的籍贯,一般是指其出生地,而实际上却存在许多复杂情况。譬如,有的出生在山东而长期居住在外地。其中,也有几种情况:一是幼年即离开山东,终老未归,如诸葛亮;一是成年离家,老而归里,如边贡;一是成年离家,终老未归,如辛弃疾。再如,有的从祖上即举家外迁,几代甚至十几代侨居外地,其后代也从未回过故乡,如晋南北朝时期的琅邪王氏与颜氏、高平郗氏、平昌伏氏等。这些家族南迁之后,籍贯仍称原籍。前两种情况,自无争议,而第三种情况,则向有不同看法。汉末以来,至魏晋南北朝时期,随着世族门阀的形成,出现了家族文化现象。晋元帝南渡,北方大批世族,特别是琅邪世族,亦追随南迁。南迁世族迁徙时,不止携带自己的亲属,也将所属部曲、佃户一起迁移,有的众至千人,甚至多达万人。他们南迁之后,聚族而居,在相当长的历史时期内，仍然保持着他们原有的生活方式和风俗习惯。据《晋书·元帝纪》载，琅邪世族南迁者近千户，元帝命侨置一县，属丹阳郡。这些侨置郡县，不只是一个地理称谓问题，也不仅仅为满足其虚荣心，而是在特定历史时期的一个文化现象。如生于南朝后期的颜之推，他仍然以北方习俗教育儿孙，对江南世族多所批评（见《颜氏家训·涉务》篇）。因此，在晋南北朝这一特定历史时期，今山东境内的南迁而称原籍者，从文化承载者的角度，仍然按照史籍所载，保持原籍是合理的。第三，有的虽然不出生于山东，而自幼至成年生活在山东者，如范仲淹，他祖籍河内，后迁于吴（今江苏苏州），而他生于徐州，从两岁就随母来到淄川长山（今山东邹平），并从继父改姓朱。宋真宗大中祥符八年（1015），他进士及第，"始还姓，更其名"（《宋史·范仲淹传》）。其时他已30余岁。说范仲淹是吴人，他实际上在山东长大，从未在吴地生活过。范仲淹的情况比较特殊，本书在有关章节附为论列。第四，籍贯有争议的人物，如庄子、罗贯中。据史载，庄子为宋国蒙人。自唐而后有东明说、商丘说，冯友兰先生认为蒙在今山东曹县①。罗贯中籍贯东原为何处，有山西太原、山东东平两说，袁行霈先生主编的《中国文学史》据学者之考证，取山东东平说②。因此，本书认为庄子、罗贯中为今山东人。至于属山东籍而县属有歧异者，亦仅从一说，不加考辨。

本书为山东省"九五"规划项目，在编写过程中，曾得到山东师范大学科研处的支持，并得到齐鲁文化研究中心的出版资助。著名学者徐北文先生通阅全稿，提出许多宝贵意见，并慨然赐序；

---

① 冯友兰：《中国哲学史新编》（一），人民出版社1984年版，第106页。

② 见《中国文学史》（第四卷），高等教育出版社1999年版，第25页及40页注（5）。

序文对山东文学的发展及齐鲁文化的关系作了总体论述，弥补了书稿的不足，大为书稿增色。齐鲁书社热情支持，精心编辑出版。谨在此一并表示深切的谢忱！

地域文化与文学的关系，目前还在探讨之中，本书提出个人的一些想法，参加讨论，听取批评，算是抛砖引玉吧。又因时间不集中，写作时断时续，前后或有缺乏照应之处。山东古代诗文大家较多，他们的文学成就在各家文学史中都有较为详细的论述，也有一些作家、作品专论，对前人时贤的研究成果不敢掠美，凡属重要结论，一律注明出处。作者以前有关于山东作家作品研究论著中的某些观点，在本书有关部分时有采录，不再另行说明。本书内容虽仅涉及一个地域，却涉及文学的各个领域；从先秦至明清，时间跨度也较大，而本人学力和思想理论水平有限，很难达到预期的目标，错误疏漏之处在所难免，祈望得到方家学者的批评指正。

李伯齐

2000年10月

于山东师范大学寓所

目　录

下编　纵论

上编　综论

第一章 导 言

一、地域概念

所谓地域，在这里既不是一个单纯的地理概念，也不是仅限于行政区域的划分，而是指地域文化的界区，即在一个相当长的历史时期内曾经形成的、相对于其他区域自具特点的文化区域。在本书《前言》中曾经说明，古今研究者通常把秦汉以前的中国古代文化划分为齐鲁、中原、三晋和荆楚四个文化区。而本书所说的山东，即今山东省，大致为先秦齐鲁故地，亦即齐鲁文化区。先秦时期的齐、鲁两国以泰山为界，鲁国以今曲阜为中心——“东至东海，南有泗水，至淮，得临淮之下相、睢陵、僮、取虑，皆鲁分也”①。东海指今山东诸城及其南濒海地区，泗水（今属山东）、下相（今江苏宿迁）、僮（今安徽泗县西北）、取虑（今江苏睢宁西南）大致涉及今山东诸城以南滨海地区、临沂以南至淮河以北地区，奄有今山东省东南及南部、江苏北部及安徽部分地区。而齐国的疆域在其全盛时则较为广大。周初姜太公封地以营丘（今山东淄博市临淄区一带）为中心，后来逐步灭掉周围一些小国，至战国时期疆域最大时，东至海（包括胶东半岛至今江苏连云港市赣榆区一带），西至河（黄河故道，今山东、河北两省之间），北至今

① 《汉书·地理志下》，中华书局1983年版，第1662页。

河北东南沿海与山东交界处，西南至泰山一带，所谓“南有泰山，东有琅邪，西有清河，北有渤海，此所谓四塞之国也。齐地方二千里……”①。从历史地理的角度看，齐、鲁两国犬牙交错，不少地方先属鲁而后属齐，或此时属鲁彼时属齐。如今之诸城，原为鲁邑，后归齐。齐鲁与荆楚之间亦如此。楚疆域最大时，其北境达今山东南部。如荀子曾为楚兰陵令，兰陵即今山东兰陵县。又如今山东西部的冠县曾属晋，后入赵；今菏泽市所辖各县曾分属鲁、曹、楚、宋、卫、魏等诸侯国。因此，所谓文化区，是指在一定历史时期内保有自己文化价值系统而又形成一定文化传统的区域。从今之政区来看，齐鲁文化区大致包括今山东大部和河北、江苏部分地区。因此，古代也将这一地区又划分为燕齐和邹鲁两个文化区域。

秦汉统一，建立了中央集权的封建大帝国。在原齐鲁地区，秦设置郡县；汉承秦制，而郡国各半。自两汉以来，齐鲁故地的政区建制屡有变化。山东，作为地理概念，在秦汉以前，通称崤山或华山以东的广大地区，因其在函谷关以东，也称为关东，由此相沿习称崤函以东的地区。至于山东作为一级行政区划，则有一个相当漫长的历史演变过程。

今山东地区（下凡称“山东”，即指今山东地区），在远古时代为夷人聚居地，古称东夷。后来夷人与华夏族杂处，形成不同的部落方国。有关考古资料说明，在夏代，今山东地区是当时政治文化中心之一。“夏之同姓国，在古籍金文中可考者有观、莘、杞、鄫、寒诸国，其地望，则观在山东观城县，居顾西，莘国约在今山东曹县，杞本在河南杞县，后一再迁徙，至山东昌乐。古鄫国有二，一姬，一姒；姒姓之鄫约在今山东峄县东。寒国之为姒姓见于金

---

① 《战国策·齐策一》，上海古籍出版社1985年版，第337页。

文(《攈古录》卷二之二)。"①可见,今山东全境都是夏文化影响所及的地区。从迄今发现的考古资料来看,商代文化遗迹亦几乎遍布今山东全境。西周、春秋时期,境内分布着若干诸侯国,主要有齐、鲁、曹、滕、薛、郯、莒等,及宋、卫国之一部。战国时期,山东大部属齐,其南一部属楚,其北一部属赵;在齐国力最强盛时,其疆域几乎囊有今山东全境。秦朝统一,在今山东境内设置齐郡(治所在今济南)、琅邪郡(治所在今诸城)、东海郡(治所在今郯城)、薛郡(治所在今曲阜)、东郡(治所在今河南濮阳)。西汉初年,山东大部属齐,为刘邦之子刘肥的封地。汉武帝元封五年(公元前106),置十三部州,山东分属青州、兖州和徐州管辖。青州领有平原(治所在今平原)、千乘(治所在今高青高苑镇北)、齐(治所在今淄博市临淄区)、济南(治所在今济南市历城区)、东莱(治所在今莱州)、北海(治所在今昌乐)六郡和淄川、胶东、高密三国;兖州领有泰山(治所博县,在今泰山东南)、东郡(治所在今河南濮阳,辖境包括今山东、河南、河北三省交界处诸县)、济阴(治所在今定陶)、山阳(治所昌邑,在今金乡西北)四郡和东平、城阳二国;徐州领有东海(治所在郯,即今郯城)、琅邪(治所在东武,即今诸城)二郡和鲁国。东汉山东属青、兖、徐、豫四州。自三国魏至南北朝,王朝更替频繁,社会动荡,地无常属,政区划分经常变更。晋室南渡,北方为匈奴、鲜卑、羯、氐、羌等少数民族所建立的国家统辖;南北朝时期,山东先后属北魏、东魏、北齐、北周。入隋,复属青、兖、徐、豫四州。唐初分全国为十道,黄河、济水以南属河南道,以北属河北道。北宋改道为路,分全国为二十四路,山东分属京东东路和京东西路;金大定八年(268),改为山东东路和山东西

① 杨向奎:《评傅孟真的〈夷夏东西说〉》,见《夏史论丛》,齐鲁书社1985年版,第156页。

路，置山东东西路统军司，治益都（今山东青州），是山东置为政区之始。明清时代作为省区，因地处太行山以东，称山东；因所辖大致为先秦齐鲁故地，称齐鲁，简称鲁。

二、齐鲁文化

齐、鲁地处黄河下游，东境濒海，西境为华北平原的一部分，中部多丘陵，河道纵横，湖泽棋布；自然环境优美，物产富饶。自远古以来，我们的祖先就在这里生息、繁衍。历年来的考古发掘，从胶东半岛至鲁西平原，大量史前文化遗存证明，这一地区与中原地区的文化一样，发展和形成了自具特色的地域文化。商周之前，今山东及其周围地区，聚居着东夷族人。据目前考古资料证明，从新石器时代至商周以前，东夷族始终是这一带的土著居民。东夷族所创造的文化，即东夷族文化，与其他地区所形成的文化不同，是自成体系的一种文化形态，是一种独具特色的地域文化。

传说之中的虞舜，据孟子说是东夷人（《孟子·离娄下》）。至今在山东境内，特别在今济南市，关于舜的传说和遗迹甚多。原济南城南门叫舜田门，因为“舜耕历山”之历山，就是今济南南郊之千佛山。关于舜所耕之“历山”，向有不同说法。宋代文学家曾巩在任齐州太守时，经过考定，认为原名历山的千佛山，就是舜当年所耕之历山①。关于舜的遗迹，还有舜祠、舜井、娥姜祠、娥姜水等。舜祠建在历山（即今千佛山）上；舜井在济南旧城南门内，相传是大舜锁押水怪巫支祁的地方。发源于趵突泉的泺水，又名娥姜水，水畔建有娥姜祠，是祭祀大舜的女儿娥皇、女英的地方。

① 〔宋〕曾巩：《齐州二堂考》，载《元丰类稿》卷一九，民国八年（1919）上海涵芬楼影印《四部丛刊》本。

另外，在山东巨野之西有雷泽，也有一座历山，也传说为舜耕牧之处。因此，大舜是传说中东夷人早期的领袖人物，以舜为代表的舜文化，就是早期的东夷文化。东夷人与夏、商、周三代的关系，古代典籍中有不少记载。夏商时期，齐、鲁即今山东一带均为其势力范围。夏的封国遍及今山东境内，夏文化在齐、鲁两地的影响，已由近年来的考古发掘得到证明；商文化的影响，除史籍记载外，也有地下文物可证。据《左传·定公元年》记载，商汤的左相仲虺曾居薛（今山东滕州），帝南庚曾迁都于奄（今山东曲阜），这一带很可能曾是商人活动的中心地区之一。齐地临淄一带，也有商族侯国，如季崱、逄伯陵等。因此，东夷文化融合夏、商文化，为齐鲁文化的共同渊源。

齐、鲁均为西周诸侯国。周初建立封国，姜太公尚封于齐，都营丘（今淄博市临淄区一带）；周公旦封于鲁（今山东曲阜）。周公留周都辅佐成王，由其子伯禽赴鲁执政。姜太公、伯禽都是周文化的政治代表，齐、鲁所执行的也都是周王朝的典章制度，但是两国统治者对待当地土著文化的态度和建国后所执行的政策却有不同。“太公至国，修政，因其俗，简其礼，通商工之业，便鱼盐之利，而人民多归齐，齐为大国”①，而鲁公伯禽，却“变其俗，革其礼”②，用周文化改造土著文化。齐“因其俗”，对土著文化即东夷文化有较多保留，就形成有别于周文化的、具有鲜明特色的地域文化，即齐文化；鲁则“变其俗”，将周文化移植过来，使之成为宗周在东方的文化代表。东夷文化与周文化上源不同，东夷文化属于炎帝系统，周文化属黄帝系统；齐“因其俗”，带有浓重的夷文化色彩，而鲁“变其俗”，是用周文化改造夷文化。“齐鲁文化源流之

① 《史记·齐太公世家》，中华书局1975年版，第1480页。
② 《史记·鲁周公世家》，中华书局1975年版，第1524页。

不同，从根本上说，应为炎黄两帝系统之不同。黄帝一系，即后来夏周系统，乃鲁国文化之来源，周公孔子发扬光大之，而齐国文化则部分来自炎帝系统，道家老子之所自出，而道家与法家有密切关系，故在《史记》中，老子与韩非同传。同时《吕刑》之严刑，亦当与后来之法家相关，故东方法家首先出自齐——管子。战国时代的稷下老师荀子，实为继承齐鲁两系文化之大师，溯其源流，亦当为继承炎黄两系思想之大师。因为他曾游学于齐，又曾仕于楚，齐楚都与炎帝有关，他是儒家而有法家气息者。”①杨向奎先生精辟地阐述了齐鲁文化的源流，并指出：“齐鲁文化，实为先秦时代文化的核心，在中国历史上，齐鲁文化，也是中国传统文化中的正统派。”②同时，齐、鲁文化作为两种地域文化，研究者也应注意它们彼此之间的关系及其形成同一地域文化的具体过程。

从西周封建之初，到春秋前期，齐、鲁两国由于统治者各自实行不同的治国方略，对原东夷文化的改造程度不同，使两地文化风貌差异较大。两国建国之初，在政治、经济、文化等方面，鲁的特殊政治地位，使其优于齐。政治上，鲁为周公封地，而周公是武王之弟，时辅佐年幼的成王，摄行政事，是周的实际统治者。为褒扬周公之德，“成王乃命鲁得郊祭文王，鲁有天子礼乐”③。鲁君享有天子礼乐，并保存有周的礼器法物和文化典籍，使其成为宗周在东方的代表；平王迁都洛邑之后，鲁国更是保有周文物制度最为完备的地方。所以直到春秋晚期，晋国执政韩宣子聘于鲁，看到鲁国的文物典籍，还感慨地说：“周礼尽在鲁矣，吾乃今知周

① 杨向奎：《齐国史·序》，载王阁森、唐致卿主编《齐国史》，山东人民出版社1992年版。

② 杨向奎：《齐国史·序》，载王阁森、唐致卿主编《齐国史》，山东人民出版社1992年版。

③ 《史记·鲁周公世家》，中华书局1975年版，第1523页。

公之德与周之所以王也。”①由此可见，鲁国在相当长一个时期内是周典章文物荟萃之地，从而使其成为周王朝在东方的学术文化中心。正是在这样的文化氛围中，形成了早期儒学、墨学，培育了孔子、墨子、孟子等一代文化伟人，从而对中国传统文化产生深远影响。鲁国政治上的优越地位，及其与殷周文化的关系，使其在社会大变动的春秋战国时期表现出因循和保守的倾向，这在孔、墨、孟诸家思想中也有所表现。而齐国则实行了与鲁国完全不同的政治文化政策。自姜太公以来，齐的统治者利用齐地濒海擅有鱼盐之利、交通发达，以及盛产丝麻的自然条件，实行通商惠工、尊贤尚功的政策，使齐国政治较为开放，经济也得到迅速发展，后经齐桓公和管仲的改革，便成为“春秋五霸”之首。春秋战国之际，齐国实行比较开放的文化政策，吸纳不同流派的思想，在稷下学宫集中了当时各家各派的代表人物，形成一个百家争鸣的局面。稷下学宫标志着齐文化与鲁文化的交融，也标志着文化中心从鲁国转移到齐国。后期儒家代表人物荀子，在稷下三为祭酒，最为老师，他既继承孔子也注意吸取诸家思想，特别是齐文化中的法制思想，集先秦儒家思想之大成，并成为李斯、韩非法家思想的前驱，从而为出现地主阶级全国统一政权奠定了理论基础。迨至西汉，兴起于齐地的黄老之学盛行。汉武帝独尊儒术，使儒家学说成为官方哲学而普及全国，而其所尊之“儒术”的内容和精神，则是融合黄老、法、阴阳诸家，与先秦孔子思想已自不同。因此，终汉之世，统治者所实行的实际上是“外儒内法”，即所谓“王霸之道杂之”②的统治方略。至于两汉经学之经今古文之争，今文经始终居于统治地位，而今文经学大师则多为齐人。汉末齐人郑

---

① 《左传·昭公二年》，杨伯峻注本，中华书局 1981 年版，第 1227 页。

② 汉宣帝语，见《汉书·元帝纪》，中华书局 1983 年版，第 277 页。

玄综经今古文而创郑学，标志着汉学的终结，同时，也标志着先秦以来作为地域文化的齐、鲁文化界限的消亡。

齐鲁文化，从战国后期至两汉，有一个融合过程。在这个过程中，齐鲁文化也与中原文化、荆楚文化以及三晋文化融合，从而形成中国的传统文化。而植根于齐鲁大地的齐鲁文化，在这一融合过程中，仍然保有它的某些内容和特征，从而对齐鲁故地的文学艺术产生广泛而深刻的影响。

我们今天讲齐文化或者鲁文化，是指先秦至两汉时期曾经存在过的齐、鲁两地的地域文化。两汉以后，齐、鲁文化融会在一起，并与中原文化、三晋文化、荆楚文化进一步融会，从而形成以齐鲁文化为核心的大中华文化。但是，由于中国地域辽阔，在中华文化形成的过程中，各地域文化的长期浸润、熏染，其精神气质已沉积在人们的心理、性格和习俗之中，其对当地人才的培育和成长仍有不可忽视的影响。就齐鲁故地——山东而言，齐鲁文化作为中国传统文化的主体，在相当长的历史时期内保有其文化优势，自古就有“齐鲁文学之邦”之称，几乎代有名家，出现了诸多对我国政治、经济、文化教育、文学艺术等各个领域产生重大影响的人物，从而为我国文化发展和优秀文化传统的形成作出突出贡献。仅就文学方面说，孔子、孟子、庄子对我国传统文化的形成和发展的影响，对我国文学思想、理论的影响不必说，自汉而后，历代文学家、文论家如建安诗人孔融、王粲、刘桢、徐幹，太康诗人左思，文论家刘勰，词人李清照、辛弃疾，散曲家张养浩，明“后七子”领袖李攀龙，康熙诗坛盟主王士禛，小说家罗贯中、蒲松龄等，都曾是影响一个时代的大家。他们之所以取得巨大成就，原因是多方面的，而其文化品格，乃至作品的艺术风格所受地域文化的影响也是不容忽视的。如被誉为世界“短篇之王”的小说家蒲松龄，他一生除在江苏宝应住过一年之外，其余时间都是在家乡淄博一带度过的，如果你对当时当地的风土人情、文化传统不做深入了解，阅读《聊斋志异》便会遇到很多困难，而且你也难以理解书中充满乡土气息的韵味，至于小说中地方色彩浓重的俗语方言、风俗人情，就更不必说了。因此，今天对古代地域文化与文学的关系进行研究，对研究文学的产生、分布及其发展规律，还是具有重要意义的。

三、齐鲁文化精神

齐鲁文化作为中国传统文化的主体，它与三晋文化、中原文化和荆楚文化有许多共同点，而由于其形成的时代和地域环境的差异，又有自己独特的内容和特点，并表现出独特的精神气质。

第一，齐鲁文化兼容并包，具有开放性和包容性。如前所述，齐鲁文化是多源的，春秋战国时代，原齐鲁地区是东方的文化中心，管子的法家思想倾向和以孔、孟为代表的儒家思想体系，形成齐鲁文化思想的核心。春秋战国之际，诸子蜂起，百家争鸣，稷下学宫成为当时文化学术中心。儒家、道家、名家、阴阳学家、法家等各派，汇集于稷下，聚徒讲学，著书立说，互相辩难，又互相切磋。儒学大师孟子、荀子游学稷下，使儒学融进新的因素。荀子在稷下三为祭酒，最为老师，他以儒家思想为主体，对道家、法家、墨家、名家等各家学说都有所批判，有所吸收，使其成为先秦思想学术的集大成者。稷下学术，以及孟、荀对孔子学说的发展和改造，都表现出开放性、包容性的特点，增强了齐鲁文化时代的适应性，这对于以儒家思想为主体的中国传统文化思想的发展具有深刻影响。

第二，齐鲁文化是齐文化崇法重利与鲁文化重德隆礼的融合，具有法治、德礼兼重的特点。齐鲁文化是齐、鲁两个地域文化的融合,这一融合过程始于稷下学宫,而终于两汉经学。从荀子主持稷下学宫,到董仲舒提出独尊儒术,以产生于鲁地的儒学为主导,融合产生于齐地的阴阳、黄老、法家思想,形成一个新的思想体系。这一新的思想体系,既强化了儒家哲学思想的基本精神,又吸取了法家的刑法思想;既强调道德,亦重视功利。德教、法治并施,道德与功利兼重,是齐鲁两地文化融合之后的特点,它对于中国传统文化思想的形成也具有深刻影响。

第三,齐鲁文化蕴含的人道精神与和合思想。孔子的仁学,提倡仁者"爱人",宣扬人格的尊严;《管子》书中所言"以人为本",形成齐鲁文化中亲人重民的思想内核。孔子、孟子等以和为贵的思想,与汉代黄老帛书所主张的一切事物对立统一,都肯定多样化的统一。这种人道精神与和合思想所产生的亲和力,对于促进中华民族的融合、民族的团结,具有重要意义。

以上只是对齐鲁文化的内容和特点非常简括的说明,或者说,只是揭示了齐鲁文化内容和特点的几个主要方面。

那么,什么是齐鲁文化精神?或者说,是什么构成了齐鲁地域文化精神的特质?要回答这个问题是非常困难的。先秦齐文化与鲁文化,曾是两种内涵不同的文化形态,具有不同的精神气质。齐鲁文化精神,是这两种文化精神的融合。有的论者过分强调了原始齐、鲁文化的不同,甚至认为两者是对立的。从研究的角度强调不同文化形态的特点,本无可厚非,而如从两种文化的融合过程及其结果来看,这类看法是不适当的。如上所述,齐、鲁文化从其产生和形成彼此就有着内在联系,这种联系就是二者融合的基础。

关于"文化精神",世界各国的文化理论学者有种种不同的解释,至今仍然莫衷一是。作为一个地域,在一个相当长的历史时期内,逐渐形成的、独特的文化气质,表现为对自身及其所处世界的价值态度。前面曾讲到,东夷文化融合夏、商、周文化,是齐鲁文化的共同渊源。源头是一个,而流变表现出歧异。周文化是对三代以来文化成果的继承和发展,代表着中国古代文化的主流。有的学者认为,中国人的文化气质,在西周开始定型,经过春秋时期,演化为中国文化的精神气质,或叫"基本人格"。① 这一说法,是比较符合历史实际的。齐鲁文化的形成,大体也是在这一时期。齐文化的代表人物是管仲、晏婴,鲁文化的代表人物是孔子、孟子。齐、鲁地域文化都是从殷周文化发展而来,管子与孔子也都是殷周文化的优秀继承者,他们的思想有许多相同或相通之处。这些相同或相通之处,正是齐鲁文化形成的基础。具体表现在以下两个方面:

其一,亲人、重民。《管子·霸言》篇说:"夫霸王之所始也,以人为本。本理则国固,本乱则国危。故上明则下敬,政平则人安,士教和则兵胜敌,使能则百事理,亲仁则上不危,任贤则诸侯服。霸王之形,德义胜之,智谋胜之,兵战胜之,地形胜之,动作胜之。"在这里,"以人为本"被看做是称霸和统一天下的先决条件,把"亲仁"看做君主地位巩固的基础,把"德义"看做实现称霸和统一天下的重要条件之一。"以人为本"就是"以民为本",《管子》一书明确地提出民本思想。孔、孟思想的人本取向及其重民言论,与此基本一致。孔子提出仁者"爱人"(《论语·颜渊》),治理国家应"节用而爱民,使民以时"(《论语·学而》)。孟子发展了孔子的重民思想,提出"保民而王"的王道政治,认为民心向背是政治的基础,"得乎丘民而为天子","民为贵,社稷次之,君为轻"(《孟子·尽心下》)。孔子称扬管子为"仁者"。当子路请教管仲未为

① 见陈来《古代宗教与伦理——儒家思想的根源》,生活·读书·新知三联书店 1996 年版,第 5~8 页。

公子纠而死算不算“仁”的时候，孔子回答说：“桓公九合诸侯，不以兵车，管仲之力也。如其仁，如其仁。”（《论语·宪问》）子贡又提出疑问：“管仲非仁者与？桓公杀公子纠，不能死之。”孔子进一步解释说：“管仲相桓公，霸诸侯，一匡天下，民到于今受其赐。微管仲，吾其被发左衽矣！”（《论语·宪问》）孔子认为管仲辅助桓公称霸，“不以兵车”，即不仗恃武力和杀戮人民来实现称霸的目的，是“仁”的表现；认为管仲九合诸侯，一匡天下，使人民免受动乱之苦，使先进的中原文明得以延续和发展，符合民族的最高利益，也是“仁”的表现。由此我们可以看到管仲思想与孔子思想之间的联系。

其二，重德、贵义。《管子·牧民》篇提出“礼义廉耻”为国之“四维”，“四维不张，国乃灭亡”，并进一步强调民心向背对于国家政治的重要性：“政之所兴，在顺民心；政之所废，在逆民心。……故刑罚不足以畏其意，杀戮不足以服其心。故刑罚繁而意不恐，则令不行矣；杀戮众而心不服，则上位危矣。”强调道德与政治的关系，强调民心向背对于政治的决定意义，与孔子、孟子的思想也相一致。孔子一向强调“德化”对于政治的重要意义。他说：“为政以德，譬如北辰，居其所，而众星共（拱）之。”（《论语·为政》）主张以“德义”服人：“君子之德风，小人之德草，草上之风必偃”（《论语·颜渊》），“故远人不服，则修文德以来之；既来之，则安之”（《论语·季氏》）。孟子在这方面的言论更多，他的“仁政”“王道”就是对孔子“德治”思想的继承和发展。作为道德规范和人生准则，孟子又特别强调“义”，认为“义”是实现“仁”的必由之路。总之，“礼”“义”是管子和孔、孟思想中的重要范畴，重德、贵义，是他们之间共同的思想倾向。

文化思想反映一种文化的价值取向。亲人、重民，重德、贵义，是齐鲁文化思想的核心内容，亦即齐鲁文化精神之所在，因之成为齐、鲁两种地域文化融合的基础，并成为两种地域文化融合之后的核心内容，因此也应看做齐鲁文化精神的主体部分。但是，《管子》一书与孔、孟对前述“亲人”“重民”“重德”“贵义”的具体阐述及其表现出来的价值取向是有差异的。今分述之：

一，亲人、重民。《管子》一书讲爱民是为了用民，《法法》篇云：“计上之所以爱民者，为用之爱之也。”就是说为利用他们才爱他们，统治者爱民只是为了利用他们达到自己的目的。他虽然提出“以人为本”的思想，但强调“法重于民”：“法者先难而后易，久而不胜其福。故惠者民之仇雠也，法者民之父母也。……故曰令重于宝，社稷先于亲戚，法重于民，威权贵于爵禄，故不为重宝轻号令，不为亲戚后社稷，不为爱民枉法律，不为爵禄分威权。”①强调了以法治国的重要性。正由于如此，在他看来“治人如治水潦，养人如养六畜，用人如用草木”②，把人视同“六畜”“草木”，人民哪还有人格尊严可言？显然，《管子》讲“爱民”，是从统治者角度讲如何治理人民的法术；爱民正是为了驭民，表现出法家思想的特点。而孔、孟讲爱民，也有为统治阶级着想的一面，统治者只有“节用而爱人，使民以时”，才能有效地调节和缓解社会矛盾，巩固自己的统治。但是，他们认为爱民是为政的基础和前提。孟子提出“保民而王”，只有“保民”即爱民，才能统一国家，保有统治。孔子讲“仁”，其根本意义是“爱人”，爱人之道是“推己及人”，是所谓“亲亲而仁民，仁民而爱物”（《孟子·尽心上》），即由爱自己的亲人而推及“仁民”（爱其他人），这是一种道德境界，具有规范人道德行为的意味。孟子解释说：“仁，人心也。”（《孟子·告子上》）是说人之仁爱之心不是外加的，而是出自本心，是人性之中

---

① 《管子·法法》，《诸子集成》本，中华书局1986年版，第90页。

② 《管子·七法》，《诸子集成》本，中华书局1986年版，第30页。

所具有的。又说:“仁也者,人也;合而言之,道也。”(《孟子·尽心下》)即说“仁”就是人道,就是做人的全部道德。孔子说:“三军可夺帅也,匹夫不可夺志也。”(《论语·子罕》)孟子所说的“富贵不能淫,威武不能屈”的“大丈夫”(《孟子·滕文公下》),都是强调个体人格尊严的。至于君民之间,孟子说:“君之视臣如手足,则臣视君如腹心;君之视臣如犬马,则臣视君如国人;君之视臣如土芥,则臣视君如寇雠。”(《孟子·离娄下》)彼此是对待关系,人格是平等的。在这里,孔、孟所主张的“亲人”“重民”的道德含义,与《管子》一书表现出不同的价值取向。

二,重德、贵义。《管子》一书提出“四维”说,强调道德对于政治的重要性,认为只重刑罚、杀戮便会危及统治者地位的巩固,同时又在《正》篇中提出刑、政、法、德、道对于治理国家同等重要。而孔、孟则与之不同。孔子说:“志于道,据于德,依于仁,游于义。”(《论语·述而》)这里的“道”就是人道,即做人的道理,表现在具体行为上就是“德”,而最高的道德就是“仁”。由此可以看出孔、孟所提倡的“德”,首先要从个体的人做起。作为统治者,也应该首先是个“仁人”,“德必若舜禹”(《孟子·万章上》),那他所行之政自然也是合乎道德的“仁政”。因此,在孔、孟看来,道德与政治是合一的,有好的道德,才会有好的政治。这与《管子》书中所论有显著的不同:《管子》从巩固统治者地位的角度,把“德”与“法”都看做统治方略,而孔、孟则从人道角度,把“德”看做政治本身。关于“义”,《管子》一书对“礼”“义”有所阐述,谓:“君臣父子人间之事谓之义;登降揖让、贵贱有等、亲疏之体,谓之礼。”①同时又指出:“所谓仁义礼乐者,皆出于法。”②孔子视合乎道德的

① 《管子·心术》,《诸子集成》本,中华书局1986年版,第219页。
② 《管子·任法》,《诸子集成》本,中华书局1986年版,第256页。

行为为“义”，重视“义”“利”之辨，说：“不义而富且贵，于我如浮云。”（《论语·述而》）而孟子也认为“义”是一种道德规范，是实现仁德的具体表现。在重德贵义方面，《管子》书中所阐述的思想，与孔、孟的认识，同样表现出不同的价值取向。

齐、鲁文化思想既有相同或相通之处，又存在着许多差异。这些差异，主要表现在价值取向的不同，并由此而影响着齐、鲁两地人民的精神气质。造成这些差异的主要原因，在前面“齐鲁文化”一节已经有所交代，即这两种地域文化的形成过程不同，其中也包括地理因素。《汉书·地理志》下谈及齐地风习、齐人性情及其表现，说：

> 古有分土，亡分民。太公以齐地负海舄卤，少五谷而人民寡，乃劝以女工之业，通鱼盐之利，而人物辐凑。后十四世，桓公用管仲，设轻重以富国，合诸侯成伯功，身在陪臣而取三归。故其俗弥侈，织作冰纨绮绣纯丽之物，号为冠带衣履天下。
>
> 初，太公治齐，修道术，尊贤智，赏有功，故至今其土多好经术，矜功名，舒缓阔达而足智。其失夸奢朋党，言与行缪，虚诈不情，急之则离散，缓之则放纵。始桓公兄襄公淫乱，姑姊妹不嫁，于是令国中民家长女不得嫁，名曰“巫儿”，为家主祠，嫁者不利其家，民至今以为俗。

谈及鲁地风习、鲁人性情及其表现时说：

> 周兴，以少昊之虚曲阜封周公子伯禽为鲁侯，以为周公主。取其民有圣人之教化，故孔子曰“齐一变至于鲁，鲁一变至于道”，言近是也。濒洙泗之水，其民涉度，幼者扶老而代

其任。俗既益薄，长老不自安，与幼少相让，故曰："鲁道衰，洙泗之间龂龂如也。"孔子闵王道将废，乃修六经，以述唐虞三代之道，弟子受业而通者七十有七人。是以其民好学，上礼义，重廉耻。周公始封，太公问："何以治鲁？"周公曰："尊尊而亲亲。"

……今去圣久远，周公遗化销微，孔子庠序衰坏。地狭民众，颇有桑麻之业，亡林泽之饶。……然其好学犹愈于它俗。

班固在这里讲了齐、鲁两地自春秋战国至东汉时期的风俗人情及其演变，大致应是可信的。而风俗人情，是一个地域文化气质精神的具体表现。在班固看来，齐鲁两地风俗人情的不同在于：齐俗侈，鲁俗俭；齐人多智，鲁人淳厚；齐尚势利，鲁重礼让；齐夸诈不情，鲁古朴重亲。但在汉代，由于"去圣久远"，鲁地人民"趋商贾，号訾毁，多巧伪，丧祭之礼文备而实寡"，与齐地风俗逐渐混一，所保留的传统只有"好学"，即所说"其好学犹愈于它俗"。

综上所述，齐、鲁两地在先秦时代，分属两个方国，虽然其文化源头相同，但由于所处地理环境与本国所实行的政策不同，在流变过程中遂产生某些歧异。鲁文化比较注重对古代文化的传承，注重亲情，讲究道德，表现出因循保守的倾向，孔子、孟子是其代表；齐文化则比较注重变通，崇势尚智，重法轻德，表现出开放变革的倾向，管子、晏子是其代表。鲁重视教育，崇尚道德，注重个体人格修养与人生的高尚追求，可称为"尚德"型文化；齐重视法治，崇尚势利，注重智谋与机巧，可称为"尚法"型文化。这两种地域文化在其形成过程中，表现出不同的发展趋向，在漫长的历史发展过程中，逐渐沉积为不同的价值观念。但是，齐、鲁文化由于源头相同，彼此之间有千丝万缕的联系，其相同或相通之处，便使这两种地域文化有了融合的基础。稷下学术，兼容并包；汉代经学，主要在齐，从战国后期至两汉，代表齐、鲁地域文化特征的主要方面相互补充、融合，逐渐形成具有丰富内涵、特点突出的齐鲁文化。

从稷下学术到两汉经学，是齐鲁文化形成的历史过程。稷下学术，兼容并包；兴起于鲁地的儒学，到汉代融合进齐地的黄老和阴阳五行学说，形成适应现实需要的今文经学，也表现出兼容并包的学术品格。以“尚德”“尚法”为基础而形成的齐鲁文化，其兼容并包的品格，也使其成为中华文化形成的基础。

第二章　齐鲁境内及周边诸侯国文化的交融及其对文学的影响

自西周封建诸侯,齐鲁两国即成为今山东地区的主体。在齐鲁初封之时,诸侯林立,春秋中期之后,齐鲁的疆域不断扩大,占有今山东大部分地区。而与之相邻的莒、曹、郯,以及与周边的晋、卫、宋,犬牙交错。战国时期,齐奄有今山东大部地区,西与晋国及其后的赵国、魏国,南与楚疆域交错。在春秋战国时期,今山东区域内各诸侯国归属时有变动,其文化状态也随之发生变化。今仅从文化角度,探讨齐鲁之外相关各诸侯国的历史变动、与齐鲁文化的交融以及其对文化以及文学发展的影响。

一、齐、鲁与吴越、楚文化的交汇

齐、鲁与东夷文化的关系,在前关于齐鲁文化的论述中已经论及。自西周至春秋时期,齐鲁属地在今东南即今临沂一带有几个较大的邻国,如郯、莒。莒、郯为东夷人所建古国,历史悠久。莒国传为少昊之后,初建于介根(今山东胶州西南),一度非常强大,后迁至今莒县,辖有今临沂之莒南与沂南、沂水之一部,是东夷文化的传承者。莒于公元前431年为楚所灭,后入齐。郯国相传亦为少昊之后,辖有今临沂郯城一带,为鲁国附庸。公元前414

年为越国所灭。公元前 355 年,楚灭越,其后归楚。郯国保留有东夷文化,在春秋时期颇有影响。《左传·昭公十七年》记载昭公问少昊氏以鸟名官之事,“仲尼闻之,见于郯子而学之。既而告人曰:‘吾闻之,“天子失官,官学在四夷’。”鲁国建在原东夷文化圈之内,而以周文化对夷文化加以改造,而夷文化的遗存,则说明鲁地文化状况的复杂性。昭公之问与孔子向郯子问学,可以看做是鲁周文化与夷文化的交流之一例,从中我们也可看到孔子含弘包容的文化态度。

春秋末年,社会大变动,也是各地文化碰撞、交流与融合的一个时期。远在江南的吴、越,被视为蛮夷,与齐鲁交往甚少。周太伯与其弟仲雍奔吴,自称句吴。他们起始适应荆蛮断发纹身的习俗,其所受周文化的教育亦应渐渍于吴文化之中。“吴由于接近华夏,受华夏文化影响较深”①,而越“其先禹之苗裔”“文身断发,披草莱而邑焉”(《史记·越王勾践世家》),与吴同属荆蛮,为荆楚文化圈。而至春秋末年,吴越都曾北伐齐、鲁,使荆楚文化与齐鲁文化交集、碰撞,彼此产生影响。

据《史记·吴太伯世家》载,吴王夫差听说齐景公死而大臣争宠,“乃兴师北伐齐。……败齐师于艾陵。至缯,召鲁哀公而征百牢。……因留略地于齐鲁之南。九年,为驺伐鲁,至,与鲁盟乃去。十年,因伐齐而归。十一年,复北伐齐”。与鲁君会盟的缯(鄫),在今山东兰陵境内,为夏禹后裔的封地,历夏、商、周三代,时为鲁之附庸国。与齐开战的艾陵,在今山东莱芜境内。吴王夫差十四年(前 482),“掘深沟北连沂水,西接济水。自吴都乘舟出发,一路可以入海北上,一路可以逾长江入淮河,又逾淮达泗沂济

① 翁独健:《中国民族关系史纲要》,中国社会科学出版社 2001 年版,第 76 页。

三水”①，其势力曾到达今山东东南部及沿海地区。而与吴国文化的交流，最早见于《左传·襄公二十九年》关于吴公子季札聘于鲁的记载。

春秋时期，各诸侯国之间彼此使节交聘往来，有请观乐之礼。礼乐在当时是一国文化的具体体现。

鲁国为周公封地，享有天子礼乐，故季札聘鲁请观周乐。于是鲁令为之歌各地风诗，“使工为之歌《周南》《召南》，曰：‘美哉！始基之矣，犹未也，然勤而不怨矣。’……为之歌齐，曰：‘美哉，泱泱乎！大国风也哉！表东海者，其太公乎！国未可量也。”（《左传·襄公二十九年》）季札返程行至嬴（在今山东莱芜境内），其子暴病卒，就近而葬于嬴、博（在今泰安境内）之间。《礼记·檀弓下》记载孔子说“延陵季子，吴之习于礼者也”，因往观季札葬子之礼，认为他的做法合乎礼。这说明当时齐鲁与吴越之间文化交融的情况。

另据《史记·越王勾践世家》载，越王勾践平吴之后，“乃以兵北渡淮，与齐、晋诸侯会于徐州，致贡于周”，号令中国，以尊周室，成为霸主。至越王无疆时，以兵临齐，并一度将都城迁于琅邪（今山东胶南）。越王勾践迁都琅邪后，所率士兵以及随同迁来的移民即在古琅邪城一带安家落户，与当地民众融会在一起，从而促成吴越与齐地民风民俗的融合。辅佐越王勾践灭吴的大臣范蠡，在勾践灭吴之后，浮海至齐，后经商致富，隐居于陶（今山东肥城陶山之阳）②，自称鸱夷子皮，世称陶朱公。这说明早在春秋时期，通过战争和人员来往，齐鲁文化与吴越文化即有交汇。

---

① 范文澜：《中国通史简编》第一编，人民出版社1955年版，第168页。

② 关于范蠡所居之“陶”，历来有肥城陶山和定陶两说。有的学者认为范蠡或曾居两地，主张两说并存。此仅从文化交融的角度涉及范蠡与齐鲁的关系，故不做考证。

战国时期，楚国自简王元年（前431）灭莒，不断入侵并蚕食齐国，至战国末期，今山东临沂所属部分地区大半归楚，并设政区加以管辖。其间，荀子曾于楚考烈王八年（前255）出任楚兰陵令。老居兰陵（今山东兰陵），著书而死，葬于兰陵。荀子一生，大半在今山东境内齐、楚属地度过。他是儒学传人，但在他身上有着齐鲁、楚、晋文化的影响，也有道、法、名等诸家学说的印记。

荀子（约前313—前238），名况，字卿，赵（今河北南部及山西一带）人。大约在十五岁即来齐游学，长期居住稷下。在稷下学宫“三为祭酒”，“最为老师”（《史记·孟子荀卿列传》）。其间，他曾游历楚、赵、秦诸国，但时间都十分短暂。战国时期是各诸侯国文化碰撞、交融的时代，齐自齐桓公“厚招游学”，建稷下学宫，历威、宣之世而成为东方学术文化中心。荀子游齐在齐宣王末年，当时著名学者如鲁人孟轲，宋人宋钘，赵人慎到，楚人环渊，齐人田骈、接予、淳于髡、鲁仲连、尹文、邹衍等汇聚稷下，骋词论辩，“各著书言治乱之事”。稷下诸子便是各类文化的代表，荀子在稷下广泛接触了诸子百家的学说，以儒家学说为主体，采择吸纳各家精华，使其成为先秦时代杰出的思想家、哲学家和教育家，并集儒学之大成，成为继孔子、孟子之后的一代儒学大师。冯友兰曾论荀子说：“他的主要贡献是建立了一个比较完整的唯物主义的哲学体系，其中包括对于自然、社会、认识论和逻辑学各方面唯物主义的理论，他是先秦最大的唯物主义哲学家。”①而其文则是诸子散文的新发展，其中也可见齐楚等各诸侯国文化交汇的影响。

荀子论说文，是议论文形成的标志。从荀子开始，议论散文才形成一个独立的文体，并成为文学散文的一个部类。因此，其

① 冯友兰：《中国哲学史新编》第二册，人民出版社1984年版，第412页。

所著《荀子》在中国文学史上理应享有一定的地位。荀子散文，中心明确，常围绕一个中心论题展开论述，如《性恶篇》；注意谋篇布局，结构完整，如《劝学篇》；论述中常常以类比排列的方式，引物连类，取譬设喻，生动形象地说明道理，议论风生，文采焕发。这些对后世散文的发展都曾产生积极影响。

今传《荀子》一书中，还有《成相》《赋》这类文学作品。据梁启雄考证，《成相》是一篇采用古代民间舂米歌的形式表达其政治思想的通俗文学作品①。《汉书·艺文志》载录“孙卿赋十篇”，今《赋》篇中存《礼》《知》《云》《蚕》《箴》五篇，篇末附有《佹诗》和《小歌》。其赋采取借物喻意及铺陈描写的表现方法，对后世赋体文学的发展有较大影响。

二、齐、鲁与三晋、中原文化的交汇

春秋战国时期，今山东西境的聊城及德州地区处于齐、鲁、燕、晋、卫、宋等诸侯国的交界处，彼此互相攻伐，疆土也犬牙交错，是诸国文化交汇的地带。聊城所属冠县春秋属晋，后属齐；莘县春秋属卫，后分属齐、魏。德州地跨齐、晋，邻近燕，是齐鲁与燕赵交汇之地。

今山东武城一带春秋属晋，战国时期是赵国平原君赵胜封邑。赵胜（？—前251），赵惠文王之弟，曾两度出任赵相，以礼贤下士著闻，为“战国四公子”之一。《史记》本传载有其著名的“围魏救赵”和出使楚国选派门客而产生“毛遂自荐”的故事。今山东陵县有平原君墓，墓前有明嘉靖十六年（1537）所立碑。

① 《荀子·成相篇》题注，梁启雄简释本，中华书局1983年版，第342页。

山东西南境的菏泽地区为齐、鲁西境，宋、楚北境，魏、卫东境，而陶邑曾为秦所占有，因而是宋、晋、齐、鲁、秦、魏文化交汇之地。至战国后期，这些地区逐渐融入齐鲁文化为主体的中华文化，而其文化积淀，在一定历史时期内仍影响着当地风习及人们的精神风貌。这一时期，菏泽地区对后世影响较大的是庄子。

庄子，生卒年不详，《史记》本传也无明确记载，约与梁惠王、齐宣王同时（约前 369 年至前 286 年之间）。任继愈归纳为五种说法①，其大体年代范围，都在公元前 375 年至公元前 275 年之间。《史记》本传说他是蒙人。关于蒙地的地理方位，自汉代以来即说法不一。旧说在曹州冤句（今山东菏泽）北，或今河南商丘西北。今人冯友兰先生认为在今山东曹县②。唐代尊崇道家，曾考定其为漆园吏之地为今山东东明县，并将县名改为南华。今县内庄寨为庄子后裔聚居地。清乾隆五十五年（1790），大名府正堂在此立有"先贤庄子例应优免差徭碑"。

庄子的生平事迹附载《史记·老子韩非列传》，十分简略。据载，他曾在蒙做过漆园吏，生活拮据，但拒绝了魏、楚的聘用，而自甘贫贱，所以被认为是"隐士"。他知识渊博，司马迁说他"其学无所不窥，然其要本归于老子之言。故其著书十余万言，大抵率寓言也"③。今传《庄子》33 篇，其中《内篇》7 篇、《外篇》15 篇、《杂篇》11 篇。历代研究者都认为《内篇》为庄子所著，《外篇》《杂篇》则颇有异议。庄子继承和发展了老子的思想，世称"老庄"。以老庄为代表的道家，与以孔、孟为代表的儒家，儒道互补，形成中华文化的主体。儒、道面对动荡混乱的社会现实，态度是不同的，表现出不同的价值取向。儒家直面现实，济世救人，主张为国

---

① 见《庄子探源》，载《哲学研究》1961 年第 6 期，第 56 页。

② 见《中国哲学史简编》，人民出版社 1992 年版，第 106 页。

③ 见《史记·老子韩非列传》附《庄周列传》。

家民族的利益和实现自己的理想牺牲自己，直至生命，即所谓“杀身成仁”“舍生取义”。而道家对现实持批判态度，庄子认为人性被丑恶现实以及功名、利禄、权势、名位等世俗欲望所扭曲，主张回归人的自然本性而完成生命的自然过程，从而摆脱世俗名利的束缚而追求自由独立的人格。庄子哲学的关注点是人、人生及人与社会的关系。其对历史的反思，及其对现实中人性的异化现象的思考，使庄子对社会人生充满忧虑，而深潜着忧患乃至悲观的意识。但他对人生的忧患意识，最终引向个体人生，以及对人的生命的终极关注。他所追求的理想人格与生命境界，具有积极意义，而其避世全身的处世态度却有消极影响。

庄子文章汪洋恣肆，想象丰富，与屈原的诗歌创作，并为中国浪漫主义文学的滥觞；其反对人类异化的呼声，对现实尖锐的批判，以及反抗权势、追求个性独立的思想，对历代文人内在人格、文学创作及文学思想的影响是极其深远的。著名诗人如嵇康、阮籍、陶渊明、李白、苏轼、屈大均、龚自珍等，在他们的创作中，都体现着庄子哲学精神。

庄子文章为哲理散文，但其说理不是通过逻辑推理和严密论述来表达的，而是通过虚设人物和物象，即通过虚构的、带有象征性的形象令人感受、体悟。因此，用艺术形象来阐明哲理是庄子散文的突出特点。《庄子》中的若干篇章，都是由寓言、神话传说、虚构的人物故事构成，结构似散乱无序，而实则以意脉相连。如《逍遥游》，通过大量寓言、重言、故事，铺张渲染；鱼化为鹏，蜩与鸠的对话，神人、圣贤，都汇集到庄子笔下，迷离惝恍，“意出尘外，怪生笔端”①，构成想象奇特、瑰丽怪异的艺术境界。

庄子的人生悲剧意识及其文章中常常溢荡着的感伤情绪，使

---

① 〔清〕刘熙载：《艺概・文概》，上海古籍出版社 1992 年版，第 8 页。

其散文富于抒情性；行文则汪洋恣肆、变化无端，使其散文结构奇特，富于独创性；句式错落有致，挥洒自如，如江河奔流，触动人的心灵；铺陈渲染，辞采飞扬，语言极富表现力等，都使庄子散文极富文学价值，而取得先秦散文的最高成就。其思想和文章都丰富多彩，因而影响也涉及思想、文化、哲学、文学艺术诸多领域。庄子的审美观、文学思想，具体到“大美不言”“法天贵真”及“言不尽意”与“得意忘言”等提法，对后世文学批评及美学思想的发展都曾产生深远影响。

上述情况说明，在考察今山东地区的文化状况时，也应注意到早期诸侯国的分布及周边各地历史文化与齐鲁文化的关系及其对相关历史人物的影响。

第三章　作家里籍

一、里籍的区域分布

里籍是一个作家的出生地，也就是一个作家所处的特定的自然环境和人文环境。研究作家生平，首先要考定其籍贯。因为籍贯可以确定一个作家早期生活的时空方位，方便考察作家早期所受的教育及环境影响。就全国而言，作家里籍分布不均衡、不规则；就一个地域而言，也大体类似。作家这种不均衡、不规则的地理分布，及其所表现出的特点，很值得研究。因为作家这种不均衡、不规则的分布与文化发展不平衡有关。文化发展不平衡，影响文化格局的变化，而文化格局的变化，又影响人才的分布。因此，我们从作家里籍分布状况，可以研究人才成长与地域环境的关系，并从中获得某些有益的启示。为研究的方便，我们以时代为序，以史籍所载为据，列述原齐鲁即今山东地区历代作家里籍分布的状况。因历代政区变化较大，先列史籍所载作家里籍及其所属政区，然后以今行政区划加以列述。

有关作家里籍，需要说明的是，山东及境内各县市的建制以及各县市辖区历代及今经常变动。如原属山东的馆陶，今划归河北；范县、台前划归河南；临清一部划归河北组成临西县等。境内济南府，明代至清雍正前期，府属四州二十六县，与今之济南市管辖范围不同。济南不仅行政区划有变动，政区名称历代也有变动。如唐代天宝年间，济南曾一度改称临淄郡，直到清代蒲松龄还称济南为“稷下”，以致后来有人将临淄、济南两地混淆。五胡十六国及南北朝时期，政权更迭频繁，地无常属，行政区划不断变化，加以郡县侨置等情况，给作家里籍的考定更带来一定的困难。至于在历史上某地属于某县，而今已更改，使作家里籍随之变化。如明代作家于慎行，原属东阿，今属平阴；东阿原属聊城，而平阴今属济南。有的作家史籍仅标明地域属齐、鲁，而未详及县市。也有的作家里籍记载歧异，如李昭玘，《宋史》说他是济南人，而《四库全书总目提要》又说“考昭玘籍本巨野，殆尝自署济阴，而史遂误济南也”。此类情况多有，本书只取一说，不加考辨。本书仅据山东省地图出版社出版的《最新实用山东省地图册》说明今之山东政区区划；从成书到印行的过程中，山东省各县市的建制又可能发生新的变化，作者尽量据近来变化的情况加以订正，或因见闻限制而保留原属地者。因此，所列作家籍贯属地难免有误，敬祈读者见谅、指正。

【先秦】

邹鲁：孔丘、墨翟、左丘明、孔伋、曾参、孟轲、淳于髡

齐：孙武、晏婴、邹衍、尹文、孙膑、田骈、公羊高、鲁仲连、穀梁赤

宋：庄周

以今行政区划为：

济宁：

［曲阜］孔丘、孔伋

［嘉祥］曾参

［邹城］孟轲
枣庄:［滕州］墨翟
泰安:［肥城］左丘明
菏泽:［东明］庄周
［鄄城］孙膑
［定陶］穀梁赤
淄博:［临淄区一带］邹衍、尹文、田骈、公羊高
东营:［广饶］孙武
潍坊:［高密］晏婴
聊城:［茌平区］鲁仲连、淳于髡

【秦汉】

齐:［临淄］主父偃、庄安、邹阳
［临淄一带］公孙诡、羊胜、辕固
［淄川薛］公孙弘
济南:［历城］终军
泰山:［奉高］但望
［宁阳］郑昌、刘梁
［蒙阴］刘洪
［卢］娄敬
鲁国:［曲阜］孔鲋、申培、毛亨、孔僖、孔臧、孔安国、孔融
［邹］韦孟、韦玄成
［任城樊］何休
［蕃］眭弘
［薛］叔孙通
琅邪:［皋虞］王吉、王骏
［东武］师丹、伏湛、伏隆

[琅邪]贡禹、诸葛丰

北海:[高密]郑崇、郑玄

[安丘]牟融、郎觊

东海:[承]匡衡

[郯]于定国、薛宣、卫宏、徐明

[兰陵]疏广、萧望之、萧育

[戚]马宫

东郡:[武阳]谢弼

济阴:[定陶]戚夫人、魏相

平原:[厌次]东方朔

[般]祢衡

平原:[累阴]襄楷

千乘:欧阳地余、兒(倪)宽

山阳:[高平]仲长统

[瑕丘]陈汤

以今行政区划为:

济宁:[曲阜]孔鲋、孔僖、孔臧、孔安国、孔融、申培、毛亨、何休

[邹城]韦孟、韦玄成

[微山]仲长统

[兖州]陈汤

枣庄:[滕州]叔孙通、眭弘、马宫

济南:[历城区]终军

[长清区]娄敬

[济阳]襄楷

淄博:[临淄区]邹阳、公孙诡、羊胜、辕固、主父偃、庄安

[高青]欧阳地余、兒(倪)宽

泰安:[宁阳]郑昌、刘梁

[泰山区]但望

潍坊:[寿光]公孙弘

[诸城]贡禹、诸葛丰、师丹、伏湛、伏隆

[高密]郑崇、郑玄

[安丘]牟融、郎觊

德州:[陵县]东方朔

[临邑]祢衡

枣庄:[峄城区]匡衡

临沂:[兰陵]疏广、萧望之、萧育

[郯城]于定国、薛宣、卫宏、徐明

[蒙阴]刘洪

聊城:[莘县]谢弼

菏泽:[定陶]戚夫人、魏相

【三国】

北海:[剧]徐幹

[朱虚]管宁

[营陵]王修

清河:[东武城]崔琰

山阳:[高平]王粲、王弼

东平:[宁阳]刘桢

[东平]吕安

[任城]孙该

济阴:[定陶]吴质

琅邪:[阳都]诸葛亮、诸葛瑾、诸葛恪

［开阳］卞兰

东海：［兰陵］缪袭、缪征、缪施

［郯］王朗、王肃

东郡：［东阿］程晓

东莱：［曲城］王基

乐安：［博昌］任嘏

以今行政区划为：

潍坊：［寒亭区］徐幹

［昌乐］王修

［临朐］管宁

德州：［武城］崔琰

济宁：［邹城］王粲、王弼

［任城区］孙该

泰安：［宁阳］刘桢

［东平］吕安

菏泽：［定陶］吴质

临沂：［郯城］王朗、王肃

［沂南］诸葛亮、诸葛瑾、诸葛恪

［兰山区］卞兰

［兰陵］缪袭、缪征、缪施

聊城：［阳谷］程晓

烟台：［莱州］王基

滨州：［博兴］任嘏

【两晋】

泰山：［南城］羊祜、羊欣、羊徽

［泰山］孙毓

琅邪：［临沂］王戎、王导、王廙、王胡之、王彪之、王羲之、王凝之、王献之、王徽之、王肃之、王岷、王诞、王昙首、道宝

东莞：［莒］杨苕华

［姑幕］徐邈、徐广

东海：［郯］王恂

平昌：［安丘］伏滔

济阴：赵整、卞范之、卞承之

濮阳：［鄄城］吴隐之

高平：［昌邑］张湛、虞溥、郗鉴、郗愔、郗昙、郗超、闾丘冲、王沈、王劭之

［金乡］檀道济

平原：［高唐］刘寔、华峤、华畅

清河：［武城］崔悦

济南：刘逵

鲁国：黄章

乐安：高柔

齐国：［临淄］左思、左棻

东莱：［掖］刘毅、侯史光

以今行政区划分为：

泰安：［泰山区］孙毓

［新泰］羊祜、羊欣、羊徽

临沂：［兰山区］王戎、王导、王廙、王胡之、王彪之、王羲之、王凝之、王献之、王徽之、王肃之、王岷、王诞、王昙首、道宝

［郯城］王恂

潍坊：［诸城］徐邈、徐广

［安丘］伏滔
菏泽：［定陶］卞范之、卞承之
［鄄城］吴隐之
济宁：［金乡］虞溥、闾丘冲、王沈、王劭之
［嘉祥］郗鉴、郗愔、郗昙、郗超
［曲阜］黄章
［邹城］张湛
德州：［武城］崔悦
聊城：［高唐］刘寔、华峤、华畅
济南：［历城区］刘逵
淄博：［临淄区］左思、左棻
滨州：［博兴］高柔
烟台：［莱州］刘毅、侯史光
日照：［莒县］杨苕华

【十六国】

北海：［剧］王猛
济阴：赵整
平原：宋该、崔潜
兰陵：缪恺
临淄：晏谟

以今行政区划为：
潍坊：［寿光］王猛
菏泽：［定陶］赵整
德州：［平原］宋该、崔潜
临沂：［兰陵］缪恺

淄博:[临淄]晏谟

【南北朝】

东海:[郯]何承天、何逊、何思澄、何子朗、何长瑜

鲍照、鲍令晖、鲍行卿、鲍泉

徐勉、徐摛、徐陵、徐俭、徐份、徐悱、徐君蒨、徐孝嗣、徐孝克

王僧孺

[兰陵]萧道成、萧颖胄、萧赜、萧引、萧允、萧大圜、萧世怡、萧悫、萧岑、萧圆肃、萧岿、丘巨源

[东海]徐伯阳

琅邪:[临沂]王敬弘、王弘、王昙首、王淮之、王徽、王韶之、王微、王僧达、王叔之、王僧虔、王僧绰、王逡之、王俭、王融、王籍、王智深、王筠、王素、王晏、王泰、王巾、王训、王规、王锡、王劢、王秀之、王思远、王珪之、王寂、王暕、王僧祐、王德元、王慎、王瑳、王胄、王肃、王诵、王俊康、王翊、王褒

颜延之、颜师伯、颜竣、颜协、颜测、颜晃、颜之推、颜之仪

诸葛勗、诸葛璩

东莞:[莒]臧荣绪、刘祥、刘勰、臧严

泰山:[南城]羊璿之、羊深

[梁甫]羊侃

高平:[金乡]檀道鸾、檀超

济阴:[冤句]卞彬、温子昇、江洪、鹿悆

清河:[东武城]崔祖思、崔慰祖、崔灵恩、崔光韶、崔宏、崔叔仁、崔逞、崔浩、崔悛、崔瞻

张正见、张始均、张烈、张彝、张讥

[绎幕]房景先

平原:[鬲]明僧庆、傅永

[高唐]刘昭、刘绍、刘缓

[平原]刘怀慰、刘善明、刘霁、刘峻、刘訏、刘杳、刘歊

东清河:[鄃]崔光、崔鸿

东平:[寿张]吕思礼

平昌:[安丘]伏曼容、伏挺、伏知道

北海:[剧]王晞、王昕

[平寿]唐瑾、唐令则

乐安:[博昌]徐纥、任昉、蒋少游

[乐安]孙宁

齐郡:[益都]贾思同

鲁国:[鲁]孔默之、孔熙先、孔休先

以今行政区划为:

济宁:[曲阜]孔默之、孔熙先、孔休先

[金乡]檀道鸾、檀超

东营:[广饶]孙宁

潍坊:[青州]贾思同

[寿光]王晞、王昕

[安丘]伏曼容、伏挺、伏知道

[潍城区]唐瑾、唐令则

聊城:[高唐]刘昭、刘绍、刘缓

崔光、崔鸿

德州:[平原]刘怀慰、刘善明、刘霁、刘峻、刘訏、刘杳、刘歊

房景先、明僧庆、傅永

[武城]崔祖思、崔慰祖、崔灵恩、崔光韶、崔宏、崔淑仁、崔逞、崔浩、崔悛、崔瞻

菏泽:[定陶]江洪、鹿悆

［菏泽］卞彬、温子昇

泰安：［新泰］羊侃、羊瓚之、羊深

［东平］吕思礼

临沂：［兰山区］王敬弘、王弘、王昙首、王淮之、王徽、王韶之、王微、王僧达、王叔之、王僧虔、王僧绰、王逡之、王俭、王融、王籍、王智深、王筠、王素、王晏、王泰、王巾、王训、王规、王锡、王劢、王秀之、王思远、王珪之、王寂、王暕、王僧祐、王德元、王慎、王瑳、王胄、王肃、王诵、王俊康、王翊、王褒

［费县］颜延之、颜师伯、颜竣、颜协、颜测、颜晃、颜之推、颜之仪

［沂南］诸葛勗、诸葛璩

［郯城］何承天、何逊、何思澄、何子朗、何长瑜

鲍照、鲍令晖、鲍行卿、鲍泉

徐勉、徐摛、徐陵、徐孝克、徐孝嗣、徐俭、徐份、徐悱、徐君蒨、徐伯阳、王僧孺

［兰陵］萧道成、萧颖胄、萧遥欣、萧赜、萧引、萧允、萧大圜、萧世怡、萧捞、萧岑、萧圆肃、萧岿、丘巨源

日照：［莒县］臧荣绪、臧严、刘祥、刘勰

滨州：［博兴］徐纥、任昉、蒋少游

【隋】

清河：［武城］崔儦

平原：［鬲］明克让、明余庆

琅邪：［临沂］王眘、王胄

东海：［郯］徐仪、鲍宏

兰陵：萧该

以今行政区划为：

德州:[武城]崔镳

[平原]明克让、明余庆

临沂:[兰山区]王沓、王胄

[郯城]徐仪、鲍宏

[兰陵]萧该

【唐、五代】

青州:[益都]崔信明、崔国辅、第五泰、智闲、高辇、郑还古、朱遵度

[乐安]任华、孙氏

琅邪:[临沂]王公亮、王仲丘、王德俭

[兰陵]萧祜

沂州:萧至忠

[琅邪]张聿

博州:[武水]孙逖、孙纬、孙棨、孙晟、梁载言、崔铉、崔惠童、崔敏童、崔元略

[聊城]魏万(魏颢)

[茌平]马周

[清平]吕才

[博平]崔咸

魏州:[冠氏]路季登、路岩、路德延、路洵美

[观城]刘祥道、刘从一

濮州:[范县]张昭

贝州:[临清]路敬淳、路敬潜

阳平:[冠氏]路单

齐州:[全节]员半千、王宏、义净(张文明)、净辩、崔融、林

氏、崔安潜、崔君实、崔禹锡、崔彧、崔翘、崔从、崔彦曾、崔慎由、崔尚、于季子、丁儒

[临淄]段文昌、段成式、段安节、段公路、田敏、善导

棣州:[商河]马胤孙

[棣州]任希古、高迈、窦梦征、李愚

兖州:[瑕丘]徐彦伯、南巨川

[金乡]郗纯、福全

鲁郡:祝元膺

高平:[昌邑]僧瑗

曲阜:孔纾、孔温业、孔温裕、孔颙

徐州:[滕县]叔孙玄观

东莱:王无竞

泰山:羊士谔、羊滔

汶阳:刘沧

汶水:卢象

郓州:[须昌]、王朴、蔡京、和凝

[东平]吕向、吕牧、毕曜、毕诚

德州:[平昌]孟迟

[乐陵]皇甫彻

贝州:[武城]崔珪、崔邠、崔郾、张锡

[鄣南]周思茂、周思钧

平原:赵璘、赵璞、赵璜

[厌次]东方虬

青州:[临淄]张道古、从谂、李伯鱼、高辇

曹州:[南华]义玄、刘晏

濮州:[鄄城]王元感、张直

密州:孙晟、鞠恒、鞠愉

[莒县]庄若讷

潍州:[北海]韩熙载、史虚白

以今行政区划为:

济南:[历城区]员半千、王宏、义净(张文明)、净辩、崔融、林氏、崔安潜、崔君实、崔禹锡、崔彧、崔翘、崔从、崔彦曾、崔慎由、崔尚、于季子

[济阳]丁儒

[商河]孟迟、马胤孙

淄博:[临淄区]张道古、从谂、李伯鱼

烟台:[莱州]王无竞

日照:[莒县]庄若讷

潍坊:[潍城区]韩熙载、史虚白

[诸城]孙晟、鞠恒、鞠愉

[青州]崔信明、崔辅国、善导、第五泰、智闲、高辇、郑还古、朱遵度

济宁:[兖州]徐彦伯、南巨川、祝元膺

[曲阜]孔纾、孔温业、孔温裕、孔颙

[金乡]郗纯、福全、僧瑗

[汶上]卢象

枣庄:[滕州]叔孙玄观

泰安:[新泰]羊士谔、羊滔

[宁阳]刘沧

[东平]吕向、吕牧、毕曜、毕诚、王朴、蔡京、和凝

临沂:[兰山区]王公亮、王仲丘、王德俭、萧至忠、张聿

[兰陵]萧祐

德州:[平原]赵璘、赵璞、赵璜

[庆云]李愚

[武城]周思茂、周思均、崔邠、崔珪、崔鄽、张锡

[乐陵]皇甫彻

[平原]东方虬

聊城:[东昌府区]魏万(魏颢)、孙逖、孙纬、梁载言、孙棨、孙晟、崔铉、崔惠童、崔敏童、崔元略

[临清]路敬淳、路敬潜

[茌平]马周

[高唐]吕才、崔咸

[莘县]张昭

[冠县]路岩、路德延、路洵美、路单

滨州:[阳信]任希古、高迈、窦梦征

[邹平]段文昌、段成式、段安节、段公路、田敏

[博兴]任华、孙氏

菏泽:[东明]义玄、刘晏

[鄄城]王元感、张直

【宋、金】

济南:李格非、李清照、李之瀚、周孚、周驰、田诰、李冠

齐州:吕颐浩、吕同老、王绘、范拱、范讽、李芝、刘昂

[历城]辛弃疾、卫博

[长清]阎长言

[平阴]王去非、王仲元

大名:[莘]王旦、王巩、王素、王质、王速

[清平]王岩叟

济州:[巨野]王禹偁、吕祐之、夏侯峤、晁端礼、晁补之、晁冲之、晁说之、晁詠之、晁公武、晁公遡、晁公休、李昭玘

曹州：[定陶]刘潜、柴成务

郓州：穆修、王质

临濮：赵闻礼

鄄城：张詠

[须城]赵邻几、梁灏、梁固、李元膺、刘迹、龚鼎臣、刘挚、刘跂、王千秋、赵磻老、王质、郭茂倩

[东平]黄久约、徐琰

单州：庞籍

[武成]马纯、庞元英

单父：祝简、张表臣

曹州：[济阴]邢昺、王博文、商正叔

[冤句]张齐贤

[楚丘]李师中、李质

[济阴]上官融

东明：王鹗

淄州：[淄川]崔遵度、王樵、商倚

[邹平]周起

青州：穆度

[临淄]贾同、赵师民

[益都]王曾、刘野夫、王廷秀、孙唐卿、刘廷信、刘微、王子融

[营丘]王辟之

[寿光]曾丰

兖州：[奉符]石介、党怀英

龟山：长筌子

[曲阜]孔夷、孔元措、孔克齐、孔齐

博州：[博平]孙奭

[茌平]马定国

魏州:[朝城]梁仲新

济州:[任城]李邴、荣逕、刘仲杰

东平:[东阿]张子羽、张万公、侯挚、王旭

[东平]赵悫、赵沨

[阳谷]周文璞、周弼

密州:[高密]鞠常、綦崇礼、侯蒙

[诸城]赵明诚、侯寘

[莒]张行简

沧州:[无棣]李之仪

德州:颜博文

[武城]马纯

恩州历亭[武城]高庭玉、桑之维、孙铎

夏津:宋九嘉

滨州:[渤海]胡旦、杨适

棣州:[厌次]朱自牧

莱州:刘迎、辛次、林淳、张仲宗、郑域、吕夷简、刘处玄

[文登]郭长倩、于道显

东莱:[掖县]尹志平

登州:[栖霞]丘处机

宁海:[牟平]吕道安、马钰、范怿、郝大通、孙不二、王处一、谭处端

日照:张行简、张行信

东明:王颚

以今行政区划为:

济南:[章丘区]李格非、李清照

[历城区]李之瀚、吕同老、吕颐浩、周孚、周驰、田诰、辛弃疾、

李冠、范讽、刘昂、卫博

[长清区]阎长信

淄博:[临淄区]贾同、赵师民、王辟之

[淄川区]崔遵度、王樵、商倚、杨宏道

烟台:[莱州]刘迎、辛次、林淳、张仲宗、郑域、吕夷简、刘处玄、郭长倩、于道显、尹志平

[牟平区]吕道安、马钰、范怿、郝大通、孙不二、王处一、谭处端

威海:[文登区]丘处机

潍坊:[诸城]赵明诚、侯寘

[高密]綦崇礼、鞠常、侯蒙

[寿光]曾丰

[青州]王曾、刘野夫、孙唐卿、刘廷信、刘微、王廷秀、王子融

济宁:[任城区]李邴、荣諲

[曲阜]孔夷、孔元措、孔克齐

泰安:[泰山区]石介、党怀英

[新泰]长筌子

[东平]穆修、李元膺、刘迹、赵悫、赵沨、龚鼎臣、梁灏、梁固、赵邻几、刘挚、刘跂、王千秋、赵磻老、郭茂倩、王质

日照:[莒县]张行简、张行信

德州:[武城]马纯

[陵县]颜博文

[夏津]宋九嘉

[武城]高庭玉、桑之翰、孙铎

聊城:[东阿]张子羽、张万公、侯挚、王旭

[阳谷]周文璞、周弼

[茌平区]马定国、孙奭

［临清］王岩叟

［莘县］王旦、王巩、王素、王质、王轸、王速、梁仲新

滨州:［无棣］李之仪

［滨州区］胡旦、朱自牧、杨适

［邹平］周起

菏泽:［菏泽］张齐贤

［巨野］吕祐之、夏侯峤

［定陶］刘潜、柴成务

［曹县］邢昺、王博文、商正叔

［单县］庞籍、庞元英、祝简、张表臣

［郓城］张咏、赵闻礼

［嘉祥］王禹偁、晁端礼、晁补之、晁冲之、晁咏之、晁说之、晁公武、晁公遡、晁公休、李昭玘

【元】

济南:［章丘］刘敏中、张起岩

［棣州］康进之

济南:张养浩、武汉臣、岳伯川

泰安:［长清］严忠济、杜仁杰、张志纯

东平:高文秀、张寿卿、顾仲清、王构、王磐、王士熙、王士点、王桢、王处机、徐琰、陈无妄、李显卿、赵良弼、信世昌、辛钧、王旭、王宥、祈庸、赵鸾、王克笃、兀颜思忠、武起宗、刘迹、申屠駉、张时起

［平阴］李之绍

［汶上］曹元用、张昉

益都:于钦、王廷秀

［滕州］李洞

［峄州］孙周卿、孙惠兰

般阳：［淄川］杨弘道

［莱阳］徐哲

高唐：阎复、王懋德

观城：李志常

茌平：梁宜

曹州：［济阴］商衜、商挺、商琦、商琥

河间：［青城］杨朝英

莱州：陈德武、刘稷

济宁：［金乡］马绍

兖州：王思诚

东昌：［聊城］周驰

兴仁：［南华］李好文

以今行政区划为：

济南：［历城区］张养浩、武汉臣、岳伯川

［章丘区］刘敏中、张起岩

［长清区］严忠济、杜仁杰、张志纯

［平阴］李之绍

淄博：［淄川区］杨弘道

［高青］杨朝英

枣庄：［滕州］李泂、孙周卿、孙惠兰

烟台：［莱阳］徐哲

［莱州］刘稷、陈德武

潍坊：［青州］于钦、王廷秀

济宁：［曲阜］孔齐

［汶上］曹元用、张昉

［金乡］马绍

泰安：［东平］高文秀、张寿卿、顾仲清、王构、王士熙、王桢、徐琬、陈无妄、李显卿、赵良弼、信士昌、辛钧、祈庸、赵鸾、王旭、王宥

聊城：［东昌府区］周驰

［高唐］阎复、王懋德

滨州：［无棣］康进之

菏泽：［东明］李好文

［菏泽］商衢、商挺、商琦、商琥

【明】

济南：［历城］张绅、边贡、边习、殷衡、殷士儋、李攀龙、许邦才、刘天民、刘敕、金城、潘子雨、张曾、刘钦、谷继宗、尹旻、王田、杨衍嗣、周秀、陈明、陈锎、范瑟、于鲸、刘亮采、赵世卿、王璞

［章丘］李开先、李衡、张汝蕴、华鳌、袭勗、逯希韩、高应玘、张舜臣、谢九仪、杨选、张国筹、张光启、乔龙溪、袁公冕、袁崇冕、胡东渐、袁声

［禹城］刘思义、白乙传、李腾蛟、刘士骥、韩养醇

［济阳］江南、黄臣、吴铠、高有恒

［新城］沈渊、王象春、王象巽、王象艮、王象晋、王与端、王与允、王与玫、毕亨、徐夜

［武定］刘浦、刘世伟、毛钟秀、史永安

［齐东］孙珉

［齐河］王宫臻

［长清］杜泰

［德州］陈可继、张海、韩汝寿、马亨、马衢、马九德、程瑶、程绍、程泰、卢宗哲、卢茂、李诚明、吴思敬、刘佐、张瑶、邹颐贤

［德平］葛守礼、葛引生、葛昕、葛曦

［陵县］王纮

［淄川］王君赏、王巽、王教、王崇义、王晓、王睹、张敬、高举、高绳东、毕木、谭尚忠、毕自严、贾仲明

［临邑］李若讷、邢玉偁、邢侗、邢慈静

［长山］敖山、李士翱、刘鸿训

［滨州］王斗生、魏纶、赵大纲、马攀龙、刘效祖、王家植、张西铭、刘孔和

［青城］杨梦衮

［无棣］孙重光、李光禄、吕荫

［邹平］孙养默、张延登

［商河］张自慎、王琨

［海丰］杨巍

兖州：［曲阜］孔谔、孔公杰、孔克晏、孔公堂、孔承庆、孔希恭、孔公璜、郭本、孔公琅、孔齐、东门沛然、贾凫西

［郯城］李骥、刘翔、任文献、周举、张景华

［成武］田登、郭玺

［宁阳］许彬、郑龙、吴子祺、王正容

［曹县］李木、李秉、蔡继光、郭斌、兰瑞、扈永通、高尚学、段巘、史延龄、王珣、何应瑞、徐笃、王崇仁、王崇文、王崇献、楚烟、蓝匠任

［单县］王畎

［济宁］宋唐、王清、郑文炳、聂栎、文镇、李尧民、姚嘉、杨贤、陈学诗、靳学颜、赵弼、呼相如、于若瀛、杨士聪、徐标

［邹县］孟海、潘榛

［汶上］吴岳

［沂州］陈玉、周京、宋鸣梧、孙一脉

［阳谷］李际元、柴世需

［寿张］赵鲲

［东平］罗贯中、李文其、王汝孝、赵鲲、田大有、关岳、何海晏、赵云翔、张承宠、牛谅、刘尔牧

［滋阳］刘子钟

［金乡］周允中、周济川、周济用、李燧、郭东藩

［峄县］贾梦龙、贾三近

［泰安］宋涛、张相汉

［东阿］黄体元、王偁、刘约、刘田、刘隅、殷云霄、李仁、刘一成、赵邦彦、许用中、于玭、于慎行、于慎思、于慎言

［郓城］于范、樊继祖、侯祈、侯正鹄

东昌：［聊城］邓邦、邓守清、逯中立、傅光宅、许成名、田濡、王汝训、朱延禧、郭宏、丁懋儒

［临清］谢榛、林琼、方元焕、周易、张三极、狄从夏

［茌平］班禄、朱之蕃、张后觉、王秋、赵维新

［鄄城］苏濂、苏澹、苏潢、周显宗

［濮州］苏祐、李先芳

［冠县］钱楷、梁式

［高唐］刘魁、刘孝、张宣、张本、宋廷琦、王子鲁、郭堂

［堂邑］任淳、穆策、穆孔晖、许维新

［清平］张天瑞

［观城］张恪

［朝城］谢注

［武城］王道

青州：［安丘］黄祯、刘如松、刘鸿训、刘孔和、黄征、王孟煦、马应龙、孙峡峰

［寿光］刘珝、刘铳、刘澄甫、刘渊甫、萧仪、王烈、董绪、刘珠、李时渐、刘庚

[临朐]冯裕、冯惟敏、冯惟健、冯惟重、冯惟讷、冯琦、马愉、傅国

[博兴]刘宁

[蒙阴]公勉仁、李梦龙、公跻奎、公一扬、公家臣、王偕、贾固、公鼐、公鼒、邓云霄、秦士文

[莒州]夏云英

[诸城]翟銮、翟汝俭、邱舜、陈华、陈其猷、丁綵

[益都]黄卿、曹璜、董汝瀚、张焕、石存礼、陈经、杨应奎、陈梦鹤、王若之、宋延年、钟羽正、赵秉忠、张绅

[乐安]李舜臣、徐振芳、李中行、王烈、董绪、萧仪

[日照]焦竑

[沂水]杨光溥、高名衡

莱州:[昌邑]黄福、翟瓒、史载勋

[平度]官廉、官贤、官一夔、官延泽、李学诗、崔廷槐、张祯

[胶州]高弘图、王和、赵完璧、杨良臣、李相、马思问、栾尚约、黄作孚、黄嘉善、杨舟、杨盐、杨嘉祐、杨连吉、李太和、赵慎修、薛曜、王邦直

[即墨]兰田、兰囦、兰柱孙、兰史孙、兰章、黄宗昌、周如砥、周如纶、黄培

[掖县]毛宗岗、毛宗鲁、毛纪、郭素山、郭东山、任万里、宿度、赵耀、赵焕、刘重庆、毕拱宸、宿凤翥、孙镇、赵士喆

[高密]李昆

登州:[莱阳]于凤喈、赵文耀、张梦鲤、张皃、张允抡、姜埰、姜垓、赵鹏程、崔子忠、崔丹、宋继澄、宋琮、宋玫、左其人、左懋第

[蓬莱]戚继光、吴昶、吴之美

[招远]阎公朝

[海阳]金建中

［登州］陆堥、陶性、梁之垣

［宁海］王日新

［黄县］张子立

［福山］郭宗皋

大名：［东明］穆文熙、穆光胤、石星

徐州：［滕县］张埰

以今行政区划为：

济南：［历城区］张绅、边贡、边习、殷衡、殷士儋、李攀龙、许邦才、刘天民、刘敕、金城、潘子雨、张曾、刘钦、谷继宗、王田、杨衍嗣、周秀、陈明、陈锎、范瑟、于鲸、刘亮采、赵世卿、尹旻、王璞

［章丘区］李开先、李衡、张汝蕴、华鳌、袭勗、逯希韩、高应玘、张舜臣、谢九仪、杨选、张国筹、张光启、乔龙溪、袁公冕、袁崇冕、胡东渐、袁声

［济阳］江南、黄臣、吴铠、高有恒

［商河］张自慎、王琨

［平阴］于玭、于慎行、于慎言、于慎思

［长清区］杜泰

青岛：［胶州］王和、李相、栾尚约、黄作孚、黄嘉善、李太和、薛曜、高宏图

［即墨］兰田、兰囦、兰史孙、兰柱孙、兰章、杨良臣、杨舟、杨盐、杨嘉祐、杨连吉、周如砥、周如纶、黄培、黄宗昌

［平度］官廉、官贤、官一夔、官延泽、李学诗、崔廷槐、张祯

淄博：［桓台］王象春、王象巽、王象艮、王象晋、王与端、王与允、王与玫、沈渊、毕亨、徐夜

［淄川区］王君赏、王巽、王教、王崇义、王晓、王睹、毕木、谭尚忠、毕自严、贾仲明、张敬、高举、高绳东

［高青］孙珉、杨梦衮

枣庄：［峄城区］贾梦龙、贾三近

［滕州］张埰

烟台：［莱阳］于凤喈、赵文耀、张梦鲤、张皀、张允抡、姜埰、姜垓、赵鹏程、崔子忠、崔丹、宋继登、宋琮、宋玫、左其人、左懋第、高出

［莱州］毛宗岗、毛宗鲁、郭素山、郭东山、任万里、宿度、赵耀、赵焕、刘重庆、毕拱宸、宿凤翥、毛纪、孙镇、赵士喆

［蓬莱区］戚继光(东平)、吴昶、吴之美

［招远］阎公朝

［海阳］金建中

［牟平区］王日新

［龙口］张子立

［福山区］郭宗皋

潍坊：［青州］黄卿、曹璜、董汝瀚、张焕、石存礼、陈经、杨应奎、陈梦鹤、王若之、宋延年、钟羽正、赵秉忠、张绅、薛岗

［诸城］翟銮、翟汝俭、邱橓、陈华、陈其猷、丁綵

［寿光］刘珝、刘铣、刘澄甫、刘渊甫、刘珠、刘庚、王烈、董绪、李时渐、萧仪

［安丘］黄祯、黄征、王盂煦、马应龙、刘如松、刘孔和、刘鸿训、孙峡峰

［临朐］冯裕、冯惟敏、冯惟健、冯惟重、冯惟讷、冯琦、马愉、傅国

［昌邑］黄福、翟瓒、史载勋

［高密］李昆、王和、王邦直、赵完璧、赵慎修

济宁：［曲阜］孔谔、孔公杰、孔公堂、孔克晏、孔承庆、孔希恭、孔公璜、孔公琅、孔齐、东门沛然、贾皀西

［任城区］宋唐、王清、郑文炳、聂栎、文镇、李尧民、姚嘉、杨贤、陈学诗、靳学颜、赵弼、呼相如、于若瀛、杨士聪、徐标

［兖州］刘子钟

［金乡］周允中、周济川、周济用、李燧、郭东藩

［汶上］吴岳

［邹城］孟海、潘榛

泰安：［泰山区］宋涛、张相汉

［东平］罗贯中、李文其、王汝孝、赵鲲、田大有、关岳、何海晏、赵云翔、张承宠、牛谅、王克笃

［宁阳］许彬、郑龙、吴子祺、王正容

日照：［东港区］焦竑

［莒县］夏云英

临沂：［郯城］李骥、刘翔、任文献、周举、张景华

［蒙阴］公勉仁、公跻奎、公一扬、公家臣、公鼐、公鼒、王偕、贾固、邓云霄、秦士文

［沂水］杨光溥、高名衡

［临沂城区］陈玉、周京、宋鸣梧、孙一脉

威海：［文登］陆埜、陶性、梁之恒

德州：［德城区］张海、韩汝涛、马亨、马衢、马九德、邹颐贤、程瑶、程绍、程泰、卢宗哲、卢茂、刘佐、李诚明、吴思敬、陈可继、葛守礼、葛曦、葛昕、葛引生、宋弼

［陵县］王纮

［禹城］刘思义、白乙传、李腾蛟、刘士骥、韩养醇

［临邑］李若讷、邢玉偁、邢侗、邢静慈

［齐河］王宫臻

［武城］王道

聊城：［东昌府区］逯中立、傅光宅、许成名、田濡、邓邦、王汝

训、任淳、穆策、穆孔晖、朱延禧、郭宏、丁懋儒、许维新

[临清]谢榛、林琼、方元焕、周易、张天瑞

[阳谷]李际元、柴世需、殷云霄

[茌平区]班禄、朱之藩、张后觉、孟秋、赵维新

[冠县]钱楷、梁式

[高唐]刘魁、刘孝、张宣、宋廷琦、王子鲁、郭堂

[莘县]张恪、谢注

[东阿]黄体元、王偁、刘隅、刘约、刘田、李仁、刘一成、赵邦彦、许用中

滨州:[滨州]王斗生、魏纶、赵大纲、马攀龙、刘效祖、王家植、张西铭

[博兴]刘宁

[邹平]刘一相、敖山、李士翱、刘鸿训、孙养默、张延登、刘孔和

[无棣]杨巍、孙重光、李光禄、吕荫

[惠民]刘浦、毛钟秀、史永安

[阳信]刘世伟

东营:[广饶]李舜臣、徐振芳、李中行、王烈、董绪

菏泽:[曹县]李木、李秉、蔡继光、郭斌、兰端、扈永通、高尚学、段黻、史延龄、王珣、何应瑞、徐笃、王崇仁、王崇文、王崇献、楚烟、蓝近任

[郓城]于范

[鄄城]苏祐、苏濂、苏澮、苏潢、周显宗、李先芳

[成武]田登、郭玺

[东明]穆文熙、穆光胤、石星

[单县]王畎

【清、近代】

济南：[历城]钟辕、钟廷英、余昆、余正酉、朱纬、朱缃、朱纲、朱令昭、朱琦、朱曾敬、朱畹、朱曾传、朱崇道、朱崇勋、朱怀朴、朱伦翰、朱孝纯、朱照、陈超、高瑾、王苹、方昂、李溁、李廷芳、袁声、范埛、解鉴、刘伍宽、刘淇、龚章、乔岳、何邻泉、徐子威、尹廷兰、马国翰、叶承宗、方寿、焦式冲、任宏远、周永年、周乐、李庆翱、李德容、申士秀、郭翊、艾元徵

[德州]卢世漼、冯廷櫆、封大受、卢见曾、卢道悦、孙勷、田雯、田需、田霡、田肇丽、田同之、萧惟让、程先贞、李源、李浃、李涛、李征熊、赵善庆、赵念曾、赵大经、宋来会、宋弼、魏乃勷、谢重辉、葛元福、叶正夏、卢碧筠、何氏、宋素梅、孙贵、萧惟豫

[章丘]李慎修、李沧瀛、李肇勋、王世睿、孟传睿、术翼宗、焦祈年

[邹平]张实居、马骕

[淄川]蒲松龄、胡训、孙蕙、袁藩、高珩、高玮、高之驹、高之騱、高之骎、高之騊、高中谋、张笃庆、张履庆、张增庆、张元、王培荀、唐梦赉、毕际有、毕海珖

[长山]安曰润、李雍熙、李化熙、徐氏、李氏

[新城]徐夜、于觉世、何世璂、张象津、王士禄、王士禧、王士禛、王士祜、王启涑、王启座、王宸佶、王祖昌、王允榛、傅扆

[齐河]郝箬、郝允哲、王隆熙

[济阳]张尔岐、艾元征

[长清]曾尚增、耿玉函

[平原]董讷、董思凝、董元度、王所礼、董芸、董访

泰安：[莱芜]程云

[泰安]赵国麟、元至(石灵)

［东平］赵作舟、陆从桂、张坦

［平阴］朱鼎延、朱续卓、孙光祀、唐仲冕

［东阿］刘轼

［肥城］张岫

武定：［武定］李之芳、李钟麟、李本樟

［广饶］李含章、李焕章、金杏园

［滨州］张宣、杜溹、杜堮

［海丰］吴象弼、吴绍诗、吴重熹、王清、张镠

［利津］李佐贤

［庆云］崔旭

［阳信］李修行、劳坜、朱钰

［蒲台］盖方泌、盖珏

［沾化］李呈祥、范明征

［惠民］李本撰、李衍孙、李之芳

［商河］马毓林

兖州：［济宁］孙扩图、孙玉庭、孙毓汶、孙芳、杨通叔、王天春、王元枢、林之蒨、史密、仲承述、仲永檀、戴鉴、吴氏、许鸿磐、孙芳、潘应宾、潘如

［滋阳］乔世臣、牛运震、丘仰文、李西堂

［滕县］王东槐、杜汉

［曲阜］陈见智、颜恤纬、颜伯询、颜怀礼、颜光敏、颜光猷、颜肇维、颜懋伦、孔贞瑄、孔尚任、孔毓埏、孔传铎、孔传铥、孔毓圻、孔继涵、孔继涑、孔庆镕、孔广根、孔昭虔、孔焜、孔宪彝、孔继勋、孔继镕、孔继涑、孔祥霖、桂馥、郑鸿、孔丽贞、孔淑成、孔璐华、孔祥淑、贾应宠、陈浩

［邹县］孟贞仁

［峄县］孙堮

[宁阳]黄恩彤、吴廷相、周远昌

[阳谷]刘琰

[金乡]李翮

[嘉祥]曾衍东、曾衍橚

[泗水]王家榕

[鱼台]马邦玉

沂州:[沂州]宋之韩

[沂水]高淑曾、张穆

[琅琊]王玮庆、王昊

[莒州]于学谧、韩程愈、陈阿平

[兰山]赵德懋

[日照]丁士一、李应廌、卜宁一、卜焕、许瀚、秦露、丁恺曾

[莒县]庄湘泽

[费县]王肇赐

[郯城]吴步韩

曹州:[单县]时式敷、朱永龄、袁养、葛斗南、卢锡晋

[成武]李百盈

[菏泽]刘藻、马新贻、房应辰

[观城]张如甲

[郓城]黄溶、黄之芠

[巨野]傅米石

东昌:[临清]汪灏、徐坊、程懋宏、马世骥、张为经、冀霖

[聊城]朱续京、任克溥、任逢运、李英、傅以渐、邓钟岳、邓汝功、杨以增、杨绍和、武淑仪、邓秉恒、耿愿鲁、朱昌祚、朱宏祚、朱湘

[茌平]王曰高、李庆丰

[博平]傅允诚

［高唐］朱怀栻

［冠县］赵汝诚

［东阿］刘约

青州：［益都］冯溥、冯协一、孙宝仍、孙宝仁、孙廷铨、孙廷铎、孙承泽、王遵美、李文藻、李远、卢焯

［诸城］徐田、王钺、王承录、王柽、王凤文、王应垣、王中孚、王宗献、王赓言、王文骧、王沛恂、丁耀亢、刘必显、刘果、刘棨、刘翼明、刘统勋、刘纯炜、刘壈、刘臻、刘墉、刘墫、刘塄、刘镮之、刘喜海、丘志广、丘石常、李澄中、李肇源、李万青、李璋煜、窦光鼐、丁氏、刘若蕙、隋鹏、张侗、王概、王锳、李宜芳、李渠、隋平

［潍县］于祉燕、韩梦周、杨青藜、张僖、丁善宝、刘鸿翱、宋书升、郭书俊、郭绥之、郭同芳、郭续汾、刘以贵、陈介祺、蔡宗襄、张昭潜

［安丘］徐天祥、曹申吉、曹贞吉、曹曾衍、张柏恒、张善恒、张贞、刘正宗、刘原渌、马长淑、马常沛、赵录缜、孙自务、劳之辨、路术淳、王训、马长春、李隆、刘其璇、曹益厚、辛宜岷、马世珍

［乐安］李焕章、李含章、徐振芳、金杏园

［昌乐］阎愉、阎循琦、阎循观、阎学海

［临淄］于云升、王曰赓、王心清、王瀛、王时亮、谢宾王、郑民鑫

［寿光］安致远、安箕、董思恭、李铎、王遵坦

［博山］赵进美、赵执信、赵执端、赵作肃、赵慈

登州：［文登］徐士林、于鹏翰、于涟、于式敷、于熙学、毕亨、毕所密、毕所侻、吕润蕃、丛大为

［莱阳］高启元、姜埰、姜安节、姜实节、姜寓节、董樵、董道东、赵㞐、赵仑、赵钧彤、宋琏、宋琬、宋鸣谦、刘淑履、冷玉娟、赵曾、王兰升

[海阳]李赞元、赵似祖、鞠濂、鞠逊行、鞠恺、鞠慎、胡瑗

[荣城]鞠耀奎、孙葆田

[福山]王显绪、鹿林松、王照圆、萧榕年、萧培元、谢乃实

[栖霞]牟峨、牟应震、牟庭、牟愿相、郝懿行

[蓬莱]王芬、慕昌桂、柳晋

[宁海]李永绍、杨维乔、张崧、张启愚

[招远]冷得中

莱州：[昌邑]于始瞻、徐河清

[胶州]于衣、高凤翰、高璪、柯蘅、柯劭忞、张谦宜、王克绍、李世锡、赵文煚、宋绳先、法若真、法樗、法坤宏、柯劭慧

[高密]宫尔劝、宫去矜、綦汝楫、李元直、李师中、李宪乔、李宪暠、李诒珩、李怀民（宪噩）、王立性、王焯、王娖、单可惠、任丽金、单铭、单为濂、单钰、单烺

[掖县]韩鼎元、王尔膂、吕鼎铉、赵士喆、翟云升、李长霞、宿凤翀、李镆、毛漪秀

[平度]李森先、白永修

[即墨]杨还吉、张鹤、黄鸿中、黄立世、蓝润、蓝启肃、李毓昌、郭琇

[大嵩卫]李赞元

[直隶庆云]崔旭、崔炀、崔光笏、崔晨、陈良翰、刘东里、刘广恕

[直隶东明]袁佑

以今行政区划为：

济南：[历城区]钟辕、钟廷英、朱纬、朱缃、朱纲、朱令昭、朱琦、朱曾敬、朱曾传、朱畹、朱崇道、朱崇勋、朱怀朴、朱伦翰、朱孝纯、朱照、余正酉、余昆、陈超、高瑾、王苹、方昂、李潆、李廷芳、李

庆翱、李德容、袁声、范垌、解鉴、刘伍宽、刘淇、龚章、乔岳、何邻泉、徐子威、尹廷兰、马国翰、叶承宗、方寿、焦式冲、任宏远、周永年、周乐、申士秀、郭翊

[章丘]李慎修、李沧瀛、李肇勋、王世睿、孟传睿、术翼宗、焦祈年

[长清]曾尚增、耿玉函

[平阴]朱鼎延、朱续卓、孙光祀、唐仲冕

[商河]马毓林

[济阳]张尔岐、艾元徵

青岛:[胶州]于衣、高凤翰、高璪、柯劭忞、柯蘅、张谦宜、王克绍、李世锡、赵文贾、宋绳先、法坤宏、法若真、法櫺、柯劭慧

[即墨]杨还古、张鹤、黄鸿中、黄立世、蓝润、蓝启肃、李毓昌、郭琇

[平度]李森先、白水修

淄博:[淄川区]蒲松龄、胡训、孙蕙、袁藩、高珩、高玮、高之驹、高之蹊、高之骒、高之騊、高中谋、张笃庆、张履庆、张增庆、张元、王培荀、唐梦赉、毕际有、毕海珖

[桓台]徐夜、于觉世、何世璂、张象津、王士禄、王士禧、王士禛、王士祜、王启涑、王启座、王宸佶、王祖昌、王允榛、傅扆

[临淄区]于云升、王曰赓、王心清、王瀛、王时亮、谢宾王、郑民鑫

[博山区]赵进美、赵执信、赵执端、赵作肃、赵慈

枣庄:[滕州]王东槐、杜汉

[峄城区]孙塄

东营:[广饶]李焕章、李含章、徐振芳、金杏园

烟台:[福山区]王显绪、鹿林松、王照圆、萧榕年、萧培元、谢乃实

[栖霞]牟峨、牟应震、牟庭、牟愿相、郝懿行

[蓬莱区]王芬、慕昌桂、柳晋

[海阳]李永绍、杨维乔、张崧、张启愚、赵似祖、鞠濂、鞠逊行、鞠恺、鞠慎、胡瑗、李赞元

[莱阳]高启元、姜安节、姜实节、姜寓节、董樵、董道东、赵嵲、赵仑、赵钧彤、赵曾、宋琏、宋琬、宋鸣谦、刘淑履、冷玉娟、王兰升

[莱州]韩鼎元、王尔膂、吕鼎铉、赵士喆、翟云升、李长霞、宿凤翀、李锳、毛漪秀

[招远]冷得中

潍坊：[青州]孙宝仍、孙宝仁、孙廷铨、孙廷铎、孙承泽、王遵美、李文藻、李远、卢焯

[临朐]冯溥、冯协一

[诸城]王钺、王承录、王柽、王凤文、王应垣、王中孚、王宗献、王赓言、王文骧、王沛恂、王锳、王概、刘必贤、刘果、刘棨、刘翼明、刘统勋、刘纯炜、刘壈、刘臻、刘墉、刘墫、刘堮、刘镮之、刘喜海、徐田、邱志广、邱石常、李澄中、李肇源、李万青、李璋煜、窦光鼐、丁氏、刘若蕙、隋鹏、张侗、李宜芳、李渠、隋平

[安丘]徐天祥、曹贞吉、曹申吉、曹曾衍、曹益厚、张柏恒、张善恒、张贞、刘正宗、刘原渌、马长春、马常沛、马世珍、马长淑、赵录镇、孙自务、劳之辨、路术淳、王训、李隆、刘其璇、辛宜岷

[潍城区]于祉燕、韩梦周、杨青藜、张僖、丁善宝、刘鸿翱、宋书升、郭书俊、郭绥之、郭同芳、郭续芬、刘以贵、陈介祺、蔡宗襄、张昭潜

[高密]宫尔劝、宫去矜、綦汝楫、李元直、李师中、李宪乔、李宪暠、李诒珩、李怀民(宪噩)、王立性、王焯、王媓、单可惠、单铭、单为濂、任丽

[昌邑]于始瞻、徐河清

[寿光]安致远、安篔、董思恭、李铎、王遵坦

[昌乐]阎愉、阎循琦、阎循观、阎学海

济宁:[任城区]孙扩图、孙玉庭、孙毓汶、孙芳、杨通叔、王天眷、王元枢、林蒨、史密、仲承述、仲永檀、戴鉴、吴氏、许鸿磐、潘应宾、潘如

[兖州]乔世臣、牛运震、丘仰文、李西堂

[曲阜]陈见智、颜伯询、颜怀礼、颜光敏、颜光猷、颜肇维、颜懋伦、颜恤纬、孔贞瑄、孔尚任、孔传铎、孔传铥、孔毓埏、孔毓圻、孔继涵、孔继涑、孔庆镕、孔广根、孔昭虔、孔焜、孔宪彝、孔继勋、孔继镕、孔继涑、孔祥霖、孔丽贞、孔淑成、孔璐华、孔祥淑、桂馥、郑鸿、贾应宠、陈浩

[邹城]孟贞仁

[金乡]李翩

[嘉祥]曾衍东、曾衍樠

[鱼台]马邦玉

[泗水]王家榕

泰安:[泰山区]赵国麟、元至(石灵)

[东平]赵作舟

[肥城]张岫

[宁阳]黄恩彤、吴廷相、周远昌

威海:[文登]徐士林、于鹏翰、于涟、于式敷、于熙学、毕亨、毕所密、毕所倪、吕润蕃、丛大为

[荣成]鞠耀奎、孙葆田

日照:[莒县]庄湘泽、于学谧、韩程愈、陈阿平

[东港区]丁士一、丁恺曾、李应廌、卜宁一、卜焕、许瀚、秦露

莱芜:[莱城区]程云

临沂:[临沂]赵德懋、宋之韩、王玮庆、王昊

［沂水］高淑曾、张穆

［费县］王肇赐

［郯城］吴步韩

德州：［德城区］卢世漼、卢见曾、卢道悦、孙勷、田雯、田需、田霡、田肇丽、田同之、萧惟让、程先贞、李源、李浃、李涛、李征熊、赵善庆、赵念曾、赵大经、宋来会、宋弼、宋素梅、魏乃勷、谢重辉、葛元福、叶正夏、卢碧云、何氏、宋素梅、孙贵、萧惟豫

［齐河］郝箸、郝允哲、王隆熙

［平原］董讷、董思凝、董元度、董云、董访、王所礼

［庆云］崔旭、崔炀、崔光笏、崔晨、陈良翰、刘东里、刘广恕

聊城：［东昌府区］朱续京、朱昌祚、朱宏祚、朱湘、任克溥、任逢运、李英、傅以渐、邓钟岳、邓汝功、杨以增、杨绍和、武淑仪、邓秉恒、耿愿鲁

［东阿］刘轼、刘约

［临清］汪灏、徐坊、程懋宏、马世骥、张为经、冀霖

［茌平区］王曰高、李庆丰、傅允诚

［高唐］朱怀栻

［阳谷］刘琰

［莘县］张如甲

［冠县］赵汝诚

滨州：［滨州］张宣、杜漺、杜堮

［惠民］李之芳、李钟麟、李本樟、李本撰、李衍孙

［无棣］吴象弼、吴绍诗、吴重熹、王清、张镠

［邹平］宋曰润、李雍熙、李化熙、徐氏、李氏、张实居、马骕

［沾化］李呈祥、范明征

［阳信］李修行、劳坜、朱钰

东营：［广饶］盖方泌、盖珏、李焕章、李含章、徐振芳、金杏园

［利津］李佐贤

菏泽：［菏泽］刘藻、马新贻、房应辰

［成武］李百盈

［单县］时式敷、朱永龄、袁养、葛斗南、卢锡晋

［郓城］黄溶、黄之芠

［巨野］傅米石

［东明］袁佑

以上据“二十四史”、《四库全书总目》及中华书局出版的《中国文学家大辞典》以及《山东通志·人物志》所载作家列述，只是约略的统计，不完全，也不精确。一是作家众多，难免遗漏。史籍记载，以及山左诗文总集、选集、诗话等记载，有诗文集传世的作家还有很多，仅道光年间孔宪彝所编《阙里孔氏诗钞》就收录清代孔氏家族诗人 120 人，《曲阜诗钞》收清代曲阜诗人 52 人；他们大部分有诗集传世。如果说曲阜是奉祀孔子之地，与其他地方不同的话，即各县县志所载，也难以胜计。据不完全统计，清人编集的山东地方诗文集就有数十种之多，如《山左明诗钞》《国朝山左诗钞》《国朝山左诗续钞》《山左古文钞》《山左人词》等。1993 年，著名学者王绍曾先生主编的《山东文献书目》（齐鲁书社 1993 版，2017 年出版修订本）共收 5208 部，28012 卷；其中集部 2336 部，9519 卷。由沙嘉孙编纂的《山东文献书目续编》亦已出版，搜辑更为完备。由此可见山东作家之多、作品之丰富。二是籍贯尚存异说。如先秦时代的墨翟、左丘明、庄周，西晋的羊祜，元明之际的罗贯中等。类似情况，据前贤及时人考证，只取一说，不加考辨。至如魏晋南北朝与两宋之际南迁而籍属山东者，则据实际情况将其列入原籍，如琅邪王氏、颜氏，如辛弃疾等。这类作家，也有不同。魏晋南北朝时期，齐鲁世族南迁者大都举族迁徙，在其驻地侨置郡县，在相当长的时间内，仍然保留其家族文化传统，从

文化意义上说,他们仍应属于齐鲁文化的负载者和传承者,所以也仍然看做山东作家。而两宋之际南迁者情况有所不同,他们在南迁之后,大都落籍所居之地,即便如祖籍济南的周密,虽仍念念不忘祖籍山水,自署齐人、华不注山人,而其祖辈早居江南,其后裔也大都与本土文化失去联系,故不在本书论述之列。

由以上约略统计的情况看,历代山东作家分布的特点如下:

1. 各个历史时期的政治文化中心

先秦时期,今山东地区的政治文化中心,春秋时期在鲁,战国时期在齐。因此,邹鲁便成为"先秦时期一个人文荟萃之地,而北方文学之质朴亦即发源于此"①。至战国时期,稷下学宫招揽文士,学者云集,齐国都城临淄亦成为文人荟萃之所,先秦文人大都集中在齐、鲁两国都城及其附近地区。秦汉时期,国家统一,政治文化中心西移,而原齐、鲁作为传统文化区的地位没有发生大的变化,文人仍然集中在曲阜、临淄一带。据《史记》《汉书》等史籍载录,两汉齐鲁作家共 55 人,较著名的临淄、淄川籍的有 9 人,曲阜、邹县、滕州籍的有 11 人。

汉、魏之际,社会动乱;三国鼎立,兵戈扰攘。今山东地区远离政治文化中心,地处偏远而社会较为安定的鲁东南作家人数显著增多。这一时期作家共 22 人,今临沂地区就有 9 人,占 40%强。晋南北朝时期,世族门阀居于统治地位,文人大都集中在世家大族。南朝世家大族大多集中于长江沿线和江浙发达地区,而北朝则集中于中原一带。今山东世族南迁者,一般侨居于长江中下游的京口(今江苏镇江)、建康(今江苏南京)、荆襄(今湖北一带)等地,留居北朝者数量很少,部分是由南归北者。

隋唐定都长安(今陕西西安),齐州(今山东济南)渐渐成为

① 袁行霈:《中国文学概论》,高等教育出版社 1990 年版。

东部的政治文化中心,成为人才荟萃之地,而传统文化区的临淄、曲阜一带相对衰落。北宋都汴(今河南开封),使靠近汴京的今山东西部地区文化教育发达起来;宋元之际,社会相对稳定的济南、东平一带成为北方文化发达地区,人才大多集中在今山东济南、泰安地区。

明清时期,城市经济发展,交通渐趋发达,教育普及乡镇,政治中心对于人才成长的影响减弱,出现了新的文化格局。

2. 文化家族聚居地

我国自汉代以来,在各地逐渐形成一些文化家族,这些文化家族世代相传,逐渐演化为门阀世族。晋南北朝时期,世族居于统治地位,活跃在文坛的诗文作家大多为世族文人。今山东境内,形成于汉代的有平昌伏氏、清河崔氏、琅邪王氏、兰陵萧氏。平昌伏氏为汉初博士伏生之后,世传家学而绵延数十代,自汉至隋八百年内文化名人不断。琅邪王氏,为汉谏议大夫王吉之后,至晋形成望族。后因王导兄弟与琅邪王司马睿的特殊关系,成为东晋第一大族。南渡之后,占籍建康(今江苏南京),几乎代有名家,是这一历史时期最大、也是成就最高的一个文化家族。兰陵萧氏据说为汉相萧何之后,自其孙彪居兰陵(今山东兰陵),至南朝萧道成代宋称帝,其后一直延续至唐代,仍不断有文人名世。其他如武城崔氏、平原刘氏、东海徐氏、高平郗氏、琅邪颜氏等,也都绵延数代。我国文化教育制度以及长期以家庭教育为主的教育方式,使这类文化家族现象无代无之,但如晋南北朝时期绵延数百年者则较为少见。自唐宋而后,如武水(今山东聊城东昌府区)孙氏,济州(今山东嘉祥)晁氏,诸城刘氏、王氏,新城(今山东桓台)王氏,德州田氏、卢氏,济南朱氏等,都仅延续几代。其中,只有曲阜孔氏是个例外。由此可见家庭熏陶和文化环境对人才产生的影响。

3. 河流、湖泊流域和交通发达地区

河流、湖泊是原始人的生命线，也是人类最早的聚居地，因此许多城镇都建在大河和湖泊流域，而城镇又往往是一方的政治经济和文化中心。流贯山东省的大河有黄河，故道经省西部，在其流域有高唐华氏、平原刘氏及武城崔氏等文化家族。清末黄河夺山东境内的大清河和古济水故道，流贯省区大部。黄河流域的东明、鄄城、阳谷、平阴、济南、滨州，运河流域的济宁、东平、聊城、临清，都是人才荟萃之地。此外，还有流经今曲阜兖州一带的泗河，发源于泰山流经莱芜、临淄、博兴入海的淄水，流经诸城、安丘、高密、昌邑入海的潍河，以及流贯山东半岛中部的胶莱河等。这些河流两岸，也是人才密集的地区。明清时代，由于开展对外贸易，濒海地区的半岛东部文化教育渐趋发达，人才显著增多。由此可见自然环境以及经济发达等因素对人才成长的影响。

4. 各代文化政策、用人制度、教育方式对人才成长的影响

我国长期处于实行中央集权制的封建社会，各个历史时期统治者所实行的文化政策、用人制度、教育方式等，都是直接影响人才成长的因素。如两汉时期，儒学独尊，经学成为官方哲学，文人通经即可致仕。而传经的方式又是师弟相传并重家学，便形成一个个经学流派和一批经学世家。这些经学世家，绵延数代，凭借其文化优势，簪缨蝉联，人才辈出。如平昌伏氏，琅邪王氏、颜氏，清河崔氏等。隋唐以后，实行科举选士，世族失去了垄断地位，下层文人得以通过科考介入政治，跻身社会上层，这便促使教育普及，人才分布状况也发生了重要变化。因此，影响人才成长的因素是十分复杂的，对于具体作家应做具体分析。

由以上山东地区历代人才分布的特点，我们可以看到政治、文化、经济、教育以及自然环境对人才成长的影响。这些都是作家成长及分布的外部条件，就作家个体成长而言，他们成长的条

件各不相同,需对其个人禀赋及其所处的社会历史环境、人文环境及其家庭环境作具体分析。

二、里籍分布的文化背景

从初步统计的作家里籍来看,在今山东境内,各个时代的分布是很不均衡的。这种不均衡的分布,与各地文化发展的状况大体一致。人才相对集中的地区,一般为该地政治、经济和文化的中心。先秦两汉时期,传统文化区仍然是齐鲁都城一带,而魏晋之后,由于世族门阀的形成,出现了家族文学现象。陈寅恪先生曾指出:"盖自汉代学校制度废弛,博士传授之风气止息以后,学术中心移于家族,而家族复限于地域,故魏晋南北朝之学术、宗教皆与家族、地域不可分。"①隋唐之后世族衰落,科举选士的制度促进了文化的普及,但由于以家庭和家族为本位的教育方式,家族文化现象仍绵延不断。如琅邪王氏、颜氏的后裔在落籍地仍绵延数代,还有南北朝后期形成的文化家族,如武水孙氏、清河房氏等。这一现象,至明清又有所发展。由于教育的逐渐普及,在山东各县便形成一个个官僚世家与文化家族。在封建时代,官僚世家由于其优越的政治、经济地位,又注重对子弟的教育,有的就演化为文化家族。在山东各地所称誉的所谓几大家,都属于这类情况。自唐宋以降,由于实行科举制度,除少数家族如曲阜孔氏、明清的临朐冯氏而外,这些家族大都不过传承三代,而下层文人因教育的普及接受文化教育机会增多。由此可见,在相当长的历史时期内,家庭教育是社会教育的重要补充,并对人才成长发挥着

① 陈寅恪:《隋唐制度渊源略论稿》,生活·读书·新知三联书店 2001 年版,第 20 页。

重要作用。

齐文化、鲁文化形成于先秦时期，两地文化精神影响到作家的思想风貌、学风和文风，并形成一种传统。大致说来，先秦时期，邹鲁地区多注重历史传承的思想家、史学家，燕齐地区多面对现实的政治家、具有侠义性格的文学家和兵家。即使同是思想家，其文化品格也有明显的不同。如鲁国出了大家所熟知的孔子、孟子，他们的思想与殷周文化思想一脉相承，是我国春秋时期古代文化的传承者。而在齐国，则出现了其语“闳大不经”的阴阳家代表人物“谈天衍”（邹衍）。孔子、孟子观察历史的方法，是从古代文化发展中寻绎和探究社会发展的某些规律，并通过对古代圣君贤臣的理想化来宣传自己的思想主张，所谓言必称尧舜，宪章文武。而邹衍却是为未来创造一种理论，对现实社会加以解说。从文章的风格看，鲁人质朴、典雅，齐人则辞采飞扬。战国时期，稷下学风影响所及，使两地文风有所融合，但仍保持着某些差异。如孟子散文，善辩、善喻，富有辞采，如同鲁仲连《遗燕将书》相比，则可看到后者更具有纵横家的风格。

两汉时期，自武帝尊儒，经学一跃而成为官方哲学。汉代经学有经今古文之争，今文经和古文经又有不同派别。今文经学中的“齐学”和“鲁学”两大流派的学风不同，对待现实的态度也有不同，反映了齐、鲁两地文化传统的不同影响。就经学家的里籍而言，所谓先秦儒学在鲁，两汉儒学在齐。在经学形成过程中，齐文化的精神逐渐融入传统儒学之中。东汉末年，齐人郑玄综经今古文而创“郑学”，汉代经学遂告终结。两汉经学在齐鲁，说明齐鲁一带在当时仍然是文化发达地区。两汉经学不只影响今山东地区，也不只影响有汉一代，它对经学家们故乡的影响自然也是十分深远的。汉代经学的终结，文化中心转移，齐鲁地区的文化发展自然受到影响。汉代政治文化中心在都城长安（今陕西西安），东方的文化中心则是青州、齐州，即今青州和济南一带，原邹鲁地区则相对衰落。这一时期著名文学家、诗人的数量，齐鲁两地大致相等。如邹阳（临淄）、主父偃（临淄）、东方朔（平原厌次）、祢衡（平原般）等，为原齐国故地人；刘梁（东平宁阳）、孔融（鲁国曲阜）、仲长统（山阳高平）等，为鲁地人。由于统一帝国的形成和齐鲁文化的融合，齐鲁两地的精神风貌都发生了较大的变化。如孔融虽为“圣裔”，而其思想却较为开放，作风已开魏晋名士之渐；仲长统的思想已倾向道家，其思想情趣和人生价值取向，使其成为汉魏之际的过渡人物。

三国两晋南北朝时期，社会动荡，王朝更迭频繁，各个历史阶段的情况也有不同。三国时期，处于汉魏之际，虽北方相对统一，战争亦连年不断。魏统一北方，都于邺（今河北临漳），后迁都洛阳。这一时期的山东作家，大都分布在战事较少的地区。如建安七子中的王粲为山阳高平（今山东邹城）人，刘桢为东平宁阳（今山东宁阳）人，徐幹为北海剧（今山东潍坊寒亭区）人。地处偏僻的琅邪、东海（今山东临沂一带）作家众多，如卞兰、缪袭、诸葛亮、诸葛恪、王朗、王肃等。司马氏代魏，世族居于统治地位，文化领域大多为世族文人。晋室南渡，北方由少数民族政权统治，南北对峙，文化格局发生了较大变化。司马睿在建康（今江苏南京）称帝后，北方世族大部南迁，在政治和文化领域享有特殊地位，文化家族大量涌现，如北方的琅邪王氏、颜氏，平昌伏氏，东海徐氏，陈郡谢氏，南方的顾氏、陆氏、荀氏、孔氏等。尤其是王、谢两家，人才辈出，成为延续几百年的文化家族。王戎、王廙、王羲之、王僧达、王微、王俭、王融、王筠、王籍等王氏作家群，谢混、谢灵运、谢惠连、谢朓等谢氏作家群，颜延之、颜竣、颜之推、颜之仪等颜氏作家群，徐摛、徐陵、徐孝嗣、徐勉、徐悱等徐氏作家群，何承天、何逊、何思澄、何子朗等何氏作家群，以及平原刘氏、兰陵萧氏、高平郗氏、泰山羊氏等作家群体先后辉映文坛。北朝作家以兰陵萧氏与武城张氏、崔氏为主，萧氏都是南朝齐梁宗室，张氏、崔氏也都是北方著名世族。因此，家族文学的繁荣，是这一时期突出的社会历史现象。

隋唐统一，实行科举制度，在中国历史上存在数百年的世族门阀制度宣告终结，作家里籍的分布发生了较大变化。一方面，晋南北朝以来的文化世族，虽然逐渐没落，而他们分散到各地的后裔，在相当长的历史阶段仍然十分活跃，如琅邪王氏、颜氏，兰陵萧氏，武城张氏等。但这些作家大都落籍侨居地，他们虽然仍称郡望，但经历几代之后，已经成为当地人，其文化思想亦已融入所居地区，与其祖籍山东本土已无联系，因不再列入山东作家。随着政治文化中心西移，齐州（今济南）成为东方的文化中心，仍然文人荟萃，其他地区如潍坊、聊城、德州、泰安、济宁、滨州等地，也出现了不少知名文人，反映出唐帝国文学艺术空前繁荣的景况。如“文章四友”之一的崔融和诗僧义净（济南）、著名诗人羊士谔、刘沧（泰安）、“一代词宗”孙逖和著名哲学家吕才（聊城）等。就是滨海地区，也有王无竞（莱州）这样的诗人出现。

宋元时期，北宋和元全国统一，金、南宋则南北对峙，中国又经历了一次分裂和动荡。宋室南渡，北方士人再次南迁，曲阜孔子的嫡系后裔亦南迁浙江衢州，济南著名词人李清照、辛弃疾等也都流落江南。这是继东晋南迁之后文人又一次大迁移，其对北方文化发展的影响是可想而知的。自北宋之后，今山东地区长期在少数民族政权的统治之下，境内各地的文化发展很不平衡。北宋时期今山东私人讲学的风气盛行，各地书院成为当地士人文化活动的中心，泰山书院在著名政治家、文学家范仲淹门生孙复、石介等主持下，继承儒学道统，开一代学术风气，并影响到一代文风的转变。这一时期，邻近京都汴梁（今河南开封）的鲁西菏泽与传统文化区济南,作家较为集中,出现了王禹偁、穆修、石介、晁补之、辛弃疾、李清照等影响全国的诗文词作家。金元之际,今山东出现东平严实、济南张荣和益都李璮三大地方势力,而以严实统辖的区域最大,盘踞东平的时间也最长。东平严氏父子主政期间,崇儒学,兴礼乐,使东平和济南成为当时的文化中心,在这一带出现了杂剧作家群,东平也是当时杂剧活动的中心。济南的张养浩、杜仁杰、刘敏中,在散曲创作方面也取得较高艺术成就。元明之际,小说大家东平罗贯中创作《三国志演义》《水浒传》,其高度的艺术成就影响巨大,今已译为多种文字,享誉世界。

明代全国统一,而文化重心南移的格局没有改变。山东连年遭受战乱,又遭受瘟疫灾害,经济受到很大破坏,但仍保持着重视教育的传统。明中期之后,经济逐渐恢复,济南、青州、聊城、潍坊、淄博等地作为传统的文化区,作家数量较多,其他地区也有不少知名作家出现。由于对外贸易的开展,青岛、烟台等濒海地区的作家显著增多。就整体文化状况而言,山东明显落后于江浙地区,但自明代中期之后,领袖文坛和在全国影响较大的作家却为数甚多。前后七子中的边贡、李攀龙、谢榛等诗人,散曲家冯惟敏及其家族,传奇大家李开先及章丘作家群,东阿于氏,桓台王氏等。桓台王氏、临朐冯氏、东阿于氏都形成家族文学,其中桓台王氏、临朐冯氏绵延到清代,王氏出现了王士禛这样的诗坛领袖人物。自宋元以来,济南诗人代有名家,至明代中期由李攀龙的影响,出现济南诗派。

清代是山东文学最为繁盛的时期。“本朝诗人,山左为盛”①,不唯清初诗坛有王士禛、宋琬、赵执信这样的大家,还有著

① 〔清〕赵执信:《谈龙录》,赵蔚芝、刘聿鑫注释本,齐鲁书社 1987 年版,第 72 页。

名小说家蒲松龄，著名戏曲家孔尚任，具有全国影响的诗文、小说作家丁耀亢、张尔岐、颜光敏、徐夜，以及诗人田雯、词人曹贞吉等。清代也是山东作家数量最多的一个时期。从分布情况看，除传统的文化区如济南、淄博、青州之外，全省各地也都有较为著名的作家。以今政区来看，济南王苹、马国翰，德州程先贞、谢重辉、赵善庆，淄博张笃庆、唐梦赉、王士禄、张象津，泰安赵国麟、滨州李之芳、劳坜，东营李焕章，潍坊冯溥、孙廷铨、王遵坦、刘翼明、窦光鼐、李澄中、刘原渌、李宪暠，济宁孙玉庭、牛运震、孔广森、孔宪彝、桂馥、贾应宠、曾衍东，聊城傅以渐、邓钟岳、杨以增、王曰高，日照许瀚、韩程愈，临沂张穆，威海毕亨，菏泽袁佑、傅米石，青岛高凤翰、柯绍忞、张谦宜等，在全国都有一定影响。同时，在明清之际出现了遗民诗人群体，清代中期在胶东出现了高密诗派。

从以上统计的情况看，自汉代以来，原齐鲁故地文化的发展并不平衡，而诗文作家里籍分布也呈不规则状态。诗文作家的籍贯，大都在原齐文化圈内。这不是偶然现象。从齐鲁文化发展的过程来看，汉代是齐鲁文化界限逐渐消泯的时期，自汉而后齐鲁文化逐渐融合，以齐鲁文化为主体的中华文化也逐渐形成。如仔细考察，在大中华统一文化的形成过程中，各地域文化所积淀的某些传统仍然在有关地区产生影响，在齐鲁文化融合之后也存在类似的情形。首先看原鲁国的中心地带曲阜。从汉代开始，由于统治者尊儒，孔子成了所谓历代帝王师，孔子的家乡曲阜也便成为圣地，成为保留古代文化、演习古代礼乐之地。司马迁在《孔子世家》中说，在孔子死后，“鲁世世相传以岁时奉祠孔子冢，而诸儒亦讲礼、乡饮、大射于孔子冢。……故所居堂弟子内，后世因庙藏孔子衣冠琴车书，至于汉二百余年不绝。高皇帝过鲁，以太牢祠焉。诸侯卿相至，常先谒然后从政”，而当他亲自前往探访时，“诸生以时习礼其家”。几千年来，王朝更迭，时代变迁，而曲阜的神圣地位并未丝毫改变。唐宋以后，孔子成了“大成至圣文宣王”，他的弟子曾参被尊为“宗圣”，他的孙子孔伋被尊为“述圣”，孟子被尊为“亚圣”，曲阜和邹县也便成为历代帝王朝圣之地，从而形成一个特异的邹鲁文化圈。在这里生活的圣裔们自不必说，即使一般老百姓，也深以生活在圣人之乡为荣。中国古代祖先崇拜的传统，以一种特有的形式在这里得到延续，并积淀在人们心灵深处和精神气质的形成过程之中。生活在这一文化氛围之中的文人，在较长时期内，对儒学及其传统表现出特有的热情和维护儒学道统的精神。如汉代经学有“齐学”和“鲁学”之分，齐学较为开放，注重与现实的联系，其代表人物董仲舒在汉武帝时代提出“罢黜百家，独尊儒术”的建议，使儒学成为汉代最时髦的学术，并使儒学一跃而成为官方哲学。而鲁学在解经时则较为注重古代经义的阐述和文字训诂，表现出因循保守的倾向。在两汉经今古文家中，古文经学家孔安国、毛亨等，都是鲁人。原鲁地的文化传统，以及以农业为主的社会经济状况，及其相对封闭的自然环境，使这一地区的文学发展落后于原齐地。

再看原齐国故地。从战国后期，齐国的稷下学宫成为全国文化学术中心，表现出包容和开放的特点。西汉初年，统治者所奉行的黄老思想，起源于齐地。汉武帝接受董仲舒的建议，所独尊的是应时变通的“齐学”。汉末经学衰微，齐人郑玄综经今古文而创“郑学”；郑玄所注诸经，至今在“十三经”中仍有四部。就两汉时期的齐地文人思想状况看，即便是儒生，其思想也比较驳杂。变通、应时、开放，是齐文化的特点，形成齐地的文化传统，影响着这一地区的学风和文风。原齐地的文化传统，加上齐地通河、濒海，兼有工商之利，使齐地的文化风习在齐鲁文化融合过程中产生较大影响。

汉代以后，经过魏晋南北朝长期的分裂、动荡和民族融合，政治中心多元化。“学术之中心移于家族，而家族复限于地域，故魏晋南北朝之学术、宗教皆与家族、地域不可分”①，这自然对文学家的分布产生直接影响。从作家分布状况，可以看出政治中心的转移对作家分布的影响，也可看出家族传统对作家思想观念的影响。而家族传统，又常常与地域文化有着较为密切的关系。

汉代经学注重家学，不少经师世代相传，从而形成经学世家。因汉经学家大都为齐鲁人，故经学世家也大都出在齐鲁地区。汉统治者尊儒重经，通经致仕成为汉代知识分子求得通显的唯一途径。经学与政治的结缘，使经学世家演化为官僚世家，而政治地位的提高，又加强了他们在文化领域的影响。因此，自汉至魏晋，在齐鲁地区就形成若干所谓诗书传家的世家大族。自晋而后，世族门阀控制了国家的政治、经济和文化等重要领域。魏晋政治文化中心在北方，齐鲁靠近中心地带，又凭借富有经学传统的文化优势，在文学领域便出现了一批著名作家。譬如建安七子中就有四人籍属原齐鲁地区。著名散文家孔融，为孔子裔孙，官至少府；诗人王粲，出身高门，曾祖父王龚为顺帝时太尉，祖父王畅灵帝时为司空，父亲亦为大将军何进长史，他本人官至魏国侍中；诗人刘桢，汉宗室后裔，文学家刘梁之孙，官丞相掾属。只有徐幹，先世无所称名。晋南北朝时期，文学家大都为世族文人。世族由汉代经学世家演化而来，一般都是文化家族，并在特定的历史条件下形成家族文化传统。因此，这一时期出现了一批代有文学名家的家族，即文学家族。因各家族都有自己的文化传统和独特的思想风貌、价值取向，并且代有名家，从而形成家族文学。家族文学现象是这一时期重要的文学现象。至南北朝，帝王大都喜好文学，

① 陈寅恪：《隋唐制度渊源略论稿》，生活·读书·新知三联书店2001年版，第20页。

并加以提倡,使文学创作出现了繁荣局面。而文人麇集于帝王周围,以文见重,亦这一时期值得注意的现象。自晋以来,世族文人主盟文坛,庶族文人遭受压抑。今山东境内的南迁世族大都形成世代相传的文学家族,名人辈出,而寒门出身的士人也不乏文学名家。太康作家之一的左思,南朝宋“元嘉三大家”之一的鲍照,南朝梁的代表诗人何逊,都出身庶族而名高当代。南朝时期,今山东境内南迁世族已渐陵替,主盟文坛者只有南朝陈的徐陵一人而已。

隋唐之后,实行科举制度,文人可以通过科考而跻身政治。自秦汉以来,我国实行的就是文官政治。汉代选官,献文献赋;魏晋策士,重诗重文。自隋而后,开科取士,诗歌也是当时考试的内容。在具有庞大官僚机构的封建时代,实行文官制度,就使各阶层的文人都有跻身上层社会的机会,所有科举及第的文人都可得一官半职。所有文人均历官所,官僚、文人一体,便成为我国历史上特有的文化景观。“登高而赋可以为大夫”,自汉以来,具有文才便是选官的标准之一;未曾做官或不乐为官的文人,也以诗文传世作为自己的人生追求,因此,诗文创作成为一种十分普遍的文化现象。我国数千年来,很少有不参加文学活动的文人,吟诗作赋,深入到政治生活、日常生活的各个领域。像这样把文学创作作为民族普遍性行为的国家,在世界上是仅有的;而参加文学活动者应参与政治,或其目的就是参与政治,这种状况也是世界上仅有的。因此,在隋唐实行科举制度以后,文人在全国各地的分布与以前不同,其突出特点是遍及全国各地,而文人群体随政治文化中心转移,则是各个历史时期相同的。由于国家统一,各地文学活动的联系加强,地域文化的界限进一步消亡,而文人结社及乡谊旧游的诗文唱酬,仍具有地方文化色彩。这种倾向,明清时期有所加强,在今山东境内则表现为济南诗派和王派诗人的出现。

第四章　家族文学与乡谊结社

一、文化家族与家族文学

文化家族与家族文学，是中国历史发展中的一个特异现象。所谓“文化家族”，是指具有某种文化传统并世代相传的家族。一般这类家族都有自己独特的教育方式、生活方式和行为方式，有着独特的思想风貌和价值取向。所谓“家族文学”，一般指几代都有诗文作家的家族。家族文学与文化家族有联系，譬如晋南北朝时期的琅邪王氏，是文化家族，同时也具有文学传统，自晋而后，“爵位蝉联，文才相继”（《南史·王筠传》），几乎代有诗文名家，形成家族文学。而汉代某些经学世家，如东平夏侯氏、千乘欧阳氏，都以经学传家，却没有一个诗文作家；是文化家族，而没有形成家族文学。在我国历史上，自汉至清，都存在文化家族和家族文学现象，只是这类现象在各个时代的表现形态及其影响有所不同。

文化家族和家族文学现象的出现，与中国传统文化中重视血缘关系以及注重家庭教育有关。自两汉以来，封建家族都以诗礼传家为荣，而教授诗礼的方式，又大多以家庭教育为主。当然，各个时代、各个地区文化家族形成的具体原因并不相同。即如原齐鲁地区，汉魏晋南北朝文化家族的形成，大都与儒学的传播方式有着较为直接的联系。

先秦时期，自孔子而后，儒学以师弟相传。孔子的弟子根据自己对孔子思想的理解，从不同方面对孔子的思想进行阐释。《荀子》一书中有《非十二子》，韩非说孔子之后儒分为八①，都是指儒家的不同流派。秦火之后，儒家典籍散在民间，汉惠帝时除挟书之律，儒家典籍时时间出。汉初统治者为恢复战争创痍，令人民休养生息，倡黄老思想，儒学未受到应有的重视。但是，儒学深深扎根于中国民族文化的土壤之中，是三代以来传统文化精神的传承者，它反映了中国社会和中国民族性格的根本特征，因此，在结束先秦百家争鸣局面、文化思想趋于统一的汉武帝时代，它吸收和融合先秦各派思想中的某些要素，以新的面貌适应历史发展的需要，成为汉代处于支配地位的一种思想体系。

在汉代，传播儒学者是博士官。据史籍记载，秦置博士，汉承秦制，高帝至景帝沿置博士，而员额不详。高帝时，鲁人、秦博士叔孙通因定朝仪，以儒生而拜为博士。文帝时，荀子的再传弟子贾谊因"通诸子百家之书"、晁错因从济南伏生受《尚书》而为博士。齐人胡母生、董仲舒则治《公羊春秋》，于景帝时为博士。其间，齐、鲁、韩三家诗，亦得立为博士。"齐学"和"鲁学"为秦、汉之际经学的两大流派，可见传播儒学者，不是鲁人，就是齐人。武帝之世，齐学传人、著名公羊学家董仲舒于建元元年（公元前140）应诏对策，提出罢黜百家、独尊儒术的建议，为武帝所采纳，从此董仲舒所代表的儒家思想便成为指导国家政治和文化学术的官方哲学。

汉武帝时期置五经博士，从组织上保证了儒学独尊地位的确立。武帝建元五年（公元前136），设置《诗》《书》《礼》《易》《春

① 〔清〕王先慎：《韩非子集解·显学》，中华书局1988年版。

秋》五经博士；从此儒学由私学一跃而成为官学。据《汉书·儒林传》载，元光元年（公元前134），齐人、博士公孙弘奏请置博士弟子五十人，并建议："郡国县官有好文学，敬长上，肃政教，顺乡里，出入不悖，所闻，令相长丞上属所二千石。二千石谨察可者，常与计偕，诣太常，得受业如弟子。一岁皆辄课，能通一艺以上，补文学掌故缺；其高第可以为郎中，太常籍奏。即有秀才异等，辄以名闻。"这一建议也被汉武帝所采纳。自此而后，博士弟子通过考试，选补官吏，遂成定制。而公孙弘也因通《公羊春秋》，以布衣而位至丞相，封平津侯，致使春秋公羊学成为最合时尚的学术，天下士人靡然向风。齐学传人董仲舒创立的汉代今文经学，使儒学取得独尊的地位；齐人公孙弘请置博士弟子员，则从组织上加以落实。从此儒学从思想领域扩展到政治领域，通经致仕也便成为汉代士人介入现实政治的正途，而世代通儒的家族，即可世代为官；儒学世家，亦即官僚世家，成为我国历史上早期的文化家族。

汉代经师，各以家法教授。据《汉书·儒林传》载，武帝建元以前，《书》《礼》《易》《春秋》四经与《诗》齐、鲁、韩三家立为博士。至东汉初年，除《诗》三家仍立为博士外，《易》分为施氏（雠）、孟氏（喜）、梁丘氏（贺）、京氏（房）四家，《书》分为欧阳氏（高）、大夏侯氏（胜）、小夏侯氏（建）三家，《礼》分为大戴（德）、小戴（圣）两家，《春秋》分为严氏（彭祖）、颜氏（安乐）两家，共14家立为博士。这14家，有12家出自齐人传授。先秦儒学在鲁，两汉经学在齐。传《书》的伏氏、欧阳氏、孔氏，传《易》的田氏，传《春秋公羊传》的泰山羊氏，以及经学世家琅邪王氏、兰陵萧氏等，都是著名的文化家族。其中延续时间较长的有伏氏、孔氏、羊氏、王氏等家族。伏氏家族的始祖为伏生（一说名伏胜），秦时博士，传习《尚书》，两汉《尚书》学者皆出其门。伏氏世代习经，其八世孙伏理为当代名儒，以《诗》授成帝，为高密王太傅。九世孙伏湛少传父业，东汉初年出任宰相，封都阳侯，是东汉初年颇具影响的学者和政治家。其子伏隆，官至太中大夫，有文传世。其后裔，有东晋散文家、辞赋家伏滔，南朝宋齐之际的经学家、诗赋家伏曼容，南朝梁文学家伏挺，南朝陈诗人伏知道等。伏氏家族从汉初至南朝陈，前后绵延八百余年。东汉泰山羊弼习《春秋公羊传》；晋羊祜为魏、晋间政治家、散文家。《晋书》羊祜本传称“世吏二千石，至祜九世，并以清德闻”，可见泰山羊氏为汉魏至晋的官僚世家，也是著名的文化家族。其后，有诗人羊徽、书法家和文学家羊欣、北魏散文家羊深、南朝宋诗人羊璿之等，直到唐代尚有诗人羊士谔、羊滔等。据《晋书·王祥传》载，王祥为汉谏议大夫王吉之后。王吉（？—公元前48）是“兼通《五经》”的经学家，也是以直言敢谏著闻的政治家，其子王骏也是经学家，官至御史大夫，父子二人都有文名，也都有文章传世。王氏在汉代以经学传家，并因此而成为官僚世家。其后裔王祥于晋初官至太保，封睢陵公。王祥之弟王览官至太中大夫，览孙王导辅佐晋元帝南渡，偏安江左，位居宰相，为东晋世族之首。从王导始，王氏成为晋南北朝的大家族之一，几乎代有诗文名家，一直绵延至唐代，千有余年。至于曲阜孔氏，自汉至清，受到历代统治者的尊崇，为全国绵延时间最为长久的文化家族。孔氏历代以传习儒学经典为事，经学家、学者较多。即如汉代，自孔子襄始，孔安国、孔延年、孔霸、孔光，都是经学博士。而为文学发展作出贡献的诗文大家，则寥寥可数，汉代以前，孔融一人而已。

汉代以来，文化家族的形成，对文学的发展有很大影响；在齐鲁地区，这一影响就更为显著。这些文化家族，在汉代大多为经学世家。而在这一时期，文人接受文学教育，是由读经而及的。譬如著名政论家和文学家贾谊、晁错，他们都是因通经入仕，所著文章也都关乎政事。齐地的王氏家族，在汉代是经学世家，也是官僚世家，至晋而后，又是文学世家。如魏晋之际有“竹林七贤”之一的王戎，东晋时期有著名书法家、文学家王羲之，南北朝时期有著名诗人王微、王俭、王融、王籍、王筠、王褒等，陈、隋之际则有著名诗人王胄等。自汉至魏晋，文化家族由经学世家演变为文学世家的情况与中国文学发展过程也大体一致。两汉时期学术与文学未曾分离，经学家同时也是文学家；汉魏之际，经学衰落而文学受到重视，他们凭借自己深厚的文化修养而在诗文创作上取得较高成就，著名经学家、文学家蔡邕就是非常突出的代表。在今山东地区，琅邪王氏最具代表性。

隋唐以后，也存在文化家族和家族文学现象，但与晋南北朝时期有所不同。这表现在如下几个方面：一、晋南北朝时期的门阀政治，使士族享有种种特权，世族文化渗透到政治、经济、文化各个领域。在这一时期的文化家族，大都属于世族。他们世代都享有较高的政治地位，这种地位使其诗文创作比较容易造成社会影响。二、这一时期世族在政治上的地位，使其在文化教育方面处于绝对优势，所以著名文人以及文人群体大半出自世族。历数自晋至南朝文坛领袖，两晋的陆机、潘岳，南朝的颜延之、谢灵运、沈约、徐陵等，都是世族文人。而在隋唐以后，世族门阀逐渐衰落，而所实行的科举制度，也使下层文人有了介入现实政治的机会。随着世族这一社会阶层的衰落，进入隋唐之后，原齐鲁地区的世族后裔，大都分散各地。如琅邪王氏的后裔中文学成就较著者王昌龄（落籍京兆万年）、王定保（落籍洪州南昌）等，琅邪颜氏后裔中的文学家颜师古、颜真卿（均落籍长安），兰陵萧氏后裔中的文学家如萧颖士（落籍颍州汝阴）等。他们有的仍然保持世家文化传统，延续几代，如琅邪颜氏，而大多流寓各地，已融入当地文化氛围之中。由于我国有重视家庭教育的传统，有的世族在落籍地又形成新的文化家族，如清河崔氏的一支迁居齐州（今山东济南），出现文学家崔融，其下三代都有文名。自隋唐以后，这类文化家族大多延续不超过三代。随着唐代经济的繁荣，文化教育也渐趋普及，晋南北朝以来的世家大族逐渐失去文化优势，其衰落是历史发展的必然。这种状况，从古代山东地区作家的里籍分布也能够看得出。

隋唐时期，今山东境内的文化家族，除曲阜孔氏、琅邪颜氏、清河崔氏、兰陵萧氏外，数量大为减少。齐州崔氏，崔融及其子崔禹锡、孙崔彧三代均有文名；临淄邹平段氏，段文昌、段成式、段安节也是三代。此后，宋代济阴晁氏家族出现文人群体。明清时期文化家族增多，几乎遍及今山东全境。如属今聊城市籍的任氏、邓氏、傅氏、杨氏，属今德州市籍的邢氏、葛氏、田氏、卢氏、董氏，属今济南市籍的东阿（今山东平阴）于氏、济南朱氏，属今泰安市籍的王氏，属今济宁市籍的孔氏、颜氏，属今淄博市籍的新城王氏、益都（今山东博山）赵氏、淄川张氏、高氏，属今潍坊市籍的临朐冯氏、诸城刘氏、青州孙氏、高密李氏、安丘曹氏，属今青岛市籍的胶州高氏、法氏，属今烟台市籍的莱阳姜氏、宋氏、鞠氏，等等。所以如此，盖与明清时期教育的普及与教育方式有关。明清以来，除官办的府县学、国子监外，士子在进县学之前，以家庭教育为主；一般富有家庭，都自请塾师教授子弟。遍及城乡的私塾，大多以家族为单位，学生均为本族子弟。

历代各地的文化家族，由于比较重视对子孙的文化教育，造就了不少人才，在其所在地区有较大影响。这种影响常常形成一种引人向学的风气，对周围人的影响是潜在的，潜移默化的。因此，某一家族的聚居地，也常常同时出现一批文人。如宋代属今聊城莘县的三槐王氏家族，从北宋的王佑、王旦父子始，终宋之世，簪缨蝉联，诗文作家众多，有诗文传世的就有王雍、王轸、王素、王岩、王靖、王巩、王述、王遵、王从等。在全省各地均有类似的情况,不过这些文人除少数通过科考进入仕途之外,大多散在民间。这些人与社会现实联系密切,了解社会民情,又具有一定的文学修养,他们或因仕途蹭蹬,而对社会现实有较为清醒的认识,或因生活困窘而对现实不满,或在日常生活中触发某些感受,便用诗文加以表现。他们活动范围有限,创作的诗文艺术成就也不高,文学影响也便局限在其活动地区。这类文学活动的影响虽然有限,而对某一地区文学风气的形成却不应低估。又因为这些文人的活动范围一般都在自己家乡一带,其地域文化色彩浓烈,使其文学创作带有浓郁的乡土气息。特别是一些通俗文学的创作,如地方戏曲、说唱文学等,几乎都是下层文人的作品。明清以来,各地重视地方诗文集的整理和编选,就展示了这方面的成就和影响。如王绍曾先生主编的《山东文献书目》载录今山东各地地方诗文集近百种,几乎涉及今山东各地市。其中不少家族诗文总集和同邑诗文集,如《冯氏五先生集》(临朐)、《李氏三先生诗钞》(高密)、《济南朱氏诗文汇编》、《安丘曹氏家集》,以及《阙里诗钞》《曲阜诗钞》《绣水诗钞》等。

二、乡谊与民间文学结社

历代文人来往,诗文唱酬,或因文学创作主张相同,形成某一文学流派,自汉魏以降无代无之,而民间文学结社,则是明清以来地域文学的重要现象。这类结社地方性很强,其成员大多为同乡故旧。如郭绍虞先生《明代的文人集团》一文所列举的文人结社的情况,"其以地域称者"一项有 39 家,"以社所称之"者有 9 家①。这些文

① 郭绍虞:《照隅室古典文学论集》上编,上海古籍出版社 1983 年版,第 518 页。

学结社，有的是少年学子，情趣相投，课业之余，或登高而赋，或临流吟诗，彼此唱酬，并将其诗文结集印行；有的是少年文友，成年之后宦游各地，暮年致仕归家，以诗文自娱，彼此结社。种种情形，不一而足。这类文学结社，有的存在时间比较短暂，有的少年时期相聚，仕宦之后遂各自分散；有的初为诗社，只限于故家范围，而后其成员散在全国各地，彼此以文学相标榜，遂成为某一文学流派，影响至于全国。其发展情形，也各各不同。总之，民间文学结社是全国各地共有之现象，而在各地的表现形态也千差万别，但因其文学活动都是在作者家乡一带发生的，所以与地域文化关系密切，研究地域文学，尤应重视。

齐鲁地区自古称文学之邦，有着世代相续的优良的文化传统。明清以来，文学结社和地方诗人相唱和的现象相当普遍。其中，大多结社活动在本乡本土，但也有因地近京畿，与诗坛文坛呼吸相通，而由地方而影响至于全国者。今仅选取其中较为重要者加以简略叙述。

先看明代诗文结社的情形。

明代中叶以后，山东地区诗歌创作活动比较活跃。明代中叶，有以“后七子”领袖李攀龙为核心的济南诗人、以李开先为核心的词曲创作中心、以石存礼和冯裕等八人组成的益都北郭禅林诗社（即海岱诗社），以及明清之际山东遗民诗人及其诗歌唱酬和结社活动。其中，李攀龙、李开先和遗民诗人将在有关章节介绍，而益都北郭禅林诗社地域性较强，而较少为人了解，在此特作详细介绍。

益都北郭禅林诗社（海岱诗社），由石存礼、冯裕、蓝田、刘澄甫、陈经、黄卿、刘渊甫、杨应奎 8 位诗人组成，其中有 7 人是进士，1 人是举人。当时石存礼、冯裕、刘澄甫、黄卿、杨应奎致仕在家，陈经以礼部侍郎丁忧里居，蓝田因纠弹权臣被免官闲住，刘渊甫未仕，他们在明世宗嘉靖十四年至十五年间，在益都北郭禅林结为诗社，彼此唱和，为一时盛事。“八人皆不以诗名，而其诗皆清雅可观，无三杨台阁之习，亦无七子摹拟之弊”。由于在其社约中有“不许将会内诗词传播，违者有罚”一条，使这个诗社的影响范围十分有限。但其“山间林下，自适性情，不复以文坛名誉为事”之作，却能“不随风气为转移”①，自是明代中叶诗坛一股习习清风，所以引起清初文坛的重视。

明初自永乐至成化年间半个多世纪，政治安定，文坛盛行由宰辅权臣所倡导的台阁体，其代表诗人是杨士奇、杨荣和杨溥，时称“三杨”。他们先后官居内阁大学士，领袖百官，有较高的政治地位，因此这一派诗人大多为上层官僚。台阁体诗歌功颂德，粉饰太平，形式雍容典雅，内容平庸无物，是上层官僚精神生活和审美情趣的反映。这一诗体，与专制制度的强化相一致。由于专制制度的加强，文人思想受到钳制，朝廷大臣也只能惟帝命是听，而正直之士难得，抗旨之臣鲜见，因使“肤廓冗长，千篇一律”②的台阁体得以流行。其间，茶陵李东阳倡言法古，注重比兴，思欲扭转诗风，开启了前后七子的文学复古运动。而在山东地区，这一时期的诗歌创作则甚为寥落。有可称者，萧仪、马愉、殷云霄、刘天民数人而已。而石存礼等，远离诗坛，自树一帜，在明初令人窒息的庸滥诗风盛行的情况下，开辟了一片自由呼吸的天地。石存礼等虽然大多官高位显，但因其诗很少外传，故不以诗名。不仅文学史未曾载录，钱谦益《列朝诗集小传》收录如此之广，亦未曾收载。海岱诗社作为诗歌发展主流之外的一类诗歌现象，虽在当时

① 以上引文见〔清〕永瑢等《四库全书总目》卷一八九《海岱会集提要》，中华书局1983年版，第1716页。

② 〔清〕永瑢等：《四库全书总目》卷一七〇《杨文敏集提要》，中华书局1983年版，第1484页。

隐而不彰，没有造成社会影响，而它的出现及其创作仍应受到诗歌研究者的重视。

石存礼等八人，大多为世家子弟。其中冯裕、刘澄甫、黄卿为同年进士；澄甫、渊甫为兄弟，是正统年间大学士刘珝之孙。结社时，8 人中有 5 人致仕家居。他们的仕途经历也有共同之处，即大多曾与当朝恶势力进行过抗争，并因此而受到伤害。相近的经历，与相近的思想情趣，以及乡谊旧游是其结诗社的基础。诗社成员的简略情况如下：

石存礼，字敬夫，号来山，益都（今山东青州）人。弘治三年（1490）进士，以知府致仕。在八人中年辈较高，因列于首位。

冯裕（1479—1545），字伯顺，号闾山，山东临朐人。正德三年（1508）进士。历知华亭、晋州，以政绩迁户部郎。正直敢言，数忤权贵，权贵虽欲侦伺其阙失却未有所得，难以加害。后出守贵州，迁按察副使。嘉靖间解官归里。居官 30 余年，家徒四壁，囊无余金，未置一亩田。归家之后，讲学育子，诗赋自娱。其子惟健、惟重、惟敏、惟讷都是著名作家。其曾孙琦，著有《北海集》，为著名诗人。至清，临朐冯氏有冯溥、冯协一等著名文人。临朐冯氏自冯裕始，为一绵延二百余年的文化家族。

蓝田（1477—1555），字玉甫，号北泉，即墨（今山东青岛）人。其父蓝章官至陕西巡抚，终官南京工部侍郎，曾受权阉刘瑾迫害。蓝田为嘉靖二年（1523）进士，官至河南道监察御史。直言敢谏，不畏权贵，声震一时。权臣张璁等希旨议大礼，蓝田反复抗论，受杖几死。后张璁执掌都察院，将蓝田除名，落职归家。后多人多次荐举，拒不赴官。著有《北泉文集》《北泉草堂诗集》。

刘澄甫，字子静，山东寿光人。大学士刘珝之孙。正德三年（1508）进士。授行人，擢御史，官至山西布政司参议。居官廉洁，拒收贿赂，而遭不虞之毁，辞官归。著有《山泉集》。

陈经(1483—1500)，字伯常，益都(今山东青州)人。正德九年(1514)进士。历官礼部侍郎、户部尚书、兵部尚书，对加强北部边防有重要贡献。守边诸将议复河套，陈经力陈不可，与宰辅意见相忤，遂辞官归里。其参与诗社时任礼部侍郎，丁忧家居。

黄卿，字时廉，益都(今山东青州)人。正德三年(1508)进士。历官知县、知府，终官江西布政使。

杨应奎，字文焕，号渑谷，益都(今山东青州)人。官至知府。

刘渊甫，字子深，号范泉，澄甫之弟。正德五年(1510)举人。当时未仕。

石存礼等唱和诗作，计有479首，明万历年间由冯氏后人冯用韫编集为《海岱会集》，诗人魏允中之弟、万历名臣魏允贞作序。诗集内容以相聚唱和为主，因在各组诗之前冠以“长至日”“五月五日”“九月九日”“上巳日”“七月七日”等会集序，而诗体则古近皆备。魏序认为其诗“对景言情，即事属辞，质而葩，逸而典，清新而畅，不矫不艳，异乎今君子诗”。所谓“今君子”，指当时流行的前后七子的拟古诗。从今存《海岱会集》来看，石存礼等的诗歌确乎与拟古诗不同，“山间林下，自适性情”，不随俗浮沉，一如其人，集中不乏“斐然可诵”之作①。

《海岱会集》有2卷乐府诗，用乐府旧题，写相关之事，借以咏写怀抱。如《豫章行》：

> 豫章出深山，亭亭一何长！深根蟠重渊，修干摩穹苍。匠石持斧斤，致之京洛旁。栋隆岂不美？生以才自伤。何如南山栎，根干常相将。(冯裕)

① 〔清〕永瑢等：《四库全书总目》卷一八九《海岱会集提要》，中华书局1983年版，第1716页。

出处本无定，隐显难俱宣。祸福起转毂，是非明盖棺。神禹禅虞舜，祀夏垂永年。傅说梦高宗，法祖应配天。扬雄乃颂莽，乐毅遂辞燕。李斯谏逐客，田文爱养贤。堂奥生戈矛，杯酒释兵权。万事多错忤，倚伏理循环。（刘澄甫）

《豫章行》为乐府旧题，《乐府诗集》载有古辞。《乐府解题》说："陆机'泛舟清川渚'，谢灵运'出宿告密亲'，皆伤离别，言寿短景驰，容华不久。傅玄《苦相篇》云：'苦相身为女'，言力尽于人，终以华落见弃。亦题曰《豫章行》也。"可见，《豫章行》古辞伤离别，叹年寿，感慨人生。冯裕一诗仿乐府古辞，感慨人在世间常因有才而受到伤害，不如无用以自保。刘澄甫则仿曹植拟《豫章》，写穷达隐显、出处进退以及世事顺违，非由人定，而对人的一生评价，盖棺才能论定。联系冯、刘各自的经历，知他们感慨有由，并非简单摹仿，所以诗意翻新，别有情趣。集中有摹仿民歌的作品，如《团扇郎》：

步阶无纤尘，出袖半遮面。一日几回看，即与郎相见。（刘渊甫）

《海岱会集》有3卷古体诗，大多写其闲适生活。如《渑水田家》：

昨夜秋风清，百谷满原隰。短镰久在手，收获一何亟！筑场见蚁穴，中心为恻恻。茅屋四五间，俯仰皆饱食。牛犊下山来，黄鸡亦在杙。雪飞烧劳薪，地炉夜不熄。煨酒热如汤，呼童烹小鲫。忽闻催科声，一犬吠篱侧。（冯裕）

负郭但有田，绕屋多植桑。柔条吐新萼，蚕蚁如针芒。

戴胜几时降，懒妇弄月珰。夜索绞细薄，晓斧摧枯杨。昼午蚕正饥，日暮桑盈筐。稚子哺雏戏，邻女知我忙。绮罗试丽服，璧玉炫新装。三眠待老食，一夕不能忘。练成白雪丝，织就黄金裳。有珠岂充饱，无襦难御凉。田家半苦乐，欲问心茫茫。（刘澄甫）

有的描写家乡景物，如杨应奎《云门山绝顶新构小亭》：

云门高削金芙蓉，晶荧空旷走游龙。何处高人在空谷，乃向危颠结华屋。亭亭独立古石坛，长风飒飒动高寒。星辰错落手可攀，玉女夜降锦囊翻。自是孤绝可独往，白榆朱草次第长。轩栋虚白趁高巅，吐纳沆瀣心神爽。

再如刘澄甫的《海溢》是嘉靖十五年一次海啸情景的实录：

东方有灵海，万水咸朝宗。委输端不竭，归墟积难穷。乾坤朝夕池，日月升沉宫。汤旱未云啬，尧水宁闻丰？嘉靖丙申岁，十月当孟冬。海水忽簸扬，夜半声如钟。浮楂落碧汉，若水卷飞蓬。天吴发震怒，阳侯争长雄。碣石溅漂沫，鹏翼抟高空。侧岸走鼋鼍，远峰卧蛟龙。斯民化鱼鳖，劫数嗟遭逢。室家尽汩没，妻孥困蒿丛。百里俱浩渺，村落无遗踪。营窟尚无托，何事共租庸！谁能锁支祈，为我息飓风？桑田如可变，露祷回苍穹。

在《海岱会集》中，有不少描写济南与青州间风物和歌颂同乡先贤的诗作。如冯裕、刘澄甫都有描写大明湖的诗。刘澄甫《鹊湖》云：

历下名园盛，家家湖水清。石桥斜入浦，竹溆曲侵城。进艇分山色，弹弦杂鸟声。遥怜采菱女，两两踏歌行。

陈经《重修富公遗爱亭》云：

古庙千年圮，灵台不日成。云浮新栋宇，苔洗旧碑铭。惠泽存先哲，仪型愧后生。可怜仰止地，徒有漫游情！

富公指宋代贤臣富弼，他爱国恤民，在其守青州期间，造福地方，以“爱民”著闻。在其离任后，当地人为纪念他，修筑“富公遗爱亭”。陈经看到重修的富公亭，感愧交并，以无力效法而深深遗憾。

他们闲居乡间，对农村有较多了解，看到农民生活的悲惨境遇，也有所触动，在其诗歌之中表示出一定的同情。如冯裕《谷贵叹》：

齐东野老行叹息，枵腹杖藜脚无力。忽闻官粜到城中，赤手低眉泪沾臆。往年斗米数十钱，今岁青蚨百余翼。稚子奔波类鹄形，瘦妻伶仃如土色。荜门采摘啖蔬甲，中产经营卖首饰。大麦未黄小麦青，东邻已窜西邻踣。三春无雨口嗷嗷，百里绝烟心恻恻。命危未免委沟壑，病起犹来看稼穑。菽粟由来价转高，蚕丝屈指抽未得。灾疹流行可奈何，苍天胡为至此极！幸赖圣明减田租，不尔室家尽逃匿。有司谁上流民图，征夫徒抱杞人识！救荒安得富青州，伫望全生活乡国。

诗中写齐东（明清时期县名，在今山东高青县境）老农三春之际生活无着，而旱灾、疾疫又雪上加霜，即使“中产”之家，也须“卖首饰”度日，致使农民颠沛流离。诗人疾天不公，叹朝中无人关心人民疾苦，表现出忧国忧民的情怀。再如刘澄甫《蠲税》：

> 租税年年急，疮痍何日苏？幸逢宽恤诏，将慰海邦逋。妻子仍无地，讴歌半载途。家家共牛酒，欢赏愿须臾。

明清之际，山东与全国各地一样，文人结社常常带有政治色彩，如东莱赵士喆等人组织的大社，新城王青木组织的从社。大社与复社有联系，在清立国之初即被取缔。当时从事反清复明活动的顾炎武，长期寓居山东，与山东著名学者有着广泛的交往。他曾到东莱，并与从社成员、著名诗人徐夜交往密切。这说明大社和从社都有反清的政治倾向。

清代初年，在山东孝妇河流域出现了三位著名文学家，即新城（今淄博市桓台县）王士禛、淄川（今淄博市淄川区）蒲松龄、益都（今淄博市博山区）赵执信。王士禛诗主神韵，为诗坛领袖；王派诗人，山东籍者为多。赵执信是王士禛的甥婿而与王氏诗歌主张不同，力诋神韵而倡写实。蒲松龄则以《聊斋志异》而成为小说巨匠。王、赵、蒲的主要文学活动，将在有关章节论述，此处着重谈谈王士禛的秋柳诗社和蒲松龄郢中社及其影响。

王士禛未仕前，于顺治十四年（1657）八月畅游历下，集诸名士于大明湖，结秋柳诗社。据其所著《居易录》载，参加诗社的“名士”大都是山东人。其中有东武（今山东诸城）诗人丘石常（字海石）、任城（今山东济宁）杨通久（字圣宜）及其兄弟（通睿、通俊、通叔）、益都（今山东淄博博山区）孙宝侗（字仲孺）等，王士禛“首倡四诗，社中诸子暨四方名流和者不减百家”。同时，王士禛在其撰写的《菜根堂诗集序》一文中亦曾忆述这一诗歌创作活动："顺治丁酉秋，予客济南，诸名士云集明湖。一日会饮水面亭，亭下杨柳千余株，披拂水际，叶始微黄，乍染秋色，若有摇落之态，余怅然有感，赋诗四章。"杨柳是济南大明湖最有特色的景物，所谓"四面荷花三面柳，一城山色半城湖"（刘凤诰联语，今存）。由王士禛自述可知，是大明湖秋日柳色引发了王氏与诸名士的诗兴，可以说《秋柳》诗颇得"江山之助"。这次吟诗活动影响很大，大江南北和者甚众。王士禛自云："余少在济南明湖水面亭，赋《秋柳》四章，一时和者甚众。后三年官扬州，则江南北和者前此已数十家，闺秀亦多和作。"①《秋柳》诗使王士禛一举成名。更重要的是，《秋柳四首》体现出王氏诗歌的艺术特色，也是其诗主神韵的奠基之作。

王士禛与济南大明湖有不解之缘。据其《倚声集》载，在其读书期间，十二岁时曾作《明湖》一诗，有句云"杨柳临湖水到门"。十七岁时，曾在明湖东北的水月寺读书；二十四岁，作《秋柳四首》。是王氏以诗人的气质感受到明湖景物的神韵和灵气，还是明湖柔媚诱人的神韵激发了王氏的灵感？已很难有人说清楚。就明清时代的诗人而言，明"前七子"之一的边贡诗风清丽，明"后七子"之一的谢榛，论诗以格调为主，也十分重视感兴，边、谢已开启性灵、神韵之渐。边贡、谢榛、王士禛都是山东人，这是一种偶然的巧合，还是他们从家乡钟灵毓秀的山水中感受到某些启示？现在也很难有人能够说清楚。尤其是清初王派诗人大都为山东人，仅仅是王氏看重乡谊、奖掖推扬的结果，还是他们在同一文化氛围之中的不约而同？这一时期南方诗人如吴伟业、朱彝尊及其

---

① 〔清〕王夫之等撰：《清诗话》上册《渔洋诗话》，中华书局上海编辑所编辑1963年版，第166页。

子朱昆田、施闰章、阮元等，因游宦来到济南，徜徉于济南湖光山色之中，自云仿佛置身江南，不禁“渺然有江湖之思”①，其感受竟与当地诗人相似乃尔，岂不令人深长思之！

蒲松龄是举世闻名的小说家，对其小说的艺术成就古今几无异词，殊不知这位小说家的文学活动却是从诗歌创作开始的。据张元《柳泉蒲先生墓表》载，蒲松龄于顺治十六年（1659）与同邑友人张笃庆、张视旋、李希梅（尧臣）、王鹿瞻等结郢中诗社，“以宴集之余晷，作寄兴之生涯”，彼此“以风雅道义相劘切”，他们“聚固不以时限，诗亦不以格拘，成时共载一卷，遂以郢中名社”②。郢中诗社当年“把盏吟思”“捻髭相对”的情景，已难清晰描绘，但诗社领袖蒲松龄与张笃庆遗留下的优美诗篇，却可证明他们结社活动的实绩。郢中诗社的文学活动主要在诗社成员的家乡一带，即今山东淄博地区。因诗社成员的社会地位都不高，诗社存在时间短暂，其唱酬之诗又未能辑存，而未产生大的影响，故常为研究者所忽略。从今存《聊斋诗集》看，在蒲松龄等离散各地之后，彼此仍有诗歌往还，这仍应视为郢中诗社活动的延续。如康熙十年（1671），蒲松龄在宝应孙蕙幕，诗友王鹿瞻在瓜州丘荆石幕，蒲氏写有《夜坐有怀郢社诸兄弟》《王鹿瞻在瓜州丘荆石先生幕，作此寄之》《为友人写梦八十韵》《对月寄般阳诸朋旧》等，可见彼此系念之深以及诗歌往还之频繁。据盛伟编《蒲松龄全集·聊斋诗集》载，蒲氏今存诗凡千余首，词百余首，是其自三十一岁之后生活感受的真实记录。王士禛诗主神韵，独领一代风骚；蒲松龄居山东一隅，诗写平常生活，注重反映社会现实，亦成一方风景。他们的诗歌，是当时在山东大地上开放的灿烂夺目的两朵鲜花；一

① 〔清〕阮元：《小沧浪笔谈序》，文选楼丛书本。

② 〔清〕蒲松龄：《郢中诗社序》，载盛伟编《蒲松龄全集》，学林出版社1998年版。

朵因置于大庭广众之中，充分展现出它的色香，而一朵却因向隅开放而少有人知。当然，就蒲松龄而言，因其小说艺术成就太高，诗歌成就便为小说所掩。如果说王氏之诗得江山之助的话，那么蒲氏之诗则来源于生活本身；他们的诗歌创作，都与家乡有着千丝万缕的联系，则是相同的。

蒲松龄与张笃庆是郢中诗社的代表诗人，蒲氏今存诗千首，张氏存诗更多。蒲氏从一开始就把写诗当作他的"业余活动"；早则为读书、科考之余，后则为《聊斋志异》创作之余。正因为如此，从一开始写诗起，他就不是想做一个诗人，而是用诗记录他的生活感受。生活为他提供了诗歌素材，而他的诗也就成为其生活的一部分。蒲松龄的诗语言素朴，感情真挚，诸体皆备。从现存诗词看，除去一部分游戏文字外，都可看做他生活和心路历程的真实记录。诗如其人。蒲诗率性直寄，随遇而发，情之所至，诗亦随之；悲而哭，乐而笑，嬉笑怒骂，皆入于诗。因此，质朴、本色、自然、真实，就成为蒲氏诗词最为突出的艺术特色。张氏诗宗盛唐，"诗尤以歌行擅场……郢中诸律诗，正德嘉靖宫辞，率多杰作"①。蒲、张二人的诗歌活动大都在其家乡一带，对当地文学活动有重要影响。他们在诗歌创作方面所取得的成就，将在有关章节论述。

---

① 〔清〕王士禛：《带经堂诗话 · 指数类下》，人民文学出版社 1982 年版，第 255 页。

下编　纵论

第一章　齐鲁神话与传说

齐鲁大地是中华民族发祥地之一，产生于原始时代的许多神话传说大都肇源于此。因此，流行于我国各地的神话传说的主题有不少近似之处。但远古各部族生活的具体环境不同，他们所创造的神与神话便有不同的面貌。每一种神话，都产生于某一部族活动的区域之内；神话传说是有地域性的。譬如处于西方的周人的至上神是黄帝，而处于东方的殷人的至上神则是帝俊。这与传说中的东西两大部族，即以鸟（凤凰）为图腾的东方部族与以蛇（龙）为图腾的西方部族的祖先崇拜有关。而当两大部族融合之后，黄帝与帝俊的关系也随之发生了变化。因为两大部族的融合，是以黄帝战胜炎帝，征服东方而实现的，所以东方的帝俊在此后的神话传说中便成为黄帝的儿子。在远古时代，这里的原始居民东夷人，生活在大海和泰山之间，缥缈无际、神秘莫测的大海，高耸入云、绝地通天的大山，都使他们产生丰富的想象，创造出许多关于大海和大山的神话传说。

一、大海、鸟和东夷祖先神的神话

齐鲁地濒东海、渤海，大海与人们的生活密切相关。生活在沿海的早期居民东夷人，以渔猎为生。缥缈无际的大海，既给他们提供了丰富的生活资料，海啸风暴也给他们带来巨大的灾难。当风平浪静之时，人们偶尔还可以看到海市蜃楼的幻境，就更增加了他们对大海的神秘之感，引发出人们丰富的想象。他们以为大海是一个奇妙无比而又神秘莫测的世界，那里有奇异的国度，奇异的人物，有说不尽的诡怪灵异，因而便想象着在大海深处，一定有一个威力无比的神灵主宰。

山东半岛的原始居民为东夷人，以鸟为图腾，因此许多关于大海的神话传说都与鸟有关系。因其对大海的依赖，便认为大海原本是其部族发祥之地。传说其祖先在大海中建有鸟国，因此主宰大海的神灵也都是他们部族的先人。《山海经》一书中关于大海神话的神话传说，许多都与东夷人有关。其中最著名的有“海神传说”“少昊鸟国”“归墟神话”“海中神山”“帝俊神话”以及“精卫填海”等。

濒海的人们认为主宰大海的是海神：

> 东海之渚中，有神，人面鸟身，珥两黄蛇，践两黄蛇，名曰禺虢。黄帝生禺虢，禺虢生禺京，禺京处北海，禺虢处东海，是为海神①。

这位海神从血缘上看，是中国人文初祖黄帝的儿子，在他的身上有着中华民族早期的印记。他人面鸟身，显然属于以鸟为图腾的东夷族；珥两黄蛇，践两黄蛇，又与以龙为图腾的部族有联系。这位海神身上，融合着中国东西两大部族图腾标记。值得注意的是，这位海神是“人面鸟身”。从我国各种历史文献看，以龙

① 袁珂：《山海经校注·大荒东经》，上海古籍出版社 1980 年版，第 350 页。

为图腾的西方部族与以鸟(凤)为图腾的东方部族的融合,是以黄帝为代表的西方部族战胜以夷人为代表的东方部族而实现的,所以我国远古传说中的"神""神人"大都是"人首蛇身"。这位海神既然是黄帝的儿子,照常理也应该是"人首蛇身",而他偏偏是"人首鸟身",这无异是夷人强调这位海神的族属,即他属于东夷人。既然海神属于东夷,那么大海也理应属于他们:

> 东海之外大壑,少昊之国①。

原来东海乃东夷人祖居之地。东夷人的祖先少昊,曾在东海之中建国,大海便是东夷人的生息之地。那么,汪洋大海是怎样生成的,它来自哪里?

> 渤海之东,不知几亿万里,有大壑焉,实惟无底之谷,其下无底,名曰归墟。八纮九野之水,天汉之流,莫不注之,而无增减焉②。

原来这些海水来自一个"大壑",它的名字叫"归墟",本是一个无底深谷,大地所有的水,上天所有的水,都流向这里;不论多少,大海也无增无减。这样一个深谷,怎么能有人居住呢?原来"归墟"中有山。《列子·汤问篇》又说:

> 其(按指归墟)中有五山焉:一曰岱舆,二曰员峤,三曰方

① 袁珂:《山海经校注·大荒东经》,上海古籍出版社1980年版,第338页。

② 杨伯峻:《列子集释·汤问》,《新编诸子集成》本,中华书局1985年版,第1511页。

> 壶，四曰瀛洲，五曰蓬莱。其山高下周旋三万里，其顶平处九千里；山之中间相去七万里，以为邻居焉。……所居之人皆仙圣之种，一日一夕飞相往来者不可数焉。而五山之根无所连箸，常随潮波上下往还，不得暂峙焉。

原来大海源头归墟之中有五座大山，这些山高三万里，“其顶平处九千里”，山与山之间，“相去七万里”。在这几座山上居住的都不是凡人，而是“仙圣之种”。他们来往密切，“一日一夕飞相往还者不可数焉”。这些“仙圣之种”来往都是“飞”，是有翼的，显然与“鸟”也是有渊源关系的。在殷墟卜辞中，有殷人祭祀“五山”的记载，所指众说不一。从“又（侑）于五山，在隹”的说法看①，这“五山”与鸟图腾有关，或与海中五山的传说有关。这海中的“五山”，后来演化为海中“三神山”。《史记·封禅书》载：

> 自威、宣、燕昭使人入海求蓬莱、方丈、瀛洲。此三神山者，其傅在渤海中，去人不远；患且至，则船风引而去。盖尝有至者，诸仙人及不死之药皆在焉。其物禽兽尽白，而黄金银为宫阙。未至，望之如云；及到，三神山反居水下。临之，风辄引去，终莫能至云。世主莫不甘心焉。及至秦始皇并天下，至海上，则方士言之不可胜数。始皇自以为至海上而恐不及矣，使人乃赍童男女入海求之。

威即齐威王，宣即齐宣王，燕昭即燕昭王。这说明三神山的传说流传于燕齐之地。另据《史记·秦始皇本纪》载，秦始皇曾根据方士的传言，派方士徐福入海求不死之药，即后徐福东渡所本。

---

① 见郭沫若《殷契粹编》，亦见陈梦家《殷墟卜辞综述》。

据说海中的“五山之根无所连箸”，上帝怕它“流于西极”，“乃命禺强使巨鳌十五举首而戴之，六万岁一交焉，五山始峙而不动”①。

东夷人的祖先帝俊，与大海、鸟都有密切关系。帝俊是古代商族所奉祀的祖先神，或云帝俊即舜②，在甲骨文中他的形象像只鸟。殷商是东夷人的后裔。《诗经·商颂》说：“天命玄鸟，降而生商。”帝俊本是一只玄鸟（燕子），所以他以鸟为友。《山海经·大荒东经》说：“有五采之鸟，相乡弃沙。惟帝俊下友。帝下两坛，采鸟是司。”据《山海经·大荒西经》载，“五采鸟”，“一曰皇鸟，一曰鸾鸟，一曰凤鸟”。帝俊与鸾、凤一类鸟相友善，玄鸟也逐渐演化为鸾凤一类的鸟，为东夷族以凤为图腾所本。

帝俊与大海关系也很密切。《山海经·大荒南经》说：“东南海之外，甘水之间，有羲和之国，有女子名曰羲和，方日浴于甘渊。羲和者，帝俊之妻，生十日。”在神话中，日神是一只三足乌，他原来是帝俊（玄鸟）的儿子。袁珂先生认为羲和所浴之甘渊，其地就是汤谷扶桑，也就是少昊鸟国建国之地③。至于帝俊与少昊的关系，神话传说中的说法不一。但有一点是可以肯定的，东夷人认为自己的祖先来自大海，所以海神以及主宰大海的都是他们的祖先。大约因为日神是帝俊之妻所生，所以东夷人崇拜太阳。在山东大汶口出土的文物之中，有绘有鸟与太阳结合图案的陶器。《山海经·大荒东经》说：“汤谷，上有扶木，一日方至，一日方出，皆载于乌。”帝俊既是殷商民族的祖先神，也是他们所奉祀的天帝，所以他常住在天上。相传尧时，十日并出，草木枯焦，帝俊赐

---

① 杨伯峻：《列子集释·汤问》，《新编诸子集成》本，中华书局 1985 年版，第 151～152 页。

② 袁珂：《山海经校注·大荒东经》引郭璞注，上海古籍出版社 1980 年版。

③ 袁珂：《山海经校注》，上海古籍出版社 1980 年版，第 340 页。

给羿彤弓素矰，“以扶下国”①，于是羿射掉其中的九个，使大地恢复了往日的景象。相传羿还曾射杀危害人民的猛禽凶兽大风、修蛇、封豕等②。后羿在传说中是弓箭的创始人，以善射著称。后羿神话，是流传于齐地的英雄神话之一，后来又与夏代有穷国国君后羿相混，演绎出一段后羿篡夏的故事。

大海为东夷人带来福祉，也常带来灾祸。他们凭借原始的船舶出海捕鱼，不知多少人有去无回，被大海吞噬；海啸、飓风，也给沿海居民造成沉重的灾难。因此，他们在对大海充满向往的同时，也希望能够征服大海，《山海经·北山经》所载“精卫填海”的神话，应是这一愿望的反映：

> 又北二百里，曰发鸠之山，其上多柘木。有鸟焉，其状如乌，文首、白喙、赤足，名曰精卫，其鸣自詨。是炎帝之少女名曰女娃。女娃游于东海，溺而不返，故为精卫，常衔西山之木石，以堙于东海。

炎帝即传说中的神农氏，本居西方，殷周之际其后裔东至齐地。其女女娃游东海溺死化为鸟的故事，应是流传于这一地区的神话传说。

关于大海和鸟，以及帝俊的神话传说，表现了齐鲁先人的寻根意识，并期望对自己族属的历史及其生存状态作出解释。它唤起人们对往古时代的遥远的记忆，激发人们对英雄先人的敬仰和崇敬之情。辽阔无际的大海，虚无缥缈的神山，表现出初民丰富的想象力；

---

① 袁珂：《山海经校注·海内经》，上海古籍出版社 1980 年版，第 466 页。

② 见《淮南子·本经训》，《诸子集成》本，中华书局 1986 年版，第 117~118 页。

后羿射日、精卫填海，表现出初民征服自然的英雄精神。这一切对后世齐鲁人的心理、精神和思维方式，都曾产生深远影响。

二、泰山神话

大山崇拜，是远古人类自然崇拜的集中表现。在中国，甲骨文中就有多处关于大山崇拜和祭祀的记载。泰山，是远古夷人所崇拜的大山。关于夷人的大山崇拜，徐北文先生《泰山崇拜与封禅大典》一文论之甚详。泰山，本作大山、太山，泰山崇拜，是自远古以来的一种文化现象。由原住民夷人起始，而后随着夷人外迁向四周辐射，“以致在共和国建立前，泰山行宫几乎遍布全国，在穷乡僻壤中还到处竖立着石碣，上刻‘泰山石敢当’字样以求神的保护。这说明泰山崇拜的深厚的根源，充分证明泰山文化圈是中华民族的重要发源地（民族故乡）之一。《舜典》等古籍称泰山为‘岱宗’的原因，到此已经很明显，即岱（泰山）是各地居民归宗之神山，各地居民的祖宗之山”①。

泰山处于齐、鲁两国之间，齐在北，而鲁在南，因而它就成为齐鲁人心目中共有的圣山，自远古以来，他们共同创造了泰山神话。泰山是鲁人的骄傲，《诗经·鲁颂·閟宫》夸耀说“泰山岩岩，鲁邦所詹”，高高的泰山为鲁人所景仰，齐人则把它看做天神所居之地，因之自古齐鲁人即把泰山视为圣山、神山。

泰山位于我国东方，东濒大海，远眺日出，巍然屹立于海岱之间。在原始先民看来，泰山既与天帝相通，也与地祇相接，主宰人间寿算；人逝去其魂魄亦须应召赴太山。晋张华《博物志·山水

---

① 徐北文：《泰山崇拜与封禅大典》，载《徐北文文集》，济南出版社1996年版。

总论》引《援神契》说:“太山,天帝孙也,主召人魂。东方万物始成,故知人生命之长短。”因此先民以泰山为大地之主,而有地主之祠。齐地先民设有“八祠”,主祀“八神”,即天主、地主、兵主、阴主、阳主、月主、日主、四时主。《史记·封禅书》:“八神将自古而有之,或曰太公以来作之。”所谓“八神”之中的“天主”,“祠天齐。天齐渊水,居临淄南郊山下者”;“地主”,“祠泰山梁父,盖天好阴,祠之必于高山之下,小山之上”。而在唐代开元年间,封泰山神为天齐王,将天齐之神移于泰山。清赵翼《陔余丛考》云:“天齐之名,盖本《史记·封禅书》‘齐所以为齐,当天齐也’,故假借用之,以为峻极于天之意”。相传古代帝王即位,在治理国家方面取得成功,都要祭告天神,所以有泰山封禅之说。《史记·封禅书》说古代帝王受命,功成告天而封禅泰山,“每世之隆,则封禅答焉,及衰而息”。但因古代封禅的时代渺远,“故其仪阙然堙灭,其详不可得而记闻云”。实际上,关于上古“封禅”之说,是后人据古代祭祀山川而演化出来的,所以汉武帝封禅泰山,找不到有关礼仪的根据。但自秦皇、汉武封禅泰山之后,泰山便与封建政治发生了关系,封建统治者往往利用泰山在人们心目中的地位来神化自己的统治。

在古代文献中,有许多有关泰山神异的传说。秦汉以降,人们常常将泰山与昆仑山混同,或认为人们将泰山异化为现世中的昆仑山。今泰山上有王母池,其周边也有西王母的遗迹。王母池庙供奉仙人西王母,王母池或被称为“瑶池”。在曹植游仙诗《仙人篇》中有“东过王母庐,俯观五岳间”的句子,至于王母庙建于何时,已难考定,至少在东汉末年已经出现。西王母或称“王母娘娘”,神话中她居于昆仑山的瑶池,掌管所有女仙的名籍。《汉武内传》记载汉武帝约会王母的故事,固属荒诞不经,而其有此传说或与将泰山混同于昆仑山有关。唐代段成式《酉阳杂俎·羽篇》说,泰山余脉、济南南郊玉函山，有王母遗迹："齐郡函山有鸟，足青，嘴赤黄，素翼，绛额，名王母使者。昔汉武登此山得玉函，长五寸。帝下山，玉函忽化为白鸟飞去。世传山上有王母药函，常令鸟守之。"有些传说混杂神怪迷信，如《搜神记》卷四所载胡母班应泰山府君之召，为其致书于河伯事；《南史·沈攸之传》载，沈僧昭少事天师，能记人吉凶，自云为泰山录事，幽司中有所收录，必其署名等。

关于齐地"八神"之说，是自古就有，还是自齐太公始设，司马迁已说不清楚，而从所祠诸神的情况看，其中有九夷领袖蚩尤，或是太公因依夷人习俗所设。而泰山作为天神地祇的地位历几千年未有变化，至今泰山上仍奉祀东岳大帝、碧霞元君（俗称泰山奶奶）。总之，远古以来，东夷的泰山崇拜演化为齐地以泰山为大地之主，并为先民归宗泰山所本。这种对泰山的崇拜，一直延续至今；先民的灵魂归依，已沉淀在中华民族的心灵深处，成为民族精神所系，成为整个中华民族之"根"。因此，自古以来，人们登临泰山，与游览其他自然景观不同；今天海外游子对泰山的向往，常常含有寻根认祖的意义。

三、关于蚩尤的神话传说

蚩尤与传说中的黄帝、炎帝同时，为神话传说中东方九黎族的领袖，属于东夷，出于少昊集团。其活动范围，大致在今山东及与河北、河南交接处。《史记·封禅书》说"蚩尤在东平陆监乡，齐之西境"，而《集解》引《皇览》注《五帝本纪》云"蚩尤冢在东平郡寿张县阚乡城中"，其"肩髀冢在山阳郡巨野县重聚"，"传言黄帝与蚩尤战于涿鹿之野，黄帝杀之，身体异处，故别葬之"。其活动区域在东方，其死后的葬地，也都在今山东境内。

蚩尤是东夷族的英雄人物，后被齐人尊为"兵主"。根据先秦文献记载，蚩尤有诸多发明创造。据《尸子》载，蚩尤是“造冶者”，《世本·作篇》也说“蚩尤以金作兵器”，即首先发明冶炼金属者。《管子·轻重》则说他是首先使用金属兵器者。

关于蚩尤的传说，特别是他与黄帝的争斗过程及结果的传说，有诸多不同说法。传说他有八十一个兄弟，实则为八十一个部族。《史记·五帝本纪》说：“轩辕之时，……而蚩尤最为暴，莫能伐。……蚩尤作乱，不用帝命。于是黄帝乃征师诸侯，与蚩尤战于涿鹿之野，遂禽杀蚩尤。”《史记·正义》引《龙鱼河图》云：“黄帝摄政，有蚩尤兄弟八十一人，并兽身人语，铜头铁额，食沙石子，造立兵仗刀戟大弩，威振天下，诛杀无道，不慈仁。万民欲令黄帝行天子事，黄帝以仁义不能禁止蚩尤，乃仰天而叹。天遣玄女下授黄帝兵信神符，制伏蚩尤，帝因使之主兵，以制八方。蚩尤没后，天下复扰乱，黄帝遂画蚩尤形象以威天下，天下咸谓蚩尤不死，八方万邦皆为弭服。”《史记·正义》引《山海经》云：“黄帝令应龙攻蚩尤。蚩尤请风伯、雨师以从，大风雨。黄帝乃下天女曰‘魃’，以止雨。雨止，遂杀蚩尤。”此外，关于蚩尤的事迹，在《尚书·吕刑》《庄子·盗跖》《战国策·秦策》《管子·五行》《韩非子·十过》等先秦古籍中均有记载。

蚩尤是传说中一位失败的英雄人物，虽未列入古代帝王序列，却为后世所尊崇。据《汉书·高帝纪》载，汉高祖刘邦立为沛公后，“祠黄帝，祭蚩尤于沛廷”，民间每当十月即到蚩尤墓地祭祀。今在山东阳谷县建有蚩尤墓，亦享受当地及苗族民众的香火。

四、关于姜太公的传说

齐国的开国君主太公望，姓姜，名尚，字子牙。《史记·齐太公世家》载，姜尚为炎帝之后，其先祖曾为四岳，因辅佐大禹治水有功，虞夏之际封于吕，因亦以吕为姓，称吕尚。东海海滨人。据《后汉书·郡国志》与《太平寰宇记》卷二十四引晋张华《博物志》，以及《齐乘》，都说他是今山东日照人。

《史记·齐太公世家》载有姜尚的事迹，而后有各种传说。据载，姜尚归周时，文王拘于羑里，他用计谋使其获得商纣王的信任，得以放回。文王"与吕尚阴谋修德以倾商政，其事多兵权与奇计，故后世之言兵及周之阴权，皆宗太公为本谋"。后来，姜尚又辅佐武王伐纣，称"师尚父"。周初，封建诸侯，姜尚封于齐，都营丘。当时齐国封地土著原为夷人，而太公代表周而行周政，他们曾经进行反抗。"太公至国，修政，因其俗，简其礼，通工商之业，便鱼盐之利，而人民多归齐，齐为大国"，可见，姜尚是一位精明强干的政治家、多谋善断的军事家。

姜尚是一个传奇人物，关于他的事迹与传说甚多。相传姜尚年老穷困，曾在商都朝歌屠牛，在孟津卖水，听说西周伯（即周文王）尊贤任能，就到渭水边垂钓，以便引起西周伯的注意。而此时西周伯正要出外打猎，让人卜卦，看看能捕获什么猎物，而卦辞却说"所获非龙非彨，非虎非罴；所获霸王之辅"。西周伯莫名其妙，出猎时"果遇太公于渭之阳，与语大说，曰：'自吾先君太公曰"当有圣人适周，周以兴"。子真是邪？吾太公望子久矣'。故号之曰'太公望'，载与俱归，立为师"（《史记·齐太公世家》）。从此姜尚便被人称为"太公望"。关于太公垂钓，《史记·正义》引《说苑》的说法不同："吕望年七十钓于渭渚，三日三夜鱼无食者，望即忿，脱其衣冠。上有农人者，古之异人，谓望曰：'子姑复钓，必细其纶，芳其饵，徐徐而投，无令鱼骇。'望如其言，初下得鲋，次得鲤。刺鱼腹得书。书文曰'吕望封于齐'。望知其异。"

《搜神记》卷四载，周文王初以太公为灌坛令。到任一年，"风不鸣条"。文王梦见一位妇人，容貌美丽，在其出行时，"当道而哭”。问其缘故，她说自己是泰山神女，嫁给东海龙神为妇，想要回娘家，而因姜尚为灌坛令“当道有德”，不得行。说她行走“必有大风雨。大风疾雨，是毁其德也”。文王醒后，召太公问之，“是日果有疾雨暴风，从太公邑外而过。文王乃拜太公为大司马”。《博物志·异闻》所载略同，只是“文王”变成“武王”。

《太公金匮》记述姜尚助武王伐纣的神话故事：“武王伐纣，都洛邑，未成。阴寒雨雪十余日，深丈余。甲子平旦，不知何五丈夫乘车马从两骑止王门外，欲谒武王。武王将不出见，尚父曰：‘不可，雪深丈余，而车骑无迹，恐是圣人。’太师尚父乃使人持一器粥出，开门而进五车两骑，曰：‘王在内未有出意，时天寒，故进热粥以御寒，未知长幼从何起？’两骑曰：‘先进南海君，次东海君，次西海君，次北海君，次河伯、雨师、风伯。’粥既毕，使者具告尚父。尚父谓武王曰：‘客可见见矣。五车两骑，四海之神与河伯、雨师、风伯耳。南海之神曰祝融，东海之神曰勾芒，北海之神曰玄冥，西海之神曰蓐收，河伯名冯夷，雨师名咏，风伯名姨，请使谒者各以其名召之。’武王乃于殿上，谒者于殿下门外引祝融进，五神皆惊，相视而叹。祝融拜。武王曰：‘天阴远来，何以教之？’皆曰：‘天伐殷立周，谨来受命，愿敕风伯雨师，各使奉其职。’”（转引自袁珂《中国神话史》第五章）这或者为后演化为驱神使鬼所本。

姜尚的传说经过神魔小说《封神演义》的渲染描绘，更成为驱神使鬼的神仙界中人。以往山东农村盖新房，在双梁上贴“太公在此，诸神退位”，据说可以驱鬼辟邪。

姜尚善计谋，通兵法，在齐地颇有影响。先秦兵家大多出于齐地，如著名军事家孙武、孙膑、司马穰苴、田单；孙武所著《孙子兵法》，至今仍为兵家圣典，享誉中外。至于姜尚由人变为神，为其披上一层神秘的外衣，应是齐人神化先人的一种表现，其对齐地神仙方士盛行，似亦不无影响。

五、关于孟姜女的传说

孟姜女是我国流传最为广泛的民间传说，是我国“四大民间故事”（其他为牛郎织女、梁山伯与祝英台、白蛇传）之一。在两千余年的流传过程中，虽故事情节有所演变，而其基本内容及其表现出的斗争精神并未改变。

孟姜女的故事起源于春秋时期的齐国，其原型为齐国杞梁之妻。据《左传·襄公二十三年》载，齐庄公从晋国返国途中袭击莒国，遇到莒人的坚决抵抗。齐大夫杞殖（即杞梁）、华还夜入莒邑隧道，翌日与莒国君大军相遇，值此险境，莒君欲通过他们二人请和，而他们却坚持出战，莒君亲自击鼓，杞梁英勇战死。莒国请和，齐侯罢兵。齐侯对杞梁以死卫国的精神十分感动，在莒国都城城郊遇到扶柩而归的杞梁妻，便派人前往吊唁，遭到杞梁妻的拒绝。她说：“殖之有罪，何辱命焉？若免于罪，犹有先人之敝庐在，下妾不得与郊吊。”旧注以为齐侯郊吊于古礼不合，实则为杞梁妻借以维护自己的尊严。齐侯自知失礼，“吊诸其室”。

在《左传》记载的基础上，杞梁妻的故事不断丰富、演化。《礼记·檀弓下》说：“齐庄公袭莒于夺，杞梁死焉，其妻迎其柩于路，而哭之哀。”增加了“哭”的情节。《孟子·告子下》又把杞梁妻的“哭”，与齐国的风俗联系起来：“昔者王豹处于淇，而河西善讴；绵驹处于高唐，而齐右善歌；华周、杞梁之妻善哭其夫，而变国俗。”及至汉代，又演绎出哭倒城墙（或山）的情节，故事的轮廓演变为：杞梁妻到丈夫战死的城墙下痛哭，城墙为之倒塌，她背负着丈夫的尸体投淄水而死，表现出惊天动地的真情与贞烈。后来，杞梁妻哭倒城墙的情节，又演化为民夫杞梁为筑长城而死，其妻寻夫认骨，哭倒长城，反映封建时代繁重徭役给人民带来的沉重苦难。

唐代以降，杞梁妻的名字也变为“孟姜女”，杞梁也变成范喜良了，其故事的内容变为范喜良被抓去修长城，孟姜女思夫去送寒衣，不料丈夫已死，哭得死去活来，竟将长城哭倒。故事发生的时间也由春秋时期变为秦代，成为对秦朝酷政的控诉。

孟姜女的故事源于齐地，最初她只是一个知礼而有尊严的女性。先秦时代，这一故事流传的区域也大致在齐鲁地区。至今在山东各地仍然流传着孟姜女的故事，只是她所哭倒的莒国城墙变为山东境内的齐长城而已，因此在齐长城沿线的济南长清区归德、莱芜、淄博等地都建有孟姜女庙。其与至今山东地区曲艺中的“哭调”习俗有无关系，就难以考究了。

六、关于孝子董永的传说

董永，汉千乘（今山东博兴）人。其生存年代，历来存在争论。关于其流寓今湖北孝感的传说，亦说法不一。因汉、晋统治者提倡“孝”，而使其事迹广为流传，并逐渐神化。

今存载有董永事迹最早的文字，是曹植的《灵芝篇》：“董永遭家贫，父老财无遗。举假以供养，佣作致甘肥。责家填门至，不知何用归。天灵感至德，神女为秉机。”在三国时代流传的董永故事，已有因其至孝而得神灵佑助的内容。

晋干宝《搜神记》卷一记载更为详细：“汉董永，千乘人。少偏孤，与父居。肆力田亩，鹿车载自随。父亡，无以葬，乃自卖为奴，以供丧事。主人知其贤，与钱一万，遣之。永行三年丧毕，欲还主人，供其奴职。道逢一妇人曰：‘愿为子妻。’遂与之俱。主人谓永曰：‘以钱与君矣。’永曰：‘蒙君之惠，父丧收藏。永虽小人，必欲服勤致力，以报厚德。’主曰：‘妇人何能？’永曰：‘能织。’主曰：‘必尔者，但令君妇为我织缣百匹。’于是永妻为主人家织，十日而毕。女出门,谓永曰:‘我,天之织女也。缘君至孝,天帝令我助君偿责耳。’语毕,凌空而去,不知所在。”在这里,曹植“天灵感至德,神女为秉机”,具体化为织女下凡,为助董永还债而为其妻。

汉代统治阶级倡导所谓以“孝”治天下,将人的伦理关系政治化,以维护其统治,以致形成以“孝”为荣的社会风气,从而产生了以“至孝”传世的“孝子”。董永与其后的王祥等,便成为“孝子”的典范。董永事迹的流传,固与当时社会风气有关,但也应看到社会各阶层所接受的“孝”,其内涵与实践并不相同。统治者以及社会上层虽也把孝视为人人遵守的道德规范,但他们带有明显的功利意识:统治者是让人们形成封建宗法伦理观念,为其政治服务;社会上层某些官吏,也把“孝”作为猎取名利的手段。而普通民众则不同。他们一般是从道德层面接受“孝”的意涵,在具体实践中,主要体现在“事亲”“追远”和立身行事之中。因此,在缺乏社会关怀的时代,以孝顺父母而著名的历史人物便受到历代民众的尊崇,从中我们可以看到孝子董永事迹流传久远的原因。

唐宋以降,董永的故事从敦煌说唱变文《董永》到宋元话本、戏曲,如《董永遇仙记》,以及今之黄梅戏《天仙配》,使董永的故事愈加丰富,至孝感神,又增加了缠绵爱情的内容,从而在全国产生了极其深远的影响。

齐鲁神话极其丰富多彩,除以上所述外,还有关于远古圣帝大舜以及商代贤相傅说、伊尹等的传说。儒家言必称尧舜,把远古部落领袖尧舜当做理想政治的代表。舜为何许人,历来说法不一。或认为与帝俊为一人,即东夷人的祖先。孟子说舜生于诸冯,是东夷人①。近世学者或认为“诸冯”即今山东诸城,或认为

① 《孟子·离娄下》:“孟子曰:‘舜生于诸冯,迁于负夏,卒于鸣条,东夷之人也。’”

在今鲁、苏、皖之间①。舜在齐鲁地区的遗迹至今犹存。济南南郊的历山（今称千佛山），相传为舜耕之地；济南旧城南门称舜田门，发源于趵突泉的泺水原名娥姜水，泉上建有祭祀舜之二妻的娥英祠；城中、山上曾建有舜祠，城中有传为舜锁水怪巫支祁的舜泉。舜的传说和遗迹如此集中，说明舜和齐鲁地区的远古文化至为密切。

齐鲁神话大都流行于齐地，齐人常常把人变成神，如姜太公，而鲁由于重视理性精神，却常常把神改造为人。发源于鲁地的儒家学派强调面对人生，重视现世，而对神话进行改造，使之成为历史传说。齐鲁对待神话的不同态度，表现出不同的文化意识与价值取向，这也是齐鲁两地早期文化面貌不同的原因之一。例如关于鸟的神话，原本是东夷人图腾崇拜的表现，而《左传·昭公十七年》所载郯子的话，鸟却变成了官名；“夔一足”的神话②，经孔子解释，夔由鸟变成了一个人名，并说成是帝尧的乐正官；夔一足，也不是夔只有一只足，而是尧因夔能干说“夔一而足”③。孔子等人以哲学家的理性，把神话解释成历史，把神话人物纳入历史系列的做法，促使远古神话的消亡，也促使史官文化的早熟，从而对中国文学的发展产生极为深远的影响。

---

① 〔清〕焦循：《孟子正义》引赵佑《温故录》，认为诸冯即今之诸城。杨伯峻《孟子译注》认为，传说诸冯在今山东菏泽南五十里。《水经注·瓠子水》和《水经注·河水》说，舜耕之历山、所渔之雷泽的遗址在今山东菏泽。

② 《山海经·大荒东经》：“有售，状如牛，苍身而无角，一足，名曰夔。”

③ 相传夔为舜的乐官，见《尚书·舜典》。孔子把二者混为一谈，说见《韩非子·外储说左下》。

第二章　齐鲁诗风

在遥远的上古时代，山东地区生活着一个古老的民族，即东夷人。东夷乐舞起源很早，相传舜是东夷人的领袖，他的父亲瞽叟发明了琴和瑟，舜精通音律，有关于他“弹五弦之琴，造《南风》之诗”①的记载。《尚书大传》记载：“舜将禅禹，于是俊乂百工，相和而歌《卿云》。”《南风》《卿云》两首诗形式整齐，韵律和谐，不会是原始时代的舜的作品盖可论定，但它可说明舜与诗歌的联系。《尚书·尧典》记载舜命夔主持乐官，其中涉及诗歌的本质特征，说：“诗言志，歌咏言，声依永，律和声。八音克谐，无相夺伦，神人以和。”这段文字产生的时代，以及它是否出自大舜之口，因受史料的限制，现在很难作出确切的说明，然“其为远古遗留下的史实，大致可信”②。东夷是我国文化发达最早的地区，这一“遗留下的史实”与大舜联系起来，亦似非无故。近人朱自清认为“诗言志”是我国诗歌的“开山的纲领”③，可见其对中国诗歌发展的重要影响。

---

① 《孔子家语·辨乐》篇，《百子全书》本，浙江古籍出版社 1998 年版，第 21 页。

② 范文澜：《中国通史简编》（修订本）第一编，人民出版社 1965 年版，第 92 页。

③ 朱自清：《诗言志辨·序》，古籍出版社 1956 年版。

东夷人的歌谣已经失传,无从窥见其基本面貌。先秦时期的诗歌的地域性特征,突出表现在《诗经》“十五国风”之中,不少学者有所论及。学者们指出,“国风”就是各地风谣,亦即各地民歌。《诗经》中的《齐风》《曹风》,就是属今山东境内的民歌。在《诗经》与《楚辞》之间,齐鲁地区流行着一些民歌民谣。民歌民谣都出自民间,它所咏歌的是普通民众的生活和心声,它能够生动地反映当地的人情物态、风俗习惯,表达人们的理想、愿望与追求。在一定意义上讲,在人类早期,诗歌作为一种艺术,是一个民族艺术精神最直接、最生动的体现。诗歌艺术的发展,有其自身的规律,受若干条件制约,而地域文化亦会对其产生影响。

《齐风》《鲁颂》以及齐鲁民谣,对齐鲁诗风的形成有重要影响。这主要表现在两个方面:一是诗人对现实国计民生的深切关注,一是质朴无华的语言风格。齐鲁自先秦以来,是我国诗歌发达地区之一。汉魏多鲁地诗人,唐宋之后齐地诗人较多。在齐鲁文化融合之后,齐、鲁两地诗人的创作风格也逐渐接近。如诗歌重镇济南,作为齐鲁文化的交汇点,该地众多的诗人创作都体现了对现实关注的艺术精神。考察中国诗歌的发展过程也会发现,关注现实、反映现实,也是中国诗歌的优良传统。因此,齐鲁地区早期的诗歌所表现出来的艺术精神,对中国诗歌的发展产生了积极影响。

一、原始歌谣

齐鲁地区远古时代的歌谣,未见有明确记载。《吕氏春秋·音初篇》论述原始歌谣产生时,把涂山氏之女“候禹于涂山之阳”所作“候人兮猗”看做南方歌谣之始,而将“燕燕往飞”看做北方歌谣之始。“候人兮猗”,学者称为《候人歌》,“燕燕往飞”,我们姑且叫它做《燕燕歌》吧。

《燕燕歌》应是产生于东夷地区的一首原始歌谣。关于这首歌谣的产生，还有一段动人的故事：相传有娀氏有两个美丽的姑娘，其中一位叫简狄，出嫁后生了商的祖先弃。在她们未嫁时，住在高高的台子上，饮食都有鼓乐伴奏。天帝令燕子去探视她们。燕子在她们周围飞来飞去，叫声轻昵悦耳。她们很喜爱燕子，二人就争着捕捉，结果用玉筐把燕子扣住了。不一会儿，她们打开一看，燕子留下两颗蛋卵之后，向北飞去，从此再没有回来。她们怅怅地望着燕子飞去，无限依恋地唱道："燕燕往飞！"据说简狄吞了燕卵，就生了商族的祖先弃。《诗经·商颂·玄鸟》云："天命玄鸟，降而生商。"《长发》则云："有娀方将，帝立子生商。"《玄鸟》和《长发》是商人后裔歌颂祖先的诗歌。《史记·殷本纪》及《礼记·月令》郑玄注等文献，也记载了商民族祖先诞生的神话传说，内容都大体相近。

有娀氏之女简狄吞燕卵生了商族的祖先弃，燕子即"玄鸟"，因此，玄鸟就被商族视为本族的祖先神和保护神，并被奉为图腾加以崇拜。而商族来自东夷①，那么，《燕燕歌》也就是东夷人的原始歌谣。

《燕燕歌》与图腾崇拜活动有关，表现先民对燕子北翔时的依恋惜别之情，亦即表现人们对祖先的怀念、依恋和惜别深情。根据有关记载，商周时民间一到春天燕子北归，都欢欣鼓舞，十分喜悦。其实直到最近，齐鲁地区的人们与燕子仍然有着极为深厚的感情。当秋天燕子离去时，人们精心保护梁间燕巢；春天燕子归来，都满怀喜悦的心情，期盼着燕子在自己家里住下——燕子在

① 详见田昌五《中国古代社会发展史论·先商文化探索》，齐鲁书社1992年版，第197~198页。

谁家筑巢，被认为是一年吉祥的征兆。只是因年代久远，其中潜在的祖先崇拜的情结，已很少有人意识到了。而今农村民居已不适于燕子筑巢，早已不见燕子的踪影了。

原始诗歌起源于劳动，并直接咏唱劳动生活和劳动过程，其最初的功用只是为了协调劳动动作，减轻劳动的疲倦，调节劳动情绪，较多地体现其实用性。而希图祖先保佑所进行的祭祀活动，以及宗教色彩浓厚的图腾崇拜，则反映了人们控制自然、避祸祈福的愿望，带有人们表达自己感情的主观诉求，其歌舞活动也孕育了人们的审美意识和进行艺术创作的萌芽。因此，从以生产劳动过程为内容的诗歌，到以颂扬或怀念祖先为主要内容的宗教性诗歌，是原始诗歌的重要发展。

《吕氏春秋·音初篇》的作者认为，音乐关乎国家命运的盛衰和风俗人情以及人们的精神风貌："凡音者产乎人心者也，感于心则荡乎音；音成于外而化乎内。是故闻其声而知其风，察其风而知其志，观其志而知其德，盛衰贤不肖，君子小人，皆形于乐，不可隐匿。"由此可见，《吕氏春秋·音初篇》的作者把《燕燕歌》看做"北音"之始，是着重其内容及其所反映的人们的精神风貌以及北方的风俗民情的。从时间上来看，《燕燕歌》是北方最早的一首歌谣；从诗歌发展史的角度看，它是北方诗歌艺术的起点。诗歌作为一种艺术，它是一个民族艺术精神最生动的体现，它的产生受到时代环境、民族文化和地域文化等诸因素的影响和制约。这首歌谣的写实性，以及文字表达的质朴无华，都可看做齐鲁诗风的发端。

《吕氏春秋·古乐篇》有关于"葛天氏之乐"的记载："昔葛天氏之乐，三人操牛尾，投足以歌八阕：一曰'载民'，二曰'玄鸟'，三曰'遂草木'，四曰'奋五谷'，五曰'敬天常'，六曰'达帝功'，七曰'依帝德'，八曰'总禽兽之极'。"这组古乐流传至今却有题而无词,有的学者认为这是八阕原始史诗,并进行了详细的考辨[①],而一般论者则认为这是远古的一大型图腾歌舞。从“载民”“玄鸟”看,这应是东夷人的歌舞。这首乐曲很可能是初民为歌颂祖先神,表达自己对农牧生产丰收的期待而举行的娱神活动。原始歌舞起源于原始宗教的娱神活动,都是歌、乐、舞三位一体的,惜乎歌词失传,我们已很难说明其具体情形了。

二、《诗经》中产生于齐鲁地区的诗歌

《诗经》是我国最早的诗歌总集,其中产生于齐鲁即今山东地区的诗歌,有《齐风》《曹风》和《鲁颂》。关于《诗经·商颂》的年代和地域,古今学者尚有不同认识,但其与东夷文化的关系是大家都公认的。其他,《诗经·小雅·大东》篇,《毛诗小序》说作者是谭大夫。谭国故址在今山东济南章丘境内,则这位谭大夫也应是山东人。在这里,我们着重探讨地域文化对诗歌内容和风格的影响。

汉人论《诗》,注重诗歌的社会功用,但他们在具体论述中,除论及诗歌与时代、社会生活的关系外,也注意到诗歌产生的地域特点。如郑玄的《诗谱》在言及诗歌所产生的地理方位时,也论及诗歌产生地的风俗对诗歌的影响,只是语焉不详。后之解《诗》者如朱熹,也曾注意到《诗》与当地风俗习惯的联系。如《郑风·溱洧》第一章,朱熹注云:“郑国之俗,三月上巳之辰,采兰水上以祓除不祥。”20 世纪 40 年代,闻一多先生从文化角度研究《诗经》[②],

---

① 详见赵沛霖《兴的源起》,中国社会科学出版社 1987 年版,第 141 页。

② 见《闻一多全集》选刊之四《诗选与校笺》,古籍出版社 1956 年版。

近来则有不少学者对《诗经》的内容进行文化阐释①，都说明《诗经》与文化的关系非常密切。

1.《齐风》

《诗经·齐风》是产生于齐地的诗歌，今存11篇，大都为春秋时期的作品。这些诗歌的内容，大致可分为三个方面：一是反映齐地婚恋风情的诗，如《鸡鸣》《著》《东方之日》《东方未明》《甫田》等；一是反映齐地狩猎生活的诗，如《还》《卢令》等；一是讽刺齐国上层淫乱的诗，如《南山》《敝笱》《载驱》等。这些内容的诗歌，在其他《国风》诗歌中也有，其反映的风俗民情却不相同，彼此加以比较，即可看出地域文化的影响。

婚恋与习俗的关系最为密切，从如何处理和对待两性之间的关系，即可观察一个民族或一个地域的文化风貌。因此抒写婚恋风情是《诗经·国风》的主要内容之一。《齐风》三部分诗歌的内容，有两部分可归于此类，占全部诗歌的70%以上。

论及齐地的民歌，自然联系到齐地的民风民俗。齐地的原初居民为夷人，周初建齐，实行周制，对当地的风俗进行过改造。但齐初统治者因其俗而简其礼，保留了较多的"夷俗"。在这些保留的"夷俗"中，有的属于原始婚俗的遗留，禁忌较少。如周实行同姓不婚的制度，而齐人则可变通；周伦理禁忌甚严，而齐人存在近亲结婚的现象。总之，齐地对待两性关系的态度较为开放。在《齐风》有关婚恋的诗歌中，有写一般恋情的，如《甫田》写一怀春少女悄悄爱上了一位少男，虽恋念不已，却难得见面，一天不期然邂逅相遇，心目中的"他"竟已长大成人："婉兮娈兮，未几见兮，突

---

① 如叶舒宪：《诗经的文化阐释》，湖北人民出版社1996年版；陈元锋：《乐官文化与文学》，山东教育出版社1999年版。

而弁兮!”其惊喜之情难以名状。此诗写少女的暗恋以及对初恋情人的情怀,真切而生动。而《东方之日》则以男子的口吻写一女子主动到其家幽会的情景:

> 东方之日兮,彼姝者子,在我室兮。在我室兮,履我即兮。
>
> 东方之月兮,彼姝者子,在我闼兮。在我闼兮,履我发兮。

朱熹《诗集传》解释这首诗的第一章说:“兴也。履,蹑。即,就。言此女蹑我之迹而相就也。”即说,这位少女追随她所爱的男子,主动表露爱意,并到他家幽会。不管白天黑夜,也不管谁怎么看、怎么说,主动、大胆,爱得无所顾忌,其追求爱情的表现,连《诗经·郑风·将仲子》一诗中的女子都相形逊色。《将仲子》诗中的少女对所爱男子偷偷来幽会颇多顾忌,怕“人言”即社会舆论,怕“父母之言”即怕父母批评、斥责,而《东方之日》诗中的少女却无所顾忌,主动相就。由此可见,齐地青年男女的爱情生活相对比较自由。《著》则生动反映了齐地的婚俗:

> 俟我于著乎而,充耳以素乎而,尚之以琼华乎而。
>
> 俟我于庭乎而,充耳以青乎而,尚之以琼莹乎而。
>
> 俟我于堂乎而,充耳以黄乎而,尚之以琼英乎而。

《诗集传》注释云:“俟,待也。我,嫁者自谓也。著,门屏之间也。充耳,以纩悬瑱,所谓统也。尚,加也。琼华,美石似玉者,即所谓瑱也。”并引东莱吕氏说:“婚礼婿往妇家亲迎,既奠雁御轮而先归,俟于门外,妇至则揖而入。时齐俗不亲迎,故女至婿门,始见其俟已也。”此从诗中所写情景可见。《鸡鸣》一诗,写齐国上层社会的一对夫妇床第之上的对话,谑浪恣肆,活灵活现,从一个侧面也可见齐地婚姻生活之一斑。

齐地婚恋比较自由,对待两性关系也持较为开放的态度,但是,他们并不是没有一定的道德规范。他们追求健康美满的爱情生活,而反对男女之间苟且和淫乱的行为。因此,《南山》《敝笱》《载驱》三首诗,对齐国上层统治者兄妹通奸的淫乱行为表示了极端的厌恶和蔑弃,并进行了辛辣的讽刺。有的学者从文化角度,以东夷保留原始婚俗为说,认为齐襄公与其异母妹的通奸行为是“夷俗”的遗留,这与当时齐人从伦理道德的角度对其加以讽刺,两者之间并不矛盾。从《南山》诗中“取妻如之何?必告父母”、“取妻如之何?匪媒不得”的责问来看,东夷人在接受周文化后,对原始婚俗中的某些落后习俗已有所摒弃。

《齐风》中咏歌齐人狩猎的诗歌,是齐地传统与现实生活的生动反映。古夷人是一个以善射著称、富有尚武精神的民族,相传他们首先发明了弓箭,并出现了羿射日救世的神话传说和对羿的英雄崇拜。齐地狩猎习俗延续了几千年而不衰,习武善射,也长期成为当地青年值得夸耀的技艺。《还》《卢令》二诗,旧解以为齐人荒于游猎,“是其俗之不美”,其实不然。《还》写两个猎人在临淄附近的峱山间协同追逐猎物,轻捷勇武,相互赞美彼此高超的技艺。《卢令》则写猎人带着猎犬追逐猎物的场景:猎犬脖颈上系着大小环扣在一起的铃铛,当其飞跑起来时,就发出叮当悦耳的声响;猎人英武和善,他头发卷曲,还有一部络腮胡子,更表现出男性的壮美风采。两诗是齐地射猎生活的生动写照,也反映了齐人传统的尚武精神。

《诗经·小雅·大东》篇,据《毛诗序》说作者是谭大夫。春秋以前,谭国在今山东济南章丘境内,原为周在东方的一个小国,后沦为齐地。《毛诗序》说，周王朝加给谭国的赋税和徭役过于繁重，人民不堪重负，谭大夫对此十分不满，写了《大东》这首诗：

有饛簋飧，有捄棘匕。周道如砥，其直如矢。君子所履，小人所视。睠言顾之，潸焉出涕。

小东大东，杼柚其空。纠纠葛屦，可以履霜。佻佻公子，行彼周行。既往既来，使我心疚。

有洌氿泉，无浸获薪。契契寤叹，哀我惮人。薪是获薪，尚可载也。哀我惮人，亦可息也。

东人之子，职劳不来。西人之子，粲粲衣服。舟人之子，熊罴是裘。私人之子，百僚是试。

或以其酒，不以其浆。鞙鞙佩璲，不以其长。维天有汉，监亦有光。跂彼织女，终日七襄。

虽则七襄，不成报章。睆彼牵牛，不以服箱。东有启明，西有长庚。有捄天毕，载施之行。

维南有箕，不可以簸扬。维北有斗，不可以挹酒浆。维南有箕，载翕其舌。维北有斗，西柄之揭。

《诗集传》云此诗“《序》以为东国困于役而伤于财，谭大夫作此诗以告病”。即说，由于谭国赋役繁重，人民怨怒，谭大夫为此以诗向周统治者表示其忧虑和愤怨之情。就其内容而言，谭大夫的诗同情人民的不幸遭遇，是正义之鸣。此诗为《诗经》的名篇，在艺术上也取得较高成就。诗感情激扬，爱憎鲜明，文采焕发；言辞激烈，讽刺犀利，运用比喻，生动可感，都是此诗的突出特点。

2.《鲁颂》

在《诗经》中，鲁国有“颂”而无“风”。关于鲁之无“风”，前人曾经作过解释。朱熹《诗集传》说:“先儒以为时王褒周公之后,比于先代,故巡守不陈其诗,而其篇第不列于太师之职,是以宋、鲁无‘风’。其或然欤?或谓夫子有所讳而削之,则左氏所记当时列国大夫赋诗,及吴季子观周乐,皆无曰‘鲁风’者,其说不得通矣。”按照这一解释,鲁地当时不是没有民歌民谣,只是由于鲁国为周公之后,不必像其他诸侯国那样“陈其诗”,而负责收集诗歌的太师就没有去收集而已。此说大致可信,今《左传》中偶尔见到的鲁地歌谣可以证明。

关于《鲁颂》四篇的写作时间,人们的认识尚不一致。朱熹《诗集传》认为:“成王以周公有大勋劳于天下,故赐伯禽以天子之礼乐,鲁于是乎有‘颂’,以为庙乐。其后又自作诗以美其君,亦谓之‘颂’。旧说皆以为伯禽十九世孙僖公申之诗,今无所考。独《閟宫》一篇,为僖公之诗无疑耳。”在这里,朱熹解释了鲁国有“颂”的原因,说明鲁原来与周天子共同享有“庙乐”——它应是《周颂》,而现存《鲁颂》是“自作诗”,即鲁君或大臣所作。朱熹对这四首诗的作者只引“旧说”而不加考辨,态度十分谨慎。

《鲁颂》四篇的内容,据《诗集传》的解说,《駉》“言僖公牧马之盛”;《有駜》为“燕饮而颂祷之辞”;《泮水》为“饮于泮宫而颂祷之辞”;《閟宫》是诗人歌咏修建鲁国宗庙,“以为颂祷之辞”。总之,《鲁颂》四篇都是鲁国宗庙的祭祀乐歌,是歌颂周天子和鲁国先祖勋业的贵族诗篇,它与《周颂》并为我国庙堂文学的滥觞。

鲁国国君为周公之后而享有天子礼乐,使其在周王朝具有特殊的政治地位,并成为周在东方的政治代表和文化代表。从鲁与周王朝的关系看,《鲁颂》可以看做《周颂》的补充。因此,《诗经》的编者把《鲁颂》列于《周颂》之后、《商颂》之前。源于殷周文化的儒家及其创始人孔子,对《鲁颂》也另眼相看。朱熹认为,孔子本为鲁人,他把《鲁颂》看做如同“列国之风”,因其“所歌者,乃当时之事”,或可补无“鲁风”之阙①。

孔子论《诗》有一句著名的话:“《诗》三百,一言以蔽之,曰‘思无邪’。”(《论语·为政》)“思无邪”是《鲁颂·駉》末章的一句话。《駉》篇末章云:“駉駉牡马,在坰之野。薄言駉者,有骃有騢。有驔有鱼,以车祛祛。思无邪,思马斯徂。”意思是说,膘肥体壮的牡马,在广阔的郊野驰骋。那肥壮的牡马,毛色有黑白相间的,有红白相杂的;有的白毛长在小腿上,目光泛白像鱼眼一样突出而明亮,它们驾起车来健步如飞,只是一心想着向前。诗写“牧野于坰”的情景并无深意,而孔子断章取义,取“思无邪”的字面意义,当做解说《诗经》内容的“总纲”,以强调《诗经》内容合乎正道,其中自然含有推崇《鲁颂》的意味。朱熹《诗集传》借以发挥说:“盖《诗》之言美恶不同,或劝或惩,皆有以使人得其情性之正。然其明白简切,通于上下,未有若此言者。故特称之,以为可当‘三百篇’之义,以其要为不过乎此也。学者诚能深味其言,而审于念虑之间,必使无所思而不出于正,则日用云为,莫非天理之流行矣。”从此“思无邪”便成为历代诗歌重视思想内容的依据,并成为评价诗歌内容的最高标准。

3.《曹风》

春秋时期以前,今山东境内,除齐、鲁两国外,还有若干小的诸侯国,疆域较大的有曹、莒、滕等,周边与宋、卫、燕、晋、赵、楚接壤。在《诗经·国风》中,与今山东有关的,主要是《曹风》。

曹国的地域,朱熹《诗集传》说:“其地在《禹贡》兖州陶丘之北、雷夏菏泽之野,周武王以封其弟振铎。今之曹州,即其地也。”宋之曹州,辖境相当今山东菏泽、曹县、成武、东明及河南兰考、民

① 朱熹:《诗集传》,上海古籍出版社1980年版,第237页。

权等县地。曹国建都于陶丘，即今山东定陶西南，其地大部在今山东西部，当时与鲁国接壤。

《曹风》今存诗 4 首，即《蜉蝣》《候人》《鸤鸠》《下泉》。关于这几首诗产生的具体背景已难考定，其内容及其思想意义也有不同的解说。如《蜉蝣》，旧说以朝生暮死的蜉蝣作比，讽刺只顾眼前享乐而忘忧将来的贵游子弟。闻一多先生不同意这种看法，他认为这是女子怀春诗，以蜉蝣羽翼比喻少女所爱慕的那个人的衣服，"心之忧矣，于我归说"二句所抒发的是少女本能的性冲动和性饥渴①。《候人》一诗，据朱熹《诗集传》解释，为"刺其君远君子而近小人之词"，而闻一多先生则认为是"刺曹女"，所候者不来，故"不遂其媾"，"季女斯饥"②。《鸤鸠》一诗，朱熹《诗集传》释为"美君子之用心均平专一"，为国法式，而使国运绵长；《下泉》是诗人目睹周室凌夷，而忆念西周盛时，表达其对太平盛世的向往之情。建安诗人王粲《七哀诗》写其目睹丧乱而思及清明政治，有"悟彼下泉人，喟然伤心肝"之句。

三、春秋战国之际的齐鲁歌谣

从《诗经》到《楚辞》，亦即从春秋中叶到战国中叶，这 300 年间正是我国从奴隶制向封建制转变的社会大变革时期。人们一向认为，这一时期诸子登上历史舞台，是散文大发展的时代，而诗歌创作则相对停滞了，即所谓"王者之迹熄而诗亡"（《孟子·离娄下》）。赵明主编的《先秦大文学史》不同意这种看法，他认为："实际上，这近 300 年间，诗歌既没有泯灭，也没有衰微，而是有所

① 闻一多：《诗选与校笺》，古籍出版社 1956 年版，第 11～12 页。

② 闻一多：《诗选与校笺》，古籍出版社 1956 年版，第 11～12 页。

发展。据初步统计,这一时期仅幸存下来的诗歌、谣谚就有百余首。"①就齐鲁地区现存歌谣的情况看,赵明先生的看法是符合实际的。

齐地歌谣散见于《晏子春秋》和《左传》,与《齐风》内容的写实性及大胆表露感情的特点一脉相承。如《晏子春秋·内谏下》载,齐景公为满足其奢侈享乐的需要,强夺民时,在农忙季节让农民去为他修筑大台,直到寒冬腊月也不让他们回家。晏子对此十分不满,可又无法阻止。一次,景公赐酒与他,他就用"庶民之言"规劝景公。这"庶民之言"是一首民歌,歌曰:"冻水洗,我若之何?太上靡散,我若之何?"意思是说,天寒地冻数九天,役夫难以劳作,国君的劳役没完没了,让人没法活。晏子"歌终喟然叹而流涕",景公受到感动,"速罢之"。后来,景公又要建宫舍,宴集大臣,想让他们赞助此事。正在欢宴之时,"有风雨作。公与晏子入坐,饮酒,致堂上之乐。酒酣,晏子作歌曰:'穗兮不得获,秋风至兮殚零落。风雨之拂杀也,太上之靡弊也。'歌终,顾而流涕,张躬而舞"。歌词大意是:庄稼熟了不能收割,秋风吹起散落在地。并不是风雨糟蹋了庄稼呀,君上的徭役没完没了啊!景公听后,遂罢是役。这两首歌都是晏子为谏止齐景公贪图享乐而唱的,前一首反映民意,后一首是有感即兴演唱,现实针对性很强。《左传·哀公六年》记载,齐景公嫡夫人燕姬所生的儿子未成年而死,景公临终前命大臣辅佐其宠妾所生之子荼继承公位,而将其他公子安置到莱地。景公死后,诸公子害怕受到迫害,纷纷出奔他国。为此,莱人歌之曰:"景公死乎不与埋,三军之事乎不与谋,师乎师乎,何党之乎?"意思是说,齐诸公子在他们父亲死后谁也不参加葬礼,国家大事更是不管不问,反因害怕迫害而纷纷逃亡,可哪里

---

① 赵明主编:《先秦大文学史》,吉林大学出版社1993年版,第319页。

又是他们安身的地方？莱人同情诸公子，而对于齐上层统治者为争权夺利以致骨肉相残表示愤慨和厌恶。

鲁地民谣主要见于《左传》，内容都与现实政治有关。《左传·襄公四年》记载，这年十月，邾、莒两国伐鄫。鄫是鲁的附庸国，鲁君派臧纥前往救援，在邾国的狐骀被打败，损失惨重，以致鲁因死亡将士太多连丧服都来不及准备。对此，鲁人十分怨恨，以歌谣批评道："臧之狐裘，败我于狐骀。我君小子，朱儒是使。朱儒，朱儒，使我败于邾！"意思是说，臧纥出兵穿狐裘，使我军在狐骀被打败。我君那个小子不懂事，竟派臧纥这样的侏儒去指挥。就是这个侏儒，使我国败于邾国！实际上，当时的鲁国已无力保护其附庸国，这次战争说明代表没落势力的公室更加不得人心。《左传·昭公十二年》记载，代表新兴势力的鲁国贵族季氏执政，费邑宰南蒯想联合公子慭推翻季氏而恢复鲁公的地位，据费邑发动叛乱，失败后逃亡齐国。在其发动叛乱前，为争取费邑人民的支持而宴请当地人。费邑人看出了南蒯的用意，其中一人席间唱道："我有圃，生之杞乎！从我者子乎，去我者子乎；去我者鄙乎，倍其邻者耻乎！已乎，已乎，非吾党之士乎！"歌谣以园中枸杞为喻，明确表示反对叛乱的态度，并将其斥为"非吾党之士"，即不承认他是同乡。后来南氏众叛亲离，被费邑人民拘执，交季氏处置。《左传·昭公二十五年》载有童谣：

> 鸜之鹆之，公出辱之。鸜鹆之羽，公在外野，往馈之马。鸜鹆跦跦，公在乾侯，征褰与襦。鸜鹆之巢，远哉遥遥，裯父丧劳，宋父以骄。鸜鹆鸲鹆，往歌来哭。

这首童谣中的"公"指鲁昭公，昭公名裯。宋父指代昭公而立的定公。史载，季氏三家把不得人心的昭公赶下台，昭公出奔齐，到死也未能回国。鹳鹆即八哥，相传昭公出亡时有鹳鹆来巢。童谣大意是，昭公出奔，受人欺辱，住在野外，没有马骑，没有衣穿，死在遥远的异国他乡，定公因此获得做国君的荣耀。当时晋大臣赵简子对此大惑不解，问历史家史墨：季氏放逐其君，而人民却都服从他，诸侯也表示赞同；国君死在外国，也没有谁怪罪他，这是为什么？史墨以新旧两种势力的表现，以及民心归向，说明历史发展的趋势。这首童谣反映了当时鲁国的民心向背，以及新兴势力取代没落势力的必然趋势。

《诗经》中的《齐风》及齐鲁民间歌谣，或反映民风民俗，或表达对现实政治的怨怒，或表达对美好社会理想的期盼，都表现出作者对国计民生以及国家命运的深切关注，真实反映了那个时期社会习俗、人民的生存状态及人民对美好生活的期盼，语言简洁，朴实无华，对此后齐鲁诗风的形成有重要影响。

第三章　齐鲁文风

先秦时代，齐鲁特别是邹鲁，人文荟萃，是我国散文创作最发达的地区。中国散文奠基时期的作品，作者大都为齐鲁人。就史传散文而言，第一部编年史《春秋》，相传由孔子编定；相传为传述《春秋》而作的《春秋左氏传》，作者左丘明也为鲁国人；第一部国别史著作《国语》的作者，据司马迁等的说法也是左丘明。题名晏婴撰的《晏子春秋》，是齐人编著的一部史传文学作品。诸子散文，有《论语》《墨子》和《孟子》等，书中记载孔子、墨子、孟子等的言论；孔、墨、孟，都是鲁国人。

编辑管仲言论的《管子》，以及《汉书·艺文志》著录的《晏子》《田俅子》《鲁仲连子》《芈子》《田子》《黔娄子》《邹子》《邹奭子》等，编著者都是齐人，但大都散佚，今仅存《管子》一书。这些散文作品，不只对齐鲁地区，也对我国传统文学思想、文学观念的形成，以及散文体制、语言风格，都曾产生重要影响。

一、《论语》《孟子》等齐鲁诸子散文对齐鲁文风形成及产生的影响

1. 孔孟学说与文学观念及《论语》《孟子》的文学价值

先秦儒家学派主要代表人物孔子、孟子都是鲁国人，他们前

后相继，成为儒学的正统派。孔子是一位学识渊博的学者，一位循循善诱的教育家，也是一位伟大的思想家、哲学家。几千年来，中国人尊他为“圣人”。孟子为孔学传人，也是孔子之后影响最大的儒家代表人物，被后世尊为“亚圣”。在孔子的后人和弟子中，对后世影响较大的有颜渊、曾参和孔伋。颜渊被后世称为“复圣”，曾参被称为“宗圣”，孔伋（孔子之孙，字子思）被称为“述圣”。孔、孟、颜、曾四姓，是在中国延续最为长久的四大文化家族，至今谱系不乱，其后裔已遍布全世界，而其祖先都是鲁国人。孔、孟、颜、曾及其家族的主要活动区域是齐鲁两国，其最早影响的区域，也是齐鲁两国。他们的思想经过后学的补充、阐发，形成中国传统文化思想的主体，对我国民族文化和民族精神的形成曾经产生巨大而深远的影响。

孔子的思想内容丰富，博大精深，涵盖各个领域，是一个完整的思想体系，其核心是“仁”。在孔子看来，“仁”是理想人格，是人们应追求的最高道德境界，又是处理和协调人际之间、君臣之间、父子兄弟之间关系的道德准则。他曾谈到仁者“爱人”（《论语·颜渊》）、“己所不欲，勿施于人”“己欲立而立人，己欲达而达人”（《论语·雍也》）。他主张“爱人”，强调处理好人际关系。由此推及政治上，要求统治者“敬事而信，节用而爱人，使民以时”（《论语·学而》），治民首先要使他们“富”起来，“富”而后“教之”①，主张实行仁政，反对苛政。以“仁”为核心，孔子对人性、人道、人生价值、人格尊严以及天人关系、知行关系等一系列问题进行了探索，提出“修齐治平”和“内圣外王”以及礼治、德治等一整套伦理政治学说。孔子一生关心现实，直面人生，以拯世济时为

---

① 《论语·子路》：“子适卫，冉有仆。子曰：‘庶矣哉！’冉有曰：‘既富矣，又何加焉？’曰：‘富之。’曰：‘既富矣，又何加焉？’曰：‘教之。’”

己任;他追求真理,具有“朝闻夕死”“杀身成仁”的献身精神。他“发愤忘食,乐以忘忧,不知老之将至”(《论语·述而》),乐观自信,自强不息:这一切构成了孔子的伟大人格。孔子及其思想影响着历代政治、哲学、文化教育、文学艺术,影响着整个社会思想和人们的精神风貌,以致形成我国历代知识分子的人格内蕴、价值观念、行为准则和道德规范。在文学方面,则表现为对我国传统文学观念的形成,对我国历代文学家人格精神的塑造,以及对我国文学艺术精神的培育的重要影响。

孔子关于文学艺术的言论,主要见于《论语》。孔子所谓“文”,与后世的“文章”“文学”的概念并不一致,其含义要宽泛一些,是包括文学在内的文化学术的总称,但这并不妨碍人们从文学角度去理解和认识。在孔子教育学生的内容中,“文”是从属于“行、忠、信”等行为道德规范的。他说:“入则孝,出则弟,谨而信,泛爱众,而亲仁。行有余力,则以学文。”(《论语·学而》)就孔子的本意而言,他首先强调“行”,重视人的社会实践活动,及其在社会实践活动中合乎道德的表现,然后才是学“文”。孔子这一思想对后世重视作家个体人格以及思想品德的修养,曾产生积极影响。

孔子论文,重视“文”与“道”的关系,强调诗文为礼教政治服务。譬如《诗经》本为一部文学作品,而孔子却把它看做进行礼乐教育的教科书。因此,孔子指导弟子学《诗》,要求他们着眼于其政治效用。他认为,学《诗》可以提高个人品德修养,是从事政事活动的依据。他说,学诗“迩之事父,远之事君”(《论语·阳货》),“诵《诗》三百,授之以政,不达;使于四方,不能专对;虽多,亦奚以为?”(《论语·子路》)在他看来,诗与礼乐有着不可分割的关系:“兴于《诗》,立于礼,成于乐。”(《论语·泰伯》)孔子重视文道关系的思想,成为后世批判和抵制形式主义文风的思想武器，而不少经学家以政治眼光看待文学作品，忽略了文艺本身的特征和规律，从而产生了消极影响。

孔子论文，十分重视文学的社会作用。他说："诗可以兴，可以观，可以群，可以怨。"（《论语·阳货》）所谓"兴"，是指文学的联想能力和感染力量，即朱熹所谓"感发志意"①；所谓"观"，是观察社会，即"观风俗之盛衰"②，"考见得失"③。所谓"兴"，是指文学的联想能力和感染力量，即朱熹所谓"感发志意"④，亦即认识社会的作用；"群"则是"群居切磋"⑤，互相切磋，互相砥砺，亦即互相感发、互相影响的作用；"怨"为"怨刺上政"，即对现行政治得失有限度的批评。当然，在孔子看来，兴、观、群、怨都与"仁""礼"学说不可分割，但他在这里注意到了文学的艺术特征和它的社会功能，使后世文学理论家和关心现实的作家反对文艺脱离现实，反对作品缺乏社会内容等，其影响基本上是积极的。

孔子论文，强调内容，也认为形式应与内容配合适当。他曾说："质胜文则野，文胜质则史；文质彬彬，然后君子。"（《论语·雍也》）提倡"情欲信，辞欲巧"⑥，要求在重视文学内容的前提下，也要重视文采词藻，这对后世的文学批评曾产生深远影响。

---

① 〔宋〕朱熹：《论语集注》，《新编诸子集成》本，中华书局 1983 年版，第 178 页。

② 〔清〕刘宝楠：《论语正义》引郑玄注，《诸子集成》本，中华书局 1986 年版。

③ 〔宋〕朱熹：《论语集注》，《新编诸子集成》本，中华书局 1983 年版，第 178 页。

④ 〔清〕刘宝楠：《论语正义》引孔安国注，《诸子集成》本，中华书局 1986 年版。

⑤ 〔清〕刘宝楠：《论语正义》引孔安国注，《诸子集成》本，中华书局 1986 年版。

⑥ 《礼记正义·表记》，《十三经注疏》本，第 1644 页。

在孔子思想中，“中庸”是一个重要哲学范畴，它既是世界观，也是方法论，是孔子处理问题的基本方法。作为一种处世哲学，其影响极其深远。如在人际之间，孔子要求讲恕道，即要求对人宽容；要求推己及人，做到“不欲人之加诸我也，吾亦欲无加诸人”（《论语·公冶长》），并说：“礼之用，和为贵，先王之道斯为美。”（《论语·泰伯》）在诗文创作上，则要求对立因素在审美对象中达到和谐、统一，如孔子评价《诗经》说“《关雎》乐而不淫，哀而不伤”（《论语·八佾》），即说《关雎》表现爱情恰如其分地给人以审美享受，欢乐而以“不淫”为限度，悲哀以“不伤”为前提。这种以中和为美，以和谐为美的思想，形成中国古典美学思想的基调。

孔子一生，大部分时间是在家乡鲁国都城曲阜度过的。作为教育家，他是我国历史上私人讲学授徒的第一人。《史记·孔子世家》说，孔子弟子三千，“身通六艺者七十有二人”。韩非子说，孔子死后，“有子张之儒，有子思之儒，有颜氏之儒，有孟氏之儒，有漆雕氏之儒，有仲良氏之儒，有孙氏之儒，有乐正氏之儒”①。其中子思（孔子之孙）之儒、颜氏（颜渊）之儒、孟氏（孟子）之儒、漆雕（漆雕开）氏之儒、乐正（乐正克）氏之儒五家都是鲁国人，而影响最大的是孟子、荀子（孙氏之儒）。荀子虽为赵人，而其一生活动区域主要在齐国稷下与原属鲁国的兰陵，前已论及。因此，孔子最初影响的区域是齐鲁两国。

孟子出鲁首先到达齐国，停留的时间最长，发表的言论也最多；其言论大抵集中于仁政王道问题。孟子和孔子一样，晚年回归故里教书授徒，与弟子万章等“序《诗》、《书》，述仲尼之意”（《史记·孟子荀卿列传》）。

---

① 〔清〕王先慎：《韩非子集解·显学》，《诸子集成》本，中华书局 1986 年版，第 351 页。

孟子“道性善,言必称尧舜”(《孟子·滕文公上》),祖述孔子,而又有新的发展。“道性善”,是其伦理学说和仁政思想的理论基础,表明其哲学倾向;“称尧舜”,则是其仁政理想虚拟的最高政治目标,是其政治思想的体现。孔子谈“仁”,孟子加以发挥,讲“仁义”;孔子以仁为最高道德准则,孟子以义作为实现仁的正确途径。孔子说:“好仁者无以尚之。”(《论语·里仁》)“仁”是最高的道德追求。孟子说:“仁,人心也;义,人路也。舍其路弗由,放其心不知求,哀哉!”(《孟子·告子上》)他认为仁就是人应有之良心,义是人应走之正路;心良而行正,就是“仁义”。孟子又说:“人皆有所不忍,达之于其所忍,仁也;人皆有所不为,达之于所为,义也。”(《孟子·尽心上》)“恻隐之心,仁之端也;羞恶之心,义之端也。”(《孟子·公孙丑上》)就是讲人要有同情弱小之心,行事要有是非标准。孟子讲道德仁义,自然与其政治思想有联系,而从伦理角度讲,他是讲如何做人的,是讲人内在品质和为人处世的。孔子的“仁”和孟子的“义”,都讲道德价值;孔子说“仁者安仁”(《论语·里仁》),孟子讲“人皆有所不为,达之于所为,义也”(《孟子·尽心下》),也都认为道德价值是一种内在价值,是一种崇高的精神品格。他们认为,具备了这一品格,就能做到“富贵不能淫,贫贱不能移,威武不能屈”(《孟子·滕文公下》),就能杀身成仁、舍生取义,为道德理想而不惜牺牲个人生命。在中国历史上,有无数仁人志士为国家、为民族,为实现美好的社会理想,不畏艰难,不怕牺牲,前仆后继,勇往直前。这种为国家民族的献身精神,已形成中华民族最可宝贵的民族精神。

孟子关于文学的言论,主要是“养气”说与“知人论世”。

孟子说:“我知言,我善养我浩然之气。”所谓“浩然之气”,是就志意感情而言,就是正大之气,而统率它的是“志”,即思想意志(《孟子·公孙丑上》)。这种“气”,靠正义行为的积累而产生,要用正义去培养。具有“浩然之气”，便凛然不可侵犯，就可战胜邪恶，无往而不胜。这里孟子强调了“气”与“养”的关系，亦即“浩然之气”与道德修养的关系。由此可见，集义养气，是孟子的修养论，属于哲学范畴，与文学并无直接关系。但因孟子把“养气”与“知言”联系起来，就被后世文学批评引申为“文”与“气”的关系。自从曹丕《典论·论文》提出文气说，经过历代文学理论家的发挥，就成为我国文学理论中的一个重要范畴。曹丕说“文以气为主”，所指为作家的禀赋与作品的风格；刘勰则把“文气”发展为“风骨”；唐宋古文家韩愈、苏轼则认为写文章讲究的“文气”，是正义之气。这种正气，来源于作家的正义感。这样就将孟子“养气”说发展来的“文气”，与作家的情感意志与文章风格联系在一起，而强调作家情感的美质。我们从一般意义上理解孟子所提倡的“浩然正气”和作家的“正义感”，其影响的主导面是积极的。

孟子说：“颂其诗，读其书，不知其人可乎？是以论其世也。”（《孟子·万章下》）朱自清先生认为这不是说诗的方法，“原来三件事平列都是成人的道理，也就是尚友的道理”①，而后人则把它引发开去，解释为要正确理解某一篇或某一部作品，应该首先了解作者的生平行事及其所处的时代环境，即所谓“知人论世”。由此一理解，即引导人们以历史的眼光看待作品的内容，探求文学演变的历史过程，因而为历代文学理论家所重视。“知人论世”说作为认识和了解文学作品的方法，直至今天仍然具有借鉴价值。鲁迅曾说：“倘要论文，最好顾及全篇，并且顾及作者的全人，以及他所处的社会状态，这才较为确凿。要不然，是很容易近乎说梦的。”②

---

① 朱自清：《诗言志辨》，古籍出版社 1956 年版，第 22 页。

② 鲁迅：《且介亭杂文二集·题未定草（六至九）（1935）》，《鲁迅全集》，人民文学出版社 1981 年版，第 430 页。

与“知人论世”相联系的，孟子还提出解读诗歌的方法，即所谓“以意逆志”说。他说：“说诗者不以文害辞，不以辞害志，以意逆志，是为得之。”（《孟子·万章上》）他这里所说的“诗”，指《诗经》。意思是说，解读诗不要拘泥于个别文字而领会错了诗的词句，也不要拘泥于个别词句而领会错了整篇诗的意旨，只有根据作品的实际内容去探索作者的创作意图，分析诗的内容，才可能正确理解这首诗。他列举《诗经·大雅·云汉》中“周余黎民，靡有孑遗”两句，说这是艺术夸张，不能从字面当做事实去理解，不然就曲解了诗人的原意。他与弟子论诗，便运用这一方法。不只解读《诗经》，对于解读其他诗歌，他的理解与说法也是正确的。但是孟子解诗、论诗能就其不同社会背景，对诗歌内容近似的作品作出不同的分析，在当时“赋诗言志”的社会风气下，具有重要的理论意义。在此后的《诗经》研究中，对于探求诗的本义，也有积极影响。当然，孟子所据的背景是不足据的；其论诗的理论依据也为其思想观念所制约，因而常常“以意解诗”，曲解诗的本义，这是应该注意的。

孔孟讲道德说仁义，重视和强调人的内在品质的修养，又注重人的行为的道德规范。他们肯定个人价值，尊重人的个性。不过，孔孟是在群体中来确定人的价值。他们反对私利而崇道德，认为在个人利益与道德理想发生矛盾时，个人的一切应服从道德理想的实现。儒家这一价值观念，影响到传统的文学观念。如在历代文学批评中，论文先论人；文品人品，首重人品。而评论人品，最重要的是看他是否具有道德理想；是为一己之私，还是为国家民族。屈原、司马迁、陶渊明、李白、杜甫，直至近代龚自珍等，正是由于其品格高尚才受到历代的推崇、景仰。

孔子的言论，见于《论语》；孟子的言论，见于《孟子》。《论语》《孟子》，还是富有文学价值的语体散文。《论语》所记为孔子与弟子及时人的对话、交流，口吻逼肖，情态宛然，令人如闻如睹，十分亲切生动。如《论语·先进》篇的“子路、曾皙、冉有、公西华侍坐”章，记述孔子诱导弟子们“各言尔志”，即让他们谈谈自己的政治理想和抱负，言谈中表现出他们不同的个性。子路的直率，冉有的自负，曾皙的潇洒，都跃然纸上。另如《论语·季氏》篇的“季氏将伐颛臾”，已颇成片段，可视为早期的政论文。《论语》的语言艺术值得重视。孔子与弟子交谈，大都为当时口语，通俗、平易、简约、形象、生动，而因融进书面语言的整练，蕴含着古代人民的生活智慧与经验，又意蕴深厚，言近旨远，意味隽永。许多语句在流传过程中，已成为民族语言的精华，成为凝聚前人智慧的格言，至今仍活在人们的口头和诗文之中。如“三人行必有我师”“见贤思齐”“过则勿惮改”“温故而知新”“和为贵”，不胜枚举。

《孟子》虽为语体而较《论语》为详，不少章节颇成片断，如《孟子·梁惠王上》的“齐桓晋文之事”章；有的近乎寓言故事，如《孟子·离娄下》的“齐人有一妻一妾”章；有的是结构完整的论述，如《孟子·公孙丑下》的“天时不如地利”章。孟子善于辞辩，在阐明自己主张时，倾注浓烈的感情，意气风发，慷慨激昂；说理善用比喻，把抽象的道理说得形象、生动。由于善辩，其文章读来浩浩如江河，气势磅礴，沛然而下，加以辞气锋利，笔挟风霜，常常令人为其辞采风神所动，于不自觉中折服其结论；由于善喻，故文章生动，从而增强了文章的说服力。

2. 墨子的文学思想及《墨子》的文学价值

《墨子》一书，不是墨子个人的著述，而是其门人及后学言论的汇编，其写定时间在《孟子》之后。《墨子》原书久已散佚，经清代学者孙诒让整理而为《墨子间诂》。全书共有 53 篇，其中《鲁问》是墨家思想的纲领，文中说：“凡入国，必择务而从事焉。国家昏乱，则语之尚贤、尚同。国家贫，则语之节用、节葬。国家憙音湛湎，则语之非乐、非命。国家淫僻无礼，则语之尊天、事鬼。国家务夺侵凌，则语之兼爱、非攻。”即要求徒属针对不同国家的政治、社会现实，采取与之相适应的措施。墨子学说以“兼爱”“非攻”为核心，反映了战国中后期小手工业者阶层的诉求。因其受到儒家学派的激烈攻击，自汉而后即湮没无闻。近代以来，因其派别组织带有宗教色彩，以及尊天事鬼的神道迷信，而受到批判。近来关于墨子及其思想的研究逐渐深入，评价亦比较客观，在指出其思想局限的同时，也充分肯定其在中国思想史、科技史上的地位，而对其文学思想及《墨子》的文学价值则涉及较少。

《墨子》文章注重论证方法，提出所谓“三表”或“三法”，见于《墨子·非命上》。所谓“三表”，即“有本之者，有原之者，有用之者”，亦即论证问题，要有三方面的根据。所谓“本之者”，为有关古代圣王治理国家的经验，即古代文献记载；“原之”者，为百姓的见闻，即百姓耳闻目睹的现状；“用之”者，为政治措施能否使百姓得利，即政治实践的效验。“三表”法，就是墨子的论辩方法，也就是做论辩文章的方法。墨子要求文章立论要有根据，要以历史经验和社会实践为依据，因此他的文章条理、严谨，逻辑性较强，富有说服力。

《墨子》文章不重文采，而注重论辩的逻辑。《墨子》的论辩方法，在当时对各派学者也有重要影响。从文体角度看，《墨子》文章是语录体向专论体的过渡，在哲理散文发展过程中也具有重要地位。

3.《管子》及其文学价值

《管子》一书，非管子自著，而是管子后学假托管子名义以成书，因其内容驳杂，《汉书·艺文志》著录于道家，《隋书·经籍志》则改入法家。据 1972 年临沂银雀山汉墓出土的《管子》残卷知，该书大部分完成于先秦，秦汉之际尚有补充增益。西汉末年，刘向整理时，得 86 篇，而除去有目无文的 10 篇，实存 76 篇。《管子》流传版本甚多，以清戴望《管子校正》（《诸子集成》本）与郭沫若《管子集校》较为可读。

管子思想以法家为主，而《管子》则较为驳杂。从齐鲁文化的角度看，管子是齐文化的代表。管子、孔子都是殷周文化的优秀继承者，他们的思想有相同或相通之处，而又有价值取向的差异，在上编《齐鲁文化精神》一节已经论及，兹不赘述。

《管子》文章因不是出自一时、一人之手，文体、风格、写法很不一致。就文体而言，有议论文、说明文、记叙文。大部分文章为散句单行，也有少数用韵；有一题一文，也有分题复合为一篇的。甚至一篇文章的写法也不尽相同，如《牧民》篇，第四章与前三章的写法就不同。

《管子》中数量最多的是议论文。这类文章，大都有中心论题，论述层次清楚，结构也较完整，其中以《牧民》篇最有代表性。“牧民”就是讲如何治理和统治人民。全文共分五部分，第一部分“国颂”为全文总纲，以下则从“四维”“四顺”“士经”“六亲五法”四个方面展开论述，层次分明，析理深透。文章指出，治理国家之要，是在“仓廪实”使人民“衣食足”的前提下，让人民懂得“四维”即礼义廉耻。“四维不张，国乃灭亡”，强调了“四维”对国家治理的重要性。在论述中，著者运用了排比、对比等修辞手法，增强了文章的说服力。

《管子》中的记叙性散文，如《大匡》《中匡》《小匡》《霸形》《戒第》等篇记载齐桓公任用管仲成就霸业的事迹，或叙述某一事件的发展过程，或为历史传说故事，都较富有文学色彩。其中有的吸取了《左传》《国语》的某些情节，但较二书更加具体、系统、生动。如《中匡》记载齐桓公召请管仲一节，把齐桓公对管仲的敬重、信任，管仲直言敢谏的品格，以及君臣之间不存芥蒂的关系，都表现得十分生动。另外，在《管子》文章中，也常常穿插一些传说故事，如《封禅》篇关于封禅的传说，《小问》篇关于"登山之神"的传说，其中管仲与其婢妾谈诗的故事尤为有趣。

4.《孙子》与《孙膑兵法》

先秦时期的齐国是一个军事思想发达的国家，其开国之君姜太公就是一位著名军事家。春秋末期，齐国出现了杰出军事家孙武，百年后其后裔孙膑也以军事著名。传为孙武所著的《孙子》，是我国现存最早的也是最为系统、完整的军事著作，至今仍受到世界重视，被誉为"兵家圣典"，而广为流传。作为军事著作，其在中国军事史上的地位自不待言，仅就文章而论，其文学价值也可与诸子之文相媲美，而为历代文人所重视。三国时期诗人曹操、唐代诗人杜牧以及宋代诗人梅尧臣都曾为《孙子》作注，今有《孙子兵法》(银雀山汉简)、曹操注《孙子》、吉天保《孙子十家注》及今人郭化若的《孙子今译》。

《孙子》文章词约意丰，结构缜密，论述层次分明，如《计谋》篇首段从"兵者，国之大事，死生之地，存亡之道"，论及战争必须考察天时、地利、将帅、军法设置，以及民情与国君的决心，然后决定是否开战。《孙子》句法整饬，常用排比、对偶句式，如《谋攻》论及"用兵之法"说："全国为上，破国次之；全军为上，破军次之；全旅为上，破旅次之；全卒为上，破卒次之；全伍为上，破伍次之，是故百战百胜，非善之善者也；不战而屈人之兵，善之善者也。"

孙膑为孙武的后裔，生于阿、鄄之间(今山东阳谷一带)，约与孟子同时。孙膑为齐军师之时，采用"围魏救赵"的策略，大败魏军于桂陵，"孙膑以此名显天下，世传其兵法"。《汉书·艺文志》

著录称《齐孙子》，以与《吴孙子》相区别。汉以后失传。1972 年在山东临沂银雀山汉墓竹简中发现 16 篇，辑为《孙膑兵法》。其军事思想与孙武有继承关系，而文体稍有不同。如第一篇《禽庞涓》，主要情节与《史记》《战国策》略同，而庞涓的结局却不同：《史记》说庞涓自刭，简本说生擒。其余各篇，或为对话体，或为语录体，不甚一致。其行文清晰，结构紧凑，注意语言的修饰，然文学价值则稍逊于《孙子》。

5. 稷下诸子与齐鲁文风

战国时期，齐为东方大国，始建于齐威王时期的稷下学宫成为我国东方的学术文化中心。齐国统治者招揽人才，尊崇士人，希图称霸，并进而统一中国。而士人奔赴稷下，也是为了一展自己的才学，在政治上有所作为。这使稷下学宫带有强烈的政治色彩。尽管如此，稷下学宫为各地学者提供了宣传自己主张、议论时政和著书立说的场所，他们通过相互切磋、辩论，彼此取长补短，促进了学术交流，也促进了地域文化的融合。

稷下学宫的建立，正值我国由奴隶制向封建制过渡的历史时期，也是学术史称为"百家争鸣"的时期。聚集在稷下学宫的士人来自众多学术流派，其中有儒家、道家、法家、阴阳家、名家、兵家，他们之中大部分人都是当时的著名学者。如儒家的代表人物孟子、荀子，道家代表人物宋钘、尹文、田骈、慎到，以及阴阳家邹衍等。他们"皆赐列第，为上大夫，不治而议论。是以齐稷下学士复盛，且数百千人"①。而荀子在稷下，"三为祭酒"，"最为老师"②，是稷下学宫最负盛名、最受尊重的领袖人物。从一定意义上说，

① 《史记·田敬仲完世家》，中华书局 1975 年版，第 1895 页。
② 《史记·孟子荀卿列传》，中华书局 1975 年版，第 2348 页。

稷下学宫是一个百家争鸣的学术论坛。诸家学说在这里互相争辩，又互相融合，表现出开放、包容的特点。譬如儒家代表人物孟子在稷下很受尊重，但其思想不符合时代潮流，未被齐统治者所接受。而荀子在广泛接触诸家学说之后，批判、融会诸家学说，对儒学进行改造，集儒学之大成，使其成为先秦学术思想的集大成者，反映了思想趋于统一的历史要求，为大一统封建帝国的建立进行了理论准备。再如稷下道家学派的田骈、尹文等，他们“皆学黄老道德之术”①，形成道、法结合，调和儒道的黄老之学。齐人邹衍的阴阳五行说和大九州说，“其语闳大不经”②，为齐国现实政治服务，也拓展了人们的时空观念。总之，稷下学者形成了一种开放、包容和创新的学风。这一学风，影响到文学风气。

稷下学者中被称做文学家的有两人，一是淳于髡，一是鲁仲连；他们都是齐国人。司马迁把淳于髡列入《滑稽列传》，说他们“谈言微中，亦可以解纷”，其多智善辩，有益于政事。从淳于髡的言行看，他善于针对不同情况，用动人的言辞，对统治者进行委婉劝谕。齐威王好隐语，即喜将要说的事通过比喻或故事委婉说出。因此，淳于髡看到威王荒于淫乐，群臣都不敢进谏，他就“说之以隐语”：“国中有大鸟，止于王庭，三年不飞又不鸣，王知何鸟也？”威王听懂了他的意思，便说：“此鸟不飞则已，一飞冲天；不鸣则已，一鸣惊人。”并即刻整肃吏治，使齐国威震一时。再如威王八年，楚发兵侵齐，派淳于髡求救于赵，让他“赍金百斤，车马十四”，淳于髡嫌这些礼品少，但不直接说出，而是“仰天大笑，冠缨索绝”。威王问他是否嫌礼品太少，他答不敢嫌少。再问为什么笑，他便说：“今者臣从东方来，见道傍有禳田者，操一豚蹄，酒一

---

① 《史记·孟子荀卿列传》，中华书局1975年版。
② 《史记·孟子荀卿列传》，中华书局1975年版。

盂，祝曰：‘瓯篓满篝，污邪满车，五谷蕃熟，穰穰满家。’臣见其所持者狭而所欲者奢，故笑之。”“于是齐威王乃益赍黄金千溢，白璧十双，车马百驷”，使他终于胜利完成了使命。淳于髡最著名的一段言论，是其借酒进谏。淳于髡从赵国归来，威王置酒后宫，“召髡赐之酒”。威王问他饮多少能醉，他就说饮一斗也醉，饮一石也醉。威王纳闷：饮一斗就醉，怎么能饮一石？于是他说：

赐酒大王之前，执法在傍，御史在后，髡恐惧俯伏而饮，不过一斗径醉矣。若亲有严客，髡帣鞲鞠跽，侍酒于前，时赐余沥，奉觞上寿，数起，饮不过二斗径醉矣。若朋友交游，久不相见，卒然相睹，欢然道故，私情相语，饮可五六斗径醉矣。若乃州闾之会，男女杂坐，行酒稽留，六博投壶，相引为曹，握手无罚，目眙不禁，前有堕珥，后有遗簪，髡窃乐此，饮可八斗而醉二参。日暮酒阑，合尊促坐，男女同席，履舄交错，杯盘狼藉，堂上烛灭，主人留髡而送客，罗襦襟解，微闻芗泽，当此之时，髡心最欢，能饮一石。故曰酒极则乱，乐极则悲；万事尽然，言不可极，极之而衰。

齐王听后，“乃罢长夜之饮”。淳于髡的言论大致如此。其特点就是：针对现实问题，通过比喻，委婉曲折地表达自己的意见。淳于髡是一个通权达变的人，他曾与孟子辩论“礼”①。按儒家的“礼”，讲“男女授受不亲”，这不符合当时齐国的风俗。淳于髡认为孟子太拘执。因为孟子讲人性善，讲恻隐之心，他就问孟子：按照你所说的“男女授受不亲”，如果嫂子掉到水里，难道也不去拉

---

① 《孟子·离娄上》：“淳于髡曰：‘男女授受不亲，礼与？’孟子曰：‘礼也。’曰：‘嫂溺，则援之以手乎？’曰：‘嫂溺不援，是豺狼也。男女授受不亲，礼也；嫂溺，援之以手者，权也。’”

一把吗？孟子回答得也很圆滑，他说“男女授受不亲”是“礼”，“嫂溺援之以手”是“权”。但从这一辩论中，我们可以看到淳于髡与孟子对所谓“礼”的不同态度。

到稷下较晚的鲁仲连，在中国历史上，以“奇伟俶傥”“好持高节”（《史记·鲁仲连列传》）著称，受到历代文人的推重和颂扬。他一生主要有两件事，一是“义不帝秦”，一是“封书下聊城”；这两件事都表现其以布衣之士同情弱小、不畏强暴的精神和不贪事功、不计名利的高贵品质。而同情弱小、反抗强暴和不贪事功、不计名利之品质，便构成鲁仲连高尚的人格内涵。他既非官场中的仕禄之徒，亦非避世隐居的高士，而以平民的身份，为当世释难解纷，言行皆合乎正义。因此，历代不少志行高洁的文人如左思、李白、屈大均等慕其为人，写诗著文，加以赞扬。作为一种心理积淀，他对我国文人心理素质的形成，有着不可忽视的影响。其文《聊城遗燕将书》，动之以情，晓之以理，是一篇议论风发的散文。

总之，先秦齐鲁诸子，其人其文，对后世都曾产生深远影响，不只限于齐鲁地区。而因其最早影响于齐鲁，在齐鲁文学奠基时期，对于此后齐鲁文人及其文风的形成，自然不容忽视。齐鲁两地在先秦时期也存在地域文化的差异，其所受诸子的影响，也有不同。因此，齐、鲁文风各有特点，也有共同点。鲁国重史，重传统，重理性精神，文风偏于朴实；齐国讲实际，重通变，文风偏于华采。而共同点则是都重视文章与现实的关系。这一共同点，成为齐鲁文风的核心，并作为文化积淀，在齐鲁地区长期产生影响。在中国文学史上，齐鲁地区作家，特别是优秀作家，大都关注现实，关注国计民生，属于写实派。而齐地作家多疏狂任放、情趣淡远者，亦见地域文化对人们精神气质的深远影响。

二、重史意识与史传散文

1. 儒家重史意识及其影响

我国设置史官很早，刘勰说“史肇轩黄”①，于史无征，而记载夏商周之事的《尚书》，则是今存最早的历史文献。其中《尧典》从“帝曰钦哉”以下，所记为舜的事迹。《仲虺之诰》的作者仲虺，相传是春秋时期薛国（今山东滕州一带）创始者奚仲的后人，据《孔传》本篇的序，亦云为仲虺“汤归自夏，至于大坰”所作。而“大坰”，即今山东定陶。其他如《伊训》等与山东史迹有关的记载尚多。

由《书》《诗》有关内容可知，殷周之际，由敬天事鬼向戡天重民转变，表现出新的文化取向。作为殷周文化的传承者，以孔子为代表的儒家学派在鲁国形成。儒家淡化神性，突出人性，主张重德贵民，强调伦理亲情，表现出远神近人的人本取向。重视人，重视人的作用，使儒家十分重视历史。孔子编定《春秋》，以及后儒对《春秋》作用的阐释，都说明这一点。先秦史籍的编著者大都为齐鲁人，显然与齐鲁文化（尤其是原始鲁文化）中的重史意识有关。儒家重视文化的传承，因而重视历史。面对社会变动，儒家重史的着眼点，一方面是总结历史教训，警诫当世，一方面是为自己的政治主张提供历史依据。这种重视现实、讲求实用的态度，就要求记述史实的文字质朴简洁，辞达而已。儒家的史学观念及其有关著作，着眼于考察历史变迁，关注社会政治，以及对叙述文字的要求，对齐鲁文风的形成产生了重要影响。

---

① 〔南朝梁〕刘勰：《文心雕龙·史传》，周振甫注释本，人民文学出版社1983年版，第172页。

2. 史学著作的文学价值

(1)《春秋》与《春秋三传》

《春秋》是鲁国的编年史，也是我国最早的一部编年史，记载了鲁隐公元年(前722)至鲁哀公十四年(前481)242年间鲁国的史事，其中涉及政治、外交、战争、自然灾异、国家大典，以及国君嗣立、婚丧嫁娶等各个方面。相传为孔子据鲁史修订而成，汉以后列入儒家经典，为“六经”(《诗》《书》《礼》《易》《乐》《春秋》)之一。司马迁认为孔子编订它是为了“拨乱反之正”，因为它“上明三王之道，下辨人事之纪，别嫌疑，明是非，定犹豫，善善恶恶，贤贤贱不肖，存亡国，继绝世，补敝起废，王道之大者”①。意思是说，孔子编订《春秋》有着明确的政治意识，通过对历史人、事的褒贬评价，确立是非善恶的标准，为历代统治者提供借鉴。为此，其文字表现出两个特点：一是“约其文辞而指博”②，即说文辞简约而寓含的意义深刻、博大。如隐公元年载：“夏，五月，郑伯克段于鄢。”作为历史事件，时间、地点、人物以及所发生之事，都很完整，文字非常简约。一个“克”字，表明了编者对这一事件的道德评价。郑伯指郑庄公，段指庄公之弟共叔段。段在其母的支持下，欲篡夺公位。庄公知情本应正面进行劝导，避免悲剧的发生，而他却通过计谋，陷段于罪，然后杀之，并幽禁其母。此本为同室操戈，骨肉相残，而用战胜敌国的用语“克”，寓含批评之意。二是《春秋》文寓褒贬所具有的感情色彩。如桓公二年载：“春，王正月，戊申，宋督弑其君与夷及其大夫孔父。”隐公四年，卫公子州吁弑其君完而自立，虽其成为卫国国君，却不具备君德，卫人杀州

---

① 《史记·太史公自序》，中华书局1975年版。

② 《史记·太史公自序》，中华书局1975年版。

吁，《春秋》曰“卫人杀州吁于濮”，而不书“弑”。一字之别，而寓褒贬之深意。文字之简约，以及通过史实叙述寄寓褒贬、表达爱憎之表述方式，对后世史传文学有重要影响。

《春秋三传》即《春秋左氏传》（又称《左氏春秋》，简称《左传》）、《春秋公羊传》（简称《公羊传》）、《春秋穀梁传》（简称《穀梁传》。《穀梁传》和《公羊传》，据《汉书·艺文志》说二书原本口耳相传，到汉代才整理成书。《左传》的作者相传为春秋时期的左丘明，与战国时期的穀梁赤，都是鲁国人；《公羊传》的作者公羊高，是战国时期齐国人。“三传”之中，《左传》史学和文学价值最高，对后世影响最大。

《左传》作为史书，它以《春秋》记事为纲，对自鲁隐公元年至鲁哀公二十七年间的历史事件进行传述。《左传》十分生动形象地展现了事件的发生、发展和结果的全过程，有感人的情节，有鲜活的人物，有细腻的细节描写，也有人物性格的生动刻画。如《春秋》只用“郑伯克段于鄢”一句话记述春秋初期在郑国发生的一个历史事件，而《左传》则详细记载了事情的发生、发展和结果的全过程，深刻揭露了郑庄公的虚伪、阴险和狡诈。再如表现行人辞令的《烛之武退秦师》，记述了郑国在秦晋大军压境的情况下，烛之武临危受命，以委婉入情的说辞，离间、分化秦、晋，解除了郑国危难。在历史事件的叙述中，贯注作者褒贬、爱憎，具有强烈的感情色彩。作者褒贬是非的标准，表现出鲜明的儒家思想倾向。其中，重视人的作用，视人事重于天命，及治国重视民心向背等，所反映出的民本思想，以及歌颂爱国人物、推崇维护一统的霸主等，都具有进步意义。《左传》传述史实而又带有文学色彩的叙事方法，使其成为我国史传文学的奠基之作。

《穀梁传》《公羊传》成书较晚，文字也比较简略，《公羊传》到汉代成为今文经学家的重要经籍。《公羊传》的作者，相传为齐人公羊高。《穀梁传》的作者，相传为鲁人穀梁赤。两书文字比较简略，大多为解经之语，文学价值不高。但也载有与解经相联系的历史故事。如《公羊传》载宣公十五年“宋人及楚人平”，以及《公羊》《穀梁》二传所载僖公二年“虞师、晋师灭夏阳”，都委婉有致，生动可读，与《左传》相较，自有特色。如《穀梁传·成公元年》：

> 冬，十月，季孙行父秃，晋郤克眇，卫孙良夫跛，曹公子手偻，同时而聘于齐。齐使秃者御秃者，使眇者御眇者，使跛者御跛者，使偻者御偻者。萧同侄子处台上而笑之。闻于客。客不说而去，相与立胥闾而语，移日不解。齐人有知之者，曰：“齐之患，必自此始矣。”

据《左传》载，成公二年，季孙行父、卫孙梁夫、曹公子首帅师会晋郤克，与齐侯战于鞌，齐师大败。齐人的故意，以及萧同侄子的轻薄，终于造成齐国的灾难。这段文字，详细描述了齐人故意侮辱使者的做法、情态，形象、生动，有别于一般记载。

(2)国别史《国语》

《国语》是我国第一部国别史，偏重于记言。关于本书的作者，说法不一，司马迁说“左丘失明，厥有《国语》”(《史记·太史公自序》)，后世大都据此为说。《汉书·司马迁传》说：“孔子因鲁史记而作《春秋》，而左丘明论辑其本事以为之《传》，又纂异同为《国语》。”因此人们便把《左传》称《春秋内传》，《国语》称《春秋外传》，认为两书互为表里。“其实二书除内容同以记载春秋时期史事为主以外，在编著体例以及成书经过等方面都自有本源，不可同日而语。”①

① 徐元诰撰，王树民、沈长云点校：《国语集解·前言》，中华书局2002年版，第1页。

《国语》全书21篇，记载上自周穆王、下至周定王（约前990—前453）间周、鲁、齐、晋、郑、楚、吴、越八国的史事片断，不系统，不连贯，各篇之间彼此也无密切联系；时代断限不齐，文字风格、记事繁简也不统一。如《齐语》着重记载管仲辅佐齐桓公称霸的过程，《晋语》则侧重公子重耳出亡及归国称霸的始末等。《左传》以记事为主，《国语》以记言为主。“在这些记载里，反映出春秋时代政治变化的轮廓，反映出当代重要政治人物的精神面貌。其中虽杂有不少天命鬼神的迷信思想，但也有不少作品揭露社会的矛盾，对统治者的残暴、奢淫作了批判，对人民大众的利益表示关怀，对贤君贤相则寄以赞美”①，与《左传》有共同之处。《国语》的语言艺术不如《左传》，而文字朴实、简练，有些篇章、片断颇为研究者重视。如《召公谏厉王弭谤》，体现“重民”即重视人民的地位和作用的民本思想，具有进步意义。《吴语》记载吴挑战晋军的场面，场面阔大，有声有色，惊动心神。其虽以记言为主，但在记述近百个历史人物时，其中如《齐语》写管仲、齐桓公，《晋语》写重耳、骊姬，《吴语》写夫差，《越语》写勾践、范蠡等，大都性格鲜明，形象生动。《齐语》所记齐桓公称霸、《晋语》记重耳出亡等都有头有尾，委婉有致，其中有色彩浓烈的场景，也有说理透辟的议论，以及善于雄辩、词采富丽的外交辞令，使其具有文学价值而为后世重视。

（3）《战国策》中有关齐人的记载

《战国策》简称《国策》，相传为战国时期各国史官或策士辑录，经西汉刘向整理，按战国时期秦、齐、楚等12国次序，编定为33篇，并定名为《战国策》。“《战国策》基本上是纵横活动的历史，是纵横家的言论汇编，……其中最突出的是宣扬纵横家的人

---

① 刘大杰：《中国文学发展史》，上海古籍出版社1984年版，第73页。

生观和道德观”①。书中主要记载当时谋臣、策士的言论，反映战国时期各个国家或集团之间尖锐复杂的矛盾和斗争，其文章除内容外，更注重语言艺术，铺张扬厉，纵横驰骋，夸饰渲染，形象鲜明，极富词采，富有文学价值。

《战国策·齐策》等处记载了有关齐地纵横家的言论，如《邹忌讽齐威王纳谏》《冯谖客孟尝君》《颜斶说齐王贵士》《孟尝君将入秦》《淳于髡一日而见七人于宣王》等，都是《战国策》中的优秀篇章。邹忌为齐相，以其妻妾及宾客的赞美设喻，说服齐王纳谏，从而使齐内政修明，“燕、赵、韩、魏闻之，皆朝于齐”。邹忌就近取譬，道理浅易，使其劝说富有说服力。冯谖是孟尝君门客，深于谋略，富有远见，初未得赏识，因弹铗而歌引起孟尝君的注意，遂为孟尝预谋“三窟”，使其落职之后得以复位。颜斶为齐国隐士，以士人的人格尊严，说服齐宣王礼贤下士，宣王悦服，愿为弟子，许以富贵，他愿“晚食以当肉，安步以当车，无罪以当贵，清静贞正以自虞”。邹忌是位贤臣，冯谖是位谋士，颜斶为隐士，鲁仲连则为具有侠义性格、不畏强御的布衣人士。他们都性格鲜明，能言善辩，其表现及其言论，对后世都有一定影响，如“城北徐公”“弹铗”“狡兔三窟”“安步当车”等词语为后世或直接取用，或取其喻义，成为流行词语。其纵横家的文风，对齐鲁也有深远影响。

(4)《晏子春秋》

《晏子春秋》与《左传》不同，它是记述齐相晏子言行的散文作品。晏婴曾为齐相，被后世尊称为“晏子”，是齐文化的代表人物之一。在其卒后不久，姜齐即为田齐所取代。晏婴正生活在新兴封建势力逐渐取代旧的奴隶制度之际。他主张省刑薄敛，提倡节俭，反对统治者奢侈纵欲、残暴不仁，虽在当时难以推行，而因

① 郭预衡:《中国散文史》，上海古籍出版社 1986 年版，第 102 页。

其减轻人民负担、保全人民生命的愿望，仍有积极意义。正由于此，晏子的事迹在民间关于《晏子春秋》的成书时间，大家认识尚不一致，而认为作者为齐人，成书过程较长，则是相同的。书中记载了晏子许多轶事，如为人熟知的“晏子使楚”：

> 晏子使楚，以晏子短，楚人为小门于大门之侧而延晏子。晏子不入，曰：“使狗国者，从狗门入；今臣使楚，不当从此门入。”傧者更道从大门入，见楚王。王曰：“齐无人耶？”晏子对曰：“临淄三百闾，张袂成阴，挥汗成雨，比肩继踵而在，何为无人？”王曰：“然则子何为使乎？”晏子对曰：“齐命使，各有所主，其贤者使使贤王，不肖者使不肖王。婴最不肖，故直使楚矣。”……晏子至，楚王赐晏子酒。酒酣，吏二缚一人诣王。王曰：“缚者曷为者也？”对曰：“齐人也，坐盗。”王视晏子曰：“齐人固善盗乎？”晏子避席对曰：“婴闻之，橘生淮南则为橘，生于淮北则为枳，叶徒相似，其实味不同。所以然者何？水土异也。今民生长于齐不盗，入楚则盗，得无楚之水土使民善盗耶？”王笑曰：“圣人非所与熙也，寡人反取病焉。”

对楚王的戏弄与侮辱，晏子针锋相对，应对裕如，既回击了楚王的骄慢，也维护了国家和个人的尊严，表现了晏子的才智及不畏强御、临危不惧的精神。书中记载了晏子大量的谏言，同时也描述了当时环境、有关人事，既有饱含情感的歌舞，也有谈言微中的讽刺和幽默。无论记述故事，还是历史事件，都与塑造晏子形象有关。

《晏子春秋》与《左传》等史籍不同，《左传》虽也把传说融进记叙之中，增强历史事件的故事性，但它仍然是历史。而《晏子春秋》一书，既有晏子身世事迹的真实记述，也有关于晏子的传闻轶事，后人演绎附会的成分比较多，不少篇章富有文学色彩。因此，把它看做传记文学作品似乎更为恰当。《四库全书总目提要》说："《晏子》一书，由后人摭其轶事为之，虽无传记之名，实传记之祖也。"说明《晏子春秋》一书作为传记文学为后世所重视。

先秦时期齐鲁学者，特别是儒家学派的重史意识，对后世史学的发展及史学著作影响自不必说，而对史传文学发展同样极其深远。譬如《春秋》"寓褒贬，别善恶"，将著者的爱憎倾向贯注在叙事之中；《左传》记叙人物，注意通过细节、富有个性化的语言刻画人物性格，以及把传说融进历史记叙之中，增强了历史事件的故事性等，在后世史传文学作品中都有所体现。至于齐鲁故地的诗文作家的作品中的史论、咏史诗所体现的史学观念，亦可见其影响。

在先秦齐、鲁两地的历史著作，其思想倾向、行文体制等仍存在差异。譬如鲁人左丘明所著《左传》，虽有文学价值，而为历史著作；齐人所著《晏子春秋》，有关于晏子身世事迹的真实记述，也有关于晏子的传闻轶事，后人演绎附会的成分比较多，可把它看做富有文学色彩的传记文学作品。由此我们也可以看到齐鲁两地早期史学意识及其文风的差异。

第四章　齐鲁文风的变异

一、地域文化的融合

齐、鲁两地的文化，在战国中期之后即开始融合，而至秦汉之后，又开始了与其他地域文化的融合过程。汉武帝时代，中央集权制得以确立，文化思想统一，百家争鸣的先秦诸子及其代表的异态纷呈的学术文化遂告终结，地域文化的界限也随之逐渐消亡。秦汉统一，中央集权的封建国家的确立，结束了中国长期的分裂状态，也使分散的地域文化开始融合。秦王朝推行法制，实行文化专制政策，短命而亡。汉统治者接受秦亡的教训，在汉初近百年间，为恢复战争创伤，振兴封建经济，以黄老思想作为官方的指导思想，实行休养生息的政策，文化上兼容并包，比较开放，因此使先秦各家思想重新活跃起来。

汉武帝接受了董仲舒"罢黜百家，独尊儒术"的建议，统一学术文化思想，使儒学一跃而成为官方哲学。董仲舒所尊之"儒"，实际上是以儒学为主体，吸收道、法、阴阳诸家思想的新的思想体系。董仲舒师从齐人胡母生，是公羊学大师，属"齐学"系统的今文经学派。而鲁人申培、高堂生等为代表的经学，属今文经学系统的"鲁学"。他们虽同属于今文经学，但"齐学"较为开放，与现实联系较为密切，而"鲁学"一派的学风则较为保守，仍然反映出齐、鲁两地文化传统的差异。汉代经学的早期传人，大半籍属齐鲁地区。就齐鲁籍经学家而言，先秦儒学传人主要为鲁人，而两汉经学家则主要为齐人。汉代经学从齐鲁向全国各地传布，并逐渐统一的情况，与中华统一文化的形成过程，大体也是一致的。

齐、鲁文化在融合过程中，两地文化的距离在缩短，但仍然存在差异。关于齐、鲁两地的政治、风俗、传统，以及两地人的精神气质等，《汉书·地理志下》有较为详细的论述：

齐地，……东有甾(淄)川、东莱、琅邪、高密、胶东，南有泰山、城阳，北有千乘，清河以南，勃海之高乐、高城、重合、阳信，西有济南、平原，皆齐分也。

少昊之世有爽鸠氏，虞、夏时有季萴，汤时有逢公柏陵，殷末有薄姑氏，皆为诸侯，国此地。至周成王时，薄姑氏与四国共作乱，成王灭之，以封师尚父，是为太公。《诗·风》齐国是也。临甾(淄)名营丘，故《齐诗》曰："子之营兮，遭我乎嶩之间兮。"又曰："俟我于著乎而。"此亦其舒缓之体也。吴札闻《齐》之歌，曰："泱泱乎，大风也哉！其太公乎？国未可量也。"

古有分土，亡(无)分民。太公以齐地负海舄卤，少五谷而人民寡，乃劝以女工之业，通鱼盐之利，而人物辐凑。后十四世，桓公用管仲，设轻重以富国，合诸侯成伯功，身在陪臣而取三归，故其俗弥侈，织作冰纨绮绣纯丽之物，号为冠带衣履天下。

初太公治齐，修道术，尊贤智，赏有功，故至今其土好经术，矜功名，舒缓阔达而足智。其失夸奢朋党，言与行缪，虚诈不情，急之则离散，缓之则放纵。始桓公兄襄公淫乱，姑姊妹不嫁，于是令国中民家长女不得嫁，名曰"巫儿"，为家主祠，嫁者不利其家，民至今以为俗。

……………

鲁地，……东至东海，南有泗水，至淮，得临淮之下相、睢陵、僮、取虑，皆鲁分也。

周兴，以少昊之虚曲阜封周公子伯禽为鲁侯，以为周公主。其民有圣人之教化，故孔子曰“齐一变至于鲁，鲁一变至于道”，言近正也。濒洙泗之水，其民涉度，幼者扶老而代其任。俗既益薄，长老不自安，与幼少相让，故曰：“鲁道衰，洙泗之间龂龂如也。”孔子悯王道将废，乃修六经，以述唐虞三代之道，弟子受业而通者七十有七人。是以其民好学，上礼义，重廉耻。周公始封，太公问：“何以治鲁？”周公曰：“尊尊而亲亲。”太公曰：“后世寖弱矣。”……今去圣久远，周公遗化销微，孔氏庠序衰坏。地狭民众，颇有桑麻之业，亡（无）林泽之饶。俗俭啬爱财，趋商贾，好訾毁，多巧伪，丧祭之礼文备实寡，然其好学犹愈于它俗。

汉兴以来，鲁东海多至将相。

这里所说的齐、鲁地域大致是两国始封时的疆域，可看做齐、鲁两国各自的文化圈。自春秋后期，鲁国疆域逐渐缩小，仅残留曲阜一带，濒海地区大部属齐。但因齐、鲁地域文化形成于始封时期，所以在原文化圈内长期保有其文化传统。《汉书》所载情况说明，齐、鲁文化在融合过程中，由于各自文化传统不同，其风俗人情在西汉仍然存在差异。而由于“邹鲁守经学，齐楚多辩知”①，“汉兴以来，鲁东海多至将相”。其实，这里的“鲁东海”，是指春秋时期鲁国的疆域而言的，准确地说，是“鲁文化圈”。西汉自武帝之后，齐鲁籍的将相较多，仅位至丞相的就有公孙弘、韦

① 〔汉〕班固：《汉书·邹阳传》，中华书局1983年版，第2353页。

贤、魏相、丙吉、于定国、韦玄成、匡衡、王骏、孔光、马宫、薛宣等。其中，除公孙弘、王骏、魏相外，都属原鲁地人，其文化优势是明显的。他们大多“以儒宗而居相位”，说明汉代齐鲁地区仍然崇尚儒学。当然，这时他们所崇尚的已非原始儒学，就流派而言，两汉齐鲁经学多属“齐学”。这种“鲁人”而“齐学”的情况，也是齐鲁文化融合的一种表现。

二、齐鲁经学与文学

谈齐鲁文学，就不能不涉及两汉经学。自汉至清二千年间，经学是官方哲学，因而影响及于各个领域。而两汉经学，实则齐鲁经学，其对齐鲁文化的影响尤为显著。

清皮锡瑞引《庄子·天运篇》，谓孔子始将《诗》《书》《礼》《乐》《易》《春秋》称为“经”①，而后由儒家学派在汉代加以传播。《史记·儒林传》云：“及今上（按指汉武帝）即位，赵绾、王臧之属明儒学，而上亦乡之，于是招方正贤良文学之士。自是之后，言《诗》于鲁则申培公，于齐则辕固生，于燕则韩太傅。言《尚书》，自济南伏生。言《礼》，自鲁高堂生。言《易》，自菑川田生。言《春秋》，于齐鲁自胡母生，于赵自董仲舒。”可见经学发端于孔子，而兴盛于汉代，其传儒家经典者，大都为齐鲁人。所以说，两汉经学，实则齐鲁经学。

董仲舒为赵人，而其所传为齐鲁胡母生之《公羊春秋》，为今文经之经学大师。汉武帝接受董仲舒的建议，独尊儒术；董仲舒所代表的儒家思想成为指导国家政治和文化学术的官方哲学。建元五年（前136），置《诗》《书》《礼》《易》《春秋》五经博士，儒学

---

① 〔清〕皮锡瑞：《经学历史》，中华书局1989年版，第39页。

一跃而成为官学。元光元年（前 134），淄川薛（今山东寿光一带）人、博士公孙弘奏请置博士弟子 50 人，并建议：“郡国县官有好文学，敬长上，肃政教，顺乡里，出入不悖，所闻，令相长丞上属所二千石。二千石谨察可者，常与计偕，谒太常，得受业如弟子。一岁皆辄课，能通一艺以上，补文学掌故缺；其高第可以为郎中，太常籍奏。即有秀才异等，辄以名闻。”① 自此而后，博士弟子通过考试，选补官吏，遂成定制。《汉书 · 儒林传》云：“自此以来，则公卿大夫士吏彬彬多文学之士矣。”董仲舒创立的汉代今文经学，使儒学独尊；公孙弘请置博士弟子员，从组织上加以落实，使儒学从思想领域扩展到政治领域。从此，通经致仕便成为汉代士人介入现实政治的正途。

董仲舒、公孙弘都是齐人胡母生春秋公羊学的传人。据《汉书 · 儒林传》载，汉初至东汉初年所立五经博士，《诗》之齐、鲁、韩三家皆得以立为博士；《齐诗》之最初传人为齐人辕固生，《鲁诗》之最初传人为鲁人申培；《书》之最初传人为济南伏生，其后之欧阳生、张生、夏侯始昌、林尊、周堪等，与夏侯始昌所传之夏侯胜、欧阳高裔孙欧阳地余及所传之夏侯建，皆为齐人；大小戴礼学出自东海郯人后苍；西汉今文《易》学的开创者为淄川人田何，西汉立为博士的今文《易》学都出自他的传授，其中开创孟氏学的孟喜为东海兰陵（今山东兰陵）人，梁丘氏学的开创者梁丘贺是琅邪诸（今山东诸城）人。今文 14 家博士，有 13 家出自齐鲁人传授，可见孔孟之乡的今山东地区在两汉经学发展中的地位。

自武帝独尊儒术之后，其对汉代文学观念的演进及文学创作，都产生了巨大而深远的影响。这一方面，经学家在教授和阐发经义时，对儒家诗教、乐教，从现实政治需要，宣扬他们的文学

---

① 〔汉〕班固：《汉书 · 儒林传》，中华书局 1983 年版，第 3593 页。

观念、诗学理论。如齐、鲁、韩三家《诗》都主张联系现实加以解说，“毛诗”派的学者并创始以赋、比、兴、风、雅、颂“六义”系统解说《诗》的内容、功用，以及创作方式、艺术特色。对此，“毛诗”派的《诗大序》从理论角度进一步做了阐述。首先，《诗大序》“从诗、乐、舞三位一体的传统观念来理解诗歌的本质，坚持了‘以声为用’与‘以义为用’的统一”①。所谓“诗者，志之所之也，在心为志，发言为诗。情动于中而形于言”，阐明了诗歌的产生及其抒情与言志相统一的艺术特征。其次，通过对“风”诗的解说，强调了诗用以教化、移风易俗的社会作用。《毛诗序》是对先秦到两汉我国诗歌理论的总结，它的基本观点，便是汉代文学思想和诗歌理论的基本内容。《毛诗序》有大、小之分。《诗大序》发展了先秦“诗言志”的理论，比较全面地阐述了诗歌的性质、功用和表现方法，强调诗歌的抒情特点和讽谏教化作用。这又构成我国传统诗学理论的基础。

另一方面，由于汉朝廷以明经取士，通经致仕也便成为汉代士人的仕禄之途，“自武帝立五经博士，开弟子员，设科射策，劝以官禄，讫于元始，百有余年，传业者寖盛，支叶蕃滋……盖禄利之路然也”（《汉书・儒林传赞》）。在以读书求仕为价值取向的汉代，士人大都自幼读经，或家学相承，或请经师教授，所接受的主要是经学教育。因此，汉代士人接受文学教育，常常是由读经而及的。汉代散文较为发达，多数散文作家同时也是经学家。两汉时期，齐鲁地区多通经致仕的卿相，他们大都有诗文传世。又由于两汉经学在齐鲁，齐鲁经学家有关文学艺术的言论便成为两汉文学理论、美学理论的重要组成部分。其中影响较大的，一是《毛

① 引自王运熙、顾易生主编：《中国文学批评通史・先秦两汉卷》，上海古籍出版社1996年版，第401页。

诗序》，一是郑玄的《诗谱叙》。

关于《毛诗序》的作者，范晔《后汉书 · 卫宏传》说是卫宏所作，后世颇多异议。王运熙、顾易生先生主编的《中国文学批评通史》则认为《毛诗序》不是一时一人所作，并认为“它大约完成于西汉中期以前的学者之手”。卫宏，字敬仲，东海（今山东郯城）人。东汉初年著名学者、经学家。据《后汉书 · 儒林传》载：“九江谢曼卿善《毛诗》，乃为其训。宏从曼卿受学，因作《毛诗序》，善得风雅之旨，于今传于世。”卫宏所作《毛诗序》，或为谢曼卿所传《毛诗》，今已不得其详。

郑玄（127—200），字康成，北海高密（今山东高密）人。东汉末年经学大师，经今古文的集大成者。少为乡啬夫，不乐仕进。外出求学，历经幽、并、兖、豫诸州，先后师事当时著名经学家第五元先、张恭祖、马融等，博学多师，虽以古学为宗而不拘门户之见，成为综经今古文学的一代大师。从学者赢粮而至，多达万人。灵帝建宁二年（169）遭“党锢之祸”，被禁锢的14年间，他隐居山中，授徒著书。党禁解除之后，朝廷、州郡屡有征辟，皆不就。一生勤于著述，遍注诸经，如《诗》《书》《礼》《易》《春秋》《论语》等60余种，280余卷，凡百余万言。在汉学衰微之际，郑注一出，他注皆废，其为儒学的研究和发展贡献巨大。今传《十三经注疏》，郑注就有4种。所作《诗谱叙》，唐初孔颖达等奉敕撰《诗经正义》，将郑谱割裂，分置于《风》《雅》《颂》之首，以说明各类诗歌的背景，至北宋郑谱亡佚。所作《戒子益恩疏》，告诫儿子“勖求君子之道，钻研勿替，敬慎威仪，以近有德”①，教训儿子不要贪求富贵，但求立德，对后世学者也有深远影响。

① 〔南朝宋〕范晔：《后汉书 · 郑玄传》，中华书局1982年版，第1210页。

三、作家风貌

两汉今山东地区的诗文作家，属原鲁地的有韦孟、韦玄成、陈汤、匡衡、贡禹、师丹、刘梁、仲长统等，属原齐地的诗文作家有邹阳、羊胜、东方朔、主父偃、严安、终军、王吉、祢衡等。今按齐、鲁两地，分别列述其生平行事及诗文创作情况，以便考察齐、鲁文化的融合过程对文学发展的影响。

1. 齐地作家

汉初，刘邦封其子刘肥为齐王，领属原齐国的大部分地区。后经吴楚七国之乱，在其地分割出几个诸侯国，武帝接受主父偃"推恩"的建议，诸侯国遂遭分割而无力与中央政权相抗衡。汉帝国政令的统一，标志着统一的汉文化的形成。齐、鲁两地的作家，受原齐、鲁文化的影响，各自表现出不同的气质及其文章风格，则仍十分明显。齐地作家按时代说，他们分属西汉初期、中期和东汉末期。今分述之。

(1) 邹阳

邹阳（生卒年未详），齐临淄人①。西汉前期散文家，以文辩著称。《汉书·艺文志》列入纵横家，著录文章 7 篇，今多亡佚。《史记》《汉书》本传载有《谏吴王书》《狱中上梁王书》，有清代济南马国翰的辑本。邹阳初仕吴。吴王刘濞为汉高祖刘邦之侄，汉初封 3 郡 53 城，据有豫章铜山，可即山铸钱，并兼擅鱼盐之利，国富兵强，因招致流亡，延揽贤达，久蓄异志，谋夺帝位。邹阳微有

① 邹阳，史称"齐人"，未言具体何地。今山东临淄有清代所立"邹阳故里碑"，该处相传为邹氏家族聚居地。

察觉，便上书谏阻。因事属隐秘，不便直言，他便引史设喻，委婉陈辞，指出吴王如不原始察终，轻举妄动，必然身死国除，一败涂地。而吴王利令智昏，不听劝告，在其发动叛乱后不出一月，即众叛亲离，身死国破。邹阳的《谏吴王书》表现了他维护汉王朝统一的立场和见微知著的政治远见。

在进谏吴王后不久，邹阳便同枚乘、严忌等离开吴国，投奔“招延四方豪杰”的梁国。梁王为景帝同母弟，受窦太后宠爱，恃宠骄恣，谋为帝嗣，凡对此持反对态度或加以劝阻者，即遭杀害。邹阳因持反对态度，遭谗入狱论死。为剖白心迹，辩明自己无罪，他在狱中上梁王书，直陈遭受谗言，就等于说梁王昏聩，岂不使自己处境更糟！如不将其偏听谗言点明，又岂能辨白自己无辜？为此，邹阳避开正面指斥，而广征史实，论知人与不知人之别，并列举历史上忠而获谤、信而见疑的事例，说明只有知而不疑才能防止党人横恣不法，也才能使士人效忠。文章所论忠信、士为知己者死，都属旧时观念，而文章博引史实，铺张扬厉，情意恳恳，反复申说，如悬崖断涧之瀑，断而复续，一气呵下，读之令人回肠荡气，确有战国纵横家的韵致，而志意慷慨，节概凛然，又显然具有儒士之风骨，因此而成为历代传诵不衰的名文。

与邹阳同时事梁王的齐人，还有羊胜（？—前149？）、公孙诡（？—前149），都是善纵横之术的辞赋家。他们因参与为梁王谋求嗣位的阴谋活动，被逼自杀。羊胜今存《屏风赋》，公孙诡存有《文鹿赋》。《文鹿赋》《屏风赋》均载《西京杂记上》，亦均为借咏物颂圣的小赋，篇章短小，内容虚浮，无甚可取。

（2）东方朔

东方朔（前161？—前67？），字曼倩，平原厌次（今山东陵县神头镇）人，西汉著名文学家，与司马相如同时，以辞赋著称。因其滑稽善辩，《史记》把他载入《滑稽列传》。所作文章，明人辑入

《汉魏百三名家集·东方大中集》。是因其滑稽多智,还是其行为不同凡俗?后世或传东方朔为仙人,并将杂有神仙志怪的小说、杂记《十洲记》《神异经》之类归于他的名下。说来东方朔确有不同寻常处:在思想趋于统一的时代,他无所宗尚;学书、学剑、学兵法,也读《诗》《书》,是位杂家。出身平民,有志报国,诏举贤良文学,他不待举荐,自至长安上书自荐;官职卑微,而忧国事,以其诙谐多智,婉言谲谏;身为弄臣,类乎俳优,而又狂放倨傲,极富正义感和自尊心。东方朔应是西汉中期颇有代表性的一类文人。他较少受到正统儒家的教育,表现出较多的齐人气质;从思想角度看,他接受了楚文化的影响,而又保持了齐人注重实际的文化精神;他接受了儒家学说,而又搀杂进道家某些思想成分。因此,他的思想与社会主流不合拍,其言行也不合时宜,其结局只能是悲剧性的。东方朔的文学成就是多方面的,刘勰《文心雕龙》论及他的文体有 10 种之多。今存《东方大中集》,除存疑的《十洲记序》外,另有骚赋、疏、书、论说、设论、颂、铭、诗等 8 种文体,14 篇作品。

东方朔现存文章,大体可分为两类。一类是散文,以《谏起上林苑疏》《化民有道对》为代表;一类是辞赋,以《答客难》《非有先生论》为代表。据《汉书》本传载,武帝为满足其游猎的需要,欲把长安以南至终南山的大片土地辟作猎场。侍从文人吾丘寿王等竭力迎合,而东方朔却大拂其意,当即上疏谏止。疏文引述历史教训,力陈其对国家和人民造成的危害,感情激扬,言辞急切;疏文对南山一带地势、物产的铺张写法,以及排比句的运用,都近似赋体。西汉中期,汉大赋兴盛,对诗文创作产生影响,东方朔的散文即表现出辞赋化的倾向。

在封建时代,违拂上意,敢于犯颜直谏,是需要胆识和勇气的。东方朔曾以民意为由,多次当面指斥武帝过失。《化民有道对》即为直斥武帝奢侈过度的当庭答对。武帝针对当时俗尚奢侈、百姓多离农亩的社会风气，问如何教化民众？东方朔说：

今陛下以城中为小，图起建章，左凤阙，右神明，号称千门万户；木土衣绮绣，狗马被缋罽；宫人簪玳瑁，垂珠玑；设戏车，教驰逐，饰文采，丛珍怪；撞万石之钟，击雷霆之鼓，作俳优，舞郑女。上为淫侈如此，而欲使民独不奢侈失农，事之难者也。

在这里，东方朔尖锐地指出，社会风气的败坏，全是武帝好尚奢侈带坏的。

在赋体作品中，《答客难》《非有先生论》较具代表性。《答客难》虚设问难而加以辩解，借以抒发个人得不到重用的牢骚。"客"向东方朔发难，问他自己好学乐道、博闻辩智，"然悉力尽忠，以事圣帝，旷日持久，积数十年，官不过侍郎，位不过执戟。意者尚有遗行邪？同胞之徒，无所容居，其何故也？"在"答难"中，他把大一统的汉朝与列国纷争的战国时代做了鲜明的对比，说明战国纵横家与中央专制制度下文人处境与命运的不同，揭露了封建专制下文人不得不听任帝王摆布的命运。

东方朔《答客难》，"其来源是战国诸子的驳论之文以及《楚辞》的《卜居》《渔父》和《楚王问》等"①，杂取诸子驳论与《楚辞》的表现手法，而创始设论一体，刘勰《文心雕龙》将其归入"杂体"。因东方朔的这一心态，以及这一类委婉表达的方式，对当时及其后的士人极易引起共鸣，其后仿作甚多，扬雄的《解嘲》，班固的《答宾戏》，以及崔骃的《达旨》、蔡邕的《释悔》等。

《非有先生论》，假托非有先生进谏吴王的故事，论述进谏难而纳谏更难的道理，以及察言纳谏的重要性。文中所举邪王昏君

---

① 引文见郭预衡：《中国散文史》，上海古籍出版社 1986 年版。

杀戮忠谏之士、亲信谗佞之臣的事实，对我们了解封建专制制度的黑暗和帝王的昏暴具有较高的认识价值。这是一篇散文体赋，因其论说内容，刘勰将其归入“论说”一类。其语言的夸饰及其表现手法，明显受到战国纵横家的影响。

东方朔另有《据地歌》《诫子诗》，前者为骚体，情感强烈；后者纯用四言，庄重严肃，其在汉诗体式转变过程中的意义，亦应予以注意。

(3)主父偃

主父偃（？—前126），齐国临淄（今属山东）人。西汉政治家、散文家。主父偃“学长短从横术，晚乃学《易》、《春秋》、百家之言”，[①]因其思想驳杂，受到齐地儒生的排斥。曾先后游说燕、赵等诸侯国，未被重用，遂西入关投奔卫将军（卫青）。后他直接上书皇帝，所言共九事，其一谏伐匈奴，“其八事为律令”，当天即被皇帝召见，任为郎中，一年之中升至中大夫。

主父偃针对汉帝国郡国各半的政治现状，主张削弱地方王侯势力，巩固和加强中央集权，提出“诸侯得推恩分子弟”的建议。他的建议被汉武帝采纳，下达“推恩令”，使诸侯封地经分割逐渐缩小，失去与中央抗衡的力量，从而为汉帝国的统一和巩固作出积极贡献。《汉书·艺文志·纵横家》著录《主父偃》28篇，已散佚，今有马国翰辑本，存文3篇，即《谏伐匈奴疏》《请令诸侯得分封子弟疏》《请徙豪杰茂陵疏》，见《玉函山房辑佚书》。其文针对现实问题，辨明利害得失，文字简约，析理透辟，颇有纵横家遗风。如《请令诸侯得分封子弟疏》：

古者诸侯地不过百里，强弱之形易制。今诸侯或连城数

① 〔汉〕班固：《汉书·主父偃传》，中华书局1983年版。

> 十，地方千里，缓则骄奢易为淫乱，急则阻其强而合从以逆京师。今以法割削，则逆节萌起，前日朝（晁）错是也。今诸侯子弟或十数，而适嗣代立，余虽骨肉，无尺地之封，则仁孝之道不宣。愿陛下令诸侯得推恩分子弟，以地侯之。彼人人喜得所愿，上以德施，实分其国，必稍自销弱矣。

与主父偃同时上书的，还有他的同乡严安。严安本姓庄，东汉避明帝讳，改庄为严。《汉书·艺文志·纵横家》著录《庄安》1篇。今《汉书》本传载录《言世务书》一篇。文章针对汉武帝穷兵黩武与世风奢靡的社会现实，希望统治者吸取周、秦兴衰的教训，改变现行政策，休兵重农，省刑薄敛，以使国泰民安。论史喻今，与汉初贾谊论文用意一脉相承。不同之处，严安在论秦因黩武而亡之后，便直接批评武帝“行无穷之欲”，累年用兵所造成的危害。

（4）终军

终军（？—前112），字子云，济南（今属山东）人。“少好学，以辩博能属文闻于郡中”。十八岁选为博士弟子，至长安上书，武帝奇其文，任为谒者给事中。从武帝至雍（今陕西凤翔县南）祠五畤，获白麟，又得奇木，遂上《白麟奇木对》。文章尽情颂扬大汉声威，歌颂“六合同风，九州共贯”的大一统的政治局面，充分反映了那个时代的士人对国家前途充满自信及昂扬向上的时代精神。武帝也认为是国家兴隆的“吉兆”，因改元“元狩”（前122）。终军支持武帝加强边防、削弱地方势力的政策措施，曾自请往使匈奴，擢为谏大夫。武帝时与南越的关系不太稳定，为杜绝边患、加强与南越的关系，要召南越王和王太后入朝。终军又自请往使，表示：“愿受长缨，必羁南越王而致之阙下。”①终军顺利完成使命，并奉命暂留镇抚，不幸因

---

① 〔汉〕班固：《汉书·终军传》，中华书局1983年版，第2821页。

南越内乱而被杀，时年仅二十余岁。时人尊称为“终童”。其请缨报国的精神，为历代所称颂。《汉书·艺文志》著录终军文章8篇，已散佚，马国翰《玉函山房辑佚书》辑有4篇。

(5)王吉

王吉，字子阳，琅邪皋虞(今山东青岛即墨东北)人。受时代精神的感召和激励，自幼勤奋好学，以通晓儒家经典著闻乡里，以郡吏举孝廉为郎，补若卢右丞，迁云阳县令。昭帝时举贤良，为昌邑中尉。昌邑王刘贺荒淫无度，吉上疏谏阻，疏文载《汉书》本传。昭帝死，大将军霍光迎立贺，王吉又上书告诫。昌邑王即位二十余日即“以行淫乱废”，其群臣“坐在国时不举奏王罪过”被诛，“唯吉与郎中令龚遂以忠直数谏正得减死，髡为城旦”①。宣帝时征为博士谏大夫，又曾上疏言政得失。王吉之文，为经学家之文，引经证史、引《诗》告诫，是其行文特点。

王吉历官益州刺史，终官谏大夫。《汉书》本传说他“兼通《五经》，能为《驺氏春秋》，以《诗》《论语》教授，好梁丘贺说《易》”，是西汉著名经学家、政治家和散文家，为琅邪王氏始祖。自王吉始，将所学自传儿孙，形成王氏家学。王吉之子骏，传家学，官至丞相，也有文名，传有两篇奏疏，载《汉书·王吉传》附传。

(6)祢衡

祢衡(173—198)，字正平，平原般(今山东临邑)人。《后汉书》本传说他少有才辩，“而尚气刚傲，好矫时慢物”。所谓“尚气刚傲”，就是任情适性，不屈服于权势；所谓“矫时慢物”，就是不苟合取容，不随同流俗。他看不起当时那些随俗浮沉的士大夫，只与使气任性的孔融气味相投。他说孔融是“仲尼不死”，孔融说他是“颜回复生”。孔融向曹操推荐祢衡，而他对曹操“素相轻疾”，不

① 〔汉〕班固：《汉书·王吉传》，中华书局1983年版，第3058、3062页。

肯往。曹操虽怀忿而怕担杀害名士的罪名，遂召为鼓吏，对他进行污辱。而祢衡却裸衣击鼓，事后在曹操营门“以杖捶地大骂”。此后，曹操派人将他送往刘表处，想借刀杀人，而刘表也学曹操的法子，将其送到江夏。起初，黄祖很欣赏他的才能，甚见宾礼，而祢衡狂放不羁，出言不逊，侮慢黄祖，遂遭杀害。在祢衡身上，集中了汉末名士的狂傲、抗节、疾恶以及蔑弃权贵的精神。但其蔑弃一切，却使自己走向极端，而无法适应社会，终于被害。《后汉书·文苑传》本传谓其文多亡佚，《隋书·经籍志》谓有《祢衡集》2卷，录存1卷。今存赋1篇，文3篇，载《文选》及清严可均辑《全汉文》。

祢衡所存赋即《鹦鹉赋》。江夏太守黄祖让衡作书记，衡文“轻重疏密，各得体宜”，并与黄祖长子黄射交好。黄射大会宾客，有人献上一只鹦鹉，请祢衡为此作一篇赋，“衡揽笔而作，文无加点，辞采甚丽”。这就是流传至今的《鹦鹉赋》。此赋名为咏物，而实借以言志，所不同者，在于作者把鹦鹉高度拟人化，将鸟与人融为一体；写鸟，实则写人，在艺术上取得很高成就。赋先写鹦鹉“妙质”“辩慧”“聪明”的材质，及其“嬉游高峻，栖跱幽深，飞不妄集，翔必择林”的节操：

> 惟西域之灵鸟兮，挺自然之奇姿。体金精之妙质兮，合火德之明辉。性辩慧而能言兮，才聪明以识机。故其嬉游高峻，栖峙幽深。飞不妄集，翔必择林。绀趾丹觜，绿衣翠衿。采采丽容，咬咬好音。虽同族于羽毛，固殊志而异心。配鸾皇而等美，焉比德于众禽？

继借叙写鹦鹉的遭际，而寄寓自己流落异乡、寄人篱下的身世之悲与忧生之嗟，凄恻哀苦，动人肺腑：

> 尔乃归穷委命，离群丧侣，闭以雕笼，剪其翅羽；流漂万里，崎岖重阻；逾岷越障，载离(罹)寒暑。女辞家以适人，臣出身而事主；彼贤哲之逢患，犹栖迟以羁旅。……眷西路而常怀，望故乡而延伫。……嗟禄命之衰薄，哀遭时之险巇？岂言语以阶乱，将不密以致危？痛母子之永隔，哀伉俪之生离！匪余年之足惜，愍众雏之无知。……严霜初降，凉风萧瑟。长吟远慕，哀鸣感类。……闻之者悲伤，见之者陨泪。放臣为之屡叹，弃妻为之歔欷。感平生之游处，若埙篪之相须；何今日之两绝，若胡越之异区？顺笼槛以俯仰，窥户牖以踟蹰；想昆山之高岳，思邓林之扶疏。……心怀归而弗果，徒怨毒于一隅。

在祢衡之前，咏物赋有贾谊的《鵩鸟赋》、赵壹的《穷鸟赋》等，都是借咏鸟而寄寓忧生之嗟。而《鵩鸟赋》中的鵩鸟只是触发作者情思的客体事物，所述则为老庄哲理；《穷鸟赋》中，作者以穷鸟自况，文辞过于简约，都缺乏具体物象的描绘。而此赋不出传统咏物写法，以描绘鹦鹉资质诸方面的特征为主，寓含作者特定寄托。其精彩处在于他能够巧妙地把握所写物象与寄托之间的关系，语含双关，匠心独运，做到了刘勰所谓“草区禽族，庶品杂类，则触兴致情，因变取会”(《文心雕龙·诠赋》)。

祢衡的散文，慷慨任气，情感激扬，近人刘师培引录祢衡《鲁夫子庙碑》《吊张衡文》后曾说：“东汉之文，均尚和缓，其奋笔直书，以气运词，实自衡始。……是以汉魏文士，多尚骋辞，或慷慨高厉，或溢气坌涌，此皆衡文开其先也。”①给予高度评价。刘勰认为祢衡《吊张衡文》“缛丽而轻清”，与陆机吊魏武之文，“降斯以下，未有可称者矣”(《文心雕龙·哀吊》)。就其为人及其文章格

---

① 刘师培：《中国中古文学史》，人民文学出版社1984年版，第24页。

调而言，其人其文，都颇有“齐气”。

2. 鲁地作家

鲁地指先秦鲁文化圈内的区域。汉初鲁国，高后元年置，辖六县，大致为今曲阜、邹县、枣庄一带。高帝十二年（前195）十一月，汉高祖刘邦“行自淮南还。过鲁，以大（太）牢祠孔子”（《汉书·高帝纪》）。景帝前三年（前154），立其子刘馀为鲁王，死谥恭，因称恭王。据《汉书》载：“恭王初好治宫室，坏孔子旧宅以广其宫，闻钟磬琴瑟之声，遂不敢复坏，于其壁中得古文经传。”（《汉书·景十三王传》）“闻钟磬琴瑟之声”显系传说，而所得古文经传却成为汉代古文经学的经典。司马迁时，“适鲁，观仲尼庙堂车服礼器，诸生以时习礼其家”（《史记·孔子世家》），仍有浓厚的儒家文化气氛。鲁地作家众多，今分述之。

（1）韦孟、韦玄成

韦孟本彭城（今江苏徐州）人，徙家于邹（今山东邹城），其后遂为邹人。汉初为楚元王刘交傅，后傅元王子夷王及孙戊王。戊王荒淫无道，韦孟作诗讽谏；离职后，徙家于邹，又作一篇，即今传《讽谏诗》和《在邹诗》。其在位时所作《讽谏诗》，未见载录，其内容已不得而知。迁邹之后，韦孟心忧王事，所作《讽谏诗》首先叙述楚王祖先的历史，次叙写元王受封后恭俭爱民及夷王“克奉厥绪”的美德，批评戊王不继祖考，荒废国事，“逸游是娱”，偏信谄谀之徒，警告其如不改过，将会削地或被废黜。最后希望戊王改过自新，振作图强。《在邹诗》是说明迁邹之意及对王国的牵挂。有人说“其子孙好事，述先人之志而作是诗”。二诗均载于《汉书》本传。

其五世孙贤，兼通《礼》《尚书》，并为以教授《诗》著名的经学家，号称邹鲁大儒，为昭帝师，宣帝时位至丞相，封扶阳侯；六世孙玄成，元帝时“以明经历位至丞相”。这在当时邹鲁一带影响颇大，有谚语说:“遗子黄金满籯,不如一经。”(《汉书·韦贤传》)玄成,字少翁,任太常时曾因故贬爵,自以为对不起先人,作诗自劾责,即今传《自劾诗》。贬黜十年之后,“继父相位,封侯故国,荣当世焉”(《汉书·韦贤传》)。玄成为使儿孙接受教训,作《戒子孙诗》。

韦孟、韦玄成之诗,或讽谏藩王,或训诫儿孙,内容无甚可取之处,其所以受到重视,是因为其诗体形式及其体现出来的文化精神。二韦诗都为四言长篇,二人前后相继,诗的内容、风格也一脉相承。沈德潜谓“去变雅未远”①,指出其上承《诗经》“雅”诗的讽刺之旨。刘勰《文心雕龙·明诗》篇说:“汉初四言,韦孟首唱,匡谏之义,继轨周人。”指出其诗的首倡之功,及对《诗经》“雅”诗的继承关系。然其篇制已受赋体影响,展为长篇。作为文人四言古体,“二韦”诗在诗歌形制嬗变过程中的地位,应受到重视。

(2)孔臧

孔臧(生卒年未详),孔子后裔,曲阜人。少以才博知名。以父袭蓼夷侯,曾官太常,后因事免官失爵。《汉书·艺文志·诸子略》“儒家”载录“太常蓼侯孔臧十篇”、《诗赋略》载其赋20篇。《隋书·经籍志》载有《孔臧集》。今存文2篇,即《与侍中从弟安国书》《与子琳书》;赋4篇,即《谏格虎赋》《杨柳赋》《鸮赋》《蓼虫赋》,均见《孔丛子·连丛上》。

孔臧《谏格虎赋》,谏游猎而望帝王与民同乐,为同一题旨较早的赋作。《杨柳赋》等其他3篇为咏物赋,或为赋物自娱,或借物而阐发人生哲理,寄寓警诫之意。其《与子琳书》,为诫子一类书信较早的作品。据《文选·两都赋序注》,武帝曾欲任其为御史大夫,而他以“代以经学为家”加以推辞,请求任其为太常以“专修家业”,可见孔臧十分重视家族文化的传承。齐鲁世族常以家书、

---

① 〔清〕沈德潜:《古诗源》卷二,中华书局1978年版,第44页。

遗训告诫儿孙，以传承家风、学业。

曲阜孔氏在西汉有文名者，尚有孔安国、孔衍、孔光等。孔安国，孔臧从弟，经学家，武帝时终官临淮太守。今存文两篇，《尚书序》载《文选》，《古文孝经训传序》载日本藏《古文孝经》。安国孙衍，成帝时博士，今存文一篇。安国从曾孙光，元帝时官至丞相，封博山侯，今存文16篇，分别载录《汉书》本传及《汉书·礼乐志》《汉书·哀帝纪》《汉书·韦玄成传》等处，全为奏议，大都以儒学为指归。

(3)郑昌

郑昌（生卒年未详），字次卿，泰山刚（今山东宁阳东北）人。好学，明经，通法律政事，宣帝时由涿郡太守入为谏大夫。他主张法治，反对人治，因提出删定律令，使民知法而执法之吏难以为奸，上《删定律令疏》。盖宽饶居官清正，举劾不避权贵，并触忤皇上，被认为“大逆不道”，宣帝令议其罪。而郑昌同情盖氏忠直为国，上《为盖宽饶上书》为其辩解：

> 臣闻山有猛兽，藜藿为之不采；国有忠臣，奸邪为之不起。司隶校尉宽饶居不求安，食不求饱，进有忧国之心，退有死节之义，上无许、史之属，下无金、张之托，职在司察，直道而行，多仇少与，上书陈国事，有司劾以大辟，臣幸得从大夫之后，官以谏为名，不敢不言。

面对皇帝与权贵，仗义执言，表现出古代谏官铁骨铮铮的品格。文章简短，感情激切，行文运用排偶、对仗，可视为骈俪之渐。

(4)匡衡

匡衡，字稚圭，东海承（今山东枣庄市峄城区）人。西汉宣、元时期名臣，散文家。父亲为农夫，家贫，而衡好学，靠做雇工挣取学习费用。由于学习勤奋刻苦，他精通《齐诗》，成为当代“齐诗学”的传人。据《汉书》本传载，因善解《齐诗》，当时儒生传言：“无说《诗》，匡鼎来；匡说《诗》，解人颐。”意思是说，匡衡解说《诗经》没有人能比得了，他的解说能让人身心愉快。匡衡在宣帝时以明经入仕，受到当时儒学大师萧望之、梁丘贺的赞许。元帝即位，任衡为郎中，迁博士、给事中。匡衡关心国事，屡屡疏言政治得失，以经义附会政事，深得元帝赞许，建昭三年（前36），代韦玄成为丞相，封乐安侯，成帝时因事失侯免官，终于家。匡衡以儒宗而居相位，“服儒衣冠，传先王语”（《汉书·匡张孔马传》之传赞）。如《言政治得失疏》，涉及时政及社会问题，为匡氏代表作。文章第二段云：

> 臣愚以为宜壹旷然大变其俗。孔子曰：“能以礼让为国乎，何有？”朝廷者，天下之桢干也。公卿大夫相与循礼恭让，则民不争；好仁乐施，则下不暴；上义高节，则民兴行；宽柔和惠，则众相爱。四者，明王之所以不严而成化也。何者？朝有变色之言，则下争斗之患；上有自专之士，则下有不让之人；上有克胜之佐，则下有伤害之心；上有好利之臣，则下有盗窃之民：此其本也。今俗吏之治，皆不本礼让，而上克暴，或忮害好陷人于罪，贪财而慕势，故犯法者众，奸邪不止，虽严刑峻法，犹不为变。此非其天性，有由然也。

今《汉书》本传载有匡衡奏疏4篇，《汉书·郊祀志》等处载有7篇。从内容看，这些奏疏都关乎当时政事、礼制，其文章温柔敦厚，引经据典，较少锋芒。但其注意文字修饰，较多运用俳句、对仗等手法，行文骈散杂用，语言流畅，极富文采，就此而言，其文与汉初贾谊、晁错的奏疏文有前后相承的关系，而渐入骈俪，也应引起散文研究者的注意。

(5)贡禹

贡禹(前124—前44),字少翁,琅邪(今山东诸城)人。据《汉书》本传载,贡禹宣帝时“以明经洁行著闻,征为博士”,官至河南令。元帝时历官谏议大夫、御史大夫。直言敢谏,“数言得失”。他目睹朝政腐败,人民贫苦,深以尸位素餐为耻,为此他曾多次上书,揭露朝廷为奢侈享乐造成人民困苦的罪恶,抨击武帝以来所实行的“重赋于民”的政策和道德的虚伪性,“把汉代封建的政治和礼法,形容成了中世纪的黑暗”。他“对于宗法礼教的批判,同时包含着对于法律政治的批判”①,是西汉末年社会批判思潮的主要代表人物。同时,他也建议元帝选贤任能,诛除奸佞,戒奢修俭,减轻农民赋役。他是一位铁骨铮铮的儒者,一位直言敢谏的政治家,也是一位文笔泼辣、善于为文的散文家。所著文章今存8篇,均载《汉书》本传。其中,以《宜除赎罪之法议》较著名:

> 武帝始临天下,尊贤用士,辟地广境数千里。自见功大威行,遂从耆欲,用度不足,乃行壹切之变,使犯法者赎罪,入谷者补吏,是以天下奢侈,官乱民贫,盗贼并起,亡命者众。郡国恐伏其诛,则择便巧史书习于计簿能欺上府者,以为右职;奸轨不胜,则取勇猛能操切百姓者,以苛暴威服下者,使居大位。故亡义而有财者显于世,欺谩而善书者尊于朝,悖逆而勇猛者贵于官。故俗皆曰:“何以孝弟为?财多而光荣;何以礼义为?史书而仕官;何以谨慎为?勇猛而临官。”故黥劓髡钳者犹复攘臂为政于世,行虽犬彘,家富势足,目指气使,是为贤耳。故谓居官而置富者为雄桀,处奸而得利者为

① 侯外庐等:《中国思想通史》第二卷,人民出版社1957年版,第190页。

壮士，兄劝其弟，父勉其子，俗之败坏，乃至于是！

政治腐败，官场黑暗，以致是非颠倒。尤令人难以忍受的是，由于统治者奢侈无度，“使犯法者赎罪，入谷者补吏”，受刑罚者“攘臂为政”，居官而敛财者称雄杰；行如猪狗者，只要“家富势足”，就是贤能，因而道德沦落，不择手段地追求财富，致使整个社会风俗败坏到极点。作者对此感如切肤之痛，愤激之情溢于言表。其文疏直激切，与汉初贾谊《陈政事疏》一脉相承。

(6)师丹

师丹（？—3），字仲公，琅邪东武（今山东诸城）人。师事匡衡，为《齐诗》传人，元帝末为博士。历元、成、哀三朝，官至大司空，封高乐侯。哀帝即位之初，土地高度集中，社会矛盾日趋激化，师丹提出限制贵族、官僚及豪富占田和占有奴婢的数额，即《汉书·食货志》载《言限民田奴婢疏》：

古之圣王莫不设井田，然后治乃可平。孝文皇帝承亡周乱秦兵革之后，天下空虚，故务劝农桑，帅以节俭，民始充实，未有并兼之害，故不为民田及奴婢为限。今累世承平，豪富吏民訾数巨万，而贫弱俞困。盖君子为政，贵因循而重改作。然所以有改者，将以救急也。

师丹提出限田及奴婢数额，不过是为缓和社会矛盾，但因遭到外戚及佞臣的反对，未能付诸实行。所上书，“多切直之言”，“泰深痛切”，均见于《汉书》本传。《隋书·经籍志》著录《师丹集》1卷，已散佚。

(7)刘梁

刘梁（生卒年未详），字曼山，一名岑，东平宁阳（今山东宁阳人）。据《后汉书》本传载，梁为汉宗室，“少孤贫，卖书于市以自资”。桓帝时举孝廉，授北新城长，曾作《告县人书》。在任内兴建学校，聚徒讲学，生徒数百人，“朝夕自往劝诫，身执经卷，试策殿最，儒化大行”，是一位笃诚儒者。特召入京，拜尚书郎，累迁，后出为野王令，未行，病卒。

刘梁目睹汉末风俗败坏，“疾世多利交，以邪曲相党”，著《破群论》。当时评价很高，认为“仲尼作《春秋》，乱臣知惧，今此论之作，俗士岂不愧心”。文已不存。又著《辩和同论》，文末段云：

> 故君子之行，动则思义，不为利回，不为义疚，进退周旋，唯道是务。苟失其道，则兄弟不阿；苟失其义，虽仇雠不废。故解狐蒙祁奚之荐，二叔被周公之害，勃鞮以逆文为成，傅瑕以顺厉为败，管苏以憎忤取进，申侯以爱从见退，考之以义也。故曰：“不在逆顺，以义为断；不在憎爱，以道为贵。”《礼记》曰：“爱而知其恶，憎而知其善。”考义之谓也。

文章以孔子“君子和而不同”立论，以大量的历史事实为根据对“和”与“同”的是非进行论辩，指出“和”（有原则的团结）与“同”（以利相勾结之结党营私）之利害，认为“君子之行，周而不比，和而不同，以救过为正，以匡恶为忠”，有理有据，论析周严，颇有说服力。联系汉末朝野结党营私的风气，刘梁所论盖有所指。文今存《后汉书》本传。

《隋书·经籍志》著录《刘梁集》3卷，已佚。今存文3篇，见清严可均辑《全后汉文》，其中《七举》为残篇。

（8）仲长统

仲长统（180—220），字公理，山阳高平（山东邹城）人。少好学，博涉群书，善文辞。汉献帝建安年间，游学青、徐、并、冀诸州之间，以有知人之鉴著闻。《后汉书》本传称曰：“性倜傥，敢直言，不矜小节，默语无常，时人或谓之狂生。”州郡征辟，皆不就。尚书令荀彧荐为尚书郎，后参丞相曹操军事。他不满现实，常发愤叹息，曾说：“使居有良田广宅，背山临流，沟池环匝，竹木周布，场圃筑前，果园树后，……蹰躇畦苑，游戏平林，濯清水，追凉风，钓游鲤，弋高鸿，讽于舞雩之下，咏归高堂之上。安神闺房，思老氏之玄虚；呼吸精和，求至人之仿佛，……消摇一世之上，睥睨天地之间，不受当时之责，永保性命之期。如是，则可以陵霄汉，出宇宙之外矣。岂羡夫入帝王之门哉！”他追求一种悠游自适的生活，要求尊重个人意志，表现出独立不移的品格。他的思想情趣，已冲破经学的藩篱，而倾向道家，反映出汉魏之际儒道融合的趋势。

仲长统生活在东汉末年，外戚、宦官交互执政，政治极端腐败，致使社会危机四伏，动乱迭起，东汉王朝处于风雨飘摇之中。作为下层文人，心情十分复杂，他忧虑、愤慨，而又思有为，从而促使他对有汉400年的统治以及有史以来的王朝兴衰进行思考，写下《昌言》一书。他以宏阔的历史视野，审视现实及历史，并以极其尖锐的文笔揭露专制制度压抑、扼杀人才，以及贪官污吏对人们敲骨吸髓的压榨与剥削。尤其可贵的是，他认识到专制制度“贵在常家，尊在一人”，必然导致奢侈享乐，腐化堕落，走向衰亡。其对汉末世风的揭露尤为具体深刻：

汉兴以来，相与同为编户齐民，而以财力相君长者，世无数焉。而清洁之士，徒自苦于茨棘之间，无所益损于风俗也。豪人之室，连栋数百，膏田满野，奴婢千群，徒附万计。船车贾贩，周于四方；废居积贮，满于都城。琦赂宝货，巨室不能容；马牛羊豕，山谷不能受。妖童美妾，填乎绮室；倡讴伎乐，列乎深堂。……三牲之肉，臭而不可食；清醇之酎，败而不可

> 饮。睇盼则人从其目之所视,喜怒则人随其心之所虑。此皆公侯之广乐,君长之厚实也。苟能运智诈者,则得之焉;苟能得之者,人不以为罪焉。……求士之舍荣乐而居劳苦,弃放逸而赴束缚,夫谁肯为之邪!……斯下世人主一切之愆也。

他认为造成这一切的根源,都是"下世人主"即末世皇帝的罪责,其批判、谴责的矛头直接指向当代皇帝,愤激之情可以概见。在文章末尾,他对三代以来历代兴衰的规律进行总结,认为国家兴衰不在天命,而在于人事,"人事为本,天道为末",如"信天道而背人事",必然败亡。视野宏阔,见解精辟,难能可贵。

友人缪袭认为,仲长统的文才,可继贾谊、董仲舒、刘向之后,清刘熙载也说"《昌言》俊发,略近贾长沙"①。所著《昌言》34 篇,10 余万言,今已散佚,仅残存在《后汉书》本传、《群书治要》、《抱朴子·内篇》等处。今有清马国翰《玉函山房辑佚书》本,清严可均《全后汉文》辑存两卷。另有《述志诗》2 首,载《后汉书》本传。

从以上汉代齐、鲁两文化圈的主要作家来看,他们的思想风貌是有差别的。齐地作家多辩智,骋辩驰说,善长纵横之术,学术思想较驳杂,少有以明经入仕者;鲁地作家大都以明经入仕,并为一代儒宗,而未有学纵横之术者。即便同为儒学之士,其思想风貌也有差异。如齐地的公孙弘为公羊学大师,并因通经而位至宰相,但他出身狱吏,"年四十余,乃学《春秋》杂说"(《汉书·公孙弘传》)。在其《元光五年举贤良对策》中,他阐发儒家仁、义、礼、智的意义,把"智"讲成"术",即统治法术,并归入"治之本",强调法术之用,显系应时之儒学。弘为人多诈,"奏事,有所不可,不肯庭辩",凡有新议,让别人先说,如皇帝赞许,他便加以推扬。"公

---

① 〔清〕刘熙载:《艺概·文概》,上海古籍出版社 1978 年版,第 16 页。

孙弘尝与公卿约议,至上前,皆背其约以顺上指"(《汉书·公孙弘传》),被以直言敢谏著称的汲黯指摘为"齐人多诈而无情"(《汉书·公孙弘传》)。而鲁地的儒者学较纯正,注重对传统的继承,注重个人道德修养。如今文诗学"鲁诗学"的开创者、鲁人申培,家居期间,拒绝接见宾客。武帝知其名,以安车蒲轮迎至朝廷,问以治国之事。申培明知武帝想让他说什么,却不按他的意思说,而针对武帝的表现,说:"为治者不在多言,顾力行何如耳。"((汉书·儒林传》)大拂武帝兴致,故未被重用。又如东海兰陵(今山东兰陵)人、《春秋》博士疏广,与侄疏受并受宣帝重用,而在疏广任太傅五年后,叔侄并上书,请求辞官归老故乡。在其归乡时,宣帝"加赐黄金二十斤,皇太子赠以五十斤"。疏广至家,日日宴请族人故旧宾客。一年后,他的子孙托人求他留点黄金购置田宅,而他认为"贤而多财,则损其志;愚而多财,则益其过",应让子孙自食其力。疏广不以己居高官而令子孙自感优越,也不以己所受国家资财而令子孙据而富有,而让子孙自食其力,"与凡人齐"(《汉书·疏广传》),即与普通百姓处于平等地位。这形成正直儒者的家教传统。但齐地也出现了王吉这样以明经入仕的人。王吉性刚直,其学较为纯正,然"上以其言迂阔,不甚宠异"(《汉书·王吉传》)。以上情况说明,两汉时期,儒学为齐、鲁两地所崇尚,为两地联系的纽带,也成为两地域文化的核心,并促使两地文化的融合。原齐、鲁两地文化的融合是一个漫长的历史过程,在其融合初期,儒者精神风貌表现出某些差异,是十分自然的。这种情况,在此后较长历史时期内,仍然时时有所表现。东汉末年,经学衰微,诸说蜂起,齐地出现了祢衡,鲁地出现了孔融、仲长统,他们展现出与汉儒不同的思想风貌,具有特异的个性。他们对传统的蔑视和对人格尊严的追求,反映出由汉向魏晋过渡的思想倾向,也为齐鲁文化增加了新的内容。

第五章　魏晋南北朝时期的山东文学(上)

一、作家里籍分布

今山东地区，三国时属魏国。汉魏之际，兵戈扰攘，社会动荡，战争大都发生在中原一带，今山东除西部以外，大部地区社会相对安定。因此，建安时期的山东作家，大都分布在今山东的中、南部。如“建安七子”中的孔融为曲阜人，刘桢为东平（今宁阳）人，王粲为高平（今邹城）人，都在今山东南部；徐幹为北海（今潍坊寒亭区）人，在山东东部。其他较为集中的地区是琅邪（今临沂）、东海（今郯城）、济阴（今菏泽）等，如阳都（今沂南）诸葛亮、诸葛瑾，兰陵缪袭、缪征、缪施，济阴吴质等。其他，如东平吕安、任城（今济宁）孙该、东郡东阿程晓等。

两晋南北朝时期，今山东地区人才济济，有不少诗文名家。与其他时代不同的是，这些诗文名家大都集中在世家大族。如泰山羊氏、琅邪王氏、东海徐氏、高唐华氏、武城崔氏、清河张氏、兰陵萧氏、平原刘氏、平昌伏氏、鲁国曲阜孔氏，都是著名的文化家族，也是著名的文学世家。这些文化家族，大都形成于汉代。这在本书第三章第一节已有所论述。由于琅邪王司马睿在琅邪世族的拥戴下，南渡称帝，琅邪王氏凭借其政治地位而成为晋南北朝第一号的大家族,又因其文化的优势而成为人才最为集中的文化家族。

东晋偏安,今山东成为北方少数民族统治的地区,境内世族大部南迁。因此,这一时期的山东世族,准确地说应是山东籍的世族。他们在江南侨居郡县,仍沿用原籍的名称,称籍贯亦称原籍。如南朝梁崔慰祖原籍山东武城,南迁后居住在侨置县,其地在今湖北省武汉市东北。何逊《与崔录事别兼叙携手》中的崔录事就是崔慰祖,诗中有"今春游派澨,访子犹武城"句。这个"武城"就是指侨置县,所以说"犹武城"。类似情况不仅是一个地理区域的称谓问题,而是在一个特定的历史时期内特有的文化现象。因为侨置郡县不仅仅是为满足世族保持自己郡望的自尊心,而是因为这些家族举家南迁之后,在相当长的历史时期内,他们仍然通过家学保持着其家族原有的、地域色彩浓厚的文化传统,直至南朝灭亡之后,其子孙散居全国各地,这一文化现象才最后消失。

西晋末年,北方陷入所谓五胡十六国的混乱局面,今山东地区也遭受战乱的巨大破坏,地无常属,今济南就曾先后被后赵、前燕、前秦、后燕、南燕所占据。此后今山东部分地区,如青州地区,除晋宋之际曾属南朝外,直至南朝末年,均属北朝统辖。这一时期,在今山东一带,文化相对落后,人才甚少。滞留在原籍的世族,如清河崔氏等,虽仍保留重视文化教育的家族传统,也未曾出现成就较高的文学名家,只有部分从南朝返回的文人,如王褒、颜之推等在文学方面有所成就。

二、文学家族

汉代经学世家,有的在魏晋之后演化为门阀世族。这些世族又凭借其政治和文化的优势，成为世代相传的文化家族，人才密集，名家辈出。南迁的山东世族，如琅邪王氏、颜氏，东海徐氏，兰陵萧氏，清河崔氏，平原刘氏，平昌伏氏等，就曾出现王羲之、王俭、王融、王筠、王褒、颜延之、颜之推、萧道成、萧统、萧纲、萧绎、崔慰祖、崔光、刘峻、刘杳、伏挺、伏知道等文学名家。因此，文学家族或家族文学，是这一时期重要的文学现象。

这一时期文学家族的特点，一是延续时间长，一是作家与家族文化传统关系密切。如琅邪王氏家族，如从其远祖、汉武帝时期的王吉算起，至隋唐之际，绵延近八百年，而其成为人才密集的大族则始自东晋初年。在特定的历史条件下，琅邪王氏与晋琅邪王司马睿建立了不同寻常的关系。东晋建国之初，“（王）敦与从弟导等同心翼戴（元帝），以隆中兴。时人为之语曰：‘王与马，共天下。”’①琅邪王氏凭借拥戴琅邪王司马睿而成为世族之首，又由于其家族世代重视文化教育的传统，使其后裔代有名家，成为这一时期的文学大族。

晋南北朝时期南北对峙，国家分裂，南北两地的文化面貌各异。就文化发展的总体走向而言，北方各少数民族文化逐渐融入汉文化，而山东世族南下则将先进的齐鲁文化传播到江南，对开发江南作出巨大贡献，同时也促进了地域文化的融合。中国地域文化融合的历史过程，与秦汉统一帝国的形成过程相一致。魏晋与两汉衔接紧密，以儒为宗、兼容道法阴阳的汉文化，就其基本内容而言，主体仍然是先秦的齐鲁文化。汉魏之际，社会动荡，魏晋而后，南北分治，社会文化面貌发生了较大变化。而南迁的山东世族，在特定的历史条件下，以家族文化传承的方式，大都保持其原有的、地域色彩浓厚的家族文化传统。这种家族文化传统的形

---

① 〔唐〕房玄龄等：《晋书·王敦传》，中华书局 1982 年版，第 2554 页。

成过程相当漫长,它集中表现在两个方面:一是文化教育,一是习俗礼仪。以家学为主的教育方式,是这些家族文化传统绵延的主要原因。因为文化教育涉及人们的精神、心理方面,其内容和方式常常是个人气质、人格精神形成的直接因素。因此,在某种意义上说,文化家族便成为某一地域文化的体现者。魏晋南北朝时期的官学时断时续,而家学、私学却延续未断。家学、私学基本上是以家族为本位的一种教育方式。世家大族对子女的教育,一般是以家学为主。家学相对于官学来说,环境较为封闭,教育内容也相对稳定,在相当长的历史时期内,浸渍而形成有特定内容的家族文化传统。每一个世家大族使自己家族文化传统绵延的方式不尽一致,而以著书或以临终留言的方式训诫子孙则几乎是相同的。如琅邪王氏,在汉代本为经学世家,历代崇尚儒学。王导祖父王览及其兄王祥,都以孝悌著闻。据《晋书》本传载,王祥性至孝,生母早丧,遭继母虐待,而他侍奉却十分恭谨,“父母有疾,衣不解带,汤药必亲尝”。相传他的继母冬天想吃活鱼,而天寒地冻,河流结冰,“祥解衣将剖冰求之,冰忽自解,双鲤跃出,持之而归”。这就是著名的“卧冰求鱼”的故事。这个故事的确有些荒诞不经,是后世为宣传孝道而附会和演绎出来的,但王祥的确也是个大“孝子”。王览孝友恭恪,名气比乃兄祥小一点,在当时也是知名人物。晋提倡孝道,王氏兄弟自然成为模范。王祥官至太保,晋爵为公;王览官至宗正卿。王祥临终,著遗令训诫子孙,所述对生死的看法,对葬埋、祭祀的要求,都以孔子教导为依归,云:“高柴泣血三年,夫子谓之愚。闵子除丧出见,援琴切切而哀,仲尼谓之孝。故哭泣之哀,日月降杀,饮食之宜,自有制度。夫言行可覆,信之至也;推美引过,德之至也;扬名显亲,孝之至也;兄弟怡怡,宗族欣欣,悌之至也;临财莫过乎让:此五者,立身之本。颜子所以为命,未之思也,夫何远之有!”他的遗嘱,“其子皆奉而行之”（《晋书·王祥传》）。王览之孙王导等南迁，拥戴琅邪王司马睿即帝位，位至丞相。“导为政务在清静，每劝帝克己励节，匡主宁邦”（《晋书·王导传》），议修礼乐，兴教化，虽亦执麈谈玄，而所崇尚者仍然是儒学。王导从弟廙为书画家、音乐家和文学家。王导后裔亦多诗文名家，子洽、从子王羲之还是著名书法家。南朝宋的王僧达、王微，齐的王俭、王融，梁的王籍、王筠，由南入北的王褒，陈隋之际的王胄等，都为文学的发展作出贡献。

再如琅邪颜氏，颜延之自云其先“本乎邹鲁”“世以儒雅为业”①，为孔子弟子颜渊的后裔，世代崇尚儒学。琅邪颜氏见于记载的，如延之五世祖钦为当时著名儒学学者②。直至由北朝入隋的颜之推，对江南世族子弟的“迂诞浮华，不涉世务”③仍提出尖锐批评，说明南北世族之间文化传统的差异。延之之子竣、测，裔孙协、晃、之仪、之推等，都是诗文名家。

南迁山东籍世族有一个共同特点，就是他们大都以儒学传家。在玄风盛行的时代，他们虽也受到不同程度的影响，但维系他们家族生存的文化血脉仍然是儒学。他们或外玄内儒，或外佛内儒，玄、佛只是他们随俗的一面，而儒学则是他们立身处世之本。如琅邪王氏，从其远祖王吉、王骏以经学著闻，至晋王祥、王览以孝著闻，南迁后仍以儒学传家。东晋初建，王导即请求设学校，正人伦，所据均本乎经传。其后裔，南朝齐著名文学家、图书目录学家王俭，弱年便留意《三礼》，尤善《春秋》，“发言吐论，造

① 王利器：《颜氏家训集解》卷五《诫兵》，上海古籍出版社1982年版，第320页。

② 〔清〕王昶：《金石萃编》载颜真卿《颜氏家庙碑》。南渡始祖含则以孝友著闻，见《晋书·孝友传》颜含本传。

③ 王利器：《颜氏家训集解》卷四《涉务》，上海古籍出版社1982年版，第292页。

次必于儒教”(《南史·王俭传》)。再如琅邪颜氏,自颜钦以孝悌著闻,遂以之传家,颜延之的《庭诰》,颜之推的《颜氏家训》,其思想都“本之孝弟”,“其归要不悖‘六经’”①。颜之推处南朝末期,且已入北,其思想面貌尚且如此,可见家族文化传统对其后裔影响之深远。

三、主要贡献

魏晋南北朝时期是所谓文学自觉时代,文人成为文坛的主角。所谓文学自觉的重要标志,一是文学渐次取得相对独立的地位,文人把创作诗文看做生命的延续;再是文学批评的出现及其理论的形成;三是文人文学开启一个新的时代,并取得高度成就。山东莒(今山东莒县)人刘勰的《文心雕龙》体大思精,是文学批评领域集大成之作。文学创作领域,太康作家左思,东晋文学家王羲之及王氏作家群,以及伏滔、徐邈、华峤等;南朝王俭、王融及王氏作家群,颜延之及颜氏作家群,萧衍、萧纲及萧氏作家群,徐孝嗣、徐陵及徐氏作家群,刘峻及刘氏作家群,何承天、何逊及何氏作家群,以及任昉、丘巨源、崔慰祖、伏挺、张正见、温子昇等,都取得不同成就。

汉魏之际,诗歌文人化是重要的文学现象,而建安文学是文人登上文坛之后,第一次展示其文学实绩。“建安七子”中,有四位是今山东籍人。孔融以散文著称,而其《杂诗》之二是较早抒发个人情志的诗篇;刘桢五言诗《赠从弟》已有抒情化、个性化倾向;王粲被誉称为“七子之冠冕”,是建安时期最负盛名的作家;徐幹

---

① 《颜氏家训》宋本沈揆跋,载王利器《颜氏家训集解》,上海古籍出版社1980年版,第545页。

是位淡泊名利的学者，也有《情诗》那样情致缠绵为人传诵的名篇。可以说孔、王、刘、徐的诗歌创作基本上代表了那个时期的创作倾向和创作成就。其他如诸葛亮的《出师表》，缪袭的《挽歌》，以及卞兰、孙该的赋等，都有一定成就。

魏晋之际的山东籍作家，“竹林七贤”之一的王戎无著作传世。西晋出现了太康代表作家之一的左思，散文家羊祜、王沈、虞溥，以及女文学家左棻等。左思在太康作家中独树一帜，其《咏史》诗“创成一体，垂式千秋”①，于诗风渐入轻绮之时，以其贴近现实的诗作唱出时代的最强音。

东晋时期玄言诗盛行，王羲之的《兰亭集序》是脍炙人口的名篇，其子王献之、王凝之，以及“文高当世”的王珣，都是当时知名文学家。其他如王彪之、王胡之，以及伏滔、徐邈、徐广等，也都有一定成就。

晋宋之际，文风转变，“元嘉三大家”中的颜延之、鲍照，各自代表着一种文学倾向。颜延之上承太康作家潘岳、陆机，一反东晋以来尚简易的风气，而倡重炼字、尚形似以及对仗、用典的文风；鲍照则继承汉乐府精神，吸收南朝乐府民歌艺术成就，将汉魏乐府之刚健质朴与南朝民歌之柔美艳丽相结合，并贯注关心现实的激情，艺术上雅俗相融，反映着文学发展的新趋势，对后世影响巨大。南朝齐的王融，是永明体的代表作家之一；何逊是南朝梁的代表诗人，他的诗写山水而融入个人感受，注重审音炼字、工偶精对，对近体诗的形成有重要影响。南朝陈的徐陵是南朝末最有成就的文学家，擅长骈文，诗歌也取得较高成就，王夫之说他的诗歌对于古体是“落日余辉”，对于近体的形成则是“春晴始旦”②，

---

① 见〔清〕陈祚明《采菽堂古诗选》卷一一，上海古籍出版社2018年版。

② 〔清〕王夫之：《古诗评选》卷六，上海古籍出版社2011年版。

所编《玉台新咏》是我国第三部诗歌总集;张正见的诗已渐入近体,也是著名诗人。

北朝文学不够发达,较著名的温子昇、王褒、颜之推,都是山东籍作家。温子昇是北朝成就最高的诗人、骈文家,王褒、庾信并以才情见称,他们诗歌风格的转变反映了南北文风融合的趋势。颜之推为南朝、隋之际的散文家、诗人,他为南北文风的融合也作出重要贡献。

魏晋南北朝时期山东籍作家诗文,分别辑入今人逯钦立《先秦汉魏晋南北朝诗》和清严可均《全上古三代秦汉六朝文》。

第六章　魏晋南北朝时期的山东文学(下)

一、个性鲜明的山东籍建安诗人

1. 孔融

建安时期山东诗人不论为人,还是为文,都个性鲜明。其中年辈最大的是孔融。孔融(153—208),字文举,鲁国曲阜人。孔子二十代孙。他一生历桓、灵、少、献四朝,官至九卿,在汉末有很大影响。自从曹丕《典论·论文》一出,他便被列入"建安七子",近来虽有异议,亦如大海微石,没有激起什么波澜。如何评价孔融在汉、魏之际的地位,弄清他与"建安七子"之间的关系,并正确评价其诗文成就,需从他生活的时代及其诗文创作的实际情况来考察判定。

孔融在建安以前度过他一生大部分时间。论年辈,他比曹操长两岁。南朝范晔视其为汉人,把他列入《后汉书》,而陈寿《三国志》不予列传。他们已论定其时代归属,本为不争之事。在时代交叉点上,汉魏之际的人物,或属上,或属下;属上为汉人,属下为魏人。学者一般把赤壁之战(208 年)看做三国分立的起始年代,而孔融是在赤壁之战前被曹操杀掉的,因此他应该属于汉末。如从文学发展的角度看,他属过渡人物,与建安诗人并论亦可。孔融成名与汉末清议和名士的奖掖有关。据《后汉书》本传载,孔融十岁谒见当时名士、河南尹李膺,应对敏捷,得到李膺的赞许,说他将来"必为伟器"。十六岁时,山阳名士张俭与孔融兄褒为友,在受到宦官中常侍侯览的迫害时,逃到融家。孔褒外出,融便代兄收留。事泄,张俭逃脱,融、褒被拘捕入狱。审问时,兄弟二人争死,"郡县不能决,乃上谳之。诏书竟坐褒焉。融由是显名,与平原陶丘洪、陈留边让齐称"。孔融遂成为汉末名士。

孔融为"圣裔",在做北海相时也曾褒奖大经学家郑玄,而其思想作风却与不知变通的腐儒不同。他忠于汉室,曾经颂扬过曹操讨伐董卓、迎献帝都许的功勋,而当曹操显露出代汉的政治野心时,他持反对态度,这是他惨遭杀害的主要原因。据《后汉书》本传载,曹操令人罗织孔融的罪名有三条,其中"招令徒众,欲规不轨"纯属欲加之罪,而其他两条却事出有因,只是路粹等人阿附曹操无限上纲而已:一曰"融为九列,不遵朝仪,秃巾微行,唐突宫掖";一曰"与白衣祢衡跌荡放言,云'父之于子,当有何亲?论其本意,实为情欲发耳。子之于母,亦复奚为?譬如寄物瓶中,出则离矣'"。前者说他在宫中"不遵朝仪",后者则为不遵礼法的"跌荡放言"。这两条"罪名",恰恰说明孔融是汉末新社会思潮中的弄潮儿。他不拘礼法,任情适性,言论离经叛道;祢衡说他是"仲尼不死",他就说衡为"颜回复生",可谓狂傲。而冲破礼法的约束,适情任性,正是孔融张扬性情、反叛传统的表现。其狂傲任性、纵情自适的个性,体现在文学创作上,便是通脱、自然,意到笔随,畅所欲言。注重文辞之美,自觉追求文章的审美价值,则体现出汉魏之际文学发展的总体趋势。

汉魏之际,散文创作进入一个新的发展时期,风格多样,抒情性增强,生活化、个性化的特点突出,文辞注重修饰,出现骈俪化倾向。孔融作为易代之际的特立之士,其文章也能代表那个时代的风格特点。曹丕深爱其文辞,称其文"体气高妙"①,赞叹为"扬(雄)、班(固)俦也",给予很高的评价;"募天下有上融之文章者,辄赏以金帛"②,亦可见孔融文辞在当时的影响。孔融文章历代均受到称赏。刘勰说"孔融气盛于笔"③,说其"荐祢衡,气扬采飞"④。清人刘熙载《艺概·文概》谓"遒文壮节,于汉季得两人焉:孔文举、臧子源是也",甚至认为"曹子建、陈孔璋文为建安之杰,然尚非其伦比",可谓推崇备至,虽不免溢美,亦可见其在散文发展史上的地位。

据《后汉书》本传载,孔融所著诗、颂、碑文、论、议、六言、策文、表、檄、教、令、书、记,凡25篇。《隋书·经籍志》《旧唐书·经籍志》均曾著录,明人辑有《孔少府集》(《汉魏六朝百三家集》本)。其《论盛孝章书》《荐祢衡表》都是传诵名篇。

《论盛孝章书》是孔融为救友人盛孝章请求曹操援救而写的书信。文章先叙对友人危难处境的忧虑,从弘扬友道的角度提出援救的请求,再从国事的角度论说援救盛孝章的政治意义:于公于私,利害攸关。写来恳切、周详,入情入理,不能不使曹操为之感动。但遗憾的是,当曹操以朝廷的名义前往征聘时,盛孝章已被杀害。文章骈散结合,错落有致,读来起伏跌宕,铿锵有力,能打动人心,体现了孔融散文以情辞见长的风格特点。

---

① 〔魏〕曹丕:《典论·论文》,载郭绍虞《中国历代文论选》,中华书局1963年版,第123页。

② 见《后汉书》孔融本传。

③ 《文心雕龙·才略》,载清黄叔琳等《文心雕龙校注》,中华书局1961年版,第299页。

④ 《文心雕龙·章表》,载清黄叔琳等《文心雕龙校注》,中华书局1961年版,第163页。

孔融存诗7首,或写时事,或抒情志,大都平易质朴,较少藻饰。就体制而言,有四言,有五言,也有六言。其中,3首六言诗,为我国诗史上最早和最为完整的六言诗。《杂诗》之二悼念儿子夭亡,哀痛欲绝,为抒情佳作。朱嘉征评云:"至哀无声,为曹、王《七哀》所祖。"①指出此诗在汉魏之际诗歌由反映动乱社会现实到抒写个人情志转变过程中的地位。

鲁迅先生已指出过孔融的时代归属,而至今人们通常还是将孔融与建安诸子联系在一起进行研究。孔融所处的时代及其与曹氏父子的关系,都与年辈较晚的其他建安诸子不同。孔融的思想与诗文创作,在汉末实有其特殊地位。就时代论,应将其置于汉魏之际前期;就思想论,其言行带有汉魏之际过渡的性质;就诗文论,应与汉末诸子并论,以确定其文学史地位。

2. 王粲

王粲(177—217),字仲宣,山阳高平(今山东邹城)人。出身于官僚世家,曾祖龚为汉太尉,祖畅为司空,父为大将军何进长史。从有关资料看,董卓挟持汉献帝迁都长安,王粲一家也随同迁去。十七岁时,应司徒王允征辟,诏除黄门侍郎,未就。以其才学,受到学界泰斗蔡邕的赏识。董卓专擅朝政,死后部将李傕、郭汜作乱,掳掠长安,局势极为混乱。年仅十七岁的王粲为避乱而离开长安,南投刘表,希望能在恢复国家统一局面中有所作为。刘表亦汉末名士,初尚给予王粲礼遇,后以其貌寝体弱,不甚器重。客居荆州16年,郁郁不得志。表卒,粲劝其子琮降曹操,遂被辟为丞相掾,赐爵关内侯,后迁军师祭酒。魏国建,拜侍中。粲

① 《诗集广序》集考,转引自郁贤皓、张采民《建安七子笺注》,巴蜀书社1988年版,第13页。

博学多识,问无不对,常掌管制度的兴革。建安二十二年,在征吴途中病逝。王粲著有诗、赋、论、议多篇,《隋书·经籍志》著录其诗文集11卷、《汉末英雄记》10卷、《去伐论集》3卷,均散佚。今有明人辑本《王侍中集》1卷(《汉魏六朝百三名家集》本)。

王粲是“建安七子”中最负盛名的作家,被刘勰誉称为“七子之冠冕”①。今存诗27首,多为五言。其诗以抒情见长,清人刘熙载谓其以“情胜”②。其诗可以建安十三年为界,分为前后两期。前期经历汉末动乱及流寓荆州,感时伤乱,忧国忧民,格调苍凉,代表作即著名的《七哀诗》。其第一首云:

> 西京乱无象,豺虎方构患。复弃中国去,委身适荆蛮。亲戚对我悲,朋友相追攀。出门无所见,白骨蔽平原。路有饥妇人,抱子弃草间。顾闻号泣声,挥涕独不还;未知身死处,何能两相完?驱马弃之去,不忍闻此言。南登霸陵岸,回首望长安。悟彼《下泉》人,喟然伤心肝!

“出门无所见,白骨蔽平原”,真实地反映了汉末动乱现实;饥妇弃子又是人间最悲哀之事。典型的事件,残酷的景象,令人闻之战栗。这类“言之真切”的“乱世之音”,令人如临如睹,而其“直抒胸臆,非傍经史”③,以发自内心深处的真挚强烈的感情去感染读者,表达自己关心人民命运与企盼贤明政治的强烈愿望,表现出冲破经学藩篱的建安文学个性鲜明的特色。钟嵘列《七

---

① 《文心雕龙·才略》:“(王粲)文多兼善,辞少瑕累,摘其诗赋,则七子之冠冕乎。”

② 〔清〕刘熙载:《艺概·文概》,上海古籍出版社1992年版,第53页。

③ 《宋书·谢灵运传论》,中华书局1983年版,第1779页。

哀》为“警策”之作①,确为中肯之论。

王粲赋今存27篇(包括《七释》《吊夷齐文》及3篇赋序),题材广泛,大多为抒情小赋,体现了赋体至魏晋的发展趋势,被刘勰称为“魏晋之赋首”②。其中,《登楼赋》为历代传诵名篇。此赋写于王粲滞留荆州期间,首先即景抒情,当秋怀乡,忧思郁结,苍凉悲壮;接着抒发其抱负无法施展的愤懑,及其为恢复王朝秩序、实现清明政治的强烈愿望:

> 惟日月之逾迈兮,俟河清其未极。冀王道之一平兮,假高衢而骋力。惧匏瓜之徒悬兮,畏井渫之莫食。步栖迟以徙倚兮,白日忽其将匿。风萧瑟而并兴兮,天惨惨其无色。兽狂顾以求群兮,鸟相鸣而举翼。原野阒其无人兮,征夫行而未息。心凄怆以感发兮,意忉怛而憯恻。循阶除而下降兮,气交愤于胸臆。夜参半而不寐兮,怅盘桓以反侧。

登楼望远以抒忧,而思及现实处境却更加愁闷。景物萧索,意绪悲凉;以景物之凄清衬托内心之痛苦,即景抒情,达到情景交融的境界。说“魏赋极此”③,未免溢美,而在汉魏之际的抒情小赋之中,其艺术上的确取得较高的成就。

王粲的散文,今存多为书信、议论文等。虽为人称道,而艺术成就不高。

总之,王粲前期深受颠沛流离之苦,诗多关注人民命运及国家前途之作,后期为曹氏幕僚,或从征参谋军事,或随从游宴,诗

---

① 《诗品序》,陈延杰注本,人民文学出版社1980年版,第5页。

② 《文心雕龙·诠赋》,清黄叔琳注本,中华书局1961年版,第51页。

③ 〔宋〕朱熹:《楚辞后语》引晁补之说,上海古籍出版社1987年版,第261页。

多歌功颂德之什。其中《从军行》五首，是其从军纪实之作，报国之志，行役之苦，以及民生凋敝，尽在其中，亦兼有颂美曹操之辞，风格劲健，文笔清丽，艺术上尚有可取之处。其“述恩荣，叙酣宴”一类诗作，格调不高，颂而近乎谀。但从总体看，王粲诗在建安时期“方陈思不足，比魏文有余”①，其艺术成就应予以充分肯定。

3. 刘桢

刘桢（？—217），字公幹，东平宁阳（今山东宁阳）人。文学家刘梁之孙，以才学知名。性耿介，不阿附权贵。为曹操掾属，因在曹丕席上不顾当时礼法平视其夫人甄氏而获罪被刑，后免罪罚为小吏。刘桢诗与王粲并称，而文采稍逊。他的诗作在当时颇为人称道，后人将他与曹操并提，就是因为他的诗极富个性。如《赠从弟三首》，质直而刚劲，可见其人品：

> 泛泛东流水，磷磷水中石。蘋藻生其涯，华叶纷扰溺。采之荐宗庙，可以羞嘉客。岂无园中葵，懿此出深泽。
>
> 亭亭山上松，瑟瑟谷中风。风声一何盛，松枝一何劲。冰霜正惨凄，终岁常端正。岂不罹凝寒，松柏有本性。
>
> 凤凰集南岳，徘徊孤竹根。于心有不厌，奋翅凌紫氛。岂不常勤苦，羞与黄雀群。何时当来仪，将须圣明君。

三首诗均用比兴手法，咏物寓志，分别借蘋藻的高洁、松柏的坚贞、凤凰志意高远来勉励从弟，亦将自己的理想与追求寄寓其中。诗质直刚劲，充满凛然正气，表现了诗人不同流俗的独特精神

---

① 〔南朝梁〕钟嵘：《诗品》，陈延杰注本，人民文学出版社1980年版，第22页。

风貌。即便《赠五官中郎将》一类应酬之作,《公宴》这类“狎池苑,叙酣宴”之作,也没有当时一般文人阿谀逢迎的庸俗之气。钟嵘《诗品》称他“真骨凌霜,高风跨俗”,兼言诗品和人品;“陈思以下,桢称独步”,则对其诗歌在当时的地位及其影响作出高度评价。

建安时期诗歌,描写自然景物的诗句增多,曹操《观沧海》描写沧海壮阔景象,已是完整的写景诗。以曹氏父子周围的建安作家的作品中,值得特别注意的是游园诗。《文选》载录的曹丕《芙蓉池作》、曹植的《公宴》、刘桢的《公宴》等,列入“游览”一类,注意到这类诗歌纪游的特点。其中,刘桢的《公宴》云:

> 永日行游戏,欢乐犹未央。遗思在玄夜,相与复翱翔。辇车飞素盖,从者盈路旁。月出照园中,珍木郁苍苍。清川过石渠,流波为鱼防。芙蓉散其华,菡萏溢金塘。灵鸟宿水裔,仁兽游飞梁。华馆寄流波,豁达来风凉。生平未始闻,歌之安能详?投翰长叹息,绮丽不可忘!

在这里,诗人已不完全把自然景物当做外在的愉悦对象,而开始把它作为审美对象加以描绘。我们把这类诗歌称做“园游诗”,并认为对诗中的景物的描绘,应从诗歌的发展过程加以考察,从而确定其文学价值。这类诗,标志着汉魏之际的诗人对自然认识的重大转折。此前诗歌中的自然景物,或为比兴手法,或仅为零章片句,而将行游与自然景物联系起来,并作为审美对象,则从建安作家始。因此,这类诗歌应置于纪游山水诗形成过程中认识其文学价值。

刘桢的文章,刘勰称赏其笺记①,其余大都散佚,今所存为残

① 《文心雕龙·书记》:“公幹笺记,丽而规益。子桓弗论,故世所共遗。若略名取实,则有美于为诗矣。”

篇。如被人称道的《谏平原侯曹植书》《答魏太子书》等。《答魏太子书》云：

> 桢闻荆山之璞，曜元后之宝；随侯之珠，烛众人之好；南垠之金，登窈窕之首；鼲貂之尾，缀侍臣之帻。此四宝者，伏朽石之下，潜污泥之中，而扬光千载之上，发彩畴昔之外，亦皆未能初接于至尊也。夫尊者所服，卑者所修也；贵者所御，贱者所先也。故夏屋初成而大匠先立下，嘉禾始熟而农夫先尝其粒。恨桢所带，无他妙饰；若实殊异，尚可纳也。

这是一段嘲戏文字。据《三国志》刘桢本传注引《典略》说："文帝尝赐桢廓落带，其后师死，欲借取以为像，因书嘲桢云：'夫物因人为贵。故在贱者之手，不御至尊之侧。今虽取之，勿嫌其不反也。'"刘祯以此书作答。书虽系嘲戏，而寓有正论，所谓寓庄于谐。无卑者则无以成就尊者；尊卑之间，并无不可逾越的鸿沟。这一认识，无疑正是刘桢傲岸刚直、追求独立人格的思想基础。文章排比对仗，句式工整，刘勰以"丽"许之，颇为中肯。

4. 徐幹

徐幹（170—217），字伟长，北海（今山东潍坊市寒亭区）人。建安初为司空军谋祭酒，五官中郎将文学，除上艾长，以疾不行。一生淡泊名利，清正自守。所著诗文，除《中论》外，大部分散佚。《隋书·经籍志》著录有《徐幹集》五卷，今有明人辑本《徐伟长集》（《汉魏六朝百三家集》本）。

徐幹以赋见称。曹丕说："王粲长于辞赋，徐幹时有齐气，然粲之匹也。如粲之《初征》《登楼》《槐赋》《征思》，幹之《玄猿》

《漏卮》《圆扇》《橘赋》,虽张(衡)蔡(邕)不过也。”[①]今仅存《圆扇》残篇,已难窥其赋作的全貌,但从王粲现存诸赋,尚可约略知其赋所取得的艺术成就。至于曹丕所提到的“齐气”,历来有不同的阐释。后世评论家常以“齐气”评议山东作家,认为是指其具有地域文化色彩的特有的诗文风格及作家特有的气质,如明清之际钱谦益即以“齐气”评价万历诗人、山东新城王象晋。

徐幹诗今存9首,与建安诸诗人大多抒写功业抱负不同,诗多写思亲离别之情,文辞清丽自然,别具一格,所谓“文情生动,独绝之笔”[②],钟惺认为他的诗与《古诗十九首》系于一脉,“宛有《十九首》风骨”[③],是颇有见地的。《古诗十九首》生动地反映了汉末动乱现实中中下层士人的不满和愤慨、追求的幻灭与悲伤,以及对社会前途的迷茫与人生迁逝的痛苦。其共同之处,他们所关注的大都为自我存在,或对生命价值的领悟。徐幹诗的内容、格调,的确与之相近。如《于清河见挽川士新婚与妻别》,新婚夫妇当秋惜别,景物萧索,心情凄凉,而会合无期,更增悲伤。生离死别,是动乱年代极为普遍的现象,在徐幹笔下写得动人心弦。其代表作《室思》六首,写闺中少妇难以排遣的离思愁苦。其三云:

> 浮云何洋洋,愿因通我词。飘飖不可寄,徙倚徒相思。人离皆复会,君独无反期。自君之出矣,明镜暗不治。思君如流水,何有穷已时!

亲人相离,聚会无期,而将相思之情寄托浮云带至远方;又觉

---

① 〔魏〕曹丕:《典论·论文》,载郭绍虞《中国历代文论选》上册,中华书局1963年版,第123页。

② 〔清〕陈祚明:《采菽堂古诗选》卷七,上海古籍出版社2019年版。

③ 〔明〕钟惺:《古诗归》卷七,《四库全书》本。

得浮云飘浮不定，难以致远，反而更增惆怅，以致容颜憔悴。想象奇特，情致缱绻，文辞清丽淡雅，颇为感人。

时人称徐幹“怀文抱质，恬淡寡欲”①，“澹然自守，惟道是务”②，所著《中论》恪守儒家学说，其强调个人道德修养，或论治国方策，切中时弊，有其现实意义。

孔融、刘桢、王粲、徐幹，有的跌荡放言，有的不遵礼法，有的志意高迈，有的胸怀淡泊，在诗歌文人化的过程中，他们代表了汉魏之际诗歌抒情化、个性化的发展趋势，对我国诗歌的发展作出重要贡献。

二、吴质、缪袭等曹魏作家

曹魏作家中较著名的，还有济阴（今山东定陶）吴质、高唐华歆，东海郯（今山东郯城）王朗、王肃、缪袭，泰山平阳高堂隆，琅邪开阳卞兰，东郡东阿程晓，任城孙该，东莱曲城王基等。其中吴质、缪袭、华歆、王朗影响较大。

1. 吴质

吴质（178—230），字季重，济阴（今山东鄄城）人，初为曹操幕僚，以文才受到曹丕、曹植的赏识。建安时期历任朝歌长、元城令，曹丕代汉，拜北中郎将，封列侯，持节都督河北诸军事。明帝太和四年（225），入为侍中。有诗文集5卷，已佚。今存文7篇，载《全三国文》。其中保存完整者，当为《文选》收录的《答魏太子笺》《在元城与魏太子笺》与《答东阿王书》。诗1首，见《先秦汉

① 〔魏〕曹丕：《与吴质书》，载中华书局影印宋尤袤刻本李善注《文选》卷四二。

② 〔魏〕王昶：《诫子书》，载《三国志·魏书》卷二七王昶本传。

魏南北朝诗》。

吴质大半生周旋于曹氏兄弟之间,与之关系密切,而为曹丕心腹。无论在邺下,还是出任朝歌长、元城令期间,他与建安诸子及曹氏兄弟交往都十分密切,因此他的文学活动及其诗文创作应受到重视。建安二十二年,曹丕立为魏太子,并成为邺下文人集团的核心。就在这一年,瘟疫流行,刘桢、徐干、应玚、陈琳一时俱逝。曹丕《与吴质书》中曾忆述昔日在邺下游宴赋诗的欢乐,抒发了故交零落、人生无常的哀伤,评价了建安诸子的文学才能,并表达了对吴质的思念之情。吴质复信,即《答魏太子笺》。信中先叙相聚的欢乐,次写友朋"数年之间,死丧略尽"的感伤,再及对早逝诸子的评价。文末称颂曹丕的文才,以"触胸奋首,展其割裂之用"语表明报效曹魏的心志。在迁元城令途中,吴质经过邺下,向曹丕辞行,到任后随即致信曹丕,《文选》题名《在元城与魏太子笺》。感谢赐宴饯行,为书简旧格,以下写到官所见元城地理形势及人文历史,而中段铺叙元城地理形势,"兴会标举,俯仰凭吊,极淋漓之概"①:

> 即以五日到官,初至承前,未知深浅。然观地形,察土宜,西带常山,连冈平、代;北邻柏人,乃高帝之所忌也。重以泜水,渐渍疆域,喟然叹息,思淮阴之奇谲,亮成安之失策。南望邯郸,想廉、蔺之风;东接巨鹿,存李、齐之流。都人士女,服习礼教,皆怀慷慨之节,包左车之计。而质闇弱,无以莅之。若乃迈德种恩,树之风声,使农夫逸豫于疆畔,女工吟咏于机杼,固非质之所能也。至于奉遵科教,班扬明令,下无威

① 高步瀛:《魏晋文举要》注引《何义门读书记》语,中华书局 1995 年版,第 64 页。

福之吏，邑无豪侠之杰，赋事行刑，资于故实，抑亦懔懔有庶几之心。

文章征引事典叙写元城地理人文，似夸赞其地，而说自己“阘弱”，治理非其所能，委婉表达自己不乐身处地方而另有企盼的心情。文字清丽典雅，文采斐然。其《答东阿王书》讲究用事，注意修饰，刘师培认为“词浮于意，足以考文体恢张之渐”①，即云吴质文注重修饰，讲究文辞之美，反映了汉魏之际文章由尚质到尚文的发展趋势。

2. 缪袭

缪袭（186—245），字熙伯，东海兰陵（今山东兰陵）人。建安中，辟御史大夫府，历仕魏四世，明帝时官至尚书、光禄勋，转散骑常侍。与仲长统友善，曾撰《上仲长统〈昌言〉表》。所著诗文大都散佚，今存文15篇，见清严可均辑《全三国文》。其中《喜霁赋》写夏粮登场而雨潦成灾给人民带来的灾难，“览唐氏之洪流兮，怅侘傺以长怀。日黄昏而不寐兮，思达曙以独哀”，表达了对“下民”的深切同情。其《上仲长统〈昌言〉表》，是今研究仲长统生平的重要资料。诗存《魏鼓吹曲辞》12篇，载《宋书·乐志》；《挽歌》1首，载《文选》；另有《挽歌辞》2首残篇，载《初学记》《北堂书钞》等处。

《魏鼓吹曲辞》系改《汉乐府》十二曲而成，由缪袭作词，歌颂曹操、曹丕、曹睿的功业，质木无文，缺乏个性。其对后世影响较大的是《挽歌辞》：

---

① 刘师培：《中国中古文学史概论》，人民文学出版社1984年版，第28页。

生时游国都，死没弃中野。朝发高堂上，暮宿黄泉下。白日入虞渊，悬车息驷马。造化虽神明，安能复存我？形容稍歇灭，齿发行当堕。自古皆有然，谁能离此者！

动乱时世，伤逝哀离，人常怀忧生之嗟，是汉魏之际不少诗文的基调，乐府古辞中也有《薤露》《蒿里》等挽歌，而此诗为自挽之辞，自成一格，有开启意义。此后，有晋代陆机的《挽歌》，陶渊明的《挽歌辞》，以及唐代白居易、宋代秦观等文人的自挽之作。诗抒发了人生无常的感慨及人生短促的哀伤，而以看破生死的达观态度作结，词峻意悲，终归于平淡。

3. **华歆**

华歆(157—231)，字子鱼，平原高唐(今山东高唐)人。汉末入仕，献帝初，应征为尚书郎。董卓擅权，见祸乱将起，遂借机逃离。后历任豫章太守、尚书令。曹操封魏王，拜御史大夫；曹丕代汉称帝，拜相国，封安乐侯。明帝即位，进封博平侯，转拜太尉，位列三公，爵位子孙世袭。华歆长期追随曹氏父子，人们受《三国志通俗演义》的影响，以封建的正统观念视其为“奸臣”，是不适当的。据《三国志》华歆本传载，华歆为人谨慎，淡于财利，身为宰相，不置产业，“家无担石之储”，文帝悯之而赐衣服。在其官运亨通之际，屡屡恳辞，并举贤代己，以“清德高行”誉满当世，是一位廉洁自律、关心国家利益的官吏。其过分谨慎、随顺皇帝旨意，是其在复杂、险恶的政治环境中的自处之道，人或以此讥之，表现人们对正直官吏的渴求。在华歆主政期间，反对仅凭所谓“德行”选拔官吏，主张“务存立”“崇王道”，坚持考试儒家经典，发展儒学教育，对魏初尊儒倾向的形成有直接影响。

华歆有集30卷，已散佚。今存文4篇，载《全三国文》。《请叙郑小同表》一文，请求叙用大儒郑玄之子小同，而含有请求曹丕尊儒之意；《谏伐蜀疏》一文，请求曹丕"先留心于治道"，指出"为国者以民为基，民以食为本。使中国无饥寒之患，百姓无离土之心"，则蜀、吴之民"怀德"，"将缀负而至"，不主张立即征伐蜀汉，以有利于安抚战乱不休、生灵涂炭的北方，使人民获得休养生息的机会。而黄初三年所写《奏讨孙吴》，又主张进讨孙吴，似与其谏伐蜀汉不协。其实不然。当时曹魏与孙吴的关系不同，曹丕代汉后，刘备即在蜀称帝，而孙吴名义上尚未独立，因而成为曹魏肘腋之患，对其统治构成直接威胁。奏文先讲强干弱枝的道理，并以汉初未重视藩王"臣节未尽"而招致吴楚之乱，魏应汲取历史教训，及早制服。奏文针对魏、吴现状，征引故实，分析形势，权衡利害，论析伐吴之必要。与一般奏议不同，此文感情激扬，颇具文采。

4. 王朗、王肃

王朗（？—228），字景兴，初名严。东海郯（今山东郯城）人。灵帝时，以通经拜郎中，出为淄丘长。历官会稽太守、谏议大夫、御史大夫，封安陵亭侯。曹丕代汉，改司空，进封乐平乡侯。明帝即位，进封兰陵侯，转司徒。著有《易》《春秋》《孝经》《周官》诸书传注及《左传驳议》，以及部分奏记、论记，有集34卷，已散佚。今存文32篇，载《全三国文》。

王朗为刘勰称道的序、铭①，早已散佚，今存大都为奏疏、论议。其所论也大都属于儒家仁政、德治一类内容，对魏初文化走向有一定影响。如针对汉魏之际战乱不止，"四海荡覆，万国殄瘁"的现实，他曾上《劝育民省刑疏》。《三国志·魏书》王朗本传

① 《文心雕龙·才略》："王朗奋以托志，亦致美于序、铭。"

载裴松之注引《魏名臣奏》载录朗《奏宜节省》,批评东汉祭祀威仪繁富,奢侈靡费,刘勰称为"尽节而知治"①。明帝初年,朗奉命探视文昭皇后陵,见沿途百姓啼饥号寒,而当时洛阳正营建宫室,遂上疏谏止。总之,王朗关切时事,直言敢谏,其奏疏广征博引,说理委婉入情,因此"其奏议论记,咸传于世"(《三国志·魏书·王朗传》),就十分自然了。

王肃(195—256),字子雍,王朗之子。以经学著闻,为曹魏后期儒宗,崇尚贾逵、马融之学而反郑玄,作《圣证论》,又博采诸经异同,为《尚书》《诗经》《论语》《左传》以及"三礼"作传注,与其父王朗所作《易》之传注,皆列于学官。有集5卷,已散佚。今存文35篇,多为奏疏、论议,载《全三国文》。其中,《陈政本疏》《请恤役平刑疏》为其代表作。

《陈政本疏》请求裁撤冗员,"除无事之位,损不急之禄,止浮食之费,并从容之官。使官必有职,职任其事;事必受禄,禄代其耕",指出只有精简官员,才能做到"官寡而禄厚",如此,"则公家之费鲜,进仕之志劝;各展才力,莫相依仗"。《请恤役平刑疏》从战乱未平、生民流离的现状出发,提出"省徭役而勤稼穑"以"安静遐迩";慎刑重杀,使执法吏对犯人"暴其罪,钧其死",避免冤杀无辜。其选贤任能、执法慎刑以及轻徭薄赋的主张皆有可取。其文切中时弊,质朴无华,有说服力。

5. 程晓

程晓(生卒年未详),字季明,东郡东阿(今山东东阿)人。魏卫尉程昱之孙。曾官黄门侍郎、汝南太守,封列侯。有集2卷,已佚。今存文3篇,载《全三国文》;诗3首,辑存于《先秦汉魏晋南

① 《文心雕龙·奏启》,清黄叔琳注本,中华书局1961年版,第168页。

北朝诗》。齐王芳嘉平中，晓为黄门侍郎。时校事无定职，"上察宫庙，下摄众司，官无局业，职无分限，随意任情，唯心所适"，晓上疏，遂罢校事之官。刘勰称其驳校事"事实允当，可谓达议体矣"①。其《嘲热客》一诗，讥讽好交游驰逐之辈，诙谐调笑，颇有特色，为《文苑英华》《古今岁时杂咏》《诗纪》等收录。

三、诸葛亮等吴蜀山东籍诗文作家

吴国的创建者为齐人孙武的后裔，汉末山东籍文人避地江南，大多归依孙吴。如祖籍鲁国汶阳的士燮家族，琅邪阳都诸葛瑾、诸葛恪，北海营陵是仪，平原刘惇，北海剧滕胤等。他们在吴建国及文化教育方面作出十分突出的贡献，但很少有诗文传世者。诸葛亮之兄瑾及其侄恪均有文名，其诗文亦大都散佚。《全三国文》载录诸葛瑾文两篇。诸葛恪著有《诸葛子集》5卷，已佚。《全三国文》载录其文6篇，诗1首。

汉末追随入蜀的山东籍文人不多，最著名的作家只有诸葛亮。

诸葛亮（181—234），字孔明，琅邪阳都（今山东沂南）人。汉司隶校尉诸葛丰的后裔，诸葛珪之子。诸葛珪曾任梁父尉、泰山郡丞，亮随父之任，在泰山、梁父一带度过他的幼年时代。汉唐间流行的乐府名曲《梁父吟》，就产生在这一带。梁父山在今山东新泰境内，因古代帝王封禅而著名。山势险峻，攀登艰难，东汉张衡《四愁诗》中有"我所思兮在泰山，欲往从之梁父艰"之句。据《三国志·蜀书》本传载，诸葛亮在其父去世后，往依从父玄，"玄卒，亮躬耕陇亩，好为《梁父吟》"。《梁父吟》或题诸葛亮作。不论这

① 《文心雕龙·议对》，清黄叔琳注本，中华书局1961年版，第176页。

首名曲和词是否为其所作,诸葛亮好吟此曲以表达心志不平,则是他幼年受山东文学艺术的影响所致。诸葛玄去官后迁南阳(今湖北襄樊),亮随迁并定居于城西卧龙冈,人称卧龙先生。亮逢世动乱,心怀大志,自比于管仲、乐毅,期望为统一中国建立功业,其思想也与管子思想一脉相承。刘备兵败新野,三顾茅庐延请,诸葛亮遂答应出山相助。此后,他辅佐刘备,实行联吴抗曹的策略,赤壁一战,大败曹军,遂造成三国鼎立的局面。此后,在诸葛亮的运筹下,刘备以荆州为基地,进军巴蜀,建立了蜀汉政权。蜀汉建立,诸葛亮为丞相,封武乡侯。诸葛亮南向平定少数民族地区的叛乱,为开发、建设巴蜀地区作出积极贡献。在后方稳定后,诸葛亮为完成统一大业,不辞辛劳,六出祁山,鞠躬尽瘁,死而后已。

诸葛亮是中国历史上著名政治家,同时也是汉魏之际的散文家。其散文主要有表、教、书信、论、奏疏等,体裁多样,各有所长,均务去虚浮,言简意赅,理切辞畅。如《与群下教》《与参军掾属教》等多篇告诫属下忠于国事的文告,情意恳恳,苦口婆心;《诫子书》《诫外生书》,教导子辈志存高远,“静以修身,俭以养德”、“慕先贤,绝情欲”,要淡泊以明志,宁静而致远,珍惜少年时光,谆谆恳恳,情意殷切,文辞简洁,发人深省。《出师表》是其代表作,也是千古传诵的名文,刘勰谓之“表之英”①。

后主刘禅胸无大志,苟且偷安,又昏庸无能,亲近奸佞。诸葛亮为报答刘备知遇之恩,抚内安外,穷尽心力。蜀汉后主建兴五年(227),诸葛亮乘魏曹丕病死,率师北伐,临行上表后主刘禅。文章以“先帝创业未半而中道崩殂”领起,以期激励后主继承其父遗志。接着分析天下大势,指出蜀汉“危急存亡”的险恶处境,令后主警觉;随后告诫后主近贤远佞,广开言路,赏罚分明,谆谆叮嘱。此文说明

---

① 《文心雕龙·章表》,清黄叔琳注本,中华书局1961年版,第163页。

北伐的决策及意义，表明继承先帝遗愿的心志，均发自肺腑。全文既动之以情，亦晓之以理；既恳切周详，又严尊君臣分际，思致缜密，志尽文畅，至今读之，仍能感受到他忠贞亮直之情。

诸葛亮死后，陈寿整理其文集，辑文24篇，已佚。明张溥辑有《诸葛丞相集》（《汉魏六朝百三家集》本）。诸葛亮之文朴实恳切，旨深文畅，《出师表》为历代传诵名篇。诸葛亮的影响主要不是在文学方面，他在人们传说中成为智谋的化身。而其抱膝长吟《梁父吟》以表达士人郁愤的情怀，及其为国鞠躬尽瘁、死而后已的精神，对历代文学家产生过深远的影响，这在杜甫、陆游等爱国诗人的诗篇中都有所反映。

作为政治家，诸葛亮并非欲以文传世者，而其文终为人所赏识的原因，就是他贞亮高洁的人格及其朴实无华而又富有表现力的语言风格。宋代文豪苏轼云："诸葛孔明不以文章自名，而开物成务之姿，综练名实之意，自见于言语。至《出师表》，简而尽，直而不肆。大哉言乎，与《伊训》《说命》相表里，非秦汉以来事君为悦者所能至也。"①

四、客籍作家曹植、阮籍

曹植（192—232），字子建，沛国谯（今安徽亳州）人，曹操第四子。有学者考证，曹植生于今山东莘县朝城②。始封平原侯，徙封临淄侯、鄄城侯；黄初三年（222）改封鄄城王；明帝太和三年（229）徙封东阿王。自曹操去世，曹植备受曹丕、曹睿父子的猜忌和迫

---

① 〔宋〕苏轼：《经进东坡文集事略》，文学古籍刊行社1957年版，第909页。

② 〔宋〕苏轼：《鲁西文博论丛》载刘玉新《曹植生在莘县朝城考》，齐鲁书社2000年版，第398~399页。

害,至东阿已身心劳瘁。《迁都赋序》云:“余初封平原,转出临淄,中命鄄城,遂徙雍丘,改邑浚仪,而末将适于东阿。号则六易,居实三迁,连遇瘠土,衣食不继。”而东阿濒临黄河,物阜民丰,是他受封以来最为富庶的地方。当其“登鱼山,临东阿”,山水环绕的自然形势,山清水秀的优美景色,以及有关鱼山的美丽传说,自然会激起这位极富浪漫气质的诗人的情兴,其“终焉之心”便油然而生。因之,曹植死于陈留,归葬东阿。相传曹植在鱼山上空听闻梵乐得到启发,而创始佛教音乐“鱼山呗”,有关情况见之于诸多佛教文献①。

曹植一生,大半是在今山东地区度过的。因其长期生活在今山东地区,曾自云“我本泰山人”②,且其夫人为著名学者、清河武城(今山东武城)崔琰的侄女。因此,其生活与创作都与齐鲁地区分不开。其在今山东期间的诗文创作状况,已难确切考定,作于黄初三年的《洛神赋》与黄初四年的《赠白马王彪》,则可确定为这一时期的作品。《洛神赋》所塑造的洛神形象,飘忽绰约、韵致细腻的艺术境界,以及高超的表现技巧,为历代文人所倾倒、所传诵。《赠白马王彪》是其后期代表作品,诗的蝉联章法与委曲婉转的抒情方式、情景交融的手法及其深厚的意蕴,使事用典与辞藻华美流动,感情真挚与文采缤纷相辉映,标志着五言诗艺术的成熟,为历代人们击节赞赏。其他,如《盘石篇》《仙人篇》等游仙诗,《与吴季重书》等散文,《梁甫行》《怨歌行》等乐府诗,亦应为

---

① 《法苑珠林》卷四:植“尝游鱼山,忽听空中梵天之响,清雅哀婉,其声动心……植深感神理,弥寤法应,及摹其声节,写为梵呗,纂文制音,传为后式。梵声显世,始于此焉。其所传呗,凡有六契”。《广弘明集》《高僧传》均有同类记载。

② 〔魏〕曹植:《盘石篇》,载清丁晏《曹集铨评》,文学古籍刊行社 1957 年版,第 73 页。

居山东期间的作品。总之，曹植在今山东期间，诗歌艺术走向成熟，其与齐鲁文化的关系有待深入研究。

曹植是建安时期最为杰出的诗人，也是继屈原之后影响最大的诗人。陈寿《三国志·魏书》曹植本传谓“文才富艳，自通后叶”。西晋以降，诗人多受其影响。如从诗歌发展角度看，曹植上承《诗》《骚》之统，下启近体之渐，实为诗歌史之关捩人物。

曹植志在“戮力上国，流惠下民”，具有献身国家的功业抱负，本不以诗文为念。而正由于此，不止其诗歌艺术促进了中国诗歌艺术的发展，其诗文所表现出来的关心国家命运、执着追求美好生活理想的精神和高尚情操，也深刻影响了历代文人的人生价值取向，早已融入我国优秀文化传统之中。

阮籍（210—263），字嗣宗，陈留尉氏（今河南尉氏）人。建安诗人阮瑀之子。阮籍本有济世志，而生当魏晋之际，时世动荡，名士常遭杀戮，遂与嵇康、山涛、刘伶等清谈酣饮，不预世事，时称“竹林七贤”。据《晋书·阮籍传》载：“及文帝辅政，籍从容言于帝曰：‘籍平生曾游东平，乐其风土。’帝大悦，即拜东平相。”论者认为，阮籍对东平并不了解，这样说不过是求离开晋室的托辞。至东平十余日，即失望而归。在东平，阮籍曾作有《东平赋》。明张溥《汉魏六朝百三名家集》谓此赋“清遥古雅，有楚骚之遗则。凡赋中仍沓、铺张、薰蒸、蹇涩诸病，皆洗濯尽去”。

五、晋南北朝时期的文学家族

晋南北朝时期，世族门阀居于统治地位，他们在政治、经济、文化教育以及文学艺术等各个领域具有极大的优势，并取得不少成就。这一时期，著名的诗人、文学家大都为世族文人。他们凭借其政治地位和文化优势，形成不少世代相传的文学家族。东晋而后，今山东境内南迁世族，大都保留其原有的文化传统，又不同程度地受到侨居地文化风习的影响，在漫长的历史发展过程中，逐渐与南方文化相融合。滞留原籍的士人，经历了十六国、北朝各代，为我国北方文化的发展作出贡献。

西晋短暂统一，经济文化一度繁荣。汉魏之际文学的嬗变，特别是诗歌文人化的过程，至太康、元康年间大致完成。这时出现了“二陆”“两潘”“一左”作家群，标志着文学进入一个新的发展阶段。在这一时期，今山东境内的作家分布较为分散，惟泰山羊氏自晋至唐都有文学名家。

晋室南迁，今山东境内的世族大多随从渡江。其中较为著名的有琅邪王氏和颜氏、高平郗氏、平原刘氏、清河崔氏和张氏、平昌伏氏、东海徐氏、何氏等。他们既是官僚世家，也是文学世家。

1. 泰山羊氏

泰山羊氏是汉代以来的官僚世家，“世吏二千石，至祜九世”（《晋书·羊祜传》），而自羊祜始以文名世。

泰山羊氏的籍贯，为泰山南城。关于南城的地理位置，人们一向认为是汉之南成（城）县故地，即今费县西南、平邑东南。史书地志及各家注释几无异词。而在新泰羊流镇一带陆续出土的羊氏墓志碑刻，无可辩驳地说明泰山羊氏为今新泰人。《元和郡县志》说：“新泰县，鲁平阳邑也。晋武帝泰始中镇南将军羊祜，此县人也。表改为新泰县。”据《后汉书》羊续本传载，羊祜的祖父羊续为平阳人，梁父城旧有羊续碑（《魏书·地形志》），续之子、羊祜从父秘，以及宗人、河南尹陟，都是平阳即今新泰人。建国以来，新泰境内又出土羊氏墓志五方①，其中羊祉、羊深、羊烈为晋南

① 王尹成主编：《新泰文化大观》，齐鲁书社 1999 年版，第 125 页。

北朝时期滞留北朝的羊氏支派。据《晋书》羊祜本传载，晋武帝“诏以泰山之南武阳、牟、南城、梁父、平阳五县为南城郡，封祜为南城侯，置相，与郡公同”。后世或以封地而误为籍贯。叶圭绶《续山东考古录·新泰县》认为，说羊祜为新泰人，与其《晋书》本传不合，而羊续为新泰人，其孙为南城人，又与理不通，于是说“盖其后迁于南城”。东汉著名学者、文学家蔡邕为羊祜的外祖父，他在汉灵帝光和年间以事流亡，往依泰山羊氏长达12年，其《琴操》所录多山东境内流传的琴曲，因此，《琴操》所录琴曲之词，对于研究汉以前山东诗歌具有参考价值。

羊祜（221—278），字叔子，为人谦退，博学善属文。其姊徽瑜嫁司马师（后追封为景献皇后），与晋室为“皇亲”，初仕魏，官至中领军。司马氏取代曹魏时，羊氏兄弟有“佐命之勋”，入晋即进位中军将军，加散骑常侍，改封郡公，封邑三千户。羊祜坚辞郡公封号，遂进本爵为侯。泰始五年（269），出为都督荆州诸军事，为灭吴做准备。后加车骑将军，开府仪同三司，上表坚辞，所写《让开府表》，情辞恳切，历来为人传诵，为散文名篇。《晋书》本传所载《上伐吴疏》分析晋吴形势，力主伐吴，明白晓畅，亦有可读。《晋书》本传云：“祜乐山水，每风景，必造岘山，置酒言咏，终日不倦。”“所著文章及为《老子传》并行于世。襄阳百姓于岘山祜平生游憩之所建碑立庙，岁时享祭焉。望其碑者莫不流涕，杜预因名为堕泪碑。”可见百姓对这位为国家统一作出重要贡献的官吏的怀念之情。今传文章7篇，载《全晋文》。其中赋1篇，表2篇，奏疏1篇，书信3封。

羊祜所作《雁赋》，写雁“鸣则相和，行则接武”的协作精神，及“当其赴节，则万里不能足其路”目标专一的品质，以及“浮若飘舟乎江之涛，色若委雪于岩之阿”的高洁形象，以物喻人，文辞清丽，有可读者。《请伐吴疏》，分析当时形势劝谕晋帝以完成统一大业为己任,并通过吴、蜀对比,力陈平吴之可行。疏文热情洋溢,文采斐然;对偶句、排比句,参差错落,如岩间飞瀑,倾泻而下,动人心魄,表现出政治家的使命感和责任感。《与从弟琇书》表明自己决不尸位素餐,而要恪尽人臣之责,在完成统一大业之后,即学习汉代疏广,功成身退,还归乡里。羊祜为人谦退,一再辞受封官爵、赏赐,后加车骑将军,开府仪同三司,上表固让。为国尽责,淡泊名利,表现出一位富有责任感的政治家的高尚情操。《晋书》本传所载《让开府表》是历代传诵的名文,也是其高尚品德的集中表现:

> 臣伏闻恩诏,拔臣使同台司。臣自出身以来,适十数年,受任外内,每极显重之任。常以智力不可强进,恩宠不可久谬,夙夜战悚,以荣为忧。臣闻古人之言,德未为人所服而受高爵,则使才臣不进;功未为人所归而荷厚禄,则使劳臣不劝。今臣身托外戚,事连运会,诫在过宠,不患见遗。而猥降发中之诏,加非次之荣,臣有何功可以堪之,何心可以安之。身辱高位,倾覆寻至,愿复守先人弊庐,岂可得哉!违命诚忤天威,曲从即复若此。盖闻古人申于见知,大臣之节,不可则止。臣虽小人,敢缘所蒙,念存斯义。
>
> 今天下自服化以来,方渐八年,虽侧席求贤,不遗幽贱,然臣不能推有德,达有功,使圣听知胜臣者多,未达者不少。假令有遗德于版筑之下,有隐才于屠钓之间,而朝议用臣不以为非,臣处之不以为愧,所失岂不大哉!
>
> 臣忝窃虽久,未若今日兼文武之极宠,等宰辅之高位也。且臣虽所见者狭,据今光禄大夫李熹执节高亮,在公正色;光禄大夫鲁芝洁身寡欲,和而不同;光禄大夫李胤清亮简素,立身在朝。皆服事华发,以礼终始。虽历位外内之宠,不异寒

贱之家，而犹未蒙此选，臣更越之，何以塞天下之望，少益日月！是以誓心守节，无苟进之志。今道路行通，方隅多事，乞留前恩，使臣得速还屯。不尔留连，必于外虞有阙。匹夫之志，有不可夺。

表文语言平实，情意恳切，尤其羊祜不慕虚荣、处处为国家利益着想的高贵品质，历来为人所称赏。西晋文学家孙楚称羊祜“文为辞宗，行作世表”①，李充称此表为“德音”②，因此刘勰说“羊公之辞开府，有誉于前谈”③。

羊祜之后，羊氏以诗文名世者，有羊权、羊欣、羊徽、羊璿之、羊深、羊侃等。羊权，字道舆，简文帝时为黄门郎，今存《萼绿华赠诗》3 首。羊深，字义渊，仕魏历宫中书令、车骑大将军、左光禄大夫，出为兼御史中尉东道司，终官齐州刺史羊深今存《上前废帝疏》一文，请求魏帝“崇礼建学”，“尊经重道”，“诏天下郡国，兴立儒教”。其中羊欣、羊徽、羊璿之较著名。

羊欣（370—442），字敬元，羊续六世孙。少时长于书法，受教于著名书法家王献之，善行草，尤工于隶书。著名文学家沈约认为，羊欣的隶书在王献之之后无人可比。所编《古来能书人名录》，是我国最早的书法家评传，为我国书法艺术及其理论的研究提供了重要资料，并远播日本，在海外产生影响。羊欣知名当时，颇受当时著名文人谢混等的尊敬，而因当晋宋易代之际，不乐仕进，曾家居数年。晋末官至新安太守，入宋至中散大夫。诗文集已佚，今存书柬 1 封，载《淳化阁帖》。弟徽，字敬猷，诗人。晋安

① 《故太傅羊祜碑》，载《艺文类聚》卷四六，上海古籍出版社 1982 年版，第 825 页。

② 《翰林论》，载《太平御览》卷五九四引文。

③ 《文心雕龙·章表》，清黄叔琳注本，中华书局 1961 年版，第 163 页。

帝义熙初年为刘裕记室参军,迁中书郎,出为河东太守。今存《赠傅长猷,傅时为太尉主簿,人为都官郎》四言诗2首,载《先秦汉魏晋南北朝诗》;文1篇,载《全宋文》。

羊璿之(?—459),字曜璠,南朝宋诗人。元嘉年间与谢灵运、谢惠连、何长瑜、荀雍共相游处,时号"四友"。后竟陵王刘诞反,璿之因曾胁附,被诛。其诗,《诗品》列入下品,今均不存。

2. 琅邪王氏

琅邪王氏的远祖王吉,由琅邪皋虞(今青岛市即墨区)移家琅邪临沂,琅邪临沂便成为王氏的郡望。王氏家族自王吉始,子孙贵显,即成为经学兼官僚世家。王祥由魏入晋,位至国公;王戎为竹林七贤名士,与清谈家王衍在西晋位至宰相。他们均无诗文传世。永嘉乱后,晋室南迁,王氏凭借与琅邪王司马睿的特殊关系,成为南渡的第一大族,延续时间最为长久。王氏家族自西晋贵显,在晋南北朝政治生活和文化教育中有着特殊地位,家族成员活跃在政治、文化、教育及文学艺术等各个领域,他们为这一时期文化发展作出特殊贡献。自东晋王导、王敦兄弟始,王氏几乎代有诗文名家,也多书法、绘画名家。其中,王导、王敦、王廙、王洽、王珣、王珉、王羲之、王献之、王彪之、王胡之、王弘、王僧达、王微、王僧绰、王僧虔、王俭、王融、王筠、王胄、王褒、王肃等,成就较高。

(1)东晋时期琅邪王氏家族的诗文作家

①王导、王敦、王廙

王导(276—339),字茂弘,东晋初著名政治家。晋室南渡,他联合南北士族,拥立司马睿为帝,稳定了东晋王朝的统治。以王导、王敦为代表的王氏家族成为支撑东晋政权的主要政治力量,"琅邪王氏王导、王敦兄弟与司马氏'共天下',开创了东晋门阀政治的格局”[1]，从而使以琅邪王氏为代表的齐鲁世族主导了此后的文化发展方向。王导一生拥戴晋室，为元、明、成三朝宰辅，思建克复之功虽未实现，而其竭力稳定东晋政权，开设学校，弘扬传统文化，对于齐鲁文化的传播，民族文化的延续和发展，以及开发江南，其贡献是巨大的。就其家族而言，他继承王祥以来的家族文化传统，以儒为宗，又能与时推移，具有较为开放的文化观念和较为宽容的文化态度，使其家族濡染佛教、玄学，开南渡王氏的家教门风，影响也极其深远。王导能文善书，有集11卷，已佚。《全晋文》载录近20篇，有奏议、章表、书启等。其中，《请修学校疏》《遗王含书》较有代表性。

永嘉乱后，晋室南迁，是政治中心的转移，也是文化中心的转移。富有战略眼光的王导，在东晋开国之前，军旅未息之时，首先考虑兴复教育，并上《请修学校疏》，希望接续失坠已久的“文统”，以确立司马氏政权的正统地位。疏文前半论述兴学立教对于巩固政权的重要意义，后半讲要使礼教传统得以恢复，只有“隆教贵道”，形成良好的社会风气。文章层次清晰、说理透彻，语言质朴无华。其主张为司马睿所采纳，使中断很久的文化传统得以接续，不仅使东晋初年出现儒学复兴的气象，同时也奠定了晋南北朝文化思想的基本方向。

王敦（266—324），字处仲，王导叔父基之子。因其踏入仕途较早，在两晋之际地位、名望都在导之上。王衍死后，他成为王氏家族的代表。司马睿初镇江东，人心不稳，王敦利用手中的军权，先后消灭了阴谋对抗和不服从司马睿号令的钱璯和华轶，从而成为司马睿的心腹股肱。司马睿称帝，王敦拜侍中、大将军、江州牧，加荆州牧。王导位居宰辅主内，总掌机要，王敦掌控荆襄主

---

[1] 田余庆：《东晋门阀政治》，北京大学出版社1989年版，第7页。

外,形成名副其实的“王与马,共天下”的局面。后因疑忌,王敦起兵向阙,王导受命抵御,置导于两难境地。王导为维护大局,也为维护家族利益,反对王敦废置晋帝,使江左刚刚稳定下来的局面得以维护,功在国家,利在民族。司马睿死后,明帝即位,王敦又曾举兵内向,本拟夺取建康,不料半途病死。其兄王含率三万大军抵达江宁,王导奉命出征,与王含对垒。一边是朝廷,是大局,也是王氏家族的根本利益所在;一边是从兄,是叛逆,也是家族的害群之马。如何说服王含退兵,避免互相伤害,以维护国家安定的大局,是王导无奈的选择。在给王含的信中,王导陈说利害,表明自己“情在宁国”的决心,规劝其效忠朝廷。信中他首先将敦、含的叛逆归于听信部属的挑唆,以为其开脱罪责,次言朝廷与诸将抵御的决心,劝其认清形势,退回驻地,使“天下获安,家国有福”。动之以情,晓之以理,委屈曲折,情理兼胜,富有文采。

王敦学通《左传》,虽为武将却颇有文名。有集10卷,已佚。《全晋文》辑录其文较完整的有9篇,其中《上疏言王导》《上疏罪状刘隗》等均事理明畅,行文简洁,有可取之处。其著述中,较有文采的是《遗王含书》。

王廙(276—322),字世将,著名书法家、画家、音乐家、文学家。王导从弟,官至平南将军、荆州刺史。博学多识,多才多艺,绘画称江东第一,书法工于飞白;绘画作品《畏兽图》等为《历代名画记》所著录,书法《昨表帖》等收入《淳化阁帖》。有集34卷,已佚。《全晋文》辑录其文10篇、残诗1首。其中,有赋4篇,《笙赋》《白兔赋》两篇较为完整。《笙赋》从笙的取材、制作到吹奏,归结到乐教,略无新意。《白兔赋》则为司马睿移镇建康而获白兔,以为晋复兴之祥瑞,表达了南渡士人渴望恢复故地的强烈愿望。其诗《春可乐》为骚体,载《先秦汉魏晋南北朝诗》。诗写春暖花开的景象,以及给人带来的欢乐,情融景中,颇有文采。《妇德箴》将道德说教写得形象生动,亦为箴文之一例。

王廙次子胡之,诗人、玄学家,诗文集已佚。《全晋文》辑录其文 4 篇,《先秦汉魏晋南北朝诗》辑录其诗 2 首 16 章。其文清丽简洁,意味隽永。诗均为四言,大都为玄言诗,或叙友情,或抒发人生感慨,也有一定特色。

②王洽、王珣、王珉

由于琅邪王氏世代业儒,重视家族文化传承及对子女的教育,其后裔在文学艺术领域十分活跃,王导六子,洽最知名,洽子珣、珉,都是诗人、书法家。

王洽(323—358),字敬和,历官吴郡内史。有集 5 卷,已佚。《全晋文》辑录 6 篇,其中《临吴郡上表》写由天灾人祸,致使"瓜麦荡尽,编户僵尸,葬埋无主;阖门饿馁,烟火不举",请求朝廷关心民瘼,表现出施政重民的民本思想。

琅邪王氏以孝传家,重视孝道、亲情。王导长子悦事亲色养,深得王导喜爱,然早死。王洽与其手足情深,闻之哀痛欲绝,致其父《书》云"慈兄一旦背弃,悲号哀摧,肝心如抽,痛毒烦冤,不自堪忍",文辞朴实,一往情深。

王氏以儒学立身,信仰道教,而又与世推移,对玄学、佛教兼收并蓄。自王导始,其子弟与僧徒多有来往。《广弘明集》载录王洽《与林法师书》,虽涉佛理,而颇具文采。

王珣(349—400),字元琳。历官至尚书左仆射。孝武帝雅好典籍,珣与殷仲堪、徐邈并以才学见知。孝武帝卒,哀册谥议,皆出珣手,时人目为"大手笔"。有集 11 卷,已佚。《全晋文》辑录其文数篇,多残缺不全。其中,《林法师墓下诗序》较为完整可读。序文雅洁,语短情长。《祭徐聘士文》情融文中,简短、凝练,亦祭文之优秀篇章。

王珉(351—388),字季琰,小字僧弥,洽次子。少有才艺,善行书。“风情秀发,才辞富赡”①,名在珣上。《世说新语·赏誉》载珉“风神清令,言语如流,陈说古今,无不贯悉”。孝武帝太元十一年(386),代王献之为中书令。二人素齐名,世谓献之为“大令”,珉为“小令”。有集10卷,已佚。《全晋文》辑录文3篇,杂帖3条;残诗2句,见《初学记》。其杂帖都是书信;文不修饰,而情深意切,较著名的是《论序高座师帛尸梨密多罗》:

春秋吴楚称子,传者以为先中国而后四夷,岂不以三代之胤,行乎殊俗之礼,以戎狄贪婪、无仁让之性乎?然而卓世之秀,时生于彼,逸群之才,或侔乎兹。故知天授英伟,岂侔于华戎。自此已来,唯汉世有金日磾。然日磾之贤,尽于仁孝忠诚,德信纯至,非为明达足论。高座心造峰极,交俊以神,风领朗越,过之远矣!

帛尸梨密多罗,简称尸梨密,西域僧人,受到王导赏识,被认为是释家可以进行清谈的名士,时人呼为“高座”。王珉曾师事尸梨密,在其卒后,写论序以纪。他认为杰出的人才,与其族属没有关系。通过与汉武帝时期投诚的匈奴人金日磾相比较,认为金日磾只是服膺华夏的传统道德,而尸梨密则具有高超的思想境界,如同清风朗月,广被人间,为中外文化思想的融合作出贡献。这种超越“华夷之辨”的认识,表现出开放包容的文化态度,有进步意义。

③王羲之、王献之

王羲之与王献之父子,是王氏书法的代表,也是我国书法史

① 余嘉锡:《世说新语笺疏》注引檀道鸾《续晋阳秋》,中华书局1983年版,第405页。

上的两座高峰；王羲之的书法博采众长，自成一家，被誉称为“书圣”，与其子献之史称“二王”。王羲之亦是东晋一代文坛领袖，而其文名却常为其书法所掩。

王羲之（303—361），字逸少，王导从侄，官至右军将军、会稽内史，后人习称王右军。著名书法家、文学家。其父旷善隶书，其从伯导善草、隶，从叔廙工于草、隶、飞白，其堂兄弟恬、洽、劭等也以书法名世，因此他自幼就生活在书画诗文名家之中，并曾直接受到王廙的指导。他胸怀旷达，有济世之志，而淡泊名利，以艺术家的气质和文学家的修养感受着那个时代。其传世名作、行书《兰亭集序》，今传为临摹本。其文亦如其书法，如行云流水，以《兰亭集序》最为有名；诗亦以《兰亭诗》著称。有集 10 卷，已佚。明张溥辑为《王右军集》2 卷（《汉魏六朝百家集》本），《全晋文》辑录其文为 5 卷。羲之诸子皆以诗文、书法著闻，凝之、肃之、徽之、献之都是诗人，凝之、献之还是著名书法家。

王羲之一生最重要的文学活动就是兰亭诗会，其最为后世传诵的也是《兰亭集序》与《兰亭诗》。永和九年（353），羲之在会稽内史任上，邀集当时著名文人谢安、孙绰、支遁等 41 人，在兰亭组织了东晋时期规模最大的一次诗歌盛会。会间赋诗者 26 人，得诗 41 首。同题赋诗，为古代文人常有之事，而此前诗会无论规模或影响都难与兰亭雅集相比。羲之作为诗会的东道主、诗坛领袖，编集其诗并为作序，即著名的《兰亭集序》。序文记述了这次文学集会的盛况及与会者的观感：

永和九年，岁在癸丑，暮春之初，会于会稽山阴之兰亭，修禊事也。群贤毕至，少长咸集。此地有崇山峻岭，茂林修竹，又有清流激湍，映带左右，引以为流觞曲水，列坐其次。虽无丝竹管弦之盛，一觞一咏，亦足以畅叙幽情。

是日也,天朗气清,惠风和畅,仰观宇宙之大,俯察品类之盛,所以游目骋怀,足以极视听之娱,信可乐也。

夫人之相与,俯仰一世,或取诸怀抱,晤言一室之内;或因寄所托,放浪形骸之外。虽趣舍万殊,静躁不同,当其欣于所遇,暂得于己,快然自足,曾不知老之将至。及其所之既倦,情随事迁,感慨系之矣。向之所欣,俯仰之间,已为陈迹,犹不能不以之兴怀。况修短随化,终期于尽。古人云:"死生亦大矣。"岂不痛哉!

每览昔人兴感之由,若合一契,未尝不临文嗟悼,不能喻之于怀。固知一死生为虚诞,齐彭、殇为妄作。后之视今,亦犹今之视昔,悲夫!故列叙时人,录其所述,虽世殊事异,所以兴怀,其致一也。后之览者,亦将有感于斯文。

为诗集作序,不写诗集的编集过程以及所收录诗的情况,却记述游乐与观感,构思命意都别具一格。此盖为"所以兴怀,其致一也"。兰亭诗大多涉及老庄哲理,抒发人生感慨,无病呻吟,空洞无物,而"一生死""齐彭、殇"则为其旨趣,并由此引发出隐遁避世、放浪自恣的消极情绪。王羲之从游乐尽兴引发出死生感慨,批驳老庄等生死、齐寿夭的观点,虽有对人生短暂的感叹,但却表现出旷达的胸怀,其思想境界显然高过时人。序文写宴游盛况,描写兰亭一带景物着墨不多,而情景鲜活、生动,文字朴素自然,如浑金璞玉。序文笔致优雅,音调铿锵,读来如行云流水,令人获得无限美感。序文有文的形式、诗的韵味,确为散文精品。

今存王羲之《兰亭诗》2 首,一为四言,一为五言,均为玄言诗。游目骋怀,借景谈玄,是当时玄言诗的共同特点。就内容而言,羲之诗与序文的情致是一致的。而其流传至今的大量书信、杂帖,或为亲朋之间吊丧问疾,或互通讯问,或表达对时事的关切，文字简短，情感真切。这类作品，正如宋代文学家欧阳修所言，“盖其初非用意，而逸笔余兴，淋漓挥洒，或妍或丑，百态横生。披卷发函，烂然在目，使骤见惊绝；徐而视之，其意态愈无穷尽”[①]，其文学价值应予重视。

王羲之有7个儿子，6个擅长书法，5个有诗文传世，其中小儿子献之最有名。

王献之（344—386），字子敬，工书善画，兼善诗文。有集10卷，已佚，明张溥辑有《王大令集》（《汉魏六朝百家集》本）。其杂帖为与亲人、友人往来书信，嘘寒问暖，吊丧问疾，情至文生，简洁隽雅。今存诗4首，以《桃叶歌》三首最著名：

桃叶复桃叶，渡江不用楫。但渡无所苦，我自迎接汝。
桃叶复桃叶，桃叶连桃根。相怜两乐事，独使我殷勤。
桃叶映花红，无风自婀娜。春花映何限，感郎独采我。

桃叶为献之小妾的名字，两情相悦，因以歌之。献之长期居住吴地，其诗受吴歌影响，颇有民歌风味。

（2）南北朝时期的琅邪王氏诗文作家

南北朝时期皇权加强，世族相对衰落，琅邪王氏的威势已不能与昔日同日而语，但其文化优势依然突出，因此，在文学艺术领域出现了诸多名家。

①王弘、王僧达、王微

王弘（378—432），字体元，王导曾孙，王珣之子。自幼好学，以清恬知名。晋、宋之际，王弘审时度势，不受士庶界限的束缚，追随庶族将领刘裕，后以拥戴之功，官运亨通，官至司徒（宰相），

---

① 〔宋〕欧阳修：《集古录·跋尾》卷四，《四库全书》本。

成为南朝琅邪王氏的权位最高者。王弘继承家风,在刘宋初为三朝宰相,廉洁奉公,不谋财利,及死之日,家无余财,以致家人食用匮乏。有集20卷,已佚,《全宋文》辑录11篇,多为奏议。王弘不以文名,而文辞清俊、畅达,亦有可取之处。其《辞建安郡公封邑表》《因大旱引咎逊位》《又表逊位》诸文,不仅表现其不恋禄位、耻尸位素餐的品德,其文也恳切周详,质朴无华,并非官样文章。

王僧达(424—458),王弘少子,聪明强记,善属文。有集10卷,已佚,《全宋文》辑录其文5篇,《先秦汉魏南北朝诗》辑录其诗5首。《诗品》将其诗列入中品,谓"才力苦弱,故务其清浅,殊得风流媚趣",而"卓卓殆欲度骅骝前"。《文选》载录其《答颜延年》《和琅邪王依古》2首诗、《祭颜光禄文》1篇。《答颜延年》诗也载入《古诗源》。

王微(415—453),字景玄,王弘从子,诗人、散文家。《宋书》本传说他"少好学,无不通览,善属文,能书画,兼解音律"。微淡于名利,不乐居官,自因父忧去官,屡拒征辟。他在《与从弟僧绰书》说"文词不怨思抑扬,则流澹无味。文好古,贵能连类可悲",《宋书本传》说他"为文甚古,颇抑扬",于此文可见一斑。有集10卷,已佚。所著《鸿宝》10卷,亦佚。《全宋文》辑录其文9篇,《先秦汉魏晋南北朝诗》辑录其诗5首。《文选》录其《杂诗》1首。

王微从子僧祐,亦以文著称。有集10卷,今仅存诗1首,载《南史》本传。僧祐子籍(480—550?),字文海,其文才为当时文坛名流任昉、沈约等知赏。在湘东王谘议参军任,随府会稽,乐游境内山水,至若耶溪赋诗,有"蝉噪林逾静,鸟鸣山更幽"之句,时以为文外独绝,广为传诵。有集10卷,已佚。今存诗2首,见《先秦汉魏晋南北朝诗》。

②王俭、王暕

王弘诸弟中,昙首及其子孙世代贵显。昙首子僧绰、僧虔及其子俭，孙骞、暕等，均文雅儒素，传承家风，为诗文名家。其中，以王俭、王暕成就较高。

王俭（452—489），字仲宝，王僧绰子，南朝齐学者、诗人、骈文家。二岁丧父，由叔父僧虔抚养成人。年六岁袭爵豫章侯。王俭虽为贵胄而无纨绔子弟的习气，自幼笃学，手不释卷。十七岁娶阳羡公主，拜驸马都尉，官至尚书右仆射，领吏部。入齐，以拥戴功封南昌县公，官吏部尚书，加开府仪同三司，改领中书监。王俭居官清廉，不慕荣利，一生简朴，死后家无余财，为当时所称道。

王俭历仕宋、齐两朝，在政治方面的贡献是礼仪制度的建设，而其在文学、经学、目录学诸多方面的贡献尤为突出。王俭不乐为官，在晋升秘书丞时，他上表请求去校录坟典，依汉刘歆《七略》撰《七志》40 卷，又撰《元徽元年秘阁四部书目录》，凡著录书籍 2020 帙、15074 卷，为我国目录学的发展作出贡献。王俭为骈文名家，宋齐易代之际的文告多出其手，所撰《褚渊碑》为《文选》选录，最为著名。《全齐文》辑录其文 3 卷。亦善诗，《诗品》将其列入下品。今存文 40 余篇，存诗 8 首。诗以《春诗》二首最为人称道：

兰生已匝苑，萍开欲半池。轻风摇杂蘤，细雨乱丛枝。（其一）

风光承露照，雾色点兰晖。青荑结翠藻，黄鸟弄春飞。（其二）

二诗写春景颇有特色，王夫之谓第二首“二十字如一片云，因日成彩”，“允为绝句元声”（《古诗评选》卷三）。

王暕（477—523），字思晦，王俭之子。年二十授晋安王文学，迁庐陵王友、秘书丞。齐明帝诏求异士，始安王萧遥光表荐王暕，说他“辞赋清新，属言玄远”（《梁书》王暕本传），授骠骑中郎从事。入梁,官至侍中、尚书左仆射。有集21卷,已佚。今存诗2首。子训,南朝梁诗人,“文章之美,为后进领袖”(《梁书》王训本传)。今存诗6首。从子规,也是南朝梁诗人,著有文集20卷、《续汉书注》200卷,均已散佚。今存诗2首。

③王融、王筠、王胄

王融(467—493),字元长,宋司徒王弘曾孙,诗人王僧达之孙。融博涉有文才,为南朝齐著名诗人。齐武帝永明初举秀才,入竟陵王幕府,与谢朓、范云、沈约、萧衍、任昉、陆倕等著名诗人文士同为西邸文人,号“竟陵八友”。融以其父未达,弱年即以振兴王氏家声为己任,三十岁内望为公辅。适逢朝廷讨伐雍州刺史王奂,融上疏陈述讨伐北魏之计,且请自效。竟陵王萧子良受命招讨兵勇,以融为宁朔将军、军主,召集楚人数百,并有干用。武帝病笃,融欲拥立萧子良而拒太孙郁林王萧昭业,郁林王立,遂下狱赐死。有集10卷,已佚。明张溥辑有《王宁朔集》1卷(《汉魏六朝百三家集》本),存诗70余首,见《先秦汉魏晋南北朝诗》。其文《曲水诗序》及《永明十九年策秀才文》为《文选》选录。今存文60余篇,载《全齐文》。

王融的主要贡献,是与谢朓、沈约创始“永明体”诗。王融精于音律,首倡声病之说。虽其诗歌艺术成就不高,而其创始的“永明体”却对诗歌由古体向近体的转变,以及格律诗的形成有重要影响。《诗品》谓融等所创诗体“文多拘忌,伤其真美”,列融诗为下品,但也说他与刘绘“并有盛才,词美省净”。今存融诗,有不少清新可读之作。小诗如《江皋曲》:“林断山更续,洲尽江复开。云峰帝乡起,水源桐柏来。”《思公子》云:“春尽风飒飒,兰凋木修修。王孙久为客,思君徒自忧。”再如《古意》二首:

游禽暮知反,行人独未归。坐销芳草气,空度明月辉。嚬

容入朝镜，思泪点春衣。巫山彩云没，淇上绿条稀。待君竟不至，秋雁双双飞。（其一）

霜气下孟津，秋风度函谷。念君凄已寒，当轩卷罗縠。纤手废裁缝，曲鬓罢膏沐。千里不相闻，寸心郁纷蕴。况复飞萤夜，木叶乱纷纷。（其二）

此诗为唐释皎然推许为齐梁佳作，明人许学夷《诗源辩体》亦谓“霜气下孟津，秋风度函谷”之句，“求之永明，殆不多得”。再如《饯谢文学离夜》：

所知共歌笑，谁忍别笑歌？离轩思黄鸟，分渚蔆青莎。翻情结远旆，洒泪与行波。春江夜明月，还望情如何？

诗写离情别绪，风格略与谢朓相近。

王筠（481—549），字元礼，一字德柔，王僧虔孙。南朝梁诗人。据《梁书》本传载，筠幼警悟，七岁属文。年十六作《芍药赋》，文辞华美。文坛领袖沈约每见筠文，咨嗟吟咏，自以为不如。晚年在郊居宅邸建造阁斋，命将筠所作《草木十咏》书之于壁，不加篇题，对人说此诗指物成形，一看便知所写内容，无须题署。筠将所作诗送呈，沈约读后致书云：“览所示诗，实为丽则，声和被纸，光影盈字，夔、牙接响，顾有余惭；孔翠群翔，岂不多愧！”可见筠所作为新体诗，即永明体诗。沈约曾对梁武帝说：“晚来名家，唯见王筠独步。”给予很高的评价。王筠在梁累迁太子洗马、中书舍人，掌东宫书记，为昭明太子所倚重。晚年自编所著诗文，以一官为一集，自洗马、中书、中庶子、吏部、左佐、临海、太府各 10 卷，《尚书》30 卷，凡 100 卷，行于世，今已散佚。明张溥辑有《王詹事集》（《汉魏六朝百三家集》本），《全梁文》《先秦汉魏晋南北朝诗》

续有辑补。

王胄(生卒年未详),字承基,王筠孙。由陈入隋,为晋王杨广学士,官至著作佐郎。善诗,所作五言诗深为杨广称赏。《隋书·经籍志》著录10卷,已佚,今存诗20首,见《先秦汉魏晋南北朝诗》。

在南朝,除王融、王筠、王胄外,出自王廙一系的王晏、王思远、王德元、王秀之,出自王彬一系的王逡之,以及王智深、王巾、王珪之等均有文名,但诗文大都散佚。王巾所著《头陀寺碑》一文,为《文选》选录。

王逡之(？—495),字宣约,父、祖皆为郡守。南朝齐学者、文学家。顺帝昇明末年,右仆射王俭重儒术,逡之以著作郎兼尚书左丞参定齐仪礼。建元二年(480),上表立学,以国子博士兼著作撰《永明起居注》。从弟珪之,长于史学,撰《齐职仪》。

王智深(生卒年未详),字云才,南朝齐文学家、史学家。仕齐为豫章王大司马、参军,兼记室。武帝敕令其撰《宋纪》,书成30卷,今佚。

④王褒、王肃

王褒(511?—547?),字子渊,王俭曾孙。祖骞、父规仕梁,并有文名。褒博学多识,尤善属文,并擅长书法。起家秘书郎,转太子舍人,袭爵南昌县侯,累官吏部尚书、左仆射。西魏攻陷江陵,与梁元帝出降。褒至长安,以门第才情,颇受礼遇,遂留北地。北周代魏,官至太子少保、小司空,出为宜州刺史。《隋书·经籍志》著录有《后周小司空王褒集》21卷,已佚。今存诗48首,见《先秦魏晋南北朝诗》;文26篇,载《全后周文》。

王褒诗文兼善,而以诗著闻。入北前,褒为宫廷诗人,诗风柔靡,而入北后,诗多写边塞风光和家国之思,诗风转为刚劲苍凉。如其被俘赴魏都长安途中所作《渡河北》:

秋风吹落叶，还似洞庭波。常山临代郡，亭障绕黄河。心悲异方乐，肠断陇头歌。薄暮临征马，失道北山阿。

国破家亡，沦为囚徒。诗写被押解途中所见所感。秋风落叶，与亡国之后的悲凉心境相映衬；渡河而北，所见所闻皆为胡人、胡乐，心悲肠断，其对故国的眷恋，及去国怀乡的悲伤，充溢诗中。这类诗，意绪苍凉，笔力刚健，为其代表作品。有的写边塞风光，如《出塞》：

飞蓬似逐客，千里自长驱。寒禽唯有雁，关树但生榆。背上看故垒，系马识余蒲。还因麾下骑，来送月支图。

《出塞》为乐府古曲名，属汉横吹曲，多用来写边塞景象及征人思乡之情。褒诗以飞蓬为喻，写征人漂泊无定的生活及其思欲建功立业的热情，而展现出边境荒无人烟的景象，苍凉豪壮。

王褒擅长各类应用骈体文，《与周弘让书》即为骈文佳什。褒在梁时与弘让友善，其兄出使北周，褒托赠弘让诗与书信，有云："视阴愒日，犹赵孟之徂年；负杖行吟，同刘琨之积惨。河阳北临，空思巩县；霸陵南望，还见长安。所冀书生之魂，来依旧壤；射声之鬼，无恨他乡！白云在天，长离别矣；会见之期，邈无日矣！"羁留异乡之悲，眷恋故国之情；怀乡思友，百感交集。所谓"酸凄入骨"①，所谓"情文相生，俯仰欲绝"②，都对此文给予高度评价。王褒由南入北，诗文风格有较大变化，他与庾信都为融合南北文风作出

---

① 许梿评选、黎经诰笺注：《六朝文絜笺注》，上海古籍出版社1982年版，第129页。

② 高步瀛选注：《南北朝文举要》，中华书局1998年版，第678页。

积极贡献。

王肃(464—501),字恭懿。王导裔孙。父奂,南朝齐尚书左仆射,为齐武帝所杀。肃初仕齐,后奔魏。在魏受到孝文帝的器重,官至尚书令,开府仪同三司。今存诗《悲平城》,载《魏书·祖莹传》。存文多为表章,载《魏书》本传。其兄子翊、从孙诵,诵子俊康等,均有文名。

3. 琅邪颜氏

琅邪颜氏,据颜之推说,其先"本乎邹、鲁","世以儒雅为业"①,是孔子弟子颜渊的后裔。颜含从晋元帝司马睿南渡,侨居建康(今江苏南京)之琅邪城。颜氏以儒学传家,世习《周礼》《左传》。自颜延之以文学名世,颜师伯、颜竣、颜测、颜协、颜晃、颜之推、颜之仪等,都取得一定成就。

(1)颜延之

颜延之(384—456),字延年,晋、宋之际著名诗人,"元嘉三大家"之一,与谢灵运并称"颜谢",为江左文坛领袖,而其成就不如谢灵运。延之崇尚儒学,而又受到玄佛的思想影响。他性情刚烈,疏狂任放,因为当权者所忌,仕途不顺,晚年官至金紫光禄大夫,世称"颜光禄"。他与山水诗人谢灵运同为庐陵王刘义真知赏,二人时相过从,也与隐居故里的田园诗人陶渊明交往密切。从他对屈原、刘桢、阮籍、嵇康以及对陶渊明等高洁人格的赞颂,可见其对美好人格的向往和追求。颜延之沿曹植、陆机一脉,追求文辞华美和状物精工,注重炼字、对偶,开雕琢、用典之风。这一诗风,对改变淡乎寡味的玄言诗统治诗坛的局面有积极意义,

① 王利器:《颜氏家训集解》卷五《诫兵篇》,上海古籍出版社1982年版,第320页。

对于古体诗向讲求格律的近体诗的演变也具有积极意义。诗文集30卷，已佚。明人辑录其遗文，有汪士贤辑《颜延之集》1卷（《汉魏诸名家集》本），张溥辑《颜光禄集》2卷（《汉魏六朝百家集》本）。今存文37篇，载《全宋文》；诗30余首，见《先秦汉魏晋南北朝诗》。

（2）颜竣、颜测

颜竣（421？—459），字士逊，延之长子，终官东扬州刺史。延之认为他能继承其"笔"，即善于为文。有集14卷，已佚。今存文9篇，诗2首。

颜测（423—455？），延之次子。以文章知名。颜延之曾对宋文帝说"竣得臣笔，测得臣文"。今存文3篇，载《全宋文》；诗2首，见《先秦汉魏晋南北朝诗》。

（3）颜协、颜之推、颜之仪

颜协（498—539），字子和，为梁湘东王萧绎常侍，兼记室，深受萧绎知赏。能文，善书法，著有《晋仙传》等。诗文集已佚。其子之推，北齐散文家、诗人，著有《颜氏家训》。颜之推由南入北，文词虽间有骈俪，而内容则重于实际，且语言古朴，不尚浮华，融合南北文风，反映了文学发展的客观要求，具有文学价值。所著《观我生赋》是其晚年自叙生平的作品，感情真挚，典雅富丽虽逊于庾信之《哀江南赋》，而梗概多气却更接近于骚体。此外，之推还著有志怪小说《冤魂志》等。其诗音韵和谐，词句典雅，有南朝诗风之遗，而感情痛切，词意浑朴，又见北朝"重乎气质"的影响。其文其诗，都对融合南北文风作出了贡献。

颜之仪（523—591），字子升，之推弟。幼颖悟，及长，博涉群书。《周书》本传说他好为词赋，曾向梁元帝献《神州颂》，辞致雅赡。梁亡入周，后由周入隋，为集州刺史。《周书》本传说其有文集10卷，隋唐间已佚。

(4)颜师伯、颜晃

颜师伯(419—465),字长渊,南朝宋时官至吏部尚书、尚书右仆射。有诗名,颇解声乐。《乐府诗集》卷六九载录其诗《自君之出矣》一首。

颜晃(510—562年),字元明,南朝梁、陈文学家。初仕梁邵陵王兼记室参军,入陈累迁员外散骑常侍、中书舍人,掌诏诰。《南史》本传称,晃"少孤贫,好学,有辞采","其表奏诏诰,下笔立成,便得事理"。有集20卷,已佚。

4. 高平郗氏

高平(今属山东嘉祥)郗氏,为汉御史大夫郗虑之后,由官僚世家演化为门阀世族。其南渡始祖为郗鉴。据《晋书》本传载,郗鉴"少孤贫,博览经籍,躬耕陇亩,吟咏不倦。以儒雅著名,不应州命"。西晋末年,被流民推为主帅,"举千余家俱避难于鲁之峄山"。晋室南渡,郗鉴接受官爵,终官太尉,赠太宰,封南昌县公。郗鉴以参与谋划平灭王敦叛乱有功,而跻身于江左门阀政治之中,并逐步上升为"第一流侨姓士族"①,与琅邪王氏共同支撑着司马氏政权。郗、王两家族互为婚姻,借以稳固家族之间的关系,维护各自的利益。如郗鉴差人向王导求婿,选中王导侄羲之(见《世说新语・雅量》和《晋书・王羲之传》)。有了姻亲关系,郗、王两家子弟交往十分密切,彼此互相影响。郗鉴本"儒雅之士",今仅存《晋书》本传所载《逊位疏》。其子愔、昙,孙超,并有文名。

郗愔(312—384),字方回,袭父爵,官至镇军将军、都督浙江东五郡军事。《晋书》本传称,情"性至孝,居父母忧,殆将灭性";在临海太守任内,"与姊夫王羲之、高士许询并有迈世之风。俱栖

① 田余庆:《东晋门阀政治》,北京大学出版社1989年版,第53页。

心绝谷,修黄老之术”。许询为玄言诗代表诗人,王羲之也曾在永和九年(343)聚谢安等40余人于山阴兰亭修禊,所赋大半为玄言诗,集为1卷,并亲自为序,此即著名的兰亭之会。其弟郗昙曾与兰亭之会,今存其五言诗1首。其子超,字敬兴,少有才气,能诗。今存诗1首,文4篇。超子僧施,亦善诗。

5. 平原刘氏

平原刘氏有两家,都是汉宗室后裔,他们是由贵族演化而为世族的。一是平原高唐刘氏。汉胶东王的后裔刘植任平原太守,遂落籍平原。其后裔以诗文名世的有刘怀珍一支的刘峻、刘霁、刘杳、刘歊、刘訏,以及刘怀慰、刘怀珍与族弟刘善明等。“怀珍宗族文质彬彬,自宋至梁,时移三代,或以隐节取高,或以文雅见重”(《南史·刘怀珍传》)。平原为汉置县,故城在今山东平原县境,刘宋时平原刘氏迁青州,家于北海郡都昌(今山东昌乐东北),后或称都昌刘氏。平原高唐刘氏,为汉济北惠王的后裔。此处高唐为汉、晋所置县,故城在今山东禹城境内,刘宋时曾侨置于今章丘北境。世族郡望一般指原居地。这一支刘寔及其九世孙昭,昭子绍、缓,均有文名。

(1)刘寔、刘昭

刘寔(220—311),字子真。父广,曾任斥丘令,至寔已沦落为平民。《晋书》本传说他“少贫苦,卖牛衣以自给。然好学,手约绳,口诵书,博古通今。清身洁己,行无瑕玷”。初仕魏,入晋官至太尉。他是位笃学重行的儒者,尤精《春秋》“三传”,曾撰《春秋条例》。魏晋不少士人专务进取,为当官不择手段,他认为应该提倡廉逊谦让之节,著《崇让论》,文今存《晋书》本传。其弟智“素有兄风”“以儒行称”(见《晋书·刘寔传》附《刘智传》),曾著《丧服释疑论》。

刘昭(生卒年未详),字宣卿,南朝梁史学家、文学家。出生官僚世家,而自幼勤学善文,为其表兄、著名文学家江淹所称赏。梁天监初,起家奉朝请,官至通直郎,出为剡县令,卒官。刘氏一家有史学传统,刘昭之伯父刘肜曾搜集诸本《晋书》,注干宝《晋纪》为40卷。刘昭则搜集各家《后汉书》,参校同异,最先为范晔《后汉书》作注,"世称博悉"(见《梁书·文学传上》刘昭本传)。因范书无"志",刘昭遂将司马彪《续汉书》中的8篇"志"(简称《续志》)分为30卷,并入范书,并为之作注,写有《注补续汉书八志序》。刘昭注已大部散佚,但我们今天所读到的《后汉书》,大致仍是刘昭所整理的本子,他对《后汉书》的流传作出重要贡献。所著《幼童传》及诗文集均佚。今存文1篇。

子绍,字言明,通《三礼》,好学能文,著《先圣本记》,已佚。次子缓,字含度,历官至湘东王安西府记室。时湘东王萧绎盛集文学之士,缓文才为王府之冠。今存文1篇,存诗8首。其诗、赋多言情之作,华靡浮艳,颇近宫体,《江南可采莲》一诗,王夫之评为"丽而不浮"(《古诗评选》卷五)。他们今存文,载《全上古三代秦汉三国六朝文》;诗载《先秦汉魏晋南北朝诗》。

(2)刘峻、刘善明

刘峻(462—521),字孝标,原名法虎,唐人避祖讳,改法武。南朝齐、梁时期的骈文家、诗人。生于建康(今江苏南京),出生满月而父卒,随母返回平原故里。西汉平原郡属青州,东汉平原国亦属青州,均治平原县。据《水经注》,魏青州刺史治张公城,地在今县南。峻归北后,八岁被掠卖为奴。后为人所赎,教以书学。《南史》刘峻本传说:"峻好学,寄人庑下,自课读书,常燎麻炬,从夕达旦。时或昏睡,爇其须发,及觉复读。"齐永明年间逃还江南,改名峻。自谓所见不博,闻有异书,必往祈借,于是博极群书,文藻秀出,友人崔慰祖称其为"书淫"。入梁初,召入西省,典校秘书。武帝曾召集文士议论史事,范云、沈约等引短推长,取悦武帝,而峻恃才疏事,遭武帝嫌恶,遂因事免官。卒后门人谥曰玄靖先生。刘峻为文,有为而发,情至文生,在竞相浮艳的齐梁时代,令人耳目一新。其诗写景咏物,亦清拔遒丽。有集 6 卷,已佚。明张溥辑有《刘秘书集》(《汉魏六朝百三家集》本)。另著有《汉书注》《文德殿四部目录》,已佚。又曾为陆机《演连珠》、刘义庆《世说新语》作注,今并存。其中,《世说新语注》引据博洽,涉及四百余种书籍,后人将其与《三国志》裴松之注、《文选》李善注相提并论。诗存 4 首,辑入《先秦汉魏晋南北朝诗》。

刘峻以骈文、诗歌著称。据《梁书》本传载,刘峻素性高傲,不能随俗浮沉,终未被任用,乃著《辩命论》。文章借论性命穷通,而寄托自己对现实的不满,慷慨淋漓,辞多愤激,取譬连类,文采斐然。他列举诸多才秀之士"与麋鹿同死"、"湮灭而无闻"的悲惨命运。文学家任昉为官清廉,家无积蓄,死后子侄漂泊无依,生前友好竟无人收恤。刘峻有慨于世情浇薄,仿朱穆《绝交论》著《广绝交论》。文章由朱穆《绝交论》引入,说贤达之交,后世不见,世俗之交有五,即势交、贿交、谈交、穷交、量交。"凡斯五交,义同贾鬻",认为此"五交"一是"败德殄义,禽兽相若",二是"难固易携,雠讼所聚",三是"名陷饕餮,贞介所羞"。然后云:

> 近世有乐安任昉,海内髦杰,早绾银黄,夙昭民誉。遒文丽藻,方驾曹、王;英跱俊迈,联横许、郭。类田文之爱客,同郑庄之好贤。见一善则盱衡扼腕,遇一才则扬眉抵掌。雌黄出其唇吻,朱紫由其月旦。于是冠盖辐辏,衣裳云合,辎軿击辖,坐客恒满。……及瞑目东粤,归骸洛浦。……藐尔诸孤,朝不谋夕,流离大海之南,寄命瘴疠之地。自昔把臂之英,金兰之友,曾无羊舌下泣之仁,宁慕郈成分宅之德?呜呼!世

路险巇,以至于此!

据载,任昉的朋友到溉读过此文,“抵几于地,终身恨之”①。其笔锋之犀利、讽刺之辛辣、情绪之激烈,令人不觉情动。其实,刘峻文章锋芒所向,非唯任氏友人,而是上层社会的虚伪及浇薄的世情,其社会意义更为深广。

刘善明(432—480),刘怀珍族弟。由宋入齐,官至宣城、淮南太守。著有诗文集 10 卷及《圣贤杂语》,均佚。今存文 5 篇,载《全齐文》。

(3)刘怀慰、刘霁、刘杳、刘歊、刘訏

刘怀慰(447—491 年),字彦泰。本名闻慰。由宋入齐,官至安陆王萧子敬北中郎司马。《南齐书》本传称:“怀慰与济阳江淹、陈郡袁彖,亦著文翰。”有集 10 卷,已散佚。

其长子霁(478—529),字士恒,南朝梁作家,有文集 10 卷,已佚。次子杳(479—536),官至尚书左丞。杳为人重孝,居官清廉,惟以著述为务。博极群书,融贯经史,著述颇富,有《高士传》2 卷、《东宫新旧记》30 卷、《要雅》5 卷、《楚辞草木疏》1 卷,以及文集 15 卷,均佚。三子歊(488—519),字士光,幼博学,有文才,与族弟訏都不娶不仕,以山水琴书自娱。二人与著名学者阮孝绪过从密切,都中称为“三隐”。所著文集 8 卷,已佚。

刘訏(488—518),字彦度,怀珍从孙。性纯正恒,笃孝道。齐末书檄征辟,挂檄文于树而逃。善玄言,尤精佛典,与刘歊精心学佛。家贫甚,并日而食,隆冬而无毡絮,处之晏然。有集 1 卷,已佚。

---

① 见《文选》卷五五李善注引刘璠《梁典》,中华书局 1981 年影印胡克家本。

6. 平原高唐华氏

平原高唐华氏，为汉魏望族。华歆汉末拜豫章太守，入魏官至太尉，谥敬侯。孙峤（？—293），字叔骏，晋散文家、史学家，《晋书》本传称其“才学深博，少有令闻”。泰始初，赐爵关内侯。元康初，改封乐乡侯，迁尚书，“后以峤博闻多识，属书典实，有良史之志，转秘书监，加散骑常侍，班同中书。寺为内台，中书、散骑、著作及治礼音律，天文数术，南省文章，门下撰集，皆典统之”。曾以《汉纪》烦秽，改撰《后汉书》97 卷。时张华、王济等认为华峤书“文质事核，有迁、固之规，实录之风”，建议藏之秘府，惜乎在永嘉之乱散佚。其书“十典”未成而卒，由其子彻、畅续成之。所著论议难驳诗赋之属数十万言，诗文集已佚。今存文 4 篇，载《全晋文》。子畅，有才思，继其父克成“十典”，并草魏晋纪传，所著文章数万言，亦已散佚。

7. 清河崔氏

清河东武城崔氏，汉魏之际有崔琰、崔林。崔琰为经学大师郑玄弟子，通《论语》《韩诗》。崔琰汉末为魏国尚书、中尉，曹操进封魏王后，以“不逊”被杀；崔林入魏，明帝时官至司空。崔氏自东汉以来由经学世家演化为官僚世家，成为家世儒学的门阀世族。晋南北朝的崔悦、崔宏、崔逞、崔浩、崔祖思、崔慰祖、崔灵恩、崔光、崔鸿、崔㥄、崔瞻、崔光韶、崔叔仁等，都有文名。

(1) 崔宏、崔浩

崔宏（？—418），字玄伯。崔林裔孙。少有俊才，号冀州神童。仕北魏，封白马公。据《魏书》本传载，宏初为黄门郎，后迁吏部尚书，总掌和裁定朝仪、律令、礼乐等制度，职权渐重。因此，北魏初年，他在确立国家体制、制定礼仪制度，以及向北魏统治者灌输以儒学为主体的社会政治思想等方面,为北魏政权的巩固作出重要贡献,也为拓跋氏鲜卑皇族的汉化及民族融合奠定了基础。宏以其学识深受道武帝倚重,一时势倾朝廷。但他生活俭约,不营产业,家徒四壁,出无车乘,步行上朝,表现出儒者道德自主的品格,继承并保持着崔氏家族的文化传统,受到人们的尊敬。《魏书》本传称,宏除朝廷文诰、四方书檄外均不着笔。在其避难期间,曾作诗自伤。诗文今均不存。

崔浩(? —450),字伯渊,崔宏长子。《魏书》本传载,“少好文学,博览经史,玄象阴阳,百家之言,无不窥;纵研精义理,时人莫及”。然“性不好老庄之书”,其立身行事,一尊儒学,在北方“为旧儒家之领袖”①。举凡迁都、征伐、朝廷礼仪、军国书记等,魏帝均与浩议而后行。太平真君十一年(450),崔浩因撰修国史有不雅驯的内容,为太武帝所杀,灭族。

崔浩历仕道武、明元、太武三朝,官至司徒,为北魏著名政治家、学者、书法家、赋家,著述颇丰。据《魏书》本传载,浩曾著《食经》《家祭法》,训释《急就章》及《孝经》《论语》《尚书》《春秋》《礼记》等儒家经典,编写《五寅元历》。曾与同僚论五等封爵与郡县制之得失,撰著20余篇。《隋书·经籍志》著录崔浩《赋86卷,已佚。今仅见存于《魏书》本传之文,多应用文字。

(2)崔祖思、崔慰祖

崔祖思(? —480),字敬元,崔琰七世孙。由宋入齐,官至征虏将军,假节督青、冀二州刺史。齐初,上书陈政事,提出兴学校,尚俭朴,慎刑狱,正乐律,明赏罚,抑豪强兼并,重史纳谏,选贤任能等,“上优诏报答”(《南齐书》崔祖思本传)。有集20卷,已佚。

① 陈寅恪:《金明馆丛编·崔浩与寇谦之》,生活·读书·新知三联书店2001年版,第149页。

今存文3篇，载《全齐文》。

崔慰祖（465—499），字悦宗，南朝齐文学家、史学家。《南史·文学传》本传说，慰祖“好学，聚书至万卷”。明帝建武年间，诏举士，与刘孝标同时为其从兄慧景举荐。博学能文，所著《海岱志》40卷，《隋书·经籍志》著录30卷，已佚。

崔氏在南朝有文名者，尚有南朝梁学者崔灵恩。灵恩精研儒学，多所著述，大多散佚。

（3）崔光、崔鸿

崔光（451—523），本名孝伯，字长仁，魏孝文帝时改名光。东清河鄃（今山东高唐北）人。与东武城崔氏为同宗。其祖父旷随南燕慕容德渡河，侨居青州之时水①。晋末刘裕北伐，灭南燕，旷遂仕宋，为乐陵太守。其子灵延为宋长广太守，北拒魏，兵败与其子光被徙往代地。崔光家贫，好学，博学多才。魏孝文帝太和六年（482），拜中书博士，历官至车骑大将军、仪同三司，封博平县开国公。

据《魏书》本传载，孝文帝时，光奉命巡察陕西，所经述叙古事，赋诗38首。太和中，依宫商角徵羽本音而为《五韵诗》，赠李彪；李彪答诗，光又作《百三郡国诗》以答。“凡所为诗、赋、铭、赞、诔、颂、表、启数百篇，五十余卷，别有集”，均已佚。今仅见《魏书》本传所载表章。

崔鸿（？—526），字彦鸾，崔光弟敬友之子。北魏著名史学家。少好读书，博综经史。起家彭城王国侍郎，景明年间曾奉命撰写《起居注》；正光年间，敕修《高祖世宗起居注》。崔光曾撰《魏史》，而只存卷目，初未考证，缺略尤多，临终嘱鸿继其事。《魏

① 今在山东淄博临淄区发现崔光子崔鸿及其家族墓葬群，载《考古学报》1984年第2期，第221~243页。

书》本传载,鸿弱冠即有著述之志,“见晋、魏前史皆成一家,无所措意,以刘渊、石勒、慕容儁、苻健、慕容垂、姚苌……并因世故跨僭一方,各有国书,未有统一,鸿乃撰为《十六国春秋》,勒成百卷”。此书已佚,明人辑录为16卷本,清汤球有《十六国春秋辑补》。

崔氏族人在北朝者,如崔逞、崔㥄、崔瞻、崔光韶、崔叔仁、崔儦等,均有文名。崔逞曾著《燕记》;崔㥄、崔瞻父子当时都以辞藻称,崔瞻被誉为“诗人之冠”。崔儦为隋代文学家,事迹入《隋书·文学传》。

8. 清河张氏

清河东武城张氏,为晋以后出现的世家大族,以文学著名的人物南朝有张正见、张讥等,北朝有张彝、张始均等。

(1)张正见

张正见(生卒年未详),字见赜。其父初仕魏,后归梁。正见幼好学,有清才,年十三献颂,受到梁简文帝的赏识。曾官彭泽令,梁末避地匡俗山。入陈,与当时名士褚玠、阴铿、徐伯阳等俱为司空侯安都宾客,游宴赋诗,勒成卷轴,在社会上广为流传。有集14卷,已佚。明张溥辑有《张散骑集》1卷(《汉魏六朝百三家集》本),存赋3篇,文1篇,诗80余首。

张正见是陈代著名诗人,《陈书》本传说他“五言诗尤善,大行于世”。其为人称道的诗,多有写景佳句。如《秋日别庾正员》:

征途愁转旆,连骑惨同镳。朔气凌疏木,江风送上潮。青雀离帆远,朱鸢别路遥。唯有当秋月,夜夜上河桥。

“朔气凌疏木,江风送上潮”为写景名句,对仗工整,声调铿锵，颇有刚健之气，在陈代纤弱诗风中自成一格。有的学者认为“唯有当秋月，夜夜上河桥”二句的意境，“从六朝至唐人的诗中一再出现，无非利用月与人、无情与有情的反差对比来加强艺术效果……实则即景生情，自然含蓄，可以推为佳句”①。其他如《游龙首城》写登城眺望之景；《秋河曙耿耿》写天将明时的夜空，“天路横秋水，星衡转夜流”二句最为后人欣赏，明人陆时雍甚至认为“唐诗无此境界”，并认为《赋得白云临浦》“疏叶临嵇竹，轻鳞入郑船”句，唐人无此想象②，虽不无溢美之词，然也可见此类诗作的影响。张正见所作乐府诗较多，而民歌传统的抒情、叙事因素减少，文人雕琢如用典、对仗却有所增加，缺乏鲜活的生活气息。

张正见的诗歌重声律，工偶精对，富有辞藻，在古体向近体转变的过程中，自有一定的位置，而因其诗内容空泛，缺乏真情实感，也颇为诗评家所诟病。

张讥（514—589），字直言。年十四，通《孝经》《论语》，受学于学者、诗人周弘正。因论《易》而为梁武帝赏识，历官临安令。入陈，历官国子博士。陈亡，入隋。著述多种，均散佚。

（2）张彝、张始均

张彝（461—519），字庆宾。魏孝文帝时袭祖侯爵，历官至抚军将军、秦州刺史。据《魏书》本传载，宣武帝时，曾上表献《历帝图》5卷，“起自庖牺，终于晋末，凡十六代，百二十八帝，历三千二百七年，杂事五百八十九”，供魏帝“置御座侧，时复披览”。又曾奉孝文帝之命，“周历于齐鲁之间，遍驰于梁宋之域，询采诗颂，研检狱情实，庶片言不遗，美刺之俱显”，采诗凡7卷。其所著《历帝

① 曹道衡、沈玉成：《南北朝文学史》，人民文学出版社1991年版，第286页。

② 〔明〕陆时雍：《诗镜总论》，载《历代诗话续编》，中华书局1983年版，第1409页。

图》及所采诗,并佚。所作章表,载《魏书》本传。

张始均(?—519),字子衡。张彝长子。端洁好学,有文才。初为司徒行参军,迁著作佐郎、员外常侍。曾改陈寿《三国志》为编年体,增广异闻,共30卷。又著《冠带录》及诗赋数十篇,魏时即已亡佚。

清河张氏,知名者如上所述,有仕北魏的张彝、张始均父子与张烈;南朝陈张正见、张讥等。其中张始均是北魏学者、辞赋家,张正见是陈著名诗人,文学成就较高。张正见之父初仕魏,归梁官怀方太守。正见才学深受梁简文帝萧纲的赏识,是南朝存诗较多的诗人之一。其诗重声律对仗,逼近律体,在诗体演变中自有其地位。有集14卷,已散佚。明张溥辑有《张散骑集》。张讥为著名学者,著述颇富,陈亡入隋,终于长安(今陕西西安)。

9. 平原明氏

(1)明僧绍

明僧绍(生卒年未详),字承烈,平原鬲(今山东平原)人。宋元嘉中举秀才,后隐居长广郡崂山,聚徒立学。宋末齐初,几次征辟,皆不就。时太学博士顾欢作《夷夏论》,说老子西行入天竺而佛道兴,认为道则佛,佛则道,"佛教文而博,道教质而精","器既殊用,教亦异施"。僧绍作《正二教论》,驳斥老子西行化佛说,认为"佛明其宗,老全其生。守生者蔽,明宗者通。今道家称长生不死,名补天曹,大乖老、庄立言本理"。文载《弘明集》《全齐文》。

(2)明克让、明余庆

明克让(525—594),平原鬲(今山东平原陵县北)人。初仕梁,官至中书侍郎。梁亡,入周,累迁司调大夫,赐爵历城县伯。由周入隋,转率更令,进爵为侯。曾受诏与牛弘等修订礼乐及朝廷典章制度。克让博览群书,尤善三礼、《论语》,通晓龟策历象,工诗能文。著有《孝经义疏》1 卷、《古今帝王纪》1 卷、《文类》4 卷、《续名僧记》1 卷，另有文集 20 卷，均佚。

明余庆，克让子。诗人。隋大业十四年（618），越王杨侗称帝，余庆为国子祭酒。今存诗 2 首，以《乐府诗集》所载《从军行》较著名。

10. 平昌伏氏

平昌安丘伏氏，为汉初大儒伏生后裔，是绵延最为长久的世家之一。晋伏滔，南北朝伏曼容、伏挺、伏知道，都有文名。

（1）伏滔

伏滔（生卒年未详），字玄度。晋散文家、辞赋家。曾官著作郎，专掌国史，领本州大中正。海西公太和四年（369），袁真据寿阳叛，滔从大司马桓温前往讨伐，著《正淮论》上、下篇，今存《晋书》本传。文章论据淮南而叛者必败，平叛后，以功封闻喜县侯，除永兴令。文集已佚，今存赋、论 7 篇，辑入《全晋文》。其子系之，亦有文才，今存赋 2 篇，亦辑入《全晋文》。

（2）伏曼容

伏曼容（421—502），字公仪，南朝经学家、文学家。《南史》本传载，曼容"少笃学，善《老》《易》"，"聚徒教授以自业"。由宋入齐，终官临海太守。著述除儒道经典注疏外，有诗赋铭诔若干篇，今均不存。其孙挺，南朝梁诗人。《南史》本传说他"为五言诗，善效谢康乐体"，齐末州举秀才，对策为当时第一。入梁，武帝以其儒雅，"谓之颜子"，"于宅中讲《论语》，听者倾朝。挺三世同时聚徒教授，罕有其比"。著《迩说》10 卷，文集 20 卷，均佚。今存诗 1 首。族子知道，南朝陈诗人，《艺文类聚》载其《从军五更转》等诗 7 首。

11. 东海徐氏

东海徐氏对文学发展作出贡献的主要有三家:徐孝嗣、徐勉、徐摛和徐陵。

徐孝嗣(453—499),字始昌,南朝宋、齐之际的诗人。由宋入齐,官至尚书令,加中书监。《南史》本传载,孝嗣深受文学家王俭知赏,“爱好文学,器量弘雅”。诗文集已散佚,今存诗3首,文4篇,辑入《全齐文》。孙君蒨,南朝梁诗人。“幼聪朗好学,尤长于丁部(集部)书”,“善弦歌”,“辩于辞令”,诗文为湘东王(萧绎)府之冠,“特有轻艳之才,新声巧变,人多讽习”。今存诗4首,辑入《全梁文》。

徐勉(466—535),字修仁,南朝梁文学家。少好学,召为国子生,受到时任祭酒的文学家王俭赞誉,并为梁武帝萧衍所赏识。昭明太子萧统幼时,奉敕知宫事,为其讲《孝经》,受到礼遇。后官至尚书仆射、中卫将军,加中书令,位极人臣。但他“虽居显职,不营产业,家无畜积,奉禄分赡亲族之贫乏者”,并说:“人遗子孙以财,我遗之清白。”(《南史》徐勉本传)为此写有《戒子崧书》。次子悱卒,痛悼甚至,又不想久废公务,就写了一篇《答客喻》。二文均存《梁书》本传。一生著述颇富,王僧孺说他“泛游群籍,菁华无弃,搦札含毫,必弘靡丽。摛绮縠之思,郁风霞之情,质不伤文,丽而有体”(《詹事徐府君集序》)。今存诗8首,文15篇。次子悱,字敬业,南朝梁诗人,今存诗4首。其文均辑入《全梁文》,诗辑入《先秦汉魏晋南北朝诗》。

徐摛(471—551),字士秀,一字士缋。《南史》本传载,摛“幼好学,及长,遍览经史,属文好为新变,不拘旧体”。梁武帝为其子晋安王纲(即简文帝)选“文学俱长,兼有行者”做侍读,选中了他。后晋安王立为太子,摛转家令,兼管记,寻带领直。因他有了这种身份,“文体既别,春坊尽学之,‘宫体’之号,自斯而始”,成为宫体诗的创始者和主要代表诗人。侯景发动叛乱,攻陷台城,众皆奔散,惟摛侍立不动,并斥侯景,令其朝拜简文帝。帝被囚禁,摛幽愤而卒。长子陵。

徐陵(507—583),南朝陈著名诗人、骈文家。梁末从其父在晋安王府邸,充东宫学士。入陈,官至尚书仆射,封建昌县侯。《南史》本传载:“自陈创业,文檄军书及受禅诏策,皆陵所制,为一代文宗。”“文、宣之时,国家有大手笔,必命陵草之。其文颇变旧体,缉裁巧密,多有新意。每一文出,好事者已传写成诵,遂传于周、齐,家有其本。后逢丧乱,多散失,存者三十卷。”明张溥辑为《徐孝穆集》。徐陵在梁、陈为诗文大家,与庾信齐名。梁末,奉萧纲之命,编撰《玉台新咏》,选录自汉至梁有关女性的诗歌,为我国诗歌总集之一。其诗于古体如落日余晖,于近体如春晴始旦,在诗体演进中占有重要地位。其骈文艺术成就尤高,所作《玉台新咏序》,清吴兆宜注引齐召南评为“云中彩凤,天上石麟,即此一序,惊才绝艳,妙绝人寰”。陵弟孝克,亦有文名,今存诗4首,文2篇。其长子俭“勤学有志操”,梁元帝时常侍宴赋诗;次子份,“有父风”,九岁撰《梦赋》,早卒;三子仪,由陈入隋,今存诗1首。

12. 东海何氏

何氏家族,世居东海郯(今山东郯城西南),侨居京口(今江苏镇江),为崇尚儒学的官僚世家,而非门阀世族。晋以后出现了何承天、何逊、何思澄、何子朗及何长瑜、何僩等诗文作家。

(1)何承天

何承天(370—447),南朝宋著名天文学家、文学家、诗人。五岁丧父,由母教养成才。其母为著名学者、史学家徐广之姊,才学富赡。由晋入宋,曾任荆州刺史谢晦谘议参军,转尚书左丞,因性刚直,触忤权贵,出为衡阳内史,世称何衡阳。元嘉间为著作郎,与山谦等共撰国史。文帝立儒、玄、文、史四馆,令承天主史馆事。后转太子率更令,国子学立,又以本官领国子博士,迁御史中丞。晚年免官家居,病卒。

承天博学多识,天文、历算、历史及诗文兼擅。所撰《元嘉历》,为宋文帝采纳,颁为官历;奉诏所撰《宋书》,为沈约《宋书》多所采纳。又著有《春秋前传》9卷,有集32卷,均佚。明张溥辑有《何衡阳集》(《汉魏六朝百三家集》本)。晋义熙间曾私撰《鼓吹铙歌》15首,载《宋书·乐志》。其文今存3卷,辑入《全宋文》。

何承天所作《鼓吹铙歌》,为拟乐府诗,被认为是仿效魏诗。东晋以降,玄言诗盛行。晋宋之际,文人通过各种艺术形式努力改变和扭转这一风气,力图恢复汉魏诗歌抒情言志的传统,大量写作拟古诗或拟乐府诗,即其表现之一。何承天是这一时期较早写作拟乐府诗的作家,其影响自不应忽视。在南北对峙、战争不断的情势下,其《朱路篇》《雍离篇》《战城南篇》《巫山高篇》等,写从军将士奋战沙场、为国立功的豪情壮志,以及所向披靡、威震九遐的气概,及其对制胜强敌获致太平的期待,都深得汉魏乐府的旨趣。总之,其拟乐府诗,或讥刺统治者"疲民甘藜藿,厩马患盈肥",同情民生疾苦,如《君马黄篇》;或抒发岁月流逝、人生短促的哀伤,如《上陵者篇》等,内容或贴近现实,或抒发个人情志,都反映了诗歌发展新的趋势。

(2)何逊

何逊(466—519),字仲言,南朝梁著名诗人。据《梁书》本传载,逊少年知名,年二十州举秀才,文坛名流范云见其对策大相称赏,结为忘年之交,"自是一文一咏,云辄嗟赏"。并认为他的诗作质不过儒,丽不伤俗。文坛领袖沈约也爱其文,曾经对何逊说:"吾每读卿诗,一日三复,犹不能已。"世族文人刘孝绰以才学知名，何逊与之“并见重于世，世谓之‘何刘’”。何逊齐时未仕，人梁除一度受到武帝的信幸外，一生辗转藩邸之间，位不过幕僚，职不过记室，终生失意，郁郁而终。卒后，由友人王僧孺集其诗文为8卷，已佚。明张纮辑有《何水部集》（《汉魏六朝七十二家集》本），明张溥辑有《何记室集》（《汉魏六朝百三家集》本）。

何逊本有济世之志，渴望在政治上有所建树，而因其始终游离于世族文人之外，没有实现自己抱负的机会。虽其仕途失意，但他在污浊的现实中能孤洁自守，所以他在诗歌渐入轻绮的齐梁之际，以其清新自然之作成为一代诗人。其诗数量不多，而多精品。梁元帝萧绎说：“诗多而能者沈约，少而能者谢朓、何逊。”今本所收加上佚诗共110余首，大部为入梁之后所作。内容除少量咏怀言志的作品外，多写对游宦生活的厌倦，及由此产生的羁旅乡愁，以及同僚、朋友之间的酬答、伤别之作，题材较为狭窄。如入仕之初，于天监初年写的《扬州法曹梅花盛开》（又题《咏早梅》）：

> 兔园标物序，惊时最是梅。衔霜当路发，映雪拟寒开。枝横却月观，花绕凌风台。朝洒长门泣，夕驻临邛杯。应知早飘落，故逐上春来。

诗咏物寄怀，通过赞美梅花迎春报时、凌霜傲雪的品格，抒发了自己希望及时建立功业及孤洁自守的情怀，因其为最早咏梅的诗篇，对后世影响较大，杜甫、苏轼等诗人都曾用其事。另外不少诗篇与其经历有关，如其晚年离家，勉强赴庐陵王任所时所写《临行与故游夜别》：

> 历稔共追随，一旦辞群匹。复如东注水，未有西归日。

夜雨滴空阶,晓灯暗离室。相悲各罢酒,何时更促膝!

“夜雨滴空阶,晓灯暗离室”二句,造语精工,吐情能尽,自然清醇,而无斧凿痕迹,老友之间的真挚情谊,与诗人悲凉、凄苦的情怀,在这凝固的气氛中,表达得淋漓尽致。在诗歌日渐绮靡之际,其描写山水景物的清新之作,令人耳目一新。有的情寓景中,情景相生,达到浑然一体的境界。如《相送》:

客心已百念,孤游重千里。江暗雨欲来,浪白风初起。

雨欲来而江暗,风乍起而浪白,景色凄寒、迷茫,寓含旅途艰险、凄苦之意。情景融合,造语精工,酷似唐人绝句。

何逊是南朝深受“永明体”影响、诗歌成就较为突出的作家。谢朓之后,在声律之道大行的风气影响下,何逊诗不只融情入景,托物寄怀,颇多即景抒情的佳句,其重视审音炼字、工偶精对,也对近体诗的形成和发展作出积极贡献。其写山水的诗歌,风格清简、婉丽,情景交融,清新自然,在齐梁之际自成一家,后人以之与南朝陈著名诗人阴铿并称“阴何”。谢朓为南朝齐代表诗人,何逊为南朝梁代表诗人,为唐代大诗人李白、杜甫所推重,并为历代诗人、诗评家所重视,在中国诗歌史上具有深远影响。

(3)何僩、何长瑜、何思澄、何子朗

何僩(生卒年未详),字彦夷,何逊从叔。以才学著称。宦游不达,曾作《拍张赋》,官至尚书郎。《隋书·经籍志》于《任昉集》下著录“义兴丞《何僩集》3卷”,今佚。

何长瑜(?—446),有文才,为谢灵运知赏。灵运罢官居始宁,与族弟惠连、何长瑜、荀雍、羊璿之共游山泽,以文章赏会,时人谓之“四友”。长瑜才不如惠连,而雍、璿之则不及。有集8卷,已佚。《诗品》将其诗录列下品。今存诗 2 首，见《先秦汉魏晋南北朝诗》。

何思澄（483？—534？），字元静。何逊族人。少勤学，工文辞。起家为南康王侍郎，后为平南安成王行参军兼记室，随府江州，作《游庐山》诗，受到沈约称赏，并命人题之于壁。傅昭曾请其作《释奠诗》，辞文典丽，除廷尉正。天监十五年（516），受敕撰《遍略》。有集 15 卷，已佚。今存诗 3 首，风格近宫体，见《先秦汉魏晋南北朝诗》。

何子朗（495？—517 年），字世明，官至员外散骑侍郎。工诗善文，时人传言："东海三何，子朗最多。"说明当时他很受人们的赞赏。诗文集已佚，今存诗 3 首，载《玉台新咏》卷五。

六、左思、左棻等山东作家

1. 左思、左棻

左思（252？—306？），字太冲，齐国临淄（今山东临淄）人。祖先为齐公族后裔，父官殿中侍御史。世习儒学，而思博览百家，兼善阴阳之术，继承了齐地儒者博杂的学风。因其出身低微，仕途不顺，早年闲居家乡，著《齐都赋》，表现出不同凡俗的才华。后其妹棻入宫为晋武帝嫔妃，遂移家洛阳。此后，构思十年，完成《魏都赋》《吴都赋》和《蜀都赋》"三都"赋，而未被时人看重，左思拜见时有高誉的皇甫谧，"谧称善，为其赋序"（《晋书·文苑传》左思本传）。同时，著名诗人张载、著名史学家刘逵，"并以经学博洽，才章茂美，咸皆悦玩，为之训诂"，文坛泰斗张华读后，叹为"班（固）、张（衡）之流"，"于是豪贵之家竞相传写，洛阳为之纸贵"（《晋书·文苑传》左思本传）。但是，左思的文学成就主要是诗歌,代表作为《咏史》八首。“咏史”一题,始自东汉班固,而借史咏怀的体式,则由左思创始。所谓“创成一体,垂式千秋”①,所谓“咏古人而已之性情俱见,此千秋绝唱也”②,影响极其深远。

《咏史》借古人史实,抒写自己现实感受。如第一首云:

> 弱冠弄柔翰,卓荦观群书。著论准《过秦》,作赋拟《子虚》。边城苦鸣镝,羽檄飞京都。虽非甲胄士,畴昔览穰苴。长啸激清风,志若无东吴。铅刀贵一割,梦想骋良图。左眄澄江湘,右盼定羌胡。功成不受爵,长揖归田庐。

诗人本来怀有报国壮志,而却受到门阀制度的压抑不得施展:

> 郁郁涧底松,离离山上苗。以彼径寸茎,荫此百尺条。世胄蹑高位,英俊沉下僚。地势使之然,由来非一朝。金张藉旧业,七叶珥汉貂。冯公岂不伟,白首不见招。

世族门阀子弟依靠出身,生而可致高位,而寒门子弟终生努力却备受压抑。此组诗抨击门阀制度,倾诉寒族士人怀才不遇、报国无门的愤懑,激愤之语如从胸中泻出,令人感受到一股郁勃不平之气。《咏史》上承建安诗风,而高亢激越,又形成“左思风力”,与正始诗人一脉相承。

《咏史》而外,左思的《招隐诗》《杂诗》《娇女诗》也为人称道。《招隐诗》抒写其不与污浊现实同流合污的高洁志趣,与“非必丝

① 〔清〕陈祚明:《采菽堂古诗选》卷一一,上海古籍出版社2019年版。
② 〔清〕沈德潜:《古诗源》卷七,中华书局1978年版,第166页。

与竹，山水有清音”的自然之趣。《杂诗》抒发其身处凄凉晚秋、有志不获骋的迁逝之感。《娇女诗》写其二女天真烂漫的娇痴情态，以及父母的矜惜之情，语朴情真，诙谐多趣，陶渊明的《责子》诗、李商隐的《骄儿诗》等，都曾受其影响。在诗风“稍入轻绮”、渐趋藻饰的太康时期，世族文人受其生活视野和艺术情趣的限制，诗歌内容渐趋空洞贫乏，而出身寒门的左思却以其贴近现实的诗作，唱出时代的最强音，成为那个时代最具代表性的歌手。

左思妹左棻（256？—300），是我国早期著名的女性文学家，名声略亚于乃兄。虽为贵嫔，却因姿陋而无宠，仅以才德受到礼遇，这对于好文多情的女性来说无疑是很残酷的。《晋书》本传载有左棻奉诏所作赋、颂、诔文 3 篇，另有答兄诗、书及杂赋、颂数十篇，均佚。今存诗 2 首，存文 24 篇，载《全晋文》。

2. 吴隐之

吴隐之（？—413），字处默，小字附子。濮阳鄄城（今山东鄄城）人。魏侍中质六世孙。博涉经史，以儒雅著闻。性耿介，有清操。历官至龙骧将军、广州刺史、假节、领平越中郎将。时广州多珍宝，官多贪渎。离州城二十里有名贪泉，传说饮其水则贪得无厌。隐之谓“不见可欲，终当不易心”，至泉酌而饮之，赋诗云：“古人云此水，一歃怀千金。试使夷齐饮，终当不易心。”及到任，“清操逾厉”，受到朝廷嘉奖（《晋书 · 良吏 · 吴隐之传》）。今存诗 1 首，见《先秦汉魏晋南北朝诗》。

七、鲍照与东海作家

自汉魏以来，东海是著名的文化区，而所辖郯（今山东郯城）、兰陵（今山东兰陵一带）更是文人辈出，是值得注意的一个文化现象。东海在先秦属于鲁文化圈，而兰陵则为鲁、齐、楚文化的交会处。战国末年，曾任楚兰陵令的儒学大师荀卿，在齐国稷下学宫三为祭酒，“最为老师”，其学说也吸收百家争鸣的成果，形成“荀学”。秦汉之际传播儒学者，大多为荀学弟子。汉代今文《易》学“孟氏学”的创始人孟喜，《齐诗》学传人、著名经学家萧望之，《春秋》博士疏广；三国魏文学家缪袭，十六国文学家缪恺等，以及南朝齐开国君主萧道成、文学家丘巨源等，都是兰陵人。萧氏南迁，侨居晋陵武进(今江苏常州)，南朝宋置南兰陵郡，治武进，萧氏遂落籍为南兰陵人，因置不论。

1. 鲍照、鲍令晖及其他鲍氏诗人

鲍照(？—466)，字明远，南朝宋著名诗人、骈文家。诗与谢灵运、颜延之齐名，为“元嘉三大家”之一。出身寒微，仕途蹭蹬，一生辗转藩邸，郁郁不得志。宋孝武帝元嘉年间，河(黄河)、济(济水)俱清，当时以为祥瑞，鲍照作《河清颂》，文虽精工，然为歌功颂德之作，不过鲍照却因此而一度被“好为文章”的孝武帝任为中书舍人。为时不久，又出为秣陵令。鲍照曾以“辞章之美”被临川王刘义庆“引为佐史国臣”。临海王刘子顼出镇荆州，任鲍照为前军刑狱参军。后刘子顼支持晋安王叛乱，被赐死，鲍照也为乱军所杀。鲍照的出身及经历，使他对社会现实的认识较为清醒，并能较为深刻地体会下层人民生活的痛苦。因此，他与世族出身的谢灵运、颜延之走着完全不同的创作道路。鲍照的文学成就主要是乐府诗。他融汉魏乐府反映现实的精神与南朝乐府民歌艺术为一体，使文人诗歌与民歌艺术浑融无间。其代表作品《拟行路难》18 首，抨击门阀制度，抒发自己备受压抑的愤懑，如火山爆发，如泉水喷涌，感情激扬，动人心魄，是南朝文学珍品。如《拟行路难》其四云：

泻水置平地，各自东西南北流。人生亦有命，安能行叹复坐愁！酌酒以自宽，举杯断绝歌《路难》。心非木石岂无感？吞声踯躅不敢言！

其六云：

对案不能食，拔剑击柱长叹息。丈夫生世会几时，安能蹀躞垂羽翼！弃置罢官去，还家自休息。朝出与帝辞，暮还在亲侧。弄儿床前戏，看妇机中织。自古圣贤尽贫贱，何况我辈孤且直！

鲍照还写有大量描写边塞战争、反映征戍生活的诗歌，如《代出蓟北门行》，表现前方将士视死如归的气概和为国建功的抱负；《代东武吟》则借征战一生、还家仍然过着“腰镰刈葵藿，倚杖牧鸡豚”的生活，抒发退伍士卒对统治者的怨愤之情。同时，鲍照吸收民歌艺术，发展了诗的七言形式，自唐而后成为我国古典诗歌的主要形式之一。

在宋、齐之际，汤惠休与鲍照并称“休鲍”。汤氏学习南朝民歌而渐入艳情，鲍照融汉魏乐府艺术而贯注激情，使文人诗与民歌重新结合。休、鲍之诗雅俗相融，开艳情诗之先河；齐、梁间沈约沿波逐流，萧梁诸帝和而同之，遂形成绮靡诗风。鲍照诗反映现实、发唱惊挺、风骨遒劲的乐府诗，受到唐代大诗人杜甫的赞誉，对后世影响深远，而其艳情诗对齐梁诗风的影响也不应忽视。

鲍照是南朝宋存诗较多的诗人，丁福保辑《全汉三国晋南北朝诗》载 204 首，约占宋诗的三分之一。明张溥辑有《鲍参军集》（《汉魏六朝百三家集》本）。《南齐书 · 文学传论》说鲍照“次则发唱惊挺,操调险急,雕藻淫艳,倾炫心魂”;钟嵘《诗品》列其诗“中品”,认为它源于“二张”(张景阳、张茂先),而“骨节强于谢混,驱迈疾于颜延,总四家而擅美,跨两代而孤出”。《文选》选录其诗7类15首,其中乐府诗8首。其诗风,杜甫以“俊逸”誉之①。

鲍照的辞赋,如《芜城赋》,题材、风格都十分新颖。骈文如《登大雷岸与妹书》等,也取得较高成就。《芜城赋》运用对比手法,通过广陵今昔对比,抒发其兴亡之感,说明形胜、险固之不可靠,以及统治者之富贵不能长存。同时,通过广陵兴废,也令人看到统治者内争、战祸给人民造成的深重灾难。赋文辞以“奇险”著称,清姚鼐所谓“驱迈苍凉之气,惊心动魄之辞,皆赋家之绝境也”(《古文辞类纂》评语)。《登大雷岸与妹书》不以书信常格,“其辞奇丽超绝,翰墨畦径,可以讽诵”②。文中描写庐山一段尤具特色:

> 西南望庐山,又特惊异,基压江潮,峰与辰汉连接。上常积云,霞雕锦缛。若华夕曜,岩泽气通,传明散彩,赫似绛天。左右青霭,表里紫霄。从岭而上,气尽金光,半山以下,纯为黛色。……若潨洞所积,溪壑所射,鼓怒之所豗击,涌澓之所宕涤,则上穷荻浦,下至狶洲,南薄燮爪,北极雷淀,削长埤短,可数百里。其中腾波触天,高浪灌日,吞吐百川,写泄万壑。轻烟不流,华鼎振涾,弱草朱靡,洪涟陇蹙,散涣长鹜,雷透箭疾,穹溘崩聚,坻飞岭覆,回沫冠山,奔涛空谷。碪石为之摧碎,埼岸为之齑落。仰视大火,俯听波声,愁魄胁息,心惊慓矣。

---

① 《春日忆李白》:“清新庾开府,俊逸鲍参军。”

② 〔明〕王应麟:《困学纪闻》卷一〇,上海古籍出版社2015年版。

在鲍照笔下，庐山的雄奇壮丽，令人如临如睹，而其铺张扬厉、文气高古，在骈文中也别具一格。

其妹令晖，也是著名女诗人，今存诗 7 首。

同里鲍机、鲍泉、鲍宏，也为南朝诗人。鲍机由齐入梁，今存诗 2 首。其子泉、宏，均以诗著闻。鲍泉博涉经史，兼善文笔，精于《仪礼》，著有《新仪》40 卷，已佚。今存诗 9 首。泉弟宏，仕梁、陈、隋三代，亦有文名。有集 10 卷，已佚。其存诗，辑入《先秦汉魏晋南北朝诗》。

2. 丘巨源

丘巨源（？—484），兰陵（今属山东）人。南朝齐文学家。据《南齐书》本传载，巨源少年知名，宋明帝“使参诏诰”，文名籍甚。齐武帝永明初，作《秋胡诗》，语含讥刺，被杀。《秋胡诗》已佚，今存诗 2 首，见《先秦汉魏晋南北朝诗》，绮靡艳冶，文学价值不高。存文 3 篇，载《全齐文》。

3. 王僧孺

王僧孺（465—522），字僧孺，东海郯（今山东郯城西南）人，魏著名学者王肃八世孙。南朝梁诗人、骈文家、谱学家。6 岁能属文，好学博识。家贫不能自给，常为人抄书以养母，并以此增长学识。初仕齐，起家王国左侍郎、太学博士。竟陵王萧子良开西邸招揽文学之士，僧孺与游，为名家任昉知赏。入梁，为南海太守，居官清廉，受到百姓拥戴。后官至御史中丞。僧孺好坟籍，聚书至万余卷，率多异本，可与以藏书著称的沈约、任昉相比并。其文丽逸，多用新事，当时人们十分佩服他的博学多识。同时，僧孺还精于谱牒之学，是位谱学家，他搜集有《十八州谱》710 卷、《百家谱》15 卷、《东南谱集》10 卷。著有《两台弹事》5 卷、《东宫新记》

及文集30卷,均佚。明张溥辑有《王左丞集》(《汉魏六朝百三家集》本)。《梁书》本传称:“其文丽逸,多用新事,人所未见,世重其富。”存诗39首,见《先秦汉魏晋南北朝诗》。其诗写景、抒情,亦有特色。如《至牛渚忆魏少英》:

枫林暧似画,沙岸净如扫。空笼望悬石,回斜见危岛。绿草闲游蜂,青葭集轻鸨。徘徊洞初月,浸淫溃春潦。非愿岁物华,徒用风光好。

诗写牛渚风光,沙岸林木掩映,沙碛澄净,岩岸陡峭,横空斜出,以及绿草、青葭、初月、春潦,都鲜丽活脱,令人如临如睹。

八、王沈、虞溥与高平作家

晋兖州高平国治昌邑(今山东金乡),辖有今山东金乡、鱼台、巨野、邹城等县地。高平郗氏,前已论及。晋散文家、文学家张湛、王沈、虞溥,宋齐间史学家檀超等,都是这一带人。

1. 张湛

张湛(生卒年未详),字处度,高平(今山东邹城西南)人。其生平行事,散见于《世说新语》等文籍之中。据《世说新语·任诞篇》注引《张氏谱》,张湛出身官僚世家。其孙张祐为南朝良吏,载入《宋书·良吏传》。张祐传记称其祖湛在晋孝武帝时以才学官中书侍郎、光禄勋。其主要贡献是撰著《列子注》8卷。此外,著有《古今九代歌诗》7卷、《养生要籍》10卷、《古今箴铭集》13卷、《养性集》2卷等,均佚。关于《列子注》一书,其《列子序》云所注《列子》,得之于王粲、王弼的后人。关于此书的真伪,古今学者认识尚不一致,有的认为《列子》为湛伪作。但其注释保留大量古籍资料,对研究魏晋玄学具有重要意义。

2. 王沈

王沈(生卒年未详),字彦伯,高平(今山东济宁南)人。晋散文家。少有俊才,而出身寒素,才学出众却不能随俗浮沉,遂为豪门所压抑。仕郡文学掾,郁郁不得志,乃作《释时论》。文中设为东野丈人和冰氏之子问答,对"忌恶君子,悦媚小人""姻党相扇,毁誉交纷"的政治现实,及"多士丰于贵族,爵命不出闺庭"的门阀制度,进行了激烈的批评,表达了自己"志凌霄云"而"关津难渡"的郁愤之情,嬉笑怒骂,文笔恣肆,为传世名篇。今存《晋书》本传。

3. 虞溥

虞溥(生卒年未详),字允源,高平昌邑(今山东金乡)人。晋史学家、文学家。据《晋书》本传载,溥父秘为偏将军,镇陇西。"溥从父之官,专心坟籍"。郡察孝廉,除郎中补尚书都令史。终官鄱阳内史。在鄱阳任内,大修庠序,广招生徒,至七百余人。注《春秋经》及《传》,撰《江表传》及文章诗赋数十篇,《隋书·经籍志》著录其集2卷,大都散佚。今存文4篇,载《全晋文》。

4. 檀超、檀道鸾

檀超(生卒年未详),字悦祖,高平金乡(今属山东)人。《南齐书》本传称,超"少好文学,放诞任气","嗜酒,好言咏",自比晋时同乡郗超,谓为"高平二超"。举秀才,仕至司徒右长史。建元二年(480),初置史官,以超与骠骑记室、著名文学家江淹同掌史职,因其所立体例遭左仆射王俭反对,史功未就。超叔父道鸾,字万安,位国子博士、永嘉太守,亦以文学知名,撰《续晋阳秋》20卷,已佚。《世说新语·文学篇》注引《续晋阳秋》的一段文字,“对汉魏两晋文学的发展历史的概括及分析是值得注意的,它具有开创性的意义,后来沈约《宋书·谢灵运传论》、刘勰《文心雕龙》中的《明诗》《时序》篇、钟嵘《诗品序》显然均受其影响”①。

九、卞彬、温子昇等济阴作家

汉置济阴郡,治所在定陶,辖有今山东菏泽部分县市。魏晋因之。

1. 卞范之

卞范之(?—404),字敬祖,济阴冤句(今山东菏泽西南)人。晋散文家。孝武帝太元中,自丹杨丞为始安太守。《晋书》本传载,范之少曾与桓玄游,及玄领荆、江二州刺史,遂“委以心膂之任,潜谋密计,莫不决之”。玄篡晋,有关策命及晋安帝禅位诏,都出自范之之手。玄败,卞范之被杀。文集5卷已佚,今存文2篇;族人承之(?—403),亦善文,今存文6篇,均载《全晋文》。

2. 卞彬

卞彬,字士蔚,济阴冤句(今山东菏泽西南)人。南朝齐文学家。《南齐书·文学传》本传称,彬“才操不群,文多指刺”。宋元徽末,袁粲、褚渊、刘秉与萧道成辅政,袁、刘为萧所杀,彬作童谣加以讥刺。及萧封齐公,彬又以“谁谓宋远,跂予望之”讽之。据

① 王运熙、杨明:《魏晋南北朝文学批评史》,上海古籍出版社1989年版,第218~219页。

《南史·文学传》本传载，他仕途不顺，作《枯鱼赋》；生活困窘，作《蚤虱赋》。又作《禽兽决录》，把当时的幸臣吕文显、朱隆之、潘敞、吕文度比做羊、猪、鹅、狗，而《虾蟆赋》则用虾蟆类比贵显的尚书令和仆射。这些文章当时广为传播，颇有影响。今存文3篇，载《全晋文》。童谣1首，载《南齐书》本传。

3. 鹿悆

鹿悆（生卒年未详），字永吉，济阴（今山东定陶）人。北朝魏诗人。东魏时官至梁州刺史，以城降西魏。据《魏书》本传，悆好兵书、阴阳、释氏之学，在任真定公元子直国中尉时，曾赋诗进行讽谏。今存诗2首，载《魏书》本传。

4. 温子昇

温子昇（496—547），字鹏举，济阴冤句（今山东菏泽西南）人。祖籍太原，为东晋文学家温峤的后裔。世居江南，其祖恭之仕宋，避难归魏，家于冤句，遂落籍。子昇自幼勤学好读，博览诸子百家，工诗善文，为文学家常景所赏识，遂知名。孝明帝熙平二年（517），东平王元匡试选御史，八百应试者独子昇中选，由此文名大著。历任诸王僚属，执掌文翰。孝武帝永熙中，为侍读兼舍人，迁散骑常侍、中军大将军。东魏末年，因故入狱，饿死。

温子昇是北朝魏成就较高的诗人和文学家，与邢劭齐名，并称“温邢”；又与邢劭、魏收合称“北地三才”。子昇诗文，当时就已传入南朝及吐谷浑，梁武帝谓“曹植、陆机复生于北土”（《魏书·文苑·温子昇传》）。有文集35卷，另著有《永安记》3卷，均佚。明张溥辑有《温侍读集》（《汉魏六朝百三家集》本）。今存文29篇，载《全北魏文》，多骈体章表碑志。其中，《寒陵山寺碑》较著名。北朝著名诗人庾信“读而写其本”，并说在北朝“唯有寒陵山一片石,堪与共语”①。碑文内容无可取,而辞藻绚丽,风格近似庾信、徐陵。其诗今存11首,见《先秦汉魏晋南北朝诗》。其中,《捣衣》诗较著名:

长安城中秋夜长,佳人锦石捣流黄。香杵纹砧知远近,传声递响何凄凉!七夕长河烂,中秋明月光。蠮螉塞边绝候雁,鸳鸯楼上望天狼。

诗写思妇念远,虽未直说征戍,而处处表现出对征夫的思念。风格清丽,哀婉动人,开唐人闺怨诗之先河。

十、刘勰等东莞作家

汉末建安初分琅邪、齐郡,置东莞郡,治所在今山东沂水东北,辖有今临沂、潍坊、日照和淄博四地部分县市。魏晋因之。东莞籍作家中有女诗人杨苕华、著名学者徐广、著名史学家臧荣绪、著名文学理论批评家刘勰等。

1. 杨苕华、竺僧度

杨苕华(生卒年未详),东莞(今山东莒县)人,东晋女诗人。据《高僧传》载,苕华幼许同郡王晞,未及出嫁,晞父母双亡。后王晞出家为僧,法名僧度。苕华服丧期满致书僧度并赠诗5首,僧度也有答书,并附诗5首。今各存1首,载《高僧传·竺僧度传》。其诗虽无甚特色,但在女性诗歌十分罕见的时代,弥足珍贵。

① 〔唐〕唐张鷟:《朝野佥载》卷六。“塞”,原作“韩”。

2. 徐广

徐广(352—425),字野民,东莞姑幕(今山东诸城)人。东晋末著名学者、文学家。《晋书》本传称,徐广家族“世好学,至广尤为精纯,百家数术无不研览”。孝武帝时,除秘书郎,典校秘书省。桓玄辅政,以为大将军文学祭酒。义熙初奉诏撰车服仪注,除镇军谘议,领记室,封乐成侯,转员外散骑侍郎,领著作。后奉命撰修国史,义熙十二年(416)完成《晋纪》,凡46卷。刘裕代晋,归老乡里。著述已佚,今存文8篇,载《全宋文》;诗1首,载《先秦汉魏晋南北朝诗》。兄邈,官至侍中,也是位学者,曾遍注群经。

3. 臧荣绪、臧严

臧荣绪(415—488),东莞莒(今山东莒县)人。自号“被褐先生”。宋、齐之际的史学家。幼丧父,亲自灌园劳作。母丧后,著《嫡寝论》,守孝笃诚。州府征辟,皆不就。与关康之隐居京口(今江苏镇江),世号“二隐”。荣绪幼孤家贫,纯笃好学,以教授生徒、著述史籍为务。所著《晋书》110卷,内容详备,为唐房玄龄等奉敕监修《晋书》的蓝本,后散佚,今存清汤球辑本、近人陶栋辑本。所著《续洞记》及文章,亦佚。

臧严(生卒年未详),字彦威,东莞莒(今山东莒县)人。南朝梁文学家。据《梁书》本传载,严出身于官僚世家,幼“孤贫好学,行止书卷不离于手”。性孤介,从不谒见、请托权贵,仆射徐勉想要与之结识,而严终不往谒。梁初为安成王侍郎,转常侍。从叔未甄赴官,途中作《屯游赋》,受到名流任昉的称赏。又作《七算》,辞亦富丽。有集10卷,《隋书·经籍志》著录《栖凤春秋》5卷,均佚。

4. 刘祥

刘祥(451—489),字显徵,东莞莒(今山东莒县)人。南朝刘宋开国功臣刘穆之曾孙。据《南史·刘穆之传》载,祥"少好文学,性韵刚疏,轻言肆行,不避高下"。司徒褚渊入朝以腰扇遮蔽日光,祥见而讥之:"作如此举止,羞面见人,扇鄣何益?"隐刺其附萧道成篡宋事。渊说:"寒士不逊。"祥则说:"不能杀袁(粲)、刘(秉),安得免寒士。"永明初,迁长沙王谘议参军,撰《宋书》,讥刺齐高帝萧道成篡宋。后辗转诸王府邸,自以不得志,作《连珠》15首,以寄怨愤。有云:"盖闻理定于心,不期俗赏;情贯于时,无悲世辱。故芬芳各性,不待汨渚之哀;明白为宝,无假荆南之哭。"以含恨自投汨罗的屈原自喻,而以献宝遭刖的卞和自解,于是有人即将其作《连珠》事报齐武帝,遂付廷尉,发配广州,病卒。祥能诗善文,钟嵘《诗品》谓其学颜延之,与谢超宗同列于下品。有集10卷,已佚。今存文2篇,载《全齐文》。

5. 刘勰

刘勰(?—532),字彦和,东莞莒(今山东莒县)人。《梁书》本传载,勰出身世家而早孤,"笃志好学,家贫不婚娶",依沙门僧祐,十数年间,博通经论,协助僧祐整理了定林寺的藏经。"齿在逾立"之年,开始撰著《文心雕龙》,齐末完稿。因其身世寒微,使此书长时间未受到重视。为让人们了解他这部精心撰写的文学批评论著,他背负书稿,途中拦住当时文坛领袖沈约,将书献上。沈约取读之后,"大重之,谓为深得文理,常陈诸几案",由此才为世人所知。入梁,起家奉朝请,后为东宫通事舍人,受到爱好文学的昭明太子萧统的赏识。后奉命与僧慧震在定林寺整理佛经,遂弃官出家为僧,法名慧地,未及一年,病卒。

刘勰一生的主要贡献,是在文学创作空前繁荣的形势下,吸取前人有关研究成果,创作了文学批评巨著《文心雕龙》。《文心雕龙》全书10卷50篇,由总论、文体论、创作论、文学史论及文学批评等几个部分组成。刘勰思想兼综儒、佛,而《文心雕龙》却是在儒家思想的指导下写作的。《序志》篇说:“盖《文心》之作也,本乎道,师乎圣,体乎经,酌乎纬,变乎骚,文之枢纽,亦云极矣。”认为文章本源于儒家经典,而服务于政治,宗经明圣的思想贯穿全书。全书结构严密,体大思精,是我国最早、最为完备的一部文学理论批评专著,在文学批评史上具有崇高的地位。今研究《文心雕龙》,已成为专门学问,称“龙学”。《文心雕龙》而外,尚有《刘子》一书,有今人林其锬、陈凤金集校本。

十一、任昉等乐安作家

汉置乐安国,治临济(今山东高青县高苑镇),魏改为郡,治高苑(今山东博兴西南),辖有今山东博兴、高青、桓台、广饶、寿光等地。汉代经学家公孙弘、欧阳地余、儿(倪)宽,以及汉、魏间文学家任嘏等,都是这一带人。两晋以来,出现了高柔、徐纥、蒋少游、任昉、王猛等作家,其中以蒋少游、任昉、王猛较著名。

1. 蒋少游

蒋少游(?—501),乐安博昌(今山东博兴)人。北朝魏画家、建筑家和文学家。据《魏书》本传载,魏献文帝攻略宋青州时,将其掳掠至魏都平城。少游“性机巧,颇能画刻,有文思”,受到大臣高允的赏识,被举荐为中书博士,以雕刻、绘画为务。孝文帝元宏推行汉化政策,尚书李冲等改定衣冠服饰,少游曾参与其事。为营建魏都,曾考察魏晋故都遗址,并出使江南“摹写宫掖”,带“图画而归”。他曾参与设计营建魏太庙、太极庙,以及洛阳华林园与金墉门楼,皆构思精巧。官至太常少卿。虽其倾身心于建筑、工艺、雕刻和绘画艺术,却未尝忘记吟咏,有诗文集 10 卷,已佚。

2. 任昉

任昉(460—508),字彦升,小字阿堆,乐安博昌(今山东博兴)人。南朝梁著名诗人、文学家。《梁书》本传载,昉出身世家,“幼而好学,早知名”,四岁能诵诗,八岁会作文,所作《月仪》,辞义甚美。初仕宋,齐时州举秀才,拜太学博士。永明初,卫将军王俭领丹阳尹,引为主簿。王俭为当时文学大家,“每见其文,必三复殷勤,以为当时无辈”(《南史·任昉传》),并取自作之文,令昉点正。后为竟陵王萧子良记室参军,为“竟陵八友”之一,深为当时著名诗人王融所折服,“一代辞宗”沈约也“深所推挹”。萧梁代齐,拜黄门侍郎,迁吏部郎中,不久以本官掌著作。后出为义兴太守,居官清廉,俸禄多周济贫民,妻儿但食麦而已。后重除吏部郎中,参掌大选,寻转御史中丞,秘书监,领前将军。“自齐永元以来,秘阁四部,篇卷纷杂,昉手自雠校,由是篇目定焉”。天监六年(507),出为宁朔将军、新安太守,“在郡不事边幅,率然曳杖,徒行邑郭,民通辞讼者,就路决焉。为政清省,吏民便之。视事期岁,卒于官舍。……阖境痛惜,百姓共立祠堂于城南”。昉为人刚直,重视孝道,与士人相交,不计年辈,陆倕、到溉、王僧孺、张率、刘孝绰等都曾受其奖掖。

昉以散文著称,沈约以诗著称,时称“沈诗任笔”。萧纲《与湘东王书》说:“近世谢朓、沈约之诗,任昉、陆倕之笔,斯文章之冠冕,述作之楷模。”其文当时已传入北朝,为魏收等所尊崇。其诗,《诗品》列入中品;其文,《文选》录 17 篇。其文为《文选》选录最多者,有表、启、弹事、笺、序、墓志、行状、策文、令等各类文体,可见当时对其文章的重视。文集已佚，明张溥辑有《任彦升集》（《汉魏六朝百三家集》本）。今存64篇，载《全梁文》。昉诗今存20余首，载《先秦汉魏晋南北朝诗》。

3. 王猛、王昕、王晞

王猛（325—375），字景略，北海剧（今山东寿光）人，家于魏郡（今河北大名）。少贫贱，博学好兵书。氐人苻坚建国，历官至丞相。在其主政期间，一方面推行封建教化，使苻秦成为北方国力最为强大的政权，同时，推行汉化政策，在促进民族交融过程中作出积极贡献。猛本为齐地人，其言论行事体现了齐地教育的传统和齐人的文化素养，如严刑峻法，抑制豪强，“拔幽滞，显贤才，外修兵戈，内崇儒学，劝课农桑，教以廉耻”（《晋书·苻坚载记下》）等。临终嘱苻坚勿攻东晋，坚未从，终于败亡。有集9卷，已佚。今存文9篇，皆应用文字，载《全晋文》。

4. 王昕、王晞

王昕（？—559），字元景；王晞（511—581），字叔朗，二人均为王猛六世孙。昕初仕魏，历官秘书监。入齐，除银紫光禄大夫，因比齐宣帝为桀纣，被杀。有集20卷，已佚。晞初仕魏，入齐，历官东徐州刺史、秘书监，迁大鸿胪，加府仪同三司。齐亡，入周，后入隋。曾游太原赋诗，见《北齐书》本传。

第七章　隋唐五代时期的山东主要作家及其成就(上)

一、作家里籍分布

从汉末到南朝陈,中国长期处于动荡、分裂的时代。隋文帝重新统一了中国,却因各种社会矛盾的迅速激化而很快灭亡了。继隋而建的唐王朝将我国古代政治、经济、军事和文化推向鼎盛时期。国家的统一,促进了南北文化的融合。而隋唐以前南北对峙的政治局面造成的南北文化发展的不平衡状态,仍然延续了相当长的时间。晋南北朝时期,以司马氏为代表的汉族政权南下,长江中下游地区成为当时的政治文化中心。北方士人大批南下,在江南侨居地形成一个个文化家族,使今江浙、苏南、皖南、鄂、赣等地出现文化繁荣的景象,而北方则由于处于相对落后的少数民族政权统治之下,经济与文化教育的发展相对落后,各地归属不同,发展也颇不平衡。因此,在那个时期,作为文化重要组成部分的文学,南方远比北方发达。而隋唐统治者及其上层人物大多起于北方,唐王朝又建都长安(今陕西西安),并以洛阳(今河南洛阳)为东都,这就重新恢复了北方作为政治文化重心的地位,从而影响到全国文化分布的格局。

隋唐时代今山东地区文人众多,其地域分布与晋南北朝时期有很大不同,表现出如下特点:一是随着世家大族的衰落,原来居于文化中心的王、颜后裔逐渐式微,而且大都没有回到山东原籍,他们或定居在侨居地,或因宦游而定居异地,居住已十分分散,不再是聚居的族群。这些人与其南迁祖先不同,他们虽然也沿袭祖上署郡望的习惯,而实际上已经落籍外地,成为居住地之人,郡望只能表明他们的祖籍,而不再具有原来的文化意义。他们既已脱离其家族,家族文化对他们的影响自然也逐渐减弱,与山东原籍文化上的联系也逐渐淡薄。如南北朝后期的颜之推籍属琅邪临沂(今山东费县),而其后裔颜允南、颜真卿、颜须、颜项等则定居京兆长安(今陕西西安);颜之推至颜真卿已五代。颜氏后裔每每追忆祖德,说明家族文化传统对他们仍有一定影响,而其与原齐鲁地域文化已基本上失去联系,因此他们的籍贯应是京兆长安,郡望也只能作为研究这类作家生平的参考。同样,东晋南北朝累朝簪缨的琅邪王氏,其后裔虽仍称郡望,而在隋唐以后,也已散居各地,作为家族文化已不复存在。如著名诗人王昌龄籍出琅邪王氏,而实居京兆,应为咸阳人。只有清河(今山东武城)崔氏青州房、清河房氏济南房、清河东武城张氏、曹州南华(今山东东明)刘氏、兖州曲阜孔氏等,或因其族人原居北方,或一直未曾落籍侨居地,而仍保持着其世家地位。但除曲阜孔氏外,他们的实际政治经济地位也与晋南北朝时期的世族不能相提并论。同时,在隋唐开国之际,有部分家族或因成员建有军功,或因文才卓著而跻身上层,成为新兴的世族,如齐州崔氏、济南段氏等。二是随着北方传统文化区的复兴,原齐鲁地区的齐州(今山东济南)一带、兖州(今山东兖州、曲阜)一带以及青州(今山东青州、淄博)一带、博州(今山东聊城)、郓州(今山东东平)、德州(今山东德州)等,也出现了不少文化名人。从这一时期开始,齐州即今山东济南就成为今山东地区的政治文化中心。三是唐政治中心的变迁以及唐中央与地方的关系,也对文化格局产生一定影响。唐代后期政治中心逐渐东移,靠近汴(今河南开封)、洛(今河南洛阳)的今山东西部,作家增多,而东部(今山东淄博以东)则偏少。从政区划分来看,唐初在兖州置中都督府,齐州置下都督府,由中央直接统辖,至德(756—757)后,今山东地区分别隶属淄青平卢军、天平军、泰宁军三镇,又为义昌、天雄、昭义、宣武、武宁五镇地。即"安史之乱"前,今山东地区直接隶属于唐王朝中央,经济、文化由复苏逐渐走向繁荣;"安史之乱"后,今山东境内成为割据一方的藩镇的统治区。因此,从时间上看,唐前期山东籍的作家多,而后期则偏少;五代时期,山东作家又有所增多。这也从一个侧面反映了唐五代政治局势的变化对各地文化发展状况的影响。

二、旧士族的衰落与家族文学的变迁

晋南北朝时期,今山东境内的世族大部南迁,侨居长江中下游的荆州、江州、建业以及吴越地区。其中,琅邪王氏、颜氏、徐氏,东海徐氏,兰陵萧氏,泰山羊氏,清河崔氏等都是著名的文化家族,他们对晋南北朝文化(包括文学)的发展都曾作出重要贡献。从东晋末年始,寒门、寒人逐渐抬头,刘宋而后,不少人入掌机要;皇权得到加强,世族渐趋衰落。迨至隋唐时期,今山东境内的旧世族又遭受到新的打击。隋唐最高统治者都是自北周以来形成的关陇军事贵族,他们的先人也都曾在平定北齐、推翻南朝陈的战争中立下赫赫战功。因此,在李氏取得全国政权后,依靠关陇新贵,打击山东(崤山以东)世族,以抬高其社会政治地位。为此,唐太宗和武则天都曾重修氏族志;唐太宗所修以李姓居首,当朝大臣居次;武则天所修则以武姓为首,重新编排氏族谱。同时,从制度上取消世族仕进特权。隋文帝时期,废除了凭门第选官的九品中正制，对任官制度进行变革，“炀帝嗣兴，又变前法，置进士等科”（《唐会要》卷七六《制科举》），从而打破了门阀大族把持选举官吏的局面。唐朝继承了隋朝的科举制度，并进一步加以完善。士人由重门第而转为重科举：“进士科始于隋大业中，盛于贞观、永徽之际，缙绅虽位极人臣，不由进士者，终不为美，以至岁贡，常不减八九百人。其推重谓之‘白衣公卿’，又曰‘一品白衫’；其艰难谓之‘三十老明经，五十少进士’。……其有老死于文场者，亦无所恨。”①而任用官员的权力也由此而集中于中央，皇权进一步得到加强。同时，实行科举制度，使社会各阶层的士人能够通过考试参与政权，以门第为凭借的世族受到压抑而日趋衰落。因此，山东境内文人成分发生了较大的变化。

魏晋以来，今山东境内的南迁世族，隋唐以后大都落籍江南，少有回迁者。只有在南北朝时期，由于各种原因，北归者和少数在当年未随同南迁者，或因仕用北朝而保有其世家地位者，如清河崔氏、琅邪王氏、兰陵萧氏在北朝仍为望族。而唐初勋贵如房玄龄、段志玄、马周等，或为旧门阀世族（如清河房氏）而因效忠于新王朝重新贵显，或为庶族而因有武功文才而政治地位迅速提高；由科举入仕的士人，如马周、孙逖等，也以其才学而炳耀文坛，从而在原齐鲁地区形成一批新的文化家族。同时，隋唐实行科举制度，使社会各阶层的士人都有介入现实政治的机会，激发起他们参加科举考试的热情，因而士人队伍的成分发生了较大变化，彻底改变了世族文人独霸文坛的局面。

---

① 〔五代〕王定保：《唐摭言·散序进士》，古典文学出版社1957年版，第4~5页。

三、文化特点

自秦汉以来,齐鲁即今山东地区为传统文化区,而在南北朝时期相对衰落。隋唐五代时期,这一地区远离国都,但它作为传统文化区,随着全国的统一,逐渐恢复了作为我国东部政治文化中心的地位。一方面,由于隋继北周而兴,原仕用北朝的文人及其后裔鼎革之后仍然仕隋,如北海高构、东武城张虔威原为北齐官吏的后裔;一方面,隋唐统一,使南北儒学逐渐合流。唐初统治者高祖李渊“天下略定,即诏有司立周公、孔子庙于国学,四时祠,求其后”,太宗“锐情经术,即王府开文学馆,召名儒十八人为学士,与议天下事。……贞观六年,诏罢周公祠,更以孔子为先圣,颜氏为先师,尽召天下惇师老德以为学官。……命祭酒博士讲论经义,赐以束帛;生能通一经者,得署吏”(《新唐书·儒学传序》),大力提倡尊孔。后又组织儒学学者校正五经,进一步统一经学读本。太宗命前中书侍郎颜师古考定五经,命国子祭酒、曲阜县开国子孔颖达综合前人诸家注释的统一注本,一并颁行天下。颜师古祖籍琅邪,即今山东费县,为颜之推裔孙;孔颖达为孔子裔孙,祖籍山东曲阜。颜、孔都是唐代著名学者,对儒学和唐代文化的发展均曾作出重要贡献。《新唐书·儒学传》所列儒学名家中,除东海徐氏后裔徐旷、兰陵萧氏后裔萧德言外,还有贝州临清路敬淳、路敬潜,郓州鄄城王元感,沂州琅邪王仲丘。著名儒者柳冲、韦述、萧颖士、孔至等,都师从贝州临清路氏之学。由此可见,作为儒学发源地的原齐鲁地区,对唐代儒学发展以及对传统文化的传承所起的重要作用。

佛、道宗教文化的兴盛,是另一个重要特点。

自东晋以来,今山东地区就盛行佛教,尤集中于今济南、泰山、青州一带。相传苻秦皇始元年(351)，竺僧朗在泰山北麓之琨瑞山(今济南南郊柳埠)兴建佛寺，即朗公寺(后改名神通寺)。由于受到南燕和北魏王室的支持，寺院规模不断扩大，声播远近，成为今山东一带的佛教圣地。最盛时僧众数百，"内外屋宇数十余区"①。泰山西北麓灵岩寺，相传也是僧朗所建，北魏以来屡加修葺、扩建，至唐初发展成为全国四大名刹之一(李吉甫《十道图》)，相传太宗李世民、高宗李治都曾到过灵岩寺。济南东南龙洞山佛峪有隋文帝开皇年间修建的般若寺，千佛山(历山)有唐贞观年间修建的兴国禅寺，泰山藏峰寺、竹林寺、普照寺也都为唐代建筑。至今山东境内仍随处可见北朝以来的佛教遗迹，济南、泰山、青州等地尤多。隋唐时期，济南一带佛教仍然盛行。隋文帝提倡佛教，于开国之初即扩建朗公寺(亦名神通寺)，并于大业七年(611)修建了著名的四门塔。高僧法瓒(齐州人)在泰山宣扬佛教，被隋文帝召请到京师。唐代济南一带佛教日趋昌盛，出现了众多高僧，如义净、义玄、道希、智闲、善导等。仅济南一地，就有义净、道希及一位未留下姓名的僧人远赴印度求法。义净、法显和玄奘为中国古代三大求法高僧。义净的弟子慧日(山东莱州人)，也曾途经苏门答腊、斯里兰卡到达印巴次大陆，游历70余国，前后18年。回国后，玄宗赐予他"慈愍三藏法师"的称号，为净土宗慈愍派的开山祖师。曹州南华僧人义玄创临济宗，为禅门五宗之最大宗派，此后发展为我国佛教的主要流派。

同时，今山东也是道教盛行的地区。秦汉以来，齐地好神仙方术，中国早期道教就产生于齐鲁地区②。唐代统治者大力提倡道教，道家创始人老子被推尊为道教教主，庄子、列子等也被列为

---

① 〔梁〕释慧皎：《高僧传》卷五，中华书局1996年版，190页。

② 任继愈主编：《中国道教史》第一章《道教的孕育与诞生》，中国社会科学出版社2001年版。

"真人",老庄著作被称为"经":《老子》称《道德经》,《庄子》称《南华真经》。山东境内的泰山本为道教圣山之一,隋文帝、唐高宗、唐玄宗等都曾封泰山祀后土,唐朝高宗、武后、中宗、睿宗、玄宗、德宗、代宗等"六帝一后"先后在岱岳观建醮造像 20 次①。齐州(即今济南)的紫极宫、华阳道观,都是当时著名的道观,大诗人李白就是在齐州紫极宫接受道箓,加入道士籍的。

四、文学地位

隋唐五代时期,山东作家大多活动在京都长安,少数游散各地。就时代而论,隋代较著名者如平原鬲(今山东陵县)人明克让、明余庆,琅邪临沂(今山东临沂)王慎、王胄,清河武城(今山东武城)崔儦,东海郯(今山东郯城)徐仪等,其创作为六朝余绪,偶有名章俊句,而总体成就不高。其中,王胄诗文兼善,与当时另一文学家虞绰齐名,所作诗赋颇受时人称赏。

唐代在全国有重要影响的山东作家有马周、吕才、崔融、孙逖、羊士谔、刘沧、段成式等。马周是著名政治家,也是著名政论家,《旧唐书》本传称其文"援引事类,扬榷古今,举要删芜,会文切理,一字不可加,一字不可减,听之靡靡,令人忘倦",给予很高评价。吕才是著名唯物主义哲学家、文学家和音乐家,在唐代哲学史、文学史和音乐史上都有重要地位。崔融被誉为当时朝廷"大手笔",与苏味道、李峤、杜审言齐名,合称"文章四友";其诗亦清新流丽,为律诗体制的完成作出重要贡献。孙逖为一代文宗,曾因选拔颜真卿、李华、萧颖士等而知名当时,其诗文也有重要影

① 泰山风景名胜区管理委员会编:《中国泰山》,文物出版社 1993 年版,第 19 页。

响。马周、吕才、孙逖的散文作品，文风朴实，注重与社会现实的联系，一改六朝浮华相尚的习气，成为古文运动的先驱。段成式以《酉阳杂俎》知名于时，其骈文与李商隐、温庭筠齐名，诗亦有可称道者。另外，义净、义玄两位诗僧，在方外诗人中，也有重要影响。

五代时期山东作家众多，和凝"长于短歌艳曲"（《旧五代史·和凝传》），对词体的发展有一定贡献；韩熙载精通音律，擅长书法，绘画冠绝当时，其碑碣之文也为时人所称道。另外，还有以著述该博著称的张昭、王朴，以文章闻于当时的李愚、窦梦征等。

总之，隋唐五代时期在哲学、文学、艺术等领域，都活跃着一批今山东籍的作家。同时，在今山东各地也有影响一方的文化名人。他们对当时及其后的当地人都曾产生影响，这从他们在今山东各地流传的故事以及保留的遗迹可以看出。

五、客籍作家的文学活动

隋唐是客游山东的作家最多的一个时期，唐代伟大诗人李白、杜甫等，著名诗人骆宾王、王维、高适、苏源明、颜真卿、刘叉，著名文学家、书法家李邕及诗人李之芳，以及"竹溪六逸"中的外籍作家，他们在山东的文学活动，已构成山东文学的一部分，至今遗迹尚存，并为人们所乐道。其中，李白寓居山东20余年，是他除四川故乡之外居住时间最长的地方，感情也特别深厚，以致有人把他误认为山东人。山东就是李白的第二故乡。

1. 骆宾王

骆宾王（619—687），字观光，婺州义乌（今浙江义乌）人。著名诗人，"初唐四杰"之一。其父骆履元唐初任青州博昌（今山东博兴)县令,卒于任上,葬博昌。骆宾王幼年随父在博昌读书,在其父卒后,在博昌又住了些年,后曾移家兖州。清代《骆宾王集笺注》的作者陈熙晋说:“宾王七岁能属文,目为神童。随父至博昌,与邑之张学士、辟闾公游,趋庭奉训,负笈从师,学问得之于齐、鲁者为多。”宾王自云在齐鲁受到儒家礼义的熏陶,刻苦攻读而得以有所成就。骆宾王在《上兖州刺史启》一文中说:“某淹中故俗,体朴厚之清规;稷下遗氓,陶礼义之余化。颇游简素,少阅缣缃;每蟋蟀凄吟,映素雪于书帐;莎鸡振翅,截碧蒲于翰池。”淹中,故鲁地里名。据《汉书·艺文志》载,《礼》古经出于鲁淹中。稷下,即先秦齐国都城临淄。

骆宾王对其幼年曾生活过的博昌,怀有十分深厚的感情。唐高宗开耀元年(681)春初,他借出使燕齐的机会,重回博昌,寻访父亲故旧,并写有《与博昌父老书》,表达其对博昌父老的怀念与感激之情:

> 骆宾王致书于博昌父老等,承并无恙,幸甚,幸甚!云雨俄别,封壤异乡;春渚青山,载劳延想。秋天白露,几变光阴。古人云“别易会难”,不其然与!

接着抒写其重回故地,师友及父亲的门生故吏均皆逝去,感今怀旧,痛悼不已:

> 自解携襟袖,一十五年;交臂存亡,略无半在。张学士溘从朝露,辟闾公倏掩夜台。故吏门人,多游蒿里;耆年宿德,但见松丘。呜呼!泉壤殊途,幽明永隔;人理危促,天道奚言?感今怀旧,不觉涕之无从也。过隙不留,藏舟难固;追维逝者,浮生几何!哀缘物兴,事因情感。虽庄蒙一指,殆先觉

于劳生；秦佚三号，讵忘情于怛化！啜其泣矣，尚何云哉！

而今寻访故地，县治已迁，物是人非，思及父亲遗爱尚存，不胜唏嘘：

又闻移县就乐安故城，廨宇邑居，咸徙其地；里闬阡陌，徒有其名。荒径三秋，蔓草滋于旧馆；颓墉四望，拱木多于古人。嗟乎！仙鹤来归，辽东之城郭犹是；灵乌代谢，汉南之陵谷已非。昔吾先君，出宰斯邑，清芬虽远，遗爱犹存。……今西成有岁，东户无为。野老清谈，怡然自得；田家浊酒，乐以忘忧。故可洽赏当年，相欢卒岁，宁复惠存旧好，追思昔游？所恨跂予望之，经途密迩；伫中衢而空望，巾下泽而莫因。风月虚心，形留神往；山川在目，室迩人遐。以此怀劳，增其叹息。情不遗旧，书何尽意！

此文情深意切，虽为骈体，读来仍十分感人。

2. 李邕

李邕(678—747)，字泰和，江都(今江苏扬州)人。因任北海太守，世称“李北海”。为人刚直，因触忤权贵，屡遭贬斥，而以文章、书法名冠海内。其对李白、杜甫的奖掖与交往，也成为文坛佳话。

唐玄宗天宝初年，李邕出守北海。其间，李白、杜甫都曾拜访他。李白写有《上李邕》《东海有勇妇》，前者向李邕表明心志，后者赞颂李邕体察民情、伸张正义的举措。李邕因事到齐州，顺便看望从孙、齐州司马李之芳，写有《登历下古城员外孙新亭》：

吾宗固神秀，体物写谋长。形制开古迹，曾冰延东方。

太山雄地理,巨壑渺云庄。高兴汨烦促,永怀清典常。含弘知四大,出入见三光。负郭喜(一作皆)秔稻,安时歌吉祥。

诗写登上新亭的所见所感。元代散曲家张养浩曾因欣赏其“太山雄地理,巨壑渺云庄”之句,命其隐居处为“云庄”,并以为别号。

杜甫于天宝四载(745)到临邑看望弟弟杜颖,途经济南,访问齐州司马、诗人李之芳,与李邕相遇。早在开元年间,李邕不以自己年高望重而愿与年辈较晚的杜甫见面论文,二人相见自然十分倾心。杜甫写有《陪李北海宴历下亭》一诗:

东藩驻皂盖,北渚凌清河。海右此亭古,济南名士多。云山已发兴,玉佩仍当歌。修竹不受暑,交流空涌波。蕴真惬所遇,落日将如何。贵贱俱物役,从公难重过。

此诗受到历代游历济南者所重视。宋代曾巩知齐州,取诗中“北渚凌清河”之句,在大明湖北岸建北渚亭,晁补之据以写《北渚亭赋》。“海右此亭古,济南名士多”二句,为清代书法家何绍基书为历下亭楹联,至今为人们所瞻仰。历下亭亦因李邕、杜甫相会于此而闻名海内。

3. 李白

李白(701—762),字太白,出生于西域碎叶城(今在吉尔吉斯斯坦境内),5 岁随父迁居绵州昌隆县(今四川江油)。于开元二十四年(736)移家东鲁,直到乾元二年(759)移家楚地,前后 23 年。李白寓居兖州任城(今济宁),曾游历济南、泰山、金乡、单县、苍山、博平(今高唐、临清一带)、聊城、曲阜、益都(今青州)等地,并曾一度寓居沙丘。沙丘在山东何处，有的说在临清①，但从李白《沙丘城下寄杜甫》一诗看，应指今新泰古城②。李白游踪所至，诗亦随之。《李太白集》中，标明与山东各地有关的诗篇近60首。李白初到山东，便为当地人民的勤朴和优美的自然环境所吸引。他写了著名的"鲁缟"的织作情况："五月梅始黄，蚕凋桑柘空。鲁人重织作，机杼鸣帘栊。"（《答汶上翁》）尤其是兰陵美酒，使诗人有宾至如归之感："兰陵美酒郁金香，玉碗盛来琥珀光。但使主人能醉客，不知何处是他乡。"（《客中作》）李白所赞颂的兰陵美酒，已与李白的名字流传在一起，并已享誉海内外。他东鲁门（兖州城东门）泛舟（《东鲁门泛舟》），登凌泰山极顶（《游泰山》），登山临水，访问隐逸，与孔巢父、裴政、韩准、张叔明、陶沔等五人同游于徂徕山，号为"竹溪六逸"（《送韩准裴政孔巢父还山》）。天宝三年（744），李白从长安归鲁，途中往访河南采访大使李彦允，经其介绍，至齐州（今济南）紫极宫（玄元庙），请高天师（如贵）授道箓，加入道士籍，有《奉饯高天师如贵道士传道箓毕回北海》一诗记其事。紫极宫就是老子庙，唐代皇帝尊老子为始祖，天下诸郡设玄元庙（后改紫极宫），而山东素来为道教方士活跃之地，李白访仙求道，并选择齐州入道，以求得精神的暂时解脱，或与此处的道教氛围有关。据王琦《李太白年谱》载，李白前后两次到达济南，第一次来时游历华不注山，华不注高标特起、峻秀挺拔的兀傲形象，激发起诗人情兴，后来回忆此次游历，写下了最早咏唱华不注的名篇《古风》（第二十）：

昔我游齐都，登华不注峰。兹山何峻秀，绿翠如芙蓉。

---

① 见复旦大学中文系古典文学教研组选注：《李白诗选》，人民文学出版社1977年版，第106页。

② 王尹成主编：《新泰文化大观》，齐鲁书社1999年版，第86页。

萧飒古仙人，了知是赤松。借予一白鹿，自挟两青龙。含笑凌倒影，欣然愿相从。

华不注孤峰桀立的形象，与李白孤傲独立的品格正相映衬。登上峰顶而飘飘欲仙，思与仙人相接，诗人陶醉在山水美景之中。其诗影响久远，为历代登华不注者所提及。

天宝七载(748)春①，李白重游济南，泛舟鹊山湖，所写《陪从祖济南太守泛鹊山湖三首》也是描写该湖的最早的诗篇：

初谓鹊山近，宁知湖水遥？此行殊访戴，自可缓归桡。
湖阔数十里，湖光摇碧山。湖西正有月，独送李膺还。
水入北湖去，舟从南浦回。遥看鹊山转，却似送人来。

湖在鹊山、华不注山之间，山水相映，在朦胧月色之中，乘舟夜游，更增加几分凄迷之美。从济南城内大明湖乘舟至湖，令诗人沉醉在湖光山色之中。景象开阔，情融景中，体现了李白此类诗歌的特色。

李白游踪遍及齐鲁，行之所至，诗亦随之。他在齐鲁各地与当地文人、地方官吏交往。除泰山一带徂徕山、石门山及新泰、济南而外，他曾游历单父(今山东单县)、金乡、汶上、曲阜、茌平、聊城等地。其中，与杜甫的交游，更是文坛佳话。

天宝四载(745)初秋，杜甫从临邑探望弟弟杜颖之后，来兖州省亲；李白从齐州受道箓之后返回东鲁，得以重逢。两人情好日密，“醉眠秋共被，携手日同行”②，李、杜均有诗记其交游。离别

---

① 此从黄锡珪《李白编年诗集目录》。

② 〔唐〕杜甫：《与李十二白同寻范十隐居》，载《杜诗镜铨》卷一，中华书局1962年版，第15页。

时，李白写了《鲁郡东石门送杜二甫》；离别后，杜甫有《赠李白》一诗，李白有《沙丘城下寄杜甫》一诗，表达二人深厚情谊。两位伟大诗人的这次交往、会面，闻一多认为应“大书特书”，甚至说：“我们四千年的历史里，除了孔子见老子（假如他们是见过面的）没有比这两人的会面，更重大，更神圣，更可纪念的。……如今李白和杜甫——诗中的两曜，劈面走来了，我们看去，不比那天空的异瑞一样神奇，一样的有重大意义吗？”①

李白是人民热爱的诗人，其行踪诗迹都成为后世瞻仰、留连和咏歌之地。早在金代之前，济南匡（筐）山就曾建有“李白读书堂”②。匡山本指匡庐即江西庐山，此虽为后人附会为之，但反映了济南人民对这位伟大诗人的热爱和怀念之情。自唐以后，济宁太白楼成为来鲁文人登临凭吊之处，如今已修葺一新，迎候着海内外游客。

4. 杜甫

杜甫（712—770），字子美，巩（今河南巩县）人。比李白稍晚，杜甫于开元二十四年（736）和天宝四年（745）两度来山东。《壮游》一诗描写了他开元二十四年（736）游历齐赵一带的生活情形。杜甫的父亲杜闲曾任兖州司马，弟弟杜颖为临邑主簿，天宝三年（744），杜甫来兖州省父，也顺道看望弟弟。来鲁途中，在洛阳他结识了李白，二人一见如故，与诗人高适一起，三人同游梁宋（今河南开封、商丘一带）之后，杜甫到兖州省父，李白返任城探家。天宝四年，自春及秋，李、杜同游齐鲁。二人在曲阜东北的石门山分手，李白有《鲁郡东石门送杜二甫》记其事。李、杜在山东的交

---

① 闻一多：《唐诗杂论 · 杜甫》，古籍出版社 1957 年版，第 154 页。

② 〔金〕元好问：《济南行记》，载《遗山先生文集》，《四部丛刊》影印明弘治本。

游,是唐代文坛佳话,而杜甫和李邕宴集的大明湖历下亭,至今仍是人民瞻仰、留连之地。李邕是当时声望极高的文学家和书法家,李、杜都曾拜访他。李邕时任北海太守(北海郡治益都,即今青州)。杜甫看望弟弟杜颖之后,访问齐州司马李之芳,恰好李邕也在齐州。李之芳是李邕的从孙,与杜甫自幼交好;而李邕早就十分欣赏杜甫的诗才。在齐州,杜甫陪同李邕游览了历下亭、新亭,杜甫有《陪李北海宴历下亭》记其事,诗中的名句"海右此亭古,济南名士多"至今为历下亭楹联。其间,杜甫作有《望岳》《登兖州城楼》《暂如临邑至鹊山湖亭奉怀李员外》等诗,尤其是《望岳》一首,写望中泰山的雄伟、神奇,至今为人传诵不已:

岱宗夫如何?齐鲁青未了。造化钟神秀,阴阳割昏晓。荡胸生曾云,决眦入归鸟。会当凌绝顶,一览众山小。

5. 王维

王维(701?—761),字摩诘,祖籍太原祁县(今山西太原),其父徙家河东(今山西永济)。王维于开元九年(721)进士及第,调太乐丞,坐伶人舞黄狮子事,贬为济州司仓参军。时济州治在碻磝城(今山东茌平高垣墙)。据其诗,在济州期间,王维曾游历齐州(今山东济南)、鲁西东阿等地,作有《齐州送祖三咏》、《鱼山神女祠歌》(3首)、《济州过赵叟家宴》等11首诗。王维以山水田园诗著称,而此间所写诗或送别、赠答,或旅途见闻,其行踪诗迹至今仍令人怀念。

6. 高适

高适(700?—765),字达夫,渤海蓨(今河北景县)人。早年客居梁、宋。天宝三载(744)夏,与李白、杜甫会于梁、宋,登琴台,怀古赋诗。此后出游齐鲁,至东平、单父、鲁郡、鲁西、北海等地。其间,与北海太守李邕等地方官唱酬,作有《奉酬北海太守丈人夏日平阴亭》《单父逢邓司仓覆仓库因而有赠》《东平别前卫县李寀少府》等。有的写旅途所见,作有《鲁西至东平》《东平路中遇大水》《东平路作》等15首诗。高适以写边塞诗著名,而其诗内容丰富,涉及社会生活的方方面面。其在东平滞留期间,所写诗不论写旅途景观,还是抒发观感,皆发自胸臆,至今仍为当地人所重视。

7. **苏源明**

苏源明(?—764),初名预,字弱夫,京兆武功(今陕西武功)人。少丧父,流寓徐州、兖州一带,并曾隐居泰山读书。相传其读书处在岱顶天街白云洞附近。杜甫初至山东,在兖州与流寓于此的苏源明相识,后曾在《壮游》诗中忆及当时一起狩猎的情景。在其去世后,杜甫曾写有《哭郑司户、苏少监》《故秘书少监武功苏公源明》。在《故秘书少监武功苏公源明》诗中,杜甫叙及苏源明的生平遭际,曾说到他在泰山读书时的艰辛窘况:"时下莱芜郭,忍饥浮云巘。负米晚为身,每食脸必泫。夜字照爇薪,垢衣生碧藓。"苏源明隐居泰山十年,苦读成才;能诗善文,天宝间即有盛名。他与杜甫、郑虔、元结交好,受到杜甫、韩愈的称赏。天宝十二载(753),苏源明出任东平太守,十三载即召为国子司业。在东平期间,他特别喜爱东平湖,称其为"小洞庭",写有《小洞庭洄源亭宴四郡太守》《秋夜小洞庭离宴》两首诗,载《全唐诗》。

8. **颜真卿**

颜真卿(709—784),字清臣,祖籍琅邪临沂(今山东费县),京兆长安(今陕西西安)人。开元二十二年(734)进士及第,后历官刑部尚书,进封鲁郡开国公,世称“颜鲁公”。天宝十二年(753),出任平原太守。当时平原治今山东陵县,边近范阳、卢龙、河东三镇节度使安禄山的辖区。在觉察安禄山异动之后,他整修城池,招募丁勇,加以防范。天宝十四年(755),安禄山举兵反唐,率兵南下,所向披靡,独平原戒备森严,无法攻取。在安禄山攻取洛阳称帝之后,曾派人威逼颜真卿降服,而他历数安禄山叛国罪状,率全体将士举起抗叛救国的旗帜,聚合河北 17 郡,集兵 20 万,与同时举义兵的从兄颜杲卿相呼应,横绝燕赵,切断安禄山的后路。在国家危难之际,颜真卿奋起抗争,为维护唐帝国的统一作出重要贡献。

《旧唐书》本传称:“颜真卿少勤学业,有词藻,尤工书。”其楷书绝妙,世称“颜体”。宋留元刚辑录其诗文为《颜鲁公集》,今有《四库全书》本。今山东陵县存有颜真卿于天宝十三载(754)所书《东方画赞碑》,为存世书法瑰宝。

9. 刘叉

刘叉(生卒年未详),自称彭城子,籍贯不详。《唐才子传》称其为河朔(泛指黄河以北地区)人。早年任气行侠,因酒后杀人,流寓齐、鲁间。元和中,为韩愈门客。后与其他门客不合,遂持韩愈撰写墓志铭所得润笔费数斤复归齐鲁,不知所终。其诗颇为时人所欣赏,一度名声籍甚。其诗散佚,《全唐诗》辑录 1 卷,《全唐诗补编》辑录 1 首,《全唐诗续拾》辑录 1 首。刘叉在齐鲁居处不详,其诗影响也未见记载。

第八章　隋唐五代时期的山东主要作家及其成就(下)

一、初盛唐诗文名家

唐代文学的主要成就是诗歌,而以散文名世的人中,不少是今山东籍的作家。他们有政论名家马周、员半千和任华,有开古文运动端绪的吕才,有著名的“文章四友”之一的崔融,还有一代文宗孙逖等。其中,初、盛唐时期的文章名家是马周、吕才、员半千和任华。

马、吕、员、任诸家文章,有一个共同特点,就是主张经世济民、文为时用,文字也都朴实无华,较少秾艳之气。而吕才与此后的孙逖开唐代古文之渐,似非偶然。如果联系宋初山东籍作家王禹偁、穆修等的文学主张及其创作实践,令人感到似有一条潜伏隐秘的线将他们连接在一起。沿着这一潜伏隐秘的线索,考察一下此前山东籍作家的文学主张及其创作实践,就会得到明确的答案,这来源于原齐鲁地区深厚的儒学传统,以及在这一传统基础上形成的文风。唐代山东籍散文作家,几乎无一例外,都崇尚儒家学说,都具有深厚的儒学修养,并都具有刚介正直的品格,就更具体地说明他们的文风与齐鲁地区崇尚儒学的传统教育有关。他们文章中所体现出的积极用世的精神和忧国忧民的情怀,也都是儒家优秀传统的体现。

1. 马周

马周(601—648),字宾王,博州茌平(今山东茌平)人。新、旧《唐书》本传载,周少孤贫好学,尤善《诗经》《春秋》,而“落拓不为乡里所敬”。后游京师,其文受到太宗赏识,历官中书侍郎兼太子右庶子。太宗贞观十八年(644),迁中书令,并以本官摄吏部尚书。卒赠幽州都督。

马周文章颇为时人称许,为唐初政论名家。史称马周“有机辨,能敷奏,深识事端,动无不中”(《旧唐书》马周本传)。从今存文章来看,马周所论有针对性,对当时的政治弊端敢于提出批评,而辞意委婉,方式得当,颇为太宗所称赏。《旧唐书》本传载,贞观六年(632),“诏书令宗室勋贤作镇藩部贻厥子孙,嗣守其政,非有大故,无或黜免”,即令宗室勋贵子孙世袭其职。这类世袭制度,历史已经证明对加强中央集权极为不利。但此事涉及皇帝家事,不便从正面提出批评。他避开正面话题,从皇帝所以分封子孙的用意谈起,论及“爱之重之”“所以安存之”之道,即说你要爱护他们,就应考虑如何使他们安享富贵:

> 臣窃惟陛下封植之者,诚爱之重之,欲其胤裔承守而与国无疆也。臣以为如诏旨者,陛下宜思所以安存之、富贵之。然则,何用代官也?何则?以尧、舜之父,犹有朱、均之子。倘有孩童嗣职,万一骄愚,则兆庶被其殃,而国家受其败:正欲绝之也,而子文之治犹在;正欲留之也,而栾黡之恶已彰。与其毒害于见存之百姓,则宁使割恩于已亡之一臣,明矣。然则,向所谓爱之者,乃适所以伤之也。臣谓宜赋以茅土,畴其户邑,必有材行,随器方授,则虽其翰翮非强,亦可以获免

尤累。昔汉光武不任功臣以吏事，所以终全其世者，良得其术也。愿陛下深思其事，使夫得奉大恩，而子孙终其福禄也。

此文既为皇族安全着想，又对加强中央集权有利，自然会为太宗所接受。

唐太宗贞观年间，天下大治，李世民有骄怠表现。贞观十一年(637)，马周上疏，劝谏太宗接受历史教训，勤俭治国，施恩百姓，保持贞观初年励精图治的精神：

今陛下虽以大功定天下，而积德日浅，固当思隆禹汤文武之道，广施德化，使恩有余地，为子孙立万代之基，岂欲但令政教无失，以持当年而已。然自古明王圣主虽因人设教，宽猛随时，而大要唯以节俭于身、恩加于人二者是务。……今百姓承丧乱之后，比于隋时才十分之一，而供官徭役道路相继，兄去弟还，首尾不绝；远者往来五六千里，春秋冬夏略无休时。陛下虽每有恩诏令其减省，而有司作既不废，自然须人，徒行文书，役之如故。臣每访问，四五年来，百姓颇有嗟怨之言，以为陛下不存养之。昔唐尧茅茨土阶，夏禹恶衣菲食，如此之事，臣知不可复行于今。汉文帝惜百金之费，辍露台之役，集上书囊以为殿帷，所幸慎夫人衣不曳地。至景帝以锦绣綦组妨害女工，特诏除之，所以百姓安乐。至孝武帝虽穷奢极侈，而承文、景遗德，故人心不动。向使高祖之后即有武帝，天下必不能全。

文章“援引事实，扬榷古今”，析理深透，很有说服力。《旧唐书》本传称，在其病重之际，“太宗躬为调药，皇太子亲临问疾”，至为关切。周“临终索所陈事表草一帙，手自焚之”，慨然曰：“管晏彰君之过,求身后名,吾弗为也。”论者或以为马周为人谨慎的表现,不无道理,然亦可窥见齐人淡泊名利的侠义性格。马周卒后葬于长安(今陕西西安),在其家乡(今山东茌平)曾建有衣冠冢。

《旧唐书·经籍志》《新唐书·艺文志》著录《马周集》10卷,已散佚。《全唐文》辑录其散文5篇。《全唐诗》辑录其诗1首。

2. 吕才

吕才(?—665),博州清平(今山东临清、高唐一带)人。少好学,博学多识,是通晓天文、乐律、医学的科学家,著名的无神论者、哲学家,也是开唐代古文运动端绪的文学家。初由温彦博、魏征推荐,太宗召见,令直弘文馆,累迁太常博士,终官太子司更大夫。

据《新唐书》本传载:“帝(太宗)病阴阳家所传书多谬伪浅恶,世益拘畏,命才与宿学老师删落烦讹,掇可用者,为五十三篇;合旧书四十七,凡百篇,议颁天下。”即说吕才曾奉命整理社会上流行的阴阳家看宅、算命、测风水的迷信书籍。他在整理过程中,用无神论的观点,对这些书籍的迷信内容进行批判。书成后曾遭到迷信方术者的反对,吕才撰文反驳,有理有据。其书大部散佚,今仅存《新唐书》本传所载《叙宅经》《叙禄命》《葬》3篇。如《叙禄命》篇云:

> 谨案《史记》宋忠、贾谊讥司马季主云:“夫卜筮者,高人禄命,以悦人心;矫言祸福,以规人财。”又案王充《论衡》云:“见骨体而知禄命,睹禄命而知骨体。”此则禄命之书,行之久矣。多言或中,人乃信之。今更研寻,本非实录。但以积善余庆,不假建禄之吉;积恶余殃,岂由劫杀之灾?皇天无亲,

常与善人,祸福之应,其犹影响。故有夏多罪,天命剿绝;宋景修德,妖孛夜移。学也禄在,岂待生当建学。文王勤忧损寿,不关月值空亡。长平坑卒,未闻共犯三刑。南阳贵士,何必俱当六合;历阳成湖,非独河魁之上。……今时亦有同年同禄而贵贱悬殊,共命共胎而夭寿更异。

吕才首先对秦汉以来看相算命的迷信提出批判,接着便以鲁庄公、秦始皇、汉武帝等为例,说明由命相推算禄命的荒谬。吕才"持议儒而不俚,以经义推处",即以儒家朴素的唯物思想对神学迷信进行批判。《新唐书》本传说:"才之言不甚文,要欲救俗失,切时事,俾易晓也。"为了让一般人能够读懂,达到革除陋俗的目的,吕才的文章通俗易读,接近口语。吕才文风与唐初文风异趣,同傅奕之文已开古文运动之渐。

3. **员半千**

员半千(621—714),字荣期,齐州全节(今山东济南)人。客居晋州临汾(今山西临汾)。其先本彭城(今江苏徐州)刘氏,其十世祖凝之生当南朝,事宋。宋、齐易代,奔元魏,自比春秋忠烈伍员,魏帝赐姓员。因此,员半千的籍贯就有不同说法。半千初名余庆,其师王义方曾说"五百岁一贤者生,子宜当之",因改名半千。《新唐书》本传称半千"凡举科,皆中",然未得任用。调武陟尉,逢岁旱,擅发官仓救济灾民,被囚入狱,获释,又应岳牧举。高宗问"兵家三阵",众未对,半千应答如响,擢高第。垂拱年间(685—688),入阁供奉。迁司宾寺主簿、弘文馆直学士,五迁正谏大夫,兼右控鹤内供奉。半千性刚直,重志节,不甘于做御用文人,"上疏请罢之"。由是忤旨,降为水部郎中,后又出为州刺史。睿宗时,征拜太子右谕德,兼崇文馆学士,封平原郡公。《旧唐书》

将其列入文苑传,重视其文学成就;《新唐书》列入官吏列传,看重其宦迹和志节。《新唐书》本传称"半千事五君,有清白节。年老不衰,乐山水自放"。曾有诗文集传世,已佚。《全唐诗》收录其诗3首,《全唐文》卷165收录其文3篇。郭预衡先生的《中国散文史》将其列入"不甘御用之文",对其人品和文品给予较高评价;认为其《陈情表》一类文章风格率直泼辣,表现出他的才学和狂放,与甘为柔媚的御用文人不同。如讲到自己的才干云:

> 若使臣平章军国,燮理阴阳,臣不如稷契;若使臣十载成赋,一代称美,臣不如左太冲;若使臣荷戈出战,除凶去逆,臣不如李广;若使臣七步成文,一定无改,臣不愧子建;若使臣飞书走檄,援笔立成,臣不愧枚皋。陛下何惜玉阶前方寸地,不使臣披露肝胆、抑扬辞翰?请陛下召天下三五千人,与臣同试诗策判笺表论,勒字数,定一人在臣先者,陛下斩臣头,粉臣骨,悬于都市,以谢天下才子!

4. 吕向

吕向(生卒年未详),字子回,东平(今属山东)人。少孤,寄居外祖家。早年隐居于陆浑山中,以卖药为生。勤奋好学,即市阅书,遂博通古今。开元十年(722),召入翰林,兼集贤院校理,侍太子及诸王为文章。当时玄宗每年派遣使者在全国各地采选美女,纳入后宫,向为此奏献《美人赋》进行讽谏,受到玄宗赏识,擢左拾遗。玄宗常常游猎渭川,荒废政务,向又献诗规谏,进左补阙。后历任起居舍人、主客郎中、中书舍人,官至工部侍郎。他认为李善注《文选》难以普及,曾与吕延济、刘良、张先、李周翰重新注释《文选》,世称"五臣注",后与《文选》李善注并为文选学研究的重要文献。其作品大多散佚，《全唐文》辑录有《美人赋》，《新唐书》本传载有《谏令突厥入仗驰射疏》。

5. 任华

任华（生卒年未详），乐安（今山东博兴）人。为人淡泊，性狷介，傲岸不羁，以文章自负。曾隐居多年，自称“野人”“野客”或“逸人”。据有关记载，他曾在肃宗朝任秘书省校书郎、监察御史等。大历三年（768）前后，出为播州刺史参佐。

任华今存文24篇，载《全唐文》卷三七六。华为人倾慕李白，为文风格亦与之近似，豪放恣肆，不为媚语，自为盛唐文章之一格。例如《告辞京尹贾大夫书》：

> 大夫阁下：昔侯嬴邀信陵君车骑过屠门，而信陵君为之执绥，此岂辱公子耶？乃所以成公子名耳。王生命廷尉结袜，廷尉俯偻从命无难色，此岂辱廷尉耶？亦以成廷尉之名耳。仆所邀明公枉车过陋巷者，岂徒欲成君之名而已哉！窃见天下有识之士，品藻当世人物，或以君之才望，美则美也，犹有所阙焉。其所阙者，在于恃才傲物耳。仆感君国士之遇，故以国士报君。其所以报者，欲浇君恃才傲物之过，而补君之阙。宜其允迪忠告，惠然来思。而乃踌躇数日不我顾，意者耻从卖醪博徒游者乎？观君似欲以富贵骄仆，乃不知仆欲以贫贱骄君，君何见之晚耶！

本为干谒求人，而却以贫贱骄人，绝无低媚哀怜之语；为文铺张排比，咄咄逼人，亦颇有纵横家之风。

同时，任华也是一位著名诗人。从其赠诗，知与李白、杜甫相交。天宝五载（746），赴长安寻访李白，未遇，作《寄李白》。广德二年(764),杜甫为严武举荐,赴成都任检校工部员外郎,任华闻知消息,作《寄杜拾遗》。华与诗人高适相友善,适有《赠任华》一诗。大历年间(766—779),书法家、僧人怀素善草书,在京都长安受到名公巨卿的赞许,大臣张谓、颜真卿,诗人戴叔伦、钱起、卢象等都作诗称颂。此时,任华作长诗《怀素上人草书歌》。任华作诗,好为长篇歌行,浑浩流转,气势磅礴,风格也与李白相近。《全唐诗》辑录其诗 3 首。

6. 卢象

卢象(700—764),字纬卿,祖籍范阳(今河北涿州),家居汶上(今属山东)。排行第八,时称卢八。唐玄宗开元年间(733—741),进士及第,任秘书省校书郎、右卫仓曹掾。历官襄阳令、左补阙、河南府司录、司勋员外郎。后"为飞语所中,左迁齐、汾、郑三郡司马,入为膳部员外郎"①。因"安史之乱"中被迫接受伪职,乱平后被贬为州幕僚。后擢为尚书主客员外郎,赴任途中病卒。

卢象当世即有诗名,与著名诗人李白、王维、贺知章等均有交往,今存有彼此赠答之诗。有集 12 卷,已散佚。《全唐诗》辑录其诗 1 卷,20 余首。唐殷璠《河岳英灵集》选其诗 7 首,谓"象雅而不俗,有大体,得国士风"。今人《全唐诗续补遗》《全唐诗续拾》又各辑 1 首。其诗在当时即有盛誉,刘禹锡谓其"始以章句振起于开元中,与王维、崔颢比肩骧首,鼓行于时,妍词一发,乐府传贵"。

卢象诗的内容,有描写山水风光的,如为人赞赏的《峡中作》等;有写田园、叙亲情的,如《八月十五日,象自江东止田园,移庄庆会,未几归汶上,小弟幼妹尤嗟其别,兼赋是诗三首》等;有与诗

---

① 〔唐〕刘禹锡:《唐故尚书主客员外郎卢公集记》,载《嘉业堂丛书·刘宾客文集》。

友祖咏、綦毋潜、王维等赠答诗，也有借咏史事抒写不平者。其中《追凉历下古城西北隅，此地有清泉乔木》，叙写历下史事寓含愤懑不平之气：

> 谢朓出华省，王祥贻佩刀。前贤真可慕，衰病意空劳。贞悔不自卜，游随共尔曹。未能齐得丧，时复诵《离骚》。闲荫七贤地，醉餐三士桃。苍苔虞舜井，乔木古城壕。渔父偏相狎，尧年不可逃。蝉鸣秋雨霁，云白晓山高。咫尺传双鲤，吹嘘借一毛。故人皆得路，谁肯念同袍？

此诗一本题上有"同李北海"字样，寻辞气，或有请北海太守李邕提携、推荐之意。"蝉鸣秋雨霁，雪白晓山高"二句，对仗工整，景物明丽，亦为名句。

7. 徐彦伯

徐彦伯（？—714），名洪，字彦伯，后以字行。兖州瑕丘（今山东兖州）人。少以文章著闻，由薛元超举荐，对策高第，授永寿尉，转蒲州司兵参军。当时司户韦嵩善判，司士李亘工书，而彦伯善为文，誉为"河东三绝"。圣历中（698—700），晋官给事中。武则天选天下文士撰《三教珠英》，彦伯、李峤居其首，迁宗正卿。出为齐州刺史，中宗复位，任太常少卿。以预修《则天实录》有功，封高平县子。后出任卫州、蒲州刺史，入为工部侍郎，寻除卫尉卿兼修文馆学士。中宗亲拜南郊，献《南郊赋》。终官太子宾客。

彦伯当时颇负文名，以文辞典雅富丽著称。景云二年（711），天台山道士司马承祯奉诏入京，还山时朝士三百余人相送赠诗，彦伯编为《白云记》，盛传一时。《新唐书》本传称，彦伯"秉笔累朝，后来翕然慕仿。晚为文稍强涩，然当时不及也"。据《旧唐书》

本传,原有集20卷,已散佚。《全唐文》录其文6篇,《唐文续拾》辑补1篇。《全唐诗》辑其诗34首,编为一卷。

彦伯诗有乐府、拟古、奉制、咏物、咏史、赠答、闺怨等各类诗歌。就诗体而言,有乐府、古体、近体、骚体;就风格言,或豪气纵横如《拟古》,或旖旎缠绵如《闺怨》;诗中溢荡着才为时用、干世进取的盛唐精神。如《拟古》三首之一:

遥裔烟屿鸿,双影旦夕同。交翰倚沙月,和鸣弄江风。蕖若茂芳序,君子从远戎。云生阴海没,花落春潭空。红泪掩促柱,锦衾罗薰笼。自伤琼草绿,讵惜铅粉红!裂帛附双燕,为予向辽东。

文如《登长城赋》,借登长城抒发羁沦边塞而怀壮士为国尽忠的情怀,亦为人所称道。

彦伯诗文,自成一体。因其用词造句追求新奇,后人或称为“徐涩体”①。宋计有功《唐诗纪事》认为其“错彩镂金”源自沈约,而其古体则与傅咸一脉相承。

二、“文章四友”之一的崔融

崔融(653—706),字安成,齐州全节(今山东济南)人。著名诗人、文学家。应举擢第,补宫门丞,迁崇文馆学士。中宗为太子时,融为侍读,典掌东宫表疏。武则天赏其文才,授著作佐郎,迁右史,进凤阁舍人、司礼少卿。时武则天嬖臣张易之兄弟招集文

---

① 〔宋〕计有功《唐诗纪事》卷九云:“彦伯为文,多变易求新,以‘凤阁’为‘鹓阁’,‘龙门’为‘虬户’,‘金谷’为‘铣溪’,‘玉山’为‘’琼岳’,‘竹马’为‘篠骖’……进士效之,谓之‘徐涩体’。”

学之士，融与李峤、苏味道、王绍宗等以文才降节附之；易之伏诛，融被贬为袁州刺史。他这段经历颇为时人诟病。后召拜国子司业，兼修国史，因与修《则天实录》之功封清河县子。《新唐书》本传称，“融为文华婉，当时未有辈者。朝廷大笔，多手敕委之，其《洛出图颂》尤工。撰《武后哀册》最高丽，绝笔而死。时谓思苦神竭云”。当时与苏味道、李峤、杜审言齐名，合称“文章四友”。《新唐书·艺文志》著录其诗文集60卷，已散佚。《全唐文》辑为4卷。其中，以《则天哀册文》《启母庙碑铭》《瓦松颂》等较著名。

崔融善为文章，在于构思精巧，文辞华赡而行文得体。如《则天哀册文》在当时是个大难题，对于武则天称帝如何措辞，对其一生如何评价，都很难下笔，而他却宛转周致，写出一篇十分得体的“哀册文”。其文有云：

> 皇曰内辅，后其谋咨。谋咨伊俟，皇用嘉止。亦既顾命，聿怀代已。圣后谦冲，辞不获已。从宜称制，于斯为美。仗义当责，忘躯济厄。神器权临，大运匪革。宗祧久固，寰区奄宅。负扆肃清，垂旒光赫。……巍乎成功，翕然向风。乃复明辟，深惟至公。

武则天称帝，改国号为周，本为篡夺帝位；中宗临朝，为恢复唐朝帝统。而中宗为则天之子，崔融奉命撰文哀祭，要说则天称帝，又要回避其称帝的动机与方式，如何措辞，确乎须殚精竭虑。而崔融说则天称帝是“辞不获已”，是“从宜称制”，是“神器权临”，并未改变唐帝统治的实质（“大运匪革”）。真是字斟句酌，煞费苦心。

崔融的诗今存17题18首，《全唐诗》辑为一卷；《全唐诗续补遗》辑其诗2首。其诗或题赠友人，或描述军旅生活，清新自然，较少浮艳气息。如《和宋之问寒食题黄梅临江驿》：

春分自淮北，寒食渡江南。忽见浔阳水，疑是宋家潭。明主阍难叫，孤臣逐未堪。遥思故园陌，桃李正酣酣。

诗人流放江南，触景感怀，惆怅落寞，而益思京洛旧游。再如《西征军行遇风》：

北风卷尘沙，左右不相识。飒飒吹万里，昏昏同一色。马烦莫敢进，人急未遑食。草木春更悲，天景昼相匿。夙龄慕忠义，雅尚存孤直。览史怀浸骄，读诗叹孔棘。及兹戍旅地，忝从书记职。兵气腾北荒，军声振西极。坐觉威灵远，行看氛祲息。愚臣何以报，倚马申微力。

诗写边塞景象、军旅生活及其感受，真切、生动。诗人为唐帝国军威所激发，要以自己的才能报效国家。这类诗歌在当时颇为清新。

崔融不仅以自己的诗歌创作实践著闻初唐诗坛，而且曾为唐律的形成作出了自己的贡献。《日本国见在书目》著录《唐朝新定诗体》一卷，未署撰人姓名，近人考证，为崔融所作。该书内容对诗歌声律、格式等，多所涉及，在律诗形成时期，曾经发挥过重要作用。

崔氏为齐州望族，自北朝以来，即为官僚世家。崔融之后数世，并以诗文著称，终唐之世为一著名文化家族。融有六子，以诗文著称者有两人：禹锡、翘。

崔禹锡，字洪范，显庆三年（658）登进士第，开元年间（714—741）为中书舍人。卒赠定州刺史，谥曰“贞”。《全唐诗》辑录其诗1首。

崔翘，大足元年（701）登拔萃科，开元二年（714）登良才异等科。历官司封员外郎、考功郎中、中书舍人。开元二十七年至二十九年（739—741），任礼部侍郎，三知贡举，后拜大理卿。天宝年间（742—755），历官至礼部尚书、东都留守。卒赠荆州大都督，谥曰“成”。《全唐诗》辑录其诗3首，《全唐文》载其文7篇。

崔融之孙彧、巨，皆有文名。崔彧，历官司勋郎中、太子少詹事。大历三年（768），与杜甫、李之芳在江陵相会，宴间联句送宇文晁赴石首县令任，载《全唐诗》《唐诗纪事》。崔巨，官右补阙，有文名。

崔融之曾孙从、能，从之子慎由，能之子彦曾，以及慎由之子胤，大都进士及第，并有文名。从官至检校尚书左仆射、淮南节度副使知节度事，慎由官至岭南节度使，胤拜平章事、侍中，封魏国公。以上诸人，新、旧《唐书》均有传。

三、善导、义净、义玄等著名诗僧

佛教自西汉末年传入中土，历经东汉魏晋，逐渐本土化，并为各阶层人们所接受。魏晋以降，士人与僧人交往而习染佛教，促使佛教盛行。今山东济南及以南地区、青州一带，成为自魏晋以来的佛教传播中心，所建寺庙及摩崖雕刻、佛造像等佛教遗迹仍遍布这一地区。自魏晋以来，士人习佛，居家修行，乃至出家为僧，已成为普遍现象。因此，不少僧人具有较高文化修养，工诗善文，对宗教文学的发展作出贡献。

1. 善导

善导（613—681），俗姓朱，临淄（今山东淄博）人。唐初僧人，净土宗实际创始人。幼年在密州（今山东高密）出家，习《法华经》和《维摩经》，后周游参学各地。贞观十五年（641），赴并州石壁山玄中寺，师从道绰。后入京都长安光明寺、实际寺，传“净土法门”，倡导专心念佛。从学弟子众多，因倡导诵念《弥陀经》，被称为“弥陀化身”，后世尊为莲宗第二祖。著有《观无量寿佛经疏》《往生礼赞偈》《净土法事赞》《般舟赞》《观念法门》等，均收入《大正藏》。其诗全为佛教偈语，《全唐诗补编·续拾》收其诗偈22首，均选自与道镜合编的《念佛镜》。

2. **义净**

义净（635—713），俗姓张，字文明，齐州（今山东济南）人。中国四大译经家之一。十四岁出家，即仰慕法显、玄奘西行求法的业绩，在受具足戒后，又在洛阳、长安等地接受佛学教育，于咸亨二年（671）十一月，自广州出发，经室利佛逝（苏门答腊）前往印度。咸亨四年二月，到达东印度耽摩梨底国，其后巡礼灵鹫峰、鸡足山、鹿苑、祇林精舍等佛教圣迹，往来各地参学，并在印度佛教最高学府那烂陀寺学习11年。前后20余年，历经30余国，最后求得梵本佛经近400部回国。垂拱三年（687）启程，证圣元年（695）回到祖国，受到盛大欢迎，武则天亲迎于洛阳上东门外。

义净住洛阳佛授记寺，与僧人实叉难陀等翻译《华严经》。久视元年（700）以后，自主译事，先后译出《金光明最胜王经》《能断金刚般若波罗蜜多经》《孔雀王经》《胜光天子香王菩萨咒》等56部佛经、律、论，239卷。所译佛教经典偏重直译，细辨梵语音义，凡须说明处都加以注释，尤重音义及名物制度的考订。

义净一生著述甚多。从印度返国途中，在室利佛逝（即苏门答腊），曾撰有《南海寄归传内法传》4卷、《大唐西域求法高僧传》2卷。其他有关于律仪的《别说罪要行法》《受用三法水要法》各1

卷，关于译事的《略明般若末后一颂赞述》，以及佛学杂著《南海录》《西方十德传》《中方录》等。在《大唐西域求法高僧传》中，义净记载了先于自己赴印度求法的齐州（今山东济南）的两位僧人。同一时期济南有 3 位僧人赴西域求法，也是佛教史上的佳话。

义净文学造诣颇深，是一位诗僧。《全唐诗》存其诗 7 首，《全唐文》存其文 3 篇。《在西国怀王舍城》《与无行禅师同游鹫岭》等，抒写西行求法之志以及思念故国之情；《西域寺》《道希法师》等篇，则抒写人生感伤的世俗情感。

3. 义玄

义玄（？—866），俗姓邢，曹州南华（今山东东明）人。出家后参学诸方，坚持苦修。大中八年（854），在镇州（今河北正定）建临济院，世称临济和尚。义玄开临济宗一派，为晚唐禅门宗系之一。义玄广收徒众，盛极一时；临济宗在唐末、五代及两宋影响很大。义玄卒后，谥曰慧照大师，其论禅的话语，后人辑为《镇州临济慧照禅师语录》《临济禅师语录之余》。义玄禅锋峻峭，语意隐曲，其禅语对当时文风也有一定影响。所作诗偈 1 首，录存《全唐诗补编·续拾》。

4. 僧瑗、智闲

僧瑗（639—689），字辩空，俗姓郁。高平昌邑（今山东金乡）人。少年出家，受戒后，住虎丘寺。著有《武丘名僧苑》《注郁子》，文集 3 卷，均佚。

智闲（生卒年未详），青州（今属山东）人。出家后南下，参沩仰宗创始人灵祐法师（771—853），后住邓州香山，世称香山和尚。卒后谥袭灯法师。智闲证悟禅理，好以诗偈唱之，著名于时。《增订注释全唐诗》补其诗 3 首，《全唐诗补编·续拾》辑录其诗偈凡

31 首。

5. 从稔、福全

从谂(778—897),俗姓郝,青州临淄(今山东淄博)人,一作曹州(今山东定陶)郝乡人。幼于本地龙兴寺出家,后至嵩山受戒,再至池州南泉山参愿禅师,年八十始至赵州观音院弘宣佛法,从者甚众,世称赵州和尚。其论禅之语,风行天下,时称赵州门风。卒谥真际大师。《全唐诗补编·续拾》收其诗 17 首。其组诗《十二时歌》生动地反映了不得已出家修行的下层僧徒十二时辰的苦修惨景,与颂佛、礼佛以及虔诚苦修者大异其趣。

福全(生卒年未详),金乡(今属山东)人。五代、宋之际的僧人。相传他能在注汤勾茶时诵一句诗,点四瓯成一绝句。《全唐诗补编·续补遗》录其《自咏》诗 1 首。

四、“人文之宗师”孙逖

孙逖(696—761),博州武水(今山东聊城东昌府区西南)人。著名诗人、文学家。武水孙氏,是北朝以来的官僚世家。逖之先祖惠蔚仕魏,官至光禄大夫。祖希庄,为韩王府点签;父嘉之,武则天垂拱年间进士,终官襄邑令。嘉之早孤,依外祖家,客居涉、巩(今河南武涉、巩县)间,因之被误认为武涉人。据《新唐书》本传载,逖幼年聪颖,属思警敏,富有文才。年十五,谒见诗人、雍州刺史崔日用,日用以其年小而轻之,遂指眼前土火炉,令其作赋一篇。逖不假思索,援笔立就,词理典赡,令日用骇叹不止,遂与之定忘年之交,由此渐知名。开元元年(713)后,接连登手笔俊拔、哲人奇士、隐沦屠钓、文藻宏丽及贤良方正诸科,玄宗召见,以其文异等,破格擢为左拾遗。宰相张说赏识他的才华,令其子前往拜见;一向负才自傲的李邕借入计的机会也把所作文章装订起来拿给孙逖看。孙逖文名日盛,各地藩镇都想把他拉进自己的幕府。不久,逖以起居舍人入为集贤殿修撰,改考功员外郎。在考功任内,他曾先后选拔颜真卿、李华、萧颖士、赵骅等名士。后历官中书舍人、刑部侍郎、太子左庶子等,终官太子詹事,卒赠尚书右仆射,谥"文"。

孙逖工诗善文,蜚声政界文坛,颜真卿推许为"人文之宗师,国风之哲匠"①。开元年间,逖同苏颋、齐澣等典掌制诰,逖最为精密,"张九龄视其草,欲易一字,卒不能也"②。孙逖诗文集已佚,《全唐文》辑录其文6卷,多为制诰碑铭。

《全唐诗》辑录孙逖诗59首,除唱酬、奉制诗之外,描写山水景物、纪游行旅,"古调今格,悉其所长"③。其中,描写山水景物的诗不乏名篇。《和登会稽山》写会稽山临湖濒海,山势嶙峋,山花在寒风中绽开,藤蔓蜿蜒可以把持,以致登上山巅涤清俗虑而欲超脱尘世,情景交融,颇可寻味。其他篇什,写湖,写潭,写溪,写河水,写龙湍,都别有韵味。例如为人传诵的《宿云门寺阁》:

> 香阁东山下,烟花象外幽。悬灯千嶂夕,卷幔五湖秋。画壁余(一作"飞")鸿雁,纱窗宿斗牛。更疑天路近,梦与白云游。

诗写云门寺阁的幽雅、高峻,以及宿止如处云端的感受,都生动、真切。在行旅纪游的诗篇中,《淮阴夜宿》《下京口埭夜行》写旅途怀乡,思致深沉;《山行遇雨》《夜到润州》写旅途景物,明丽

---

① 〔唐〕颜真卿:《孙逖文公集序》,载《全唐文》三〇八卷。

② 见《旧唐书·文苑传》孙逖本传。

③ 傅璇琮:《唐才子传校笺》卷一,中华书局2000年版,第173页。

清新。《丹阳行》长篇,写行旅之中观览古迹,抒发世事沧桑之感,亦颇动人。

孙逖诸子中,晟最知名。孙晟,字思退,通经术,以其父推荫仕为洛阳、长安令,历官至桂管观察使。孙逖的另一个儿子公器,官至邕管经略使。公器子简,字枢中,元和(806—820)初登进士第,官至检校尚书右仆射、东都留守。其弟范,亦官淄青节度使,"世推显家"①。

五、其他著名诗人

今山东地区有众多诗人活跃在唐五代各个时期,或知名于当时,或垂名于后世。除以上在全国影响较大的诗人外,还有众多知名于时的诗人。

1. 初盛唐时期

初唐和盛唐时期,今山东籍的诗人主要有崔信明、魏万、毕曜、吕向、于季子等。

(1)崔信明

崔信明(生卒年未详),隋唐之际青州益都(今山东青州)人。出身名门望族,少有文才,博闻强记,下笔成章。隋大业年间(605—617),任尧城令。隋末,隐于太行山。唐贞观六年(632),应诏举,授兴世丞,终官秦川令。《旧唐书·文苑传》本传说,崔信明"颇蹇傲自伐,常赋诗吟啸,自谓过于李百药,时人多不许之"。《全唐诗》载《送金竟陵入蜀》一诗:

---

① 见《旧唐书·文苑传》孙逖本传。

金门去蜀道，玉垒望长安。岂言千里远，方寻九折难。西上君飞盖，东归我挂冠。猿声出峡断，月彩落江寒。从今与君别，花月几新残！

诗写与友人相别，情意真切；每句之平仄相协，已接近五律。新、旧《唐书》将其列入文学家传，确非无故。

（2）魏颢

魏颢（生卒年未详），原名万，又名炎，后改名颢。聊城（今山东聊城东昌府区）人。因曾在太行山隐居，自号王屋山人。唐肃宗上元元年（760），登进士第。颢与诗人李颀友善，颀有《送魏万之京》一诗，为送魏颢赴京应举之作。颢早年“爱文好古，浪迹方外”①，为慕李白名，从梁园（在今河南）、东鲁（今山东兖州）寻访未遇，便南下江东，遍游吴越，途经几千里，于天宝十三载（754）在广陵（今江苏扬州）与李白相遇。二人一见如故，自春及夏，同舟入秦淮，游金陵，情如兄弟，依依不忍离别。分别时，李白将其文章尽数交与魏颢，请为编集，并作长篇赠别诗《送王屋山人魏万还王屋》，热情洋溢，末云“黄河若不断，白首长相思”。魏颢亦以长诗《金陵酬李翰林谪仙子》相酬。上元二年（675），颢编成《李翰林集》，并为作序。魏颢《李翰林集序》，今仍为研究李白的重要资料之一。

（3）毕曜

毕曜（生卒年未详），又作毕耀，东平（今属山东）人。开元、天宝间（714—755），历官太常寺太祝、司经局正字。乾元（758—759）初擢监察御史，迁侍御史。宝应年间（762）流黔中，卒于赴巴中途中。曜富有诗才，善为小诗，与诗人孟浩然、杜甫、钱起、独孤

① 见《全唐诗》第四函第九册。

及等均交往密切，有诗唱和。杜甫《赠毕四曜》云：“才大今诗伯，家贫苦宦卑。饥寒奴仆贱，颜状老翁为。同调嗟谁惜，论文笑自知。流传江鲍体，相顾免无儿。”对其怀才不遇、沉沦下僚的境况寄予深厚同情，并称许其诗继承江（淹）、鲍（照）的诗歌艺术传统。所作诗大部散佚，《全唐诗》录存其诗 3 首。

（4）于季子

于季子（生卒年未详），齐郡历城（今山东济南）人。咸亨年间（670—673）登进士第，历官侍御史、司封员外郎、中书舍人等。曾参与修撰《三教珠英》，其诗曾被芮廷章选入《国秀集》。《全唐诗》录存其诗 7 首：应制诗 1 首，咏物诗 2 首，咏史诗 2 首，赠答诗 2 首。

2. 中唐时期

中唐时期，今山东地区的著名诗人有羊士谔、崔咸以及刘晏、张聿、萧祜等。这几位诗人有两个共同点，一是他们都出生于山东原籍，而长期游宦外地；一是他们大都与当时诗坛名家白居易、元稹交往密切，诗歌主张相近，诗风也相近。今按时间先后简要介绍如下：

（1）刘晏

刘晏（716—780），字士安，曹州南华（今山东东明）人。据《新唐书》本传载，玄宗封泰山，时晏八岁，至行在献赋，宰相张说以为“国瑞”，授秘书省正字，号“神童”，名震一时。天宝中，为夏令、温令，“所至有惠利可纪，民皆刻石以传”。后迁侍御史。安史乱起，避地襄阳。反对永王璘谋反，维护唐王朝的统一。至德元年（756），诏拜度支郎中，兼侍御史，领江淮租庸事。后历彭原、陇、华等地刺史，迁河南尹。不久，进户部侍郎，兼御史中丞、度支铸钱盐铁等使、京兆尹。代宗时，官至吏部尚书，同中书门下平章事，领使如故。大历年间（766—779），官户部尚书、左仆射，兼判度支，总领天下财赋，对唐王朝经济稳定作出重要贡献。晏勤勉视事，生活简朴，以所事富有成效著称。德宗立，为宰相杨炎构陷，贬忠州刺史，不久，赐死，家属徙岭南，坐累数十人，“天下以为冤”。抄家时，“唯杂书两乘，米麦数斛，人服其廉”。后德宗为其昭雪，并任用晏所举荐的官员掌管财利。

刘晏为唐肃、代两朝著名经管财赋的经济家，同时也工诗善文。当时的著名诗人刘长卿、张继、戴叔伦、包佶、顾况等都曾为其幕僚。所著《春秋公羊违义》已佚，《全唐诗》辑存其诗 2 首，《全唐文》辑录其文 2 篇，《唐文拾遗》补 2 篇。

（2）羊士谔、羊滔

羊士谔（762？—822？），字谏卿，泰山（今山东新泰）人，家于洛阳。贞元元年（785）登进士第，授义兴县尉，迁主簿。历官浙东观察使左威卫兵曹参军、宣歙观察使巡官。顺宗即位，因攻诘王叔文遭贬。宪宗立，入京为监察御史，迁侍御史。后因与谋劾免宰相李吉甫，贬资州刺史，再贬巴州刺史。士谔居官廉正，关心民瘼，所历各州均有政声。卒官户部郎中。

士谔为中唐时期的诗文名家，历来有较高评价。辛文房谓其诗“妙造梁《选》，作皆典重”①，张为《诗人主客图》尊白居易为诗坛“广大教化主”，而列羊士谔为“入室”者之一。孟简誉其“为文雅拔”“彩章辉焕，物象飞动”②。《全唐诗》辑录其诗 100 余首，编为一卷，《全唐文》收其文 5 篇，是中唐存诗较多的一位诗人。

今存士谔诗多登临题咏之作，以《历山》《过三乡望女儿山早岁有卜居之志》《春望》《乱后曲江》等较好。如《乱后曲江》：

---

① 傅璇琮：《唐才子传校笺》卷五，中华书局 2000 年版，第 363 页。

② 见《全唐文》卷六一六孟简《建南镇碣记》。

忆昔曾游曲水滨，春来长有探春人。游春人静空地在，直至春深不似春。

春日繁花似锦的曲江岸边，乱后人静地空，一片萧索，诗人惆怅之情溢于言表。

与士谔同时的，还有一位泰山诗人羊滔。羊滔大历初游衢州，与李深、李幼卿、刘迥等唱和，并与诗人许经邦过从密切。《全唐诗》辑录其诗 4 首。

(3)张聿、萧祜

张聿(生卒年未详)，琅邪(今山东临沂)人。建中年间(780—783)登进士第，历官翰林学士、衢州刺史、睦州刺史等。有诗名，与大诗人白居易、元稹等过从密切。白居易有《岁暮枉衢州张使君书并诗以长句报之》一诗，有句云："万言旧手才难敌，五字新题思有余。"《全唐诗》辑录其诗 5 首，《全唐诗补编 · 续补遗》补 2 首。

萧祜(？—828)，字祐之，兰陵(今属山东)人。"祜"，一作"祐"。少孤贫，性耿介，发愤苦学。成年后，以孝顺父母而著闻，朝廷征拜为左拾遗。后历官监察御史、彭州刺史、太常少卿等，卒官桂管观察使。《旧唐书》本传称，祜"闲澹贞退，善鼓琴赋诗，书画尽妙。游心林壑，啸咏终日，而名人高士多与之游。给事中韦温尤重之，结为林泉之友"。唐张彦远《历代名画记》曾评其画，羊士谔曾以诗颂其山水画。其诗文已散佚，《全唐诗》辑录其诗 2 首。

(4)崔咸

崔咸(？—834)，字重易，博州博平(今山东高唐)人。据《旧唐书 · 文苑传》本传载，咸于元和二年(807)登进士第，又中博学宏词科。参佐使府，入为侍御史，迁度支员外郎。后历官工部郎中、中书舍人等，卒官秘书监。“及登朝，历践台阁，独行守正，时望甚重”。孟咸淡泊名利，“栖心高尚，志于林壑”，当时颇有诗名，尤长于歌诗，“或风景晴明，花朝月夕，朗吟意惬，必凄怆沾襟。旨趣高奇，名流嗟挹”。《新唐书·艺文志》著录《孟咸集》20卷，已佚。

3. 晚唐时期

晚唐时期，今山东地区的诗人以孟迟、刘沧、蔡京较著名。

(1) 孟迟

孟迟（生卒年未详），字迟之。一作字叔之、升之，或字须仲。平昌（今山东德州）人。开成三年（838），游宣城，与著名诗人杜牧唱和。杜牧有《池州送孟迟先辈》及《重送》诗。会昌五年（845），登进士第。后为浙西掌书记，以受谗罢职。大中（847—859）后期至扬州，淮南节度使崔铉聘其为掌书记。

孟迟有诗名，尤工绝句。辛文房谓其诗“风流妩媚，皆宫商金石之声”①，张为《诗人主客图》以孟云卿为“高古奥逸主”，以韦应物、杜牧等为“入室”者，而以迟为“升堂”者。所标举《广陵城》《过骊山》以及《垓下》二句，均载《全唐诗》。《广陵城》云：

> 红映楼台绿绕城，城边春草傍墙生。隋家不向此中尽，汴水应无东去声。

《过骊山》云：

> 冷月微烟渭上愁，华清宫树不胜秋。《霓裳》一曲千门锁，白尽梨园弟子头。

---

① 傅璇琮：《唐才子传校笺》卷七，中华书局2000年版，第345页。

借景抒情,咏史抒慨,语浅意深,清新流丽,确为上乘之作。

(2)刘沧

刘沧(生卒年未详),字蕴灵,汶阳(今山东宁阳)人,或谓青州临朐(今山东临朐)人①。善饮酒,尚气节,初举进士不第,即漫游今江苏、浙江、河南、河北、湖南、陕西、四川等地。大中八年(854)始举进士,授华原县尉,迁龙门令,时已鬓发苍苍。诗人张乔有《送龙门令刘沧》诗。

刘沧为晚唐重要诗人,存诗100余首。其诗多登临怀古和行旅之作,工于七律。范晞文谓其诗"序怀感之意,得讽兴之体"②,胡震亨评其诗"长于怀古,悲而不壮,语带秋意,衰世之音也"③,辛文房则云刘沧"诗极清丽,句法绝同赵嘏、许浑"④。如《经炀帝行宫》:

> 此地曾经翠辇过,浮云流水竟如何?香锁南国美人尽,怨入东风芳草多。残柳宫前空露叶,夕阳川上浩烟波。行人遥起广陵思,古渡月明闻棹歌。

《咸阳怀古》:

> 经过此地无穷事,一望凄然感废兴。渭水故都秦二世,

---

① 傅璇琮:《唐才子传校笺》卷八,中华书局2000年版,第413页。

② 〔宋〕范晞文:《对床夜语》卷五,丁福保辑《历代诗话续编》,中华书局1983年版,第441页。

③ 〔明〕胡震亨:《唐音癸签》卷八,古典文学出版社1957年版,第64页。

④ 傅璇琮:《唐才子传校笺》卷八,中华书局2000年版,第413页。

咸原秋草汉诸陵。天空绝塞闻边雁，叶尽孤村见夜灯。风景苍苍多少恨，寒山半出白云层。

咏怀古迹，感慨废兴，语意苍凉，而对仗工稳、韵律和谐，盖可与许浑并肩媲美。《全唐诗》辑录其诗，编为一卷。

(3)蔡京

蔡京(？—862)，郓州(今山东东平)人。早年为僧，还俗后于开成元年(836)登进士第。历官监察御史、殿中侍御史、抚州刺史、太子左庶子。咸通二年(861)，以权知太仆卿充荆襄巴南宣抚使。第二年，以检校左散骑常侍、御史大夫充岭南节度使。同年，为军士所逐，贬崖州司户参军，不肯之官，敕令自尽。

蔡京为人，颇遭物议，而勤学工诗，却颇受著名诗人刘禹锡、令狐楚、贾岛等的赏识，并与诗人刘得仁相唱和。刘禹锡《送前进士蔡京赴学究科》云："已是世间能赋客，更攻窗下绝编书。"诗文散佚，《全唐诗》辑录其诗 3 首。《咏子规》中"惊破红楼梦里心"一句为著名小说《红楼梦》取名所本。

六、段成式等小说诸家

齐地自古巫风甚盛，神仙方术流行，盖为神仙志怪产生的土壤。秦、汉以来，有题名东方朔的《神异经》《十洲记》，南朝梁任昉的《述异记》，以及颜之推的《冤魂志》《集冥记》等。唐代又出现了志怪名家段成式，以及以小说著称的南巨川、赵璘、段公路、孙棨等。小说作家大都为先秦齐地人，似亦非偶然。

1. 段成式、段安节、段公路

段成式(？—863)，字柯古，其先临淄邹平(今山东邹平)人。

关于段氏籍贯,有五种说法,据方南生《段成式年谱》考定,认为“要以原籍临淄之说,最为人们所接受”。段成式六世祖段志玄,新、旧《唐书》均作“齐州临淄”人。天宝元年曾改齐州为临淄郡,成式籍贯应为临淄邹平。成式为穆宗时宰相段文昌之子。段氏为唐代望族,可以说世代书香。文昌工诗善文,《全唐文》辑录其文5篇,《全唐诗》辑录其诗4首。成式以父荫入仕,历官秘书省校书郎、集贤学士等,出为吉州、处州、江州刺史,终太常少卿。

成式少即苦学精研,尤深佛理。以职务之便,秘阁书籍披阅殆遍,故博学通识。工诗,善文。诗与李商隐、温庭筠齐名,因三人排行均为十六,时称为“三十六”。成式寓居襄阳时,与温庭筠、周繇、韦蟾等同游山南东道徐商幕,赋诗唱和,辑为《汉上题襟集》。《全唐诗》辑录其诗30余首。亦擅文,尤长于骈文。宋徐铉因推重骈文,编《唐文粹》时,选段氏父子之作,而不选韩愈文。成式一生著述颇多,而以《酉阳杂俎》最为著名。

《酉阳杂俎》为博物体的志怪小说,分类记载,体例仿晋张华《博物志》,而各类标目则颇富创意。该书内容广博,记述古代中外传说、神话、故事、传奇,以及动物、植物、酒食、寺庙、音乐、礼俗等。“书中记述了唐代统治者的秘闻轶事,南北朝使者的应对礼仪,以及民间婚丧嫁娶、风土习俗等,为我们研究古代历史和文化,提供了宝贵的资料。……有关陨石、化石、矿藏以及动物、植物形态与特性等记载,又对我们今天研究古代矿物、生物学、科学史,具有很大参考价值”①,已引起当今中外学者的重视。《四库全书总目提要》谓此书“多诡怪不经之谈,荒渺无稽之物,而遗文秘籍亦往往错出其中,故论者虽病其浮夸,而不能不相征引。自唐以来,推为小说之翘楚,莫或废也”。鲁迅《中国小说史略》也说

---

① 侯忠义:《隋唐五代小说史》,浙江古籍出版社1997年版,第169页。

此书“抉择记叙，亦多古艳颖异”，“所涉既广，遂多珍异，为世爱玩，与传奇并驱争先矣”。段成式在《自序》中自认为《酉阳杂俎》是“志怪小说”，而因其涉猎广博，有关自然科学的记载，成为研究中国科技史的重要资料。同时，“它所记述的古代中外传说、神话、故事、传奇，丰富多彩”①，“叙述委婉舒徐，描写生动细腻，情节曲折起伏，语言优美流畅，对后世小说、戏曲影响甚大”②。

成式另外著有《庐陵官下记》2 卷，全书已佚，南宋曾慥《类说》《说郛》等曾选录数则。《全唐文》辑录其文章 11 篇，《全唐诗》辑录其诗 36 首零 6 句，词 1 阕。

成式子安节，乾宁中（894—897），为国子司业，官至吏部郎中、沂王傅。善乐律，能自度曲。所著《乐府杂录》，记载玄宗以后乐部、歌舞、杂戏、乐器、乐曲及乐律宫调，以及一些演艺人员的姓名和逸事，为研究唐代乐舞的重要著作。

段公路，段成式之侄。著有博物笔记小说《北户杂录》，亦简称《北户录》。有关其生平记载十分简略，据唐陆希声《北户杂录序》说，公路自幼学习刻苦，博览群书。后因事南游五岭间，“尝采其民风土俗，饮食衣制、歌谣哀乐，有异于中夏者，录而志之。至于草木果蔬、虫鱼羽毛之类，有瑰形诡状者，亦莫不毕载”，“又能连类引证，与奇书异说相参验”，颇类《酉阳杂俎》，因说其能以“文学世其家”，谓段成式“有后”。

2. 南巨川

南巨川（生卒年未详），鲁郡（今山东兖州）人。开元二十七年（739），登进士第。曾著《续神异记》，叙写冥祥灵验故事，已佚。

① 方南生：《酉阳杂俎·前言》，中华书局 1981 年版，第 1 页。
② 侯忠义：《隋唐五代小说史》，浙江古籍出版社 1997 年版，第 172 页。

据段成式《酉阳杂俎·冥迹》说,南氏曾经认识“判冥者张叔言,因撰《续神异记》”,亦怪诞悠谬之言,或亦听之传闻。

3. 孙棨

孙棨(生卒年未详),字文威,自号无为子,博州武水(今山东聊城市东昌府区)人。出身望族,而屡试不第。自宣宗朝以来,贵族子弟或新进举子盛行狎游之风。孙棨落第,在京师时游北里狭邪。后入仕,昭宗时官侍御史、中书舍人。所著《北里志》成书于中和四年(884),为其身遭世乱之后,追忆往事之作。该书记述长安平康里(妓女聚居地)的妓女生活以及文人的风流韵事,为研究晚唐文学的重要资料,也是后世《青楼集》一类狭邪文学的滥觞。

4. 赵璘

赵璘(生卒年未详),字泽章,平原(今属山东)人。原籍南阳(今属河南),移居平原。唐文宗大和八年(834)进士及第,开成三年(838)登博学鸿词科,历官衢州刺史。所著轶事小说《因话录》(6 卷),分宫、商、角、徵、羽 5 部,记唐人遗闻逸事、时事掌故,尤多文人逸事,可与史传相参证,有较高史料价值。另外,还著有《栖贤法隽》1 卷,为与僧惠明、郑愚合著之论佛书;《表状集》1 卷等。赵璘出身官僚世家,熟悉朝廷典故及朝野旧事,所记唐人故事颇为丰富,《四库全书总目·因话录》“提要”说:“其书虽体近小说,而往往足与史传相参。”其纪事有头有尾,文笔流畅。如卷一记代宗处理功臣郭子仪家事,十分真实地反映了当时皇权衰落的现状。卷三《商部下》第一条,叙写元和之后的文坛状况,提及韩愈、孟郊、柳宗元、李翱、皇甫湜、刘禹锡、張籍、李贺、白居易等诗文作家,亦可供研究文学史者参考。

七、五代诗文名家

五代十国时期，是中国历史上最为纷乱动荡的时期之一。安史乱后，今山东地区成为平卢、淄青节度使的辖区，亦即成为藩镇统治区。元和十四年(819)，平卢军将领刘悟起义，斩平卢军节度使李师道，向唐王朝投降，使淄青齐密一带曾一度归于唐中央直接管辖。此后，唐王朝为便于统治，将原平卢军地划分为三道：今山东西部的郓曹濮、南部的兖海沂密各为一道，东部的淄青齐登莱，仍称平卢军。唐末黄巢起义被镇压之后，朱宣据郓齐曹濮，王敬武据淄青，“皆自擅兵赋，迭相吞噬，朝廷不能制”（《旧唐书·僖宗纪》）。五代更迭，兵戈扰攘，今山东地区虽亦深受其害，而相对于中原来说，其大部分地区仍处于边远地带，所以社会秩序也相对比较安定。今山东境内的作家分布在唐末的两个藩镇统治区，即郓齐曹濮和淄青一带。齐鲁故地在五代时期仍然有着儒学教育的传统，出现了以经学著闻的学者田敏、张昭、朱遵度等，以及诗文名家和凝、韩熙载、孙晟、史虚白等。与唐代不同，这一时期的山东作家，一般都非世家出身，而以才学著称于时。

1. 田敏、张昭

田敏(880—971 年)，淄州邹平（今山东邹平）人。著名经学家。田敏一生历梁、唐、晋、汉、周五代。自后梁末帝贞明中(915—920)登进士第，任国子四门博士始，多次任儒官，对经学的发展作出独特的贡献。后唐时任尚书博士、国子司业，奉命校定“五经”。后晋为国子祭酒，出帝天福八年(943)，上印本“五经”。后汉明官尚书右丞，后周时官至工部尚书，以太子少保致仕。周世宗说他“详明礼乐，博涉坟典，为儒学之宗师”（《宋史·儒林传》)。在其退居邹平之后,仍然从事儒学教育,每日亲自为诸子讲授儒学经典。所著诗文已散佚,《全唐文》辑录其文 3 篇,《全唐诗补编·续补遗》辑录其诗 1 首。

张昭(894? —972?),字潜夫。本名昭远,为避后汉高祖刘知远讳,改称昭。濮州范县(今山东莘县)人。也是一位兼通经学的著名学者。昭历仕后唐、后晋、后汉、后周四朝,历官御史中丞、太常卿、户部尚书,后周显德元年(954),拜兵部尚书,后封舒国公。入宋,拜吏部尚书,封陈国公。据史传记载,昭博览群书,淹通经史,兼善天文兵法等,并为藏书数万卷的藏书家。昭著述丰富,自后唐至宋,历承诏修撰实录,如《庄宗实录》《明宗实录》等;周世宗时奉诏详订《经典释文》《九经文字》等。其他撰述尚有《纪年录》《武皇以来功臣列传》《唐朝君臣正论》《制旨兵法》《嘉善集》《名臣事迹》《太康平吴录》等。《全唐文》编其文为 1 卷,《全唐诗》辑录其诗 1 首,《全唐诗补编·补遗》补收 1 首。

2. 朱遵度、王朴

朱遵度(生卒年未详),青州(今属山东)人。家富藏书,时称"朱万卷"。后晋时,为逃避辽太宗耶律德光征召,携书之湖南,受到楚王马希范的厚遇。湖南学士每为文章,常咨询其典故始末,时称为"幕府书橱"。著有《鸿渐学记》1000 卷、《群书丽藻》1000 卷、《漆经》3 卷,均已散佚。《全唐文》辑录其文 1 篇。

王朴(915—959 年),字文伯,东平(今属山东)人。后汉隐帝乾祐三年(950)登进士第,授校书郎,见汉室倾危,东归故里。后周初,追随太祖,由右拾遗官至枢密使。朴工文章,以学识渊博著称,尤精于天文律历之学。所著《大周钦天历》《乐赋》《翰苑集》等,均佚。《全唐文》辑录其文 4 篇。

3. 五代著名词人和凝

和凝（898—955），字成绩，郓州须昌（今山东东平）人。据《旧五代史》本传载，和凝少好学，聪颖早慧，年十七举明经，梁贞明二年（916）登进士第。一生历梁、唐、晋、汉、周五个王朝。始仕梁，唐时历官至中书舍人、工部侍郎。入晋，拜端明殿学士。天福五年（940），拜中书侍郎同中门下平章事（宰相）。入汉，封鲁国公。入周，为侍中。“凝性好修整，自释褐至登台辅，车服仆从，必加华楚，进退容止，伟如也。又好延纳后进，士无贤不肖，皆虚怀以待之，或致其仕进，故甚有当时之誉。平生为文章，长于短歌艳曲，尤好声誉”。

和凝以诗文著称，《旧五代史》本传说他“有集百卷，自篆于版，模印数百帙，分惠于人”。《古今词话》也说，他的词“布于汴洛。自入相，契丹号为‘曲子相公’”。因词多艳曲，和凝自以为有损名声，在其入相之后，即专托人收拾焚毁不暇。不过，据宋人说，他焚词稿还是有所选择的。其存而未焚者，题名《红叶稿》。据刘毓盘《词史》载，宋椠《红叶稿》清季尚存，收词凡百余首，今已不传。现存刘本《红叶稿》，辑词近 30 首，大都以华丽词藻写男女情事，秾艳绮靡，有的仍然保留其少作“艳曲”的影子。如《山花子》的“佯弄红丝绳拂子，打檀郎”，《临江仙》的“肌骨细匀红玉软，脸波微送春心”等句子，词语浮艳，意近轻狎。然也有不少佳作，如《江城子》：

> 含恨含娇独自语，“今夜约，太迟生”。历历花间，似有马蹄声。含笑整衣开绣户，斜敛手，下阶迎。

写女子应约等待情人的情态如见，真切自然。《花间词》选录其词20首,也多为香艳之作。

和凝词重藻饰,能状难状之景,然情艳意浮,较少深刻感人之作。至于其词中淫词艳语、格调卑下之作,则历为人所瑕疵。

和凝作品,有《演纶》《游艺》《孝弟》《疑狱》《香奁》《籯金》等六集,均已散佚。其诗《宫词》百首,描述宫中生活情景,略具史料价值。《全唐诗》辑录其诗24首,编为1卷;录其词24首。《全唐诗补编》《全唐诗续拾》又曾辑录3首及若干残句。《全唐文》《唐文拾遗》辑其文6篇。

和凝子岘,宋初官至主客郎中,判太常寺,兼礼仪院事,善音乐,通音律,今存词3首。

4. 南唐诗文名家韩熙载

韩熙载(920—970),字叔言,潍州北海(今山东潍坊)人。后唐同光年间(923—926)登进士第,因其父为唐明宗所杀,遂奔南唐。累迁中书舍人,终官中书侍郎,充光政殿承旨。熙载嗜酒狂放,目睹南唐国势日蹙而无力挽救,遂广蓄女乐,彻夜宴饮,以纵情声色来排解忧愤,以致后主欲加重用,亦不得已而作罢。

韩熙载工诗善文,精通音律,兼擅书法、绘画,以才学广博著称一时。《南唐书》本传载,熙载为文长于碑碣,时人载金帛以求铭志碑记者络绎不绝。史称其"制诰典雅,有元和之风"。尤喜奖掖后进,见文有可采者,手自缮写,以向人称扬。一生著述丰富,除本集5卷外,还有《格言》《拟议集》《定居集》《格言后述》等,均已散佚。《全唐诗》辑录其诗5首,《全唐诗补编·补遗》补收1首;《全唐文》辑录其文6篇,《全唐文拾遗》补收2篇。其诗朴直通俗,感情真切,反映出唐、宋之际诗风转变的趋势。例如在其奉使中原,道经故乡,所写《感怀诗》(其一)云:

仆本江北人，今作江南客。再去江北游，举目无相识。金风吹我寒，秋月为谁白？不如归去来，江南有人忆。

故乡已非往昔，归来举目无亲，秋风冷月，凄苦无告，此情此景，非亲历者岂能道出？

5. 孙晟、史虚白

孙晟（？—956），密州（今山东诸城）人。少为道士，住庐山简寂观。因崇拜唐代诗人贾岛，画其图像悬于屋壁，被观主逐出，遂还俗，投奔后唐。后唐末奔吴，以善文辞为李昇所知。李昇称帝，官至宰相。所著文集5卷、《续古阙文》5卷，已佚。《全唐文》辑录其文1篇，署名孙忌。

史虚白（？—961），字畏名，北海（今山东青州）人。初隐于嵩山，后与韩熙载同至金陵谒见李昇，不为李所重，仅署为州从事。虚白以为耻，遂以病辞。自此绝意仕进，携家居九江落星湾，以诗酒自娱。虚白富文才，为书启表章及诗赋碑铭，率而即成，时谓其文虽不精绝，然词采磊落，旨趣流畅，亦一代不羁之才。后宋仁宗喜其诗，追谥“冲靖先生”。著有《钓矶立谈》①。该书序称全书所录120余条，大半散佚，今仅存30余条。陆游《南唐书》谓有《虚白文集》，宋仁宗天圣中（1024—1032）由其孙史温献上，已佚。

---

① 《钓矶立谈》，一作《钓矶立谈记》。清人鲍廷博据龙兖《江南野史》称此书为史虚白次子所著。

第九章　宋辽金元时期的山东文学

一、文化状况与作家里籍分布

1. 都城东移，使山东成为近畿地区

唐宋之际，经过五代十国的纷争和长期战乱，最后由赵匡胤统一全国，建立了北宋王朝。北宋统一之后，定都于开封（汴京），说明自唐后期以来政治中心逐渐东移至中原地区。而政治中心的东移，又影响到全国文化格局的变化。这一点，在今山东地区表现得尤为明显。

宋太宗至道三年（997），分全国行政区为十五路，今山东一带属京东路。宋神宗熙宁七年（1074），又把京东路分为京东东路和京东西路；东路大致为今青州以东地区，西路大致为今济南以西地区。此后时分时合。从政区的名称即可看出，今山东大部为宋京都的东翼，而西部则为近畿地区。当时曹州（今山东曹县一带）、东明属开封府，就在京畿之内。而今山东中部和东部的济南、青州，就成为山东东部的政治文化中心。宋金时代，山东作家比较集中地分布在今鲁西的菏泽、聊城、德州与济南、泰安一带，应与当时山东所处的地理位置有关。宋代菏泽著名作家最多，金时济南、德州、聊城则较为集中。如元好问《中州集》所选今山东诗人 21 人，其中济南 6 人，德州 6 人，聊城 5 人，东平 4 人。这说

明全国文化格局的变化，对作家空间分布的影响。

2. **文教兴隆，使山东又成为儒学发展的基地**

北宋统治者鉴于唐末藩镇割据造成五代十国纷争的历史教训，采取一系列措施加强中央集权。为了防止军事叛乱，有宋一代始终执行“重文轻武”亦即“兴文教，抑武事”的政策。为此，除京师国子监外，在州府县大量兴办学校。影响所及，就是私人讲学的风气盛行，各地私人举办的书院便成为当地士人文化活动的中心。例如济南宋时建有至道书院（在今大明湖内）、历山书院（在今趵突泉内），郓城除县学外也建有岳麓书院等。当时影响最大的是泰山书院，著名教育家孙复、石介等，都曾主讲于泰山书院，从学者甚众，有祖无择、马默、姜潜、杜默、龚鼎臣、徐遁等，形成著名的泰山学派。孙复、石介都是宋代著名学者，并都曾师从著名政治家、文学家范仲淹。范氏自幼随母来山东，在长山（今山东邹平）度过其青少年时代，进士及第后若干年才认祖复姓，入仕后宦游各地，并未在原籍生活。他壮年讲学于商丘，入朝推行“庆历新政”，孙复、石介等追随其后。泰山学派政治上支持政治革新，维护国家统一；思想上主张继承和发扬儒家道统，提出“以仁义礼乐为学”①；文学上反对西昆体等浮艳文风，主张“文以载道”、经世致用等，实为范氏思想主张的具体体现。宋初著名文学家王禹偁与济南的学者、诗人田诰及徐铉交游，与山东儒学传统有很深的渊源。著名学者、文学家石介本泰山学派中人，著名文学家穆修本为“齐鲁经行之士”。当时的文坛其他著名人物欧阳修、尹洙等与山东作家石介、穆修等都有密切交往，欧阳修、曾巩、苏轼、苏辙、黄庭坚、孔平仲等在山东任职期间的文学创作活动影

① 〔清〕黄宗羲：《宋元学案》卷二，清光绪五年（1879）长沙寄庐刻本。

响也极为深远。泰山学派成为宋代传播儒学的重要基地,其学说开宋代理学先河。《宋史·儒林传》列25人,今山东籍的9人,占36%。国家的统一,山东儒学的复兴,特别是泰山学派的形成,对山东乃至全国士人的思想观念及其学风、文风,都有重要影响。

3. 东平、济南为宋、元之际的文化中心

宋、金之际,山东地区处于动荡和战乱之中。宋末先后有郓州人宋江和齐州人孙列领导的农民起义,波及今山东大部地区。金人入侵,宋室南迁,山东沦陷,济南一带人民又起兵勤王抗金,表现出极大的爱国热情。后来济南府知府刘豫卖国求荣,叛宋降金,建立了傀儡政权齐国。后金废掉刘豫,将今山东划为山东东路、山东西路;部分地区属大名路、南京路和河北西路。山东东路,治益都,即今青州市;山东西路,治须城,即今山东东平县。另外,金置山东东西路提刑司,治历城,即今山东济南市。因此,益都、须城、历城三地便成为当时的山东政治、经济和文化中心。

在金人统治下,山东地区民族矛盾不断激化,人民的反抗斗争时有发生。西部有博州高平(今山东高唐)人王友直领导的抗金斗争,中部有兴起于益都、泰安一带的红袄军起义,以及济南府民耿京的反金起义等。著名爱国词人辛弃疾即参与耿京义军,任掌书记,后归宋。当然,相对于战乱相仍的中原地区,山东还是较为安定的地区,济南、益都和东平等地也比较繁荣。这一时期,文人学士部分南迁,其余大部分集中在今济南一带。如济南辛弃疾、杜仁杰,泰安党怀英,以及《中州集》所列济南及其他诸多山东诗人。与其他时代不同的是,金代文人政治态度、文学情趣各不相同。金人南下,在今山东北、中部德州、济南一带遭到顽强抵抗,而在今山东西部,则未有激烈战事。今聊城地区士人在金代

通过科举考试进入仕途并取得较高政治地位者较多，如东阿张万公、侯挚，分别在金初和金末官至平章政事，茌平贾铉在金初亦官至参知政事，他们以所受的儒学教育在金代的政治生活、文化教育等领域发挥着重要影响。由于社会动荡，士人南徙北走。如济南著名文人周晋于宋末徙居吴兴（今浙江湖州），其子周密仍自署“齐人”“华不注山人”。因为这种情况，在金代山东地区没有形成统一的文风。他们当中除李清照、辛弃疾等少数作家之外，在全国影响都较小。

金、元之际，山东出现了三大地方势力，即东平严实、济南张荣、益都李璮。其中，除李璮在从宋归元之间反复无常外，严实和张荣都是接受元授官爵的地方势力。据《元史》本传载，严实为泰安长清（今属山东济南）人，金末乘乱而起，“戊寅（1218）权长清令”，后降宋，“为济南治中，分兵四出，于是太行以东，皆受其节制”。他以济南治中的身份，扩大自己的势力范围，占据了今河北、山东和河南的五十多个州县，后又降元，在东平建立地方政权。在其死后，子忠济、忠范相继嗣位；严氏父子盘踞东平一带近半个世纪。张荣为济南历城人，金末起兵，割据一方，后投靠成吉思汗，其孙张宏仍袭爵济南公，前后也有几十年。在兵戈扰攘的金元之际，济南、东平一带在地方豪强的统治下，倒成为比较安定的地区。尤其是严实父子统治的东平，一时成为北方的文化中心。严实喜欢招揽文人学士，“四方之士，闻风而至”（《元史·宋子贞传》），金元之际著名学者王磐，著名作家商挺，文学批评家王若虚，著名诗人元好问，散曲家张养浩、杜仁杰等，都曾在东平任职、讲学或居住、游历过。严实主政东平，崇儒学，兴礼乐，重学术，倡戏曲，使当时东平成为北方文教兴隆的学术文化中心。由于严氏父子崇儒学、兴礼乐，孔府之乐舞以及宋金宫廷之乐舞都得到妥善保护。至元三年（1266），朝廷征用东平乐师 400 余人，同年迁东平乐户92户居于京城，可见东平礼乐兴盛的情况。“严氏重振东平府学，延请海内学者文人荟萃于此，其见于史传之学者如王磐、宋子贞、胡祇遹、王桢、杨奂、商挺、孟琪、李昶等，文学家如王若虚、元好问、王恽、杜仁杰等。东平府社会安定，商业繁荣，其城市生活亦如北宋之开封、南宋之杭州。戏场、青楼均盛。宋金院本与元代杂剧之交替发展，东平府实为关键，为当时戏剧活动中心”①。由此可见，当时东平既保存了传统礼乐，也发展了民间文艺，使之成为当时的戏剧活动和创作中心，对元代文学特别是戏曲的发展产生重要影响。

元朝建立，尊崇儒学，山东东平既是当时的文化中心，也是儒学传播的基地。东平学人在元代非常活跃，不论在学术界，还是在文学界，都有重要影响。如商挺入元，曾会同曹州东明人、著名作家王鹗等纂《五经要语》，而王鹗又推荐山东学者李昶、王磐等为翰林院学士。李昶为东平人，“杜门教授，一时名士，如李谦、马绍、吴衍辈，皆出其门”（《元史·李昶传》）。李谦为郓州东阿人，曾做过东平府教授，为学者所宗，与著名学者高唐阎复齐名，其弟子李之绍（今山东平阴人）为当时著名教育家。其他如学者、教育家张特立、李好文（均为东明人），著名学者、政治家张舫（今山东汶上人）等，大都曾为严实父子的幕僚。

元代山东东西道归中书省直接统辖，在益都设山东东西道宣慰司，在济南设山东东西道肃政廉访司，而东平此时仍然在严氏统治之下，因此，益都、济南、东平也仍然是元代文化中心。济南杜仁杰、张养浩、刘敏中等是元代著名散曲家，武汉臣、岳伯川等是著名杂剧作家。东平高文秀、顾仲卿、张时起、张寿卿、赵良弼等也都是知名杂剧作家。杜仁杰、刘敏中、张养浩、高文秀等在中

---

①　徐北文：《济南竹枝词·严实》，济南出版社1999年版，第244页。

国文学史上都有重要地位。

4. 全真道的传布与金、元时期的道教文学

宗教与社会、与文化的关系，一般宗教史籍都曾论及，而与文学的关系，近年来也有专著问世。而宗教与山东文学的关系则较少论及。自汉代以来，山东是道教、佛教等宗教盛行的地区，随着佛、道的普及，它影响到社会生活的方方面面，自然也影响到文学及其发展。据有关记载，佛教僧人的诗文创作活动，唐代甚为活跃，在前章已经论及。道教徒的文学活动，则应对金元时期籍属山东的"全真七子"给以应有的评价。

道教是中国本土宗教，今山东地区是原始道教的发源地[①]。东汉时期，沛（今江苏沛县）人张道陵创始五斗米道，使道教在全国传布。魏晋南北朝时期，道教得到帝王贵族的支持，即如山东门阀世族如琅邪王氏、高平郗氏等大都笃信道教。殆至唐代，统治者大力提倡，道教得到进一步发展。北宋自真宗始，崇奉道教。在今山东境内，自汉代以来，泰山即为道教圣山，至宋元之后，道观遍布城乡各地。历代统治者都喜利用宗教加强和巩固其统治。隋唐时期，隋文帝、唐高宗等几代帝王都曾登封泰山。齐州（今山东济南）的紫极宫、华阳宫均是当时著名的道观，大诗人李白即在齐州紫极宫受道箓而加入道士籍。

金元时期，社会动乱，又是道教发展的一个重要契机。宋、金之际，京兆（今陕西咸阳）王嚞（重阳）创立全真教，成为流行于我国北方影响最大的一个教派。全真道"反对符箓，排斥咒术，而倡

---

① 见陈寅恪《金明馆从稿初编 · 天师道与滨海地域之关系》，生活 · 读书 · 新知三联书店 2000 年版，第 1～45 页。亦见任继愈《中国道教史》关于"道教的孕育与诞生"的论述。

儒释道三教合一,注重‘识心见性’的内修真功”①。因此,在全真道首创时期,其成员大都具有儒学根底和深厚的文化素养。

山东滨海地区,特别是宁海州(治所在今山东牟平)境内的昆嵛山一带,自秦汉以来即为仙道流行地区②。王嚞于金大定七年(1167)七月至宁海州,在昆嵛山一带传道,收下籍属山东的马钰、谭处端、刘处玄、丘处机、王处一、郝大通、孙不二等七大弟子,世称“全真七子”。“七子”不仅是全真道的宗师,其诗文创作也为宗教文学的发展作出贡献。“七子”之中,在教派和诗文创作中,影响最大的是丘处机。

丘处机(1148—1227),字通密,号长春子,登州栖霞(今山东栖霞)人。金世宗大定中(1161—1189),在登州拜王嚞为师,后追随至汴。王嚞卒后,丘处机扶其灵榇归里,遂入磻溪穴居修行,“既而隐居陇州龙门山七年,如在磻溪时。……远方学者咸依之”③。元初,丘处机受到元太祖忽必烈的赏识,掌管全国道教,卒后追赠长春演道主教真人。著有《磻溪集》《摄生消息论》等。

丘处机诗、词创作繁富,今存诗407首,词152首,其中虽“十九作道家语”,其中也有“精警清切”之句④。丘氏西行,选择磻溪为修道之所,颇令人玩味。磻溪在今陕西宝鸡县东南,相传为太公望吕尚渔钓处。丘处机将其诗文集题为《磻溪集》,是磻溪为其初修之处?还是为其在磻溪所作诗词影响较大?不得而知。《磻

① 张岱年、方克立主编:《中国文化概论》,北京师范大学出版社2006年版,第232页。

② 〔元〕于钦:《齐乘》卷一《大昆嵛山》:“大昆嵛山……《仙经》云:‘姑余山,麻姑于此修道上升,余址犹存,因名‘姑余’。……宋政和六年,封仙姑虚妙真人。重和元年,赐号显异观。’”

③ 〔元〕陈时可:《长春真人本行碑》,载赵卫东辑校《丘处机集·附录六》,齐鲁书社2005年版,第412页。

④ 《蕙风词话·人间词话》,人民文学出版社1960年版,第88页。

溪》一诗云：

> 故人别后信天缘，浪迹西游住虢川。宛转风尘过万里，盘桓岩谷泊三年。安贫只解同今日，抱朴畴能继古仙。幸得清凉无垢地，栖真且放日高眠。

诗抒发其安贫修道、抱朴栖真的志趣，而其所要“继”的“古仙”，不就是传说中的太公望吕尚吗？吕尚垂老仕周，为灭商兴周作出巨大贡献，其传奇经历神化后被道教纳入神仙系列。丘氏要“继”的，应该是吕尚之志。出家而具有入世之志，修道而思欲有为，应该是丘处机思想的真谛。他所说的“有动缘无动，无为即有为”①，以及“我之帝所临河上，欲罢干戈致太平”②，正是其济世救民的人生理想。他关心民瘼，希图救助惨遭战乱蹂躏的百姓，表现出悲天悯人的宗教情怀。如《愍物》二首：

> 天苍苍兮临下土，胡为不救万灵苦？万灵日夜相凌迟，饮气吞声死无语。仰天大叫天不应，一物细琐徒劳形。安得大千复混沌，免教造物生精灵。
>
> 呜呼天地广开辟，化出众生千百亿。暴恶相侵不暂停，循环受苦知何极！皇天后土皆有神，见死不救知何因？下土悲心却无福，徒劳日夜含酸辛！

在其诗词中，有大量刻画自然风光的作品。写海，写山，写春夏秋冬，写阴晴雨雪，都充满世俗文人的情怀，情景交融，与世俗

① 丘处机：《修道》之十六，载《磻溪集》卷四。

② 丘处机：《三太子之医官郑公途中相见以诗赠之》，载《磻溪集》。

文人的作品并无不同。如《望海》：

海色吞天色，风声杂水声。云翻鱼鳌骇，雷动鬼神惊。射激千岩险，汪洋万里平。时无钓鳌手，掷犗引长鲸。

海天一色，云翻雷动，海浪激射岩岸，而望去万里汪洋却平静如常。这是“望海”，岂不也是面对动荡的世俗社会？此时他想的“钓鳌手”，掷犗擒海中巨兽，岂不是其心志的表露？情融景中，意境幽深。

总之，丘处机的诗词，大半与其修道栖真有关，而其中也蕴含其入世有为的思想。其诗语言朴实无华，易读易懂，或与丘处机通过诗词宣扬其道有关。

“全真七子”丘处机之外，尚有孙不二、马钰、谭处端、郝大通、王处一、刘处玄，除刘处玄外，都是宁海（今山东牟平）人。他们都有诗词文集传世，而其诗词内容大都吟咏栖真修道。如从文学角度看，语言平易，艺术价值不高。

孙不二（1119—1182），号清散道人，人称孙仙姑。马钰之妻。马钰（1123—1184），号丹阳子，亦宁海人。孙不二今存诗 22 首、词 3 首，大都为修道之语。马钰著有《洞玄真玉集》《渐悟集》等。今存诗词近千首，大都为劝化修真之词，即使赠答唱酬，亦不离全真本旨。

谭处端（1123—1185），号长真子。幼学赋诗，博览经史，著有《水云集》。今存诗 84 首、词 156 首，亦大半为道家语。郝大通（1140—1213），号广宁子。出身世家，精于易、历、卜筮之术。著有《太古集》，今存诗 31 首、词 2 首。其诗词内容亦同其道友，而语言较为清丽华美。王处一（1142—1217），号玉阳子。著有《云光集》，今存诗 522 首、词 95 首。刘处玄（1147—1203），号长生子，东莱（今山东莱州）人。著有《仙乐集》等，今存诗词 500 余首。

李志常（1193—1256），字浩然，号真常子，道号通玄大师。祖籍永年（今属河北），宋代迁往开州观城（今山东莘县）。初隐居崂山，后拜在丘处机门下。元太祖十五年（1220），丘处机应邀北行，经燕京（今北京）抵阿不罕山（今阿富汗境内），受到当地汉人的欢迎，丘处机便命李志常留下兴建道观，名曰栖霞观。后随丘处机还燕京，并接任全真道第七代传人，有“成全光大”全真道之功。

李志常富有才学，其著述以《长春真人西行记》记述丘处机西域之行沿途所见所闻及民俗风情，是对研究中亚、蒙古地区的自然景观、人文地理极具价值的地理游记。全书共 2 卷，上卷记载丘处机一行至兴都库什山的行宫觐见成吉思汗及回到中亚名城撒马尔罕（今乌兹别克斯坦首都撒马尔干）等候讲道的情形，下卷记载丘处机讲道经过、东归行程。因其重要的学术价值，引起我国及世界有关研究者的重视，并以多种语言翻译出版①。

二、王禹偁与鲁西、鲁西南作家

所谓“鲁西”“鲁西南”，一般指今菏泽和聊城两市所辖地区。宋代鲁西属京东东路，其中东明县属开封府，聊城属河北南路，东平属河南路，都为近畿地区，也都是文化教育发达地区。济州州治巨野，东平府府治东平，东昌路首府聊城，各为这一地区政治文化中心。除国家设立的府、州、县学外，私人讲学风气也很盛行，出现了邢昺、孙奭、李之绍、高弁等著名学者和教育家。邢昺为曹

① 关于李志常及《长春真人西行记》，请参阅马亮宽等著《聊城文化史》，中国社会科学出版社 2014 年版，第 177~180 页。

州济阴（今山东菏泽）人，以“九经”及第，任职国子监，曾为各王府侍读。他前后在国子监任职 30 余年，任祭酒就有 10 年之久。再如博州博平（今茌平县博平镇）人孙奭，《宋史》本传载，奭“幼与诸生师里中王彻，彻死，有从奭问经者。奭为解析微指，人人惊服，于是门人数百皆从奭”，后“以经术进，守道自处，即有所言，未尝阿附取悦（皇帝）”。他曾与邢昺一起核定《论语》等儒家经典。由于教育发达，人文荟萃，济州巨野王禹偁，曹州李师中、李质，济州巨野晁补之，鄄城张詠，单父张表臣，以及大名莘（今山东莘县）人王旦及子素等，都是当时在全国有影响的著名作家和文学家。他们文以载道的文学主张及作品中表现出的爱国主义精神、忧国忧民的深沉感情，以及艺术上对朴质、淡雅的追求，在宋代文坛都曾产生重要影响。金元时期，东明王鹗、李好文，茌平马定国，夏津宋九嘉，高唐闫复，聊城周驰，东阿张万公、张子羽以及朝城（今山东莘县）梁仲新等，在诗文创作方面也都有一定的成就。

1. 王禹偁

王禹偁（954—1001），字元之，济州巨野（今山东嘉祥）人。据《宋史》本传载，禹偁出身农家，总角之岁就读于乡先生，十余岁能属文。太平兴国八年（983）进士及第。济州古为鲁地，有着儒学教育的悠久传统。其地俗尚朴质，人性刚直倔强。在这样一个环境成长起来的王禹偁，自谓“致君望尧舜，学业根孔姬”①，是一位具有儒家民本思想的忧国忧民、关心人民疾苦的进步政治家。他为官以“教利泽施于民”为己任，以“直躬行道”为己任（《宋史·王禹偁传》），从进士及第任县主簿到翰林学士、知制诰，一生三次因谏诤被贬，不屈不挠，自云“屈于身兮不屈于道，任百谪而何亏，

① 引自王禹偁《吾志》诗，载《小畜集》，《四部丛刊》本。

吾当守直正兮配仁义,期终身以修之"①。正是因为有这样的身世遭际,及其所受传统文化的熏陶,以及对国家、人生的态度,加上深厚的文学造诣,使王禹偁成为北宋初年最伟大的文学家。

唐末五代以来,诗文崇尚艳冶,诗道陵替,"风骚委地"②,王禹偁认为"咸通(按唐懿宗年号)以来,不足征也"③。为此,他以振兴文运为己任,以"复古"为号召,明确提出文章"传道""明心"和"易道""易晓"等文学革新主张。王禹偁所谓的"传道""明心",首先是师法"六经",认为"文学本乎六经者,其为政也必仁且义,议理之有体也"④。他所谓的"易道""易晓",就是针对唐末以来务为艳冶的文风,要求诗文语言质朴,风格平易。在诗文创作上,王禹偁实践了自己的主张,并把韩、柳文章和李、杜、白之诗作为他所追求的目标。在中国文学史上,王禹偁上承唐代的李(白)、杜(甫)、韩(愈)、白(居易),下启宋之欧(阳修)、苏(轼),为唐宋之际的文风转变作出突出贡献,并对宋代的诗风文风有重要影响。

王禹偁一生著述颇多,主要有其晚年自编的《小畜集》30卷,以及其曾孙王汾所编的《小畜外集》13卷。其诗文集中,不论是文章,还是诗歌,都取得较高的成就。王氏虽然擅长辞赋骈文,而尤致力于倡导古文,注重关切时事和民生疾苦。如为历代传诵的名篇《待漏院记》,通过揭示贤相、奸相和庸相的不同心态,箴诫宰臣,劝谕其为国勤政恤民并慎于职守,"辞气严正,可法可鉴"⑤。王禹偁继承和发扬了《诗经》反映现实的精神,与杜甫、白居易诗

---

① 〔宋〕王禹偁:《三黜赋》,载《小畜集》,《四部丛刊》本。
② 参见王禹偁《还扬州许书记家集》,载《小畜集》,《四部丛刊》本。
③ 〔宋〕王禹偁:《东观集序》,载《小畜集》,《四部丛刊》本。
④ 《送谭尧叟序》,载《小畜集》,《四部丛刊》本。
⑤ 《古文观止》评语,中华书局1979年版,第415页。

歌的艺术精神一脉相承,其诗或写民生疾苦,或抒发忧国忧民的情怀,都具有较高的思想价值。今所存580余首诗歌,“多涉规讽,未尝空言”①。如《感流亡》一诗,以同情的笔调,写一农夫因遭受自然灾害,扶老携幼出外逃荒、颠沛于路的凄惨情景;《对雪》则写自己在安闲之中,思及河朔民夫和戍边军卒辗转于寒冷荒漠的痛苦:“月俸虽无余,晨炊且相继。薪刍未缺供,酒肴亦能备。……因思河朔民,输挽供边鄙。车重数十斛,路遥数百里。羸蹄冻不行,死辙冰难曳。夜来何处宿,阒寂荒陂里。又思边塞兵,荷戈御胡骑。……弓劲添气力,甲寒侵骨髓。今日何处行,牢落穷沙际。自念亦何人,偷安得如是! 深为苍生蠹,仍尸谏官位。謇谔无一言,岂得为直士?”即使在贬谪期间,王禹偁吟咏山水或描写谪居生涯的诗歌,也是直抒胸臆,充满意趣,如《村行》《谪居杂感》等。《村行》尤为人传诵:

马穿山径菊初黄,信马悠悠野兴长。万壑有声含晚籁,数峰无语立斜阳。棠梨叶落胭脂色,荞麦花开白雪香。何事吟余忽惆怅? 村桥原树似吾乡。

王禹偁的散文现存340篇,有赋、论、记、书、序、表、笺启、碑碣、杂文等各种体裁,其代表作记文为《待漏院记》《黄州新建小竹楼记》,杂文为《唐河店妪》等。《黄州新建小竹楼记》(《黄冈竹楼记》)是一篇“起结摇曳生情”②,意蕴深厚的抒情散文,其中描写竹楼景色及其居住的乐趣的文字,文致清隽,尤为动人:

---

① 〔宋〕王汾:《小畜外集序》,载《小畜外集》,《四部丛刊》本。

② 《古文观止》评语,中华书局1979年版,第417页。

予城西北隅，雉堞圮毁，蓁莽荒秽，因作小楼二间，与月波楼通。远吞山光，平挹江濑，幽阒辽夐，不可具状。夏宜急雨，有瀑布声；冬宜密雪，有碎玉声。宜鼓琴，琴调和畅；宜咏诗，诗韵清绝；宜围棋，子声丁丁然；宜投壶，矢声铮铮然。皆竹楼之所助也。

公退之暇，被鹤氅衣，戴华阳巾，手执《周易》一卷，焚香默坐，消遣世虑。江山之外，第见风帆沙鸟，烟云竹树而已。待其酒力醒，茶烟歇，送夕阳，迎素月，亦谪居之胜概也。

咸平元年(998)，王禹偁因受疑忌，由知制诰贬谪知黄州，其心志自是不平。然在其笔下，黄冈竹楼竟是如此优美，可令其"消遣世虑"，沉浸其中。读者可从中感受到作者的心境之旷达，"而自得之于景象之外"①。

王禹偁诗文感情激扬而真切朴实，文风清浅明畅而又简雅古淡，"独开有宋风气，于是欧阳文忠得以承流接响"②。他在宋代受到著名作家的普遍推重，其后影响及于明清。禹偁子嘉祐、嘉言，曾孙汾，俱知名。

2. 张詠

张詠(946—1015)，字复之，号乖崖，濮州鄄城(今山东鄄城)人。"少任气，不拘小节，虽贫贱客游，未尝下人"③。太平兴国五年(980)进士，授大理评事，知鄂州崇宁县事。真宗时，"求知颍

---

① 《古文观止》评语，中华书局1979年版，第417页。

② 〔清〕吴之振：《宋诗钞·小畜集钞序》，生活·读书·新知三联书店1984年据上海涵芬楼影印本重印。

③ 郑再时：《西昆酬唱集笺注·西昆唱和诗人年谱》，齐鲁书社1986年版，第89页。

州。真宗以其公直，有时望，再任益部，皆以政绩闻，不当莅小郡，令中书召问，将委以青社或真定，令其自择。詠辞不就，遂命知昇州”①。历官至礼部、吏部尚书，因上疏言丁谓奸邪，出知陈州。卒谥忠定。张詠“性极清介，居无媵妾，不事服玩，朝衣之外，燕处惟纱帽皂绦、一黄土布裘而已”②，是一位刚正不阿、廉洁奉公的官吏。著有《张乖崖集》。

张詠与杨亿、刘筠等唱酬，收入杨亿所编《西昆酬唱集》，因此被认为是西昆唱酬诗人之一，而其为文崇尚气节，不事雕琢，风格却与西昆体诗人不同。南宋郭森卿序其文谓“大抵脱去翰墨畦径，无属辞缀文之迹”③。其少年同学傅霖隐居不仕，在其始及第时，曾作诗寄之，有句云：“前年失脚下渔矶，苦恋明时不忍归。为报巢由莫相笑，此心非是爱轻肥。”“李顺之乱，乖崖帅蜀，有诗寄陈希夷云：‘性愚不肯住山林，刚要清流拟致君。今日星驰剑南去，回头惭愧华山云。’”④表明他出仕为官，只为致君泽民，报效国家而已。今存诗 150 余首，诗体多样，在继承《诗经》注重现实的传统，又发展了中唐韩愈诗歌创作的散化趋势，在中国及山东诗歌史上自有一定地位。

3. 晁补之及其文学家族

王禹偁之后近百年，济州巨野又出现了一位诗文大家晁

---

① 郑再时：《西昆酬唱集笺注 · 西昆唱和诗人年谱》，齐鲁书社 1986 年版，第 184 页。

② 〔宋〕胡仔：《苕溪渔隐丛话 · 后集》，人民文学出版社 1984 年版，第 136 页。

③ 转引自曾枣庄《中国文学家大辞典 · 宋代卷》，中华书局 2004 年版，第 440 页。

④ 〔宋〕胡仔：《苕溪渔隐诗话 · 后集》，人民文学出版社 1984 年版，第 136 页。

补之。

晁补之(1053—1110),字无咎,晚号归来子。济州巨野(今山东嘉祥)人。补之幼承家学,七岁能文,二十一岁以文谒见苏轼,深受赏识,由此知名。元丰二年(1079),进士及第,次年调澶州司户参军,后曾任国子监教授。元祐元年(1086),召试学士院,除秘书省正字,迁校书郎,与著名诗人黄庭坚、张耒一同供职馆阁。元祐三年,苏轼知贡举,补之与黄、张又一同辟为属官。晁、黄、张加上秦观,号称“苏门四学士”;另加陈师道、李廌,世称“苏门六君子”。在这一作家群体中,晁氏有其独特的成就。

《宋史》本传称,补之“才气飘逸,嗜学不知倦,文章温润典缛,其凌丽奇卓出于天成”。其散文波澜壮阔,与苏轼父子相驰骤。其诗、词成就也较高,“词神姿高秀,与轼实可肩随”①。补之一生著述甚多,所作诗文凡 70 卷,收入《鸡肋集》。另有词集《晁氏琴趣外编》6 卷,词论《丸皮说》2 卷(已散佚)。

晁补之诗今存 600 余首,内容多为纪游写景、友朋唱酬、即事感怀以及日常生活的吟咏。其元祐五年(1090)出知齐州所作的诗颇有代表性,如《齐山怪石森耸,其西峰曰小九华》:“山中有山俱巃嵸,谷中通谷更呛呀。借君筇杖穿奇崄,直至西峰小九华。”写出了“齐烟九点”之一药山的奇险。《别历下二首》写其对济南难舍难离的心情,亦真实可感:

来见芙蕖溢渚香,归途未变柳梢黄。殷勤趵突溪中水,相送扁舟向汶阳。

鸳鸯鸂鶒绕鱼梁,摇漾山光与水光。不管使君征棹远,依

① 〔清〕永瑢等:《四库全书总目》卷一九八《晁无咎词提要》,中华书局 1983 年版,第 1810 页。

然飞下旧池塘。

在其笔下，杨柳、溪水都那么情意绵绵，将诗人依恋难舍的心情寄寓其中，情景相融。他还有《忆少年·别历下》，写其离任时对历下的眷恋之情。

晁补之的词今存170余首，对词的题材有不少开拓。其中有写歌妓的，“这些词写艳遇离愁、娇歌曼舞，如《蓦山溪》（自来相识）、《少年游》（当年携手）等，风情绮丽，语言发露，格调与柳词相近。”中年之后，晁补之受党争株连，迭遭贬谪，因此写了相当数量感叹世路坎坷、抒发羁旅之愁的迁谪词。“晚年长期闲居乡里，寄情翰墨，描写田园风光和归隐情怀的闲居词写得较多，也最有特色”①，如《摸鱼儿·东皋寓居》：

买陂塘，旋栽杨柳，依稀淮岸湘浦。东皋嘉雨新痕涨，沙嘴鹭来鸥聚。堪爱处，最好是、一川夜月光流渚。无人独舞。任翠幄张天，柔茵藉地，酒尽未能去。　　青绫被，莫忆金闺故步。儒冠曾把身误。弓刀千骑成何事？荒了邵平瓜圃。君试觑，满青镜。星星鬓影今如许！功名浪语。便似得班超，封侯万里，归计恐迟暮。

词写其对官场的厌倦及徜徉园林之中放浪自恣的生活情态，清人刘熙载谓此词对辛弃疾《摸鱼儿·更能消几番风雨》有影响②。

---

① 刘乃昌、杨庆存：《晁氏琴趣外编·前言》，上海古籍出版社1991年版，第4~5页。

② 《艺概·词曲概》：“无咎词堂庑颇大。人知辛稼轩《摸鱼儿》‘更能消几番风雨’一阕，为后来名家所竞效，其实辛词所本，即无咎《摸鱼儿》‘买陂塘旋栽杨柳’之波澜也。”

晁补之的辞赋散文，占其《鸡肋集》大部，有政论、纪游等多种体式。其中，政论如《上皇帝言北事书》，分析当时形势，力主伐辽，收复汉唐故地。其记叙体散文，如游览杭州新城北山写的《新城游北山记》，近人高步瀛说："摹写极工，巉刻处直逼柳州。"①认为其写北山深处幽僻景色，酷似柳宗元的游记。其知齐州时所写《北渚亭赋》，铺陈扬厉，济南山川形胜跃然纸上。清人王士禛《香祖笔记》评说："吾郡遗文，惟晁无咎《北渚亭赋》最为瑰丽。"

与王禹偁不同，晁补之出身于书香大族，为文学世家。其父端友，字君成，有诗名。著有《新城集》，苏轼曾为其诗集作序。今存诗7首，《宿济州西门外旅馆》写其羁旅情怀，《梅花》刻画梅花的青骨凌霜，意蕴深厚。

晁端礼（1046—1113），字元膺（一作元礼），晁补之族叔。以词名世，其词受到徽宗的赏识，著有《闲适集》。今存词140余首，或写宦游失意，或写恋情别离，有可读者。晁补之从弟咏之，字之道，深受苏轼赏识，著有文集50卷，已散佚。

晁冲之（生卒年未详），字叔用，因曾隐居具茨山，人称具茨先生。"少颖悟绝人，其为诗文，悉有法度"②，为吕本中《江西诗社宗派图》所列26人之一。其诗笔力雅健，风格高古，为刘克庄、王渔洋等著名诗家所称赏。著有《晁具茨先生诗集》《晁叔用词》。今存160余首、词16首。其诗"意度沉阔，气力宽余，一洗诗人穷饿酸辛之态。……他作皆激烈慷慨，南渡后放翁可以继之"③。而所存词，大都写柔情离思，如《汉宫春》，再有如描写汴京灯节盛况的《上林春慢》。

---

① 高步瀛：《唐宋文举要》，上海古籍出版社1982年版。

② 〔宋〕吕本中：《东莱吕紫微师友杂志》，转引自刘乃昌《晁叔用词·前言》，上海古籍出版社1991年版，第9页。

③ 〔宋〕刘克庄：《江西诗派小序》，载《后村先生大全集》卷九五。

其他如晁冲之从叔端淑、从弟说之，皆有文名。冲之之子公武，字子止，人称昭德先生，是宋代著名学者、目录学家、藏书家，所著《郡斋读书志》，是我国最早的一部附有提要的私家藏书目录。今存诗13首，多纪游写景之作。其弟公遡，字子西。今存诗450余首，诸体皆备，颇多佳作。晁说之（1059—1129），字以道，一字伯以。著有《嵩山文集》。今存诗890余首。

4. 李师中

李师中（1013—1078），字诚之，楚丘（今山东曹县）人。进士及第后，曾知兖州、凤翔、舒州、齐州等，历为地方官。著有《珠溪集》。

李师中素有报国之志，关心民瘼，而仕途蹭蹬，屡遭贬谪。居官为民尽瘁，而廉洁自律。宋仁宗嘉祐三年（1058），迁任提点广西刑狱，权经略事，七年（1062）改知济州，赋诗云："四年尽瘁今归去，不负斯民只负身。"因其自身遭遇，对敢于与奸邪抗争的正直官吏同情并加以颂扬。江陵人唐介，曾弹劾殿中侍御史张尧佐、宰相文彦博、谏官吴奎，并屡与王安石争论，是一位正直敢言、不避权贵的官吏。嘉祐间，即因其言切直，触忤仁宗，受到责罚。师中以诗送行，赞颂其孤忠敢言的精神，鞭挞奸邪谄谀之徒，在士大夫间传诵。《送唐介》诗云：

> 孤忠自许众不与，独立敢言人所难。去国一身轻似叶，高名千古重于山。并游英俊颜何厚，未死奸谀骨已寒。天为吾君扶社稷，肯教夫子不生还？

李师中今存诗30余首。其中有的抒写怀抱、仕途坎坷的嗟叹，也有宦游思乡的哀伤，而游览写景之诗则轻快俊爽。如《天目山》：

> 坏壁摩娑少旧题，高情应怪赏音稀。烟霞正自无古今，云水从教远是非。丹井金龙藏洞府，杞丛苍犬荡霞霏。登临未学神仙事，老树闲看独鹤归。

其词仅存一首《菩萨蛮》，为其任职广西时写思乡念远之情，以感情真挚、意境浑朴而为人称赏。

5. 王旦与鲁西作家

王旦（958—1019），字子明，大名莘（今山东莘县）人。出身于官僚世家，为鲁西一知名文化家族。曾祖言唐末为县令，祖彻官至左拾遗，父祐入宋为兵部侍郎、知制诰，汉、周之际以文章著闻，《宋史》有传。《宋史》本传说，旦“幼沉默好学，有文”。太平兴国五年（980）进士，以大理寺评事知平江，入为著作佐郎，预编《文苑英华》诗歌类。后通判郑州时，曾表请建常平仓，以塞权贵豪绅兼并之路。淳化初，由王禹偶推荐，任转运使。后召回京都，旦不乐吏职，因献文章，召试直史馆，接着拜右正言、知制诰。其父曾任知制诰，王旦相继，前后不到十年，一时传为美谈。真宗即位，拜中书舍人。咸平三年（1000），知贡举，拜给事中，同知枢密院事，不久，拜工部侍郎同中书门下平章事、集贤殿大学士，位居宰相。旦生性正直，一生以国家利益为重，时刻关注民生疾苦。他身居宰相高位，从不受私谒，选官注重人品才干。例如枢密使寇准，平时经常在皇帝面前批评王旦，而在其临终时真宗让其推荐宰相的候选者，他只推荐寇准一人。王旦和寇准都是宋朝著名宰相。在遗嘱中，王旦训诫后人不搞特殊，不能向国家提任何要求，要保持勤俭廉洁的家风。

王旦是宋代著名政治家，对宋代前期的政治经济的发展曾作出重要贡献。同时，他也是著名文人，有文集20卷传世。王旦有三个儿子，长子雍，官至国子博士，著名学者；次子冲，官至左赞善大夫；三子素，官至工部尚书，《宋史》有传。素子巩，有隽才，长于诗，与著名文学家苏轼交游。轼守滁州，巩前往造访，一同出游，登高临水，吹笛饮酒，常乘月而归。素从子靖、从孙震，均有文名。

周文璞（生卒年未详），字晋仙，号方泉，又号野斋、山楹，山东阳谷人。历官内府守藏吏等。善诗，著有《方泉集》。《四库全书总目》说："诸书不详其仕履，盖亦江湖派中人也。是集凡赋一卷，诗三卷。"认为张端义《贵耳集》称其《灌口二郎歌》《听欧阳琴行》《金涂塔歌》不减贺（李贺）、白（李白），称誉过当，而"古体长篇，微病颓唐，不出当时门径"，"至于古体短章、近体小诗，……固可肩随于白石、涧泉诸集之间，宜其迭相唱和也"。

王岩叟（1043—1093），字彦林，大名清平（今山东临清、高唐一带）人。嘉祐五年（1060）进士，历官枢密院直学士，签书枢密院事。后因元祐党争，被贬为端明殿学士，出知郑州，徙河阳卒。据《宋史》本传记载，王岩叟从政期间心系国家安危，关心民间疾苦，正直敢言，不畏权贵。他工诗善文，擅长书法。著有《大名集》40卷，已佚。其著述今存《韩魏公别录》3卷（《四库全书本》），《全宋诗》辑录其诗7首，《全宋文》辑录其文10卷。

三、穆修等郓州作家

无独有偶，在王禹偁同时稍后，在今鲁西南又出现了一个诗文革新名家，而且性格、遭遇以及诗文主张，也十分相近。他就是宋代古文运动的先驱、著名文学家穆修。在其前后的郓州作家，还有刘挚、赵邻几、梁灏、李元膺、王千秋等，以及金代吕道安，元代王士点、王士熙、徐琰、王旭、赵良弼等。

1. 穆修

穆修（？—1032），字伯长，郓州人①，后居蔡州（今河南汝南）。从小酷爱学习，而不屑繁琐的章句之学。真宗东封泰山，下诏令举荐齐鲁精通儒经而节操高尚的士人，修预其选，赐进士出身，可见他也是沐浴齐鲁文风、深受传统文化熏陶的知识分子。他曾从陈抟学《易》，并兼《春秋》之学，为宋代理学的先导。据《宋史》本传载，修性刚介，好论议时政的弊端，批评权贵，不与贪官污吏交往。因其不善逢迎，官只做到文学参军，一生穷困潦倒。他大力提倡古文，《宋史》本传说“自五代文敝，国初柳开始为古文，其后杨亿、刘筠尚声偶之辞，天下学者靡然从之。修于是时独以古文称，苏舜钦兄弟多从之游。修虽穷死，然一时士大夫称能文者，必曰穆参军”。为倡导古文，他曾向亲友募集资金，鸠工刻印其家藏的韩、柳文集数百部，并亲自摆书摊叫卖，以扩大古文的影响。《四库全书总目》云：“宋之古文，实柳开与修为倡。然开之学，及身而止。修之学，一传为尹洙，再传为欧阳修。宋之文章，于斯极盛，则其功亦不鲜矣。”

穆修上承柳开、王禹偁，下启欧阳修、梅尧臣、苏舜钦，为北宋诗文革新运动作出积极贡献。他同王禹偁一样，批判唐宋之际脱离现实、注重雕琢的绮靡文风，提倡儒家道统，推崇韩柳散文。同时而稍后的范仲淹、石介，彼此呼应，他的学生尹洙逐浪扬波，努力创作古文，都对欧阳修有重要影响。穆修存世作品不多，在其死后，由祖无择编集《穆参军集》为3卷，今存《四库全书》本。

---

① 关于穆修籍贯，《宋史·穆修传》但言“郓州人”，而未明确其在郓州何处。今有东平、汶上两说，本书不加考证。

2. **赵邻几**

赵邻几(924—982),字亚之,郓州须城(今山东东平)人。出身农家,少好学,能属文,早年所作《禹别九州赋》,人多传诵。五代周显德二年(955)进士,初授秘书省校书郎,入宋官至右补阙知制诰。《宋史·文苑传》本传载,邻几"为文浩博,慕徐、庾及王、杨、卢、骆之体,每构思必敛衽危坐,成千余言始下笔。属对精切,致意缜密,时辈咸推服之"。在其卒后,淳化年间(990—994),太宗派人取其遗稿,得文集34卷,《鲰子》1卷,以及80余卷历史杂著。

3. **梁灏**

梁灏(963—1004),字太素,郓州须城(今山东东平)人。早年从学于王禹偁,发奋苦读,雍熙二年(985)为进士第一。历官至翰林学士同知审官院,权知开封府。著有文集15卷,已佚。《全宋诗》辑录其诗3首,《全宋文》辑录其文5篇。其子固,官著作郎,直史馆,历户部判官。著有《是芳集》10卷,已佚。

4. **李元膺**

李元膺(生卒年未详),东平(今属山东)人。诗、词作家。曾任教官,因讥讽蔡京而被罢官,家居以终。今存诗10余首,词9首。其仿梁代沈约所作组诗《十忆》及词《茶瓶儿》,才思敏捷,思致妍密,颇受好评,而词句精巧、风格柔弱亦受微辞。其词集已佚,近人赵万里有辑佚本。《全宋词》辑录其词9首,《全宋诗》辑录其诗12首。

5. **王千秋**

王千秋(生卒年未详),字锡老,号审斋,东平(今属山东)人。

南宋初年,流寓金陵(今江苏南京)。曾知长汀县。著有《审斋词》1卷,有《宋名家词》本。《四库全书总目》云:“毛晋跋称其词多酬贺之作,然生日椵词,南宋人集中皆有,何独刻责于千秋?况其体本《花间》,而出入于东坡门径,风格秀拔,要自不杂俚音,南渡之后,亦卓然为一作手。”认为毛晋对其词“以绝少绮艳评之,亦殊未允”,而“其集中如《忆秦娥》《清平乐》《好事近》《虞美人》《点绛唇》以及咏花诸作,短歌微吟,兴复不浅”,评价较为公允。

6. 赵沨

赵沨(？—约1196),字文孺,号黄山,以其诗有“好景落谁诗句里,蹇驴驮我画图间”之句,世号“赵蹇驴”。东平(今属山东)人。进士及第后,官襄城令,由党怀英推荐,入为翰林文字,后与党怀英等人共修《辽史》,官至礼部郎中。为人冲静淡泊,襟怀坦荡,工书善诗,小篆与党怀英齐名,号“党赵”。著有《黄山集》,已佚。余诗30首,载《中州集》卷四。

《中州集》载,金章宗中秋赏月,赵沨所对诗受到章宗的赏识,士林传为佳话。其诗清新流丽,真率自然,高雅淡远,多有佳句,如“晴日未消千嶂雪,暖风先放一枝花”(《放远亭》)、“山空白昼永,野旷清风来”(《凉陉》)等,为后来主盟金代文坛的赵秉文所推重①。

四、石介与泰山派作家

宋代大兴文教之风,泰山学者石介得风气之先,在泰山建泰山学院,并使之成为当时私人讲学的重要基地。石介在其中讲

① 参见孙望、常国武主编《宋代文学史》,人民文学出版社1996年版,第466~467页。

学，并请著名教育家、学者孙复（992—1057）做泰山书院的主讲。孙复，人称“泰山先生”，是泰山学派的开创者。从学者有祖无择、马默、姜潜、杜默、龚鼎臣、徐遁等人。石介、孙复都是当时颇有影响的学者和教育家。

泰山学派创立者孙复与石介都出自著名政治家、文学家范仲淹门下，其思想主张颇受范氏影响。他们支持范仲淹推行的“庆历新政”，石介曾写《庆历圣德诗》，称颂和宣传新政。他们的学术思想和文学主张都直接继承韩愈，攘斥佛老，尊崇“尧舜汤文武周孔”，提倡古文，反对以西昆体为代表的浮靡文风。当时的文坛领袖欧阳修与石介是同年进士，也是关系密切的朋友。从王禹偁、穆修到石介，尊儒重道，提倡古文，前后相继，此后欧阳修、苏轼等推波助澜，终成一代风气。石介等泰山学派作家在这一过程中，承前启后，既开启了宋明理学，也推动了古文运动，对宋代儒学和文学的发展都有重要贡献。

石介（1005—1045），字守道，兖州祥符（今山东泰安东南）人。因其曾在家乡徂徕山下从事讲学活动，人称“徂徕先生”。天圣八年（1030）进士，历官国子监直讲、太子中允，直集贤院。介性刚直，乐善疾恶。他出自著名政治家、文学家范仲淹门下，深受其乐以天下、忧以天下思想的影响，政治上主张革新，积极支持范仲淹的庆历新政，并因此而屡受守旧派的打击和迫害，死时年仅 41 岁。

石介标举儒学道统，推尊韩愈；论文强调为封建教化服务。他继穆修之后，推尊韩愈古文，反对宋初浮艳文风，激烈批评西昆派，斥其为“淫词哇声”，认为杨亿等“穷妍极态，缀风月，弄花草，淫巧侈丽，浮华纂组，刓锼圣人之经，破碎圣人之言，离析圣人之意，蠹伤圣人之道”①，必须革除。为此，他提倡古文，主张文以载

① 〔宋〕石介：《怪说》，载《徂徕集》，《四库全书》本。

道，其散文创作内容多论道言政，指切时事，如《怪说》《中国论》等，“其遇事发愤，作为文章，极陈古今治乱成败，以指切当世，贤愚善恶，是是非非，无所忌讳”①。诗如《汴渠》，借批评隋炀帝游乐丧国以讽喻当世；《送范曙赴天雄李太尉辟命》《岁晏村居》等诗言志述怀，亦质朴而清新。只是其过分强调诗文的社会功利，而对其审美价值有所忽略。其诗文，后人编集为《徂徕集》20卷。

龚鼎臣（1010—1086），字辅之，郓州须城（今山东东平）人。进士及第后，历官知县、知州，后因与王安石政见不合，出知兖州、青州，以正议大夫致仕。著有《东原集》50卷、《谏草》3卷、《周易补注》6卷、《中说注》10卷等，今存《四库全书》本《东原集》1卷。其诗文大部散佚。

五、济南“二安”与济南作家群

济南“二安”，即李清照（号易安）、辛弃疾（号幼安）。他们早年都生活在故乡齐州，即今山东济南市。他们出生在济南，而其里居已难详考。清代诗人田雯有《柳絮泉访李易安故宅》《四风闸访辛稼轩旧居》诗②，后人遂加附会，实缺乏充分的证据。济南出现李、辛这样杰出的词人，除社会因素外，也有家族和地域文化的影响。

济南自唐代以来即为山东政治文化中心，风景秀丽，名胜古迹甚多，历为文人荟萃之地。唐代大诗人李白曾于天宝四年（745）游历济南的鹊山湖，登临华不注山，并在济南紫极宫领受“道箓”。大诗人杜甫在齐州拜访北海太守、著名书法家和文学家

① 〔宋〕欧阳修：《徂徕先生墓志铭》，载《文忠集》，《四库全书》本。

② 〔清〕田雯：《古欢堂集》，《四库全书》本。

李邕，二人相会于大明湖中历下亭，成为千古佳话。及至宋代，李清照之前，著名文学家范仲淹在地属济南的长山（今山东邹平）读书求学，并考中进士，至今当地仍然流传着许多有关范仲淹青少年时代的故事。此后著名文学家欧阳修、曾巩、苏轼、苏辙、孔平仲、晁补之、陈师道等，都曾来过济南，并留有传诵至今的诗文。曾巩曾任齐州太守，其利国济民的政绩，及其在济南所作诗文，都彪炳史册，大明湖畔曾公祠千余年来令人景仰不已。李邕说“泰山雄地理，巨壑渺云庄”①，称颂济南雄奇秀丽的地理形势；杜甫说“海右此亭古，济南名士多”②，赞扬济南人文荟萃；黄庭坚说“伯氏清修如舅氏，济南潇洒似江南”③，表现出对风景秀丽的济南的热烈向往。山水景胜，钟灵毓秀，李清照、辛弃疾的幼年就生活在这样的环境和氛围之中。如果说李清照青年时期对大自然的爱好和活泼开朗的性格，颇得济南秀丽山川之灵气的话，那么，辛弃疾的爱国精神则主要受到济南人民爱国情绪的激励。

济南也是诗人集聚之地，有着悠久的诗歌传统。当代济南学者、诗人徐北文先生《济南竹枝词》有云：“建安七子标齐气，风骨东州逸党传。源溯词家历下派，易安倜傥幼安妍。”认为自建安以来，山东诗歌形成慷慨任气、磊落使才的特色，并具体谈到“东州逸党”对“二安”的影响。东州逸党，北宋时期以济南诗人范讽为领袖人物的一个诗人群体。据《宋书·文苑传·颜太初传》载：“山东人范讽、石延年、刘潜之徒，喜豪放剧饮，不循礼法，后进多慕之，太初作《东州逸党诗》。”据《宋史》《渑水燕谈录》等书记载，东州逸党还有济南诗人李冠、李芝、贾同和淄川王樵。石延年是

① 《登历下古城员外孙新亭》，载《全唐诗》第二函第七册。

② 《陪李北海宴历下亭》，载《杜工部诗集》卷一，1957年影印仿宋版。

③ 《同世弼韵作寄伯氏在济南兼呈六舅祠部学士》，载《山谷集·外集》，《四库全书》本。

宋城（今河南商丘）人，《宋史》本传说他“跌宕任气节，读书通大略，为文劲健，于诗最工”。王樵，字肩望，山东淄川人。《宋史》本传说他“性超逸，深于《老》《易》，善击剑，有慨世志。……山东贾同、李冠皆尊仰之。……其后，高弁知州事，范讽为通判，相与就见之”。刘潜，字仲方，曹州定陶人。《宋史》本传说他“少卓逸有大志”，与济南李冠“以文学称京东”。据史籍有关记载和颜太初《东州逸党诗》，被称为“东州逸党”的这些诗人，都胸怀报国大志，富有文才，而慷慨任气，不拘礼法，他们在当时颇有影响：“天圣、宝元间，范讽与石曼卿皆喜放达，酣饮自肆，不复守礼法，谓之‘山东逸党’，一时多慕效之。”①同时，“东州逸党”一派的诗人，与泰山学派的学者石介关系密切，由此可见他们的思想主张。李清照之肆意落笔，辛弃疾之慷慨任气，以及他们忧时愤世的情怀，似受到济南这一诗风的影响。

此外，在宋代，济南诗人还有吕颐浩、李昭玘等。

当然，李、辛还生活在他们各自不同的社会和家庭环境之中，各自的生活遭遇也不相同，从而影响到他们一生的创作道路。

1. 李清照

李清照（1084—1155?），号易安居士，章丘（今山东济南）人。她出生在一个世代书香、富有文学传统的家庭，自幼受到良好的教育和文学气氛的濡染和熏陶。论者一般认为，李清照的文学素养和性格受其父亲李格非的影响最大。李格非，进士出身，《宋史》本传说他“以文章受知于苏轼”，与同时的廖正一、李禧、董荣号称“后四学士”。官至礼部员外郎。他为人正直，关心国家民族

① 〔宋〕叶梦得：《石林燕语》卷七，中华书局 1984 年版，第 103～104 页。

前途，论文主张“字字如肺肝出”，即注重抒写真情实感。他一生著述颇富，有《李文叔集》《礼记精义》《永洛城记》等，惜均已散佚，存世的只有《洛阳名园记》一书。清照的母亲是神宗元丰年间宰相王拱宸的孙女，也善于写文章。清照本人自幼好学，博闻强记，熟读经史，而偏爱诗词，少年时期即有诗名①。其早期词多柔美细腻、袒露情怀的爱情篇章，如《如梦令》《一剪梅》等。《如梦令》是富有创意的名作，至今仍传诵不衰；《一剪梅》是其前期最著名的词作，影响深远。李清照随丈夫赵明诚在青州任所写几首闺词，如《蝶恋花》（泪揾征衣脂粉满）、《醉花阴》（重阳）、《凤凰台上忆吹箫》等，都是脍炙人口的佳作。后期即南渡之后，故国沦陷，丈夫病亡，有充满忧愤慷慨的爱国诗篇，如《夏日绝句》：“生当作人杰，死亦为鬼雄。至今思项羽，不肯过江东。”有抒写国难家愁的凄婉词作，如《蝶恋花》（上巳召亲族）、《临江仙》（庭院深深深几许）、《永遇乐》（落日镕金）等，都感情深沉，动人心扉，在继承五代以来传统的基础上，形成自己独特的风格，使其成为我国历史上一位杰出的女词人、女文学家。

李清照一生经历了宋代两次政治上的大事变：一是徽宗崇宁元年（1102）恢复新法，蔡京为相，他假借新法，打击和排斥所谓“元祐党人”；李格非与司马光、苏轼、苏辙等都在打击之列，统统遭到贬斥和迫害。而当时清照的公公、吏部侍郎赵挺之却依附蔡京，助纣为虐。新旧党争不仅给清照带来“家难”，而且因奸臣当道，加速了日趋衰败的北宋王朝的灭亡。当时清照曾上诗赵挺之，云“炙手可热心可寒”，以唐玄宗时的奸相杨国忠比喻蔡京、赵挺之，对其加以斥责。幸而其丈夫赵明诚与其父异趣，他同情元

① 〔宋〕王灼：《碧鸡漫志》：“易安自少年便有诗名，才力华赡，逼近前辈，在士大夫中已不多得，若本朝妇人，当推文采第一。”

祐党人，与清照志同道合，感情甚笃。赵明诚热心搜集和考辨古代书画金石，著《金石录》，“考据精确，多补正史书之失，清照实助成之”（道光《济南府志·列女传》）。清照的家庭环境，清楚地反映了北宋末年党争祸国的政治现实。她十八岁嫁赵明诚，第二年其父即因党争受到迫害，从此赵、李两家的地位和处境发生很大变化。这在青年清照的心灵里投下阴影，使其早期的诗歌关注现实。后随夫任所，辗转青州、莱州、淄州诸地，深受山东地方文化的熏染，写有反映这段生活的诗词。另一次就是金人攻陷汴京，北宋灭亡，李清照举家南迁，赵明诚于高宗建炎二年（1128）知建康府，第二年病死。国破家亡，离乡背井，从此她过着颠沛流离的生活，再未能回到山东故土。因此，北宋灭亡与明诚之死，是李清照生活的转折点，也是其诗词创作的分水岭。

李清照生活前期，即在山东时期，对其思想品格和诗词创作风格的形成具有重要意义。她在词作中坦率地展现自己的情感世界，表达对爱情的热烈追求；闺词而不受封建礼法的束缚，“诗情如夜鹊，三绕未能安”①，身处闺中而希图介入现实社会的强烈愿望，都使其词具有独特的个性。至于其词提炼的民间朴素的口语，以及从当地汲取的文学滋养，对所谓“易安体”的形成更具特殊意义。

李清照的《词论》，是宋代较早的词学论著。“这篇《词论》虽篇幅不多，然就其陈事析理的系统精辟，确是词学中不可多得的文献。它论述了唐、五代词的发生发展，并反映了自仁宗朝柳耆卿变旧声作新声，演慢词，以至神宗朝元祐之间慢词兴盛后词坛的情况。”②其对词的发展曾起到一定的作用，至今仍是研究宋代

---

① 〔宋〕李清照：《渔家傲》，载黄墨谷《重辑李清照集》，齐鲁书社 1981 年校注本。

② 黄墨谷：《重辑李清照集》，齐鲁书社 1981 年校注本，第 9 页。

词史者的重要参考。

2. 辛弃疾

辛弃疾（1140—1207），字幼安，别号稼轩居士，历城（今山东济南）人。辛弃疾与李清照不同，他比李氏晚生半个多世纪，南宋偏安东南半壁，淮河以北全部沦陷；宋金形成南北对峙局面。在北宋末年，金人大举南侵、国家危亡之际，济南人民即奋起抵抗，先后有刘和尚和邵青的农民义军，转战于江淮地区。宋济南知府刘豫在建炎二年（1128）降金时，也受到当地驻军和人民的坚决反对。金人兵临城下，百姓“愿以死守”①，守将关胜拼死与金人搏斗，至今仍然流传着关胜抗金时马刨出泉的动人故事。此后在金统治济南的八十余年间，济南人民的反抗从未停止。辛弃疾就是在济南地区民族矛盾十分尖锐、人民反金情绪不断高涨的形势下，纠众起事，发动了抗金武装起义，从此他便走上抗金救国的道路，成为爱国志士。

金大定年间（1161—1189），济南农民耿京“怨金人征赋之骚扰，不能聊生”，乃结集李铁枪等起义，很快得到山东及河北一带人民的响应，“俄有众数十万”（《三朝北盟会编》卷二四九）。就在“中原之民屯聚蜂起”的形势下，辛弃疾“鸠众二千，隶耿京，为掌书记，与图恢复”②。据《宋史》辛弃疾本传载，在其隶属耿京之后，“即劝京决策南向”，耿京派贾瑞和辛弃疾奉表渡江诣朝廷，高宗召见，并委任耿京、贾瑞和辛弃疾官职。当弃疾等北还宣示朝廷旨意时，不料义军中出了叛徒，耿京被杀，义军溃散。辛弃疾闻讯震怒，率五十骑突袭济州，抓捕叛徒，连夜押赴建康（今江苏南

① 〔元〕于钦：《齐乘》，《四库全书》本。

② 〔宋〕辛弃疾：《美芹十论》，《四库全书》本。

京）斩首示众。从此，辛弃疾辗转江淮两湖一带，并最后落籍江西铅山。

辛弃疾在济南度过了他的青少年时代，成为爱国志士，此后一生未曾忘怀兴复。在济南期间，辛弃疾没有留下作品，只有忆述性词作，但是，在这里他所受的传统的儒学教育，及其叱咤风云的战斗经历，却为其爱国志士、爱国词人的一生打下坚实的思想基础。

辛弃疾的词，今存 600 余首，“其题材之广阔，体裁之多种多样，用以抒情，用以咏物，用以铺陈事实或讲说道理，有的‘委婉清丽’，有的‘秾纤绵密’，有的‘悲歌慷慨’，其丰富多彩也是两宋其他词人的作品所不能比拟的”①。而使辛弃疾名高两宋词坛的，是其爱国精神及其为民请命的情怀。

辛弃疾归南后，时刻不忘兴复，而受朝中主和派的牵制，壮志难酬，“雕弓挂壁无用，照影落清杯”（《水调歌头·盟鸥》）。当其登建康赏心亭，不禁抒发其积郁心中的愤懑，如《水龙吟》：

> 楚天千里清秋，水随天去秋无际。遥岑远目，献愁供恨，玉簪螺髻。落日楼头，断鸿声里，江南游子。把吴钩看了，栏杆拍遍，无人会，登临意。　　休说鲈鱼堪脍，尽西风季鹰归未？求田问舍，怕应羞见，刘郎才气。可惜流年，忧愁风雨，树犹如此！倩何人，唤取红巾翠袖，揾英雄泪？

而当与坚持抗战、反对议和的陈亮酬唱时，则壮怀激烈。“为陈同甫赋壮词以寄之”的《破阵子》云：

---

① 邓广铭：《稼轩词编年笺注·略论辛稼轩及其词》，中华书局 1962 年版，第 12~13 页。

醉里挑灯看剑，梦回吹角连营。八百里分麾下炙，五十弦翻塞外声。沙场秋点兵。　　马作的卢飞快，弓如霹雳弦惊。了却君王天下事，赢得生前身后名。可怜白发生！

辛弃疾词以豪壮称，而当其闲居田园，则表现出情致缠绵、清丽婉约的风格。如《清平乐》：

茅檐低小，溪上青青草。醉里吴音相媚好，白髮谁家翁媪？　　大儿锄豆溪东，中儿正织鸡笼。最喜小儿亡赖，溪头卧剥莲蓬。

当然，作为那个时代的文人，在仕途失意、壮志难酬之时，辛弃疾也有意绪颓唐、境界凡近的词作。但对于爱国词人辛弃疾来说，那毕竟是微瑕，影响甚微。

辛弃疾的诗，今存130余首。因其以词名，诗歌则较少有人注意。他自己以“尚能诗似鲍参军”（《和任师见寄之韵》）自许，陆游更以“稼轩落笔凌鲍谢”（《送辛幼安殿撰造朝》）赞誉之。读其《江郎山韵》《游五夷，作棹歌呈晦翁十首》等诗，风格俊逸豪迈有似其词。其家居期间所写农村风光、田园逸趣的诗，也应给予适当评价。

3. 吕颐浩

吕颐浩（1071—1139），字元直，原籍沧州乐陵（今山东乐陵），徙居齐州（今山东济南）。进士及第，初任密州司户参军，历官至尚书左仆射、同中书门下平章事，卒赠秦国公，谥忠穆。宋室南渡后，吕颐浩也随之南下，老居台州（今浙江临海）。著有《忠穆集》。原书已佚，清人自《永乐大典》中辑录其诗文，计8卷，选入

《四库全书》。

吕颐浩诗词今存80余首，文130余篇。其诗或抒写忠心报国的抱负，或抒写忧国忧民的情怀，或抒写乡关之思，或表达友朋情谊，或写旅途风光，都感情真挚，语言平易，自然朴素。其文“集中《上时政》一书，乃作于靖康初年，能预决金兵之必来，谆谆以迁避为说，亦复具有先见，而本传独未及此事，是亦足以补史阙也”①。

4. 李昭玘

李昭玘（？—1126），字成季，号乐静先生，山东济南人。一说为山东巨野人，或谓楚丘（今山东曹县）人②。少时与晁补之齐名。进士及第后，历官至提点永兴军，京西、京东三路刑狱，受元祐党籍牵连免官。北宋末年，主管鸿庆宫，复坐党籍，免官家居。靖康元年（1126），以起居舍人召，未赴而卒。著有《乐静集》30卷。今存《四库全书》本。

李昭玘为人耿介，其所举侯蒙执政，侯蒙“感旧恩，使人致意，昭玘惟求秘阁法帖而已。其孤介自守，不汲汲自进如是。故其胸度夷旷，发为文章，皆光明俊伟，无依阿淟涊之态，亦无嚣呼愤戾之气，又早为苏轼所知，耳擩目染，具有典型。北宋之末，翘然为一作者。当时与晁补之齐名，固不虚也”③。

李昭玘今存诗近百首，有悯农伤时之作，如《驱雀行》，也有登览游赏之作，如《登龙游寺》，而感遇述怀的诗歌尤为引人关注。胡仔《苕溪渔隐丛话前集》引《雪浪斋日记》谓李昭玘“诗清丽”，

---

① 〔清〕永瑢等：《四库全书总目·〈忠穆集〉提要》，中华书局1983年版，第1350页。

② 〔清〕永瑢等：《四库全书总目》：“宋李昭玘……《宋史》云济南人。考昭玘籍本巨野，殆尝自署济阴，而史遂误济南也。”今从《宋史》。

③ 〔清〕永瑢等：《四库全书总目》，中华书局1983年版，第1338页。

指出其“时有不工处”，略有瑕疵，而吴曾则摘其诗中佳句加以称赏①。李邴在《乐静公文集后序》中则称其歌诗“奇丽惬适，章断句绝，余思洋溢，得诗人味外之味”。总之，李昭玘之诗在诗坛是有一定影响的。

5. 卫博、吕同老

济南较著名的诗文作家，尚有卫博、吕同老、李冠、周晋、周孚、李巘等。

卫博（生卒年未详），历城（今山东济南）人。著有《定庵类稿》12卷，已散佚。今有清四库馆臣从《永乐大典》辑录的四卷本。《四库全书总目》云：“博本以表奏四六擅长，故每为当时显贵所罗致。而观其所作亦大都工稳流丽，有汪藻、孙觌之余风，非应酬牵率者可比。”

吕同老（生卒年未详），字和甫，号紫云，山东济南人。宋代遗民。《全宋诗》收其《九锁山十咏》等诗12首，《全宋词》收其词4首，大部为纪游写景之作。宋遗民唱和之作《乐府补题》（《四库全书》本）收吕同老词4首。清朱彝尊《乐府补题跋》云：“诵其词可以观志意所存。虽有山林友朋之娱，而身世之感，别有凄然言外者。其骚人《橘颂》之遗音乎？”宋遗民是朝代鼎革之际的一个特殊群体，其诗文创作亦值得予以关注。

六、宋金元时期山东其他知名作家

宋金元时期，除以上作家较为集中的地区之外，各地还有一

① 吴曾：《能改斋漫录》卷八，上海古籍出版社1984年版，第230页、237页。

些知名作家，今依时代先后序列如下。

1. **李之仪**

李之仪（1048—?），字端叔，自号姑溪老农、姑溪居士，沧州无棣（今山东无棣）人。北宋著名词人。神宗时进士，哲宗元祐末年，在定州入苏轼幕府。二人诗词唱和，相互切磋，其词深受苏轼推许，将其比作唐代著名诗人孟浩然，苏轼题其诗后有“暂借好诗消永夜，每逢佳处辄参禅”之句①。由于与苏轼过从密切，李之仪被划入元祐党人，以致仕途蹭蹬，一生牢落。晚年卜居当涂，自号姑溪老农。其词追求意蕴深厚的意境，“小令更长于淡语、景语、情语”②，“清婉峭蒨，殆不减秦观”③。前人常将其与秦观、黄庭坚、贺铸并提，而其成就稍为逊色。如为人传诵的《卜算子》：

> 我住长江头，君住长江尾。日日思君不见君，共饮长江水。　　此水几时休，此恨何时已。只愿君心似我心，定不负相思意。

清雅深俊，颇得民歌风神。

李之仪诗今存750首，题材广泛，体式多样，向有较高评价。《四库全书总目》对其诗的评价有云：“之仪在元祐、熙宁间，文章与张耒、秦观相上下。王明清《挥麈后录》称其尺牍最工，然他作亦皆神锋俊逸，往往具苏轼之一体。……其诗名稍不及黄（庭坚）、陈（师道），……今观集中诸诗，虽魄力雄厚不足敌轼，然大抵

---

① 〔清〕永瑢等：《四库全书总目》，中华书局1983年版，1336页。

② 〔宋〕毛晋：《姑溪词·跋》，《四库全书》本。

③ 〔清〕永瑢等：《四库全书总目·〈姑溪词〉提要》，中华书局1983年版，第1810页。

轩豁磊落，实无（孟）郊、（贾）岛钩棘艰苦之状。”

李之仪的散文，以善尺牍擅名，苏轼谓“入刀笔三昧”①。所著《姑溪居士文集》《姑溪词》今有《四库全书》本。

2. 綦崇礼

綦崇礼（1083—1142），字叔厚，一作处厚，山东高密人，后徙潍州北海（今山东潍坊）。仕南宋，官至宝文阁学士，知绍兴府。退居台州（今浙江临海）。著有《北海集》60 卷，已佚。清四库馆臣从《永乐大典》中辑录所载诗文，得 46 卷，并编定为《病筹类要》10 卷，附录 3 卷。

綦崇礼是一位关心时政、具有民本思想的政治家，性廉洁寡欲，立朝端方亮直，不畏强御。其诗或抒发故国之思，或抒写报国之志，或祭悼忠贞之士，或咏物写景，都情至文生，富有词采。著名诗人杨万里《北海先生文集序》称誉其诗“兴寄事外，闲雅淡泊，弗雕而工”。

綦崇礼的散文，特别是骈体文，辞章优美、辞藻精丽，在当世受到广泛赞誉。诗文大家楼钥《北海先生文序》谓其“才高气刚，覃心辞章，洞晓音律，辞藻华美，为文不为诡异之言，而格律高妙，浑然天成”。诗人陆游曾云：“綦翰林叔厚《谢宫祠表》云：‘杂宫锦于渔蓑，敢忘君赐；话玉堂于茅舍，更觉身荣。’时叹其工。又有一表云：‘欲挂衣冠，尚低回于末路；未先犬马，倘邂逅于初心。’尤佳。”②《四库全书总目提要》云：“（集）中惟制诰最富，表启之类次之”，“再入翰林凡五年，所撰诏命数百篇，文简意明，不私美，不寄怨，深得代言之体。今观是集所载内外诸制，大约明白晓畅，切中事情，颇与《浮溪集》体格相近。……其草《秦桧罢政制》则直著

① 《宋史》卷三四四《李之纯传》附李之仪本传。

② 〔宋〕陆游：《老学庵笔记》，刘文忠评注本，学苑出版社 1998 年版，第 132 页。

其恶，致桧再相后奏索其稿，几蹈危祸”。评价十分公允。

3. 李邴

李邴（1085—1146），字汉老，号云龛，济州任城（今山东济宁）人。一说济州巨野（今山东巨野）人。宋徽宗崇宁五年（1106）进士，南渡后，于绍兴初拜参知政事、资政殿学士。后因故落职，晚居泉州，闲居以终，谥文敏。著有《云龛草堂集》100卷，已佚。

李邴以词著称。宋王应麟《小学绀珠》说：“南渡三词人：李邴、汪藻、楼钥。”虽不无过誉，亦可见李邴在南宋词坛的地位。《全宋词》辑录其词9首。其《女冠子·上元》描写汴京元宵节盛况，展现了北宋末年的民俗风情。《汉宫春》（潇洒江梅）既描绘梅花疏朗的形象与凌霜傲雪的品格，又见梅思人，寄托对友人的思念。《念奴娇》（素光练净）在咏月词中也自成一格，为人称道。

4. 张表臣

张表臣（生卒年未详），字正民，单父（今山东单县）人。仕北宋，南渡后，曾通判杭州、常州，官至司农丞。著有《珊瑚钩诗话》，今有《四库全书》本。

张表臣诗今存12首，其中以咏史诗较能反映其思想、品格。如《题睢阳双庙二首》，对唐代张巡、许远誓死抗击安禄山叛军的英雄壮举表示怀念和钦仰，表现其企盼当局抗金雪耻的强烈愿望。

《珊瑚钩诗话》评议唐宋诗歌，不尽中肯，其中杂有张表臣自己的诗，也遭人非议，但其“生当北宋之末，犹及与陈师道游，与晁说之尤相善，故其论诗往往得元祐诸人之余，在宋人诗话之中，固与惠洪《冷斋夜话》在伯仲之间矣”①。

---

① 〔清〕永瑢等：《四库全书总目》，中华书局1983年版，第1783页。

5. 党怀英、刘迎

党怀英(1134—1211),字世杰,号竹溪,原籍冯翊(今陕西大荔),其父游宦落籍山东泰安,遂为泰安人。元代刘祁《归潜志》云:“党承旨怀英,辛尚书弃疾,俱山东人。少同舍。属金国初遭乱,俱在兵间。辛一旦率数千骑南渡,显于宋;党在北方擢第,入翰林,有名,为一时文字宗主。二公虽所趋不同,皆有功业宠荣,视前朝李縠、韩熙载,亦相况也。”党怀英与辛弃疾同师事亳州刘瞻,辛弃疾南渡归宋,力主抗金;党怀英仕金,进士及第后官至翰林学士承旨。著有《竹溪集》。

党怀英在金以文章著称,在金世宗明昌间(1190—1195)主盟文坛,赵秉文所撰墓志铭称其“得古人之正脉”,即得华夏诗文之正统,谓其文“似欧公(按指欧阳修),不为尖新奇险之语;诗似陶谢,奄有魏晋;篆籀入神,李阳冰之后一人而已”①,对其诗文、书法给予极高评价。其诗内容丰富,体裁多样,诗风清奇真率,富于变化,“譬如山水之状,烟云之姿,风鼓石激,然后千变万化,不可端倪”②。如历为人称赏的《奉使行高邮道中二首》、《西湖晚菊》、题画诗《渔村诗话图》等,词《月上海棠》(用前人韵)亦为传诵名作。

刘迎(?—1180),字无党,号无净居士,东莱(今山东莱州)人。仕金,曾任王府记室、太子司经等。著有《山林长语》。

刘迎以诗著称,其诗苍劲古朴,气骨高亢,清代著名诗人王士禛称其歌行“为《中州集》之冠”,翁方纲则谓金代之诗,刘迎之“秀拔”与元好问相近③,对于其诗史地位都给予较高评价。《御

① 《闲闲老人滏水文集》卷一一,清光绪五年(1879)定州王氏刻本。

② 《闲闲老人滏水文集》卷一一,《中大夫翰林承旨文献党公神道碑》,清光绪五年(1879)定州王氏刻本。

③ 王士禛:《渔洋诗话》卷下,《影印文渊阁四库全书》本。

选历代诗余》卷一八选录刘迎词《锦堂春》4首，“分别写思妇百无聊赖的孤独生活与游子‘闺妇德两地相思，音秀幽峭，富有意境，深得传统婉约词的三昧”①。

6. 杨宏道

杨宏道（1189—1272），字叔能，号素庵、默翁，山东淄川人。金末，出任麟游县酒税。金亡，避走南宋，曾任襄阳府学教谕、唐州司户。蒙古攻占唐州后，他北归故里，元初寄寓益都（今山东青州），隐居以终。所著《小亨集》失传，四库馆臣从《永乐大典》辑录编缀，厘为诗5卷，文1卷。

杨宏道性淡泊，能文善诗，与元好问、刘祁、杨果并以诗知名于时。《四库全书〈小亨集〉提要》谓其生平无可称道，“然其诗则在当日最为有名。元好问序其集，谓金南渡后学诗者，惟辛敬之、杨叔能以唐人为指归，……又有《赠宏道》诗云：‘海内杨司户，声名三十年。’又云：‘星斗龙门姓氏新，岂知书剑老风尘。’其倾倒于宏道甚至。刘祁《归潜志》亦以宏道与好问及李汾、杜仁杰并称。”主盟诗坛的赵秉文见其诗，亦称叹不已，“至比之金膏水碧，物外难得之宝”，“今观所作五言古诗，得比兴之体，时时近汉魏遗音。律诗风格高华，亦颇有唐调，虽不及好问之雄浑苍坚，然就一时诗家而论，固不可谓非北方之巨擘也”。由此可见杨宏道在北方金元之际诗坛的地位与影响。

七、东平文学与元代山东文风

东平在宋末元初具有独特的政治文化地位，东平文学对北方

① 李伯齐、王勇、徐文军：《山东文学史》，山东人民出版社2011年版，第301页。

以至全国都曾产生重要影响。

宋初，京东西路东平府东平郡天平军节度使治须城县（今山东东平），庆历三年（1043）在东平郡置京东西路安抚使，大观元年（1107）升大都督府，北宋末年改东平府。金时东平为山东西路转运使和天平军节度使驻地，元初的东平行台辖有今山东的济宁、兖州、泰安、德州等地区，后在东平设山东东平路总管府。总之，东平在宋元之际一直是山东中西部的政治文化中心。自宋代以来，东平文教兴隆，东平府学是当时著名地方学府。北宋“王沂公曾罢相判州，买田二百顷以赡生徒。富郑公弼《新学记》及陈公尧佐府学题榜在焉。刘公挚领郡，请于朝，得国子监书，起稽古阁贮之。……泰和以来，平章政事寿国张公万、萧国侯公挚，参知政事高公霖，同出于东阿。故郓学视他郡为最盛”①。后长清人严实父子在金末元初据有东平，统辖五十多个州县，几近半个世纪，不仅复兴东平府学，且在其统辖区内兴办学校，成为北方文化教育复兴的基地，培养了大批人才。严实父子招揽文人，兴办学校，“四方之士，闻风而至”，“东平一时人材多于他镇”（《元史·宋子贞传》）。

蒙古贵族入主中原，为巩固自己的统治地位，也提倡尊崇儒学，封儒学宗师孔子为“大成至圣文宣王”，并以儒家的“四书五经”为教科书，开科取士，但因各民族宗教信仰不同，思想观念呈现出多元化的趋势。而东平在金元之际由汉人严氏父子统辖，未曾遭到直接破坏，保持了社会的相对繁荣安定，因而也成为中原传统文化的保护区。由此，东平在当时既是政治文化中心，也是儒学传播的基地。东平学人非常活跃，不论在政界、学术界，还是

---

① 〔金〕元好问：《东平府新学记》，载《遗山先生文集》，《四部丛刊》影印明弘治本。

文学界，都有重要影响。严实兴学养士，派著名学者杨奂等专程至曲阜拜祭孔子，将失爵北归的衍圣公孔元措迎至东平，并先后迎请著名学者王恽、王磐、张特立、李昶等为师。文学家、曹州济阴（今山东菏泽）人商挺与著名诗人元好问、杨奂一同游东平，也被严实聘为诸子师。商挺被元世祖征至朝廷后，曾与王鹗、姚枢等编纂《五经要语》，对元世祖提倡儒学起了推动作用。元好问曾在东平府学主试，所选李谦、徐世隆、孟祺和阎复后都成为著名学者。元朝始建翰林院，山东东明学者王鹗推荐王磐、李昶、徐世隆为翰林院学士。李昶为东平人，其父李世弼"从外家受孙明复《春秋》，得其宗旨，晚乃授东平教授以卒"（《元史》卷一六〇李昶本传）。孙明复，即孙复，泰山学派的创始人；《春秋》即孙复所著《春秋尊王发微》。李昶幼承家学，曾著《春秋左氏遗意》，是一位继承泰山学派的学者。《元史》本传载，他在东平曾"杜门教授，一时名士如李谦、马绍、吴衍辈，皆出其门"。李谦为山东东阿人，曾做过东平府教授，《元史》本传说他"文学醇厚有古风，不尚浮巧，学者宗之"，与著名学者高唐闫复齐名。其弟子李之绍（山东平阴人）为当时著名教育家，"夙夜孳孳，惟以教育人材为心"。因此，东平形成了求实务本、经世济民的学风，从而对元代山东文风产生了积极影响。

唐宋古文运动过后，作为正宗文学样式的诗文，在元代没有取得突出成就，而新兴文体杂剧和散曲却呈现出繁盛的局面。在今山东地区，尤其是东平、济南一带，不仅传统的诗文创作十分繁盛，杂剧、散曲也有不少名家，在中国文学史上都有一定地位。关于东平杂剧作家，在下面论及，在此仅论述东平诗文作家。

东平作家群体，包括东平籍和侨居东平或由东平府学出身的诗文作家，他们的诗文总体成就不高，但各有特色，在宋代和明代诗文发展过程中，起着承上启下的作用。

1. 商挺

商挺(1209—1288),字孟卿,一作梦卿,号左山,曹州济阴(今山东菏泽)人。其叔父商衟是著名元曲家,年二十四时,汴京破,北走依倚冠氏(今山东冠县)赵元锡,与著名诗人元好问、著名学者杨奂归东平,被严实尊为诸子师。实卒,子忠济聘挺入幕,商挺便成为东平行台幕官。在东平期间,商挺赞助忠济兴学养士,很有名气。元世祖忽必烈即位,征至朝廷,曾为忽必烈"密赞大计",并曾与学者王鹗、窦默、杨果、姚枢等奉命编纂《五经要语》,帮助忽必烈学习经学,官至枢密副使。卒谥文定。著有《左山集》。《元史》本传说他"有诗千余首",均已失传。收入《元诗选》4 首,今存散曲小令【潘妃曲】19 首,均写闺情。其子商琥、商琦同有文名。

2. 王构、王士熙、王士点

王构(1245—1310),字肯堂,号安野,东平(今属山东)人。与同郡王旭、曾任东平府学学正的永年王磐世称"三王"。弱冠以辞赋中选,为东平行台掌书记。历任翰林国史编修官、翰林侍讲学士、济南路总管,官至翰林学士承旨,卒谥文肃。著有《修辞鉴衡》2 卷,文章散见于《元文类》等处,《全元文》辑录其文 29 篇,《元诗选》辑录其诗 2 首。其子士熙、士点,并有文名。

王士熙(1256？—1343？),字继学。诗文作家、元曲家、书法家。仕元,官至南台中丞。至治、泰定间(1321—1324)任翰林待制、治书侍御史、中书参政,曾与著名作家袁桷等唱和。其书法知名当时,陶宗仪《书史会要》谓其"风气蕴藉,为名流所慕,书法亦清润完整"。著有《江亭集》,已佚。顾嗣立《元诗选》收录其诗 117 首,文章收录于《元文类》等书中。其名也列入《录鬼簿》"方今名公”栏内。

其弟王士点（约1265—1343），字继志。仕元，官至四川廉访副使。有文名。著有《禁扁》5卷、《秘书监志》11卷。其诗散见于《皇元风雅》等总集。

3. 徐琰

徐琰（？—1301），字子方，号容斋，一号养斋，又自号汶叟，山东东平人。仕元，官至翰林学士承旨。卒谥文献。早年受元好问赏识，与闫复、李谦、孟祺并称“四杰”。以诗文著称于时，《录鬼簿》列其名于“前辈名公”，《太平正音谱》将其归于杰作一百五十人之中。著有《爱兰轩诗集》，已佚。《全元文》辑录其文9篇，其诗散见于《元诗选》、盛如梓《庶斋老学丛谈》《夜山图题咏》等处。散曲见《全元散曲》，今存小令12首，套曲1套。

4. 王旭

王旭（生卒年未详），字景初，号兰轩，山东东平人。“家贫力学，教授四方，尝为砀山令所宾礼。……又尝至长芦，主高百川家。……其余，如安阳，如鄃城，如鲸川，皆所曾乔寓之地。又尝至杭州，之长沙，游迹几半天下”，一生未入仕，自云“处困不堪家累重，谋生聊藉主人贤”①，依人资助为生。曾师事著名散曲家杜仁杰。与东平王构、永年王磐并以文章有名于时，并称“三王”。著有《兰轩集》。原本已佚，四库馆臣从《永乐大典》中辑录其诗文，重编为《兰轩集》16卷。

王旭诗、词、文均有时誉，《四库全书总目·兰轩集提要》说：

① 〔清〕永瑢等：《四库全书总目·〈兰轩集〉提要》，中华书局1983年版，第1435页。

“其诗随意抒写，不屑屑于雕章琢句，而气体超迈，亦复时见性灵。”并谓其文“如记、序诸作，和平通达，与之坐而谈理，其持论则未尝不醇正，未可废也”。

5. **王祯**

王祯（生卒年未详），字伯善，山东东平人。曾任旌德、永丰县尹，居官清廉，关心农事，所著《农书》为元代重要农学著作。《四库全书总目·农书提要》谓此书“引据赅洽，文章尔雅，绘画亦皆工致，可谓华实兼资”。《元诗选》选其书中后附之铭赞诗，题为《农务集》，为《四库全书》收录，“凡赋五首，诗一百九十四首，赞铭七首，皆《农书》所已载”，谓“每图之末必系以铭赞诗，亦风雅可诵”。

八、元杂剧山东作家群

元杂剧由金院本演化而来，用北曲演唱，逐渐形成一种完美的艺术形式。明陶宗仪《辍耕录》云：“金有院本、杂剧、诸宫调。院本、杂剧其实一也；国朝院本、杂剧始厘而二之。”“元杂剧的形成使我国戏曲艺术进入了一个新阶段，……标志着中国戏曲的成熟。……在正统文学趋向衰落之际，元杂剧给中国古典文学带来了新的生机。因此，元杂剧被王国维称为前无古人、后无来者的‘一代之文学’。”①山东杂剧作家众多，对杂剧艺术及其繁荣作出重要贡献。

东平在金元之际成为我国北方政治文化中心，是商旅辐凑、经济繁荣的商业都会。同时，也是杂剧创作的重镇。由于严氏父

① 许金榜：《中国戏曲文学史》，中国文学出版社 1994 年版，第 57 页。

子兴学养士、重视礼乐，各地文人荟萃于此，宋金时期的礼乐文物也荟萃于此。据载，东平行台曾呈请朝廷招集旧朝明悉礼乐的人员，其家属可一并迁入东平，因而使金朝的歌伎乐工大批归依严氏父子。这使东平不仅保留了传统的礼乐（即所谓雅乐），也使俗乐得以流行。此后，严氏父子曾奉旨立局，制造乐器，训练乐工。据《元史·礼乐志》载，至元三年（1266），朝廷一次“召东平乐工凡四百一十二人”，可见当时东平乐工集聚的规模。俗乐的流行，促进了民间文艺的发展，其中尤以民间演剧最为突出。民间演剧不仅培育了演艺人员，也因扩大了对剧本的需求而促进了杂剧创作，从而在山东济南、东平一带形成一个杂剧作家群。

元钟嗣成《录鬼簿》所载东平籍的剧作家有高文秀、徐琰、王士熙、张时起、顾仲卿、张寿卿、李显卿、李好古、赵良弼、陈无妄等，以及曾游寓东平的杜仁杰、闫复。济南的剧作家有武汉臣、岳百川，棣州（当时属济南府）康进之和益都王廷秀，以及元末明初的贾仲明（山东淄川人）。他们中间影响较大的作家有高文秀、李好古、张寿卿和武汉臣等，杂剧创作成就最高、影响最大的是水浒戏，今元杂剧存目约30余种，山东作家创作的就有10种之多。其中，高文秀8种，康进之2种。这显然与当地的历史文化有关。北宋末年，宋江领导的农民起义就发生在东平一带，梁山泊属东平行台辖区，当时在那里还流传着梁山泊农民起义的许多生动故事。作家们受水浒故事的感发，歌颂水浒英雄，是当然之事。

1. 高文秀、康进之

高文秀（生卒年未详），东平府学生员，生平事迹不详。元钟嗣成《录鬼簿》载录其所作杂剧30余种，数量仅次于戏剧大家关汉卿，且取得较高艺术成就，因此有“小汉卿”之称。高文秀的杂剧题材广泛，而以水浒戏最多，且主要写黑旋风李逵。今存杂剧5

种，有以李逵为主角的《黑旋风双献功》，有取材于历史故事的《保成公径赴渑池会》《玄德独赴襄阳会》《好酒赵元遇上皇》《须贾大夫谇范雎》等，其中以李逵为主角的《黑旋风双献功》成就较高。此外，他还写有和李逵相关的其他 8 种戏曲。在这些戏曲中，高文秀塑造的李逵形象生动可感，十分动人。

日本学者青木正儿把高文秀和康进之归于以关汉卿为代表的豪放激越派戏曲作家，其根据就是《黑旋风双献功》一剧，并说："豪放激越派是在质朴之中，具有豪爽之致，以气力胜者。"①今观高文秀杂剧作品，语言质朴自然，感情坦荡直率，正如王国维所云"元曲之佳处……曰自然而已"②。自然质朴，就构成了高文秀杂剧的艺术特色。

康进之（生卒年未详），棣州（今山东滨州）人。著有杂剧 2 种，今仅存《梁山泊李逵负荆》。此剧与高文秀的《黑旋风双献功》是元代水浒戏的两朵艺术奇葩，互相辉映。

2. 李好古、张寿卿、张时起

东平著名杂剧作家张寿卿、李好古，都以写爱情剧著闻。李好古著有杂剧 3 种，今存《张生煮海》1 种。此剧借神话传说题材，写人神恋爱故事，与尚仲贤《柳毅传书》被誉为元代神话剧的"双璧"，也被后世诸多剧种改编，经久不衰。张寿卿著有《红梨花》，写赵汝州与洛阳歌伎谢金莲的爱情故事，与《张生煮海》都反映当时青年男女争取婚姻自由的美好愿望。

张时起（生卒年未详），字才英，山东东平人。东平府学生，与

---

① ［日］青木正儿：《元人杂剧概说》，隋树森译本，中国戏剧出版社 1957 年版，第 50~51 页。

② 王国维：《王国维全集》第三卷《宋元戏曲史》，浙江教育出版社 2009 年版，第 113 页。

高文秀为同窗。著有《昭君出塞》《赛花月秋千记》《霸王垓下别虞姬》《沉香太子劈华山》等4种杂剧，均失传。

3. 武汉臣、岳伯川

武汉臣（生卒年未详），山东济南人。著有杂剧12种，今存《散家财天赐老生儿》《包待制智赚生金阁》两种。《散家财天赐老生儿》是一出社会伦理剧，写一财主家庭由子嗣及继承问题而引起的纠纷，生动地表现出封建家族成员之间复杂微妙的关系，深刻揭示出封建道德的虚伪性。这部剧作至今仍具有认识价值，被译为英、法、日等文字，在世界流行。

岳伯川（生卒年未详），山东济南人。著有杂剧《吕洞宾度铁拐李岳》《罗公远梦断杨贵妃》2种。今存《吕洞宾度铁拐李岳》，借神话传说演绎社会存在的问题，富有喜剧色彩。

九、元散曲山东作家群

如果说元代山东作家为杂剧的发展作出重大贡献的话，在散曲方面的贡献也十分突出。就地域而言，东平和济南既是杂剧之花的园地，也是散曲奇葩出现的沃土。东平严实父子幕中，就有三位对散曲发展有重要贡献的人物，即杜仁杰、张养浩和商挺。张养浩一出仕即曾任东平学正，而杜仁杰和张养浩又都是济南人。元散曲后期作家杨朝英是青城人，而青城在当时属济南路，所以杨朝英也可看做济南人。所不同的是，杂剧作家大都生活在社会下层，生平事迹均不详，而散曲作家则大都出身于书香之家，有着从政的经历；杂剧作家接近社会下层，作品贴近现实，生活气息浓郁，而散曲作家大都崇尚儒学，作品中贯注着忧时济世的情怀。

1. 杜仁杰

杜仁杰(约1201—1282),字仲梁,号善夫,济南长清人,东平行台总管严实的同乡,金元之际的著名散曲家。其父杜忱,进士及第后授京兆录事判官,后因病归里。仁杰淡于名利,一生未仕。金时他曾与麻革、张澄隐居内乡山中;入元屡征不就,优游于灵岩山和五峰山之间。其间曾流寓东平,受到严氏父子的礼遇。后来,其子杜元素仕元,任福建闽海道廉访使,赠官翰林院承旨、资善大夫,卒谥"文穆"。杜仁杰一生大半在故乡和东平度过,是一位具有全国影响的地方作家。

杜仁杰与金代著名诗人元好问、元代散文家王恽、元代散曲家胡祗遹交游甚厚,彼此有诗唱酬;他们都曾游东平严实幕。他的学生、济南章丘刘敏中,工词善文,也是元代文学家,以词著称于时。他诗文兼擅,而以散曲名世。散曲作品传世不多,却颇富特色。杜仁杰性喜谐谑,言谈风趣,被诗文大家虞集称为"善谑"。因此,善谑和风趣,就形成仁杰散曲的风格。套曲【般涉调·耍孩儿】《喻情》,通篇用歇后语写成,而《庄稼不识勾栏》套曲,则以幽默的笔调写一庄稼汉秋后进城看戏的经历:

风调雨顺民安乐,都不似俺庄家快活。桑蚕五谷十分收,官司无甚差科。当村许下还心愿,来到城中买些纸火。正打街头过,见吊个花碌碌纸榜不似那答儿闹穰穰人多。

【六煞】见一个人手撑着椽做的门,高声的叫"请请"。道"迟来的满了无处停坐"。说道"前截儿院本《调风月》,背后幺末敷演《刘耍和》"。高声叫"赶散易得,难得的妆哈"。

【五】要了二百钱放过咱,入得门上个木坡。见层层叠叠团圞坐。抬头觑是个钟楼模样,往下觑却是人旋窝。见几个妇女向台儿上坐。又不是迎神赛社,不住的擂鼓筛锣。

【四】一个女孩儿转了几遭,不多时引出一伙。中间里一个央人货。裹着枚皂头巾顶门上插一管笔,满脸石灰更着些黑道儿抹。知他待是如何过?浑身上下,则穿领花布直缀。

【三】念了会诗共词,说了会赋与歌。无差错。唇天口地无高下,巧语花言记许多。临绝末,道了低头撮脚,爨罢将幺拨。

【二】一个妆做张太公,他改做小二哥。行行行说向城中过。见个年少的妇女向帘儿下立,那老子用意铺谋待取做老婆。教小二哥相说合。但要的豆谷米麦,问甚布绢纱罗。

【一】教太公往前那不敢往后那,抬左脚不敢抬右脚,翻来复去由他一个。太公心下实焦躁、把一个皮棒槌则一下打做两半个。我则道脑袋天灵破,则道兴词告状,刬地大笑呵呵。

【尾】则被一胞尿爆的我没奈何,刚挺刚忍更待看些儿个,枉被这驴颓笑杀我。

此曲以庄稼汉的口吻,写勾栏(剧场)门前招徕观众的情景,戏棚、戏台的搭架,以及院本杂剧的表演体制等,谐谑多端,情趣横生,令人捧腹。此曲虽为杜氏在东平所作,而因涉及当时演出剧场、舞台、道具、乐队以及化妆、演员角色等,也就成为研究元代戏曲的重要资料。所著《逃空丝竹集》《河洛遗稿》,已散佚。清人顾嗣立编《元诗选》三集,甲集收有《善夫先生集》一卷,其散曲作品散见于《朝野新声太平乐府》《雍熙乐府》《盛世新声》等集中。

2. 刘敏中

刘敏中(1243—1318),字端甫,章丘(今属山东济南)人。由中书掾历官至翰林学士承旨，卒，追封齐国公。敏中居官清廉，正直敢言。其在中书省时，“访以物情得失、吏治否臧、人材显晦、年谷丰歉，采可行行之”①，是一位关心民瘼、体察下情、务实重行的官吏。著有《中庵集》《平宋录》，现存《四库全书》本。《四库全书总目·〈中庵集〉提要》说：“其诗文率平正通达，无钩章棘句之习，在元人中亦元明善、马祖常之亚。”本传称其文理明辞备，韩性原序亦谓其“不藻缋而华，不琢镂而工，户枢门键，庭旅陛列，进乎古人之作”。元明善被推为“一代文宗”，马祖常也为诗坛活跃人物，以之相比并，可见后人对刘敏中诗文成就的评价。

刘敏中以词、散曲著闻，词今存 149 首，内容不外感时伤怀、写景咏物、赠答酬唱，代表作为《木兰花慢》（晓过卢沟）。其可贵处在于真率自然，不假雕饰。其散曲今存小令【正宫·黑漆弩】2 首，均写村居闲适情趣。刘敏中今存散文体裁多样，而大多没有文学价值。

3. 张养浩

张养浩（1269—1329），字希孟，隐居济南时的别墅名云庄，因自号云庄。诗文兼擅，而以散曲著称。十九岁即被荐为东平学正，历官至礼部尚书、参议中书省事，因不满元朝上层的黑暗腐败，以父老归养为由辞官家居，此后朝廷屡召不起。《山坡羊》云：“天机参破，人情识破，归来闲枕白云卧。……轩裳倘来何用躲。行，也在我；藏，也在我。”张养浩的行藏不是官爵利禄所左右的，吏部尚书的要职，翰林学士的雅号，没有使他离开云庄，而当文宗天历二年（1329）朝廷以“关中大旱，饥民相食”召拜其为陕西行台

① 〔清〕永瑢等：《四库全书总目·〈中庵集〉提要》，中华书局 1983 年版，第 1438 页。

中丞，前往救灾时，他不顾年老体弱，家小劝阻，随即“散家财之所有”，“登车就道”（《元史·张养浩传》），星夜奔赴任所，其精神是颇为令人感动的。《西番经》道：“天上皇华使，来回三四番，便是巢由请下山。取索檀，略别华鹊山。无多惭，此心非为官。”不是“陕西行台中丞”的高官吸引了他，而是想到人民陷于深重灾难，激起他为民承重的精神，如其自云：“其民苦饥馑，吾宁忍不为之起乎！”①到任四月，赈灾抚恤，寝食俱废，劳瘁而卒。追封滨国公，谥文忠。

张养浩赴官途中，经洛阳、渑池、潼关，直达长安。一路行来，目睹灾民惨状，感历代兴废，写了数首怀古曲，意绪苍凉，流露出对本朝前景暗淡的哀叹，表达了对人民苦难的深切同情。其中，最著名的就是历为传诵的《山坡羊·潼关怀古》：

> 峰峦如聚，波涛如怒，山河表里潼关路。望西都，意踌躇，伤心秦汉经行处，宫阙万间都做了土。兴，百姓苦；亡，百姓苦。

张养浩目睹王朝更替给百姓造成的苦难，写下这首千古传唱的名曲。秦亡汉兴，隋亡唐继，千百年来不知换了多少朝代，而受苦受难的永远是处于社会底层的老百姓。这就揭去了封建统治者“爱民”“重民”的面纱，以精辟的语句，将封建王朝兴亡的本质深刻揭露出来。在这造语精辟的吟咏中，饱含他对人民多么深厚的同情，又寄寓着多么深沉的愤慨！短短一曲小令，囊括了千百年封建王朝的兴亡史，“在元散曲，乃至整个古代诗歌中，都是难

① 〔明〕危素：《张文忠公年谱·序》，载《危学士全集》，《四库全书》本。

得的优秀作品”①。

张养浩居官清正，做县尹抑制豪强，赈灾济贫；做监察御史，绳纠贪邪，举荐廉正，“入焉与天子争是非，出焉与大臣辩可否”，“道之所在，死生以之”②。但统治集团中忠直为国者少，而阿容佞诈者多，犯颜撄鳞的张养浩时有性命之虞，不得不急流勇退，借故辞官归隐，“远是非，绝名利”，回到自己的家乡济南。济南是养育他的故土，而归隐田园又使他成为一个著名散曲家。

张养浩称自己隐居的别墅叫云庄，庄内修建了一座绰然亭，取孟子“绰绰然有余裕”之意；亭后盖了一座遂闲堂，取晋代孙绰《遂初赋》遂初赋闲之意。云庄北有蜿蜒入海的小清河，以南是景色秀丽的大明湖、趵突泉，以东是孤高桀立的华不注山，以西是块然如垒的标山，对济南的一草一木、一山一石，他都充满感情：“云来山更佳，云去山如画；山因云晦明，云共山高下。倚杖立云沙，回首见山家。野鹿眠山草，山猿戏野花。云霞，我爱山无价；看时行踏，云山也爱咱。”(《雁儿落兼得胜令》)他畅游在大明湖、华不注之间：“汇波楼醉墨淋浪，历下亭金缕悠扬，大明湖播画舫，华不注倒壶觞。”③整日徜徉在家乡湖光山色之中，使他寻求到一个与污浊官场完全不同的美好世界：“万山青绕一茅庐，恰便是画图中间里。著老夫对着无限景，怎下的又做官去。”(［双调］《胡十八》之七)济南山水，他游览殆遍，足迹所至，诗、曲亦随之。在这些描写湖光山色的作品中，时时流露出他对黑暗官场的厌恶；在似乎

① 霍松林评语，载《元曲鉴赏辞典》，上海辞书出版社 1996 年版，第 557 页。

② 〔元〕张养浩：《风宪忠告》，载《归田类稿》，《四库全书》本。

③ 〔元〕张养浩：【越调·寨儿令】《辞参议还家连次乡会十余日故赋此》，载《云庄休居自适小乐府》，齐鲁书社 1988 年版，王佩增笺注本。下引张氏散曲同此。

消沉的、吟诵隐逸情趣的诗、曲中，也常常寄寓着壮志难酬的愤慨，溢荡着一股抑郁难伸的不平之气。因其散曲大部是在家乡济南写的，所以他的散曲集叫《云庄休居自适小乐府》。

张养浩诗文词兼善，其诗词如其曲，诗文集则名《归田类稿》（又名《云庄类稿》）。在其隐居云庄期间，其诗也主要是吟咏济南山水。在山水美景之中，他深感自然的不朽与人生的短暂。而人要想不朽，他认为只有学习古代先贤"令闻长世"，如其《重修汇波楼记》云："盖代有兴替，山则亘今古而自如。惟人也有生有卒，虽曰最灵且贵，要之，反有不逮物之荣悴循环者。……虽然，人而苟欲与山并存，抑亦有不难者。前辈谓'死而不朽，是谓之寿'。臣焉，以皋、夔、稷、契而为心；子焉，以舜之事亲为法；儒焉，以颜、孟、伊洛诸公自期。若然，则其形虽不寿于山，而令闻长世，亦足与山无穷矣。"他所崇奉的"先贤圣哲"及其追求的"不朽"行事，自有其时代局限，而其不在感慨自然永存之时消沉，思欲有所建树，则是积极的、大不类其隐逸者的声口，这说明他避居山野并未忘怀现实。大自然的美景，不只激起他对祖国河山的热爱之情，也激发起其功业之心。《游华不注》所谓"攀援直欲穷危顶，歌舞休教阻壮心"，也表明其这一心迹。当其赶赴陕西救灾途中，目睹大批流民的苦难，写下《哀流民操》这样痛彻肺腑的篇章：

> 哀哉流民！为鬼非鬼，为人非人！哀哉流民，男子无缊袍，妇女无完裙。哀哉流民！剥树食其皮，掘草食其根。哀哉流民！昼行绝烟火，夜宿依星辰。哀哉流民！父不子厥子，子不亲厥亲。哀哉流民！言词不忍听，号哭不忍闻。哀哉流民！朝不敢保夕，暮不敢保晨。哀哉流民！死者已满路，生者与鬼邻。哀哉流民！一女易斗粟，一儿钱数文。哀哉流民！甚至不得将，割爱委路尘。哀哉流民！何时天雨

粟，使汝俱生存？哀哉流民！

由于饥饿，大批农民流离失所，四散逃亡，走死道路，惨状令人目不忍睹，号哭令人耳不忍闻。张养浩目睹流民同情而无助，字里行间充满深沉的悲愤。正是基于对人民苦难的同情，在其抵达任所便投入紧张的赈救工作。他一方面奏请朝廷发下赈灾钱粟，一面改革币制，防止贪官污吏与奸商借机敲诈百姓。他“倾私囊，斥公帑”，“遇饿者则赈之，死者则葬之”（《元史·张养浩传》）。听说民间发生杀儿救母的惨剧，便为之大恸，亲出俸钱予以救助。他“路逢饿殍须亲问，道遇流民必细询”（《喜春来》），整日仆仆道路，“凡所以为民者，无所不用其至”①。他有慨于元上层统治者不恤民生，曾作诗白于朝，有曰：“西风匹马过长安，饿殍盈途不忍看。十里路埋千百家，一家人哭两三般。犬衔枯骨筋犹在，鸦啄新尸血未干。寄语庙堂贤宰相，铁人闻此也心酸！”②张养浩到官四月，未尝家居，夜以继日，忙于赈灾公务，终因忧劳悲戚，溘逝于任所。消息传开，“关中之人，哀之如失父母”（《元史·张养浩传》）。在封建时代，像张养浩这样为民尽瘁的官儿实在并不多见！

张养浩的散文内容丰富，形式多样，除谏诤朝廷政事的奏疏外，其《游龙洞山记》《标山记》《重修汇波楼记》等在济南的纪游文字，记其游览故乡山水的经历与感受，表达其对家乡山水的热爱之情，尤为人所称赏。

张养浩遗迹在“文革”中毁坏殆尽，其坟茔今已整修，虽非其旧，亦可表达人们对他的怀念。张养浩为民尽瘁的精神，及其同

① 〔明〕危素：《张文忠公年谱》，载《危学士全集》，《四库全书》本。

② 〔明〕靳颢：《庙堂忠告·序》，载《丛书集成初编·三事忠告》。

情人民疾苦的作品，将与济南山川同在，并将教育和激励后人。

4. **杨朝英**

杨朝英（生卒年未详），号澹斋，青城（今山东高青）人。生卒年不详。平生与著名散曲家贯云石过从密切，二人情趣相投，常在一起评论当时的散曲创作。他是当时的散曲名家，杨维桢《周月湖今乐府序》说："士大夫今以乐府（指散曲）鸣者，奇巧莫如关汉卿、庾吉甫（天锡）、杨澹斋（朝英）、卢疏斋（挚）。"①把他与散曲大家关汉卿、卢挚并列，并概括出其散曲"奇巧"的艺术特点。虽其散曲成就不能与关、卢相提并论，然这至少说明当时人们对其散曲的重视。今存其散曲只有小令 27 首，多写恋情和隐逸生活，风格清丽秀逸，自有其独到之处。如【双调 · 水仙子】《自足》：

> 杏花村里旧生涯，瘦竹疏梅处士家，深耕浅种收成罢。酒新篘，鱼旋打，有鸡豚竹笋藤花。客到家常饭，僧来谷雨茶，闲时节自炼丹砂。

以其田园悠闲惬意的隐居生活，表达其远离官场"逍遥散诞"的情趣，笔调清爽畅快，文字朴实自然。

杨朝英一生的主要成就，不是他的散曲创作，而是编选了两部散曲集，即《乐府新编阳春白雪》（简称《阳春白雪》）和《朝野新声太平乐府》（简称《太平乐府》）。前者是元代最早的散曲选本，集前有贯云石序，后附宋、金人所作大乐（词）十章。据集前"阳春白雪选中古今姓氏表"内所列，所选共 70 家散曲（今传版本已有残缺），是研究金元声乐的重要资料；后者选录 80 余家散曲作品。

---

① 〔元〕杨维桢：《东维子集》卷一一，《四库全书》本。

后人称这两部选集为“杨氏二选”，为历代散曲研究者所重视。

十、宋金元时期的山东小说

宋元时期文学向平民化、通俗化发展的重要表现，就是小说创作的兴盛。宋元话本小说、志怪志异以及记载人物异闻逸事的琐语、笔记等，成为向长篇小说过渡的桥梁。山东在这一时期，出现了张齐贤、王辟之、马纯等在全国有一定影响的小说家。

1. 张齐贤

张齐贤（943—1014），字师亮，曹州冤句（今山东曹县西北）人。三岁时徙居洛阳。宋太宗太平兴国二年（977）进士，历官至同中书门下平章事。以司空致仕，谥文定。善诗文，文集已佚。所著《洛阳缙绅旧闻记》，被认为是在张洎的《贾氏谈录》和钱易的《南部新书》之间，非常突兀地出现的“一座高峰”，与“北宋初期的其他轶事小说风格大不相同，而且居然在质的方面不仅超越了前此的所有此类小说，还超过了此后北宋时期的所有这类小说”①。

《洛阳缙绅旧闻记》一书，是张齐贤以兵部尚书知青州时所作。书中所记，都是其追思应举前十数载洛阳缙绅所谈，以及所见所闻之事。所记五代时期历史人物的遗闻逸事，如《梁太祖优待文士》，写朱温的残暴；《张相夫人始否终泰》，写张从恩继室在动乱中艰难备尝的经历等，都记述了当时社会的真实情况，揭露了统治者的残暴，反映人民在动乱时世的灾难与痛苦。所记人物，“至如纪张全义治洛之功，极为详备，则旧史多采用之。其他

① 萧相恺：《宋元小说史》，浙江古籍出版社1997年版，第232页。

轶事，亦颇有足资博览者，固可与《五代史》阙文诸书，同备读史之考证也”①，具有史料参考价值。而这些作品，因得之传闻，加以作者铺陈渲染，虚饰夸张，显然已与一般历史和民间传闻不同，其中对人物性格的刻画，以及故事情节的描述，都已进入小说创作的范畴，因而富有文学性。

2. 王辟之

王辟之（1031—？），字圣涂，青州营丘（今山东临淄）人。宋英宗治平四年（1067）进士，辗转地方，终官忠州太守。致仕还乡后，编著《渑水燕谈录》。自序云：“闲接贤士大夫谈议，有可取者辄记之，久而得三百六十余事，私编之为十卷，蓄之中橐，以为南亩北窗、倚杖鼓腹之资，且用消阻志，遣余年耳。”

《渑水燕谈录》记述宋哲宗以前的故事，分帝德、谠论、名臣、知人、奇节、忠孝、才识、高逸、管制、贡举、文儒、先兆、歌咏、书画、事志、杂录、谈谑 17 类，涉及政事、民风民俗、历史人物、诗文逸事等，内容丰富，形式多样，语言简洁，诙谐多趣，既有史料参考价值，亦因在家“与田夫樵叟闲燕而谈说”②，杂以谈谑，亦富有文学性。其中，“谠论”记载北宋大臣的直言谠论，“名臣”载张詠、张齐贤、王旦、狄青等的轶事等，都可作为有关史传的参考。“歌咏”所载北宋诗文作家的遗闻轶事，亦真亦幻，既可供研究者参考，也生动有趣。如记石曼卿事：“天圣、宝元间以歌诗豪于一时，尝于平阳作《代意寄师鲁》一篇，词意深美，曰……曼卿死后，故人关詠梦曼卿曰……詠觉，增广其词为曲，度以《迷仙引》，于是人争歌之。他日，复梦曼卿谢焉。”“谈谑”所述诸事，读之亦令人绝倒。

---

① 〔清〕永瑢等：《四库全书总目·〈洛阳缙绅旧闻记〉提要》，中华书局 1983 年版，第 1189 页。

② 〔宋〕满中行：《渑水燕谈录·序》，中华书局 1997 年版，第 3 页。

其中有不少作品被后世加工改编，如“名臣”中所载谏议大夫陈省华生三子皆登进士第，被元代关汉卿改编为杂剧《状元堂陈母教子》；“事志”篇所载柳永忤宋仁宗事，被明代冯梦龙改编为话本小说《众名姬春风吊柳七》等。

3. 马纯、庞元英

马纯（生卒年未详），字子约，自号朴樕翁，单州成武（今山东成武）人。宋高宗建炎初南渡，绍兴间（1131—1162）为江西漕使，孝宗隆兴初（1163）以太中大夫致仕，寓居浙江陶朱乡，搜辑见闻，著《陶朱新录》。其行迹史籍阙载，已难详考。

《陶朱新录》“所载皆宋时杂事，大抵涉于怪异者十之七八，亦洪迈《夷坚志》之流”①，为这一时期较好的一部志怪小说。如林家妇遭鬼诱偷食祭品、益都马伯释盗获报等鬼怪杂事，颇富传奇性，而文采稍逊。

庞元英（生卒年未详），字懋贤，单州成武（今山东成武）人。曾官主客郎中，至朝散大夫。著有《文昌杂录》《南斋杂录》《谈薮》。《文昌杂录》7 卷，为其“在省四年，时官制初行，所记一时闻见，朝章典故为多。《通典》载尚书省为文昌天府，故以名书。……王士禛称此书为说部之佳者”②。

4. 王巩

王巩（生卒年未详），字定国，自号清虚先生，山东莘县人。父工部尚书王素、祖同平章事王旦均擅文名。曾官扬州，因与苏轼

---

① 〔清〕永瑢等：《四库全书总目·〈陶朱新录〉提要》，中华书局 1983 年版，第 1212 页。

② 〔清〕永瑢等：《四库全书总目·〈文昌杂录〉提要》，中华书局 1983 年版，第 1034~1035 页。

交游，谪监筠州盐税，后官至宗正丞。有隽才，工诗善文，著有《甲申杂记》《闻见近录》《随手杂录》等。

《甲申杂记》，又题《甲申杂录》，一卷，凡四十二条，与《闻见杂录》《随手杂录》都记述宋仁宗至宋徽宗崇宁年间的朝野逸事与鬼神传说。“三书皆间涉神怪，稍近稗官……然而所记朝廷大事为多，一切贤奸进退、典故沿革，多为史传所未详”①，于史实也有所补正。

十一、宋辽金元时期的客籍作家

宋、辽、金、元时期，在今山东任职的著名诗人、文学家较多，如宋代范仲淹、欧阳修、曾巩、苏轼、苏辙、黄庭坚、孔平仲等。另外，宋代出任山东各地地方官的诗文作家还有很多，如前后出知青州的赵抃、富弼，来济南游历的陈师道。特别是被俘羁押赴北的文天祥，曾途经汶阳、东阿、东平等地，所作诗歌十分感人。辽金之际的元好问，元代王若虚、王恽等，他们的诗文创作也值得重视。其中对山东文学影响较大的是范仲淹、曾巩、苏轼、元好问等，今以其生年先后叙列如下。

1. 范仲淹

范仲淹（989—1052），字希文，苏州吴县（今江苏苏州）人。而他生于徐州，两岁即随母改嫁至淄川长山（今山东邹平），改名朱说。直至进士及第，出任广德军司理参军，才复姓范，更名仲淹，时已三十余岁。范仲淹进士及第后，历任地方官，庆历三年

① 〔清〕永瑢等：《四库全书总目·〈甲申杂记〉提要》，中华书局 1983 年版，第 1192~1193 页。

(1043),升任参知政事,因倡导庆历新政而受到毁谤遭贬外放,在宋仁宗皇祐三年(1051)出知青州。

范仲淹甫莅任,即奔赴长山看望乡邻,对乡亲的养育之恩表达感激之情。在青州,他登上尧山,祭拜远古圣帝尧、舜、禹,写有《谒尧帝庙》一诗,表达其对太平盛世的期盼:

千古如天日,巍巍与善功。禹终平洚水,舜亦致薰风。江海生灵外,乾坤揖让中。乡人不知此,箫鼓谢年丰。

离任时,范仲淹作《留别乡人》诗,表达对家乡的眷恋,并以自己苦读成才、荣归故里的经历,勉励乡人好好教育儿孙:

长白一寒儒,荣归三纪余。百花春满路,二麦雨随车。鼓吹罗前部,烟霞指旧庐。乡人莫相羡,教子苦读书。

范仲淹自称"寒儒",是其忆及少年时期刻苦读书的经历。至今仍流传着他在长白山(今山东邹平境内)醴泉寺僧舍读书"划粥断齑"的故事:"唯煮粟米二升,作粥一器,经宿遂凝,以刀画为四块,早晚取二块,断齑十数茎,醢汁半盂,入少盐,暖而啖之,如此者三年。"现在的邹平、青州,仍存有其多处遗迹。他也视自己为山东人,终生未曾到过祖籍苏州。其幼年苦读成才的故事,以及他"先天下之忧而忧,后天下乐而乐"的精神,至今仍激励着那一带的人们。因此,他自幼受到齐鲁文化的滋养,并在文学、思想等领域对齐鲁地区具有较大影响。其与"泰山学派"的关系,前已论及。

其在山东任职时所作诗歌,还有《表海亭》《游石涧子洞》等,均见《范文正公集》。

2. 欧阳修

欧阳修(1007—1072)，字永叔，号醉翁，晚号六一居士，吉水(今属江西)人。欧阳修为“唐宋八大家”之一，是倡导诗文革新的领袖。因他与尹洙等为受到贬谪的范仲淹主持公道，而被说成是范氏同党。其对传统儒学的尊崇，也受到泰山学派学者石介等的尊重。今集中载有与石介的诗文来往，《读〈徂徕集〉》《重读〈徂徕集〉》追悼石介，称颂石介“岂止学者师，谓宜国之皤”。

熙宁元年(1068)，欧阳修由亳州徙知青州，途经齐州(今山东济南)，写有《留题齐州舜泉》一诗：

> 岸有时而为谷，海有时而为田，虞舜已殁三千年。耕田浚井虽鄙事，至今遗迹还依然。历山之下有寒泉，向此悲号于旻天。无情草木亦改色，山川惨淡生云烟。一朝垂衣正南面，皋夔稷契来联翩。功高德大被万事，今人过此犹留连。齐州太守政之暇，凿渠开沼疏清涟。游车击毂惟恐后，众卉乱发如争先。岂徒邦人知乐此，行人亦为留征轩。

此前欧阳修屡遭贬谪，不得已而赴青州任。但当其途经齐州，观览舜泉，联想到舜当年遭际坎坷而终至天下太平，“功名德大”，令人怀念，其事迹令人奋发。离开齐州时，欧阳修还写有《晓发齐州道中》一诗。两诗均见《欧阳文忠集》。欧阳修治理青州，宽简而不扰民，使州内狱讼稀少，岁时丰稔。今青州范公亭内建有“三贤祠”，祭祀曾知青州的文化名人富弼、范仲淹、欧阳修。

3. 赵抃

赵抃(1008—1084)，字阅道，衢州西安(今浙江衢州)人。进士，历官至参知政事。卒谥清献。著有《赵清献集》。宋神宗时，以资政殿学士出知青州。期间曾游历济南，作有《题刘诏寺丞槛泉亭》一诗：

泉名从古冠齐丘，独占溪心涌不休。深似蜀都分海眼，势如吴分起潮头。连宵鼓浪摇明月，当暑迎风作素秋。亭上主人留我语，只将尘事指浮沤。

这是较早题咏济南趵突泉的诗，也是较早称趵突泉为“槛泉”的诗。刘诏为历城（今山东济南）人，与苏轼也有来往。

4. 曾巩

曾巩（1019—1083），字子固，建昌南丰（今江西南丰）人。进士及第后，历官至中书舍人。曾巩于宋神宗熙宁五年（1072）知齐州，其间兴利除弊，为当地做了不少有益于人民之事。如为修建济南北水门，疏导湖泉之水，解除城市水患，还在大明湖建北渚亭、百花堤等。当其调离齐州时，当地人绝桥闭门遮留，他只得夜间悄悄离去。后人为怀念他，曾在千佛山建有曾公祠，清代移建大明湖水门旁，即今南丰祠，令世人瞻仰。

曾巩以散文著称于世，为“唐宋八大家”之一，著有《元丰类稿》。其文集中诗作不多，而现存诗歌多为在齐州时所作。曾巩官事之余，流连于济南湖泉山水之间，写下了吟咏大明湖（时称西湖）、趵突泉、华不注山、鹊山等的优美诗篇。其中，吟咏大明湖的诗有《西湖二首》《西湖纳凉》《百花堤》《北渚亭》《环波亭》《鹊山亭》《水香亭》《百花台》《芙蓉台》等数首充满感情的诗篇。如《西湖二首》：

左符千里走东方，喜有西湖六月凉。塞上马归终反复，泰山鸥饱正飞扬。懒宜鱼鸟心常静，老觉诗书味更长。行到平桥初见日，满川风露紫荷香。

湖面平随苇岸长，碧天垂影入晴光。一川风露荷花晓，六月蓬瀛燕坐凉。沧海桴浮成旷荡，明河槎上更微茫。何须辛苦求人外，自有仙乡在水乡。

曾巩初到齐州，就为大明湖秀丽宜人的风景所吸引，写出感情如此激扬的诗篇。《西湖纳凉》写其在大明湖纳凉时的见闻及愉快心情，亦颇有特色：

问吾何处避炎蒸，十顷西湖照眼明。鱼戏一篙新浪满，鸟啼千步绿荫成。虹腰隐隐松桥出，鹢首峨峨画舫行。最喜晚凉风月好，紫荷香里听泉声。

另外，他还写有《趵突泉》《金线泉》《华不注山》《鹊山》等诗，其中《金线泉》是最早吟咏该泉的诗。

曾巩知齐州的第二年即调任襄州，最为感人的还是写其对齐州恋恋不舍心情的《离齐州后五首》。诗写得缠绵低回，途中念念在西湖，真是一步三回首，以致深怀离恨别愁、魂牵梦绕：

云帆十幅顺风行，卧听随船白浪声。好在西湖波上月，酒醒还对纸窗明。

画船终日扒沙行，已去齐州一月程。千里相随是明月，水西亭上一般明。

文犀剡剡穿林笋，翠靥田田出水荷。正是西亭销暑日，却将离恨寄烟波。

将家须向习家池，难放西湖十顷秋。从此七桥风与月，梦魂常到木兰舟。

荷气夜凉生枕席，水声秋醉入帘帏。一帆千里空回首，寂寞船窗只自知。

曾巩在齐州，曾考定济南南郊的千佛山即虞舜所耕历山，写有《齐州二堂记》，至今仍为有关学者所重视。

5. 苏轼

苏轼(1037—1101)，字子瞻，号东坡居士，眉州眉山(今四川眉山)人。进士及第后，历官至礼部尚书。著名诗人、词人、散文大家，为“唐宋八大家”之一。著有《东坡集》。

宋神宗熙宁七年(1074)末，苏轼由杭州通判移知密州(治所在今山东诸城)。在赴密州任途中，他要去济南探望弟弟苏辙。路经郓州(今山东东平)，曾游郓州新堂，至济南写有《至济南李公择以诗相迎次其韵二首》，离济途经今章丘龙山镇，写了《阳关词》答谢李择：“济南春好雪初晴，行到龙山马足轻。使君莫忘雪溪女，时作阳关肠断声。”

苏轼初至密州，即逢蝗灾、旱灾交相为虐，“岁比不登，盗贼满野，狱讼充斥”①，公私匮乏，民不堪命，百姓“剥啮草木啖泥土”②，这对于心怀报国之志、“视官事如家事”③的诗人来说，首要工作

① 〔宋〕苏轼：《超然台记》，载《经进东坡文集事略》，文学古籍出版社1957年版，第830页。

② 〔宋〕苏轼：《寄刘孝叔》，载李增坡主编《苏轼在密州》，齐鲁书社1995年版，第129页。

③ 〔宋〕苏轼：《密州通判题名记》，载李增坡主编《苏轼在密州》，齐鲁书社1995年版，第373页。

就是救灾济民。他亲自下田灭蝗抗灾，并向朝廷奏报灾情，请求赦免秋税，收养弃儿，多措并举，终于使密州安定下来。密州二年，苏轼治绩卓著，赢得百姓的爱戴。在其离任后，密州人为其塑像于城西，岁时拜谒①。

在密州期间，是苏轼诗文创作的重要时期。现诗文集中载有关密州作品，计诗127首、词18首、文64篇。其中除描写密州景色的诗，如《卢山五咏》《登常山绝顶广丽亭》《雪后书北台壁》《游卢山次韵章传道》等外，写密州生活及友人赠答的内容较多。其词的创作，在这里进入一个新的时期。最为著名的两首《江城子》《水调歌头》，传唱至今。如《江城子·密州出猎》：

> 老夫聊发少年狂，左牵黄，右擎苍。锦帽貂裘，千骑卷平冈。为报倾城随太守，亲射虎，看孙郎。　酒酣胸胆尚开张，鬓微霜，又何妨！持节云中，何日遣冯唐？会挽雕弓如满月，西北望，射天狼。

此词作于苏轼知密州的第二年冬天。是年春夏间，密州旱灾、蝗灾肆虐，苏轼曾至常山祈雨有应，十月间往常山祭谢，归途与同僚会猎，以词纪其事。可并读的，还有一首《祭常山回小猎》诗："青盖前头点皂旗，黄茅冈下出长围。弄风骄马跑空立，趁兔苍鹰掠地飞。回望白云生翠巘，归来红叶满征衣。圣明若用西凉簿，白羽犹能效一挥。"诗、词都借会猎抒发怀抱，表现了作者渴望为国效力的赤胆忠心。历代评论都将《江城子·密州出猎》视为苏轼的第一首豪放词。苏轼在密州所作《水调歌头·明月几时

① 孔凡礼：《苏轼密州系年》，载李增坡主编《苏轼在密州》，齐鲁书社1995年版，第80页。

有》,历来被人推崇备至,至今仍传诵不衰:

明月几时有?把酒问青天。不知天上宫阙,今夕是何年。我欲乘风归去,又恐琼楼玉宇,高处不胜寒。起舞弄清影,何似在人间!　　转朱阁,低绮户,照无眠。不应有恨,何事长向别时圆?人有悲欢离合,月有阴晴圆缺,此事古难全。但愿人长久,千里共婵娟。

熙宁九年(1076)秋,苏轼在密州超然台上赏月,时其弟苏辙在齐州(治在今济南)李常幕府,二人七年没有晤面,醉后书之。词以浪漫主义笔触,对月抒怀,兼抒怀念弟弟之意。此词为《苕溪渔隐丛话》说:“中秋词,自东坡《水调歌头》一出,余词尽废。”《望江南·超然台作》则为描写密州春景之作:

春未老,风细柳斜斜。试上超然台上看,半壕春水一城花。烟雨暗千家。　　寒食后,酒醒却咨嗟。休对故人思故国,且将新火试新茶。诗酒趁年华。

在密州任内,苏轼曾游历登州、莱州等地,写有《海市》《过莱州雪后望三山》等诗,亦为名篇。《海市》诗前有序,说他“以不见海市为恨”,到官五日即前往观望,遂写此诗:

东方云海空复空,群仙出没空明中。荡摇浮世生万象,岂有贝阙藏珠宫?心知所见皆幻影,敢以耳目烦神功。岁寒水冷天地闭,为我起蛰鞭鱼龙。重楼翠阜出霜晓,异事惊倒百岁翁。人间所得容力取,世外无物谁为雄?率然有请不我拒,信我人厄非天穷。潮阳太守南迁归,喜见石廪堆祝融。

自言正直动山鬼，岂知造物哀龙钟。伸眉一笑岂易得？神之报汝亦已丰。斜阳万里孤鸟没，但见碧海磨青铜。新诗绮语亦安用，相与变灭随东风。

诗将海市蜃楼与实地感受融会在一起，笔法奇特，而诗最后将海市的虚幻与人生虚无相联系，则表现出诗人当时的消极情绪。

苏轼在密州所撰文章，除与友人书信外，有赋、叙、铭、画赞、表、状、疏、启、颂等诸多散文体裁，多彩多姿，美不胜收。名篇佳什，亦自不乏。《超然台记》抒写超然志趣，《盖公堂记》借其寝室取名之由抒写怀抱，《雩泉记》《刻秦篆记》《山堂铭》等，或记述密州风物，或记述古迹，皆涉笔成趣，意味隽永。其中，《超然台记》为传诵名篇：

凡物皆有可观。苟有可观，皆有可乐，非必怪奇伟丽者也。餔糟啜醨，皆可以醉；果蔬草木，皆可以饱。推此类也，吾安往而不乐？

夫所为求福而辞祸者，以福可喜而祸可悲也。人之所欲无穷，而物之足吾欲者有尽。美恶之辨战乎中，而去取之择交乎前，则可乐者常少，而可悲者常多。是谓求祸而辞福。夫求祸辞福，岂人之情也哉！物有以盖之矣。彼游于物之内，而不游于物之外。物非有大小也，自其内而视之，未有不高且大者也。彼挟其高大以临我，则我常眩乱反覆，如隙中之观斗，又乌知胜负之所在。是以美恶横生，而忧乐出焉，可不大哀乎！

予自钱塘移守胶西，释舟楫之安，而服车马之劳；去雕墙之美，而庇采椽之居；背湖山之观，而行桑麻之野。始至之日，岁比不登，盗贼满野，狱讼充斥，而斋厨索然，日食杞菊，人固疑予之不乐也。处之期年，而貌加丰，发之白者，日以反黑。予既乐其风俗之淳，而其吏民亦安予之拙也。于是治其园圃，洁其庭宇，伐安丘、高密之木以修补破败，为苟完之计。而园之北，因城以为台旧矣，稍葺而新之。时相与登览，放意肆志焉。南望马耳、常山，出没隐见，若近若远，庶几有隐君子乎？而其东则卢山，秦人卢敖之所从遁也。西望穆陵，隐然如城郭，师尚父、齐威公之遗烈，犹有存者。北俯潍水，慨然太息，思淮阴之功，而吊其不终。台高而安，深而明，夏凉而冬温。雨雪之朝，风月之夕，予未尝不在，客未尝不从。撷园疏（蔬），取池鱼，酿秫酒，瀹脱粟而食之。曰：乐哉游乎！

方是时，予弟子由适在济南，闻而赋之，且名其台曰“超然”，以见予之无所往而不乐者。盖游于物之外也。

此文选入《古文观止》，评云：“是记先发超然之意，然后入事。其叙事处，忽及四方之形胜，忽入四时之佳景，俯仰情深，而总归之一乐。真能超然物外者矣。”所谓“物外”，即不以功名利禄为念。苏轼因与当政者政见不合而备受打击，使知密州，偏居一隅，借游台抒发其超然物外的乐趣，表现其乐观、旷达的胸怀。此后，苏辙及当时著名诗文作家、苏轼友人文同、张耒都作有《超然台赋》。另外，宋代文彦博作《寄题密州超然台》、司马光作《超然台寄子瞻学士》，明代薛瑄作《琅琊行》、谢肇淛作《登超然台》，清代李澄中作《登超然台》，都可见其文的深远影响。

6. 苏辙

苏辙（1033—1112），字子由，号颍滨遗老，四川眉山人。与其父洵、兄轼，合称“三苏”，为“唐宋八大家”之一。著有《栾城集》。

苏辙在宋神宗熙宁六年至八年（1073—1075）在齐州（治所在今济南）李常幕府任掌书记，对济南名胜多所吟咏。如吟诵济南大明湖的诗有《北渚亭》《环波亭》《鹊山亭》《和李诚之待制燕别西湖》，吟诵趵突泉的有《槛泉亭》，吟诵舜泉的有《舜泉诗并叙》《舜泉复发》。其他吟诵济南景物的诗，还有《灵岩寺》《四禅寺》《喜雪呈李公择》等，以及出游泰山所写的《游泰山四首》等。所咏四禅寺，在今济南长清区，为当时名寺，早已废毁。《游泰山》之一为其赴泰山途中，描写济南南山景色的诗。这是第一首描写济南南部山区奇异景象的诗歌："初行涧谷浅，渐远峰峦积。翠屏互卷舒，耕耨随敧侧。"以致将山水形势比做四川嘉陵江畔山崖的险峻、峥嵘："嘉陵万壑底，栈道百回屈。崖巘递峥嵘，征夫时出没。"

熙宁十年（1077），苏辙赴徐州探望其兄、知徐州的苏轼，适逢黄河决口，徐州被淹，《寄济南守李公择》一诗述说居济时的乐趣，也将徐州遭受水灾的惨状告知。说明他如同曾巩一样，离开济南之后，仍对济南山水恋念不已。

7. 黄庭坚

黄庭坚（1045—1105），字鲁直，号山谷，晚年又号涪翁，洪州分宁（今江西修水）人。因受苏轼赏识而知名，其诗文创作亦深受苏轼影响，与张耒、晁补之、秦观同为"苏门四学士"。著有诗、词、文集多种。

元丰七年（1084），黄庭坚移监德州德平镇，有《寄黄几复》抒发怀念友人之情，"桃李春风一杯酒，江湖夜雨十年灯"句，感叹世事沧桑、人生聚散。他的舅父李常时知齐州，其有关于济南的几首诗，即《伯氏到济南寄诗颇言太守居有湖山之胜同韵和诗》《次韵寄李六弟济南郡城桥亭诗》《同世弼韵作寄伯氏在济南兼呈六舅祠部》，在其想象中的济南明丽如画，"济南似江南""济南潇洒似江南”，都表现其对游历济南山水的期盼与向往。在途经山东各地时，也有诗纪其事，如《过故人东平侯赵景珍墓》。

8. 孔平仲

孔平仲（生卒年未详），字毅父，一作义甫，临江新喻（今江西新余）人。与兄文仲、武仲并有文名，号“清江三孔”，又与苏轼、苏辙兄弟并称，时号“二苏三孔”。“三孔”的诗各有特色，而以平仲成就最高。孔氏三人之诗文南宋时合刻为《清江三孔集》。

孔平仲仕途坎坷，宋徽宗崇宁元年（1102），因入元祐党籍，罢户部、金部郎中，贬为主管兖州景灵宫，卒于官。其在山东期间所作诗，《青州作》对国家不重视东部边防及用人不当深表忧虑：“方今不忧此，所重只西北。兵防最寡少，主帅失铨择。”对于自己言难上达，报国无门，极为痛苦：“众方颂太平，我乃虞盗贼。虽言亦谁听，痛哭损肝鬲！”《止谒宣圣庙者》一诗，写其至高密，见人们把孔子当做神灵来供奉、祭奠，大不以为然：“上元施灯烛，下俗奠醪醴。高焚百合香，竞爇黄金纸。所求乃福祥，此事最鄙俚！”他认为祭祀孔子，不把他当做先师来敬奉，以启人们向学之心，而把他当做神灵以求个人福佑，便歪曲了孔子形象，完全违背了孔子思想：“尝闻之鲁论，丘之祷久矣。生也既无求，没岂享淫祀！”因此，他为了维护孔子的尊严和儒学精神，对此俚俗严加批评。

9. 元好问

元好问（1190—1257），字裕之，号遗山，太原秀容（今山西忻州）人。在金官至行尚书省左司员外郎等职，金亡不仕。工诗善文，蔚为一代词宗。著有《遗山先生集》，编有《中州集》。

元好问与山东有缘，幼年时期即随其父赴任至掖县（今山东莱州），路经山东境内的济南等地，对其留有深刻印象。天兴二年

(1233)五月,元好问与被俘的金朝官员被羁管于山东聊城。在聊城期间,为保存金代文化,元好问着手整理编辑金代诗词选集《中州集》。此外,他还编纂了《南冠录》《遗山新乐府》《东坡乐府集选》,校对了唐代陆龟蒙的杂文集《笠泽丛书》。国破家亡,受羁押监管,又目睹人民遭受的苦难,他将一腔悲愤付诸笔端,写下了许多动人的诗篇。《癸巳五月三日北渡三首》,写其被押解途中所见蒙古军队屠戮百姓“白骨纵横似乱麻”的惨烈景象;《南冠行》则倾诉其成为囚徒的痛苦心情。有的写其对故国的眷恋,如《十二月六日二首》;有的则对金亡表达了无限哀伤,如《淮右》①。

蒙古太宗七年(1235),元好问移居冠氏(今山东冠县),受到千户赵天锡的赏识和优待,使其能够自由交游。他心情舒展,写了不少友朋唱酬、咏物写景的诗篇,诗颇清新。该年秋七月,他重游济南,泛湖、登山、观泉,王朝更替,风景不殊,诗人热情洋溢,兴会淋漓,写下《药山道中二首》《泛舟大明湖》《历下亭怀古分韵得南字》《济南杂诗十首》《趵突泉》《华不注山》《济南黄台三首》《题解飞卿山水卷》等诗篇。《泛舟大明湖》云:

> 长白山前绣江水,展放荷花三十里。看山水底山更佳,一堆苍烟收不起。山从阳丘西来青一湾,天公掷下半玉环。大明湖上一杯酒,昨日绣江眉睫间。晚凉一棹东城渡,水暗荷深若无路。江妃不惜水芝香,狼藉秋风与秋露。兰襟郁郁散芳泽,罗袜盈盈见微步。晚晴一赋画不成,枉著风标夸白鹭。我时骖鸾追散仙,但见金支翠蕤相后先。眼花耳热不称意,高唱吴歌叩两舷。唤取樊川摇醉笔,风流聊与付他年。

---

① 参阅马亮宽等著《聊城文化史》,中国社会科学出版社2014年版,第151~154页。

诗人以浪漫主义笔触描写明湖胜景，泛舟湖中，水天一色，佛山倒影，满湖荷香，他置身湖中，飘飘欲仙，其情其景，令人向往。在吟诵大明湖的诗篇中，自成一格。徜徉在济南山水之中，他流连忘返，如《济南杂诗》云："看山看水自由身，著处题诗发兴新。日日扁舟藕花里，有心长作济南人。"记述这次游历的《济南行记》，详记其济南游踪，具体而生动地描述济南山水名胜，为研究济南山水名胜的历史面貌提供了极其珍贵的资料。如关于趵突泉：

> 爆流泉在城之西南。泉，泺水源也。山水汇于渴马崖，洑而不流，近城出而为此泉。好事者曾以谷糠验之，信然。往时漫流，才没胫，故泉上涌高三尺许；今漫流为草木所壅，深及寻丈，故泉出水面才二三寸而已。近世有太守改泉名槛泉，又立槛泉坊，取《诗》义而言，然士人呼"爆流"如故。"爆流"字又作"趵突"，曾南丰云然。金线泉，有纹若金线，夷犹池面。……予与解裴回泉上者三四日，然竟不见也。杜康泉今湮没，土人能指其处。

在这里，元好问将趵突泉名称的来历、泉源，以及金线泉、杜康泉的现状，都做了具体描述。

元好问初居冠氏（今山东冠县），于蒙古太宗八年（1236）由冠氏千户赵天锡介绍，在泰安与东平行台严实相见，写有《登岱》一诗，翌年即受邀赴东平行台，被严实聘为诸子师，其对东平教育及其培养的人才乃至全国的文化发展作出贡献。今集中载有其居东平期间的诗文，特别是有关东平府学的记载，对研究东平教育及其人才成长具有重要意义。

10. 赵孟頫

赵孟頫（1254—1322），字子昂，号松雪道人。宋宗室，浙江湖州人。诗人、画家。初仕宋，入元，受元世祖赏识，官至翰林学士承旨。卒，追封魏国公，谥文敏。因其仕元，受到宗人的诟病。著有《宋雪斋集》，有《四库全书》本。

赵孟頫为元初著名诗人，“风流文采，冠绝当时。不但翰墨为元代第一，即其文章亦揖让于虞（集）、杨（维桢）、范（梈）、揭（傒斯）之间，不甚出其后也”①，在元前期文坛有较大影响。明胡应麟称其“首倡元音”，说他“体裁端雅，音节和平”，自是元朝诗风的“滥觞”，“非宋人末弩”②，指出其在宋元之际转变诗风的作用。赵孟頫通晓音律，又是书画名家。其书法自成一体，世称“赵体”；其画作亦颇有名，流传至今。

元世祖至元二十九年（1292）至元成宗元贞元年（1295），赵孟頫出任同知济南路总管事。期间他游历济南山水，其游踪诗迹亦成为济南历史文化的一部分。《趵突泉》一诗，将泉与大明湖、华不注山联系在一起，看出他对济南山水景胜的深刻观察与领悟：

> 泺水发源天下无，平地涌出白玉壶。谷虚久恐元气泄，岁旱不愁东海枯。云雾润蒸华不注，波涛声震大明湖。时来泉上濯尘土，冰雪满怀清兴孤。

“云雾润蒸华不注，波涛声震大明湖”一联，为吟咏趵突泉名

---

① 〔清〕永瑢等：《四库全书总目·〈松雪斋集〉提要》，中华书局 1983 年版，第 1428 页。

② 〔明〕胡应麟：《诗薮·外编》卷六《元》，上海古籍出版社 1979 年版，第 240 页。

句,至今悬挂趵突泉亭侧,为游人观摩、瞻仰。其词《浪淘沙》写其在济南的游历,寄寓其兴亡之感:

> 今古儿齐州,华屋山丘。杖藜徐步立芳洲。无主桃花开又落,空使人愁。　　波上往来舟,万事悠悠。春风曾见昔人游。惟有石桥桥下水,依旧东流。

赵孟頫在济南留下的最著名的画作是《鹊华秋色图》。在离开济南之后,赵孟頫为祖籍济南、寄居吴兴的友人周密勾画出了记忆中的济南鹊山、华山秋色胜景,即《鹊华秋色图》,流传至今,成为对济南历史记忆的一部分。原作今存我国台湾"故宫博物院"。

第十章　明清时期的山东文学(上)

一、作家里籍分布

宋元之后,全国文化格局有较大变化。一是南北文化状况的变化。唐宋以前,除南北朝时期外,总起来说是北方地区文化比较发达,而从北宋中期之后,东南沿海地区,特别是江浙一带,渐次成为文化中心。南宋建都临安(今浙江杭州),大批士人南渡,如山东济南籍的著名学者周密的先人,著名词人李清照、辛弃疾等。周、辛后裔都落籍南方,孔子的嫡系后裔亦移居衢州,南宋以后的儒学学者大半为江南人。作为传统文化区,山东一带虽然仍保持着某些优势,但从整体状况说,已大大落后于江浙地区。二是明初建都南京,文武大臣亦多江南籍人士。明初文坛领袖人物宋濂、刘基都是浙江人,诗坛高启、杨基、张羽、徐贲,人称"吴中四杰",都是苏南人。因此,明中前期南方文学十分活跃,而北方则相对沉寂。三是明代中叶之后,商业经济的繁荣和城市规模的扩大,使人们的观念、意识和审美情趣都发生比较大的变化。而城市大都在河流沿岸、交通发达地区,因此,交通状况对文学的发展的影响增强。

明清以来,统治者为加强对人们的思想控制,大力提倡儒学,孔、孟、颜、曾的后裔以及列入"七十二贤"的孔子其他弟子都受到封赠。这就加强了孔氏等家族的政治地位,也增强了他们的文化影响。譬如明清以来,曲阜孔氏、颜氏中诗文作家显著增多。孔氏学者如孔广森,文学家如孔尚任,诗人如孔宪彝、孔庆镕,书法家如孔继涑,画家如孔衍栻等,颜氏诗人、文学家如颜光敏、颜光猷等,曾参后裔如曾衍东等,都具有全国影响。这使兖州、曲阜一带重新成为文人荟萃之地。

明清以来,城市的繁荣和交通的发达,使黄河、运河沿岸的济南、济宁、聊城、临清、德州、东平、滨州等城镇迅速发展起来,成为邻近地区的经济文化中心。明中叶以来,对外贸易的开展,与海外联系的加强,更使山东滨海地区的经济空前繁荣,半岛地区即今潍坊以东、烟台、威海、青岛等迅速成为文化教育的先进地区。其中,诸城、安丘、高密、文登、莱阳、莱州、胶州、即墨等县地尤为突出。这些地区文教兴隆,人才荟萃,地方文学也出现新的面貌,诗文创作十分活跃,不仅有文学结社,还出现了影响较大的地方文学流派。作为传统文化区的济南和淄博,仍然人才济济,为诗文作家较为集中的地区。

二、发展特点

金元时期,山东济南、东平一带曾是我国北方文学繁荣地区之一,出现了杂剧作家群。元末明初,还有著名小说家罗贯中(山东东平人)、著名杂剧作家贾仲明(山东淄川人),以及以书法、诗文著称的张绅(山东济南人),但在明代前期,山东以科举入仕的官僚多,有文学成就的诗文作家却较少。自明代中期至清代中期,是山东文学最为繁荣的时期。这与当时经济发展和文化教育状况有关。元末战乱,山东残破,人口锐减,以致在明初接受了大批山西移民。从永乐后期,人口逐渐增加,经济也渐渐恢复,文化教育也逐渐得到发展。著名哲学家、教育家王守仁（阳明）在弘治十七年（1504）来济南主持科举考试，录取了 75 名举人，并写有《山东乡录序》，对山东士人有较大影响。山东地区有重视文化教育的悠久传统，随着经济的恢复和发展、城市的繁荣，文化教育事业也逐渐兴旺起来。在这种情况下，山东作为传统文化区的优势也逐渐得到恢复，诗文创作也随之活跃。这一时期，山东文学的发展表现出若干特点，兹分述如下：

第一，领袖文坛的名家众多。明清时期山东作家数量远不如江浙地区多，领袖文坛、影响全国的大家却不少。元明之际著名杂剧作家贾仲明，著名小说家罗贯中，“弘治四杰”之一的边贡，“后七子”领袖李攀龙和谢榛，“嘉靖八子”之一的李开先，散曲大家冯惟敏，“时有齐气”的万历诗人王象春，明末遗民文学名家徐夜等；清初诗坛“南朱北王”中的王士禛，“南施北宋”中的宋琬，及其稍后的著名诗人赵执信、田雯，词坛“京华三绝”之一的曹贞吉，“短篇小说之王”蒲松龄，戏曲大家孔尚任等，都取得高度艺术成就，影响一个时代。其他诗文名家还有丁耀亢、张尔岐、牛运震、桂馥、郝懿行、高凤翰、柯劭忞等。这些诗文名家，如李攀龙、李开先、冯惟敏、赵执信、蒲松龄、孔尚任、徐夜、张尔岐等，他们一生大部分时间都是在山东故乡度过的，他们的文学活动一般也都与乡谊旧游有着密切的联系。

第二，小说、戏曲名家名作多。宋元时期，山东济南、东平是诗词、戏曲重镇，出现了李清照、辛弃疾这样著名的词人及杜仁杰、张养浩这样的散曲家，并出现了东平、济南杂剧作家群体。这两个地区文学的发展，与文人重视民间文艺有关。如罗贯中根据民间传说演绎三国故事，编著《三国志演义》，而东平文人则把民间流行的水浒故事搬上舞台，编有水浒系列剧目。济南李开先归隐后，在家乡章丘组织民间剧团，自编自导。因此，在文学逐渐普及、逐渐向通俗化发展的明清时代,小说、戏曲也逐渐发展为主要的文学样式。这一时期,山东作家对小说、戏曲的发展作出特异的贡献。艺术成就最高、影响最大的历史演义小说《三国演义》,英雄传奇小说《水浒传》,世情小说《续金瓶梅》《醒世姻缘传》,以及传奇而兼志怪的“短篇之王”《聊斋志异》等书的作者都是今山东人。著名世情小说《金瓶梅》的作者,至今未有定论,近来有王世贞、李开先、谢榛、贾三近、屠隆等多种说法,其中李开先、谢榛、贾三近亦为山东人。这些小说,基本上代表了明清时期各类小说创作的成就。就戏曲而言,元明之际,著名杂剧作家、淄川贾仲明在杂剧流变中有一定地位。明代戏曲以传奇为主,李开先的《宝剑记》是明中期三大传奇之一。作为元代主要文学样式的散曲,到明代又有新的发展,至明中期出现繁荣局面。在南北两派作家中,北派大家、临朐冯惟敏是北派散曲艺术的重要代表。清代戏曲的代表作品是《长生殿》和《桃花扇》,《桃花扇》的作者即所谓“南洪北孔”的“北孔”曲阜孔尚任。其他如丁耀亢的传奇及《续金瓶梅》、宋琬的杂剧、蒲松龄的聊斋俚曲,都取得一定成就。聊斋俚曲《墙头记》现在被改编成各种戏曲形式,仍然受到人们的热烈欢迎。

第三,地方诗友唱酬和结社活动是明清时期山东诗歌发展的另一个特点。明清全国各地都有文学结社活动,江南文学社团也较北方为多。而在明代中期至清代中期,山东也出现了不少地方文学社团,有的影响及于全国。有的社团存在时间较短,只是相互间的诗歌唱酬活动,而有的则由小范围的地方诗歌创作发展成为一个诗歌流派。如“后七子”领袖李攀龙,他在未仕前,即与同乡殷士儋、许邦才结为好友,三人诗酒唱和。这一时期的诗歌活动,形成李攀龙早期诗歌主张,为其发动文学复古运动打下坚实的基础。殷士儋著有《金舆山房稿》,许邦才著有《海右倡和集》

和《瞻泰楼集》。李攀龙与济南地方诗人关系密切，隐居期间与章丘诗人袭勖、华鳌等诗歌唱和，袭、华也都有诗歌传世。在“七子”结社之后，李攀龙在今山东的影响仍较其他地区为大。明代中叶至清初，山东诗人大多宗尚李攀龙诗风，形成所谓济南诗派。“嘉靖八子”之一的李开先，四十岁罢官，家居近三十年，他与同乡作家结为词社，今济南章丘一带形成词曲中心。临朐籍的散曲家冯惟敏，以及章丘袁公冕、袁崇冕、高应玘和商河张自慎等，都聚集在李开先周围。王士禛早年所结“秋柳诗社”，蒲松龄所结“郢中诗社”，前文已经论及。从王士禛推奖、评选的诗集，可以看到清初山东王派诗人之盛。其他如安丘张贞，与其乡诗人王训、寿光安致远、诸城李澄中结为文友，以文行相切劘；诸城诗人张侗，与其从兄弟衍、佳、憬号称“四逸”，同乡诗人李澄中、刘翼明彼此也以诗相唱和；安丘刘其璇，与胶州法坤宏、昌乐阎循观、潍县韩梦周为文友，而法坤宏与董元度、周永年、纪昀等结为诗社。这种以唱酬或结社所组成的诗人群落，大都为乡谊旧游，其中虽不免有因同乡而互相推扬的庸俗表现，但从总体上看，是由于他们有着共同的诗歌创作主张和共同的审美追求。清代中期，以李宪噩（怀民）为首的高密诗派，诗人大多为胶东人士，其影响却波及几个省区。

第四，文学家族的复兴，是这一时期山东文学发展的又一特点。这一时期的文学家族，与魏晋南北朝不同。一是由于教育的普及，在山东各地都形成若干文化家族，而这些家族的始祖大都是经由科举入仕的官僚。所以这些文学家族，大都由明代官僚世家演化而来。二是这些文学家族一般延续时间较短，大都不超过三代。如新城王氏，著名诗人王士禛之祖王象晋是万历进士，官至浙江布政使。其弟象春，也是万历进士，官至吏部考功员外郎。象晋有文名，象春是一位著名诗人。自明及清，从王象晋兄弟，到士禄、士禛兄弟,经历三代,士禛成为康熙诗坛盟主。其后代虽亦有文名,如士禛之子启涑,后裔祖昌等,但未形成家族的文学传统。临朐冯氏是延续较长的文学家族之一。从冯裕到冯琦,三代都是进士。冯裕官至云南副使,其子惟健、惟重、惟敏、惟讷皆有文名,其中惟敏为著名散曲家。冯裕孙琦,万历进士,官至吏部右侍郎。其后裔冯溥,顺治进士,历官至大学士,清初著名文学家大都出其门下;溥子协一,官至台湾知府,父子都是清代文学家。德州田氏,田绪宗为顺治进士,有文名。其子田雯、田需、田霡,田雯子肇丽、孙同之,并有文名。田雯诗名在康熙诗坛与王士禛相颉颃,诸田也都有诗文集传世。其他如济南朱氏,诸城刘氏,德州卢氏,益都孙氏、赵氏等,三代都有以诗文名世者。至于曲阜孔氏、颜氏,与前代以经学名世不同,他们明清时期也成为绵延数代的文学家族。这一时期的文学家族成员与唐宋时期也不同,他们的文学活动大都在家乡一带。再如新城王氏,王象春免官后寓居济南大明湖南侧,在百花洲筑问山亭,以诗酒自娱。他的诗文结集,一名《济南百咏》(亦题《齐音》),一名《问山亭集》。冯惟敏遁迹山林,五十二岁才出仕,一生大部分时间在家乡临朐度过。孔氏诗人、颜氏诗人,以及王士禛、田雯等,都曾在家乡从事创作活动。因此,他们的诗文作品与家乡都有着血肉联系。作为文化家族或文学家族,他们所处的文化氛围以及所接受的传统教育,使其诗歌创作都带有明显的地域特色。如王象春、王士禛笔下的济南大明湖景色,冯惟敏的散曲"声与政通,系诸其俗",内容和形式都与当地习俗息息相关。

第五,作家大都颇有"齐气"。在这一时期,仅就影响较大的名家的个性、品格和精神风貌来看,他们有许多共同点。这表现为疏狂任放、不拘礼法、任侠好客、同情弱小,以及正直不屈和淡于名利。如李攀龙少年时代就因不甘"帖括之业""耻为时师训诂语”，被人目为“狂生”①。出仕后自称“傲吏”，隐居期间达官贵人常常被拒之门外，而落第秀才却受到热诚接待。李攀龙居官正直，不结交权贵，而遵循儒家以民为本的传统政治思想，在地方官任内多次为民请命。在陕西提学任所，因不愿折腰事人，李攀龙不待朝廷批准，即拂衣东归。按当时朝廷惯例，李攀龙自行离职，永不起复，即从此再不任用。他为维护自己的尊严，宁可丢掉仕进机会，甘愿归家为民，也不愿意受人欺辱。李开先官至太常少卿，却与削职为民的康海、王九思等交往密切，后因得罪内阁执政夏言而罢官。家居期间，结交山人词客，蓄养民间艺人，且不避凡俗，为民间戏曲的演出，自编自导。著名散曲家冯惟敏遁迹山林而忧以天下，五十二岁出仕前所作散曲抨击吏治腐败，批判黑暗现实，论者或谓冯惟敏之于散曲，犹词中之有辛弃疾。诗人王象春“雅负性气，刚肠疾恶，扼腕抵掌，抗论士大夫邪正”②，以致因此而免官。丁耀亢为人倜傥不群，负才尚气，“高谭惊座，目无古人”。耀亢在椒丘任所，忽然想念京师旧游，随即策驴前往，“日驰三四百里，至华严寺陆舫中，召诸贵游山人琴师剑客，杂坐酣饮，笑谑怒骂，笔墨淋漓；兴尽，策驴而返”③。再如宋琬，虽其家世业儒，而其父兄却有一股“侠气”。其父宋应亨明末辞官家居，周贫赈乏，好贤喜士，颇有孔北海遗风；仲兄璜“少负奇气，磊落不羁”，“与人交，片言相许，不惜倾身以之”（《莱阳县志·人物志》）。而

① 李伯齐校点：《李攀龙集·附录》之殷士儋《明故嘉议大夫河南按察使李公墓志铭》，齐鲁书社 1993 年版，第 685 页。

② 〔清〕钱谦益：《列朝诗集小传·丁集下》，上海古籍出版社 1983 年版，第 653 页。

③ 〔清〕王晫：《今世说》卷六《豪爽》，古典文学出版社 1957 年版，第 72 页。

宋琬少小与仲兄璜,“皆依父兄,自相师友,蜚声振藻,比美‘二难’焉”①,自云“少年慕游侠,座多高阳客”(《舟中遣怀》之一)。其他如边贡疏狂任放,蒲松龄落拓不羁,赵执信不拘礼法……他们或狂放傲物,或负气任性,或倜傥不群,都通脱任放,刚直不屈,个性鲜明。钱谦益说王象春“以诗自负,才气奔轶,时有齐气”②,颇为中肯。以“齐气”概括山东作家个性特征,从一个角度说明齐鲁文化对作家精神气质的影响。

三、主要贡献

明清时期山东文学名家辈出,对我国文学的发展作出重大贡献。这主要表现在文坛领袖众多,以及他们对融合南北文风作出的积极贡献。明清时期,传统诗文方面,明代前后“七子”中的边贡、李攀龙、谢榛等,以文学复古为号召,希图恢复正宗诗文的活力,挽救其逐渐衰颓的命运,在全国有广泛影响,在山东境内也有一大批追随者。其中,李攀龙的影响最大。著名诗人施闰章提学山东时为李攀龙修墓立碑,说当时“家有其书”“人耳其姓字”③,可见其影响之大。其诗传至日本,《李沧溟诗选》曾一时为学诗者必备之教本。清初王士禛倡神韵诗派,成为康熙诗坛领袖,而在山东境内也有众多的王派诗人。其他如明代散曲大家冯惟敏、杂剧作家贾仲明,清初著名诗人宋琬、赵执信,词家曹贞吉等,都取得较高成就。小说方面,罗贯中创作的《三国志演义》《水浒传》,

---

① 〔清〕王熙:《宋廉访琬墓志铭》,载《安雅堂集·附录》。

② 〔清〕钱谦益:《列朝诗集小传·丁集下》,上海古籍出版社 1983 年版,第 653 页。

③ 李伯齐校点:《李攀龙集·附录》之施闰章《沧溟先生墓碑》,齐鲁书社,第 718 页。

蒲松龄的《聊斋志异》；戏曲方面，孔尚任的《桃花扇》等，这些作家在各自的领域都取得突出成就，领导一代风气，在文学发展中作出重大贡献。罗贯中、蒲松龄及其著作更是享誉世界，为世界文化名人。

我国自先秦以来，"中国文化的地域性，主要表现为南北两个地区的差异。东部和西部虽然也有差异，但相对说来不那么显著"①。文化的地域性影响到文学的风气以及作品的风格。汉唐统一，促进了地域文化的融合，而南北朝的对峙与南宋偏安，又加大了彼此的距离。"明清两代，全国统一，文学的地域性不如先秦、南北朝、元朝那么明显，但仍有所表现。"②这在诗歌、戏曲方面尤为突出。而这一时期，南北作家或因游宦、流寓和游历，或因参加某一文学集团和流派，彼此交流的机会增多，因此促进了南北文风的融合。在这方面，山东作家作出了自己独特的贡献。

明代前后"七子"的文学复古运动，"前七子"的首倡者李梦阳为甘肃人，"后七子"的领袖是李攀龙，可以说他们是北方作家为主的文学集团，他们的文学主张也偏重于对正宗诗文传统的维护，响应者也以北方作家为多。在文学集团内部，南北作家彼此间交流自不必说，其中山东作家边贡曾在南京任职多年，李攀龙也曾任职浙江，亲身领略南方山水风光，都写有描绘南方湖海山色的诗篇。清代山东作家宋琬流寓上海，王士禛、孔尚任等任职扬州，而南方作家朱彝尊、阮元等曾任职济南，他们在当时的文学活动，对当地文学风气都有深刻影响。

宋琬于康熙三年至十一年（1664—1672）间，流寓三泖（今上海松江），其间曾往来于南京、苏州和杭州之间。由于他在诗坛久

---

① 袁行霈：《中国文学概论》，高等教育出版社 1990 年版。

② 袁行霈：《中国文学概论》，高等教育出版社 1990 年版。

负盛誉,江南士子以得其评议为荣,请其为诗文集写序者,或请为其先人撰写墓志铭者纷至沓来,络绎不绝。这时他与文坛旧友,如施闰章、严沆、王西樵、周亮工、陈维崧等均有诗文往还。他们或同游金陵故都,或畅游西湖,览湖山之胜,抒忧愤之情,情投意合,水乳交融。王士禛《秋柳诗》大江南北和者甚众,他于顺治十六年至康熙三年(1659—1664)任职扬州,与南方作家相唱和,在南京做的《秦淮杂诗》20首以及在扬州做的《冶春绝句二十首》,都是其重要作品。著名词人曹贞吉在京任职期间,与商丘宋荦、郃阳王又旦、曲阜颜光敏、黄冈叶封德、德州田雯和谢重辉、晋江丁炜、江阴曹禾江、江都汪懋麟,以诗相唱和,号为"十子"。孔尚任于康熙二十五年(1686)随同工部侍郎孙在丰赴淮扬疏浚河道,至康熙二十八年,常往来于淮安、扬州、南京之间,与当地诗人黄云、黄交三、邓汉仪、宗元鼎、端守谦、李栋、张韵等有密切交往,并与江南文人有广泛接触。他们的文学活动,对于打破地域界限,彼此取长补短,是十分有益的,而且由于他们在文坛的地位,对文学风气的形成自然会产生影响。

第十一章　明清时期的山东文学(中)

一、罗贯中与明清时期的山东小说

明清时期山东小说创作十分繁荣,不论文言或白话小说,都取得较高成就。白话小说与戏曲文学共同为文学向平民化、通俗化的发展作出重要贡献。其中,最为突出的表现,就是章回小说的创作及其成就。在章回小说的产生时期,被称为中国古代章回小说开山之作的《三国志通俗演义》(简称《三国演义》)的作者罗贯中及其编次的《水浒传》,以及文言短篇小说之王《聊斋志异》,彪炳文坛,成为饮誉中外的小说名著。在其影响之下,各类小说的创作也空前繁荣。明代还有世情小说的代表作品《金瓶梅》,清代则有《醒世姻缘传》《梦中缘》《玉闺红》《双英记》等。

在章回小说创作繁荣的同时,明清时期山东短篇小说的创作也取得可喜的成果。文言短篇小说《聊斋志异》是其巅峰之作,将在有关章节论及。其他如明代冯子咸的《耕余笔谈》(已佚)、王象晋的《剪桐载笔》、毕拱辰的《蝉雪咙言》(已佚)、杨士聪的《玉堂荟记》、黄卿的《漫记》三种,以及孔迩的《天蕉馆记谈》等文言短篇小说集;清代曾衍东的《小豆棚》、解鉴的《益智录》,以及康熙诗坛宗匠王士禛的杂俎类小说《池北偶谈》《香祖笔记》《说部精华》及志人小说《皇华纪闻》等。此外,《中国文言小说总目提要》还著录张贞、黄如鉴、马国翰、高承勋、李庚长、李佐贤、郑与桥、赵执信、宋弼、王械、郭鸿厘等11人的作品。

这些作品,除反映小说创作的总体趋势之外,其突出特点之一,就是它们的地域性。《水浒传》取材于山东东平一代的宋江起义;《金瓶梅》不仅故事的背景与山东有关,人物所说的方言土语也属山东方言;《醒世姻缘传》所描写的就是发生在山东境内的故事。至于文言短篇小说,其中最为重要的两部作品《小豆棚》和《益智录》,都是仿《聊斋志异》之作。

1. 罗贯中与《三国演义》《水浒传》

罗贯中(生卒年未详),生活的年代大约在元末明初。其籍贯向有异说,经近人王利器、罗尔纲等学者考证,认为是东原即今山东东平人。这一说法,也得到袁行霈主编的《中国文学史》的确认。

罗贯中创作的长篇章回小说,主要有《三国演义》《水浒传》《三遂平妖传》。《三国演义》首刊于明嘉靖元年(1522),其后刊印《水浒传》,万历年间刊行《平妖传》。《水浒传》的作者,万历三十八年(1610)容与堂刊《李卓吾先生批评忠义水浒传》一百回本署"施耐庵集撰""罗贯中纂修"。施耐庵生平里籍欠考,而罗贯中却为水浒故事产生地山东东平人。

《三国演义》在唐宋以降民间说唱、平话、院本、杂剧等各种形式的三国故事的基础上,以《三国志》等史籍为线索,进行艺术的再创造,取得极其辉煌的艺术成就。它"集中地描绘了三国时代各封建统治集团之间军事、政治、外交等种种斗争,通过这些斗争,揭示了当时社会黑暗腐朽和动荡不安的现实,谴责了统治阶级的残暴和丑恶,反映了人民群众在动乱年代的灾难和痛苦,表现了人民群众对统治集团的爱憎和向背,寄托了作者的政治理想和人民群众要求和平统一的愿望"①。其思想及认识价值,具体体现在其以人物为载体,形象地演绎了中国传统文化的基本精神、价值观念,以及人民对于国家统一的期盼、对和平安定生活的向往,以及重信义、斥奸邪的人格理想,其塑造的人物形象以及历史事件,经过作者的艺术创造,在其流传过程中,已渗透进历代人们精神文化生活的诸多方面,产生了极其深远的影响。

近世以来,《三国演义》被翻译成世界各种文字。《大不列颠百科全书》1980年版第10卷"元朝白话小说"条目中,称《三国演义》的作者罗贯中是"第一位著名的艺术大师",认为《三国演义》是十四世纪出现的一部"广泛批评社会的小说"②,并在亚洲及欧美各国广泛流传。

《水浒传》所写为北宋末年宋江领导的山东农民起义,反映北宋末年政治黑暗及"官逼民反"的现实。故事的发生地及其活动中心就是山东东平、梁山一带的梁山泊。宋江起义的故事,在《宣和遗事》一书中即有记载,宋末元初画家龚开作有《宋江三十六人画赞并序》,说明在宋末元初已广泛流行。元代高文秀、康进之等杂剧作家创作了大量的水浒戏,塑造了李逵、宋江等各种不同经历、不同性格的梁山泊英雄的艺术形象。《水浒传》正是在长期民间创作的基础上,经过艺术加工的再创造,以其独特的语言艺术风格,及其对社会政治的批判,成为影响至为深远的中外古典文学名著。

2. 世情小说《金瓶梅》

《金瓶梅词话》万历本的作者题"兰陵笑笑生",有欣欣子序。

---

① 李伯齐、王勇、徐文军:《山东文学史》,山东人民出版社2011年版,第489页。

② 见王丽娜、杜维洙:《世界文库之瑰宝:〈三国演义〉》,载《东平与罗贯中〈三国演义〉〈水浒传〉研究》,中国出版社2006年版,第165页。

兰陵即今山东兰陵县,南朝宋曾侨置于今江苏常州武进,称南兰陵。而从书中大量的山东方言土语,以及故事发生地或发生背景在山东境内,一般认为这位“兰陵笑笑生”应是山东人。至于具体为何人,则颇有争议。

小说以《水浒传》中“武松杀嫂”情节为由头,描写清河县破落财主西门庆发迹及其败亡的故事,通过对西门庆为代表的封建家庭内部奢侈糜烂生活的展露,揭露上至权豪势要,下至地痞无赖,彼此勾结,寡廉鲜耻、荒淫无度的生活情景及其空虚颓废的精神状态,反映了市井社会的真实情态。人物的结局,也宣扬了福善祸淫、因果报应的思想。

《金瓶梅》在艺术上取得较高成就。首先,作者对市井社会的描绘逼真如画,尤其对人物性格的刻画细致入微,再现了典型环境中的典型性格。其次,“《金瓶梅》首创章回小说以时间、人物、事件为顺序的‘线式网状’结构”,以及“通过一个家庭描写整个社会的手法”①,对后世章回小说如《醒世姻缘传》《儒林外史》《歧路灯》《红楼梦》等都曾产生影响。小说大量使用口语,朴素自然,使人物声口宛然,使其以“语句新奇,脍炙人口”著称于世②。

《金瓶梅》是我国第一部文人独创的以家庭生活为题材的章回小说,也是中国小说史上第一部真正的白话长篇小说,被称为“第一奇书”,表明它在我国文学史上具有独特的地位。《大不列颠百科全书》说:“《金瓶梅》是中国第一部伟大的现实主义小说。”20 世纪 80 年代,法国巴黎大学却在国家资助下将《金瓶梅》译为法文,其在海外影响不断扩大。

---

① 李伯齐、王勇、徐文军:《山东文学史》,山东人民出版社 2011 年版,第 513 页。

② 欣欣子:《金瓶梅词话 · 序》,载朱一玄《金瓶梅资料汇编》,南开大学出版社 2002 年版,第 176 页。

3. 西周生与《醒世姻缘传》

《醒世姻缘传》是继《金瓶梅》之后第二部以家庭生活为题材的章回小说,其成书年代大约在明末清初。关于《醒世姻缘传》的作者西周生为何许人,至今仍难考定,而据其所写故事内容及语言则可断定为山东人,这在学界几无异议。

《醒世姻缘传》叙写发生在假托明正统至成化年间的一个冤冤相报的两世姻缘故事,因其对现实生活较深切的体察及对人生的思考,反映了明末以来的诸多社会问题,诸如世风日下、人情险恶,以及官场黑暗及人际之间关系的变化等,故使其具有较高的认识价值,而所宣扬及维护的封建伦理观念与轮回报应的思想,则削弱了小说的思想意义。

《醒世姻缘传》是一部现实主义作品,以其"造句涉俚,用字多鄙,惟用东方土音从事"①,大量运用方言土语,在描摹人物口吻、表现人物个性方面,惟妙惟肖,生动可感;其对社会现实生活的展现及对家庭生活的细致传神的描写,以及对社会上各类人物形象的塑造及性格的刻画,使其在艺术上取得较高成就。

二、边贡、李攀龙与明清济南诗人

济南古为齐地,汉代以来为郡国治所,隋唐而后渐次成为今山东地区的政治文化中心,历来为人才荟萃之地。唐代以来,文学名家辈出,尤多诗词、戏曲名家。明代济南府领 4 州 26 县,即泰安州(新泰、莱芜)、德州(德平、平原)、武定州(阳信、海丰、乐陵、商河)、滨州(利津、沾化、蒲台)与历城、章丘、邹平、淄川、长

① 《醒世姻缘传》凡例,齐鲁书社 1993 年版,第 2 页。

山、新城、齐河、齐东、济阳、禹城、临邑、长清、肥城、青城、陵县。辖区大致为今济南、德州、淄博、滨州和泰安的部分县市,明代是其管辖区域最大的一个时期。清代有所缩小,领 1 州 15 县。明清时期,济南历为省、府、县的治所。约略统计,明清时期山东作家近 800 余人,济南地区为 250 余人,约占山东作家总数的三分之一。不仅作家数量众多,而且名家大都出于济南,其中如边贡、李攀龙、李开先、徐夜、王士禛、蒲松龄、赵执信、田雯等,都是影响全国的大家。他们的文学成就,将在以下各章节中具体论述。此处着重介绍边贡、李攀龙等明清时代的济南诗人。

明代中期前后"七子"的文学复古运动,是文学史上一次规模宏大的诗文革新运动。济南诗人边贡为"前七子"之一,李攀龙为"后七子"领袖。明万历诗人王象春说:"我朝风雅盛于七子,而七子则本李、何、边、徐四家也。济上之诗以边庭实先生为鼻祖,其后李于鳞、许殿卿、谷少岱、刘函山,不可胜数。'济南名士多',从昔然矣!"①前后"七子"举起文学复古的旗帜,一是要恢复文为时用的传统,一是要恢复诗歌言志达情的艺术传统。文为时用,是传统的儒家文学思想,也是自唐宋以来山东籍作家所坚持的文学方向;李攀龙强调诗歌言志达情的作用,目的也是为激发正宗诗歌的活力。边贡青年出仕,老归故里;李攀龙诗歌主张的形成及其名声日隆、创作最为旺盛的时期都在家乡济南。作为诗歌重镇的济南,自唐而后,诗人辈出,他们的诗歌创作、人格精神,不可能不对青年时代的边、李产生影响。就个性而言,边、李疏狂任放、负气使性,也都是颇有"齐气"的诗人。

---

① 《齐音·边华泉》题注,转引自徐北文主编《济南竹枝词》,济南出版社 1999 年版,第 69 页。

1. 边贡

边贡(1476—1532),字庭实,出生于历城(今山东济南)一个官僚世家。因家居华泉附近,自号华泉子。弘治九年(1496)进士及第,时年仅20岁。少年登科,名动朝野。初授太常博士,历官至南京户部尚书。居官期间,直言敢谏,不畏权贵,志操耿介,终因疏狂任放而被劾免官。

边贡以诗著称,早年与李梦阳、何景明、徐祯卿并驾弘治诗坛,时称"弘治四杰"。后来加上康海、王九思、王廷相,称"七子",史称"前七子"。明朝自英宗之后,政治愈来愈腐败,阶级矛盾日益深化,农民起义接连不断。一些朝臣力图革新政治,挽救明王朝的衰颓之势。在文学方面,有李梦阳等力图改革萎弱的"台阁体"对文坛的统治局面,挽救文学创作面临的严重危机。他们"倡言文必秦汉,诗必盛唐"(《明史·文苑传》)发起声势浩大的文学复古运动,天下"操觚谈艺之士翕然宗之"(《明史·文苑传》)。嘉靖年间,李攀龙、王世贞等"后七子"与之相呼应,前扬后激,把这一运动推向高潮。前后七子的文学复古运动,取代了"台阁体"而雄踞文坛,既改变了"台阁体"的萎弱文风,也有助于清除"八股文"窒息文艺创作的恶劣影响,使正宗诗文得以发展。而由于他们一味主张、强调复古,也引导文学创作走上盲目尊古的道路,造成一定的消极影响。

边贡附骥于李梦阳,其前期诗歌创作自然也具有同样的错误倾向,集中模拟之作及祭陵诸诗,盖为这一时期的作品。如四言古体模拟《诗经》,以及"集杜句""集江淹句"等,都是些古色古香的"杂货",毫无诗意可言,而于送别、游赏一类诗中时见新意。此后,他由太常寺丞外放卫辉、荆州知府,目睹农民的遭遇及其反抗的情况,写了一些忧心国事、同情人民的诗篇,如《登仲宣楼次韵陈炬庵中丞》发抒“俯仰悲千古,登临起四愁”的感慨,《运夫谣送文玉督运》对“官家但恨仓廪贫,不知淮南人食人”的境况所表示的愤慨,都直面现实,感情真切。在提学河南时,他到各地考察州县府学生员,也了解了赋税徭役给人民造成的痛苦,写了《筑桥怨》《牵夫谣》那样同情人民的诗篇。而其两次家居期间,对于家乡济南山水及其感时忧国的吟咏,尤其值得注意。

正德六年(1511)仲冬至正德十年(1515)仲冬,边贡因父忧家居;正德十二年(1517)至嘉靖元年(1522),因母忧归家,前后共约10年。正德年间是明王朝政治最黑暗的时期,皇帝荒淫无道,佞臣横恣弄权;外部边患频仍,内部农民起义接连不断。诗人赋闲家居,虽然避开了朝廷内部及社会矛盾的旋涡,但仍能感受到时势的脉动。在这一期间,他忧心国事而写的一些感时之作,便是那个时代的投影。而吟咏故家之诗,特别是吟咏济南湖泉及关心农事的诗篇,则表现了诗人对家乡山水的热爱之情。

居家期间,边贡读书授徒,与诗友唱酬往还,常常流连于故乡秀美的山水之间。边贡故居在历城东部姚村,后移居华泉近侧的田庄,有《过姚村旧业有先君子遗陇》《卜山居成有作》。其间,《寒食郊行》一诗写得较好:

> 来家曈前春可怜,空山迟日起晴烟。柳枝袅袅翠犹弱,花蕊菲菲红且妍。荒陇岁时还俎豆,短墙儿女正秋千。青年竹马欢游地,华发经过思惘然。

诗写寒食郊外,杨柳吐翠,桃花盛开,家家于荒陇祭悼先人,而天真烂漫的儿女却无忧无虑,尽情欢笑。重过儿时欢游之处,不免产生时光易逝的感慨。情景真切,富有生活气息。

除吟咏故家一带景物之外,济南山水名胜,诗人亦题咏殆遍。

诗人常在趵突泉边流连终日，“落日照行盖，凉风吹不休。未消临水兴，还倚对山楼”（《自泉上归登西门楼》）。在湖泉中，诗人尤爱明湖景色。夏挹荷浪，秋拥芦雪，为明湖胜赏。因此，夏秋之际是其游湖最多的日子。边贡有时泛舟经水关东在稻田莲荡留连竟日，有时自明湖舟行经小清河抵华不注山下，然后步行归家。诗人描写明湖风光的诗有十几首，其中《七月四日游湖次暮春佛寺韵》写夏日明湖雨中景色，《湖上杂兴四首》则写明湖秋季景色，都宛然在目，生动可感。此外，珍珠泉、千佛山、龙洞、泰山等处，诗人行迹所至，诗亦随之。尤为可贵的是，边贡与劳动人民有了较多的接触，对人民疾苦有了更深入的了解，因而写下《望雨》《忧旱》《坐雨》等关心农事的诗，在当时亦难能可贵。

在“七子”中，边贡的诗歌成就虽不如李攀龙、何景明，但亦以富有文采为时人所称许。就内容而言，多为友朋唱酬和吟咏山水之作，题材狭窄，而其中感慨时政、关心民间疾苦的篇章，在同时代诗人中也属难能可贵。就形式言，边贡诗清丽婉约，兴象飘逸，“为洛阳名园，处处绮卉”①。今观边贡诗集，佳作多有，“风人遗韵，故自不乏”②，而拟古摘句也搀杂其中。沉稳平淡，风格朴实，是其所长，而题材狭窄，调多病苦，为其弱点。要之，其拟古摘句之作，无可取法，而其纤丽俊逸的诗篇，则开“神韵”之渐，在我国诗歌史上自有一定的地位。清初诗人王士禛整理翻刻其诗集，不惟敬其乡梓，亦因诗心有相会之处。著有《华泉集》。《四库全书》收录 14 卷。其仲子边习，亦有诗名。

边习，字仲学，号南洲。边贡为官清廉，虽仕宦通显，图书而

① 〔明〕王世贞：《艺苑卮言》卷五，载丁福保辑《历代诗话续编》，中华书局 1983 年版，第 1034 页。

② 〔清〕沈德潜辑：《明诗别裁集》卷五，载《历代诗别裁集》，浙江古籍出版社 1998 年版，第 322 页。

外无余资。边习科考不利,乡里设馆授徒,贫困而终。清初王士禛整理刊刻《华泉集选》后,从同里徐夜处得边习七十岁时客孙氏诗稿,遂与徐夜共选其诗为《睡足轩诗选》,附刻其父诗集后,且亲自作序,并在《渔洋诗话》中赞其诗"宛有家法"。《四库全书总目》著录《边仲子诗》1 卷。

2. 李攀龙

李攀龙(1514—1570),字于鳞,号沧溟。嘉靖二十二年(1544),赐同进士出身,历官至河南按察使。老母病故,哀痛过甚,暴疾而卒。李攀龙仕宦期间,不党附权奸严嵩;隐居期间,不阿附权贵。或仕或隐,他都关心国事,朝内反对严嵩集团的斗争、沿海的抗倭战争,在他的诗中都有深切的反映。由此可见,李攀龙是一个关心国事、廉正不苟、性情孤傲而又极富正义感的封建官吏。同时,他也是一位杰出的诗人。早年在县学,即与尚在髫年的济南诗人殷士儋(后为大学士,有文名)、许邦才(后官王府长史,诗人)结为知交。在其任职京都期间,先与李先芳、谢榛、吴维岳结诗社,王世贞、宗臣、吴国伦、梁有誉、徐中行等相继进士及第,王世贞首先入社。后李先芳出为外吏,而宗臣、梁有誉加入诗社,称"五子"。不久,徐中行、吴国卿也参加进来,称为"七子"。他们论诗主张,与"前七子"相唱和,形成一个新的文学流派,史称"后七子"。

李攀龙继"前七子"之后,举起文学复古的旗帜,在王世贞等人的拥戴下,成为文坛领袖。当时"天下推李(梦阳)、何(景明)、王(世贞)、李(攀龙)为四大家,无不效其体"(《明史·文苑传·李梦阳传》),李攀龙更被尊为"文苑之南面王"①。李攀龙诗歌今

① 〔明〕虞淳熙:《徐文长集·序》,载《徐文长集》,《四库全书》本。

存1380余首，其中拟古诗210余首，摹仿痕迹较重的古体诗190余首；后两类诗相加，约占《沧溟集》诗歌的三分之一。其诗歌中最有价值的部分，是近体诗，约占《沧溟集》三分之二以上。在近体诗中，五言律诗数量较多，虽警绝者少而也不乏自然流畅之作。《同许右史游南山宿天井寺》写荒山古寺的景象，《元日》写其病苦无聊而又负气自傲的心境，都十分真切生动。其七言律、绝，一向为人所推重。这类诗虽极力规步唐人，而气骨风神自具，自是一代大家手笔，说这部分诗歌对明代萎靡诗风有起衰之功，似不为溢美。如《于郡城送明卿之江西》：

青枫飒飒雨凄凄，秋色遥看入楚迷。谁向孤舟怜逐客？白云相送大江西。

吴国伦（明卿）因倡议赙送被奸相严嵩冤杀的杨继盛而遭贬外放，途经顺德，李攀龙为其送行。当年“七子”聚首京华，怀着改革时政和革新文风的抱负，志意昂扬，是何等景象？而今纷纷被贬，星散各地，此时诗人又是何等心情？“青枫飒飒”两句，以凄风苦雨作比，把他对挚友救助无力、无以相慰的心境和无以名状的纷繁离绪婉转道出，缠绵低回，深沉而含蓄。“谁向”二句振起，倾诉出对明卿高尚品格的肯定及其高尚行为的理解、同情，并以“白云”这一借楚地秋日典型景物谓寄心白云与之相伴，患难与共。诗借景抒情，缠绵之中充溢着豪气，风神高迈而情致婉转，朴实无华而又意蕴深厚，确为送行一类诗歌的上乘佳作。其他如《初春席上赠茂秦》《塞上曲送元美》《送子相归广陵》等，在艺术上也都各有千秋。李氏纪游诗，如《登黄榆、马陵诸山，是太行绝顶处》《杪秋登太华山绝顶》等，都写得景象开阔、壮美，为传诵名篇。

自嘉靖三十七年至隆庆元年(1558—1567)十年间,李攀龙隐居家乡济南,“构白雪楼于鲍山、华不注之间,杜门高枕,闻望茂著,自时厥后,操海内文章之柄垂二十年。……迄今百年,尚未衰止”①。楼名“白雪”,取自宋玉《对楚王问》一文中“阳春白雪”之曲高和寡意,表明其孤高自许、不同流俗的生活态度。后又在大明湖南侧百花洲上建白雪楼,也称南楼,或白雪第二楼。此是其创作最为旺盛的时期,也是其影响不断扩大的时期。他作拟乐府、拟古诗,进一步倡导文学复古,遂执天下文柄,名声日隆。其间所写诗殆占《沧溟集》之大半,且以近体为主。

李攀龙家居期间,杜门谢客,徜徉于济南山水之间,大明湖、千佛山(历山)、华不注山、龙洞,以及泰山、灵岩等处,都有诗人的行踪诗迹。在诗人对济南景胜的生动描绘中,无处不洋溢着他对家乡山山水水的热爱之情。这一期间的诗歌,艺术上日臻圆熟,《与转运诸公登华不注绝顶》《神通寺》《挽王中丞》《送欧文学之江都》《酬李东昌写寄白雪楼图》《舜祠哭临大雪》以及《和聂仪部明妃曲》等,或雄俊超逸、气势奔放,或笔触细腻、清新流丽,都是大家手笔。如《神通寺》:

> 相传精舍朗公开,千载金牛去不回。初地花间藏洞壑,诸天树杪出楼台。月高清梵西峰落,霜净疏钟下界来。岂谓投簪能避俗,将因卧病白云隈。

神通寺在济南南郊、泰山北麓,玉符河畔,即山建寺,规模雄伟,风景秀丽,为北朝以来的佛教名刹。诗将美丽传说、神通寺的

① 〔清〕钱谦益:《列超诗集小传》丁集上《李按察攀龙》,上海古籍出版社1993年版,第428页。

宗教气氛与现实感受交融在一起，写出了它的神奇、雄丽、清幽及对人的感染，真切、生动，表现出此类诗歌典雅高华、意境开阔的特点。

对于李攀龙的近体诗，王世贞说“五七律自是神境，无容拟议，绝句亦是太白、少伯雁行”①，不无溢美之处。属于“后七子”诗派中“末五子”的胡应麟，比较注重诗歌的艺术性，他对诗风转变后的王世贞备加推崇，而对李攀龙却有所贬抑，但他也认为李氏“七言律绝，高华杰起，一代英风”②。即便对李攀龙极力贬抑的钱谦益，在转录别人评论时，也不得不说“绝句向入妙境”，“七言律最称，高华杰起，拔其选，即数篇可当千古”③。明许学夷《诗源辩体》从诗体发展的角度，认为“于鳞七言律，冠冕雄壮，诚足凌跨百代，然不能不起后进之疑者，以其不能尽变也”。

总之，李攀龙作为“后七子”的领袖人物，主盟文坛数十年，不为无故。其拟古诗文虽有消极影响，而对于廓清“台阁体”恶劣诗风却具有积极意义。李攀龙等人的诗歌创作主张，虽与“前七子”相合，而蹊径已自不同，其创作实践，在许多方面已突破了复古派的理论，在艺术上取得相当的成就。至于后起之拟古和形式主义的诗作，拾李攀龙之余唾，每况愈下，虽为其流弊所致，然不应作为对李氏诗歌评价的依据。李攀龙“崛起沧海，雄长泗上；诸姬主盟中夏，燕、秦、吴、楚之人翕然宗之，如黄河、泰岱，又如太原公子，望之有王气，斯固万夫之雄也。后之学者，闻于鳞之风，皆振

---

① 〔明〕王世贞：《艺苑卮言》卷七，载丁福保《历代诗话续编》，中华书局 1983 年版，第 1066 页。

② 〔明〕胡应麟：《诗薮 · 续编》，上海古籍出版社 1979 年版，第 352 页。

③ 〔清〕钱谦益：《列朝诗集小传 · 丁集上》，上海古籍出版社 1983 年版，第 430 页。

衣高步,追踪古作者,于鳞其有起衰之功矣”[1],其在嘉、隆之世被尊为“宗工巨匠”,迄于清初,“家有其书,人耳其姓字,传诵其流风余韵不衰”[2],自为一代诗文大家。至于前后“七子”文学复古运动在文学史上的意义,已有不少论述。值得注意的有两点:一是在李攀龙有关诗歌创作的言论里,强调诗歌的“言情”的艺术特点和“移情”的感化作用,从而要求突出文学自身的艺术特征,反对把文学看做理学的附庸;一是他所提倡的文学复古是为改变“台阁体”文风以及产生这种文风的文化专制政策和理学对人们思想的禁锢,其所表现出的疏狂任放、孤傲清高,似乎也带有一点个性解放的色彩。只是封建社会已日暮途穷,李攀龙等希图通过“文取西汉,诗规盛唐”唤起人们对汉唐盛世的期待的愿望,是无法实现的,而且由于盲目尊古和一味拟古,也使正宗诗文日益失去创造性的生机,而更趋衰微,这是他们所难以预料、也无法预料的历史发展的必然趋势。约在明末,即日本江户时代初期,《沧溟集》与李梦阳的《空同集》同时传入日本,后又有李攀龙的诗文选集在日本出版、流传。其子李滢,亦有诗名。

李攀龙逝世后,他在故家和大明湖上所筑之白雪楼亦先后废圮。明万历年间,提刑按察使叶梦熊在李攀龙幼年读书处建白雪楼,以资纪念。清初著名诗人施闰章提学山东,亲往凭吊李攀龙墓,令人整修树碑,并亲自撰写碑文。今济南趵突泉内重建白雪楼与沧园,说明人们至今仍然怀念这位诗人。

与李攀龙唱酬的济南诗人有殷士儋、许邦才、潘子雨、华鳌、袭勖等。

---

① 〔清〕施闰章:《沧溟先生墓碑》,载李伯齐校点《李攀龙集》,齐鲁书社 1993 年版,第 718 页。

② 〔清〕施闰章:《沧溟先生墓碑》,载李伯齐校点《李攀龙集》,齐鲁书社 1993 年版,第 718 页。

3. 殷士儋、许邦才

殷士儋(1522—1582),字正甫,又字棠川。山东历城(今山东济南)人。嘉靖二十六年(1547)进士,选翰林院庶吉士,授检讨。因母丧归济,守制期间从学者甚众。其间李攀龙在京任职,七子结社,倡导文学复古。嘉靖三十七年(1558),李攀龙从陕西拂衣归济,时殷士儋仍"在告家居"。"于鳞归则构一楼田居。……绣衣直指,郡国二千石,干旄屏息巷左,纳履错于户,奈于鳞高枕何!……而二三友人,独殷、许过从靡间"①。殷士儋亦云:"其(指李攀龙)楼居时,余方在告家居,独殿卿及余时往来觞咏其间,他曾不得一当于鳞,凡十历年所。"②

殷士儋返京后,为裕王(即隆庆帝)讲读官,隆庆改元,青云直上,官至武英殿大学士。殷士儋为官清廉,刚正不阿,后受权臣排挤、陷害,辞官归里,著书讲学。其与李攀龙交好,盖亦同气相求,性情、追求有相同之处。他与李攀龙亦为文字之交,其诗歌唱酬,或谓"今观其诗文,直以乡曲之谊相周旋耳,其投契不在文章也"③。其门人于慎行的诗歌主张,与李攀龙异其趣,透露出其中消息。出仕后,二人诗文往还较少。攀龙卒,为作墓志铭。著有《金舆山房稿》,见《四库全书存目提要》。《山左明诗钞》载录其诗9首。

许邦才(生卒年未详),字殿卿,又字克之,号空石。山东历城

---

① 〔明〕王世贞:《李于鳞传》,载李伯齐校点《李攀龙集》,齐鲁书社1993年版,第688页。

② 〔明〕殷士儋:《墓志铭》,载李伯齐校点《李攀龙集》,齐鲁书社1993年版,第685页。

③ 〔清〕永瑢等:《四库全书总目·存目提要》,中华书局1983年版,第1595页。

（今山东济南）人。嘉靖二十二（1543）年解元，初知赵州，官至王府长史。有诗名。髫年与李攀龙相交，后又结为儿女亲家。李攀龙辞归，杜门谢客，惟与殷士儋、许邦才朝夕相处，相与诗文唱酬，其唱和诗载录《海右倡和集》。《列朝诗集》丁集录其诗 24 首，钱谦益《列朝诗集小传》引鲁藩朱观熰语，谓“殿卿与李于鳞同调相唱和，气格不逮，然于鳞诗多客气，而殿卿温厚或过之”①。著有《瞻泰楼集》《海右倡和集》《梁园集》等。《盛明百家诗》载录其诗 45 首，题《许长史集》。

许邦才自少年时期始，与李攀龙诗酒唱和，过从密切。李攀龙说他“酒态美如嵇叔夜，诗才清似沈休文”（《送许右史之京》）。《历城县志·艺文考》引田雯《黔书》，亦谓其“大要风格近韩仓，而纵横跌宕可喜，尤别成一家者也”。其诗大都吟颂家乡山水景胜，如《丁丑春日再过泉亭酒家》二首云：

趵突泉头卖酒家，板桥迤逦跨河斜。东风解得丹青意，画出垂杨间杏花。

吼雷喷雪更流霞，味比中泠特地嘉。醉后诗脾浑作酒，旋烹雀舌摘藤花。

“东风”二句，以杨柳吐翠、杏花放蕊，点染出趵突泉烂漫春景，令人如临如睹，自然生动。

4. 华鳌、袭勖

华鳌（生卒年未详），字空尘，章丘诸生，与于鳞为诗友。诗有

① 〔清〕钱谦益：《列朝诗集小传》丁集上《许长史邦才》，上海古籍出版社 1983 年版，第 433 页。

逸才，论者谓妙于绘事，五言尤超诣，不同凡响。如《送吕中甫山人》云：“秋老留红叶，风轻转白苹。”又如《宿惠上人院》云：“爱此疏林月，兼之一磬清。”《孤坐》云：“雨霁闻啼鸟，风停数落花。”著有《空尘集》，收入《续修四库全书》。

袭勖，字懋卿，章丘人。少时家贫，曾放牧猪羊，三十岁才补为诸生。袭勖与李攀龙、殷士儋、许邦才交厚，“为诗古文词，互相切磋”（《山东通志·人物志》）。出仕后，官终开平卫教授。著有《懋卿集》，收入《续修四库全书》。《山东通志·艺文志》引王士禛《池北偶谈》云：“勖有《寄沧溟绝句》云：‘瓜田十亩济城东，云外青山小苑通。流水桃花迷处所，几家春树暮烟中。’又，《绣水诗钞》引江都陆君弼《序》云：‘先生文若殷彝周鼎，莫可炫侈，诗歌则出入少陵、昌黎间，高潜太虚，秀夺万色。先生、历下并起一时，顾历下少即显，故其传易；先生出稍迟，又生平不求闻达，斯其知而宗之者后。然异世而下论之，士当无辨先生、历下。’”所论谓与李攀龙之艺术成就相颉颃，不无溢美，而袭勖诗自有特色，与李氏诗并可传世也。

5. 葛曦、毕自严

追随“七子”的济南诗人，还有葛曦、毕自严等。葛曦，字仲明，号凤池，济南德平（今山东德州）人。万历十一年（1583）进士，官翰林院检讨。“其诗尚沿历下余派，少精湛之思，而音响亦自琅琅可诵，较之竟陵、公安以后钩章棘句者，尚有间焉”①。著有《葛太史集》。

毕自严（1569—1638），字景曾，号白阳，济南淄川（今山东淄

---

① 〔清〕永瑢等：《四库全书总目·〈葛太史集〉存目提要》，中华书局1983年版，第1616页。

博)人。万历二十年(1592)进士,官至户部尚书,以忤权阉魏忠贤引疾归。据《明史》本传所载事迹,他的主要贡献是在"外则辽沈连兵,封疆已蹙而军饷日增"、"内则东林阉党,水火纷呶,哄然置社稷而争门户"的情况下,为国理财,受到朝廷内外推重。其著述甚丰,较具代表性的是《石隐园藏稿》。《四库全书总目提要》引高珩序,称其"七言近体,分沧溟(李攀龙)、华泉(边贡)之座……虽乡曲之言未免稍溢,而以经济兼文章,则自严要不愧也"。珩与自严为同乡,自不免有溢美之词,其诗文成就难以与边贡和李攀龙相比并。

在当时也有不少济南诗人不赞成李攀龙的诗歌主张,而自辟蹊径,其中最具代表性的是东阿于慎行、海丰杨巍。他们反对"七子"的摹拟,尤其是"七子"末流,然其主张文为时用的精神,与边、李并无不同。

6. 于慎行、杨巍、邢侗

于慎行(1545—1608),字可远,又字无垢,东阿(今山东平阴)人。隆庆二年(1568)进士,选庶吉士,授翰林院编修。万历初年,晋修撰,充帝日讲官。历官至东阁大学士,卒赠太子太保,谥文定。于慎行俗称于阁老,在家乡一带颇有影响。他之所以有较大影响,不只因为他是一位刚正不阿、清贞自守的名臣,也因其学识渊博、著述等身,与"临朐冯琦文学为一时之冠"(《明史·于慎行传》)。因其力抵复古,而受到钱谦益的推崇,说:"公于诗文,春容弘丽,一时推大手笔。"①著有《谷城山馆文集》及《诗集》,以及《读诗漫录》《谷山笔麈》等,而以诗歌成就最高。

---

① 〔清〕钱谦益:《列朝诗集小传丁集中》,上海古籍出版社1983年版,第547页。

于慎行《诗集》存诗一千余首，纪游、抒怀、赠答、送别，国家政治大事，家乡风物人情，无不入于诗。尤其在其家居期间，对家乡山水景物的歌咏，注入诗人对故乡深挚的热爱和眷恋，如《阁夜》《夏日闲居》《小楼》《雨中东流泉上同可大赋》等。他的诗歌创作，主张学习古人，但反对“七子”一派的“逐句形模”；他提出写诗应“原本性灵”，而不同于其后公安、竟陵矫枉过正的文学主张，卓然自成一家，“其诗典雅和平，自饶清韵，又不似竟陵、公安之学，务反前规，横开旁径，逞聪明而偭古法，其矫枉而不过直，抑尤难也”①。慎行父玭，兄慎言、弟慎思，均有文名。慎言有《冲白斋存稿》；慎思有《庞眉生集》，载《四库全书总目·集部·别集类存目》。

杨巍（1517—1608），字伯谦，号梦山，又号盘石，济南海丰（今山东无棣）人。嘉靖二十六年（1547）进士，历官至吏部尚书。初未学诗，归田后与隐士吕时臣相唱和，得诗六百余篇，由著名学者邢侗评骘、辑存，即《梦山存家诗稿》，收入《四库全书》。《四库全书总目》“提要”云：“盖其中岁学诗，与唐高适相类，而天分超卓，自然拔俗，故能不染埃壒，独发清音。”②王士禛《池北偶谈》评其诗，谓其五言简古得陶体，为明人所少，并举“前年视我山中病，落日独骑骢马来。记得任家亭子上，连翘花发共衔杯”一绝，大加赞赏。这说明杨巍神韵清隽的诗歌，符合王士禛的论诗宗旨，而与当时复古派的诗歌颇异其趣。

邢侗（1551—1612），字子愿，号知吾，自署方山道民。济南临邑人。万历二年（1574）进士，除南宫知县，历官陕西行太仆少卿。善书法、绘画，其“书法钟、王、虞、褚、颠米、秃素，而深得右军神

① 〔清〕永瑢等：《四库全书总目·〈谷城山馆诗集〉提要》，中华书局1983年版，第1512页。

② 〔清〕永瑢等：《四库全书总目·〈存家诗稿〉提要》，中华书局1983年版，第1509页。

体;画则入黄、赵、董、马堂奥……极为海内所珍”①。时与张瑞、米万钟、董其昌并称;与董其昌齐名,称“北邢南董”。善诗工文,“夙以古文词鸣,最熟太史公、班孟坚,晚乃驰骋于东汉、晋宋间,好作骈俪语。一时操觚之士于大江以北咸推子愿狎主齐盟。诗则出入李、杜、王、岑,高古典雅,每每工而拙。用之于鳞之后,君为代兴”②。王世贞曾将其与皇甫汸、莫如忠、许邦才、周天球、沈明臣等列为“四十子”③,而其诗文则自辟蹊径,“盖能不依‘七子’门户者,故所作大抵和平雅秀”④。著有《来禽馆集》。其妹邢慈静(1573—?),号兰雪斋主人,晚号鸣玉,诗、书、画皆知名于时,其诗颇为后人推崇,为知名女诗人。

7. 刘效祖、王象春等

明代济南诗人还有刘天民、刘亮采、刘效祖、王田、刘士骥、谷继宗、王象巽、王象春、邹颐贤等。其中,刘天民、刘效祖、王象春、邹颐贤等较为著名。刘天民与李开先相游处,将在有关章节论及。

刘效祖(生卒年未详),字仲修,号念庵。滨州人。嘉靖进士,官至陕西按察副使。早年志在报国,然与时龃龉,终致政治失意。晚年退居乡里,寄情词曲,并以名世。其词曲小令一出,街吟巷诵,朝廷内外皆知其名。“穆庙(明穆宗)遣中官出索其诗,都人传

---

① 〔明〕李维桢:《陕西行太仆寺少卿邢公墓志铭》,载宫晓卫、修广利辑校《邢侗集·附录》,齐鲁书社2017年版,第795页。

② 〔明〕黄克缵:《邢子愿先生传》,载宫晓卫、修广利辑校《邢侗集·附录》,齐鲁书社2017年版,第804页。

③ 见《弇州四部稿续稿》卷三,《四库全书》本。

④ 〔清〕永瑢等:《四库全书总目·〈来禽馆集〉提要》,中华书局1983年版,第1613页。

其事,以为本朝所未有也。”[①]今传《词脔》收其小令112首,套数1篇。曾因仰慕元代汪元亨,写《归田录》和诗100首(今存32首)。作品内容主要为忧叹世事、吟咏闲逸和男女情爱,而在艺术上穷尽人情物态,写声绘影,取得较高成就。著述颇为丰富,据载有《云林稿》《都邑繁华》《闲中一笑》《混俗陶情》《裁冰剪雪》《良辰乐事》《空中语》《莲步新声》等8种,今多已散佚,其后人于诸家选本中辑为《词脔》,1卷。

王象春(生卒年未详),字季木,号虞求,新城(今山东桓台)人。万历进士,官南京吏部考功郎,性刚直,因忤权贵免官,家居终老。王士禛《池北偶谈》云:“从叔祖季木考功跌宕使气,常引镜自照曰:‘此人不为名士,必当作贼。’尝奉使长安,饮于曲江,赋诗云:‘韦曲杜陵文物尽,眼中多少可儿坟。’其傲兀如此。”

在其家居时,购得李攀龙所筑白雪第二楼(即南楼),并在楼旁筑问山亭,作为宅舍。楼在大明湖南侧百花洲上。他闲居济南,徜徉于济南湖光山色之中,以诗酒自娱。著有《问山亭集》《齐音》(亦称《济南百咏》)。《齐音》对济南山水湖泉题咏殆遍。王象春寓居济南时的诗作并非只是题咏自然景致,不少诗歌也对晚明济南风土人情、民间疾苦有所反映。

王象春为诗,初服膺“七子”一派,尤推重李攀龙,而后与钱谦益、钟惺等诗人均与之交往,风格独自成家。钱谦益评其《问山亭集》时说他“才气奔轶,时有齐气,抑扬坠抗,未中声律。余尝戏论之:……季木则如西域波罗门教,邪师外道,自有门庭,终难皈依正法”[②]。钱谦益虽是“戏论”,而正说明王象春在明季诗坛标新竞

① 〔清〕钱谦益:《列朝诗集小传·丁集上》,上海古籍出版社1983年版,第393页。

② 〔清〕钱谦益:《列朝诗集小传·丁集下》,上海古籍出版社1983年版,第654页。

秀,“自有门庭”,其影响也不应忽视。其堂孙王士禛为康熙诗坛领袖,其外孙徐夜也是当时著名诗人。据王士禛说,徐夜自幼读书外家,渐染风气,束发工为诗①。

邹颐贤(生卒年未详),字养贤,号芦南,德州人。正德八年(1513)进士,官平凉同知。著有《芦南集》。清宋弼《山左明诗钞》载录其诗53首,程先贞说他的诗“直取汉魏,深于乐府”②,似属“七子”一派。清著名学者纪昀称其诗为“浸淫汉魏,独得神理,为有明一作手”,说他的诗之所以没有引起人们注意,是因为“北方学者朴不近名”,其实为传世之作③。

8. 王苹

清代济南也是诗人学者辈出之地,如历城朱氏,德州卢氏、田氏和冯氏,新城王氏,淄川高氏、张氏,平原董氏等文化家族,王苹、卢见曾、田雯、萧惟让、程先贞、赵善庆、谢重辉、李雍熙、徐夜、王士禛、董元度等著名诗人,周永年、张尔岐、马骕、马国翰等著名学者。王士禛为康熙诗坛盟主,田雯之诗名时与之相颉颃,徐夜、张尔岐等人的有关情况将专节论述。兹仅选取王苹、周永年、马骕予以介绍。

王苹(1659—1720),字秋史,山东历城(今济南历城)人。祖籍浙江杭州,随父钺宦游,自江宁徙居济南,遂落籍历城。康熙十五年(1706)进士及第,授知县,以母老孝养为由改成山卫教授,翌年即辞官归里。其居处为明殷士儋别墅,在趵突泉西侧的望水泉

---

① 徐世昌:《晚晴簃诗汇》卷三三《徐夜》。

② 〔清〕宋弼:《山左明诗钞》,引《诗搜》,清乾隆三十六年(1771)李文藻恩平县衙刻本。

③ 〔清〕宋弼:《山左明诗钞》,引《诗搜》,清乾隆三十六年(1771)李文藻恩平县衙刻本。

上。负才落拓,以吟咏为事。《齐乘》列望水泉为第二十四泉,遂题所居为“二十四泉草堂”,所著亦题《二十四泉草堂集》。

王苹“性孝,好读书,负奔轶之才,嗜古好奇,……尤致力于诗,闭门苦吟,绝交游”(《清史列传·文苑传》),早年曾受到诗坛先辈田雯的赏识,与著名诗人吴雯为友,后因受到诗坛领袖王士禛的称赏而名声鹊起。《池北偶谈》云:“历城秀才王苹,字秋史,少年能诗,颇清拔绝俗,尝有‘乱泉声里谁通屐,黄叶林间自著书’、‘黄叶下时牛背晚,青山缺处酒人行’之句。”由此,时人呼以“王黄叶”。

王苹诗语言工整,自然率真,吟咏生活平常事,而韵味隽永,诗风有与渔洋近似处,能独自成家。如《葺屋四首》之一:

> 二分柳色一分山,正在檐牙屋角间。长伴伧夫尘面目,忽开浃岁病容颜。池成雨后鱼苗上,门设春残燕子还。依旧空斋烟与月,又从此际听潺湲。

王苹购得明内阁大学士殷士儋早已荒废的万竹园别墅,加以修葺,此诗歌咏其事。居虽破旧,而山色柳韵、鱼戏燕飞,月下听泉,亦自得其乐。《济南先正咏十首》一诗,吟颂济南前辈李格非、辛弃疾、张养浩、刘天民、边贡、李攀龙、殷士儋、许邦才、边习、袭勖等,表明其对济南先贤成就的理解、崇敬,以及对前辈诗文艺术及其精神的继承,由此亦可见地域文化氛围对其诗歌创作的影响。

王苹另有《蓼村集》4卷,《四库全书总目·蓼村集提要》云:“其诗为王士禛、田雯所称,而文不甚显。乾隆癸巳,桂林胡德琳得其本于历城周氏,为删订付梓,德琳为之序。”胡德琳序谓诗为王、田所称,而其文亦“兼擅其美”。其文有序、记、启、书、纪游、传、墓志等,其中纪游文字,如《冶源纪游》《再游冶源题名》等,可见其文笔精到处。

9. 周永年

周永年(1730—1791),字书昌,自称林汲山人。原籍浙江余姚,徙籍历城(今济南历城)。乾隆三十六年(1771)进士,会开四库馆,与邵晋涵等同被征参修《四库全书》。改翰林院庶吉士,散馆授编修,充文渊阁校理官。乾隆四十四年,充贵州乡试副考官。

周永年少即好学,“博学贯通,为时推许……在书馆,好深沉之思,四部兵、农、天算、术数诸家,勾稽精义,褒讥悉当,为同馆所推重。见宋元遗书湮没者多见采于《永乐大典》中,于是抉摘编摩,自永新刘氏兄弟《公是》《公非集》以下,凡得十余家,皆前人所未见者,咸著于录”①。其为编定《四库全书》作出重要贡献。曾受历城县令胡德琳之聘,与李文藻同撰《历城县志》,该书搜辑完备、考据精审,为有清一代方志流派的代表作。

周永年平素仰慕顾炎武、闫若璩、方苞、张尔岐等治学精神,与著名学者邵晋涵、桂馥等交游,平生不事声色玩好,而在历城龙洞林汲泉侧筑茅屋以居,笃志研究古代文化典籍。喜收藏典籍,卖田买书,聚古今图书十万卷。并在历城五龙潭侧筑借书园,供读书人阅览、传抄,至今传为美谈。其龙洞林汲山房,也成为济南文化遗迹。

10. 马骕

马骕(1621—1673),字骢卿,一字宛斯,山东邹平人。顺治十

① 赵尔巽等:《清史稿·儒林·邵晋涵传》附传,浙江古籍出版社 1998 年版,第 1515 页。

六年(1659)进士,官至淮南推官,终官灵璧知县,卒于任。为官清廉,关心民瘼。自幼勤奋好学,毕生尽力于经史,尤精于《左传》,先后撰有《左传事纬》《绎史》《十三代瑰书》,时人誉称为“马三代”。《左传事纬》《绎史》均载录于《四库全书》。《左传事纬》“提要”云:“骕于《左氏》实能融会贯通,故所论具有条理。其图表亦皆考证精详,可以知专门之学与涉猎者相去远矣。”关于《绎史》,四库馆臣亦给予“蒐罗繁富,词必有征”、“卓然特创,自为一家之体”的赞誉①。

三、谢榛与鲁西诗人

鲁西一般指今聊城,先秦齐地西界,明清为东昌府地,辖有聊城、堂邑、博平、茌平、清平、莘县、馆陶、高唐州、恩县等八县一州。清时临清为直隶州,东阿属泰安府,阳谷、寿张属兖州府,观城、朝城属曹州府。聊城地处华北大平原,京杭大运河流贯境内,居南北要冲,物华天宝,钟灵毓秀,唐宋以来名人辈出,政治家马周、王旦、傅以渐,哲学家吕才,教育家路敬淳、孙奭,文学家、诗人魏万(颢)、孙逖、谢榛、王曰高,藏书家杨以增、徐坊等,地方文化家族又有所谓“八大家”之目。今举影响较大者简述如次。

1. 谢榛

谢榛(1495—1575),字茂秦,自号四溟山人,又号脱屣山人。山东临清人。先世无所称名,一生浪迹四方,未曾入仕,是一位布衣诗人。自幼喜通轻侠,爱好声乐,十六岁编写的乐府曲辞《小姑

① 〔清〕永瑢等:《四库全书总目提要》,中华书局1983年版,第444页。

谣》即在临清、德州一带传诵。三十岁时西游彰德,献诗于赵康王朱厚煜。康王富有文才,也喜招揽人才,谢榛为所宾礼,遂成为其门客。从此谢榛以邺城为中心,南游北走,足迹遍及黄河南北和长江沿岸,足迹所至,诗亦随之。在旅途中,他与地方官吏、宗室藩王、僧侣隐逸、文人学士都有交往。谢榛虽以"淡泊"自许,却十分关心时事;虽为布衣,却介入当时的政治斗争。在河南,他得知浚县卢柟冤狱,遂北游赴京奔走于公卿之间,终使卢柟冤狱得以昭雪。因此,当谢榛于嘉靖二十七年(1549)与李攀龙、王世贞相识时,李、王初出茅庐,而谢已是名闻遐迩的老诗人了。谢榛在京期间,与李、王等谈诗、写诗,共同探索诗歌发展的道路,并结为诗社。在结社之初,谢榛以布衣执牛耳,为"七子"领袖。后来王世贞推尊李攀龙,而排斥谢榛;李、谢亦渐疏远。此后,李攀龙诗名渐盛,遂成为"七子"魁首。著有《四溟集》10卷、《四溟诗话》(即《诗家直说》)4卷。

谢榛诗,王士禛认为有两种,"其声律圆稳、持择矜慎者,弘、正之遗响也;其应酬牵率、排比支缀者,嘉、隆之前茅也"①。他是从谢诗之艺术、内容及诗史地位方面提出的看法。谢榛晚年自云"淡泊自如","惟诗是乐"(《四溟诗话》卷三),然从其关心时政及感慨身世之作看,并非只是"淡泊"。他既喜作诗,又爱轻侠,在那个时代似乎并不只是一种爱好而已。其所处的时代与李攀龙相同,内忧外患,明王朝危机深重。谢榛以才自负,颇慕古人干谒致仕,希图得到当权者的赏识、荐拔,以施展自己的抱负而离家出游,因受到赵康王的宾礼而滞留邺城。他虽自视甚高,而在康王眼中不过是一个凑趣的文人而已。《元日》《离感篇远示元灿、元

① 〔清〕王士禛:《四溟诗话序》,载丁福保辑《历代诗话续编》,中华书局1983年版,第1134页。

煇诸儿》《答夏良臣见寄》《暮雨》等诗,写出其不甘沉沦及忧国忧民的心情。此后谢榛便以邺城为中心,开始了大江南北的浪游。二十年间,他在长江沿岸,由荆襄而东,登庐山,游南京;北赴京都,游览长城,登居庸关,而大部分时间在黄河南北浪游,并长期流寓开封,行迹所至,以诗纪游。与其交游的人,大部分是地方官吏、宗室藩王,也有僧侣隐逸、酒家学子,其诗也多半是友人唱酬、抒情言怀之作。其间,他两登嵩山,访寻高僧,到朱仙镇凭吊岳飞,至吹台悼怀李白、杜甫、高适。其虽与农民很少接触,但对农民的生活境遇也有所了解,如《渔樵叹》,言渔樵为了生计,背罾腰斧,冒险上山下潭,而妻儿菜色,食不果腹,加以杂税催逼,对此表示了深切的同情。

谢榛对边事一直十分关心。嘉靖二十九年(1550)八月初,鞑靼俺答汗率军攻入古北口,直抵北京城下,朝野震动。权奸严嵩为掩盖其不修战备的过失,下令不准诸将出击,任由鞑靼袭掠京畿地区。谢榛在京目睹人民遭受异族掳掠残害的现状,而图报无门,极为愤慨,《秋日即事五首》即为当时之作。直至归邺之后,"相逢北来使,几为问边隅"(《秋夜柬张给事仲安》)。后来,谢榛两度赴京,与诗友相会。其间,北部边塞未宁,东南沿海海盗又起,"羽书飞不绝,东望海天遥"(《维扬兵后寄张佥宪士直》),寄诗慰问东南沿海的朋友,同时写了《哀江南八首》抒写自己忧愤心情。

嘉靖三十九年(1560),赵康王卒,谢榛已是年逾花甲的老人。几十年浪迹四方,落拓一身,渔樵未定,仍需回到故乡临清谋生,心境自然十分凄凉。《还家》一诗写其重返故居时的感慨:

> 二十余年寄邺城,归来谁不讶狂生?白发况带风尘色,青眼深知父老情。共话江湖多故事,自怜词赋亦空名。仲宣

踪迹犹无定，遥指浮云意未平。

谢榛布衣终生，年老志壮，意犹不平。

谢榛在"后七子"中，是唯一提出较为完备的论诗主张的人。"后七子"结社初期，"其称诗之指要，实自茂秦发之。茂秦今体工力深厚，句响字稳，'七子''五子'之流，皆不及也"①。所著《四溟诗话》，是其论诗专集。他主张复古，认为诗至盛唐便发展到了顶点；但反对尺尺寸寸的摹拟、蹈袭古人成句，而倡导据眼前景物翻出新意。就论诗主取盛唐而言，他与前后"七子"的主张并无不同，而在如何取法古人的方法上，则有许多异处。他指出，盛唐诸人也有瑕疵之处，并非尽善尽美；宋诗亦时有佳句，未可全废，持论较李、王诸人公允。同时，谢榛刻意为诗，是一个视诗歌创作为性命的诗人，尤擅五言近体，《明诗别裁集》说他"句烹字炼，气逸调高，七子中故推独步"，评论颇为中肯。其论诗以格调为主，而又十分重视感兴，与李、王诸人蹊径已自不同，实开性灵、神韵之渐。

明清时期，籍属聊城的诗人还有殷云霄、许成名、赵邦彦、朱之藩、孟秋、傅光宅、傅以渐、王曰高、汪灏、刘琰、邓钟岳、邓汝功等，其中殷云霄、朱之藩、傅以渐、王曰高、邓宗岳等影响较大。

2. 殷云霄

殷云霄（1480—1516），字近夫，寿张（今山东阳谷）人。弘治十八年（1506）进士，官至南京工科给事中。曾疏论武宗纳妃事，以峭直称。著有《石川集》。《四库全书总目·〈石川集〉提要》

① 〔清〕王士禛：《四溟诗话序》，载丁福保辑《历代诗话续编》，中华书局 1983 年版，第 1134 页。

云:“是集分二种,又各分诗文为二卷,曰《瀛洲集》者,官靖江知县时作;曰《芝田集》者,官青田知县时作,附一卷曰《金陵稿》者,则官南京时作也。”《明史·文苑传》本传称,云霄建蓄艾堂,聚书数千卷。与郑善夫、孙一元等唱和,所至登临山水,不以吏事废吟咏。《盛明百家诗》《国雅品》《皇明诗统》《石仓十二代诗选明诗选》《列朝诗集》《明诗评选》《明诗综》都曾选录其诗,清宋弼《山左明诗选》录其诗 43 首。《明诗综》录其诗 7 首,“诗话”云:“近夫如传写手,欲开生面而神采未工,然风格自存,终不作铺眉苫眼求似。”《明诗纪事》录其诗 15 首,“按语”云:“近夫好古振奇,豪情健句,杂沓而来。古诗稍落痕迹,七律学杜拾遗,不失为陈正字也。”

3. 朱之蕃

朱之蕃(1558—1624),字元升,一作元介,号兰嵎、定觉主人,南京锦衣卫籍,原籍山东茌平(今聊城市茌平区)。万历二十三年(1597)进士,授翰林修撰,官至吏部右侍郎。卒赠吏部尚书。著有《奉使稿》。

朱之蕃工书画,诗文兼善。万历三十三年(1607)冬,奉命与礼科给事中梁有年出使朝鲜。作为友好使者,之蕃在出使期间,与属下及朝鲜大臣相唱和,进行文化交流,因此其诗文集是中朝友好交往的珍贵记录。他在出使期间,“与馆伴周旋,有倡必和,录为二大册:第一册为《奉使朝鲜稿》,前诗后杂著,之蕃作也;第二册为《东方和音》,朝鲜国议政府左赞成柳根等诗也”①。《千顷堂书目》载朱之蕃《使朝鲜稿》四卷、《纪胜诗》一卷、《南还杂著》

① 〔清〕永瑢等:《四库全书总目·〈奉使稿〉提要》,中华书局 1983 年版,第 1619 页。

一卷、《廷试策》一卷、《落花诗》一卷。朝鲜刊刻的《(丙午)皇华集》收录朱之藩与梁有年及朝鲜柳根等诗600余首,其中朱之藩诗261首。其《兰嵎太史咏物诗》,流传最广,有多种刊本传世。

4. 孟秋

孟秋(1525—1589),字子成,号我疆,山东茌平(今聊城市茌平区)人。隆庆五年(1571)进士及第,授昌黎县令,历官至尚宝少卿。为人清介,正直敢言,罢官家居,陋巷箪瓢,淡然处之。在昌黎任内,省徭役,诘猾吏,察幽隐,“斯谓古之循良也”①。著有《孟我疆集》6卷。曾从张后觉习王阳明心学,与张后觉、赵维新并称“茌平三先生”。明万历四十六年(1618),孟秋的《孟我疆集》与张后觉的《弘山集》、赵维新的《感述录》与《感述续录》几部名著合刊为《茌平三先生集》。

5. 傅光宅

傅光宅(1547—1604),字伯俊,号金沙居士,山东聊城(今聊城市东昌府区)人。万历五年(1577)进士及第,授灵宝县知县,历官至四川提学副使。为人正直敢言,居官勤政爱民。清钱谦益《列朝诗集小传》说他“负意气,通禅理,为通人所称”。才学富赡,诗文兼擅,著有《吴门》《燕市》《蚕丛》诸集,今存其子傅尔庚所刻《傅伯俊诗草》7卷,收其诗约500首,著名诗人谢肇淛为其作序云:“伯俊诗出于性情,而不出于豪举;求之酝酿,而不求之纤秾。”谓其诗任情达性,注重意蕴而不追求绮丽华美。《明诗纪事》收录其诗7首,谓其诗“五言蕴藉,取法唐人”。如《登郡城东楼》:

---

① 〔明〕焦竑:《国朝献征录》所载《尚宝卿司司丞孟公秋墓碑》,台湾学生书局1965年版。

沧海孤城接素秋，万花摇落此登楼。青徐近绕秦封广，江汉遥通汶水流。旧雨东南频入梦，浮云西北迥生愁。鲁连箭去人千古，樽底斜阳照白头。

诗写郡城东楼所处形势，联及个人经历及当时时政，其迁逝之感及对边患的忧虑寄寓其中，语淡情深，耐人寻味。

6. 傅以渐

傅以渐（1609—1665），字于磐，号星岩，山东聊城（今聊城市东昌府区）人。祖籍江西永丰，其远祖游宦落籍聊城。顺治二年（1645）一甲一名进士，官至武英殿大学士，加少保，兼太子太保，为清初重臣。曾参与修撰《明史》《太宗实录》，并曾担任《通鉴全书》总裁官等。以渐为清开国首科第一人，“清节雅怀，弁冕当代。著述皆毁于火，卢雅雨辑《山左诗钞》时，求其遗诗，仅得《早朝》一篇，书翰亦罕流传”①。作为清开国首科第一人，虽其诗文流传甚少，在当代及其后的影响却十分巨大。以渐之后，傅氏成为聊城八大文化家族之一，直至近世，其裔孙中尚有著名历史学家傅斯年。

7. 王曰高

王曰高（生卒年未详），字北山，号槐轩，山东茌平（今聊城市茌平区）人。顺治十五年（1658）进士，历官礼科都给事中。诗学唐人，与王渔洋唱酬，诗的风格也相近，属“王派诗人”。《晚晴簃诗汇·诗话》引周栎园评语，谓曰高诗“以风趣淡宕为归”。著有《槐轩集》，收入《四库全书》，“提要”云：“是集诗五卷，文五卷。

① 徐世昌：《晚晴簃诗汇·诗话》卷二三《傅以渐》。

曰高与新城王士禛兄弟相唱和,耳濡目染,诗格时复近之,而才与学则未逮也。"

8. 刘琰

刘琰(1651—1711),字公琬,号介庵,人称黄山先生,山东阳谷人。康熙三十年(1691)进士,授翰林院庶吉士,历官至提督江西学政。少家贫,以刻苦读书著闻乡里。居官清廉,严绝请托,在江西督学任上,有"铁面冰心"之誉。但终因不听"当事屡索",而得罪权贵,竟被以报部册文"字画错讹"为由夺秩一级,他由此愤而辞官。归家时,橐笥萧然,惟《校士录》一卷而已。其《旋辕》诗云:

笑别江南返故乡,携来奇物满船装。一轮明月闲中得,两袖清风淡处忙。吴水吴山偿酒债,楚花楚草入诗囊。多情还有河边柳,一带云烟锁夕阳。

刘琰诗文兼擅,颇有时誉。他出身贫苦,其先祖世代务农,又曾执教乡里,而仕途坎坷,感受自不同于一般的官僚。他以陶渊明自况,推崇李白、杜甫;其诗贴近现实,缘事而作,以其特有的视角,揭露了"盛世""富家年年丰,贫士年年欠"的现实。诗作情至文生,明白如话。刘琰在阳谷家喻户晓,颇有影响,其贫而好学的精神和为官清正廉洁的高贵品质尤为乡人称誉。著有《柳园即事百首》《留春诗集》《江西试士草》《万寿无疆赋》等,论者或谓其诗为康、乾时代的"盛世的悲愤之歌"①。

① 李印元:《刘琰诗文校注》之李印逵序,山东大学出版社1993年版。

9. 邓钟岳

邓钟岳(生卒年未详),字东长,号悔庐,山东聊城(今聊城市东昌府区)人。祖籍江西南城,先祖游宦落籍聊城。康熙六十年(1721)一甲一名进士,授翰林院修撰,历官至礼部侍郎。邓钟岳在官不阿附权势,亦不随俗浮沉,清廉自持,以操行方正著闻。“勤学博闻,而恂恂谦退,友于诸弟。入词馆,督学典试,四至江南,以劳病乞归,寻卒于里第”①。著有《寒香阁诗集》《知非录》。其诗集收录古今体诗192首,“其诗颇温厚和平,血脉偾张之状,而材地稍弱,尚未能颉颃古人”②。

钟岳子邓汝功,字谦持,乾隆四十年(1775)进士,亦有诗名,著有《密娱斋诗稿》。《四库全书》“提要”云:“传胪后即病归,未及释褐而卒。是集乃其友桂林府同知李文藻所刊。文藻序称其古体出于韩、苏,近体似钱、郎,皆非止境,盖其天分颇高,而得年不永,功候尚未成就云。”③父子二人诗集均收入《四库全书》的情形,亦较少见。

10. 汪灏、徐坊

汪灏(生卒年未详),字文漪,号天泉,山东临清人。康熙二十四年(1685)进士,官至河南巡抚。居官以“清节”著闻。所著《倚云阁诗集》由王士禛评定,收入《四库全书》。“提要”云:“灏诗一以士禛为法,集中有读《唐贤三昧集》二绝句,殆于铸金呼佛,然姿

① 徐世昌:《晚晴簃诗汇·诗话》卷六一《邓钟岳》。

② 〔清〕永瑢等:《四库全书·〈寒香阁诗集〉提要》,中华书局1983年版,第1673页。

③ 〔清〕永瑢:《四库全书·〈密娱斋诗稿〉提要》,中华书局1983年版,第1684页。

韵略同,而近体多凑泊语,不及士禛之天然也。"

徐坊(生卒年未详),字梧生,山东临清人。历官国子丞,赠太子太保,谥忠勤。为人淡泊,不求仕进,而绩学好古,藏书丰富。所藏多珍本秘籍,他在北方是仅次于海源阁杨氏的藏书家。后由推荐起家,授国子丞,在当时被认为是非常机遇。中年之后,他才致力于诗歌创作,"晚乃益进,苍凉深婉,有黍离麦秀之音。回忆平生,雅契唱酬,多见集中"①。后人辑有《徐忠勤遗诗》。生当清季,诗人深感社会危机深重,以诗抒发其忧国忧民的情怀,意绪苍凉,颇为感人。

四、李开先与绣水诗人

清代李廷启辑有《绣水诗钞》,序云:"济水伏流地中,涌百脉泉,澹荡扬波,经阳丘(即章丘)城北入清河者为绣江。东南一带,太湖、长白,嵯峨掩映,与为融结,清淑之气,蔚而为人物,发而为文章,代有作者,显晦异矣。"章丘地处泰山、黄河之间,钟灵毓秀,又是龙山文化的发祥地,人文蕴含深厚,名人辈出。唐代名相房玄龄,宋代文学家李格非及其女儿、词人李清照,元代刘敏中、张起岩等,都是章丘人。明代中期,团结在李开先周围的一批济南作家,在词曲创作上也都取得不同成就。

1. 李开先

李开先(1502—1568),字伯华,号中麓,山东章丘人。嘉靖八年(1529)进士,官至太常寺少卿。开先为人刚直,登上仕途志在报国,而朝内权奸当道,政治昏暗,使其抑郁难伸。在任户部主事

① 徐世昌:《晚晴簃诗汇·诗话》卷一八〇《徐坊》。

期间,他曾押运饷银到宁夏边防,深感外患之深重,而他又对内阁执政夏言等不满,因自请解职还乡。在京任职期间,他与文坛前辈、散曲泰斗康海、王九思等过从密切,并深受其影响。同时,他又与王慎中、唐顺之、陈束、赵时春、熊过、任瀚、吕高等对“前七子”文学复古运动所造成的消极后果不满,主张文不必盛唐,也应向唐宋古文家学习,形成一个新的文学派别,世称“嘉靖八子”。其中,王慎中、唐顺之与茅坤、归有光,又是“唐宋派”的代表作家。开先诗文兼擅,而以词曲、戏曲成就最高,嘉靖二十六年所创作的《宝剑记》是明代中期三大传奇之一。李开先生前曾编定所撰诗文,题曰《闲居集》。今有路工辑校的《李开先集》。

李开先以词曲知名,亦兼擅诗文。其诗浑朴自然,如其《闲居集序》自云“诗不必作,作不必工,……时出一篇,信口直写所见”。其一生最为突出的是杂剧、散曲的创作成就。

李开先回乡后,置田产,建园亭,聚集文友,蓄声伎,征歌度曲,为新声小令,倡导词曲、戏曲等通俗文艺创作。在其家居期间,济南一带擅长写作词曲的文人刘天民、乔龙溪、袁公冕、袁崇冕、高应玘、张自慎等,都聚集在李开先周围,一时形成以李开先为核心的词曲创作中心。李开先归隐之初,著名散曲家冯惟敏从家乡临朐赶来晤面,并写了散曲《李中麓归田》。所著《浮山堂稿》中,还有《李中麓醉堂夜话》《效中麓体》等散曲,说明二人交往十分密切。李、冯和王九思、康海,都是明代散曲中兴的大家。李、冯长期活动在家乡一带,对山东一带文风有直接影响。李开先《中麓小令》一出,歌而和之者甚众,并得到曲坛前辈王九思的高度评价,从而奠定了他在散曲创作界的盟主地位。

李开先创作有杂剧(或称院本)6 种,大都选取社会生活中一些滑稽荒唐的故事为题材,令人从中领悟社会人生的一些道理。其罢官归里之后,在章丘被推为“富文堂词会”的会长。他在为谢九睿《东村乐府》所写序言中曾说:“自辛丑夏罢归田庐,悠游词会,每月相参作主,分题定韵,言志抒情。”与会诸人中有散曲作品传世的作家有历城王田、刘天民,章丘谢九睿、袁崇冕、高应玘、弭少庵等。但是,富文堂词会不仅吸引了省内的散曲家,还有省外作家前来与会,或以其他方式与词会交流沟通。因此,当时济南已成为山东戏曲、散曲的创作中心。

2. **刘天民**

刘天民(1486—1541),字希尹,又字愧庵,号函山,山东济南历城人。进士及第,除户部福建司主事,历官河南按察司副使。嘉靖十四年(1535)被劾免官。归里后多与李开先游处,以词曲自娱。刘天民性格诙谐风趣,善谈吐,晚年家居,“好为词曲,杂俗兼雅,歌者便之。李中麓云:‘济南刘函山,以副使罢官,愤愤不平,作三胡十八一套仙侣。’”①卒后,李开先为作墓志铭,称其“诗文书函,为世所推尚。晚年为词曲,杂俗间雅,歌者便之。盖虽假金元音以泄不平,亦可见才之优赡,无往不宜也”。其传世诗文甚多,有《游蜀稿》《蛩吟集》《田间集》《愧庵集》,后其孙刘亮采汇刻为《函山集》,为《四库全书总目》所著录。文章而外,收诸体诗700余首。《四库全书总目·函山集提要》云:“朱彝尊《诗话》称天民晚以计吏罢,愤懑不平,恒逃于词曲。而顾璘序则称其内境春融,神游太古,无芥蒂于得失。今观其集中,如《拟宫词》五十首、《古别离》、《宿楚相祠》等作,尚可谓怨而不怒者,特其摹仿太多,不能卓然自成一家耳。”此外,李开先《词谑》收录其散曲小令4首。其孙亮采,字公严,万历进士。善书画,通音律,与其诗号称

① 〔清〕钱谦益:《列朝诗集小传·丙集》,上海古籍出版社1983年版,第364页。

“三绝”。

3. 袁公冕、袁崇冕

袁崇冕(生卒年未详),字西溪,山东章丘人。善词曲。进士及第后,游宦外地。晚年归里,与开先交游,彼此唱酬。其弟崇冕(1486—1566),字西野,终身未仕,善金元词曲,著有《春秋游怀》《南北诸小令》等,李开先赞其散曲“语俊意长,雅俗兼备,声中金石,色兼玄黄”①,给予高度评价。清王士禛《池北偶谈》云:“(袁崇冕)工金元词曲,所著《春游》《秋怀》诸曲,足参康(海)、王(九思)之座。与李中麓唱酬。”给予其高度评价。著有《春游词》《西野乐府》《拾闲野意》等,惜乎大都散佚,今仅存小令2首。

4. 高应玘

高应玘(生卒年未详),字仲子,又字仲纯,号笔峰,山东章丘人。李开先弟子。嘉靖年间曾以岁贡任元城(今河北大名)县丞。性散逸,酷爱词曲。参与李开先所组词会,罢会十余年仍以创制词曲为事。王士禛谓应玘“工诗能词”,“其《北门锁钥》诸杂剧,论者以为词人之雄”②。著有散曲集《醉乡小稿》。另有《笔峰诗草》、《高仲子归田稿》(已佚)、杂剧《北门锁钥》(已佚)。

章丘词曲作家还有张自慎、弭少庵、乔龙溪、谢九容、张国筹等。金元以来,济南地区代有词人,已形成爱好文学的传统,特别是诗词、戏曲的传统。明清时期章丘诗文作家众多,《绣水诗钞》所录诗人就有133人;也有不少文学世家,如张氏、焦氏、孟氏、李氏等,几代人都有诗名。

---

① 〔清〕吴连周、高仲恂辑:《绣水诗钞》题注,道光乙巳(1845)灌蔬园藏版。

② 〔清〕王士禛:《池北偶谈》,《四库全书》本。

五、徐夜与明清之际的山东遗民诗人

明清易代之际,阶级矛盾和民族矛盾都异常尖锐。由于明王朝残暴腐朽的统治,加上连年的自然灾害,在山东境内农民暴动、起义接连不断。李自成农民军攻占北京,明朝灭亡。明降将吴三桂引清军入关后,清顺治帝迁都北京,残酷镇压汉族人民的反抗,开始进行统一全国的战争。因此,明清易代后一部分进步文人曾激烈批评朝政,对明朝腐败政治不满,在山东,有与复社联系密切的大社,而其批评的目的在于补苴罅漏,改革明王朝的政治。而当明朝灭亡,清兵入关,面对国破家亡、民族压迫的现实,他们忠君爱国之志和深潜的民族意识便被激发起来。当然,就整个知识分子群体而言,在新的形势下迅速分化,他们的政治态度、民族观念也不相同。其中曾仕明或在明曾参加科考的一部分人,有的拒绝仕清;有的为保持其既得权益或维护其世家地位,接受了清王朝的任命或参加了科考。前者被后世称做"遗民"。不论遗民,还是不得已而仕清的文人,他们的诗文内容都寓含着深沉的民族意识和苍凉的故国情思,代表着明清之际文学的主要成就。

清初山东一带是民族矛盾和斗争最为激烈的地区之一。清军进驻北京不久,即命降清的明户部右侍郎王鳌永招抚山东河南一带,而这一地区的抗清斗争却此起彼伏。同年十月,这位王鳌永就被山东反清义军杀死。在当时,山东是反清复明活动的重要地区之一。如以反清复明为己任的著名学者、诗人顾炎武,顺治十四年(1657)来济南,在邹平长白山下置田十顷,把山东作为他在北方的活动据点。但山东文人鲜有直接参加反清武装斗争者,他们的反抗方式大多为隐居不仕,拒绝与清廷合作。这些文人都曾接受传统的儒家教育,本来都怀有积极入世、忠君报国的强烈愿望,而生当明季,政治腐败,他们忧时愤世,充满对国家民族前途的忧患,因响应复社而组织大社(如莱州赵士喆)、从社(如新城徐夜等),批评时政,思欲补天救世;明清易代,这些曾经仕明的官吏及其后裔,或因国难家仇,或为保持名节,走上消极反抗的道路。因此,他们的诗文中大都激扬着爱国之情和民族义愤,情至文生,动人心魄。王渔洋说:"吾乡风雅,明季最盛。如益都王遵坦太平、长山刘孔和节之,尤非寻常所及。……他如益都王若之湘客,诸城丁耀亢野鹤、丘石常海石,掖县赵士喆伯浚、士亮丹泽,莱阳姜埰如农、弟如须,宋玫文玉、弟琬玉叔、董樵樵谷,淄川高珩葱佩,益都孙廷铨道相、赵进美韫退,章丘张光启元明,新城徐夜东痴辈,皆自成家,余久欲辑其诗为一集传之,未果也。"①其中,赵士喆、姜埰、姜垓、董樵、张光启、徐夜都是遗民诗人。其他遗民诗人还有卢世潅、程先贞、张尔岐、李雍熙等。

1. 赵士喆、董樵

赵士喆(1593—1655),字伯濬,号文潜,莱州掖县(今山东莱州)人。明末贡生,以诗知名乡里。明季倡山左大社,与复社遥相呼应。明亡,隐居于距家五百里的成山之松椒,与弟子董樵耦耕海上,终身不出。著有《观物斋集》《辽宫词》《东山诗史》《逸史三传》《皇纲录》《建文年谱》等。今存其弟赵士冕刊《石室谈诗》,评述宋人与明"后七子"、竟陵派等诗人的诗学观念及其个人的诗学见解。明陈济生《天启崇祯两朝遗诗》卷九选录其诗73首,清张彤《掖诗采录》录其诗50余首,《明诗纪事》录其诗12首。

① 〔清〕王士禛:《古夫于亭杂录》卷三《山东风雅》,中华书局1997年版,第77页。

董樵(生卒年未详),初名震起,字莺谷,号东湖,山东莱阳人。"雅志林泉,慕古人采薪牧豕,因更其名,并以为字。乱后居文登海滨,日荷薪入市易米,不使人知其居处。后与赵伯浚同隐成山,姜如须颜其庐曰'耦耕堂'。"①其诗主要写自己的隐逸生活,有《南游》《岱游》《贾游》《入山》《燕台》《还山》《耦耕堂》诸诗。士喆还有一位堂弟士完,崇祯十五年(1657)举人,明亡后流寓江南,顺治初返回掖县。顾炎武北上,首先到掖县,就住在董士完家。由此可见赵氏兄弟与顾炎武反清复明活动的联系。

2. 张光启

张光启(生卒年未详),字元明,山东章丘人。明诸生,少年知名。崇祯十三年(1640),年四十隐居白云湖上,辟建一圃,名"省园",以种树蓺花自乐。明亡后,他足不履城市。据《明遗民录》载,光启与顾炎武、徐夜"订交",则其思想倾向和政治态度都应一致。其《独坐》诗云:"明月满林间,却坐无月处。林影远参差,夜深不知去。"孤独幽处,深夜难眠,似并非闲适者所为。渔洋为删定其诗,有《张仲集》。

3. 程先贞

程先贞(1607—1673),字正夫,号葸庵,德州人。明末曾官工部员外郎,明亡,一度降清,寻告归,杜门简出,隐居以终。他曾参加复社,与顾炎武过从密切。顾炎武路经德州,必至程家。闻其病逝,即前来为其执绋,有《送程工部》诗。他的老师、德州卢世㴶,是明天启五年(1625)进士,历官御史,清廷以原官征聘,不就,也是一个遗民诗人,著有《尊水园集》。主盟文坛的钱谦益在崇祯

① 徐世昌:《晚晴簃诗汇·诗话》卷一四《赵士喆》。

十年(1637)因朝中党争被逮入狱,勾留德州期间,入住程先贞家,后曾为其诗集作序,并称其诗汲古起雅,清稳妙丽。著有《海右陈人集》等。

4. **徐夜**

徐夜(1612—1684),字东痴,一字嵇庵;初名元善,字长公,新城(今山东桓台)人。关于徐夜易名,同乡王士禛认为是因其慕嵇叔夜(康)之为人①,而郝毓椿则认为:"其改名为夜也,乃思明之意;别号东痴,亦向明之意。向明思明,而不能复明,故曰'痴'。"②新城徐氏为簪缨世家,徐夜的曾祖父徐准官至云南布政使,祖父徐来庭曾官浙江石门知县,父辈亦仕宦得意,惟其父早死。徐夜幼孤,寄居外家,直至成年。其外祖父为明著名诗人王象春,与著名诗人王士禛为中表兄弟。崇祯十五年(1642)冬,明降将李九成率清兵攻破济南,进袭新城;新城陷落,遭到清军血腥屠杀。在这次浩劫中,徐家十余人蒙难,徐夜的母亲为清兵所逼,投井而死。这次事件,对诗人心灵造成的创伤,改变了他的一生。他怀着国破家亡的哀痛,改换名字,隐居不仕,决心不与清廷合作,因此抒发故国之思、身世之感便成为他诗歌的主要内容。徐夜的诗大部散佚,由王士禛辑评,题为《阮亭徐诗选》,存诗歌200余首。后在1934年由徐夜裔孙馨山、聘之搜集整理,编辑为《隐君诗集》,共4卷500余首。

诸多遗民诗人中,徐夜诗歌的艺术成就最高;在清初诗坛,也自成一家,只是因其隐居乡野而影响不及王渔洋。王渔洋谓其

---

① 《阮亭选徐诗序》,见武润婷、徐承诩《徐夜诗集校注》"王士禛等序",山东大学出版社1997年版。

② 《徐东痴先生诗序》,见武润婷、徐承诩《徐夜诗集校注》"王士禛等序",山东大学出版社1997年版。

“诗学陶、韦,巉刻处似孟东野。余目之为涧松露鹤”①,徐世昌谓“东痴五言澄思幽窅,结响坚奥。写难状之景,神似东野。其作田园语,柔厚澹古,渐近自然。又去陶、储不远,风骨特胜于近体也”②,都对其诗歌艺术给予较高评价。其他,如《明诗纪事》《国朝名家诗钞小传》《国朝山左诗钞》等都有相类似的评论。就徐夜现存诗歌来看,这些评论只谈到他写隐逸生活的山水田园诗,而未曾评论其咏怀诗的价值,这或因徐夜的这些诗歌与现实联系较为密切,评论者有意加以回避之故。

徐夜“其诗学阮籍”③,也学陶渊明,而且深得阮、陶诗歌之神髓。如《九日得顾宁人书约游黄山》:

> 故国千年恨,他乡九日心。山陵余涕泪,风雨罢登临。异县传书远,经时怨别深。陶潜篱下意,谁复继高吟?

顾宁人即顾炎武。寄书约游黄山,本悠闲之事,而联及顾氏凭吊明陵,抒发其故国情愁,足见诗人心情之沉重。再如《春日感怀》:

> 霜余烧短草还青,薪火相催更不停。除却文人消傲骨,惟应醇酒近颓龄。中年丝竹伤何极,上日莺花醉未醒。可惜风流犹正始,更无风景在新亭!

春日无兴,借酒浇愁,而热烈之心终难麻木,可惜此时颇像正

① 〔清〕王士禛:《渔洋诗话》卷上,《清诗话》上册,中华书局 1963 年版,第 167 页。

② 徐世昌:《晚晴簃诗汇 · 诗话》卷三三《徐夜》。

③ 钱仲联等选注:《清诗精华录》,齐鲁书社 1987 年版,第 493 页。

始诗人的以酒浇愁，却见不到当年新亭对泣、不忘兴复之人！至于《拜岳王墓》《富春山中吊谢翱》等诗，其故国之思、兴复之念就更加强烈。

六、孝妇河流域三大家与淄博地区作家

今山东淄博地区为先齐故地，自古以来就人才荟萃，代有名家。明清时期，这里人才密集，出现了影响全国的诗人王士禛、小说家蒲松龄和诗人赵执信，而这三人都出生在孝妇河流域。尽管作为地域文化的齐文化早已融入统一的中华文化之中，而其积淀在社会风习和人们心理、精神深处的某些因子却仍然对生活在这一地区的人们产生影响。清初三大家的成长过程、性格特点、文学兴趣的形成及其审美情趣，都具体说明了这一点。其他如元末明初的杂剧家、戏曲史家贾仲明，清代诗人张笃庆、张象津、高珩、张元等，在全国及本地也都有一定影响。

1. 王士禛

王士禛（1634—1698），字贻上，号阮亭，别号渔洋山人，新城（今山东桓台）人。顺治十二年（1655）进士，官至刑部尚书。乾隆三十年（1765），追谥文简。在清初，他是继钱谦益之后的诗坛盟主；论诗主神韵，推崇清幽淡远、韵致天然而富有诗情画意的诗歌，是神韵派的领袖。一生著述宏富，著有《阮亭诗钞》17 卷、《带经堂全集》92 卷、《渔洋山人精华录》10 卷，还有《渔洋诗话》《池北偶谈》《分甘余话》《香祖笔记》《古夫于亭杂录》《居易录》《蚕尾集》《古欢录》等，大半载录于《四库全书》。

王士禛出生于一个世代官僚的书香门第，自幼受到良好的文化熏陶。祖父象晋，明万历进士，官至布政使，有文名，晚年归家

亲教诸孙攻读;叔祖象春,是明万历年间颇有个性的诗人,与诗坛盟主钱谦益交往密切,晚年筑室济南大明湖,在家乡一带颇有影响。父亲与敕,清顺治初年拔贡,历官国子监祭酒。王士禛兄弟四人,都有诗名。长兄士禄,号西樵,顺治进士,历官考功员外郎,著有《西樵集》;仲兄士禧,廪贡监生,著有《抱山堂集》;三兄士祜,康熙进士,著有《古钵集》。桓台邻近临淄,是先齐故地的中心地带,唐宋以来历属济南郡(或府),新城又坐落在锦秋湖畔,有悠久的历史文化传统,自然环境也十分优美。王士禛的青少年时期就是在家乡度过的,而他的文学兴趣、诗歌风格也是在这一时期形成的。

王士禛幼有诗才,十五岁时即将所写诗编为《落笺堂初稿》,由乃兄士禄作序,刻印行世。顺治七年(1650),士禛到济南大明湖水月寺读书。水月寺在大明湖东部小岛之上,以水光月色而得名。其北是水木明瑟的小沧浪,其南通过宋时所建石质拱桥便是百花洲,洲上原有其叔祖王象春的故居。自唐宋以来,山东诗人大都曾在大明湖居住流连,李清照、张养浩、边贡、李攀龙、王象春是其中名气较大者。因居官或游览而至大明湖的外籍诗人,如李白、杜甫、苏辙、曾巩、元好问、王阳明等,更是不胜枚举。在这富有诗情画意的优美环境中读书,湖中每一处都能触发诗人的灵感,每走一步都能领略古代诗人的诗心诗境,真是耳濡目染皆诗情诗境,悟性极好的王士禛从中所受的教益自然是极大的。王士禛二十四岁在大明湖与同乡诗人结秋柳诗社,正是有了某种感悟,所作《秋柳》诗很快传遍大江南北,一时和者甚众。其一云:

秋来何处最销魂?残照西风白下门。他日差池春燕影,只今憔悴晚烟痕。愁生陌上黄骢曲,梦远江南乌夜村。莫听临风三弄笛,玉关哀怨总难论。

秋柳是大明湖代表性景物，春日杨柳吐翠飞花，秋天杨柳低拂袅娜，其妩媚动人处，的确令人销魂。王士禛《秋柳》诗所传达出来的韵致，正是明湖“柳韵”。在其仕宦扬州时，仍念念不忘明湖，仍是那么一往情深。《忆明湖》云：

一曲明湖照眼明，越罗吴縠剪裁轻。烟峦淡淡山千叠，荷芰扶疏水半城。历下亭中坐怀古，水西桥畔卧吹笙。鹊山寒食年年负，那得樵风引棹行？

顺治十二年（1659）中进士以前，王士禛已是颇有名气的诗人。应该说是家庭教育和家乡传统文化的熏陶，使其成为一个诗人；其诗主神韵的主张，也是在家乡生活和创作的时期形成的，而《秋柳》诗正是这一主张的早期实践。

宋元以来，济南就是诗歌重镇，已形成诗词创作的优良传统。明代“前七子”中的边贡诗风清丽，“后七子”中的李攀龙强调诗歌的言情特点和移情的感化作用，谢榛诗主格调、重视感兴，凡此均开神韵之渐。论者只强调他们复古蹈袭的一面，而未曾论及其积极影响，是不够全面的。前后“七子”的诗风影响及于清初，不少山东诗人都有先宗“七子”而后自成一家的经历。王士禛早年也曾宗明“七子”，而后摆脱其影响而自立新说，从中我们也可看到济南诗歌传统的承传、变革与发展的轨迹。王士禛是齐鲁文化和济南山水哺育下成长的诗人。

作为诗坛盟主，王士禛领袖一代诗风，为我国诗歌的发展作出重大贡献。由于当时文人看重乡梓，明清文学结社以及文学流派，常常与作家所居地区有关。如明代中叶至清初，由李攀龙的影响而形成的历下诗风，为包括王士禛在内的众多诗人所宗尚。

当王士禛形成自己的诗歌主张、自立门派时,在山东籍诗人中出现了众多宗尚王氏的王派诗人,如淄川唐梦赍、曲阜颜光敏、茌平王曰高、德州谢重辉、临清汪灏、邹平张实居、历城王苹、临淄谢宾王等,都是当时比较活跃的王派诗人。王士禛为他们编选诗集,或评论推奖,使其在全国或本地都产生较大影响。王氏评选中或不免有溢美之词,而从整体看,则对推动山东诗歌的发展作出积极贡献。

新城王氏明清时期代有文人,渔洋之子启涑,以及族裔王宸佶、王祖昌、王允榛等,都有诗名。今山东桓台新城镇建有王渔洋纪念馆,王渔洋的诗歌也播及海外。

2. 蒲松龄

蒲松龄(1640—1715),字留仙,号剑臣,别号柳泉居士,山东淄川人。所著《聊斋志异》今已家喻户晓,并翻译为多国文字,被誉称为世界"短篇之王"。而其一生,除在江苏宝应、同乡孙蕙幕一年之外,足迹未出济南府,是一位土生土长的小说家。淄川处于孝妇河中游,有悠久的文化传统,明清时期出现了不少著名的诗文作家,如明初杂剧作家贾仲明,清初诗人高珩、唐梦赍、孙蕙、袁藩等。蒲松龄的家乡,有浓厚的文学氛围。

淄川蒲氏家族虽说自明万历以来"科甲相继",但不是名门望族。其父蒲槃为谋一家生计,弃读经商。家庭无力请塾师,松龄自幼由其父教读。松龄发愤苦读,博览群书。十九岁应童子试,取县、府、道第一,补博士弟子员,得到学使、著名文学家施闰章的赏识。然而,此后屡试不第,终老为落魄秀才,至垂暮之年得补岁贡生,直令其啼笑皆非。康熙十年(1671),蒲松龄乡试不第,应同乡友人、宝应知县孙蕙之聘,去充当协办文案的幕僚。他目睹官场黑暗,不惯应酬,当年秋即借故返乡,从此在家乡一带设帐授徒，过着清苦的塾师生活。其间，在同县西铺毕际有家设馆三十年，时间最为长久。毕氏为明清时期的官僚世家，藏书丰富，有“万卷楼”。毕际有辞官家居后十分赏识蒲松龄的才学，二人诗酒论文，关系十分融洽。毕家又有石隐园、绰然堂、效樊堂诸胜，松龄整日流连其中。这都为蒲松龄的读书和创作提供了良好的条件。

蒲松龄青年时代为仕进而热衷科举，而帖括之业却难以束缚他落拓不羁的个性。他读儒籍而好庄子，曾为学生编庄、列文选；忙于应举而又爱好诗文，与友人张笃庆、李希梅等结成郢中诗社，“标壮采，抽藻思”，彼此唱酬；自标“郢中”而又喜爱俚曲，有时还自度曲。这些看来彼此矛盾的表现，在蒲松龄身上又是如此统一。如果你读一读他写的《煎饼赋》这篇诙谐调皮的文字，便会了解蒲氏焕发的文采和他对民间生活细微的体会。同样，你如读一读《聊斋自志》那篇心血凝结的文字，便会了解蒲氏撰写《聊斋志异》的苦心及其生活理念。这一切就构成了蒲松龄复杂的人生，反映出他独特的个性。

蒲松龄小说题材源自生活，有的直接取材于当地。清初山东尖锐的阶级矛盾和民族矛盾，官贪吏酷、科场舞弊、婚恋悲剧、家庭生活等现实生活诸方面在其《聊斋志异》及诗文、俚曲、戏剧中都有反映，如于七、谢迁和白莲教起义，当地贪官污行、官僚文人逸事，奂山的海市蜃楼等自然景观等。至于其小说艺术虽有对我国文学传统的继承，而其受齐地传统风习的影响，也是显而易见的。小说对侠义之士的歌颂、神异志怪的记录以及小说的浪漫气息，都与齐地文化传统有着千丝万缕的联系。《聊斋志异》是中华文化浇灌而植根于齐鲁大地的一枝奇葩。如今蒲松龄的名字已传遍世界，并赢得世界“短篇之王”的盛誉；《聊斋志异》也被翻译成十几种文字，在世界各国产生了广泛影响。今在蒲松龄的故乡建有纪念馆,世界性的蒲松龄和《聊斋志异》研究正在逐步深入。

蒲松龄诗文兼擅,而为小说成就所掩。据路大荒《蒲松龄集》,蒲松龄著有《聊斋文集》4 卷、《聊斋诗集》5 卷、《聊斋词集》1 卷。后陆续发现遗落的诗文,由盛伟辑录编为《蒲松龄全集》。另有其通俗歌曲集《聊斋俚曲》,收集其所创作的俚曲 14 种,运用本地语言,反映本地农村百姓家庭生活,生动可感。如《墙头记》,至今演出,仍有教育意义。

3. 赵执信

赵执信(1662—1744),字伸符,号秋谷,晚号饴山老人。博山颜神镇人。颜神镇先秦时期属齐马径邑,孝妇河发源于境内,宋金以来或属益都,或属淄川,雍正十二年(1734)置博山县,属青州。赵执信故居在孝妇河畔,依山傍水,环境优美。他幼而聪颖,九岁属文即"惊其长老",十八岁中进士,选翰林院庶吉士,散馆授编修,二十五岁即晋升为右春坊右赞善翰林院检讨,充《明史》纂修官,兼预修《大清会典》。康熙二十八年(1689),即赵执信二十八岁时,因在"国丧"期间应邀观演洪昇的《长生殿》传奇被弹劾,削职为民,从而结束了他十年的仕宦生涯。赵执信少年得意,青云直上,二十余岁与宿儒硕学同处翰苑,而他又颇具"齐气",狂傲狷介,恃才傲物,憎恶官场庸俗龌龊的作风,不善趋炎附势、逢迎巴结,因而引起妒贤嫉能之辈的谗害。这一打击,使他更加看清官场的丑恶,也更加增强了他追求美好生活理想的信念。此后五十余年,他先是各地漫游,后来隐居家乡,领略了祖国壮丽风光,也广泛地接触了下层人民,使其成为著名的现实主义诗人。著有《饴山堂诗文集》32 卷、《谈龙录》1 卷、《声调谱》1 卷。

赵执信出生在一个官僚世家。曾祖赵振业,明天启五年(1625)进士,官至监察御史;入清,官江西、江南布政使司参议。

叔祖赵进美，明崇祯进士，入清官至福建按察使。同时，他也是一位颇有名气的诗人，论诗属前后七子一派，而诗歌创作在明清之际“与姜如须、宋荔裳、陈卧子、李舒章、宋辕文辈分据南北坛坫，称诗服膺沧溟、昌谷、元美三家”①。从弟执端，亦工诗，诗宗尚王士禛，有诗集传世。其岳父孙宝仍为秘书院大学士孙廷铨之子。孙氏一家，廷铨、廷铎、宝仍、宝仁、承泽等，都有诗名；宝仍夫人为著名诗人王士禛的从妹，执信是王士禛的甥婿。因此，执信自幼及长都生活在这文学气氛十分浓厚的环境之中。

赵执信二十八岁削职归家，到终老故里五十余年中，除十几年漫游外，家居近四十年。也就是说，赵执信一生的大部分时间是在家乡度过的，家乡与其诗歌创作的关系是不言而喻的。家居期间，他的活动范围大致在博山以及邻近各县；漫游的范围则甚广，北客津门，南逾岭南，东观大海，西登嵩山。在漫游中，他不只登临游览，也对社会有所了解。如赵执信第五次携家南游，本为躲避荒旱，而至苏州又遇到旱灾，生活无着，靠亲友接济过活，他通过亲身感受，认识到人民生活的痛苦，写出如《纪旱》《氓入城行》《吴民多》《两使君》等反映现实的名篇。而长期的家居生活，更使他逐渐深入社会，接近下层民众，加深了对“盛世”掩盖下的社会矛盾和阶级矛盾的认识。因此，这一时期写作的诗歌在广泛反映农民生活苦难情景的同时，将批判的矛头指向了地方官吏甚至最高统治者。

赵执信与王士禛的关系，一直聚讼纷纭，或谓私怨，或谓学术之争。这主要指二人诗歌主张的分歧。从二人关系的发展来看，其中不免有门户之见和意气之争的成分，而评价诗人应从二人诗歌主张及其创作实践着眼。王士禛论诗主神韵，关注诗歌的艺术

① 徐世昌：《晚晴簃诗汇·诗话》卷二二《赵进美》。

表现,而他也有写实的作品;赵执信主张写实,看重诗歌的社会功用,而他也写有不少闲适的诗歌。他们对我国诗歌的发展都作出不同的贡献。

赵执信的小女儿赵慈,字雪庭,幼承家学,工诗善词,是一位颇具才华的女诗人。《清代闺阁诗人征略》称当时人们将赵执信父女比做汉代蔡邕父女,给予很高评价。赵慈个人很不幸,嫁济南朱崇善,以贫困终。著有《灰心断肠诗词集》《诗学源流考》。范坰《雪庭遗稿序》谓其诗"'哀而不伤,怨而不怒',往往有句似青莲。……笔健意圆,绝不类闺阁中语,而字句之间别饶秀艳,读之凄然欲绝"①。

4. 张笃庆

张笃庆(1642—1692),字历友,号厚斋,因居昆仑山下,又自号昆仑山人。蒲松龄的同乡诗友。康熙二十五年(1686)拔贡,因应试不利,遂绝意仕进,淡泊自处,终生未仕。他"学殖淹博,挥洒千言,同时诸前辈称为冠世之才"②。早年与挚友蒲松龄一同受知于曾任山东提学使的著名文学家施闰章。顺治十六年(1659),与蒲松龄、王鹿瞻、李希梅等结为郢中诗社,"标壮采,抽藻思","以风雅道义相劘切,始终一节无少间"③。张笃信一生著述甚丰,有《八代诗选》《班范肪截》《五代史肪截》《两汉高士赞》等,都卓然可传,而以诗为世所推重。

张笃庆诗,古今体兼擅,古体如《鹦鹉洲哀辞》,情辞婉切,气

---

① (民国)《续修历城县志》卷三〇《艺文》。

② 〔清〕沈德潜:《清诗别裁集》,浙江古籍出版社1998年版,第474页。

③ 〔清〕张元:《柳泉蒲先生墓表》,载盛伟编《蒲松龄全集·参考资料》,学林出版社1998年版,第3435页。

深笔长，表达出对一代才人祢衡的深切同情；今体如《述怀》，悲己之不遇，意在言外，都表现出深厚的艺术功力。至如《明季咏史》组诗，历数神宗之后的弊政，纪实抒慨，总结明亡教训，识见高远，感情深沉，亦咏史诗中不可多得的佳什。其《悼亡》诗，“安仁、子荆外，另标一格”①。诗文结集为《昆仑山房集》。

张笃庆之弟履庆、增庆都有诗名，分别著有《食蔗堂诗》和《独树庵诗》，而“顾斋（履庆字）诗清真萧远，损斋（增庆字）诗以自然为宗，皆与厚斋异趣，不相沿袭”②。其侄名元，字殿传，号榆村，亦有诗名，著有《绿筠轩诗》。

5. 贾仲明

贾仲明（1343—?），一作仲名，号云水翁、云水散人。山东淄川人。据天一阁藏佚名《录鬼簿续编》所载其小传，贾仲明生性聪明，博极群书，善吟咏，尤精于乐章、隐语。曾侍奉明成祖于燕邸，受到宠爱，“天下名士大夫咸与之相友……所作传奇、乐府极多，骈俪工巧，有非他人之所及者。一时侪辈，率多拱手敬服以事之”。著有散曲集《云水遗音》（已佚）。撰杂剧16种，今存6种。

七、丁耀亢与诸城诗人

春秋时期，诸城为鲁诸邑，后入齐，为齐鲁文化交汇之地。又因东濒大海，兼擅鱼盐之利。孟子说大舜为诸冯人，或谓诸冯即诸城。该地是山东东部文化教育发达地区之一，自汉代以来，代有文化名人。如汉代著名政治家贡禹、经学家师丹、伏湛、伏隆、

① 〔清〕沈德潜：《清诗别裁集》，浙江古籍出版社1998年版，第474页。

② 徐世昌：《晚晴簃诗汇·诗话》卷三八《张履庆》。

诸葛丰,唐代诗人孙晟、鞠恒、鞠愉,宋代金石学家赵明诚等。至清则出现了诸多文化家族,不少人以诗文名世,其中影响较大者有丁耀亢以及刘氏、王氏、邱氏、李氏等家族文人群体。

1. **丁耀亢**

丁耀亢(1599—1665),字西生,号野鹤,自称紫阳道人。晚年丧明,自署木鸡道人。出生于仕宦之家,父惟宁,嘉靖进士,官至郢襄兵备副使。其弟耀心、从子大谷,明崇祯年间中举,独耀亢负才落拓,以诸生游江南,从著名书画家董其昌问学。归家后,丁耀亢郁郁不得志,取历代吉凶事,著《天史》,"以献益都钟羽正,羽正奇之"①。后此书在南都(南京)被焚,不传。

丁耀亢生当明季,深感朝政腐败而又回天无力,著传奇《蚺蛇胆》,借黄门之口,予以抨击。清兵至诸城,耀心、大谷组织抵御,城破殉难,侄豸佳为清兵所伤,跛一足。国仇家恨,使耀亢痛不欲生。家乡兵燹遍地,民不聊生,为生活计,他于顺治初年出行淮上,又泛海北游。顺治九年(1652),耀亢由顺天籍拔贡,充镶黄旗教习。其时名公巨卿多与结交,声名渐著。顺治十一年,耀亢由容城教谕迁惠安知县,因无意仕进,第二年即以母老告归,终老未仕。一生著述甚丰,而以小说《续金瓶梅》名世。其诗词"踔厉风发,少作即饶风韵,晚年语更壮浪,开一邑风雅之始,县中诸诗人皆推为前辈"②。其诗集因多"违碍之语",被列入《清代禁燬书目》。所著传奇今存《西湖扇》《化人游》《蚺蛇胆》《赤松游》四种,郑骞称为"沉雄清丽",并说《蚺蛇胆》一剧"结构谨严,关目生动,

---

① (乾隆)《诸城县志》,宫懋让修、李文藻等撰,清乾隆二十九年(1764)刻本。

② (乾隆)《诸城县志》,宫懋让修、李文藻等撰,清乾隆二十九年(1764)刻本。

词藻尤清丽遒健，远胜《鸣凤记》之拉杂散漫”①。但因剧情有犯时忌，未得官方认可，当时未能流传，而今亦未能对其进行深入研究，使其得到应有之评价。小说《续金瓶梅》，写成于顺治十八年（1661），共64回，借《金瓶梅》中人物转世之后善恶终各有报，宣扬因果报应，以劝善惩恶。而小说《凡例》云：“此书直接大乱，为南北宋之始，附以朝廷君臣忠佞贞淫大略，如尺水兴波，寸山起雾，劝世苦心，正在题外。”而这“题外”之旨，正是影射明清易代之际的人情世态，抨击和揭露清贵族的残暴统治，因而具有强烈的政治性和社会性。正由于此，书一面世即引起清廷注意，康熙四年（1665），耀亢因此书下狱。其得祸之由，并非“诲淫”，而在于“轻谈往事”，触犯时忌，后虽获释而小说却付之一炬。自此耀亢两眼昏矇，以致丧明逃禅，不久即与世长辞，其著述后人辑为《丁野鹤遗稿》。

2. 刘统勋、刘墉

诸城刘氏与王氏在清代文人辈出，有不少知名于时的诗文作家。刘统勋（1699—1773），字延清，号尔纯，雍正二年（1724）进士，官至东阁大学士兼军机大臣，加太子太保。乾隆三十八年（1773）出任《四库全书》总裁。卒赠太傅，谥文正。居官清正廉直，诗文亦有可取，“统勋不以诗名，然偶有作必出人头地”（《北江诗话》）。著有《刘文正公集》。

刘墉（1719—1804），字崇如，号石庵，别号青原、香岩等，刘统勋子。乾隆十六年（1751）进士，官至体仁阁大学士，加太子太保，卒谥文清。著有《刘文清公集》。父子均为清代名臣，“（文正）清德雅望，不欲以词章自见，文清继相守庭诰，故虽燮理之暇述作不

① 《善本传奇十种提要》，载《燕京大学学报》第二十四期。

倦,而集中率多拟古和韵及赓扬进御之作”①,时谓其诗“清新超悟,有香山、东坡风格”②,其诗虽总体成就不高,但因其政治地位较高,且德望较高,对当地文学仍有不小影响。刘氏家族中,还有刘统纬、刘壊、刘墫、刘塄、刘镮之等,皆有诗名。

3. 王钺

王钺(1623—1703),字仲威,号任庵,顺治十六年(1659)进士,性淡泊,识大体。中进士后,以母老未仕。老母去世,于康熙八年(1669)出任广西西宁知县,“为政不任威刑,日进诸生于庭,与论文艺”(《诸城县志》王钺本传)。后引疾归,杜门讲学,以著述为事。康熙十八年,召试博学鸿儒,辞不赴。“所为文通畅详赡。诗学宋人,自成结构”③。著有《世德堂集》《暑窗臆说》《读书蕞残》《星余笔记》《粤游日记》《水西纪略》等。

其子沛恂等,亦有文名。其他被徐世昌收入《晚晴簃诗汇》的王氏诗人,还有王柽、王凤文、王中孚、王宗献、王应垣、王赓言、王文骧等。

4. 李澄中、刘翼明、窦光鼐、张侗

清代诸城文名较著者,还有李澄中、刘翼明和窦光鼐等。

李澄中(1629—1700),字渭清,号渔村,又号雷田。康熙十一年(1672)拔贡,十八年召试博学鸿词科,授检讨,官侍读。据说他的相貌与明代济南诗人李攀龙十分相似,而他的诗也“以汉魏三

---

① 徐世昌:《晚晴簃诗汇·诗话》卷八〇《刘墉》。

② 〔清〕王昶:《蒲褐山房诗话新编》,周维德辑校本,齐鲁书社 1988 年版,第 51 页。

③ 见《清史列传》卷七〇《文苑传》王钺本传。

唐为宗，高岸开朗，仍效于鳞体也”①。澄中与刘翼明为诗友，“以诗文相砥砺，……三十余年间，尺素往来无虚日”②。著有《卧象山房集》《白云村集》等。

刘翼明(1607—1688)，字子羽，号镜庵，一号越台。贡生。与李澄中不同，他一生大部分时间隐居乡间，而以诗歌创作为事。康熙二十三年(1684)始出任利津训导，时已七十七岁。“少工诗，喜交天下士”③，颇具侠义性格。胶东王涧负才使气，不与凡俗来往，闻其名，即以诗相唱和。后王涧为仇家所杀，族人不愿过问，翼明为之具讼奔走，终将凶手尽置诸法，由此名声大著。而他谢绝人事，遁迹琅琊山下，专力为诗。“所居钟山海之胜，故笔下苍秀。读书涵养，骨力朴老，此老生平得力处。诗以意为主，意所不到，时复颓唐汗漫”④。据李澄中《镜庵诗序》，翼明存诗四千余首，然无力付梓，有《镜庵诗选》。王渔洋十分欣赏其《自渠丘同马三如宿王申甫峒峪别业》一诗中“桃花柳絮春开瓮，细雨斜风客到门”⑤之句。

窦光鼐(1720—1795)，字调元，号东皋，世称东皋先生。乾隆七年(1742)进士，历官内阁学士、上书房总师傅、左都御史等，直言敢谏，为时名臣，尤以文学受到乾隆帝赏识。光鼐“幼负绝人之资，家贫，贷书于人，览即成诵”，年十二即“读《文选》，即操笔为《琅琊台赋》，监司某公见而大称赏之”。及长，淹贯经史，虽经科

① 徐世昌：《晚晴簃诗汇·诗话》卷四二《李澄中》。

② 〔清〕钱仪吉编：《碑传集》卷一三八《李澄中》。

③ 〔清〕钱仪吉编：《碑传集》卷一三八《刘翼明》。

④ 〔清〕张谦宜：《絸斋诗话》，转引自钱仲联主编《清诗纪事》（顺治朝卷），江苏古籍出版社1987年版，第2269页。

⑤ 〔清〕王士禛：《渔洋诗话》卷上，见《清诗话》上册，中华书局1963年版，第169页。

举入仕,而“不屑沾沾于章句训诂”,于书无所不窥。他“诗似少陵,古文如昌黎”①,诗文自成一家,或谓“五律清雄,不愧名家”②。著有《东皋诗文集》《省吾斋稿》等。

张侗(生卒年未详),字同人,一字石民,号其楼。1766 年前后在世。诸生。与从兄衎、佳、傢游处,号称“四逸”。常与衎僻居卧象山、龙潭等名胜吟咏自娱。同邑李澄中、刘翼明等亦常与会,彼此唱和。著有《放鹤村文集》5 卷、《其楼诗集》1 卷。《四库全书总目·别集类存目·放鹤村文集提要》云:“是集前有方迈所作侗小传,称其有孝行,多奇节,盖亦孤高之士。其文则欲摆脱町畦,乙乙冥冥,别标象外之趣,而反堕公安、竟陵派中,盖存不落窠臼之意,即其窠臼矣。”认为他的文章本欲自创一格,而终究落入公安、竟陵流派窠臼之中。

八、宋琬与胶东作家

胶东秦汉时期为郡国,今泛指潍坊以东即半岛地区,大致包括今烟台、威海、青岛三市及潍坊部分县市,明清为登州、莱州辖区。半岛三面环海,殷周时代已经出现文化较为发达的诸侯国,齐太公姜尚开发濒海地区,擅鱼盐之利,促进了齐地经济的发展。秦始皇统一中国之后,出外巡游,“北至琅邪(今胶南)”,“自琅邪至荣成山(即成山)”,“至芝罘(今烟台)”③,曾派方士徐福由此处入海求神药,后有徐福带三千童男童女入海求仙不归的故事。相传徐福就是今山东龙口徐乡人。汉武帝“东巡海上”,“至东

① 〔清〕钱仪吉编:《碑传集》卷三六《窦光鼐》。
② 〔清〕符葆森:《国朝正雅集》,清咸丰六年(1856)京师半亩园刻本。
③ 《史记·秦始皇本纪》,中华书局 1975 年版,第 263 页。

莱”，并“宿留海上”①。这都说明秦汉时代濒海地区已受到关注。魏晋时期，山东海上交通进一步发展。晋僧人法显于后秦弘始元年（晋隆安三年，399），从长安出发，历经数国抵达天竺（今印度）求经，于晋义熙八年（412）附商船沿海而归，原拟先至广州，因遇大风迷失方向，漂流至今山东青岛崂山登陆，道经青州，返抵建康（今南京）。所撰《佛国记》（或题《历游天竺记》或《法显传》），记述其所经各国以及途经山东的情况。隋唐时代，日僧圆仁《入唐求法巡礼行记》亦载其从今山东赤山寺登陆经行山东的情况。至宋，海上交通有进一步的发展，海边板桥镇已成为贸易往来十分繁荣的港口。上述情况说明，在宋元以前，濒海地区已有所开发，海上贸易也有相当的规模。

明清时代，由于海上交通的发展，山东沿海经济状况大为改观。据王士性《广志绎》载，明初洪武年间始漕粮海运；永乐年间，在今山东地区，一面疏浚济宁至临清的运河，一面开展海运。就全国而言，这时的海运还是漕运的补充。明代中叶，商品经济发展起来，南北交流以及对外贸易，促进了海运的发展。江南诸省如江苏、浙江、福建、广东等沿海地区开辟港口，进行对外贸易，带动了这些地区的经济发展，也使江浙一带成为我国的文化发达地区。山东沿海贸易较江浙落后，但在明中叶以后，随着海运的发展，沿海各县的经济也逐渐繁荣，清代的登、莱一带已成为经济和文化教育的发达地区。从作家的分布看，唐宋以前登州、莱州以诗文知名的作家不足20人，而明清时期则有150余人，几占当时山东作家的五分之一。其中，潍县、莱阳、胶州、高密、掖县等地作家较为集中。莱阳宋氏，胶州高氏、柯氏，即墨蓝氏、杨氏，高密李氏，掖县毛氏、海阳鞠氏等，也都是延续几代的文化家族。唐代有

① 《史记·孝武本纪》，中华书局1975年版，第474~475页。

诗人王无竞，宋、金、元有刘迎、胡旦、朱自牧、吕夷简、陈德武、刘获（均掖县人）等诗人、作家。明代蓬莱有抗倭名将戚继光，莱阳有文天祥式的民族英雄左懋第，清代有宋琬、柯劭忞、张谦宜、法坤宏、郝懿行及其妻王照圆，以及清末福山爱国志士王懿荣等，在全国都有一定影响。其中以莱阳宋琬文学成就最高。

1. 宋琬

宋琬（1614—1674），字玉叔，号荔裳，山东莱阳人。出身于莱阳世家，高祖黻为明代莱阳第一个进士，官至浙江按察副使。父应亨为天启五年（1625）状元，累官吏部郎中。其长兄璠、仲兄璜以及族兄玫、琮并有文名，一时“莱阳文章为山东之冠”①。作为世家子弟，他自然也要走科举仕进的道路，所不同的是，在明清易代之际，宋氏家族的特殊遭遇。明末，宋琬为避农民义军锋芒而离京南下，流寓杭州，而此时清军攻陷莱阳，其父应亨、族兄玫死难，其悲痛之情自可想见。这时他写了 8 首《纪愁诗》，并曾一度绝意仕进。清定鼎北京之后，为笼络汉族官绅及其知识分子，对前明官吏采取了一系列优容政策，其父应亨被追赠太仆卿，其兄璜改授顺天推官，这又重新激发起他从政的热情。顺治三年（1646）乡试中举，翌年，登进士第，以二甲授户部河南司主事，不久，再迁为吏部郎中，可谓仕途顺遂，但与其“自以为无前”的心境，及其得为“左右论思之臣”或“登承明著作之庭”的愿望相去甚远，因此心情并不愉快。官场未尽如意，他在京期间的诗文创作却取得相当的成就，使其在清初诗坛崭露头角。时与施闰章、严沆、丁澎、陈祚明、张文光、赵宾等七人相唱和，人称“燕台七

---

① 〔清〕王熙：《宋廉访琬墓志铭》，载《安雅堂集·附录》，清顺治至乾隆宋氏家刻本。

子”。其诗又与施闰章并称，时号“南施北宋”。宋琬入京开始了他多灾多难的仕宦生涯，也开始了他希望追踪古人、振兴一代文风的文学生涯。

正当宋琬踌躇文坛，欲有所为之时，顺治七年（1650），他被诬陷与谋叛逆而锒铛入狱。后查无实据，无罪开释，复起为吏部郎中。十一年，外放陇西道佥事。当时陇西回民抗清斗争刚刚被镇压下去，而天水一带地震频仍，人民陷于水火。他告天祭神，为民祈福，同时开库济民，国库不足，即从莱阳故家邮致财物助之。毁家救灾、视民如伤，这在当时是十分难能可贵的。顺治十六年，就在他升任浙江按察副使时，却再次被诬陷入狱，罪名仍然是与谋叛逆，而刑罚较前惨烈：满门抄系，解京受理，狱中棰楚及于孀嫂幼侄。清廷对他们这些明代大臣子弟将信将疑，实在不放心。后虽查无实据，免罪放归，而对宋琬精神的打击实在太沉重了，可也使他清醒了。宋琬出狱后流寓江南，定居泖上（今上海松江），来往于南京、苏州、杭州之间，使其创作进入旺盛期。其诗或写景，或抒情，或寄赠酬答，或抒发幽愤，“诗沉郁顿挫，有劳人志士之思；览古写怀，登高状物，江山资其凄惋，风雨壮其羁愁；屈子奏重华之词，贾生续沅湘之赋”①。沉郁顿挫，凄婉悲凉，构成宋琬诗歌的风格特色。当时人以杜甫、陆游许之，称其为“东海伟人”。

康熙十年（1671），宋琬冤狱得以昭雪，补四川按察使。翌年，宋琬从莱阳故家赴川，沿江而上，三峡的秀异风光再度使其笔底生花，豪放的诗情与壮丽江景相映生辉。其入蜀诗，后由王渔洋编订为《入蜀集》。

宋琬诗文兼擅，而以诗名世。当时文坛名宿钱谦益、吴伟业、王士禛均曾为《安雅堂集》作序，《国朝诗话》《国朝名家诗钞小

---

① 〔清〕严虞淳：《安雅堂诗序》，载《安雅堂集》。

传》等诗话、选本均加赞誉。沈德潜《国朝别裁集》选录其诗，谓其诗“天才俊上，跨越众人”，可见宋琬在清初文坛的地位及影响。其全部诗文，后人编订为《安雅堂集》。

2. 姜埰

姜埰(1607—1673)，字如农。与宋琬同里。其子实节、侄寓节，亦有诗名。明崇祯四年(1631)进士，官礼科给事中，因弹劾权臣忤旨，廷杖下狱，罚戍宣城卫，未至而京都陷落，遂家于吴(今江苏苏州)。与其弟垓入清不仕，成为明遗民。著有《敬亭集》。其子实节，善画能诗，亦隐居不仕，著有《焚余草》《鹤涧先生遗诗》等。其侄寓节，与实节同隐居吴中，当时名流如宋荦、顾祖禹、姜宸英等争与之游。著有《白云集》。姜氏诗文成就不高，其名重一时者，在于他们志节高尚。

3. 左懋第

左懋第(？—1645)，字萝石，山东莱阳人。以气节著称。明末崇祯四年(1631)进士，授韩城知县，后迁户科给事中。目睹明末深重的社会危机，他忧心如焚，疏谏时弊，希图补救于万一。而腐朽的明王朝在农民起义军打击下，迅速灭亡。崇祯十六年(1643)秋，左懋第奉命巡察长江防务期间，传来北京失守的消息，他即前往南京投奔福王，在南明朝官至右佥都御史。时其母身陷北京，绝食而死。国仇家恨，更加坚定了左懋第抗清的决心。南明小朝廷梦想与清划江而治，遣使与清通好。懋第为稳定南明政权，使江南人民免受荼毒，请缨北行，被任为兵部右侍郎兼右佥都御史，持节出使北京。而清军并无议和之心，懋第到即被羁押。清统治者威逼利诱，劝其投降，而左懋第大义凛然，坚词相拒，终于被杀。狱中所书联语和绝命辞，表达了他以死报国的决心和高尚的民族气节。著有《梅花屋诗草》，后人整理编定的有《左忠贞公文集》《萝石山房文抄》等。

4. 张谦宜、高凤翰、法若真、柯衡、柯劭忞

明清时期胶州作家众多，有高宏图、高璪、高凤翰、周如砥、周如纶、黄作孚、黄嘉善、黄宗昌、柯蘅、柯劭忞、柯劭慧、法坤宏、法若真、法云、张谦宜、宋绳先等，其中以张谦宜、高凤翰、法坤宏、柯蘅、柯劭忞等较著名。

张谦宜(1639—1720)，字稚松，号山农，山东胶州人。少年落拓不羁，以诗名。中年始折节苦读，康熙四十五年(1706)登进士第，时已六十七岁，未仕，闭户撰述，积诗三千余首。著有《緄斋诗》《沉郁集》。晚年自选诗四百余首，题《緄斋诗选》，自作序，缕述其平生及苦吟之状。其诗通俗易读，贴近生活，或谓“其诗出入于香山(白居易)、剑南(陆游)之间，一吟一咏，亦足自娱。起而抗衡古人，则力尚不逮也”①。其诗“力不逮”者，或谓其反映现实生活的深度和广度不如白、陆，然其诗贴近生活、通俗易读，亦自有特色。

高凤翰(1683—1749)，字西园，号南村，晚年又自号南阜山人，山东胶州人。其父高曰恭曾任淄川教谕，凤翰随任读书，已小有诗名。曾拜谒诗坛名家王士禛，受其称赏。雍正元年(1723)出胶州，游历崂山、安丘、琅邪，然后至济南应试。此后他便往来于胶州、济南之间，有时寓居济南友人朱叙园七里河别墅“望华楼”，常登楼眺望鹊华烟景，与友人赋诗游乐。雍正五年(1727)，高凤翰由胶州知府推荐，参加贤良方正科特试，名列一等，授歙县县

① 〔清〕永瑢等:《四库全书总目·〈緄斋诗选〉提要》，中华书局1983年版，第1669页。

丞,寻升任绩溪县令。雍正十一年,以县丞署坝盐大使,因坐两淮盐运使卢见曾事,牵连入狱。后冤狱平,绝意仕进,流寓扬州等地,与郑燮、金农、李鱓等交往,诗画往还。晚年归胶州终老。高氏书、画、篆刻、诗文,皆名重一时,其书画"笔墨脱洒,不主故常。风痹后,右臂已废,乃以左臂挥洒,益疏野有天趣"①。其诗深为袁枚所称赏,《随园诗话》中多处论及,盖因其诗不拘于绳尺,于清词丽句之中能流露其性情。高凤翰一生诗作有三千余首,编为《击林集》《湖海集》《岫云集》《鸿雪集》《归云集》《归云续集》《青莲集》等。以《南阜山人诗集》为名载入《四库全书》。

胶州高氏擅书画、诗文者,还有高璪、高宏图等十余人,他们与高凤翰的家族关系不详。明清之际的遗民诗人高璪(1636—1713?),字四留,号霞山樵者,南明弘光帝时任中书舍人,入清不仕,生活极为困苦。其诗写其隐居生活,颇见志节。著有《不视草》。

法若真(1613—1696),字汉儒,号黄石,一号黄山。祖籍济南,先祖宦游落籍胶州。书法家、画家和诗人。以诸生通五经,荐与会试。清顺治三年(1646)进士,官至安徽布政使。若真俭朴廉洁,"官至监司,贫如寒素","工书,画山水,苍润澹逸,超然尘埃之外。诗篇繁富,称意而言,不计工拙"②。著有《黄山诗留》。其书画今存山东与北京等地。孙樗,康熙五十四年(1715)进士,有文名。曾孙坤宏(1698—1784),字直方,一字镜野,号迂斋,一号介亭,乾隆六年(1741)举人。博通群经,尤精于《春秋》,早年"声震齐鲁间"③。少读书不为章句所拘,多有独到见解。为文喜人弹

---

① 〔清〕永瑢等:《四库全书总目·〈南阜山人诗集〉提要》,中华书局1983年版,第1683页。

② 徐世昌:《晚晴簃诗汇·诗话》卷二三《法若真》。

③ 〔清〕韩梦周:《法先生坤宏墓志铭》,载钱仪吉纂《碑传集》卷一三三。

讥，每一字屡改不厌。所作《竹西书屋》《戊辰九月六日赠别毛其人归里》诸诗颇为人所称道，选入《晚晴簃诗汇》。

柯蘅（1821—1889），字佩韦，室名春雨堂、倩雨草堂、旧雨草堂，山东胶州人。著名学者、诗人。师从潍县著名学者陈寿祺，考辨《史记》《汉书》诸表，著《汉书七表校补》。亦善诗，著有《旧雨草堂诗集》《春雨堂诗选》和《声诗阐微》等，论者或谓“可配其乡先辈王士禛、赵执信”（《清史列传·儒林传》下二之柯蘅本传）。子劭忞（1850—1933），字凤荪，号蓼园，近代著名史学家、文学家，亦善金石之学。光绪十二年（1886）进士，历官至山东宣慰使、督办山东团练等。民国初年，被任命为清史馆馆长兼《清史稿》总裁。除完成《清史稿》的编撰外，《新元史》是其最重要的历史著作。柯氏两代为中国史学的发展作出重要贡献。

5. 郝懿行

郝懿行（1755—1823），字恂九，号兰皋，山东栖霞人。著名经学家、文字学家。嘉庆初进士，官至户部江南司主事。嗜书成癖，居官所得俸钱，大部用来买书，一生书不离身，手不释卷。性淡泊，不乐仕进，以著述为务。著有《尔雅义疏》《春秋说略》《山海经笺疏》《晒书堂笔录》等60余种，可谓著述等身。所著《尔雅义疏》一书，为《尔雅》训诂的集大成之作；《山海经笺疏》一书，辨析名物，匡正谬误，号称精博。二书至今仍为学者所重视。其妻王照园，字瑞玉，号婉佺，福山人。博涉经史，颇具识见。平日与郝懿行商讨学问，相互切磋，每与郝争论竟日，成为文人佳话。郝懿行著述，照园每为写定题识，《尔雅义疏》中亦间取照园见解。照园亦善诗文，“文辞高旷，得六朝人遗意”（《清史稿·儒林传》郝懿行本传附传）。著有《列女传补注》《诗经小记》等。王照园与懿行平日以诗答问，由懿行编录为《诗问》。

第十二章　明清时期的山东文学(下)

一、李宪噩与高密诗派

高密诗派是清乾嘉时期在莱州地区形成的诗歌流派,其影响由莱州及于我国部分地区,前后持续200多年。其核心人物就是"高密三李",即李宪噩、李宪暠、李宪乔三兄弟。

"高密三李",为雍正朝名臣李元直之子。李元直(1686—1758),字象山,号愚村。康熙五十二年(1713)进士,官至御史,正直敢谏,弹劾不避权贵,为时所称。有子四人,长子李宪高,字志山,号荆南,雍正八年(1730)进士,官至山西潞安府同知,为官清正,被百姓称为"李青天"。其余三子,即"高密三李"。

李宪噩(1738—1793),字怀民,以字行,号十桐。诸生。一生未仕,而专力于诗歌创作。所居待鸿村,在胶水西岸,有沙水树石之观。附近知名文人时相过从,与之纵游海上诸山,流连唱酬,诗歌日渐增多,影响也日益扩大。

李宪乔(1746—1798),字子乔,一字义堂,号少鹤。少时从其兄宪噩学诗,诗与其兄各臻妙境。宪噩"其诗体格谨严,词旨清朗,时时有独到语,不堕当时风气",宪乔"诗出入唐宋诸大家,而能无所依傍"①;宪噩或谓"与渔洋、秋谷鼎立",宪乔或"目为今之

① 徐世昌:《晚晴簃诗汇·诗话》卷九八《李宪乔》。

东坡”，则“推崇过当”①。他们兄弟二人诗名最高，是高密诗派的核心人物，宪噩是开创者，宪乔是扩大影响者。宪噩著有《十桐草堂诗集》，宪乔著有《少鹤内集》《外集》《鹤再南飞集》《龙城集》《宾山续集》等。他们的影响所及主要是山东，所谓“一时青、齐间称诗者翕然从之”②，“密之旁邑数百里间，言诗者咸宗焉”（《清史列传·文苑传》李怀民本传）。其次是宪乔游宦广西、江西时的诗友、门弟子。

李宪暠（？—1782），字叔白，号莲塘。少性刚使气，稍长，痛自克制。读书务实用，一名一物，考核必详。作诗初学选体，后遍习唐宋诸家，尤工古文。著有《定性斋集》《莲塘选集》。

最早追随“三李”的是王氏五子，即胶州王克绍（字薪亭）与其弟克纯（字颍叔）、兄子夏（字蜀子），以及高密王万里（字希江）、王宁焯（字子和），“同受学焉。少鹤集中所谓‘薪、蜀、希、颍、和王氏五子’是也。尝以春秋佳日，与诸学子聚石桐家，刻烛分韵，竞奇斗捷，若不自知其老者。诗格清超，晚益臻闲旷，洵能传桐、鹤之嫡派者也”（《山东通志》卷一四五）。“五子”之外，高密单襄棨（监生，字子已）、单可惠（贡生，号芥舟生），与宪乔兄弟相唱和；晚辈如李诒经、王宁焯、王宁烶、单鼎等，均从宪噩兄弟学诗，而取法张籍、贾岛，宪噩仿宋“永嘉四灵”，称其为“后四灵”。

高密以外，从宪噩兄弟学诗的，还有福山鹿松林、邱县刘大观等。鹿松林，诸生，未仕；刘大观，历官山西河东道署布政使。大观诗学宪乔，并为宪乔兄弟校刊遗书，传播高密诗派的主张。高密单为璁传莱阳王兰升、潍县郭绥之、蓬莱柳晋、掖县翟熙典、济南郭翊、荣城孙葆田等，也是高密诗派的重要传人之一。乾隆四

① 徐世昌:《晚晴簃诗汇·诗话》卷九八《李宪乔》。

② 徐世昌:《晚晴簃诗汇·诗话》卷九八《李宪乔》。

十一年(1776),宪乔应朝廷召试,赐举人,官归顺知府。游宦期间,江西李秉礼从宪乔学诗,并传于其子宗瀚、归顺童毓灵和童葆元、柳城叶时皙以及广西黄鹤立、曾传敬、农曰丰、唐昌龄等,形成了江西和广西的高密诗派,其影响由山东而波及全国数省①。

宪噩论诗主学中、晚唐,其《重订中晚唐诗人主客图》,奉张籍、贾岛为主,而以朱庆馀、李炯以下为客。他认为张籍诗天然明丽,不事雕镂,而气味接近正道,学之可以祛除躁妄、矫饰;贾岛诗力求险奥,而风骨凌霄,学之可以克服浮靡艳丽而内容空洞之弊。宪噩兄弟诗学张、贾,其艺术情趣的形成盖与他们所处生活环境有关。

高密诗派的成员大都为地方文人,他们处于社会下层,怀着渴望用世而难能的苦闷,与上层文人对社会现实的认识和感受不同。他们或吟唱自己闲适的隐逸生活,如李宪噩《题宋海客表兄村居》;或写其贫苦孤独的生活情景,如宪噩《子乔自县中来,言单书田先生贫至食木叶,邀叔白各赋一首为赠》、宪暠《冬日过山村》等;或表达对农民困苦的同情,如宪乔《修堠谣》等,都贴近生活,浑朴真切,确是诗人真实的感受。乾嘉诗坛,流派众多,有主格调的沈德潜,有讲性灵的袁枚,有倡肌理的翁方纲。沈、翁强调继承传统,重视诗歌的社会功能;袁枚则宣扬性情至上,主张突破传统,表达真实情感,抒写自我,他们代表着当时诗坛上两种主要创作倾向。高密派诗人虽也与当时诗坛呼吸相通,如宪乔与性灵派诗人袁枚为诗友,但从总体来看,高密诗派属于"在野派",他们的歌唱是乾嘉盛世的不谐和音,是下层文人的凄苦之音;他们不是有意地揭示,而是身感目睹潜伏在盛世表象下的社会危机。他们是写实派,诗质朴清丽,在当时自成一家。

① 详见《中华文史论丛》第二辑《话高密诗派》。

二、曲阜孔氏、颜氏文学

明清时期，在山东境内出现了若干文学家族。前已论及的有新城王氏、诸城刘氏、益都赵氏、高密李氏等，其他较为著名的还有曲阜孔氏、德州田氏和卢氏、临朐冯氏、安丘曹氏等。

曲阜孔氏是我国历史上延续最为长久、影响最为深远的文化家族。自汉而后，儒学独尊，孔子受到历代统治者的尊崇，孔氏家族享有特殊的政治待遇，其嫡系后裔屡受封赠，至明清则成为文臣班首，因此曲阜孔氏又是一个政治地位极为特殊的文化家族。这个家族自汉而后向山东以外迁移，如今已遍布全国，更有漂洋过海，旅居东亚、南洋和欧美诸国者。因此，孔氏家族的影响不仅限于山东一地，也不仅限于中国。但孔子的嫡系后裔世居曲阜，他们的文学活动大多也在曲阜一带，与当地的关系特别密切，因而他们对当地文化风习的影响也自与其他地区不同。由于这些“圣裔”自幼即接受传统教育，大都具有较高的文化修养和诗文创作能力，加上历代文人学士都以与之交往为荣，所以他们也大都与当时的文坛保持着相当密切的联系。这种情形，在明清时期尤为突出。同时，曲阜孔氏大都以姻亲关系与山东境内大族保持联系，如曲阜颜氏、聊城任氏等。而颜氏、任氏等，也都是文化家族。曲阜“圣裔”为儒宗嫡派，他们以有孔子这位先祖为荣，也以传播其学说为己任，所作诗文大都能继承孔子思想中的精华，爱国、重民、尚德，并取得一定的文学成就，其影响一般说来也是积极的。

孔氏家族与中国文化的关系，应从孔子说起，其与中国文学的关系也应从孔子说起。孔子整理《诗经》，精通音律，其关于文学，特别是关于诗歌的言论，譬如“文质彬彬”说、“兴观群怨”说、“思无邪”说，以及关于文学和诗歌社会功用的其他论述，都奠定了我国文论和诗论的基础。记载孔子言论的《论语》是对我国文人思想品格影响最大的一部典籍,同时也具有文学价值,在散文发展史上有一定地位。孔子嫡系子孙大都以研习儒学为事,两汉时期多经学博士,只有其二十代孙孔融是个例外。

孔融(153—208),字文举,生于汉末,一生历桓、灵、少、献四朝,官至九卿,其诗文在汉魏之际有较大影响,被列入建安"七子"。魏晋南北朝时期只有孔衍的后裔会稽孔氏有诗文传世。唐宋时期会稽孔氏的后裔之外,孔子第四十八代孙、江西新喻孔文仲、孔武仲、孔平仲并有文名,与当时著名文学家苏轼、苏辙兄弟并称"二苏三孔"。元明时期,孔氏家族鲜有以诗文名世者。而至清代,曲阜孔氏诗人辈出,仅孔宪彝所编《阙里孔氏诗钞》辑录者就有百人之多。其中,孔贞瑄、孔尚任、孔毓圻、孔传铎、孔继涑、孔继鑅、孔广森、孔昭虔、孔宪彝、孔庆镕等,诗文都有较大影响。

1. 孔贞瑄

孔贞瑄(生卒年未详),字璧六,号历洲,晚号聊叟。孔子六十三代孙。顺治十七年(1660)举人,十八年中会试副榜,授泰安教谕,迁济南教授,升云南大姚知县。大姚为少数民族聚居地,地处边陲,贫瘠荒凉。由于统治者实行歧视少数民族的政策,民族矛盾尖锐;官贪吏酷,民不聊生,社会矛盾也十分尖锐。贞瑄到任,目睹身感,痛心疾首,《历十马咨问疾苦》等诗抨击了腐败的吏治,真实地反映了边疆地区民族压迫和民不聊生的现实。从其同情少数民族的遭遇以及对当地风俗的尊重,可见其具有较为进步的民族观念,是位关心民瘼、思想开明的诗人。存诗 13 卷,结集为《聊园诗集》;文 2 卷,以《聊园全集》收入《四库全书》。"提要"称"其文则奇逸之气往往不可控羁,而颓唐潦倒之处亦不一而足"。著名诗人王士禛为《聊园诗集》作序,称其诗"高古雅健"。另有

《泰山纪胜》1卷、《大成乐律全书》1卷，均收入《四库全书》。

2. 孔尚任

孔尚任(1648—1718)，字聘之，一字季重，号东塘，别号岸塘，自称云亭山人。孔子六十四代孙。父孔贞璠，明崇祯六年举人，入清不仕。康熙二十三年(1684)，康熙南巡至曲阜，孔尚任以监生充引导官，得到康熙的赏识，破格授为国子监博士。他因一个偶然的机会，由一介监生破格授为国子监博士，从而激发起他为国家效力的政治热情。入京第二年，即康熙二十五年(1686)夏，孔尚任受命随同工部侍郎孙在丰赴淮扬开浚下河，疏通海口。他一心扑在治水上，以实现建功立业的夙愿，报答康熙帝的知遇之恩。《渡黄河》赋诗抒怀云：

> 踟蹰何计救桑麻，立马堤头唤渡槎。八月荒蒲飞白鸟，孤城落日照黄沙。南开清口分淮少，东阻云梯去海赊。此去源流谁探取？秋风初动使臣嗟！

但因官吏腐败，治河无绩。在这三年中，他遍游淮扬、南京诸地，广交当地文人墨客，与当时一些著名文人如黄云、冒襄等结下了深厚的友谊。这一时期孔尚任所作之诗，有友朋赠答、流连风景之作，而更多的是抒写其欲有为而难能、欲报国而不得的苦闷和忧愤。《维扬舟中即事》云：

> 九重封事信如何？日日江干见雁过。自笑开衙随水部，偏宜鼓棹答渔歌。摩娑倦眼亲书少，料理新须览镜多。酬报久思无计是，吴天冷雨意消磨！

所著《湖海集》，反映了这段生活的情形。

康熙二十八年，孔尚任返京，仍然担任国子监博士。官闲衙冷，使热心进取的诗人十分痛苦。就在这一时期，他开始与诗坛巨子王士禛交往，二人唱酬之诗，以及这段生活的情形，都保留在《长留集》里。也是在这一时期，《桃花扇》经过长时间的酝酿而完成。康熙三十八年，《桃花扇》开始在北京流传。翌年正月，《桃花扇》搬上舞台，当即风靡京城，名公巨卿争相观赏，使其名噪一时，同时也引起清廷的注意。事过不久，他就被莫名其妙地罢了官。两年后，他回到故乡曲阜，隐居以终。

孔尚任以传奇《桃花扇》而彪炳文坛，与著《长生殿》的洪昇被当时誉为曲苑文坛的“双星”，号“南洪北孔”。其著述十分繁富，所著传奇还有《小忽雷》；诗文《湖海集》《长留集》而外，还有诗词《鱣堂集》《宫词》《岸塘稿》《绰约词》；文有《石门山集》《圣门乐志》《阙里新志》《会心录》《节序同风录》等。

孔尚任长子衍谱，字榆村，号小岸，亦有文名。著有《小岸诗》。其侄衍栻，字懋法，号石村，生性淡泊，不慕荣利。举孝廉方正，辞；举乡饮大宾，又辞。除济宁训导，到官即归。善诗，而以画著闻。著有《画诀》1 卷、《题画诗》1 卷。

3. 孔毓圻

孔毓圻（生卒年未详），字钟在，又字翌宸，号兰堂。孔子六十七代孙，袭封衍圣公。官太子少师，工诗善文，兼工书画，一生著述宏富。任官京都期间，与当时诗坛领袖王士禛、著名诗人宋荦等诗酒往还，有《兰堂诗集》。夫人叶粲英也善诗，未嫁时即与其姊弘湘被誉为“闺中二难”。其子传铎，字振路，号牖民，又号静远，别号红萼主人。雍正元年（1723），袭封衍圣公。精研儒学，尤善“三礼”，是位博学渊通的学者，著述宏富。传铎诗文兼善，尤工诗词，也是一位颇有名气的诗人。同时，他还是一位颇具民本思想的官吏，同情人民疾苦，曾捐个人资财赈济灾荒中流离失所的农民，使一万多人免于饿死。其诗平易，或凭吊古人，如《半塘五人墓》《琴台》《王昭君辞》，表达自己对先贤的敬仰之情；或拟乐府，如《长干行》《白杨花》，抒发平素生活情趣；或记与著名诗人王渔洋、孔尚任等的交游唱酬，都言之有物，真切生动。著有《安怀堂集》。传铎子继汾、继涑都有文名。继汾袭封衍圣公，因罹文字狱而发配新疆。继涑，字体实，号谷园，别号葭谷居士。乾隆三十三年（1768）举人，官内阁中书。一生勤奋治学，极富才华，为清代著名书法家，但因触犯星象迷信而成为朝廷和孔府的叛逆，被开除出孔氏家族，死后不许葬于孔林。著有《玉虹楼诗》《谷园论书》等。

4. 孔继涵、孔继鑅

孔继涵（1739—1784），字体生，号荭谷，别号南洲，又号斫冰词客，室名微波榭、红榈书屋等。孔子六十九代孙。乾隆三十六年（1771）进士，官户部河南司主事，兼理军需局事，充《日下旧闻》纂修官，诰授朝议大夫。早岁即告归奉母，居家考订诸经史传，精研数算机械原理，整理钞校刊刻古文献众多，汇刻入《微波榭丛书》，是一位著述等身的学者，且与当时著名学者戴震、翁方纲过从密切。同时，工诗词，善文章，著有《红榈书屋诗文集》《斫冰词》等。

孔继鑅（？—1858），字宥函。寄籍直隶大兴（今属北京），迁居清河（今江苏淮阴）。道光十六年（1836）进士，官刑部主事，改河南同知，因为蜚语中伤，愤而辞官，避居宝应，主讲钟吾书院。咸丰三年（1853），太平军攻克扬州，清军建江北大营，强起参军事，军溃被杀。当时颇有诗名，冯煦《蒿庵随笔》谓其“出入陶（渊明）、杜（甫），为道、咸间一大家”。其文亦浑厚奥衍，不受流派束缚。著有《心向往斋集》。

5. 孔广森、孔广林

孔子七十代孙广字辈中，广棨、广根、广牧等都有诗名，而影响较小，只有广森、广林较为著名。

孔广森（1752—1786），字众仲，一字㧑约，号顨轩，因心仪郑玄，堂号仪郑。乾隆三十六年（1771）进士，改翰林院庶吉士，散馆，授检讨。性淡泊，不慕荣利，耽于著述。以养亲为由告归，遂不复出。

孔广森曾从戴震、姚鼐受经学，经史小学无所不窥，尤精于春秋公羊学，为清代著名经学家、书法家、音韵学家和骈文家。所作骈文，论者以为兼有汉魏六朝初唐之胜，当时骈文名家汪中给予高度评价。一生著述宏富，除经学著作外，有《仪正堂诗稿》《骈俪文》等。孔广林（1746—1814），字丛伯，号幼髯，自称赘翁。廪贡生，署太常寺博士。在精研经学的同时，工戏曲、散曲。除经学著述外，有《温经楼游戏翰墨》，辑有《元明名人小令》等。

6. 孔昭虔

孔昭虔（生卒年未详），字元敬，号荃溪，孔子七十一代孙。嘉庆六年（1801）进士，历官至贵州布政使。在贵州任，关心民瘼，《瘦马行》有感于本地官吏横征暴敛，“村民某鬻女市马以应，官嫌马之瘦也”而咏之，对村民表示了深切同情。他不只诗词写得好，还善隶书，精于音韵之学，著有古韵、词韵一类书。平生喜好游览，游踪遍及海内，故多纪游之诗。由于精通音韵，所制乐府都可演唱。其纪游诗体式多样，艺术性和思想性都较高。如《文信国故里》《谒史阁部》，对文天祥、史可法不畏强御、以身殉国的精神进行了热烈歌颂，而《渡海》《江行》诸诗则以生动的笔触描写汪洋大海和奔腾长江雄伟壮丽的景象。《明湖棹歌词》《乌蛮竹枝词》摹仿民歌，轻快流丽。著有《镜虹吟室集》。其夫人孙苕玉也善诗工词，然不肯存稿。

7. 孔宪培、孔宪圭、孔宪彝

孔宪培（生卒年未详），字养元，号独斋。孔子七十二代孙，袭封衍圣公。为乾隆帝的女婿。工书画诗文，尤善画兰。其诗浑朴自然，感情纯真。著名诗人袁枚曾为其诗集作序，赞其诗“天机清妙，与造物同”。著有《凝绪堂诗集》。其妻于氏亦善诗，著有《就兰阁遗稿》。关于于氏还有一段传说。据孔德懋《孔府内宅轶事》忆述，乾隆女因故要下嫁比王公大臣更尊贵的人家，那只有孔府可以当得。而满汉不通婚，于是乾隆即将其女寄养于大学士于敏中家中，然后以于家女的名义嫁孔宪培。

孔宪圭（生卒年未详），字玉川，号镇斋。恩贡生，官四氏学教授，秩满荐升县令，辞不就，隐居以终。因其长期生活在社会下层，了解民生疾苦，习察风俗民情，其诗贴近生活，朴实而生动。如《瘦马行》写一垂暮老翁为官府所逼买马以应官马之赋，情景惨痛，动人肺腑，是对虐政的深刻揭露和鞭挞。而《烧香曲》则写民众泰山进香的情景，并对人们拜神祈福的种种迷信表现以及由铺张造成的浪费进行了辛辣的讽刺。著有《抱真集》《志道集》。

孔宪彝（1808—约1856），字叔仲，号绣山，一号秀珊，自号韩斋学人。道光十七年（1837）举人，二十四年考授内阁中书，官至内阁侍读。少时随侍其父游宦河北、江苏等地，弱冠即以诗名受到阮元赏识，并与龚自珍、吴虹生、蒋湘南登交游。后交游日广，与王柏心、邵懿辰、曾国藩等相唱酬。他于学尊韩愈，阮元说：“其诗古文辞往往近韩，古文尤长纪事，史才也。”（《对岳楼诗录·

序》）诗宗中唐，著名文学家龚自珍跋其诗，说他"古体浑厚，得力昌黎、昌谷居多；近体风旨清深，当位置在随州、樊州之间"（《对岳楼诗录·题跋》）。著有《对岳楼诗录》。

8. 孔庆镕

孔庆镕（生卒年未详），字陶甫，一字冶山。曾在府邸筑铁山园（即今孔府后花园），自称铁山园主。孔子七十三代孙，袭封衍圣公。庆镕文名较著。平时招请四方名士，赋诗唱和，积诗甚多，晚年亲自删削大半。又工书法，善绘画，笔致秀逸，风格独具。著有《铁山园诗稿》《铁山园画稿》等。

9. 颜怀礼、颜光敏、颜光猷

曲阜颜氏为孔门高弟颜渊的后裔，迁居琅邪的一支在魏晋南北朝时期出现了颜延之、颜之推等著名文学家，并绵延至隋唐时代。颜延之（384—456），字延年，以诗文著称，与谢灵运、鲍照并称"元嘉三大家"之一。四世孙颜之推，为北朝齐散文家、诗人，其融合南北文学之长的文学主张，及其所作诗、赋、文，特别是《颜氏家训》在当时及其后都有较大影响。其后裔颜师古、颜真卿、颜允南、颜元孙等，在唐代都有文名；师古注经，真卿书法，至今人们仍然受益。但自东晋南渡，琅邪颜氏侨居江南，及唐又落籍长安等地，他们未对山东本土产生影响。宋、元、明时期，未见曲阜颜氏以文名世者，至清则出现了颜怀礼、颜光敏、颜光猷等诗文名家。

颜怀礼（生卒年未详），字约亭，室名带月草堂。清康熙、雍正间人。袭世职为五经博士。好学，喜为诗。只是早年夭逝，故骨格未成。著有《带月堂诗集》，"此集为其弟怀绎所编，前有康熙后壬寅（1722）峄县李克敬序，亦称天假以年，俾尽其勤，何遽不如锼肝斫髓者之所为也”①。

颜光猷（？—约1698），字秩宗，号澹园。颜渊六十七代孙。祖胤绍，崇祯进士，官至河间知府，清兵入城，自焚死。父伯景终身未仕。兄弟三人，长光斅，次光猷、光敏，均为康熙进士。光斅专精学术，兼好琴射，官至浙江学政，以清廉著闻，因忤权贵，引疾归里，世称学山先生。光猷幼与其弟光敏共学，而光敏先为进士，“公益自淬砺，尝冬夜寒甚，以筐筥贮软草竘足以读。卧病历三载，辗转床蓐间，未尝辍学也”②。康熙十二年（1673），终于考中进士，选入词馆，与修《明史》，后以刑部郎中出守贵州安顺。安顺地处偏远，侗、瑶杂处，光猷“曲意拊循，民、苗怀德，在官五载，未尝毙一命而郡大治，群称之为‘颜菩萨’云”③。转河东道盐运使，偶有失误，罢官归里。酷爱读书，嗜好诗文。其诗取法唐人，所著《水明楼诗》颇为时人所称，与其弟、著名诗人光敏齐名，时称“二颜”。

颜光敏（1640—1686），字逊甫，更字修来，别号乐圃。幼聪颖好学，十三岁即善行草，能诗赋。康熙二年（1663）进士，除国史院中书舍人，累官至考功司郎中。性耽嗜山水，工书善诗。为诗秀逸深厚，受到当时著名诗人王士禛、施闰章等的推许，与宋荦、田雯、曹禾、林尧英、王又旦、曹贞吉、谢重辉、汪懋麟、叶封，号称“十子”，刻有《十子诗略》，一时名噪京都诗坛。所著有《乐圃诗集》《旧雨草堂诗》，以及《颜修来杂著》等。其女恤纬，嫁孔兴埠，善诗，著有《恤纬斋诗》《晚香词》。族子肇维，字次雷，康、乾间贡生，官临海知县。诗学南宋诸家，所著《钟水堂诗》为《四库全书》存目。

① 〔清〕永瑢等：《四库全书总目·别集类存目·〈带月草堂诗集〉提要》，中华书局1983年版，第1674页。

② 〔清〕李克敬：《曲阜三颜公传》，载钱仪吉纂《碑传集》卷四四。

③ 〔清〕李克敬：《曲阜三颜公传》，载钱仪吉纂《碑传集》卷四四。

三、临朐冯氏文学

临朐冯氏为明清官僚世家，也是齐鲁地区著名的文化家族之一。其先世原本布衣，冯思忠于明初应募移民广宁(今辽宁锦州)，其子振官至南京户部郎中，至孙裕，重孙惟健、惟重、惟敏、惟讷，俗谓“冯氏五大夫”，裕与子辈都蜚声文苑，成为“父子质行齐鲁，诸儒莫及”的“北海世家”①。冯裕为海岱诗人，已在上编第二章中论及，至其七代孙协一，均有诗文传世。王士禛曾说：“冯氏自闾山先生裕起家进士，以诗名海岱间。有四子：惟健、惟重、惟敏、惟讷，皆有诗名。”②所以临朐冯氏也是齐鲁间著名的文学家族。值得注意的是，冯氏七代都信奉儒学，其官品人品也都与冯裕一脉相承，对文学也都主张吟咏性情，反映人民疾苦，像这样保持家族文化传统的世家，在六朝以后很少见。

冯惟健(1501—1533)，字汝强，一字汝至，号陂门，又号冶泉，冯裕长子。少有文名，长随其父之官南京，与陈凤卢、许石城、邢稚山等在青溪结文社，被推为祭酒。其父裕调任平凉，惟健奉母还临朐故家，中举之后，屡试不第，遂绝意仕进，而着力于诗文创作，在家乡一带颇有影响。著有《陂门山人集》。

冯惟重(1504—1539)，字汝威，号芹泉，冯裕次子。幼聪颖，十岁属文，弱冠补庠生。嘉靖十八年(1539)，与其弟惟讷同时考中进士，授行人司行人。第二年，嘉靖帝南巡，惟重奉命先行，途中发病卒，年仅三十六岁。著有《大行集》。

冯惟敏(1511—1580)，字汝行，号海浮山人。幼从父冯裕任

---

① 〔明〕李维桢：《大泌山房集》所载《冯氏家传》，《四库全书》本。

② 〔清〕王士禛：《渔洋诗话》卷上，《清诗话》上册，中华书局 1963 年版，第 182 页。

所，辗转晋州、南京、甘肃平凉、贵州等地，亲受父兄指导。冯裕为官清廉，刚正不阿，不畏权势，所官之处，惠及百姓。这一切对其诸子，尤其是对追随时间最久的惟敏都有深刻影响。嘉靖十三年（1534），冯裕致仕归里，惟敏也随同返乡，时年二十四岁。由于家世影响，他曾热心仕进，希望一展自己修政安民的政治抱负，但从嘉靖十六年中举后，却屡试不第，遂使其心灰意冷，不复以功名为念。从这一年，直到嘉靖四十年（1561），他一直隐居故里。这一时期，明王朝渐趋腐败，奸邪横行，贪贿成风，下层人民苦不堪言。惟敏归隐之初，尚有寄情山水、游戏人生的想法，而当他目睹贪官污吏对人民敲骨吸髓的勒索，亲身感受到朝廷腐败所带来的深重的社会危机，便从个人的失意痛苦中解脱出来，以散曲为武器，对腐败的政治现实和贪官污吏的罪行，进行了深刻的揭露和猛烈的抨击，使其成为直面现实的斗士和现实主义散曲家。在其家乡临朐，贪官酷吏为满足个人私欲，或借开矿之名敲诈勒索，或以营造为借口搜刮民财，使人民难以生存。惟敏同情人民疾苦，痛恨贪官暴行，撰《矿洞议》，创作《骷髅诉冤》《财神诉冤》和《吕纯阳三界一览》等三套曲，谴责官府为害地方、损财蠹民的罪恶。为此惟敏受到贪官的迫害。隐居不得，他也想出仕实现济世爱民的理想，于是在五十二岁时，又毅然出山；自嘉靖四十一年至隆庆六年（1562—1572）间，惟敏先后官涞水县令、镇江教授和保定通判。这一时期，他南游北走，广泛接触各地文人。如在南京，他与少年时期相识的许石城、邢稚山会面，并结识了著名曲家金峦；在镇江，与江万山、陈五山等结成“江城吟社”；在保定，他修撰《保定府志》，并因钦佩反权奸严嵩而死的杨继盛，为其编辑、刻印遗文。十年为官的经历，使冯惟敏对官场黑暗认识更为深切；与各地文人诗文的交往，使其对南北文风有了更多的感受，这使他晚年散曲和诗文艺术更加纯熟。

冯惟敏与当时山东另一位戏曲名家李开先交谊颇厚,开先罢官家居,惟敏专程赶去慰勉,写有散曲《李中麓归田》,平时二人交往也十分密切。当时"后七子"领袖人物、著名文学家王世贞任青州兵备副使,著名书法家、河南杞县雪蓑漫游青州,都与惟敏赠答唱酬,有密切交往。

冯惟敏的散曲广泛地反映了当时的现实,任敏中认为,在明代"冯氏散曲,最有生气,最有魄力,为明曲中仅有之豪放一派"①,颇类辛弃疾之词在南宋,堪称明代散曲第一大作手。著有曲集《海浮山堂稿》杂剧《僧尼共犯》和《不伏老》。

冯惟讷(1513—1572),字汝言,号少洲,冯裕第五子。聪颖好学,与惟重为同榜进士。隆庆五年(1571),晋光禄寺卿,当年秋即致仕归家,专以著述为务。著有诗文集《光禄集》及《青州府志》。"汝言仕宦三十年,图书诗卷外无长物","评其诗者,以为博洽多记,自出为鲜"②。惟讷的成就与乃兄不同,其自身的文学成就不高,而对前人文学文献的整理和研究作出杰出的贡献,他所辑录的《古诗纪》(或称《诗纪》)、《风雅广逸》是古代诗文的重要选本,"上薄古初,下迄六代,有韵之作,无不兼收;溯诗家之渊源,不能外是书而别求。固亦采珠之沧海,伐木之邓林也"③,至今仍然是研究六朝以前诗歌的重要参考书。

冯裕孙辈中,以惟重之子子履较著名。冯子履(1539—1596),字礼甫,号仰芹。弱冠能文,年十三入庠,二十九岁考中进士,官至河南参政,辞归。传世诗文较少,诗载明代傅国:《昌国艅

---

① 任讷:《散曲丛刊》第十种《海浮山堂词稿提要》。

② 〔清〕钱谦益:《列朝诗集小传·丁集上》,上海古籍出版社 1983 年版,第 391 页。

③ 〔清〕永瑢等:《四库全书总目·〈古诗纪〉提要》,中华书局 1983 年版,第 1716 页。

艎》，济南出版社 1996 年版，第 88 页。

冯裕重孙辈中，以琦、瑗较著名。冯琦（1558—1603），字用韫，号朐南，一号琢庵。天资聪颖，濡染家学，万历五年（1577）进士。冯琦继承家学，也继承乃祖遗风，抗直敢言，不避权贵，官至吏部右侍郎，为万历名臣。所著《宗伯集》收诗 300 余首，记序论议 200 余篇。于慎行序称其诗“古出建安而下，逮于唐；近出高、王，而旁薄于杜，又当世所不几者”，傅国称其文“涵浴万象，贯穿千古，子瞻之后，无可拟者”①，都不无溢美之词，但也说明冯琦的诗文在当时的确有一定影响。钱谦益详论冯琦、于慎行，谓“学有根柢，词知典要，二公其卓然者也”②。此外，他曾将其曾祖冯裕诗文编为《北海集》，将冯裕与北郭禅林诗社的诗歌编为《海岱会集》，将其曾祖与祖父辈的诗歌编为《五大夫集》，并编有“经国济民之备”的《经济类编》。冯琦将其家族诗文编辑印行，对于冯氏保持其家族文学传统具有重要意义。冯瑗（1572—1627），字德韫，号栗庵，惟敏之孙。进士，官至山西参政。著有《黄龙纪事》《开原图说》等。其诗选入《青州明诗钞》。

惟讷曾孙士衡、惟健曾孙士标，并有文名。士衡《西苑诗》书法手迹今存，士标著有《西征记》行世。士衡之子溥，为清初一代宗师。

冯溥（1609—1691），字孔博，幼聪颖好学，博览群书，中举后恰逢明清易代。顺治二年（1645）进士，官至文华殿大学士，是冯氏家族中官位最高一个。由于他屡任考官，又爱才惜贤，清初一大批著名文人都出自门下。据《临朐县志》本传载，冯溥曾举荐法若真、曹溶、施闰章、沈珩、叶舒崇、曹禾等，“而毛奇龄、朱彝尊、陈维崧，一时皆出其门下”。就连当时文坛领袖王士禛也自称为其

---

① 〔明〕傅国：《昌国艅艎》，济南出版社 1996 年版，第 88 页。

② 〔清〕钱谦益：《列朝诗集小传·丁集中》，上海古籍出版社 1983 年版，第 549 页。

“门下士”。虽然冯溥本人文学成就不高,但他所提携荐拔的一批文学之士为清代文学的发展作出重要贡献。冯溥入阁为相后,康熙帝将明衡王府第赐赠,待其乞休归里即住青州,所以后来也将其籍贯写作益都。所著《佳山堂诗集》,施闰章、王士禛、陈维崧、方象英等十几人为之作序,称其能继承家学,其诗“求之性情”,为“汉魏三唐之遗响”。子协一,字躬暨,号退庵,官台湾知府,著有《友柏堂遗诗选》,收入《四库全书》。

四、德州田氏、卢氏文学

1. 德州田氏文学

德州田氏为明清官僚世家,田绪宗于顺治八年(1651)登进士第,官浙江丽水知县,有文名。夫人张氏,亦德州人,通《诗》《春秋传》,博及群书。能文工诗,今存《示雯辈》一文,诗《茹荼吟》30首。绪宗早逝,张氏夫人茹苦含辛,抚孤成立,亲自将子雯、需、霡等教育成才。雯、需、霡及雯子肇丽、孙同之,并有文名。

田雯(1635—1704),字纶霞,又字紫纶,号山薑子,晚号蒙斋,人称德州先生。顺治九年(1652)进士,官至户部侍郎。少孤,承母教诲,博通经籍。少时读书,不屑为章句之学,而爱好诗文。康熙年间,王士禛主盟诗坛,名动海内,论诗主神韵,田雯不愿追踪攀附,负其纵横排奡之气,欲以奇丽抗之。其人不喜随俗俯仰,其诗文“组织繁富,锻炼刻苦”,“不肯规规作常语”①,在康熙文坛,自成一家,“学者诵习公之诗若文,与新城王阮亭先生并,两先生

① 〔清〕永瑢等:《四库全书总目·〈古欢堂集〉提要》,中华书局1983年版,第1526页。

皆山东人,故以地名别之”①。田雯与王士禛并驰文坛,“其名虽不及士禛,然偏师驰突,亦士禛之劲敌也”②。田雯论诗尊宋,推崇黄庭坚、陆游,其五言排律《南阳武侯草庐》、七古《趵突泉歌》《移居诗》以及《长句送峨眉南归》等,气势奔放,奇警博丽,确为大家手笔。田雯晚年喜爱济南风景,卜居大明湖畔,并写有歌咏济南景物的诗歌,其《谒东方祠五首》《拜李于鳞墓》《四风闸访辛稼轩旧居》等诗,表达其对乡贤的崇敬之情;《趵突泉歌》《同郭广文登千佛山二首》等,都充满对家乡山山水水的热爱之情。田氏诗歌中的乡恋情结,说明他的诗风、人格的形成渊源有自。所著《古欢堂集》,收入《四库全书》。

田雯二弟需,字雨来,号鹿关。康熙十八年(1679)进士,改庶吉士,授编修。著有《水东草堂诗》。雯三弟霡,字子益,号乐园,又号香城居士。康熙二十五年(1686)拔贡,授堂邑教谕,以病不赴。所居地曰竹竿巷,筑数帆亭,以篱笆为墙,自题曰“香城”。淡泊名利,任性旷达,与乃兄个性不同。好种菊,因又号菊隐。他学诗于王士禛,学文于汪琬,诗文都取得一定成就。王士禛为其所著《鬲津草堂诗集》作序,称其诗冲淡、自然、清奇。又有《菊隐集》《南游稿》《乃了集》等。

田雯子肇丽,字念始,号苍厓,负隽才,屡试不第,以荫生官至户部郎中。所著《有怀堂诗文集》收入《四库全书》“别集类存目”。子同之,字彦威,一字砚思,号小山,又号西圃。康熙五十九年(1720)举人,官国子监学正。同之为雯孙,而诗宗法王士禛,与其叔霡同属王派诗人。能诗工词,而以词称。其描写济南大明湖

① 〔清〕周彝:《通奉大夫户部左侍郎田公雯神道碑铭》,载钱仪吉纂《碑传集》卷一九《田雯》。

② 〔清〕周彝:《通奉大夫户部左侍郎田公雯神道碑铭》,载钱仪吉纂《碑传集》卷一九《田雯》。

景物的词作《水龙吟·初秋明湖夜泛》和《齐天乐·百花桥听莺》,声情摇曳,溢荡着词人热爱家乡的深情。著有《晚香词》《西圃词说》等。

2. 德州卢氏文学

德州卢氏,祖籍涞水(今属河北),明初迁居德州,为德州文化家族之一。卢世㴶、卢道悦、卢见曾都以诗文知名。

卢世㴶(1588—1653),字德水,号紫房,晚号南村病叟。明天启四年(1624)进士,官至监察御史。明末朝政日非,社会危机深重,"公俯仰兴怀,如抱隐忧,悲天悯人,往往发之于诗,游于酒人,日沉饮自放而已"①。明亡降清,起复原官,以病废辞。隐居家乡,晚号南村,盖以陶渊明自喻。论诗主张直抒胸臆,所见、所感、所想、所闻,"可愕可娱,可怜可诧之事,悉囊于诗"②。他认为,诗歌出之天然,情趣淡远,则为诗之佳品。所作诗"徜徉自适,抽绎吟情,结撰入微,达人禅理,奇思硬语,骈出横陈"③,或悲感凄怆,或情趣淡远,都受到时人的称许。邓之诚将其与文坛领袖钱谦益相提并论,谓"谦益诗不似杜,而世㴶则悲感凄怆,无一字非杜也,即其诗可以观其人焉"④;王士禛则将其所著《读杜微言》与钱谦益注杜相提并论,谓"苦为《南华》求向、郭,前唯山谷后钱、卢"⑤。由此可见卢氏在当时的影响。著有《尊水园集》。

---

① 〔清〕田雯:《卢先生世㴶传》,载钱仪吉纂《碑传集》卷一三六《卢世㴶》。

② 〔清〕田雯:《卢先生世㴶传》,载钱仪吉纂《碑传集》卷一三六《卢世㴶》。

③ 〔清〕田雯:《卢先生世㴶传》,载钱仪吉纂《碑传集》卷一三六《卢世㴶》。

④ 邓之诚:《清诗纪事初编》,上海古籍出版社1984年版,第697页。

⑤ 王士禛:《戏仿元遗山论诗绝句》,载《渔洋精华录》卷二。

卢道悦(1640—1726),字喜臣,号梦山。世漼从孙。康熙九年(1670)进士,终官偃师知县。居官廉洁,抚恤灾民,深得当地百姓爱戴,在其离去后,为建生祠,岁时伏腊及其生日,率子弟为其祝寿。沈德潜谓其“诗中所云,皆从忧勤廉惠中出也,勿徒于对偶声律间求之”①,田雯称其诗“闳俊可喜”②,说明他的诗重写实,艺术性不高。著有《公余漫草》《清福堂遗稿》等。

道悦子见曾(1690—1768),字抱孙,号淡园,又号雅雨山人。著名学者、诗人。康熙六十年(1721)进士,官至两淮盐运使。居官廉正,政绩颇著。每官一地,则建书院一所,曾建雅江书院(洪雅)、赓扬书院(六安)、敬胜书院(永平)、问津书院(长芦)、安定书院(扬州)等,育人甚多。官两淮盐运使期间,卢见曾与南方书画名家金农、著名诗人厉鹗、著名学者惠栋等交往密切。作为学者,他曾校刊《乾凿度》《战国策》《尚书大传》《周易集解》等,并曾补刊朱彝尊的《经义考》,为古代文献的保存和流传作出重要贡献;作为诗人,他曾著有《雅雨堂诗集》,“诗笔健拔,而词旨深厚”③。同时,他还著有《雅雨堂文集》《出塞集》及《旗亭记》《玉尺楼》两部传奇。济南学者有重视乡邦文献的传统,德州宋弼辑《山左明诗钞》,卢见曾则辑《国朝山左诗钞》。他本人曾得益于乡人王士禛和田雯的指授,或是他穷尽心力编选乡人诗歌的原因吧。

五、安丘曹氏文学

明清时期,青州所属益都、诸城、安丘、临朐、寿光、乐安、昌乐等县,出现了不少文化家族。益都赵氏、诸城刘氏和王氏、临朐冯

① 〔清〕沈德潜:《清诗别裁集》卷一〇,上海古籍出版社1984年版。

② 《偃师知县卢君道悦传》,载钱仪吉纂《碑传集》卷九二《卢道悦》。

③ 徐世昌:《晚晴簃诗汇·诗话》卷六〇《卢见曾》。

氏等,前文已经论及。他如寿光刘氏、乐安李氏、昌乐阎氏、安丘曹氏等。安丘曹氏,自曹一麟之后,历四世至曹贞吉、申吉兄弟。贞吉、申吉兄弟文学成就较高,其裔孙曾衍、元询亦有文名。

曹贞吉(1634—?),字迪清,一字升阶,又字升六,号实庵。康熙三年(1664)进士,官至礼部郎中。性耿介,笃于师友。曾与著名诗人施闰章游处,二人在师友之间。闰章殁,贞吉为其经营安排后事,不遗余力,所作《拜愚山野殡》三章,情动于中,哀婉凄绝,十分动人。贞吉工诗词,与宋琬、王又旦、颜光敏、叶封、田雯、谢重辉、丁炜、曹禾、汪懋麟等,世称“金台十子”。贞吉颇为王士禛及宋荦、吴绮等诗坛名流所推重,王士禛选其诗为《十子诗略》。其诗法唐学宋,融会金元诸家,风格遒炼,气清力厚,为时人所称许。黄宗羲称其诗“以工夫胜”,“平易之中法度历然”①,“其黄山诸作,极为宋荦所推”②。其诗集中也不乏反映人民疾苦的作品,如《山民叹》《观灯叹》等。后集为《珂雪诗》。其词当时被吴绮选入《名家词选》,后为王昶选入《国朝词宗》;吴绮称许其词,置为《名家词选》的压卷之作,一时传为绝唱,后集为《珂雪词》。王炜谓《珂雪词》“肮脏磊落,雄浑苍茫,是其本色,而语多奇气,惝恍傲睨,有不可一世之意。至其珠圆玉润,迷离哀怨,于缠绵款至中自具潇洒出尘之致,绚烂极而平淡生,不事雕锼,俱成妙诣”③,对其词注重创新以及雄浑苍茫而又清新飘逸的风格特点,作出十分中肯的评价。陈廷焯说:“珂雪词在国初诸老中,最为大雅,才力不如朱(彝尊)、陈(维崧),而取径较正。国朝不乏词家,《四库》独

---

① 〔清〕黄宗羲:《曹实庵先生诗序》,载《珂雪诗》,《四库全书》本。

② 〔清〕永瑢等:《四库全书总目·〈珂雪诗〉提要》,中华书局 1983 年版。

③ 王炜:《珂雪词·序》,《四库全书》本。

收《珂雪》，良有以也。”①所谓“最为大雅”、“取径较正”，盖谓曹词注重对我国诗词艺术传统的继承。总之，曹贞吉“以填词名世，诗多豪迈之作”②，在清初诗坛词坛都有一定地位，他注重在继承诗词艺术传统基础上的创新精神，尤其值得重视。

曹申吉（1635—1680），字锡馀，号逸庵，别号澹馀。贞吉之弟，顺治十二年（1655）进士，官至贵州巡抚。吴三桂发动叛乱，被执殉难。其诗受其外祖父刘正宗指授，为“济南诗派”传人之一。刘正宗，字可宗，又字宪石，明崇祯元年（1628）进士，入清官至文华殿大学士，加少傅兼太子太傅，后以罪革职。有诗才，徐世昌说他“簪笔禁近，躬阅兴亡，故诗多感伤之概”③。著有《御墨楼诗集》。正宗诗主历下，即主张继承明济南诗人李攀龙的诗风而又有所变通，论诗以格调为先，感发志意，通之性情，远绍“三百篇”，近法唐人，追求言有尽而意无穷的艺术境界。申吉受其影响，诗“早学右丞、嘉州，自南岳回，沉郁顿挫，人比之少陵夔州以后”④。著有《澹馀南行》《黔行》《黔寄》诸集，有《澹馀诗选》行世。孙曾衍，字士行，诸生。能诗，“野鸟有情啼晚树，乱云无碍出秋山”之句，论者认为“独有晚唐佳境”⑤。其后元询，字灵应，举人。著有《萝月山房集》。

六、明清时期的客籍作家

明清时期因漫游、游宦而客居山东，对本地有一定影响的作家，

① 〔清〕陈廷焯：《白雨斋词话》卷三，人民文学出版社1983年版。

② 徐世昌：《晚晴簃诗汇·诗话》卷三五《曹贞吉》。

③ 徐世昌：《晚晴簃诗汇·诗话》卷二一《刘正宗》。

④ 〔清〕张贞：《通奉大夫巡抚贵州工部右侍郎兼都察院右副都御史加一级曹公申吉墓志铭》，载钱仪吉《碑传集》卷六三《曹申吉》。

⑤ 徐世昌：《晚晴簃诗汇·诗话》卷二七《曹申吉》。

明代较著名的有晏璧、王世贞、张鹤鸣、王思任、谈迁等,清、近代有顾炎武、施闰章、朱彝尊、郑燮、翁方纲、阮元、姚鼐、黄景仁、王初桐、何绍基、刘鹗等。

1. 晏璧

晏璧(生卒年未详),字彦文,江西庐陵(今江西吉安)人。诗人。明成祖永乐二年(1404),由徐州判官迁山东按察司佥事。后与修《永乐大典》,任副总裁。在山东期间,有题《济南七十二泉诗》1卷。题《趵突泉》云:"渴马崖前水满川,江心泉迸蕊珠园。济南七十泉流乳,趵突独称第一泉。"自此诗之后,趵突泉又称"第一泉",后人曾勒石泉上。

2. 王世贞

王世贞(1526—1590),字元美,号凤洲,又自署弇州山人、天弢居士等。南直太仓(今江苏太仓)人。嘉靖二十六年(1547)进士,除刑部主事。在京期间,与历城李攀龙结诗社,继李梦阳、何景明等"前七子",倡导文学复古运动,史称"后七子"。与李攀龙既是志同道合的诗友,也是终生不渝的莫逆之交。嘉靖三十五年(1559),出任山东按察司副使,兵备青州,驻节颜神镇。李攀龙在《赠王元美按察青州诸郡序》讲到青州"暴弟子亡赖少年尔,不采金于山,即煮盐于海矣。轻扞厉禁,恣睢辟倪,往往内交亡命,倾身为急,仇家不解,白刃以视,与其逮于法也,不如听于豪",所面临的社会问题十分严重。王世贞到任治理有方,政绩卓著。嘉靖三十六年(1560),应本地举人赵庆简等议,请筑颜神镇石城,并作《建城碑铭》,李攀龙为作《颜神镇石城记》。

在山东期间,王世贞与当时著名文人交往,结识了"嘉靖八子"之一的李开先、济南诗人许邦才。李开先罢官家居,王世贞多次前往访问，有《春夜饮李伯华少卿》《冬日同客游李太常伯华诸园》记其事；李开先也有《冬夜王凤洲宪副见访近城园中，有诗相赠，依韵奉答》相酬。其间，王世贞为李开先《咏雪诗》作跋。嘉靖三十七年（1558）秋，李攀龙从陕西辞官归来，王世贞作《李于鳞罢官歌》。翌年，王世贞利用谒见上司的机会，探访李攀龙，二人谈政论诗，王世贞有《书与于鳞论诗事》记其事。其间，王世贞也有登白雪楼、登灵岩绝顶诗。其在山东任职期间的诗文，均载《弇州山人四部稿》，有《四库全书》本。

在青州任内，王世贞利用公务空暇之便，完成其论诗名著《艺苑卮言》的初稿。嘉靖三十八年（1559），时任都察院右佥都御史的王世贞父王忬，因防御鞑靼不利，为奸相严嵩构陷入狱，王世贞便自劾免职，星夜奔赴京都，伏阙上章，希图洗刷父亲冤情。然无济于事，其父被论死，于嘉靖三十九年十月朔被杀。

3. 张鹤鸣

张鹤鸣（1551—1635），字元平，南直颍川卫（今安徽阜阳）人。诗人。万历二十年（1592）进士，除历城知县，历官至兵部尚书。在历城任内，曾主持修五龙坛、八蜡庙，疏浚怀家洼，“凡兴利便民者，无不为之”①。他对济南山水名胜亦多所题咏，如《游湖十绝》《题趵突泉》等，载《芦花湄集》。

4. 王思任

王思任（1575—1646），字季重，号遂东，又号谑庵。浙江山阴（今浙江绍兴）人。明末文学家。万历二十三年（1595）进士，翌年除兴平知县。明末，清兵破南京，鲁王朱以海在绍兴就任监国，以思

① 〔清〕任弘远：《趵突泉志》，济南出版社2013年版，第36页。

任为礼部尚书。绍兴破,绝食而死。

王思任曾于万历四十五年(1617)补山东布政司照磨,游历历下诸胜,写有《游历下诸胜记》:

> 华不注、大明湖、趵突泉,济南之三誉也。
>
> 东北山渡海谒岱,如雁阵点点,距翼戢止。而华不注虎齿刺天,肥而锐,似帝青宝碧十分涂塑者。
>
> 予时侨居历山书院。幕僚程、张二君以斗酒洽之漱玉亭上,观所谓趵突者。昔时剑标数尺,而今仅为抽节之蒲,诸童子浴,裸亵之。王屋之气,日短一日矣——泉也。且泉之左,为于鳞先生白雪楼,已别有所属,何处吊中原吾党也?——楼也。
>
> 且明日引镜,眉间黄起,则既秣马矣。尽辞上官之后,披襟独往历下亭子一看。菡萏千亩,流光溯空,芦中人,谁与?若肯为我谱渔笛数弄,我不难赓桓伊也。盈盈脉脉,无以持赠,人亦谁可笑语!……南山危矗如佛首者,历山耶?……戴玄趾诗送我:"平生知己少,恸哭鲍山边。"东望有青蔚起者,是矣。……
>
> 夫山水之理,必不可卤莽而得。济南名胜,尚称幽夥。一眺望间,而欲瞭上下千百年之事,此不过望屠门而食气者,不可以饱骄人。虽然,疏笼之羽,义无反顾,而吾犹得翱翔,成礼以去,虽不满腹,亦不虚归矣。一脔全鼎,蜜无中边,其韵一也。且食肉者,何必马肝而尽哉!

文载《王季重十种》,是明代最后一篇纪游文章。思任来济,正值明季,湖泉山水一片衰飒景象,而所属意者华不注、大明湖、趵突泉仍令其留恋不已。

5. 谈迁

谈迁(1594—1658),原名以训,字仲木,明亡后改名迁,字孺木,号海若,又自署江左遗民。浙江海宁人。史学家。明末科考失意,南明时期曾有人推荐入史馆或出任中书舍人,均坚辞。清兵南下,谈迁曾随户部尚书高弘图劝说浙江巡抚与总督抗清,未果,遂隐居故家。著有《国榷》100卷。所撰《北游录》,记述其顺治十年(1653)从嘉兴沿运河北上,两年后反迹故里的经历见闻。其中有关京杭运河聊城段的记载,涉及自然人文景观和人民生活状况,为研究运河史者所重视。

《北游记》按顺序记载了聊城运河沿线的闸坝的分布、设置年代,也记载和考证了聊城运河沿线著名的名胜古迹,如阳谷张秋镇的吴季札挂剑台、徐君墓、羊使君庙、鲁仲连射箭台、隆兴寺、铁塔等。同时,也生动描述了聊城沿线城镇的历史及繁荣景象。在《北游记记咏》中,谈迁还辑录了有关聊城名胜的诗词15首。

6. 顾炎武

顾炎武(1613—1682),初名绛,字忠清。清兵南下,南明弘光建元后改名炎武,以明抗清之志。字宁人,别号亭林,晚年曾化名蒋山佣。江苏昆山人。明清之际著名思想家、学者和诗人,也是一个终身从事反清斗争的志士。著有《顾亭林诗文集》《日知录》《天下郡国利病书》等。

顾炎武于明末曾参加复社,反对宦官擅权贪腐,明亡后矢志反清,义不旋踵,在昆山、嘉定一带抗清失败后,仍奔走南北,筹谋进行抗清活动,屡挫屡奋,老而弥笃,对清室的禄诱、胁迫不屑一顾。清顺治十四年(1657),顾炎武初次来山东,曾垦田于章丘之长白山下以自给。《济南》二首为其初到济南之作。第一首即景兴感,赞美济

南壮丽山川,表达了对唐代大诗人杜甫的追怀之情:

落日天边见二峰,平临湖上初芙蓉。西来水窦缘王屋,南去山根接岱宗。积气苍茫含斗宿,余波瀺灂吐鱼龙。还思北海亭中客,胜会良时不可逢。

第二首则是对清军践踏济南暴行的斥责,慨叹自己抗清无功:

水翳墙崩竹树疏,廿年重说陷城初。荒凉王府余山沼,寥落军营识旧墟。百战只今愁海岱,一麾犹足空青徐。经生老却成何事,坐拥三冬万卷书!

顾炎武在六十二岁以前,以山东为中心,往来于京、鲁之间。在山东,他广泛结交具有反清倾向的文人名士。在滨海的掖县(今山东莱州)拜访明遗民诗人赵士完、赵士喆兄弟,在济南与新城(今山东桓台)徐夜、章丘张光启、济阳张尔岐、德州程先贞等游处。在这一期间,他考察山东古迹及金石文字,著有《山东考古录》《山东肇域志》《岱岳记》等,使其对齐鲁文化有了深刻体验,其活动及其思想也影响了那个时代的齐鲁学人。

清初诗人王士禛在济南大明湖组织秋柳诗社,所写《秋柳》诗轰动大江南北。顾炎武来华北期间,曾六谒明陵,兴复之志,老而弥笃。在其由京返济之后,曾参与大明湖畔的"秋柳唱和"活动,写有《赋得秋柳》:

昔日金枝间白花,只今摇落向天涯。条空不系长征马,叶少难藏觅宿鸦。老去桓公曾出塞,罢官陶令乍归家。先皇玉座灵和殿,泪洒西风夕阳斜。

诗借秋柳衰残的形象，抒发了诗人物换人非的感慨，寄寓着深沉的故国之思，含蓄地道出其不忘兴复明室的志向。康熙七年(1668)二月，因受黄培诗案的牵连系狱，经友人李因笃、朱彝尊等多方营救获释之后，写下《济南》一诗：

> 湖上荷花岁岁新，客中时序自伤神。名泉出地环岩郭，急雨连山净火旻。绝代诗题传子美，近朝文士数于鳞。愁来独忆辛忠敏，老来无端痛古人。

在济南，他想到的是杜甫的爱国情怀，李攀龙的兴复文学传统之志，辛弃疾抗金卫国、不忘兴复的悲壮事迹；吟咏的是湖泉，而慨叹的是自己无力兴复的悲愤。

7. 施闰章

施闰章(1618—1683)，字尚白，号愚山，又号蠖斋，江南宣城(今安徽宣城)人。清初著名文学家，与山东宋琬并称，号“南施北宋”。顺治六年(1649)进士，官至侍读。著有《愚山先生集》，有《四库全书》本。

施闰章于顺治十三年至十七年，出任山东提督学政。到任之后，即寻访明“后七子”领袖李攀龙的墓地前往凭吊，见墓侧石碑仆地，任人樵采，遂为整修、立碑，并亲撰碑文，赞美李攀龙的文学成就及贡献。蒲松龄十九岁应童子试，取为县、府、道第一，补博士弟子员，受到施闰章的赏识。

在济南，施闰章公余即徜徉于湖泉山水之间，并以诗文纪其行踪。大明湖在学政住处附近，是其常往之处，写有《同严子餐给谏、李君渥枢部泛明湖》诗。明万历年间历城令张鹤鸣曾修建趵突泉上之来鹤桥,明末济南知府樊时英重修,至清初泉上破败不堪,桥亦朽坏。施闰章遂“亟出俸钱,命浚之。疏壅决滞,……复泉之旧”,并鸠材备料,重修来鹤桥,有其所写《趵突泉来鹤桥记》记其事。济南南部诸山为泰山余脉,风景秀美,为历代文人游赏之处。施闰章有《济南九日登历山》《灵岩行》及《游龙洞山记》《玉函山记》等诗文纪其游历及感受。《玉函山记》云:

玉函山在齐郡城南二十里,皎然若几案。一名卧佛山,余乘兴偶出,觅筍舆,兼策杖,径造其颠。向之皎然几案者,隐然在万山中;稍缺其北,郡城当之。俯视迷离,惟明湖荷芰,城外流泉,浮青缭白;鹊、华二山如列眉。上有碧霞宫,皆石屋。南望泰山,不甚高,若可兄事而指臂联也。

世传山有鸟,曰“王母使者”。汉武登之,得玉函,化白鸟飞去。事见《酉阳杂俎》。余谓山形差小,非登封临幸之所;石径巉削,无可容辇道,世所传殆非也。然自有山以及汉武,不知几万载矣;汉去今又数千载矣,汉武即果至,亦万古之须臾耳。而山以汉武名,是何无尽者待传有尽,不朽者藉名速朽也?天下之山川,赖人以显者类如是。岂好名之病,山川不免与?抑人自名之,而山川不有与?

士大夫无独游者,余兴至则游,不偕宾从。尘籁既尽,解衣御风,嗒然知浮名之非,故而造物之冥冥不可得而名也。独游之乐,视与众乐甚也。作《玉函山记》于石屋,时己亥夏五月二十有七日。

玉函山位于济南南郊,因传说汉武帝曾登临而闻名。著名文学家如宋代晁补之、明代李攀龙等都曾有吟咏、题记,而如施闰章登山而对山名加以考证,并由此生发出一番议论,则较少见,确为纪游文字的佳作。

8. 朱彝尊、翁方纲、阮元

朱彝尊(1629—1709)，字锡鬯，号竹垞，浙江秀水人。清初著名文学家、诗人。康熙十八年(1679)，举博学鸿词科，授翰林院检讨，充任《明史》纂修官。博通经史，并擅诗文。时与王士禛齐名，“朱王两公，南北名家，骚坛宗匠”①。著有《曝书亭集》《经义考》《日下旧闻》等。

康熙七年(1668)春，他从北京来山东，做山东巡抚刘芳躅的幕僚。在山东期间，对济南山水名胜多所题咏。来济第二年春，为刘芳躅令人所挖濋泉作《濋泉记》，由“天下之水，源澄者流必清，源浊者流亦浊”，议及“为政之道”，表达了他对清廉政治的向往。该年五月中旬泛舟大明湖，写下《饮历下亭泛舟莲子湖二首》。在《题历下亭》一文中，他曾记述这次游历：“康熙庚戌(应作“己酉”)五月既望，泛舟莲子湖，眺北极台，时菡萏始舒，热风未甚，循湖而行，求七桥故址。俄而雨骤至，复乘舟登历下亭，与客纵饮。既霁，泉泠泠注亭下，有鱼自濊泳跃入阶，童子烹以侑酒。盖客济南二年矣，乃得一醉兹亭焉。”莲子湖，即大明湖。诗云“江南归思缓，仿佛棹歌声”，是说明湖景物宛如江南，使其有客游如归之感，因而减少了思乡的愁烦。

翁方纲(1733—1818)，字正三，号覃溪，又号苏斋，顺天大兴(今北京)人。清代中期著名学者、诗人。少有才思，年十二补府学生，十五登乡荐，二十进士及第，取得翰林院庶吉士资格，入庶常馆学习。学期届满散馆时，因翻译满文《桃花源记》，受到乾隆帝的嘉许，御定一等一名，授翰林馆编修。其后仕途顺遂，历官至内阁大学士。

---

① 〔清〕薛雪：《一瓢诗话》，人民文学出版社1998年版，第100页。

虽如此,但他既不同于蝇营狗苟、一心取媚君上的政客,也不同于酒足饭饱即游憩于柳荫花下的官僚,一生虽浮沉于宦海之中,却以研治经术、考察金石为己任。史传载,翁方纲“屡持文柄,所拔英硕,厥后多有文名”,及至晚年,门生故吏遍天下,“笔墨重于琛琳,声望高于山斗,寿跻大耄,著作等身”。翁方纲著述宏富,诗凡 70 卷、6 千余首,其他考订金石等著述多种,结集为《复初斋诗集》《文集》《苏斋丛书》等。

翁方纲于乾隆五十六年(1791)以文渊阁直阁事内阁学士兼礼部侍郎加一级的职衔督学山东。这位颇有考据癖的诗人,对于“诗礼之乡”的山东,怀有一种特殊的感情。其《奉使视学山东道中述怀》一诗,说他对山东早已向往,在途中就规划着稽考六经本源,辨惑释疑,完成经义考订的著述。到官未及半年,足迹几乎遍及山东全境。东至芝罘(今山东烟台),观赏大海奇景;西到东昌(今山东聊城),登光岳楼赋诗;南向访古曹南(今山东菏泽),北向视学德州。所到之处,他观览名胜古迹,搜求汉魏碑刻,访求李白、苏轼遗迹,凭吊前辈边贡、李攀龙、王士禛、王苹等,风尘仆仆,热情洋溢。即使阴雨暂住,也偷闲与学生研讨、考订经义;卧病在床,也从未停止著述。自云“性耽吟咏”的诗人,自然是随地有诗,随时有诗。大概是山东的壮丽山川及其古老灿烂的文化激发了诗人的情兴,这位力主“肌理”说、被人讥为“少性情”的诗人,在山东,特别是在济南,写下了不少清新自然的篇章。

翁方纲是王士禛门生黄昆圃的学生,他颇以私淑王士禛为荣。此次视学山东,“非惟敬乡梓,直拟叩师程”,因以王士禛故居论诗处小石帆亭名其院厅事后轩,并将在山东期间写的诗卷取名《小石帆亭稿》。使院在大明湖南岸,“高楼下接云水色,小桥径接渔樵渡”,推窗湖景即入目而来。公暇游憩,即到明湖。因此,翁方纲吟咏明湖的诗较多,在艺术上也颇具特色。《明湖历下亭》《雪后湖亭作》

《小沧浪月夜作》《六月九日与诸友人泛湖憩小沧浪》等吟咏明湖的诗篇，小沧浪之外的汇波楼、曾公祠等明湖诸景，诗人都笔酣墨饱，题咏殆遍，大不类其“以考据并议论”入诗的诗风。而于济南诸泉，他时而泛舟珍珠泉，时而观览“奔腾一气间”的趵突泉；在趵突泉，他怀着敬仰的诚敬凭吊明代诗坛巨子李攀龙；在望水泉故址，他慨叹“诗名直接渔洋后”的济南诗人王苹身后的零落。

乾隆五十八年(1793)，学政任满，翁方纲怀着依恋难舍的心情返京述职。其山东之行，不仅政绩有声，而且著述满囊。乾隆五十六年十二月，编定《通志堂经解目录》并付梓；乾隆五十七年夏六月，完成了《经义考补正》；同年冬，编定《小石帆亭稿》。而他对任期内未完成金石丛编的整理校订工作，深感遗憾。但山东胜景，特别是济南鹊华秋色、明湖及历下亭的秀丽景色，及至离去很久，仍形诸诗文，说明山东之行给他留有深刻印象。

阮元(1754—1849)，字伯元，号云台，江苏仪征人。乾隆五十四年(1789)进士，历官至体仁阁大学士。卒谥文达。著有《揅经室集》《两浙輶轩录》《十三经校勘记》《经籍纂诂》《皇清经解》《畴人传》以及《山东金石志》等。

阮元紧接翁方纲视学山东，自云：“余居山左二年，登泰山，观渤海，主祭阙里，又得佳士百余人，朋辈觞咏，亦颇尽湖山之胜。”(《小沧浪笔谈》序)离开山东后，阮元视学浙江，身在杭州西湖美景之中，忆及山东“所历之境”，仍撰写了《小沧浪笔谈》。因其在济南驻地习游大明湖小沧浪，遂以为书名。《小沧浪笔谈》卷首这样描述小沧浪：

> 小沧浪者，历下明湖西北隅别业，即杜子美所言北渚也。鱼鸟浮沉，水木明瑟，白莲弥望，青山向人，至此者渺然有江湖之思。……与学署相距一湖，少暇即放舟来读书于此。或避暑

竟日,或坐月终夜;笔床茶灶,夷犹其间。鹊、华在北,惜为城堞所掩;历山在南,苍翠万状。远望梵宇,小如箱箧。或黑云堆墨,骤雨翻盆,万荷竞响,跳竹溅玉;霅然而霁,残霞雌霓,起于几席。斜日向晚,湖风生凉;皓月转空,疏星落水;鸳鸯鸂鶒,拍拍然不避人也。及其清露湿衣,仰见参昴,城头落月,大如车轮,是天将曙矣!此境罕有人领之者。

追忆小沧浪秀美景色及其感受,情至文生,读之令人神往。

阮元的诗歌,《晚晴簃诗汇》说其"歌行出入东坡、放翁,晚涉诚斋。近体风格亦近中唐。题咏金石之作,不因考据失格,兼覃溪之长而祛其弊",颇有溢美之词。《小沧浪笔谈》中,大部分为题咏之作,诗味较少,而其纪游写景之作,如《小沧浪杂诗》《水木明瑟轩即事》《雨后泛舟登汇波楼》等,颇能反映阮元诗歌艺术特点。其中如《雨后泛舟登汇波楼二首》,清丽秀灵,富有情韵:

急雨才过水上楼,门前齐解木兰舟。垂杨小屋菰蒲岸,不听凉蝉已觉秋。

湖里荷花百顷田,湿香如雾绿如天。会须尽剪青芦叶,顿放花光到客船。

诗"纯以感受,用白描手法,将夏季大明湖风光如画的景致显于笔端"①。

《小沧浪笔谈》的大部分内容,是记载阮元与山东诸学者考订金石之事及其有关诗文。阮元不同于一般的达官显贵,他博学渊通,融贯古今,居官不忘治学,并爱才重士,奖掖后进,造就诸多人

① 严迪昌:《清诗史》,浙江古籍出版社2002年版,第727页。

才，主持文坛数十年，为学者奉为泰斗的一代大师。阮元以其兼综毕贯的学识，参照古代经典文献，对山东各地金石的考订及见解至今仍十分珍贵。其书中记载有当时随从考察的诸多学人的诗文，亦为那时地方文学研究的资料，今文献已缺载，弥足珍贵。

9. 郑板桥

郑板桥（1693—1765），名燮，字克柔，号板桥，江苏兴化人。清代书画名家，“扬州八怪”之一。诗人。早年贫困，四十五岁始中进士，出任山东范县（今河南范县）县令，五十四岁由范县转任潍县知县，六十一岁因请赈忤大吏，罢官归里。其书法，用隶体参入行楷，自成一格，号称“六分半书”。其诗文，也具有独特风格。著有《板桥集》。

郑板桥在范县、潍县任职期间，关心民瘼，为民承重，即其送山东巡抚画竹题诗所谓：“衙斋卧听萧萧竹，疑是民间疾苦声。些小吾曹州县吏，一枝一叶总关情。”其诗、词、文章都与现实息息相关，而其对人民生活伤痛的关注及同情，成为他在山东居官期间诗词的基调。他说：“天地间第一等人，只有农夫。……皆苦其身，勤其力，耕种收获，以养天下之人。使天下无农夫，举世皆饿死矣。”因此，他目睹挣扎在生命线上的农民，笔含血泪，写下《悍吏》《私刑恶》《抚孤行》《逃荒行》《还家行》《思归行》《满江红·田家四时苦乐歌》等真实反映农民遭遇的感人至深的篇章。如《逃荒行》写灾后农民“十日卖一儿，五日卖一妇，来日剩一身，茫茫即长路”，被迫出外逃荒；《还家行》写逃荒后“归来何所有？兀然空四墙，井蛙跳我灶，狐狸据我床”，家中空无所有，所卖妻子亦难赎回。所写《潍县竹枝词》40首，多为其在“小苏州”潍县当地的风俗、民情及人民的生活经历，真切而生动。

郑板桥是在山东影响较大的作家之一，其书画为人们所喜爱，其诗词至今也常为人们记起。

10. 黄景仁

黄景仁(1749—1783),字仲则,又字汉镛,号鹿菲子。江苏武进(今江苏常州)人。四岁丧父,依母孤苦成立。十六岁应童子试,名列第一,翌年补博士弟子员。后科试失意,为养家糊口南北奔波。乾隆四十年(1775)冬至京,翌年逢乾隆平定金川奏凯回京,即随各省试子赴天津献诗,考取二等,授武英殿书签官。因官卑俸薄,生活困顿,后赴西安陕西毕沅幕,不久即在贫病交迫中死去。著有《两当轩集》《竹眠词》等。

黄景仁诗学李白,尤工七言,为清代著名诗人。在其赴京中,曾途经山东济宁、东平、东阿、高唐、禹城、平原、德州等地,随处有诗。返程曾客居济南,住黑虎泉附近的白石泉上。其长诗《泉上》生动地写出泉水之美与人们汲水、赏泉、游乐的情景:

> 济出地为漛,百窍飞名泉。初转地脉碎,谁识天机全。荡摇烟霭珠碧晕,激漱风石筝琵弦。舜田仙袚倒晴翠,映带密樾交漪涟。千头鱼戏影蕺蕺,一足鹭立姿翩翩。宛然发兴在濠上,却笑庄惠多言诠。世上小儿强解事,分次甲乙争喧阗。谁知清济一而已,泉自不语流涓涓。长瓶大瓮日来汲,几辈饮水知其源?我家住近二泉侧,爱听蚓窍松风前。区区较此但百一,便拟买宅居穷年。手携桑苎经一卷,日日来放鳊鱼船。

此外,他还写有《历城》《望匡山》《华不注》《鲍叔祠》《济南病中杂诗》《偕石缘游历下亭》《望鹊山》《庭下有泉,即珍珠泉,入明湖之过脉也》《雪中饮四照楼即席呈程端立学政》等。《庭下有泉,即珍珠泉,入明湖之过脉也》为吟咏珍珠泉的名诗:

跳珠溅雪碧玲珑,甃石回栏录曲红。忽现沧溟池沼内,欲回天地桔槔中。明河影向三霄接,清泺源知一脉通。咫尺名湖输不尽,可知有本是无穷。

11. 何绍基

何绍基(1799—1873),字子贞,晚号蝯叟,湖南道州(今湖南道县)人。清代诗人、书法家。道光十六年(1836)进士,官至四川学政。通经史、小学,工书法,著有《东洲草堂诗钞》及《文集》等。

咸丰初年,何绍基曾主讲于济南泺源书院,咸丰十年(1860)离开济南。在济期间,他对济南山水景胜题咏殆遍,并为历下亭书写楹联(今存)。晚年他在《金陵杂述四十绝句》中写道“分襟泺社才如昨,雪夜江南话济南”,对济南仍然一往情深,忆念不止。当其离开济南时,写下《别济南》三首,其无限依恋之情溢于言表:

才是深秋九月天,残荷败苇已萧然。滩头白鹭痴情性,拍拍飞来照影鲜。

水态山容似客忙,谁从渔父问行藏?天边鸿雁无凭信,心向南飞又北翔。

霜色侵晨上马鞭,鹊华回首使人怜。淡黄寒柳如新柳,笑比衰翁再少年。

附录　山东省历代主要作家生卒著述简表

	籍贯（今山东所属市县）	生卒年	主要代表作品	最早载录	今人辑集与整理	备注
孔　丘	曲阜	前551—前479	门人纂集其语录为《论语》	《汉书·艺文志》	程树德《论语集释》、杨伯峻《论语译注》	魏何晏注、皇侃疏《论语义疏》，魏何晏注、邢昺疏《论语正义》，宋朱熹《论语集注》，清刘宝楠《论语正义》
左丘明	肥城	未详，约与孔子同时	《春秋左氏传》（《左传》）	同上	杨伯峻《春秋左传注》	晋杜预《春秋左氏传注》
墨　翟	滕州	前468—前376	《墨子》	同上	高亨《墨经校诠》、王焕镳《墨子校释商兑》	清孙诒让《墨子间诂》
孟　轲	邹城	约前372—前289	《孟子》	同上	杨伯峻《孟子译注》	宋朱熹《孟子集注》、清焦循《孟子正义》
鲁仲连	聊城茌平区	未详，约当战国末期	《鲁仲连子》（已佚）	同上		《史记》本传存《遗聊城燕将书》、清马国翰辑《鲁仲连子》（《玉函山房辑佚书》本）

（续）

	籍贯（今山东所属市县）	生卒年	主要代表作品	最早载录	今人辑集与整理	备注
韦　孟	邹城	未详，约当汉初	《讽谏诗》《在邹诗》	《汉书》本传	逯钦立《先秦汉魏晋南北朝诗》	《古诗源》
韦玄成	邹城	？—前36	《自劾诗》《戒子孙诗》	《汉书》本传	同上	《隋书·经籍志》载《韦玄成集》2卷（已佚）、《全汉文》
邹　阳	淄博临淄区	未详，约当汉文、景之世	《邹阳》7篇（已佚）	《汉书·艺文志》《汉书本传》		清马国翰辑《邹阳书》（《玉函山房辑佚书》本），今存《狱中上梁王书》
主父偃	淄博临淄区	？—前126	《主父偃》28篇（已佚）	《汉书·艺文志》	李伯齐《秦汉齐博士论议集》	清马国翰辑《主父偃书》（《玉函山房辑佚书》本）
儿（倪）宽	高青	？—前103	《儿宽赋》（已佚）	《汉书·艺文志》	同上	《汉书》本传、清马国翰《儿宽书》（《玉函山房辑佚书》本）
东方朔	陵县	前161—？	《东方朔集》（已佚）	《隋书·经籍志》	付春明《东方朔作品辑注》	明张溥《东方大中集》（《汉魏六朝百三家集》本）
王　吉	即墨	？—前48	《谏昌邑王游猎疏》等	《汉书》本传	李伯齐《秦汉齐博士论议集》	清严可均辑《全汉文》
贡　禹	诸城	前124—前44	《宜放古自节疏》等	《汉书》本传	同上	同上
匡　衡	枣庄峄城区	未详，约当汉宣元之世	《言政治得失疏》等	《汉书》本传	同上	同上

（续）

	籍贯（今山东所属市县）	生卒年	主要代表作品	最早载录	今人辑集与整理	备注
刘　梁	宁阳	未详，约当东汉桓灵之世	《刘梁集》（已佚）	《隋书·经籍志》	同上	同上
郑　玄	高密	127—200	《郑司农集》	清王鸣盛《雅雨堂丛书》	安作璋《郑玄集》（《齐文化丛书》本）、于首奎《郑玄传》	《郑康成集》（《汉魏六朝名家集初刻》本）
孔　融	曲阜	153—208	《孔融集》（已佚）	《隋书·经籍志》	孙至诚《〈孔北海集〉评注》、俞绍初辑校《建安七子集》	明杨德周《汇刻建安七子集》、明张溥《孔少府集》（《汉魏六朝百三家集》本）
祢　衡	临邑	173—198	《祢衡集》（已佚）	同上		清严可均辑《全后汉文》
仲长统	邹城	180—220	《昌言》（已佚）	《后汉书》本传	李伯齐《秦汉齐博士论议集》（《齐文化丛书》本）	清马国翰辑《仲长子昌言》（《玉函山房辑佚书》本）
徐　幹	潍坊寒亭区	170—217	《徐伟长集》《中论》	《隋书·经籍志》	俞绍初辑校《建安七子集》、张玉书等《徐幹集注》	明杨德周《汇刻建安七子集》《汉魏丛书·中论》、《中论》（《四部丛刊》本）、清严可均辑《全三国文》、清丁福保辑《徐伟长集》（《汉魏六朝名家集》本）

（续）

	籍贯（今山东所属市县）	生卒年	主要代表作品	最早载录	今人辑集与整理	备注
王　粲	邹城	177—217	《王粲集》（已佚）	《隋书·经籍志》	俞绍初辑校《建安七子集》、吴云等《王粲集注》	明张溥《王侍中集》（《汉魏六朝百三家集》本）、明杨德周《汇刻建安七子集》、明刻《八代文钞》本
刘　桢	宁阳	？—217	《刘桢集》（已佚）	同上	同上	明张溥辑《魏刘公幹集》（《汉魏六朝百三家集》本）
诸葛亮	沂南	181—234	《蜀丞相诸葛亮文集》	同上	张澍《诸葛武侯文集》、段熙仲、闻旭初编校《诸葛亮集》、王瑞功等主编《诸葛亮研究集成》	明王士骐《武侯全书》、杨时伟《诸葛武侯全书》、张溥《诸葛丞相集》（《汉魏六朝百三家集》本）、《八代文钞》本
缪　袭	郯城	187—245	《缪袭集》（已佚）	同上		《宋书·乐志》、《文选》、清严可均《全三国文》
羊　祜	新泰	221—278	《羊祜集》（已佚）	《文选》		清严可均《全晋文》
王　弼	邹城	226—249	《王弼集》（已佚）	《隋书·经籍志》	楼宇烈《王弼集校释》	清严可均辑《全三国文》
左　思	淄博临淄区	252？—306？	《左思集》（已佚）	《文选》	逯钦立《先秦汉魏南北朝诗》	清严可均《左太冲集》（《汉魏六朝名家初刻》本）、清周世敬辑《左秘书集》、清严可均辑《全晋文》

（续）

	籍贯（今山东所属市县）	生卒年	主要代表作品	最早载录	今人辑集与整理	备注
左　棻	淄博临淄区	256？—300	《晋武帝左九嫔集》（已佚）	《隋书·经籍志》	同上	清周世敬辑《左九嫔集》、清严可均辑《全晋文》
华　峤	高唐	？—293	《华峤集》（已佚）	同上		清严可均辑《全晋文》
王　沈	济宁	未详	《释时论》	《晋书》本传		同上
王　廙	临沂	274—322	《王廙集》（已佚）		逯钦立《先秦汉魏南北朝诗》	同上
王羲之	临沂	303—361	《王羲之集》（已佚）		同上	明张溥辑《王右军集》（《汉魏六朝百三家集》本）
王徽之	临沂	338—386	《王徽之集》（已佚）			清严可均辑《全晋文》
王献之	临沂	344—386	《王献之集》（已佚）			《王大令集》（《汉魏六朝百三家集》本）、清吴汝纶评选本
王　珣	临沂	350—401	《王珣集》（已佚）	《隋书·经籍志》		《王大令集》（《汉魏六朝百家集》本）、清吴汝纶评选本
郗　超	嘉祥	335—375	《郗超集》（已佚）	同上		清严可均辑《全晋文》
伏　滔	安丘	未详，约当东晋中期	《伏滔集》（已佚）	《隋书·经籍志》		清严可均辑《全晋文》

（续）

	籍贯（今山东所属市县）	生卒年	主要代表作品	最早载录	今人辑集与整理	备注
羊　徽	新泰	未详，约当东晋末年	《羊徽集》（已佚）	同上	逯钦立《先秦汉魏南北朝诗》	清严可均辑《全晋文》
徐　广	诸城	352—425	《徐广集》《晋纪》（均佚）	同上		清严可均辑《全晋文》、《初学记》卷四
何承天	郯城	370—447	《宋书》《何承天集》（均佚）	同上	逯钦立《先秦汉魏南北朝诗》	《何衡阳集》（《汉魏六朝百三家集》本）、清吴汝纶评选本、清严可均辑《全宋文》
崔　浩	武城	？—450	《赋集》（已佚）、《急就章》	同上		清严可均辑《全后魏文》
颜延之	费县	384—456	《颜延之集》	同上		明汪士贤辑《颜光禄集》（《汉魏诸名家集》本）、张溥辑《颜光禄集》（《汉魏六朝百三家集》本）
鲍　照	郯城	412—466	《鲍氏集》	同上	黄节、叶菊生校订《鲍参军诗注》，钱仲联《鲍参军集注》	《六朝四家集》、《汉魏六朝诸名家集》、《汉魏六朝百三家集》本
王　微	临沂	415—453	《王微集》（已佚）	同上	逯钦立《先秦汉魏南北朝诗》	清严可均辑《全宋文》

（续）

	籍贯（今山东所属市县）	生卒年	主要代表作品	最早载录	今人辑集与整理	备注
臧荣绪	莒县	415—488	《续洞记》《晋书》《拜五经序论》（均佚）	同上	陶栋辑《〈晋书〉辑佚丛刊》	清汤球辑《晋书》（《广雅局丛书》本）、清黄奭辑《晋书》（《汉学堂丛书》）、清王俊辑《晋书》（《玉函山房辑佚书》本）
伏曼容	安丘	421—502	《伏曼容集》（已佚）	同上		
王僧达	临沂	423—458	《王僧达集》（已佚）		逯钦立《先秦汉魏南北朝诗》	《六朝诗汇》、清严可均辑《全齐文》
萧道成	兰陵	427—482	《群鹤咏》等	《诗品·附录》	同上	清严可均辑《全南文》
丘巨源	兰陵	？—485	《丘巨源集》（已佚）	《隋书·经籍志》	同上	同上 《古诗纪》
王　俭	临沂	452—489	《王俭集》（已佚）	《诗品·附录》、《隋书·经籍志》	同上	明张溥辑《王文宪集》（《汉魏六朝百三家集》本）
徐孝嗣	郯城	453—499	《徐孝嗣集》（已佚）	同上	同上	《六朝诗汇》、清严可均辑《全齐文》
任　昉	博兴	460—508	《任彦升集》（已佚）	同上	同上	明汪士贤辑《汉魏六朝诸名家集》本、明张溥辑《汉魏六朝百三家集》本、《汉魏六朝别解》本、《古诗纪》

（续）

	籍贯（今山东所属市县）	生卒年	主要代表作品	最早载录	今人辑集与整理	备注
王　融	临沂	467—493	《王融集》（已佚）	同上	同上	明张溥辑《王宁朔集》（《汉魏六朝百三家集》本）、《增订汉魏六朝别解》本、《古诗纪》
蒋少游	博兴	？—501	《蒋少游集》（已佚）	《魏书》本传		
刘　峻	平原	462—521	《刘孝标集》（已佚）	《隋书·经籍志》	罗国威《刘孝标集校注》	明张溥辑《刘秘书集》（《汉魏六朝百三家集》本）
王僧孺	郯城	463—522	《王僧孺集》（已佚）	同上		明张溥辑《王左丞集》（《汉魏六朝百三家集》本）
何　逊	郯城	466—518	《何逊集》（已佚）	同上	何融《何水部诗注》、李伯齐《何逊集校注》	明张纮辑《何水部集》、明薛应旂《何水部集》（《六朝诗集》本）、明张燮辑《何记室集》（《汉魏六朝七十二家集》本）、明张溥辑《何记室集》（《汉魏六朝百三家集》本）、清江昉《何水部集》

（续）

	籍贯（今山东所属市县）	生卒年	主要代表作品	最早载录	今人辑集与整理	备注
刘　勰	莒县	466—537	《文心雕龙》	同上	杨明照《文心雕龙校注》，范文澜《文心雕龙注》，周振甫《文心雕龙注释》，陆侃如、牟世金《文心雕龙译注》	明梅庆生《文心雕龙音注》、清·黄叔琳等《文心雕龙校注》、清纪昀《文心雕龙评》、清李详《文心雕龙补注》
崔慰祖	武城	465—499	《海岱志》（已佚）	同上		
崔　鸿	武城	？—526	《十六国春秋》（已佚）	同上		明人辑本、清汤球《十六国春秋辑补》（《广雅局丛书》本）、《丛书集成初编》本
徐　勉	郯城	466—535	《会林》《徐勉前集》《徐勉后集》（均佚）	同上		清严可均辑《全梁文》
徐　摛	郯城	471—551	《胡无人行》等		逯钦立《先秦汉魏南北朝诗》	
王　籍	临沂	480—550	《王籍集》（已佚）	《隋书·经籍志》	同上	

（续）

	籍贯（今山东所属市县）	生卒年	主要代表作品	最早载录	今人辑集与整理	备注
王　筠	临沂	481—549	《洗马集》《中庶子集》《吏部集》《左佐集》《临海集》《太府集》《尚书集》（均佚）	同上		明张溥辑《王詹事集》（《汉魏六朝百三家集》本）、清吴汝纶评选本、清严可均辑《全梁文》
何思澄	郯城	483—534	《何思澄集》（已佚）	同上		《六朝诗汇》
伏　挺	安丘	487—549	《伏挺文集》（已佚）	同上		
何子朗	郯城	495—517	《何子朗集》（已佚）	同上		《玉台新咏》《古诗纪》《六朝诗汇》
温子昇	菏泽	495—547	《温子昇集》（已佚）	同上		明张溥辑《温侍读集》（《汉魏六朝百三家集》本）、《古诗纪》、清严可均辑《全后魏文》
徐　陵	郯城	507—583	《徐陵集》《玉台新咏》	同上	穆克宏点校《玉台新咏》、［英］安娜·波瑞尔译《玉台新咏》	明张溥辑《徐孝穆集》（《汉魏六朝百三家集》本）、清吴兆宜《玉台新咏笺注》、《六朝诗汇》

（续）

	籍贯（今山东所属市县）	生卒年	主要代表作品	最早载录	今人辑集与整理	备注
王　褒	临沂	511—574	《王褒集》（已佚）	同上		明薛应旂辑《王司空集》（《六朝诗集》本）、张溥辑本、清吴汝纶评选本、段朝瑞《王司空诗集注》
颜之推	费县	520—？	《颜氏家训》		王利器《颜氏家训集解》	宋、明、清刊本，清卢文弨抱经堂校定本
张正见	武城	534—？	《张正见集》（已佚）	《隋书·经籍志》		《张散骑集》（《汉魏六朝百三家集》本）
王　胄	临沂	未详，约当陈、隋之际	《王胄集》（已佚）	同上		
崔信明	青州	未详，约当隋唐之际				《全唐诗》
马　周	聊城茌平区	601—648	《马周集》（已佚）	《新唐书·艺文志》		《全唐诗》《全唐文》
善　导	青州	613—681	《往生礼赞偈》《念佛镜》	《大正藏》		《全唐诗补编续拾》
吕　才	临清、高唐一带	？—665	《阴阳书》	《旧唐书·经籍志》《新唐书·艺文志》		《全唐文》
员半千	济南	628—721	《员半千文集》（已佚）	同上		《全唐诗》《全唐文》

（续）

	籍贯（今山东所属市县）	生卒年	主要代表作品	最早载录	今人辑集与整理	备注
义　净	济南	635—713	《大唐西域求法高僧传》	《开元释教录》	王邦维《义净生平编年》	同上
徐彦伯	兖州	？—714	《徐彦伯前集》《徐彦伯后集》（均佚）	《旧唐书·经籍志》《新唐书·艺文志》		同上
王无竞	莱州	652—705		新、旧《唐书》本传		《全唐诗》《全唐诗补编》
王季子	济南	未详，约当永徽至开元间				唐芮廷章《国秀集》、《全唐诗》、《唐诗纪事》
崔　融	济南	653—706	《崔融文集》（已佚）	新、旧《唐书》本传		同上
魏　颢	聊城市东昌府区	未详，约当开元、天宝年间	编辑《李翰林集》，并为之序			同上
吕　向	东平	未详，约当开元、天宝年间	注《文选》（“五臣”之一）			《全唐文》
毕　曜	东平	同上				《全唐诗》
任　华	博兴	未详，约当天宝、大历年间				《全唐文》《全唐诗》
孙　逖	聊城市东昌府区	696—761	《孙逖集》	《旧唐书·经籍志》《新唐书·艺文志》		明铜活字印本、《唐人集》本、《广十二家唐诗》本、《全唐诗》、《全唐文》

（续）

	籍贯（今山东所属市县）	生卒年	主要代表作品	最早载录	今人辑集与整理	备注
路敬淳	临清	？—697	《衣冠谱》《著姓略记》	同上		《全唐文》
南巨川	兖州	未详，约当开元、天宝间	《续神异记》（已佚）	《千唐志斋藏志》		《全唐诗》《全唐文》
刘　晏	东明	716—780	《春秋公羊违义》	《旧唐书·经籍志》		同上
羊士谔	新泰	763？—822？	《羊士谔集》（已佚）	《郡斋读书志》		《唐人集》本、《唐诗百名家全集》本、《唐人五十家集》本、《全唐诗》
羊　滔	新泰	约与羊士谔同时				《全唐诗》
崔　咸	高唐	？—834	《崔咸集》（已佚）	《新唐书艺文志》		同上
赵　璘	平原	未详，约当贞元至咸通间	《因话录》	同上	古典文学出版社1957年版	《全唐文》
孟　迟	德州	未详，约当大和至乾符间	《孟迟诗》	《新唐书·艺文志》		《全唐诗》
蔡　京	东平	？—863				《全唐诗》《全唐文》
刘　沧	宁阳	未详，约当元和至咸通间	《刘沧诗》	同上		宋王安石《唐百家诗选》、明刻《唐百家诗》本、《十家唐诗》本、清刻《十三家唐人诗》本、《全唐诗》

（续）

	籍贯（今山东所属市县）	生卒年	主要代表作品	最早载录	今人辑集与整理	备注
段成式	邹平	？—863	《酉阳杂俎》《段成式集》	同上	方南生点校《酉阳杂俎》、陈元锋《段成式诗文辑注》	《全唐文》《全唐诗》《唐文拾遗》
段公路	邹平	未详	《北户杂录》	同上		唐崔龟图注本
孙　棨	聊城东昌府区	未详，唐末人	《北里志》	《宋史·艺文志》		《全唐诗》
张　昭	莘县	894？—972	《庄宗实录》《明宗实录》《嘉善集》《名臣事迹》《梁列传》等	《旧五代史》与《新五代史》之《艺文志》、《宋史·艺文志》		《全唐诗》《全唐文》《唐文拾遗》《唐文续拾》
朱遵度	青州	未详	《翰苑集》	同上		《全唐文》
和　凝	东平	898—955	《红叶稿》《演纶集》《游艺集》《孝弟集》《疑狱集》《香奁集》《籯金集》《宫词》等（均佚）	同上		《花间集》、《全唐诗》、《全唐诗补编》、《全唐文》、《全唐文拾遗》、清毛晋《十家宫词》本、倪灿辑《十家宫词》本
韩熙载	潍坊	920—970	《韩熙载集》《格言》《拟议集》《定居集》《格言后述》（均佚）	同上		《全唐诗》《全唐文》《唐文拾遗》

（续）

	籍贯（今山东所属市县）	生卒年	主要代表作品	最早载录	今人辑集与整理	备注
孙　晟	诸城	？—956	《孙晟集》《续古阙文》（均佚）	《宋史》、《补五代史》之《艺文志》		《全唐文》
王　朴	东平	915—959	《乐赋》《翰苑集》（均佚）			《全唐文》
史虚白	青州	？—961	《虚白文集》（已佚）	宋陆游《南唐书》、《宋史·艺文志》		《全唐诗》《南唐近事》
田　敏	邹平	880—971		《宋史》本传		《全唐文》《全唐诗补编》
和　岘	东平	933—988	《奉常集》《秘阁集》（均佚）	《宋史·艺文志》		《全宋词》
王禹偁	嘉祥	954—1001	《小畜集》《小畜外集》	同上	《王禹偁诗文选》、徐规《王禹偁事迹著作编年》、潘守皎《王禹偁评传》	宋绍兴十七年黄州刻递修本、《宋代五十六家诗集》本、《宋诗抄补》本、清乾隆间爱知堂刻本
王　旦	莘县	958—1019	《王旦集》（已佚）	同上		

（续）

	籍贯（今山东所属市县）	生卒年	主要代表作品	最早载录	今人辑集与整理	备注
赵邻几	东平	924—982	《鲰子》《六帝年略》《史氏懋官志》《赵邻几文集》（均佚）	同上		
穆修	汶上	？—1032	《穆参军集》	同上		影宋刊本、明清抄本《全宋诗》、《全宋文》
梁颢	东平	963—1004	《梁颢文集》（已佚）			《全宋诗》《全宋文》
庞籍	成武	988—1063	《清风集》（已佚）		孔凡礼《全宋词补辑》	《全宋诗》《全宋词补辑》《全宋文》
刘潜	定陶	未详		《山谷琴趣外编》		《全宋词》《唐宋诸贤绝妙词选》
李冠	济南	未详	《东皋集》（已佚）			《全宋词》
石介	泰安	1005—1045	《徂徕集》	《郡斋读书志》		曹楝亭藏明钞本、清康熙燕山石刻本、清刊潍县张次陶藏影宋本、《全宋文》
晁端礼	嘉祥	1046—1113	《闲斋琴趣外篇》	《宋史·艺文志》		明毛晋汲古阁影印宋抄本、《全宋词》、《全宋词辑补》

（续）

	籍贯（今山东所属市县）	生卒年	主要代表作品	最早载录	今人辑集与整理	备注
晁补之	嘉祥	1053—1110	《鸡肋集》《晁氏琴趣外篇》《晁补之集》	同上	刘乃昌、杨庆存注《晁氏琴趣外篇》 乔力《晁补之词编年笺注》	《鸡肋集钞》（《宋诗钞初集》本、钞补本、《苏门六君子文粹》本）、《济北先生文粹》
晁冲之	嘉祥	未详	《具茨集》《具茨先生诗集》	《郡斋读书志》	刘乃昌、杨庆存《晁叔用词》	明永乐抄本、晁氏宝文堂刊本、《晁氏三先生集》本、《宋五十六家诗集》本、《宋诗抄补》本
吕颐浩	济南	1071—1139	《吕忠穆集》《吕忠穆公奏议》（均佚）	《直斋书录解题》		《全宋文》《全宋诗》《全宋词》
李之仪	无棣	？—1117	《姑溪居士文集》《姑溪词》《姑溪居士题跋》	同上		《宋名家词》本、《宋百家诗存》本
李元膺	东平	未详	《李元膺词》			赵万里辑佚本、《全宋词》《全宋诗》
颜博文	陵县	未详	《庐溪集》（已佚）	《宋史·艺文志》		《全宋词》
侯　寘	诸城	？—1189	《懒窟词》			《宋六十家词》辑本、《宋元十名家词》本、《全宋词辑补》

（续）

	籍贯（今山东所属市县）	生卒年	主要代表作品	最早载录	今人辑集与整理	备注
李清照	济南章丘区	1084—1155	《易安居士文集》（佚）、《易安词》	同上	黄墨谷《重辑李清照集》、王学初《李清照集校注》、徐北文《李清照全集评注》、王延梯《漱玉集注》	王半塘、赵万里、唐圭璋辑本《漱玉集》
李　邴	济宁	1085—1146	《草堂集》（佚）	同上		周咏先辑《云龛草堂词》、《全宋词》
赵磻老	东平	未详	《拙庵杂著》及《外集》			《宋元人词》《全宋词》
辛弃疾	济南历城区	1140—1207	《稼轩长短句》	同上	邓广铭《稼轩词编年笺注》、朱德才《辛弃疾词选》、叶嘉莹主编《辛弃疾词新释辑评》	吴讷《唐宋名贤百家词》本、《宋六十家词》本
周文璞	阳谷	未详	《方泉诗集》	同上		《南宋群贤小集》本、《南宋六十家小集》本、《宋百家诗存》、《全宋文》、《全宋诗》、《全宋词》

（续）

	籍贯（今山东所属市县）	生卒年	主要代表作品	最早载录	今人辑集与整理	备注
赵闻礼	鄄城	未详	《钓月词》		赵万里辑本	《全宋词》《全宋诗》
党怀英	泰安	1134—1211	《竹溪集》	《中州集》《中州乐府》		
刘　迎	莱州	？—1180	《山林长语》	同上		
马定国	聊城茌平区	未详	《马定国文集》(佚)	《金史·文艺传》本传		
郭长倩	文登	未详	《昆仑集》	《中州集》《中州乐府》		
赵　沨	东平	未详	《黄山集》	《金史·文艺传》本传		
丘处机	栖霞	1148—1227	《磻溪集》		赵卫东辑校《丘处机集》	金刻本、《道藏》本、《元诗选》二集
杜仁杰	济南长清区	1198—约1277	《逃空丝竹集》《河洛遗稿》(均佚)			清顾嗣立《元诗选》三集《善夫先生集》、《元草堂诗余》卷上、《全元文》
商　挺	菏泽	1209—1288	《左山集》(已佚)	《元史》《元朝名臣事略》		《元诗选癸集》《全元散曲》
刘敏中	济南章丘区	1243—1318	《中庵集》《平宋录》	《元史》本传		《中庵乐府》赵万里校本、《全元散曲》、《全金元词》、《元诗选癸集》

（续）

	籍贯（今山东所属市县）	生卒年	主要代表作品	最早载录	今人辑集与整理	备注
张养浩	济南天桥区	1270—1329	《归田类稿》（《张文忠公集》）、《云庄休居自适小乐府》、《三事忠告》	《元史》本传		薛祥生等《张养浩作品选》
曹元用	汶上	？—1329	《超然集》	《元史》本传		《元诗选三集》《元诗类编》
杨朝英	高青	未详	编选《阳春白雪》《太平乐府》		隋树森校订本、许金榜《阳春白雪注释》本	《全元散曲》
康进之	滨州	未详	《梁山泊李逵负荆》	元钟嗣成《录鬼簿》		明臧晋叔《元曲选》
高文秀	东平	未详	《黑旋风双献功》等	同上		朱权《太和正音谱》、臧懋循《元曲选》、赵景深《元人杂剧钩沉》、隋树森《全元散曲》
李好古	东平	未详	《沙门岛张生煮海》等	同上		同上
武汉臣	济南	未详	《散家财天赐老生儿》等	同上		同上

（续）

	籍贯（今山东所属市县）	生卒年	主要代表作品	最早载录	今人辑集与整理	备注
罗贯中	东平	未详，约当元末明初	《三国志通俗演义》《水浒传》	贾仲明《录鬼簿续编》	人民文学出版社影印嘉靖壬午刊本、整理本《三国演义》	清毛宗岗评《三国志演义》
贾仲明	淄博淄川区	1343—1422?	《云水遗音》《录鬼簿续编》			《太和正音谱》《元曲选》
毛　纪	莱州	1463—1545	《鳌峰类稿》	《明史·艺文志》		明嘉靖二十一年刻本
边　贡	济南	1476—1532	《边华泉集》	同上	许金榜、米寿顺《边贡诗文选》	明刊《明四家集》本、《盛明百家诗·前编》本、清王士禛《边华泉集选》
邹颐贤	德州	未详	《芦南集》			《山左明诗钞》《明诗纪事》
石存礼	青州	1471—1539	《海岱会集》	《青州府志》		《山左明诗钞》、《益都先正诗丛抄附编》、《明诗纪事》、清汪之珩《东皋诗存》、清杨廷《五山耆旧集》
殷云霄	东阿	1480—1516	《石川明道录》《石川集》《石川瀛洲遗集》	《明史》本传		嘉靖十年胡用信刻《石川瀛洲遗集》、嘉靖二十八年张光孝编刊《石川集》、《盛明百家诗·前编》、顾起纶《国雅》、《列朝诗集·丙集》

（续）

	籍贯（今山东所属市县）	生卒年	主要代表作品	最早载录	今人辑集与整理	备注
谢　榛	临清	1495—1575	《四溟集》《诗家直说》	《明史·艺文志》	朱其铠等《谢榛全集》、李庆立《诗家直说》、赵伯陶《四溟诗话考补》	万历二十四年赵府刊本《四溟山人全集》及重刻本、临清刊本《四溟山人诗》、《盛明百家诗·前编》、日本宝历十二年刻《谢茂秦山人诗集》、顾起纶《国雅》《列朝诗集·丁集》
李开先	济南章丘区	1502—1568	《李中麓闲居集》	同上	路工辑校《李开先集》、李永祥《李开先诗文选》	《明文海》《列朝诗集·丁集》《明诗综》《山左明诗钞》《绣水诗钞》
冯惟健	临朐	1501—1553	《陂门山人集》	同上		冯琦《冯氏五先生集陂门集》、《续国雅》、《列朝诗集·丁集》、清段松岑《益都先正诗丛抄附编》、赵愚轩《青州明诗钞》
冯惟敏	临朐	1511—1578	《海浮山堂词稿》《海浮山堂诗稿》《海浮山堂文稿》	同上		明万历刻本《盛明百家诗》、《冯氏五先生集》、《列朝诗集·丁集》、《明诗综》、《益都先正诗丛丛抄附编》、《青州明诗钞》
冯惟讷	临朐	1513—1572	《冯光禄诗集》《古诗纪》	同上		明万历刻本《盛明百家诗·冯少洲集》、《国雅》、《列朝诗集·丁集》

（续）

	籍贯（今山东所属市县）	生卒年	主要代表作品	最早载录	今人辑集与整理	备注
李攀龙	济南历城区	1514—1570	《沧溟集》《白雪楼诗集》	同上	李伯齐《李攀龙集》（点校），包敬第《沧溟先生集》（标校），李伯齐、李斌《李攀龙诗选》，李伯齐等《李攀龙诗文选》	明刻本数种，明末传入日本，明宋光廷《李沧溟集选》（传入日本），清姚佺、孙枝蔚《沧溟集选》、《李沧溟近体诗选》（传入日本），清道光家藏整理本
许邦才	济南历城区	未详	《梁园集》《海右集》《瞻泰楼集》	《千顷堂书目》		《盛明百家诗》《皇明诗统》《列朝诗集·丁集》《明诗综》《山左明诗钞》
刘效祖	滨州	1522—1589	《刘仲修先生诗集》《刘仲修文集》《良辰乐事》《词脔》《春秋窗稿》《四镇三关志》	《明史·艺文志》		《皇明诗统》、《列朝诗集·丁集》、清王崇简《畿辅明诗》、《明诗综》、《山左明诗钞》、清李衍孙《武定明诗钞》
戚继光	蓬莱	1528—1587	《止止堂集》（《纪效新书》《练兵纪实》《武备新书》《莅戎要略》《长子心钤》）	《明史》本传	清戚祚国《戚少保年谱》	万历刊本《皇明诗统》、《列朝诗集·丁集》、《明诗综》、《御选宋金元明四朝诗》、《山左明诗钞》

(续)

	籍贯(今山东所属市县)	生卒年	主要代表作品	最早载录	今人辑集与整理	备注
杨　巍	无棣	1517—1608	《梦山存家诗稿》《桃花岭集》《归桃花岭诗集》	《千顷堂书目》		《皇明诗统》《列朝诗集·丁集》《明诗综》《御选宋金元明四朝诗》《山左明诗钞》《武定明诗钞》
于慎行	平阴	1545—1608	《谷城山馆诗集》《谷城山馆文集》	《明史·艺文志》	王传明等《于慎行诗文选》	
冯　琦	临朐	1558—1603	《宗伯集》		《明史艺文志》	万历刊本《冯氏五先生集》、《列朝诗集·丁集》、《明诗综》、《御选宋金元明四朝诗》、《山左明诗钞》、《明诗纪事》
公　鼐	新泰	1558—1626	《问次斋集》	同上		明末刻本《问次斋稿》、《问次斋续稿》、《西游稿》、《列朝诗集·丁集》、《明诗综》、《山左明诗钞》
毕自严	淄博淄川区	1569—1638	《西隐园藏稿》	《千顷堂书目》		清顺治刊本、清康熙抄本、《山左明诗钞》、《明诗纪事》
王象春	桓台	1578—1632	《济南百咏》《问山亭集》	同上		万历刊本、清抄王士骥辑《问山亭主人遗诗》、《列朝诗集丁集》、《明诗综》、《御选宋金元明四朝诗》、《明诗纪事》

（续）

	籍贯（今山东所属市县）	生卒年	主要代表作品	最早载录	今人辑集与整理	备注
朱之蕃	聊城茌平区	1558—1624	《奉使朝鲜稿》《东方和音》《纪胜诗》《雨山编》《金陵图咏》《雅游编》《兰嵎太史咏物诗》			万历刊本、日本抄本、日本弘化刊本《朱之蕃咏物诗》、《列朝诗集·丁集》、《明诗综》、《金陵诗征》
左懋第	莱阳	1601—1645	《梅花屋诗草》《萝石山房文钞》《左忠贞公集》	千顷堂书目		清抄本、清乾隆刊本、清道光刻本、陈济生《天启崇祯两朝遗诗》、《明诗综》、《山左明诗钞》
贾应宠	曲阜	1590—1674	《木皮词》			卢氏慎始斋精刻本
丁耀亢	诸城	1599—1665	《续金瓶梅》		齐鲁书社点校本	
程先贞	德州	1607—1673	《海右陈人集》			康熙刻本
冯　溥	临朐	1609—1691	《佳山堂集》			清康熙刻本
张尔岐	济阳	1612—1677	《蒿庵集》	《清史稿·儒林传》	张翰逊校点本、张华松《张尔岐诗文选》	
徐　夜	桓台	1612—1684	《徐东痴诗集》	《清史列传·文苑传》	武润婷《徐夜诗集校注》	《清诗纪事初编》

（续）

	籍贯（今山东所属市县）	生卒年	主要代表作品	最早载录	今人辑集与整理	备注
宋　琬	莱阳	1614—1674	《安雅堂集》	《清史稿·文苑传》	辛鸿义等《宋琬全集》	《国朝名家诗钞》《皇清百名家诗》《国朝四大家诗钞》
王　钺	诸城	1623—1703	《世德堂诗文集》	《清史列传·文苑传》		
王士禄	桓台	1625—1673	《西樵山人诗集》	同上		《皇清百名家诗》《国朝十家诗抄》
唐梦赉	淄博淄川区	1627—1698	《志壑堂全集》	同上		《王渔洋遗书》本
王士禛	桓台	1634—1711	《阮亭诗钞》《带经堂全集》《渔洋山人精华录》《渔洋诗话》《池北偶谈》等	同上	李毓芙等《渔洋精华录集释》、宫晓卫《王士禛》	《王渔洋遗书》《四部备要》《四部丛刊》
曹贞吉	安丘	1634—1698	《珂雪集》	同上		《清诗纪事》《安丘曹氏遗集》清抄本
田　雯	德州	1635—1704	《古欢堂集》《山薑诗选》	《碑传集》		康熙刻本《田氏丛书》本
王曰高	聊城茌平区	未详	《槐轩诗集》			康熙八年自刻本
颜光敏	曲阜	1640—1686	《乐圃诗集》《旧雨堂集》	《清史稿·文苑传》	赵传仁等《颜光敏诗文集笺注》	清王士禛刻《十子诗略》、《颜氏三家集》稿本

（续）

	籍贯（今山东所属市县）	生卒年	主要代表作品	最早载录	今人辑集与整理	备注
颜光猷	曲阜	？—约1698	《水明楼诗集》	《清史列传·文苑传》		《颜氏三家集》稿本
蒲松龄	淄博淄川区	1640—1715	《聊斋志异》		路大荒《蒲松龄集》、张友鹤会校会评本、朱其铠主编《全本新注聊斋志异》、李士钊《蒲松龄年谱》、盛伟整理《蒲松龄全集》	稿本、铸雪斋抄本、清康熙抄本
张笃庆	淄博淄川区	1642—1692	《昆仑山房集》	《清史稿·文苑传》		清抄本
孔尚任	曲阜	1648—1718	《湖海集》《桃花扇》		古典文学出版社1957年据康熙初刻本重印《湖海集》、王季思等注《桃花扇》、徐振贵整理《孔尚任全集》、袁世硕《孔尚任年谱》	

（续）

	籍贯（今山东所属市县）	生卒年	主要代表作品	最早载录	今人辑集与整理	备注
刘　琰	阳谷	1651—1711	《柳园即事诗百首》《留春诗集》		李印元《刘琰诗文校注》	
王　苹	济南历城区	1661—1720	《蓼村集》《二十四泉草堂集》	《清史列传·文苑传》	李永祥《王苹诗文选》	清康熙刻本、清乾隆刻本
赵执信	淄博博山区	1662—1744	《饴山诗集》《饴山文集》《谈龙录》《声调谱》	《清史列传·文苑传》	赵蔚芝、刘聿鑫新校点《赵执信全集》、《赵执信诗选》	《四部备要》本
李澄中	诸城	未详	《卧象山房集》《白云村集》			清康熙刻本
高凤翰	青岛胶州区	1683—1749	《南阜山人集类稿》	《清史稿·艺术列传》《清画家诗史》	钱侍辰《高南阜先生研史年谱》	清乾隆刻本
李文藻	青州	1730—1778	《南涧文集》《岭南诗集》	《清史列传·文苑传》	栾绪夫《岭南诗集注》	清益都李氏家刻本
桂　馥	曲阜	1736—1805	《未谷诗集》	《清史列传·儒林传》		稿本、清道光刻本
曾衍东	嘉祥	1751—1830	《小豆棚》		杜贵晨校注本	申报馆丛书本
李宪暠	高密	未详	《石桐诗钞》	《清史列传·文苑传》		清乾隆、嘉庆、同治刻本《李氏三先生诗钞》

（续）

	籍贯（今山东所属市县）	生卒年	主要代表作品	最早载录	今人辑集与整理	备注
李宪乔	高密	未详	《少鹤内集》《鹤再南飞集》	同上		同上
李宪暠	高密	未详	《定性斋集》《莲塘遗集》	同上		同上
孔广森	曲阜	1752—1786	《仪正堂文集》《巽轩骈俪文》	同上		《丛书集成初编》本、《四部备要》本
郝懿行	栖霞	1755—1823	《晒书堂诗钞》	《清史稿·儒林传》	安作璋主编《郝懿行全集》	《郝氏遗书》本
孔庆镕	曲阜	1787—1841	《铁山园诗集》	《清史稿·儒林传》		清道光刻本
杨以增	聊城东昌府区	1787—1856	《退思庐文存》			民国刻本
孔宪彝	曲阜	1808—1856以后	《对月楼诗录》			清道光刻本
马国翰	济南历城区	1794—1857	《玉函山房诗钞》			《玉函山房全集》本
王懿荣	烟台福山区	1845—1900	《王文敏公遗集》			清宣统排印本《求恕斋丛书》本
柯绍忞	青岛胶州区	1849—1933	《蓼园诗钞》		中华书局排印本	民国刻本

主要参考书目

《史记》,汉·司马迁撰,中华书局1975年版,“三家会注本”。

《战国策》(全三册),汉·刘向集录,上海古籍出版社1988年版。

《汉书》,汉·班固撰,中华书局1983年版,“颜师古集注本”。

《三国志》,晋·陈寿撰,中华书局1975年版,“裴松之注本”。

《后汉书》,宋·范晔撰,中华书局1982年版,“李贤等注本”。

《晋书》,唐·房玄龄撰,中华书局1982年版。

《南史》,唐·李延寿撰,中华书局1983年版。

《宋书》,梁·沈约撰,中华书局1983年版。

《南齐书》,梁·萧子显撰,中华书局1983年版。

《梁书》,唐·姚思廉撰,中华书局1983年版。

《二十五史》,上海古籍出版社1986年影印本。

《碑传集》,清·钱仪吉纂,中华书局1993年版。

(光绪)《山东通志》,清·孙葆田等编撰,上海商务印书馆民国二十三年(1934)缩印本。

《续山东考古录》,清·叶圭绶撰,山东文艺出版社1997年王汝涛等注本。

《春秋左氏传注》,杨伯峻注,中华书局1981年版。

《国语集解》,徐元诰撰,中华书局2002年版。

《齐国史》,王阁森、唐致卿主编,山东人民出版社1992年版。

《济南简史》，济南社科院研究所编，济南出版社1986年版。

《中国历史文化区域研究》，周振鹤著，复旦大学出版社1997年版。

《中国历代文学家之地理分布》，曾大兴著，湖北教育出版社1995年版。

《东晋门阀政治》，田余庆著，北京大学护板社1989年版。

《诗集传》，宋·朱熹集注，上海古籍出版社1980年版。

《诸子集成》（全八册），国学整理社辑，中华书局用世界书局原版重印本。

《列子集释》，《新编诸子集成》本，杨伯峻撰，中华书局1985年版。

《四书章句集注》，《新编诸子集成》本，宋·朱熹撰，中华书局1983年版。

《庄子集释》，《新编诸子集成》本，中华书局1993年版。

《山海经校注》，袁珂校注，上海古籍出版社1983年版。

《四库全书总目》（上、下），清·永瑢等撰，中华书局1983年版。

《中国文学家辞典》（先秦汉魏晋南北朝卷），曹道衡、沈玉成编撰，中华书局1996年版。

《中国文学家辞典》（唐五代卷），周祖譔主编，中华书局1992年版。

《中国文学家辞典》（清代卷），钱仲联主编，中华书局1996年版。

《中国文学家辞典》（近代卷），梁淑安主编，中华书局1997年版。

《山东文献书目》，王绍曾主编，齐鲁书社1983年版。

《汉魏六朝百三家集》，明·张溥编，上海古籍出版社 1994 年版。

《全上古三代秦汉三国六朝文》（全四册），清·严可均辑校，中华书局 1985 年影印本。

《玉函山房辑佚书》（全八册），清·马国翰辑，江苏广陵古籍刻印社 1990 年影印本。

《全唐诗》（上、下），清康熙四十六年敕编，上海古籍出版社 1996 年缩印本。

《唐音癸签》，明·胡震亨编撰，古典文学出版社 1957 年版。

《全唐诗补编》（上、中、下），陈尚君辑校，中华书局 1992 年版。

《唐才子传校笺》，傅璇琮主编，中华书局 1987—1995 年版。

《全宋词》，唐圭璋编，中华书局 1965 年重印本。

《中州集》，金·元好问编，中华书局 1959 年排印本。

《元诗纪事》，陈衍辑撰，上海古籍出版社 1987 年版。

《列朝诗集小传》，清·钱谦益编撰，上海古籍出版社 1983 年版。

《诗薮》，明·胡应麟撰，上海古籍出版社 1979 年版。

《历代诗话》（上、下），清·何文焕辑，中华书局 1981 年校点本。

《历代诗话续编》，丁福保辑，中华书局 1983 年版。

《晚晴簃诗汇》（《清诗汇》），徐世昌辑，北京出版社 1995 年影印本。

《清诗话》（全二册），清·王夫之等撰，中华书局 1963 年版。

《清诗纪事》，钱仲联主编，江苏古籍出版社 1987 年版。

《艺概》，清·刘熙载著，上海古籍出版社 1978 年版。

《中国文学概论》，袁行霈著，高等教育出版社 1990 年版。

《中国文学史》（全四册），袁行霈主编，高等教育出版社 1999 年版。

《中国散文史》，郭预衡著，上海古籍出版社 1993 年版。

《山东古代文学家评传》（上），袁世硕主编，山东人民出版社 1983 年版。

《先秦大文学史》，赵明主编，吉林大学出版社 1993 年版。

《高密诗派》，刘世南著，台北文津出版社 1995 年版。

《山东文学史》，李伯齐、王勇、徐文军著，山东人民出版社 2011 年版。

《李太白全集》，唐·李白著，北京图书馆出版社 1998 年版。

《杜工部诗集》（全二册），唐·杜甫著，中华书局 1957 年版。

《小畜集》，宋·王禹偁著，《四部丛刊》本。

《重辑李清照集》，宋·李清照著，黄墨谷辑，齐鲁书社 1981 年版。

《稼轩词编年笺注》，宋·辛弃疾著，邓广铭笺注，中华书局 1962 年版。

《云庄休居自适小乐府》，元·张养浩著，王佩增笺注，齐鲁书社 1988 年版。

《李攀龙集》，明·李攀龙著，李伯齐校点，齐鲁书社 1993 年版。

《谢榛全集》，明·谢榛著，朱其铠、王恒展、王少华校点，齐鲁书社 2000 年版。

《清诗别裁集》，清·沈德潜编辑，浙江古籍出版社《历代诗别裁集》本，1998 年版。

《安雅堂集》,清·宋琬著,清顺治至乾隆宋氏家刻本。
《徐北文文集》,徐北文著,济南出版社 1996 年版。
《济南竹枝词》,徐北文著,济南出版社 1999 年版。

《海岱会集》,明·冯琦辑,《四库全书》本。
《山左明诗钞》,清·宋弼辑,清乾隆李文藻恩平县衙刻本。
《国朝山左诗钞》,清·卢见曾辑,清乾隆德州卢氏雅雨堂刻本。
《国朝山左诗续钞》,清·张鹏展辑,清嘉庆四照楼刻本。
《山左古文钞》,清·刘鸿翱辑,清道光邹平李景峄刻本。
《阙里孔氏诗钞》,清·孔宪彝辑,清道光曲阜孔氏刻本。
《曲阜诗钞》,清·孔宪彝辑,清道光曲阜孔氏刻本。
《绣水诗钞》,清·吴连周、高仲恂辑,清道光乙巳灌蔬园藏版。
山东省内有关各府、州、县志。

后 记

这本小书是在教学之暇，自1995年至1999年三四年间，断断续续写成的。虽然其中许多意见还不够成熟，但为实现这个愿望却已酝酿甚久。在“史无前例”的日子里，我有机会钻图书馆，有幸阅读了清儒宋弼、卢见曾等整理的山东地方诗文选，同时也披阅了几部山东籍著名作家的诗文集，激发起我研究山东地方文学的兴趣。20世纪80年代初，应出版社之约，整理何逊、李攀龙的诗文集，并参与撰写《山东古代文学家评传》，使我对山东古代作家作品有了更为深入的了解。此后，整理和研究山东古代作家作品就成为我业余的科研课题，并出版了几本书，发表了几篇论文。1995年，我申报的《山东文学史论》列入山东省社科规划重点项目，1998年，又列入我主持的学校“重点工程项目”《山东古代文学研究丛书》。2000年，山东师范大学齐鲁文化研究中心被批准为教育部省属高校人文社科重点研究基地，这一项目又被列入“齐鲁文化学术文库”，并得到研究中心的出版资助。书稿在2000年完成，2001年初略作修改，因责编调动工作未能编发，后由刘海军同志接替王鲁一同志的工作，几经周折，这本小书终于同读者见面了。

当我把这本小书呈献给读者的时候，心情仍有些忐忑不安。文化的地域性，较早受到重视，而关于地域与文学、地域文化与文学的关系，则是至今学术界仍在深入探索的问题。就我而言，接触这类问题，无论所学知识，还是理论修养，都显得十分不足。所以勉力而为者，无非想为地方文学的研究贡献绵薄之力而已。就我最初的想法，是先编写《山东文学史》，将山东作家的作品进行一次系统的梳理，然后再将一些思考写成文章发表。但是，因教学和其他科研任务比较繁重，时间很不集中，这一想法就难以实现。这期间，我断断续续积累了一些资料，也时而产生一些想法，整理起来就成为目前这个样子。同时，由于出版经费不足，当时将书的规模限定在30万字以内，为节约篇幅，文字只有尽量从简，使不少问题言而未尽，希望将来有机会进行增补。总之，我写这本小书主要不是为了解决什么问题，而只是想提出问题，希望得到方家时贤的批评，也希望能引起人们对这一研究领域的关注，算是抛砖引玉吧。

在本书编写过程中，曾参考了前辈和时贤的著作，并得到诸多师友的帮助和指导，谨在此一并致谢。在这里，我要特别感谢徐北文先生。徐先生是地方文学和地域文化研究的专家，也是我素所敬重的师辈学者。书稿草就之后，徐先生不辞辛劳，通阅书稿，提出修改意见，并赐序文。徐先生的序文，不仅对著者予以鼓励，也为这本小书的不足之处作了修正。在编写和出版过程中，还得到本校齐鲁文化研究中心、科研处，以及齐鲁书社社长宫晓卫先生的大力支持，王鲁一、刘海军同志编审书稿也付出辛勤的劳动。书成，又蒙学兄、书法家娄以忠先生题写书名。谨在此一并表示深切的谢忱！

李伯齐

2002年11月20日

识于山东师范大学寓所

增订后记

小书《山东文学史论》于2003年初版，不久售罄；2008年重版，今亦无书，著者十分感谢读者的支持。初版时资助方要求限制在30万字以内，不得已而对相关内容做了删减，著者对此不无遗憾和歉疚。2011年，著者与同事王勇、徐文军编著了《山东文学史》（山东人民出版社版），对《史论》的不足有所弥补。今次重版，对书的部分内容进行修订、勘误和增补，以期对原书有所补益。增订的内容如下：

一、今山东地区的区域文化以齐鲁文化为主体，而在区域文化形成初期，齐鲁属地与周边诸省犬牙交错，如今聊城市的冠县，德州市的武城、陵城区曾属赵国；临沂市的南部一度属楚，而吴、越都曾到达今山东滨海地区，等等。因此，齐鲁文化与今山东境内及周边文化区域的关系，应该予以关注。今增补"齐鲁与境内及周边诸侯国的文化交融及其对文学的影响"一章，论及吴、越、楚、三晋、中原等地域文化与齐鲁文化的交融，以及相关作家如庄子、荀子的文学贡献。

二、与黄帝、炎帝同时的蚩尤，作为东夷九黎族领袖，其活动区域主要在今山东中西部，其有关传说也主要流行于今山东地区；孝子董永的传说影响极其深远，故在下编第一章"齐鲁神话与传说"增补了"关于蚩尤的神话传说"和"关于孝子董永的传说"。

三、原书对中国文学发展影响较大的山东小说论述不足，今增补“宋金元时期的山东小说”“罗贯中与明清时期的山东小说”两部分。

四、客籍作家的活动及其影响，对山东文学的发展有重要贡献。原书对各个时代的客籍作家涉及较少，而这些作家在山东地区的文学活动及其影响已构成山东文学不可或缺的部分，今将影响较大的客籍作家予以增补。

五、原书对各个时代有影响的山东作家论述均进行增补，对作家的先后次序也曾进行适当调整。

六、佛教、道教等宗教在中国文化发展过程中的意义，已在有关著述中得到充分论述，而其与文学的关系则少有论及。山东自古是佛、道盛行的地区，其对山东文化与文学的影响也应引起人们的注意。佛教僧人的文学活动曾经论及，而于道教则未曾着墨。唐宋元明时期，道教文化有广泛的影响，其中全真道在山东地区的影响尤为突出。“全真七子”均为山东人，且都有诗文传世，故在论述第九章宋金元时期的文化状况时予以补充。

在此次修订、增补过程中，得到齐鲁书社的支持，责编刘海军同志不惮辛劳，精心审校，谨在此表示深切的感谢！

此次修订尽管十分用心，限于著者学力及见闻，仍难免有所缺失，希望得到方家与读者的批评指正。

李伯齐

庚子五月下浣于历下乐陶斋